U0515722

KUWEI

酷威文化

图书 动漫

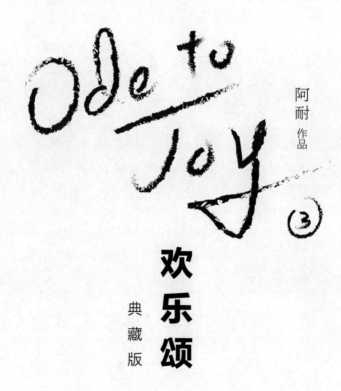

阿耐 作品

③

欢乐颂

典藏版

四川文艺出版社

第 51 章

安迪一想，可不是，老包连离婚都离出癌症来呢。难道真要指望魏国强？再回头想，安迪有件事很不明白。"她为什么坚持不懈地做毫无建设性，却让谁都不痛快的事？"

"真是难以启齿，几年前我也问过我爸这个问题，大约是私生活不幸福导致的内分泌失调。我和我爸都有过反抗，但都发现，谁都挡不住她的坚持不懈。总之，我再跟她谈谈。"包奕凡不禁叹了一声气，"家家都有一本难念的经。"

安迪不禁想起第一次见包太，在一家烧烤店，包奕凡一看见包太出现就满脸不耐烦，当初还以为包奕凡这么大了还逆反呢，今天才知原因。"原来我是未来可能不正常而自知，很多人是当前不正常而不自知。"

"所以我经常说你怕什么，病态的多了去了。怎么跟我妈说才好？今晚本来挺好玩，扫兴。"

"今晚本来很好玩，是指来了个你前女友？高中同学？以你的资历，估计已经不是初恋……"

"嘿，什么资历，什么资历……"

"别以为我没上过初中高中，像你这样的，初中就给女生传字条了吧？难怪你妈把你看得死紧。跟她怎么分的？"

"我移情别恋了。"包奕凡说得非常直接。

安迪见包奕凡说得如此之小菜一碟，不禁一愣，"哪天你会不会也来个电话告诉我，你移情别恋了？"

"呵呵，不能说真话啊，一说就被对号入座。在我看来，爱情不是以年度或者长度来度量，爱情完全是感受，相爱就相爱，不相爱别勉强在一起。我父母那惨烈状况，够所有人借鉴了。"

"我家的经验教训跟你家的一样，勉强的结果是惨烈，还祸及于我。行，你是对的。哪天我移情别恋了，我也会坦诚告诉你，在我们双方都能接受不相爱别勉强的共识之下，惨烈后果应该不会在我们身上发生。你完全可以这么跟你妈坦白。她还想什么包家的千秋伟业呢，我们两个其实只面对当前。所以什么结婚不结婚的，小两口津津乐道的一纸婚书相当于法律文书，反而增添结合与分手两部分手续上的麻烦。"

包奕凡听得脸都绿了。他瞅准个车位，将车拐过去停下，默默盯着安迪思考反驳的句子，可只要顺着他的逻辑走，得出的就是安迪说出来的结果，可见逻辑正确未必意味着结果的正确。他伸手拥抱住安迪，"我们……我从与你在一起的第一天起，想的就是天长地久，而且我们有了孩子。我不接受你哪天对我提出移情别恋。"

"我也这么想，可理论上，这是自欺欺人，你有经验，肯定比我更清楚。而且理论上，你妈这么闹挺消磨感情的，她会如愿，很快我见到你的时候，会越过你先看到你背后你妈隐隐约约的影子，我还怎么跟你相爱，直接跟你妈相爱得了。这也是理论上，目前事实上还没实现。目前我还想着与你坚守在一起。咦，真讨厌，你为什么要若无其事地跟我提移情别恋，爱情要是上升到理论上，可真没意思，想想都没劲，仿佛是自欺欺人地做着兴高采烈的昏头事。"

包奕凡相当沮丧，他这一辈子，"理论上"这三个字都用在别人身上，今天才第一次被别人硬摁到自己头上，才发现这味道太不好受，犹如火热的生活当着他脱下画皮，露出狰狞的血肉。"很伤人。"

"什么很伤人？主语是什么？"

"人家还在感情上的时候，你若跟人理论上，正沦陷在感情上的人必受伤。"包奕凡不免想到他的情感历史，还是承认算了。他以前确实从未想到这一层，因没人让他经受这一层。

"我妈当年如此受伤，精神分裂了。你妈……其实也已病态。好吧，我可怜我妈的遭遇，至今不原谅魏国强。你妈，我也理性对待吧。你不用找你妈谈了，我自己来。"

包奕凡想不到安迪却是完全不关心他的反省，女人不应该专注于他的感受吗？偏偏他遇到一个不拿他当回事的。包奕凡完全无所适从，"我在说，我以后要改改，我要从一而终了。"

安迪却沮丧地嘀咕："被你害了，现在听你说这话就像听骗子发誓。"

两人相对哭丧了脸，都不知如何表达才好。包奕凡无奈地道："你真是神人，跟你在一起每天有新体验。我们继续说回家亟待处理的事。你也帮我想想怎么跟我妈说。"

"不用你了，我自己来。"

包奕凡将信将疑，将手机交给安迪，"号码在上面。"

安迪将手机推开，"我记得。"她都不用去翻自己手机上的通讯录，直接按下一串数字，包奕凡看着，就是他妈的号码。他本来准备开车上路，此时心中有预感，电话内容必定震撼，他只能袖手等在一边。

安迪接通包太的电话，就道："您好，包太，我跟包奕凡在一起。听说您去了黛山。"

"啊，安迪，你这么快知道了？黛山风景挺好，我跟朋友们来这儿住几天。听说是你老家？"

"包太，不跟您客气，我打开天窗说亮话。包太，您和您的人从北京时间晚上八点起若不离开黛山，我让您第一个小时损失一千万，第二个小时两千万，第三个小时四千万，递增。如果一天不离开，不仅蚀光账面上的钱，我还可以放大杠杆，让您倒贴至破产。美国股市将开，欧洲股市正热闹，您走着瞧。赚钱不容易，亏本太容易。一切操作，以您每个小时打给我的当地座机电话区号为准。就这样。"

安迪说完就挂了电话，扭头看向包奕凡。包奕凡愣愣地看着安迪，但很快点了点头，"抓到命门了。你还真想得出来。"

"不跟你开玩笑，我玩真的。当初你妈撇开协议拼命求我额外劳动，替你们做海外，让我今天都不用做手脚，也不用受协议约束。你可以直播。我不会再跟她讨价还价，我有我的一口价。鱼死网破不顾一切，谁不会。"

"昨晚我跟我妈说我是风箱里的老鼠，今天这话要跟你说了。"包奕凡无奈地缩回到他的位置上，叹息，可也心里清楚，罪魁祸首是他妈。问题是这两个女人都强悍，他妈憋着不给他打电话询问，而安迪已经掏出电脑开机操作了。两个人完全就是扯着他的大旗却不把他当回事。事到如今，一场因他而起的争夺战，他却成了旁观者。

包奕凡思来想去，几乎是满嘴苦涩地看着完全投入到电脑前的安迪，给他爸打去电话，告知详情。老包情急之下，下意识地来了一句，"两个疯子！"包奕凡闭上眼睛，无言以对。尤其是"疯子"两个字，惊心动魄。

"你做你女朋友思想工作，我做你妈思想工作。"

"我们谁也做不了。只能等她俩谁先崩溃。不，等妈崩溃，等安迪心软。我们两个真没用。"

安迪闻言，看了包奕凡一眼。但箭在弦上，由不得她。

老包骂骂咧咧，可父子两个还真拿两个悍妇没办法。包奕凡不是没办法，但他做不出，本来就是他妈挑起事端，他理亏在先。

父子结束通话没多久，包太终于给儿子打电话。"你爸说，你女朋友还真做得出来？她还想不想进包家？"

"包家在她眼里算个屁。"

"你不是在她身边吗？你管不了她？两个人别合起来跟我演戏。"

"我在她眼里算个屁。"包奕凡说完就将电话挂了，都别想逼他。他拿着手机走了出去。

但包奕凡万万想不到，他才走出车门，刚又与他爸接通电话，安迪在车子里冲他大喊一句，"包子，我先走一步，不让你现场为难。"声音刚落，车子轰地疾驰而出。包奕凡怔怔地看着车尾消失，"爸，她撇下我在路边，自己跑了。看来铁了心。"

"疯了，真是疯了。你追上去，不惜一切代价阻止。拔电线什么都可以做。我这儿对你妈说话。到底是为什么啊？"

包奕凡说话间早已找辆车，直奔欢乐颂而去。出租车哪儿快得过宝马 M3。一路上，包奕凡压根儿就见不到 M3 的尾巴。可令他吃惊的是，他紧赶慢赶地推门而入，却发现 2201 空无一人。幸好，安迪的手机是通的。"你在哪儿？"

"不幸迷路。幸好找到飞快的 wifi。"

"你说一下地址，我去接你。"

"你别来了。"安迪说完就果断结束通话，空出机子，等待包太的动静。只要包奕凡跟她在一起一天，她手里捏着包家的钱，她就有办法治包太。至于哪天与包奕凡分手了，包家的钱离手，那么与包太的矛盾也自然终止。包太最在意的不就是钱吗。

她不知道包家的人如今怎么在沟通，她耐心地等，也决定到时间便果断地痛下杀手。包家的损失？她顾不上了，她需要顾及的是自己。

终于，在乌云压顶的逼迫下，包太来电了。第一次，包太还神气活现，还想充什么长辈，安迪果断挂断电话。于是第二次，不到五秒钟后，包太再次来电。这回，态度平等。安迪在看到他们上车的照片之后，才开恩宽延半小时。

而她，也慢慢开车上路回家。她并未迷路，这段路她正好熟悉。

可是，打开2201的门，也是空无一人。安迪心惊，神经质地找遍屋子的每个角落，依然没有发现包奕凡的影踪。此时，包太的电话再来。安迪一丝火气儿都没了，冷冷地道："你儿子走了，到底儿子偏心亲妈。看来你以后不用再为我操心了。不过，今晚，我还是得看着你离开黛山，一直盯着你回到家。明天周末，我陪得起。你请继续赶路。"

"我一时走不出大市，固定电话区号没变，我发高速服务站照片给你看。你收短信。"

安迪看了照片，又查地图，果然是在离开黛山的高速路上。她冷笑。

理论上，看来可以结束与包奕凡一起自欺欺人地做兴高采烈的昏头事了。但并非因一方移情别恋。这点始料未及。

一阵子忙碌暂时告个段落，安迪开着两个电脑，继续分别链接操作页面，人开始寻找白开水安抚不舒服的胃。正喝水的时候，手机叫响。安迪赶紧扑过去接听，以为是包奕凡的来电，显示的却是一个陌生号码。安迪接起，那边竟是老包。安迪只得克制胸口泛滥的恶心感觉，先自觉道歉。"对不起，包总，我并非有意。劳您操心了，非常抱歉。"

"究竟是怎么回事啊？"

"我非常不愿意生活被包太一再干扰，最初她以为我是魏国强的婚外情人，闹到我工作场合，还不顾我声誉在圈内乱打听，然后不断干涉我跟魏国强的关系，完全不顾我的意愿。但我不是她手中的棋子，我多次提出抗议而无果，她如今再次捕风捉影地干涉我私生活。我不明白她为什么对人这么恶意，对不起，必须终止，没有商量。"

老包显然对直言不讳有些惊讶，但依然态度和蔼地道："看起来我应该早点儿直接给你电话。我支持你。不过前提是并没有对我造成太大伤害。现在进程怎么样了？"

"包太已经结账离开饭店，上了高速。因此我这边还没制造损失，还好。"

"开弓没有回头箭，接下来你准备怎么办？我有个最简单的要求，你动手操作之前，给我一个电话，让我知道我的钱要被割肉了。"

"对不起，恕不答应。对您太太，不玩真的，不决绝，我就死路一条。尤其是开弓没有回头箭，中途变卦我只会死得更惨。抱歉。即使我身体吃不消，今天也一定要死撑到最后，看到她回家，在我指定地点拍照上传，我才能罢休。"

"唉，理解，非常理解。为你着想，我倒是有个笨主意。比如你看到我太太已经走出四小时的路程，你可以关掉手机睡三个小时，她在三个小时内回不了出发地，变不出幺蛾子。你睡好后继续盯着她汇报行程，两不耽误。"

"好主意，非常感谢。我选个那边中午休息的时间，关机睡觉。谢谢您的好主意。"

"不客气，以后是一家人，需要共同面对的类似问题还会出现，我到底是比你经验足一些，哈哈。也希望你手下留情。"

安迪也莞尔，想不到以往不大接触的老包如此开通。她谢了又谢。而手机收到的彩信显示，包太正以时速 100 公里往家里赶。她坐的是路边叫的出租车，临时被安迪逼出黛山，她都来不及找关系要辆好点儿的车。

然后，安迪才有时间考虑要不要找包奕凡。她给自己洗了一盘草莓，倒入奶油，坐在电脑前吃着盘子里的，眼睛盯着手机，思索要不要主动给包奕凡打电话。可虽然她有主动的勇气，却不知道该说什么。一联系上就得三言两语之间导出结果，她有点儿不敢面对结果。

可正犹豫间，门锁转动，还能是谁。安迪不由自主地扔掉叉子，趴在桌上，猫在笔记本电脑背后看包奕凡进门。

　　包奕凡进来，一看见灯是亮的，而不是他出门时候的关灯熄火，便四处看了一下，很快就看到趴在电脑后面一声不吭看着他的安迪。他没急着脱掉外套，先问："怎么样了？"

　　"你爸刚才也来问。你妈已经上高速。我打算再两个小时后休息两个小时，我是孕妇，没办法。已经跟你爸通气，你爸说他会在那两个小时里盯着你妈赶回家。不好意思，搅翻你们一家人，可我只有这条路可走。"

　　包奕凡坐到安迪身边，没说话，但叹了一声气，怔怔看着安迪。好一会儿，才道："我出去散了会儿步。我想如果你找到路回来，我看着你操作，我劝阻也不是，鼓励也不是，我很多余，还是把空间让给你吧。"

　　"谢谢。"安迪看着一脸沮丧的包奕凡，不知道该说什么，不如不说。

　　包奕凡也张了张嘴，最终没说。"我躺床上看书，你也适可而止。"

　　安迪依然猫在电脑后面，见包奕凡起身，终于憋不住道："我知道今晚你天平的一端是你亲妈，另一端是我，你很为难。但你如果因此怪罪被迫揭竿而起的我，我有无数理由反对。"

　　包奕凡背对着安迪，并无转身的意思，"我没有怪罪你。你被迫揭竿而起的原因是我，我无法替你解决来自我妈那儿的逼迫。我怪罪自己的无能。"

　　安迪不禁想到曲筱绡转述的，赵医生在车行冲冠一怒的原因，她看看包奕凡的背脊，不由得将整张脸钻进臂弯里，更加无法说话，只怕说错。她此时深深理解曲筱绡的担忧与害怕。

　　包奕凡走出几步，听后面没声音，不由得扭头看一下，见安迪如此，难得如此身段，便心软了。"安迪？"

　　安迪做手势让包奕凡离开，并没抬起脸。"我十一点睡觉，你还是……再出去回避会儿吧。Please。"

　　"好。我去附近喝一杯。"

　　但等包奕凡开门的时候，安迪忍不住抬头问："你，会回来吗？"

　　"会！"

　　安迪也不知为何忽然很开心，可耷拉着脸的笑很滑稽，包奕凡在门口呆了一下，还是走了。无法不走，很快他妈就得定时汇报，安迪必定趾高气扬地指示，他该如何面对。有些人，比如他爸妈，只能他自己横眉冷目，而即使亲如安迪，他也无法坐视安迪对他爸妈横眉冷目。

　　邱莹莹奋力跑了几天业务，很快，淘宝商店的订单就有了反应。她为此不得不加班打包包裹，等终于将最后一只包装箱封装好，交给快递员，看橱窗外已经夜色四起，路灯辉煌。可她也一眼看到橱窗外悬铃木树边那个熟悉的身影。她不知道应勤靠着树干低着头在等谁。可此事太凑巧，昨天一次，今天又一次，怎么可能与她无关。

　　邱莹莹早上的激动又回来了，她按捺不住兴奋，收拾好包包，急着下班。走到门口，却迟疑了，怎么面对他呢。主动招呼，会不会像那次在火车站见面，被他嫌弃如撞鬼？

　　邱莹莹小心推门出去，几乎没弄出声响，但应勤还是一下子抬头，看向邱莹莹。邱莹莹顿时全身石化，与应勤默默相对。她曾一次次地设计过与应勤面对面再次见面时候的场景，她应该大方地问好，笑着说自己很好，笑着祝福应勤，可事到临头，她什么都不会说了，只是呆呆地看着应勤。

　　店长也下班出来，见此重重冷笑一声，一言不发走开。

　　邱莹莹与应勤都被冷笑声惊醒，邱莹莹尴尬地道："我下班了，你买什么自己进去挑，拜拜。"可两只脚却不会移动，依然面对着应勤站立。

　　应勤低头抓抓头皮，"请你吃饭好吗？想找你谈谈。咳咳……找别人谈都不称心。"

　　邱莹莹心中简直想哭，就为了找别人谈都不称心这句话。"好啊好啊。"她连忙很热情地道，"就旁边那家水煮鱼馆随便吃点儿好了。"

　　应勤尴尬得又是干咳了几声，"不好意思，那家店我跟她常去……我们另外找家饭店吧。"

　　邱莹莹立刻明白了，应勤很宅，难得知道几家好吃的饭店，那还大多是她邱莹莹领去的，而且就分布在公司或者家的附近。如今真是铁打的营盘流水的兵，换了新人去吃那些饭店，她反而没法去了，以免被新人撞见。邱莹莹心中略有不快，但能与应勤吃饭畅聊的快乐完全压制了不快，她领应勤钻地铁，来到欢乐颂附近的饭店。

　　两人一路保持着一米多远的尴尬距离，即使地铁人多拥挤，他们也是中间夹着好几个人地保持着距离，就像偷情的男女。但邱莹莹并不觉得，她心中缠绕的都是问题，应勤究竟来找她谈什么。可是两人隔得那么远，都无法交谈。直到下了地铁，两人一前一后地走，邱莹莹像是领路似的走在前面，应勤低头跟着，依然无法好好说话，索性沉默地走路。终于，两人进了一家小饭店，邱莹莹熟悉的价廉物美的小饭店，不约而同地找一处隐蔽角落坐下。

"你看我微博吗？"应勤好不容易在邱莹莹点菜之余急切地问了一句。

"被小关删了，后来也找不到了。"

"其实可以搜关键词，很容易搜到。"

"啊，是啊，我怎么没想到。微博怎么了？"

"大家都很激动地劝说我不能在房产证里添加她的名字，因为房子是我全资买的。可她说的也有道理，万一离婚了呢？她要保障。家里也不同意添加她的名字。"

"当然不同意啦。保障是对等的，你给她这个保障，她给你什么实物？再说了，结婚的前提是两个人之间的信任，不信任你才死死要求保障呢。"

"是啊，你似乎从来没提起过。"

"当然啊，那是你的财产。难道结个婚就得把你的财产转移走？万一她结婚没几天就提出离婚呢？你不是赔了夫人又折兵啦？这么不合理的要求我死也不会提，要是被我爸知道，他非赶来海市揍我不可。"

"是啊是啊，我家里也一直这么教育我，自己赚的才是自己的，别人的不能伸手要。以前我进去稍微好点儿的饭店，还经常被你阻止。观念真是不一样。"

邱莹莹不禁思绪万千，可是，这些好观念都顶什么用呢，都不如人家一层膜顶用。她心头一酸，眼圈儿红了，扭开脸去深呼吸。即使有上菜打断，应勤还是看见了，不敢再接着说，连忙招呼邱莹莹吃菜。邱莹莹压抑住激动，猛吃了几口菜，才将欲夺眶而出的眼泪压回去，终于问出一个大方的问题，"你最近还好吗？"

"不好。本来说好她来海市看看就回去的，可来了之后她不肯回去，要我在海市给她找个轻松点儿的工作，她要留下来打工。然后她亲戚一拨一拨地来，有来海市玩的，有想找工作的，每天我那屋里最少都有四个人。不过她说，人多，省得我对她起坏心。也罢。只是这么热闹，我都没法在家做事，可又不能在公司办公桌底下打地铺扔下一堆亲戚不管。这几天连工作都耽搁了，我们老大找我谈话，谈完就让我回家洗澡换衣服，说一声臭气。可我的衣服都让她亲戚瓜分光了……"

　　"那两件新买的羊绒衫……"

　　"不知去了哪儿，找不到了。而且，你有没有轻松点儿的工作，给介绍一下？最好是文员，办公室里的活儿。"

　　"我自己都找不到这种活儿呢。你上网搜吧。"应勤叹息，蹙着眉头吃菜。邱莹莹心中也是叹息，但她劝解道："你既然准备结婚了，总得开始学着点儿做一家之主的样儿，家长家长，以后当然一家子的责任主要落在你肩上了。你想开点儿吧，起码人家给你实习期，让你慢慢学做家长，总比结婚后才忽然一大堆事情都涌上来让你解决来得好。"

　　"你真是不一样。我同事都劝我结束，说她完全不拿我当自家人对待，净想着剥削我，压榨我。"

　　"人家有资本啊。"邱莹莹不由得幽幽地道。可又不愿太压迫应勤，立刻改口道，"婚姻如穿鞋，鞋子合不合脚，别人不知道，只有你自己最清楚，你自己把握吧。她既然合了你的硬杠子，总有可取之处。"

　　应勤叹息，"我不知道了。我现在心里很乱，一直在质疑自己。想起你高个子邻居跟我说过的话，她那么清醒的人，说的总有道理的吧。"

　　"她男朋友今天在，否则我倒是可以请她出来跟你谈谈。"

　　"不过跟你说说也一样，你总能很坚决地说出本质。我也知道我不该再回头打扰你的，可是我真忍不住了。"

　　"没关系的。分手还是朋友嘛，别跟我客气。我们起码还是老乡。"

　　"是啊是啊。谢谢你。原来是我多心了。真的，跟你说说话，心情好了许多。这几天一直很闷。"邱莹莹听了，又是心酸，又是开心，都不知道怎么回答才好。

　　关雎尔今天又是被迫加班，这几个月是他们最忙的日子，她都记不清积累几天调休假期了。可今天的加班老大不情愿，一听说便只能发短信给谢滨说抱歉。虽然谢滨说没关系，可关雎尔一想到说接送谢滨回家的是她，现在说去不了的又是她，显得早上好假惺惺，都不知谢滨怎么看她的出尔反尔。

　　她只能化愤怒为动力，拼命将工作赶出来，竟然速度快于以往。

　　她出地铁往欢乐颂走，在靠近小区时，不经意地透过一家小饭店的橱窗，看到一个熟悉的人。不是邱莹莹是谁？关雎尔惊讶，邱莹莹为了省钱，如今已杜绝吃饭店，快餐店都几乎绝迹，今天怎么在小饭店呢？她伸长脖子张望过去，看清邱莹莹对面坐着的人，惊了。竟然是应勤。他们怎么又不怕死地走在一起？

关雎尔连忙走开，免得被邱莹莹看见。才想起原来邱莹莹今早的兴奋欢喜是因为应勤。她都不知道说什么才好。因为据她所知，不，是樊胜美偷偷告诉她，应勤的未婚妻还留在海市，两人正热火朝天地筹备结婚。那么这两人究竟是怎么回事呢。难怪邱莹莹今早这么开心，却又不肯跟她说明原委。

关雎尔心里泛着嘀咕，直着眼睛往小区走，可没走几步，却听到谢滨的声音，没错，真是谢滨在喊她。她循声看去，果然见谢滨坐在小破车里，要走出来的样子。她忙冲过去道："你别起身，别动。你怎么在这儿？"

"我让同事帮我开到这儿。哈哈，同事奇怪了，市局的宿舍难道搬这儿来了？你们工作还真辛苦，本来想见到你请你去哪儿坐坐，现在改变主意了。你该休息，我看到你就好了。"

关雎尔的脸又烧红了，幸好天暗，不怕被谢滨看出来。"你才应该早点儿休息呢。要不，我送你回家吧？"

"太晚了，你是个本本族，晚上开车很累。我打车回去，车子扔你这儿。陪我到路口打车，好吗？"

"好的。你慢慢来，我……需要扶你吗？"

"不要，多不好意思，我两只手可以使劲。"

关雎尔只能垂手看着谢滨艰难地用两手使劲撑出车子。这一回，谢滨手中多了两根拐杖。"哈哈，拐杖，问同事借的，据说是办公室必备品。其实，遇到这种拼命抵抗的概率还是不大的，你放心。"

关雎尔脸红红地陪着谢滨走去路口。可今天她真是太忙，走路的时候看到包奕凡匆匆走出小区，神色不快。他和安迪不是今晚有约吗？关雎尔不得不分心想了想。可很快，又见到赵医生驾车从她面前过去，也是离开小区。怎么都是往外走？今晚太不正常。

可关雎尔只能分心那么会儿了。她陪着谢滨等车。刚站住就有一辆空车过去，可两人都鬼使神差地没吱声，看着空车被别人抢了。谢滨松开一根拐杖，让拐杖倚自己身上，挺不好意思地道："还是献丑。可别说我娘娘腔。"

关雎尔愣了一下，怎么忽然说这个，却见眼前出现一条折纸的小鳄鱼。"我刚等在车上的时候折的。献丑，呵呵。"

"呀，真好玩，你怎么折的？有书吗？"

"自己想出来的。好像四只脚细小了点儿。这是一封邀请函，嘻嘻。"

"啊？"关雎尔将小鳄鱼翻到亮光处细看，果然见鳞甲上写着小小的字，"明天请你去图书馆看书，好吗？"关雎尔不由得微笑，从小到大，还从没收到过如此别致的请柬，"好啊，我正想去图书馆呢，你留个地址，我明天拿你的车去接你。"

"腿脚不利索，只能请你去图书馆了。我想去查法律书籍，真是越来越觉得法律的重要性，这一年已经以律考为目的背了很多法条，可书到用时方恨少……只能说，现在的犯罪嫌疑人也在进化，知识型犯罪越来越多，哪天还得向你请教财务审计方面的问题。"

"我还以为刑警破案就像 CSI 啊犯罪心理啊那样做科学的和行动的，对了，当然更需要讲法律。"

"是啊。我不想沦落到逼供信，我想我能依仗的唯有法律了。对不起，我新手上路，牢骚不断，只是我很想把事情做得合法合理。"

"多看看人文类书籍，不走弯路。我爸爸经常这么对我说。"

"对对，就是你说的这话。工具书之外多看人文书，对，不走弯路。我们以后交换书籍？明天先交换三本，怎么样？"

关雎尔窃笑，她想到钱锺书的名言了，"借了要还的，一借一还，一本书可以做两次接触的借口，而且不着痕迹。这是男女恋爱的必然初步。"关雎尔打算将《围城》作为明天交换三本的其中之一，并且一定要将书签夹在那一页。

两个人站在路口说话，也不知目送走多少辆空车，时间早足够喝上一杯咖啡。终于谢滨不好意思了，恋恋不舍地上了一辆出租车。关雎尔微笑着捧小鳄鱼回家，脸上的笑容关也关不住。

走进一楼门厅，借着亮堂的灯光看得更清楚，小鳄鱼折得非常精致，有棱有角，毫不拖泥带水，不像关雎尔小时候的折纸，可能手劲不够，经常折得面团团很有福相。放小鳄鱼在手上，可以稳稳地站住，还能掂出一点儿重量呢。

电梯迟迟不下来，但关雎尔感觉身后也有人等电梯，便回过头去看，却见到低头看着脚尖笑得更痴的邱莹莹。过会儿电梯哐啷一声门开，邱莹莹却抬起一张有点儿迷茫的脸，直着眼睛走进电梯，都没看见身边的关雎尔。关雎尔也进去，若无其事地轻轻招呼了一声："小邱。"可邱莹莹竟然充耳不闻，抬头只看着电梯的数字跳动，一张脸阴晴圆缺。到了 22 楼，邱莹莹却不挪动，关雎尔伸手将她扯出电梯。邱莹莹吓了一跳，看清面前的是关雎尔，放下心来。

"小关，我今天又开心又心烦哦。"

"可还是不能跟我说，是不是？其实我刚才看见你了，在门口那家饭店里。"

"什么？"邱莹莹下意识地看看左右，一把将关雎尔拉进 2202。"你看见什么了？"

"祝贺你们破镜重圆。"

邱莹莹一愣，全身瘫靠在门上，无力再挪动，"没有，没有。昨晚我还以为他找我破镜重圆，可惜不是。"

关雎尔不明白，前阵子应勤避邱莹莹如避蛇蝎，今天怎么主动找上门来了？"那他想干什么？"

"他……他找我吐苦水。他是真难，他的未婚妻不懂事，乱糟蹋钱，还总想着占他便宜。"

关雎尔目瞪口呆地看着邱莹莹，心里滚来滚去的是各种脏话，可嘴里硬是说不出来，只是瞪着眼珠子憋气。邱莹莹见此郁闷地道："我早知道你会反对，所以不跟你说。我知道樊姐甚至会骂我不争气。可是有什么办法呢，我总不能见死不救。"

关雎尔都忘了该先进自己的卧室将电脑包放下。她瞪着邱莹莹斟酌好一会儿，才道："你最近才恢复平静，这下又被他打断了。你打算怎么办？把删除的各种联络方式重新恢复吗？又停止跑推销？"

邱莹莹茫然摇头，"我也想不到他找我是来诉苦。可是我也不知道该怎么办才好啊。"

关雎尔痛心地看着邱莹莹，扔下她以为的重话，"可应勤是有未婚妻的人，你可要当心，别来者不拒，被人当第三者。"

"啊，不会，我有分寸。"

关雎尔见邱莹莹并没有放弃见应勤的意思，只得放弃劝导邱莹莹。而邱莹莹进卧室便迫不及待地打开电脑，进入微博主页，搜索有关应勤的关键词。果然很容易找到。然后，邱莹莹一条一条看，连回帖都咂着味道细看，果然，应勤没骗她，应勤眼前面临的最大问题是未婚妻日益膨胀的物欲与他有限的收入之间的矛盾。她看得浑然忘我，完全意识不到今天屋子里另一个人也是感情充沛，坐立不安，走进走出。

　　关雎尔确实没心思想别的，可每次进出总得经过邱莹莹的房间，只要经过就能看到邱莹莹脸上表情复杂地对着电脑，异常专心，她只能替邱莹莹叹一声气。

　　樊胜美下班先去超市，她今天去的是以前从不接触的生鲜区。她从小打扫卫生洗衣服什么的都做，唯独厨房，是她妈的领地，她不会做菜。但怎么都是有点儿印象的，不像安迪进超市还得找人请教。她买了一些菜，有活鱼活虾，有牛排，还有一些蔬菜，满载而去王柏川的公寓。本来感觉还挺好，可拎着一堆荤腥才走进电梯，两个长相远远不如她，着装品位也远远不如她的女孩就一跃躲到电梯角落，远远避开她的购物袋也罢了，还脸上露出憎恶。樊胜美很是恼火，怎么了，老娘拎再多活鱼，都是活鱼西施，你们赶八辈子都未必追得上。

　　可心里再跳脚，也只能眼睁睁看着两个白领女在离开电梯的时候避开她站立的那一端，而电梯里其他男人也表现出对她没有一丝兴趣。樊胜美郁闷了。她认为她这辈子最大的资本是魅力，当然最大的噩梦是失去魅力，电梯里男女白领的表现深深打击了她。

　　她拎着购物袋走进王柏川的公寓，便知许诺很可能牛皮吹爆，面对采购的一大堆荤素，她都不知如何下手。尤其是面对那条依然活蹦乱跳的鱼，稍打开袋子便扇她一脸的臭水，她直接将鱼扔在水槽里作罢。然后一迭声地催王柏川赶紧回来打下手。

　　王柏川下班下得兴奋异常，樊胜美亲自下厨做饭给他吃，一个美女，还能下厨，那该多么完美。他急匆匆地冲回家，将包一扔，从杀鱼开始帮忙。他在家是独生子，从来不做什么家务，可当樊胜美将柔软的手往他眼皮子底下一放，你洗不洗菜？你不洗难道让这么漂亮的手来洗？于是王柏川屈服，摸索着杀鱼。不熟练的人做事必定手忙脚乱，别说鱼痛得乱挣扎，王柏川也紧张得牙关咬痛，却还得麻烦樊胜美捏着纸巾将溅落在地上的鱼鳞一片片地捡入垃圾桶。

　　一顿饭直做了三个来小时，其实，动手的是王柏川，樊胜美的工作是拿着抹布到处擦溅出来的油水，等菜烧完，锅台依然干干净净。可最终两人发现，没有饭。不仅是樊胜美忘了买米，即使买了，他们也没煮饭的电饭煲。好在，樊胜美歪打歪撞买了面包，两人在晚上九点终于饥肠辘辘地坐下，面对桌上一人一盘切片面包，以及共有的炒青菜，清蒸河鲫鱼，煎牛排，白灼虾，炒青椒土豆香肠。王柏川开了一瓶红酒，但这红酒成了他偷偷漱口的利器，因还能入口的煎牛排和白灼虾太咸，他又不便当着樊胜美的面喝水，只能以酒代替。

　　樊胜美异常沮丧，"以后还是不烧了吧。"王柏川连忙答应，那是樊胜美开恩放他一马。因烧菜的全程都是他在实操。樊胜美见他答应得如此麻利，伸脚踢了过去。"你嫌我烧得不好。"

　　"哈哈，明明都是我烧的，要嫌也是嫌我自己烧得不好。"

　　"为了让你进步，你明天中午再烧，怎么样？有经验了，明天一定会更好哦。"

　　"不……饶命，我们明天中午去吃烧烤，或者你最爱的日料，我再也不想杀鱼了，现在看着熟鱼都反胃呢。"

　　"或者，我们不买鱼，买两斤排骨回来炖汤？那总方便点儿吧。你一定行的。真的，你今天就无师自通了呢。"王柏川断然拒绝，"头可断血可流，烧菜再也不干了。"樊胜美听着猛笑，"除非你三刀六洞，自断经脉，才能让你金盆洗手，退出江湖。"樊胜美自己也在心里打定主意，再也不自讨苦吃烧什么菜了。别说烧得不好，不会烧，她更在意的是她的美女形象，她可不能沦落为连个普通小白领男都不屑看一眼的买汰烧。她得永远都是美美的，香喷喷的。

　　但王柏川心里有点儿失望，盼着吃樊胜美亲手烧的菜，盼了两天，却盼来难以下嘴的几个菜，还都是他自己烧的。累了一天，回家还得累，他不愿意。他也在心里诅咒发誓，再也不自讨苦吃，要求樊胜美烧菜了。

　　安迪睡了会儿，被闹钟闹醒。她因为惦记着包太的事儿，睡得很浅，几乎是手机闹钟一响，她就伸手将闹钟停了。她看看床的另一侧，包奕凡睡得静悄悄的，她蹑手蹑脚地下床出去，将卧室门关上。

　　打开手机，有条一个半小时之间的彩信，是包太又到一处服务站，站显眼处拍的带字牌照片。此后再无彩信，倒是有好几个未接电话，都是包太的。安迪心头一紧，糟糕，对付包太这个人果然不能有丝毫懈怠，这才小睡两个小时，那边就出了幺蛾子。她看看卧室门，怕打电话时候吵起来，吵醒包奕凡，就悄悄钻进客卫，将门关紧。

　　可奇怪了，接通电话，那边传来的是男人的粗声大气。"你找包太太？她休克了。我们正找最近的出口下去找医院。"

　　"什么？她傍晚还好好的，不是？"安迪冷笑，果然有诈，包太这个人岂是那么老实接受逼迫的。"一个小时前还好好的，哎呀，你是谁？是不是逼着我们往回赶的女人？"

"对。"但安迪话音刚落，那边的手机就挂了。显然那边的男人不愿与她通话。安迪惊讶，想到无数可能，最大可能就是包太受不得气，又往黛山赶了。她必须确认状况。安迪想了想，冷静走出客卫，进去卧室。"包子，你醒醒。我刚接通你妈手机，是别人接，说你妈休克了。包子？"只见包奕凡一跃而起，站地上晃了会儿，才醒过神来，"我妈？"

"你妈休克，司机正找最近的城市出口下高速就医。她的同伴这么跟我说。"

包奕凡的脸一下冷凝了，冷得非常陌生，安迪从未见过。包奕凡抓起自己的手机，立刻拨打他妈妈的电话。听到接通的彩铃声，包奕凡稍微松一口气，但接着的男声让他又皱起眉头。

"我妈怎么回事？噢，你是阿明？"

"啊，你可来电了，刚才你一直关机。最先我们不是往家里赶吗？你妈好好在后座休息，我帮司机看着路。结果你爸来电话了，两人吵了一次又一次，断断续续吵了一个小时吧，好像说是什么期货大亏本啊，都是你妈害的啊，吵得很凶，最后一次，你妈一口气缓不过来，大叫一声，倒了。就在差不多半个小时前。我们已经看到出口了，还有两公里就下去，但愿能尽快找到医院。"

"好，你打开我妈的包，我不知道她有没有带着药。以前好像没出现过什么症状。"

"已经翻遍了，还是司机师傅懂急救，没药。我们报了120，不晓得急救车会不会等在路口。"

"你们在哪个城市？我立刻赶过去。"可结束通话后，包奕凡茫然地看着安迪，一改最初的冷。安迪旁边听着则是吃惊，难道包太不是作怪？天，那她罪不可赦了。她紧张地看着包奕凡，"我的车你开走吧。"

"等等，你干什么去？"

"给你做两份三明治路上吃。再给你做杯咖啡。"

"等等，别走。你刚才明明在睡觉，我几乎没睡着，难道你还能设置自动操作口令？"

"没啊，我连电脑都关着。怎么了？"

"我爸知道你这两个小时关机睡觉？"

"你爸知道你也在这两个小时里关机睡觉。怎么回事？"包奕凡眼睛都直了，他明白了，他爸！他爸见缝插针上演了一出大戏。包奕凡简直难以启齿，他愣愣地盯着安迪，盯得安迪遍体寒冷。"包奕凡，怎么回事？究竟怎么回事？"包奕凡大步走过去，将安迪抱紧，抱得安迪差点儿透不过气来，都快要喊谋杀。"安迪，你做两份吃的。求你，跟我一起去。我现在……状态很糟糕。"

"我替你找司机。我怀疑你妈看见我更……"

"不，我妈被我爸气昏。我爸打时间差，假托你在这边已经动手操作，巨亏，一次次去电与我妈吵架。应该就是这样。"

安迪也惊呆了，她盯着包奕凡，盯着包奕凡极端无奈地扭开脸去，咬牙切齿。怎么都想不到，和蔼可亲的老包竟然东拉西扯地谈笑间将她和包奕凡安排妥当，转身便对包太痛下杀手。这得是多少的恨！别说是包奕凡，连她做咖啡和三明治的时候都有点儿魂不守舍，丢三落四。

两人连夜上路，安迪不让魂飞魄散的包奕凡开车，由她亲自驾驶。但安迪还是留了一个心眼，她随身带着电脑。她就怕，包太这个人，谁知道有个万一呢，弄不好是包太不屈不挠亲手编导的一出好戏呢。丈夫能害妻子，娘又何尝不会骗儿子。包家啊……

这一路，包奕凡握紧的拳头都没松开过，咬紧的牙关也没放松过，安迪真担心包奕凡额头突突乱跳的血管会爆。将心比心，若是真的，并非包太导演的诡计，那么此时妈妈垂危，却是爸爸处心积虑所害，谁都无法镇定。所有的三明治都进了安迪的肚子，包奕凡完全无心吃东西。

他们在天刚放亮的时候，赶到医院。想不到，老包也已经在了。父子相见，剑拔弩张。包奕凡回头就对安迪严厉地道："你赶紧去找家宾馆睡觉。这儿我自己来。"

安迪应了一声，看看一脸深沉的老包，转头就走。医院人来人往，老包总不至于杀他亲儿子吧。

可后面老包喊了声："安迪你等一下，我们回头商量件事……"

原本怒视着老包，与老包擦肩而过的小包立刻倒退回来，拦在两人之间，"安迪你休息去。"又厉声问老包，"你什么事？"

老包拿眼光示意他身边的人避开，才轻声道："我们赶紧就今天的事统一一下口径。如果传出去传歪了，对安迪的信誉有打击。"

"威胁我们？安迪不用担心，你赶紧去休息。这儿有我。"

　　见包奕凡挡在她面前，暂时放弃心急如火的探母行动，而一心一意地保护她，安迪心里忽然涌上非常异样的感觉。前面是包奕凡的肩背，她很想靠上去，闭一会儿眼睛。可场合不对，她只简单道："谢谢。没有操作，所有传闻都可落实为造谣。即使有事也不管了，我很累。"

　　老包淡淡地道："非不得已，还是避免吧。安迪你先抓紧休息，前面不远，出大门左拐一公里直路有家香格里拉。回头我和儿子要安排一些后事，你也参与一下。"

　　包奕凡一听"后事"两个字，脸都扭曲了，他示意安迪赶紧离开，看着安迪在他隔绝下安全上车，他赶紧拔腿赶往急救室。而老包不急，站在原地垂头敲敲脑袋，跟同行的助理说几句，就独自开车回宾馆睡觉。

　　安迪在宾馆登记的前台看到老包，但老包只跟她摆摆手就自顾自上楼去了。安迪心里缓口气，跟前台要了个与老包离得挺远的楼层，小心地入住。

第 52 章

曲筱绡晚饭后，只要有空就拨打家里的座机，可一直到她在夜场对客户献殷勤完毕，回到宾馆洗漱欲睡，睡前最后一个电话，依然没有人接。她又很心虚地不敢打赵医生的手机，找到一位同样也是夜猫子的闺蜜说心事。闺蜜一听两人的家底，立刻干脆地道："女比男钱多，对方要真是个小白脸倒也罢了，如果是挺恶心的指着倒插门少奋斗十年的没脾气男人，也很和谐，钱能解决的问题都不是大问题。最怕的就是你家这种专业很好，人品很好，什么都很优秀，但就是被国家搞得钱不多的男人。这种男人搞不定。这道理你还需要我来跟你解释吗？会不会最近哪儿撞出脑震荡了？"

"唉……"

"唉什么唉，你倒是说话啊。你家男人是医生，会不会饭菜里给你掺迷魂药了？"

"肯定是，否则太没道理了。什么拿得起放不下的毛病都犯在我头上了，不是给下药了就是给扎小人了。"

"打算怎么办呢？拖下去不该是你的脾气。"

"我看都拖不下去了，今晚一直打我小窝里的电话，他一直没回我那儿，恐怕等我出差回家，一封信躺在桌上了。"

"什么意思，难道你没打他手机？靠，蛐蛐，越活越回去了。"

曲筱绡满脸羞愧，回答不出来，只能尖叫了。闺蜜啧啧连声，"蛐蛐，你完了，你出差回来喊我一声，我去你家收尸。看这样子，十有八九被男人休了。姐跟你说，最省事的是吃安眠药后放煤气，百发百中，样子最美。"

"我揍死你再自杀！你说对了，十有八九给休了，我也别心烦了，洗洗睡吧。"

曲筱绡谢绝闺蜜要求前来陪伴，她在出差呢，可不能乱做孩子气的事。胡乱躺下后却睡不着，上网找电影看。却看到微博里有条私信，是关雎尔发给她的，说是应安迪要求向她报告，晚上几点几分看到赵医生开车离开欢乐颂小区。曲筱绡心里立马拿这时间做起了文章。她想来想去，得出的结论只有唯一一个：赵医生收拾收拾他的东西，搬走了。曲筱绡摊在床上，双手揪紧被单，开始流泪。她真正哭的时候，反而不尖叫了。

几乎一夜没睡，醒来时候眼睛肿肿的，看时间才早上六点。很想鼓起勇气给赵医生手机打电话，可依然没胆。她思来想去，在床上碾了好半天，眼珠子终于又活络了，于是转来转去，转了三圈之后，给邱莹莹打去一个电话。

"小邱，我家电话是不是坏了？你帮我敲敲2203的门，帮我喊赵医生一下，我有急事找他。"

邱莹莹因与应勤共进晚餐而同样几乎一夜失眠，她好不容易清早睡去，却被曲筱绡电话吵醒，很没好气，"干吗找我，干吗找我！没看见我在睡觉？"

"呀，不知道为什么，我心里很慌，第一反应就是找你耶。你帮我去敲敲门吧，要是没人出来答应，我要报警了。"

"安迪昨晚也找赵医生，什么事？"邱莹莹打着哈欠起来，让曲筱绡听着去敲门。可曲筱绡听到那边震天动地的敲门声响过三巡之后，没有出现什么拐点，她的眼珠子又凝滞了。

"安迪昨晚在，我去问问她。"邱莹莹既然把事情接手了，那就一定热情地办到底。曲筱绡闻言精神一振，耐心等待来自安迪的消息。若不是有邱莹莹这个二愣子，她还真不敢大清早打安迪电话吵醒孕妇呢。

可来自2201的声音也表明安迪不在家。邱莹莹奇怪了，半夜走人？"难道他们是一起走的？"

曲筱绡心说只有邱莹莹才会这么想。"谢了。你再睡去，我……"

"真报警？出什么事了？"

"吓你的。我只不过是自己不在家，要弄个人查赵医生的岗。很好，果然不在。"

"你骗我？"

"对！"曲筱绡说着就挂断电话，也不管邱莹莹在那头哇哇大叫。她只能另想办法。

邱莹莹被打断睡眠，气得大叫。折回2202，进门又是大叫一声，因没想到关雎尔被她的敲门声吵起来了，直着眼睛站在门口，周围一片黑，只有关雎尔的睡袍一片白，吓人得紧。被邱莹莹惊声尖叫再度吓醒，关雎尔才还魂，丢下一句话，"赵医生和安迪不是一起离开，你别多事。"

"到底怎么回事？"

"不知道。我只知道别多管闲事，再管下去，曲筱绡出差回家不高兴。"

"我才不怕她，可她就爱招惹我。这人真讨厌。我把她的电话号码拉黑，讨厌。"邱莹莹说着，果然将曲筱绡的手机号码拉黑了。关雎尔看着没阻止也没鼓励，她打哈欠都来不及呢。可再来不及也得加紧洗漱，她得去谢滨家接人。关雎尔忽然拉开洗手间的门，问："昨晚，你手机上是不是又多了应勤的号码？"

"呃……这个不拉黑。"邱莹莹脸红红，却口气坚决，"而且我昨晚想过了，我心底无私。如果他未婚妻硬要诬陷我是小三，呸，我还比她早一步呢，她才是小三。"

关雎尔眨巴了会儿眼睛，"但你会太苦的。"

"我宁可苦死，也不愿行尸走肉。前几天，我的心是空的，你们看着我好像平静了，可其实我并不开心。小关，今天我们说的话，你别跟任何人说好吗？大家都会说我傻。就让我傻半年吧。只要半年，你帮我看着，我年轻我傻得起。"

"好吧。真不忍心。"正说着，有人敲门。敲门声很没规矩，显然不是有教养的人。邱莹莹从窥视孔看出去，见是一个陌生中年妇女，就大声问："谁？我不认识你。"

"我是樊胜美的嫂子。我和他哥来找她。"

邱莹莹一听，正要回答，被捂住嘴，她看向关雎尔。关雎尔显然是想到什么，就代替邱莹莹道："你找的是不是一个三十来岁的女孩？"

"三十多还女孩呢，老早是女人了。三十一岁，长得挺美，在公司里做人事。"

"啊，听房东说起过好像有这么个人，春节前搬走了，现在是我和同学住这儿。你另外再找找吧。不好意思，屋里只有两个女孩，我们不开门了。"

"啊？搬走了？知道她搬哪儿去了吗？"

"不知道啊，可能房东知道吧。要不你留个手机号码，或者留个旅馆地址，我中午等房东睡醒了帮你问问。"

"她妈说她住这儿，姓樊的一家人怎么都这德性。好吧，你记一下。"关雎尔记下手机号码之后，等半天没旅馆地址，却听隔壁两家的门挨个儿被敲响。可幸好那两个房间今天都没人。过了会儿，关雎尔见樊胜美的嫂子悻悻下电梯。

等人走后，关雎尔才敢跟邱莹莹说，"樊姐卖了她哥的房子给她爸治病，她哥现在找上来，还不找樊姐打架。你赶紧给樊姐打电话，这几天让她别回来了，要什么衣服之类的我们送过去。"

邱莹莹忘了自己的伤春悲秋，赶紧找樊胜美。又忘了这是周末的清早，大伙儿都在赖床。

樊胜美听见电话铃声，知道是自己的，反而钻进王柏川的怀里，希望那是一个打错的电话。可电话那头是不屈不挠的邱莹莹，手机响了一遍又一遍，最终还是王柏川愤怒地抓起手机，一看就怒了，"又是邱莹莹，每次都是她清早找事。"

樊胜美一听是小邱，只得无奈地接听。可不等她发牢骚，邱莹莹那边传来的嘀嘀呱呱的信息震得她魂飞魄散了。她哥嫂不是说要判半年吗，怎么都出来了？幸好关雎尔机灵，总算她避开今天这一劫。等邱莹莹说完，樊胜美谢了又谢，放下电话只会发呆。王柏川转过来皱着眉头问："什么事？你家的事？"

樊胜美点头，好一会儿后才缓过气来，哭丧着脸道："我哥嫂找到2202去了。"

"不怕，索性在这儿多住几天，他们找不到你。而且他们手头没钱吧，乘着绿皮火车来海市，看他们能在海市耗多久。再不行，你去办个小区里面的停车证，我每天接送你，都走地下车库，他们找不到。"

"不是，可总之安静日子到头了。我妈又得伸着手问我要钱了。我哥不会放过我，我卖掉了他的房子。"

"你妈都没通知你。"

"是啊，他们就是要打我个出其不意。幸好我今天不在，幸好小关机灵。要死了……"樊胜美是真的头痛至死。好不容易才过几天随心所欲的日子，讨债鬼又上门来。"你干脆当不知道。再买部手机，专门只给你家里打电话用，免得他们万一在家装了来电显示。"

"当然得这样。对了，我去通知上回跟我哥打架的人，又可以讨债了。"

"这个我看还是算了，别惹事，他们讨债可不仅只找你哥，到时又得找人摆平。当不知道吧，你妈提起你就推，只能那样了。要不然你哥他们又吧嗒一声黏你身上了。"

"每个月汇去的钱会不够用，他们会克扣我爸的医药费。"涉及樊家那位躺在床上人事不省的家长，王柏川不便多说了。他只问了句："如果你想多汇点儿去，对你哥嫂那样的人来说，多少才算是有底？"

"无底洞。好吧……"樊胜美知道汇再多都没底，她垂下眼皮，想到将要发生的事，不由得泪眼婆娑。这个周末，算是彻底被毁了。樊胜美惶惶不安，王柏川再怎么都没意思。

安迪觉得才睡着一会儿，就被外面的声音吵醒。确切地说，是有激烈的吵闹声从卧室的门缝里穿过来，那声音显然是包奕凡和老包的声音。安迪勉强自己起身，看看也睡了有三个小时了，就盥洗了一下出去。

两眼红肿的包奕凡看见安迪就道："对不起，吵醒你。我妈去了。"安迪一愣，看看同样是睡眼蒙眬的老包，原来父子两个吵的是这事。"节哀顺变。"想了想，忍不住又补充一句，"以后你也没妈妈了。"包奕凡两眼喷火，盯着父亲，"我还跟你一样，没有爸爸。"

老包没回答，因为有安迪在，他才能稍微自由，不需要随时提防儿子火起来揍他，他退到沙发上坐下，打电话要冰块。安迪推包奕凡坐下，脑子还有点飘，想不出办法，也对包太的死没有什么悲哀，只能问："接下来有什么打算？"她从冰箱里拿水给自己喝，可一想这儿还有最需要的人，就把水扔给包奕凡，没看老包一眼。

"打算找车子立刻送回家，路不远。你留在这儿再睡会儿，我给你留个司机，回头你回海市还是去我家，随便你。"

"嗯。你路上休息。"有敲门声来，安迪接了服务员送来的冰块，拿给老包。老包居然还能平静地冲安迪说谢谢，仿佛死的不是跟他共同生活几十年的女人。

老包拿来冰块，裹入毛巾，顶在头顶。很快，一脸的蒙眬睡意消退了。

安迪只心疼包奕凡，又坐回包奕凡身边，"要不要吃点儿饭？我喊送餐吧。"

"吃不下。让我趴会儿。"包奕凡趴到安迪肩上。只一会儿，安迪就感觉肩上热热的感觉弥漫开来，她看看老包，伸手轻抚包奕凡颤抖的肩膀。让他哭吧。

可老包清醒后，便干咳一声，道："人既然已经去了，我们自己家里几个人先开个小会。我录音。"

安迪冲老包摆手，试图阻止。包奕凡这种情绪下还开什么小会，只怕一言不合父子两个吵起来还是轻的，打起来都有可能。但老包胸有成竹地冲安迪摆摆手，继续开口道："我上一次得癌症，已经想明白很多。但身不由己，还是又过了几年地狱里的日子。今天开始嘛，我解放了……"

包奕凡猛抬起头，激愤地要起身，被安迪按住。若非安迪是孕妇，包奕凡早甩脱身扑过去了。可被孕妇按住，他只能怒视，"我不会放过你！不会放过你！等我办完妈妈的事，我找你算账！我……"

在包奕凡的怒吼声中，老包却是不紧不慢说自己的，"我跟你，我的儿子，没有矛盾，你重情重义，你依然是我这辈子的最大杰作。但从今天起，我要轻松做人，休养我这生过癌、也不知道什么时候又复发的身体。财产全都转到你名下，由你自己去打拼啦。我只要拿走一亿人民币和两套房子，过我清静自由的日子。"

安迪与包奕凡都大惊，安迪盯着老包手里的新式录音笔不能吱声，而包奕凡等老包话音刚落，就又吼道："你别想逃脱，我不会放过你。"

"随便你。做事之前我早已考虑清楚所有后果。具体移交事宜等办完丧事再操作。而今天回去，财务冻结银行账户，只进不出。我的话就这些。安迪，麻烦你年轻人把录音机里的录音腾出来，一式三份，你也持一份。你应该会这种操作。虽然录音没有什么法律约束力，但对我个人有道德约束力。"

"你有道德？"

"我口碑一向不错。除了你妈从不把我当人。"

"我妈怎么对你？你生病时候，是我妈……"

老包平静地喝冰水，顶冰块，有听没听地随便儿子说，不再辩驳。等安迪将录音处理好，他拿起录音笔就走。安迪看得一头雾水，不知该如何评价老包这个人。只因她自己也在包太手下领教过太多。

身后，包奕凡喊了声"安迪"，安迪从门口转身，见老包走了后的小包疲软地瘫在沙发上，脸色青白，眼白血红。"安迪，不要上他的当。他这是自知难以收拾，玩的金蝉脱壳。他们当年闹离婚，我妈娘家家族一呼百应，拿拖拉机堵住公司所有通道，锄头镰刀都拿手上，我爸才不敢再坚持。今天我妈娘家两个小兄弟只要回去一说，我爸不隐匿，还能有好日子过？"

安迪惊得弹眼落睛，站在那儿挪不了窝，"你家……"

"是，我家！所以你家那些事算什么事儿。你继续睡觉休息，我走了。回头，你不去葬礼也好，省得面对我家那帮亲戚。老话说，富在深山有远亲，我家还不在深山呢，我妈为了对付我爸拉拢的各种各样亲戚之杂，之多，你应付不了。还有，如果我爸再找你，你别理他。"

安迪瞪着眼睛对着包奕凡发愣，包奕凡走过来，抱抱她，"你不需要知道太多，知道太多活成他们那样子很没意思，连我，能做到的也只有不掺和。自家父母，我能怎么办呢？"

安迪依然惊愕无语，她隐隐想到了，昨晚上老包设计威吓包太，可能是这对离不了婚的夫妻背着外人经常做的自相残杀的一出，只是昨晚有她出手的行动替老包添了一勺油，而包太不懂金融操作正好被老包放火偷袭成功。可能老包都没意识到会闹出人命，逼得他不得不以退出自己一手主创的事业来了结。这都是什么样的家庭啊，这样的家庭成员，真还不如换成安静但分裂的她弟弟。

包奕凡失魂落魄地拍拍安迪的脸，连呼好几声，才将同样失魂落魄的安迪唤回神来。"在想什么？"

"我昨晚，好险，差点儿被人利用，差点双手沾血，幸好你正好在我身边，才说得清楚。"

包奕凡沉默，他就是个夹在亲人中间最无力的人，大家都爱他，可大家都不会为了他停止争斗，而他也无力阻止。"安迪，我现在头痛如割裂，求你别追究了，尤其不要害怕，到这地步，事情基本上了结，大局已定。你回家别胡思乱想，回头我忙完家里的事，再跟你解释。"

"呃，你也别担心我，你去忙你的，注意休息，我总之，挺你到底。"

包奕凡反而没信心，这么容易打发？可他实在是筋疲力尽，无力多想，与安迪默默告别，去处理后事。

安迪又躺回床上休息。无法不回想过去这令人心惊肉跳的十二小时。又差点儿被老包骗了，若不是包奕凡在，而包奕凡脑袋拎得清，从来熟知并看穿父母的作为，骂走老包；而且知道她并未做出，也并无动机害包太。若不，只要某个关节稍有闪失，后天上班，估计她得遭包家亲戚的长途奔袭和围攻。想着都后怕，想着都冒冷汗。

　　关雎尔正在饼干箱里挖早餐，接到谢滨打来的电话。让她不用买早餐，他会做。关雎尔听了很惊讶，与她差不多年纪的谢滨会做早餐？她忍不住使劲回想，想来想去，想不出谢滨有什么娘娘腔，那可真难得。

　　谢滨住的宿舍离欢乐颂大约十几分钟的车程，关雎尔到了那幢大楼，见谢滨早站在楼下等候。这回扔了拐杖，若只是站着，完全看不出曾经受伤。关雎尔磕磕巴巴地先掉了头，才停到谢滨身边，方便谢滨入座。其实谢滨一看见车子来就手舞足蹈地开心招呼，只是关雎尔开车紧张，只能顾此失彼，不看不听谢滨说什么做什么。等车子一停，谢滨就灵活地钻入，果然比昨天恢复了许多。

　　"嘿，睡得好吗？我昨晚睡了很饱的一觉，一觉醒来，什么都恢复了。还做了个梦，你猜梦见谁？"

　　"不是我。"关雎尔果然收到谢滨现做的早餐。她接了谢滨递过来的密封盒，只要看盒顶透出来的密封条便知盒子洗得很干净。当然，可以放心地吃。只是，这么一大盒？

　　"嘻嘻，就是你。我梦见去医院包扎，一抬头，居然你是医生。我挺不好意思被你看见伤口，撒腿就跑。睡醒还在后悔呢。哈哈。快吃吃我做的鸡蛋饼好不好，我照着小摊上的办法做的，加料，肯定好吃。我也没吃早餐，一起吃。"

　　关雎尔连忙掀起盖子，两个人分享烙饼。想不到一揭开盖子便香气扑鼻，看来还真有好本事。关雎尔拿起一块咬下去。谢滨焦急地看着，都没等关雎尔咀嚼，就抢着问："还行吗？第一次做呢。"

　　关雎尔赶紧咀嚼了咽下去，有点儿含混不清地道："好正宗哦，就是路边摊儿经常吃到的味道，有葱花，有鸡蛋，还有榨菜丝儿，好像还有甜辣酱。"

　　"哈哈。"谢滨开心地大笑，"全猜中。想不到只看，也能看得熟能生巧，我真天才。唔……什么东西？"显然，谢滨自己咬下去的一大口里面，埋着一只不知什么炸弹。两人往咬出来的横截面一瞧，白乎乎的流体正慢慢渗出。"没熟？"

　　"第一块，嘿嘿，怕煎煳了，又是手势生硬，饼太厚，里面的没煎熟。"

　　"没熟的别吃了吧，会闹肚子。"

　　"当然。我把当中一圈厚皮的撕掉，周围的没问题。你咬下去的时候也小心点儿。"谢滨一边动手，一边笑道，"要被我同事看见，又得说你们80后什么什么了。好像拒绝吃不卫生食品也是娇生惯养的80后的坏德性。他们还寻开心说，80后还得分85前，85后。85后的更坏。这么一分，全楼层只有我一个是最坏的。"

"我们同事还好，都还变本加厉地追求环境呢。"

"可想而知的。其实吃苦不能看表面，像出任务的时候蹲守，两天两夜不合眼的只有我一个，最终凌晨三点多最困的时候疑犯出现，只有我一个人发现。但有条件的时候没必要吃馊饭喝脏水，起码我看着挺矫情，装不出来，何必呢。"

"是哦，有些人挺口是心非的，对着别人指手画脚，回到家里对自家儿女谁不是娇生惯养，提供最好的。我没吃到生面糊。挺好吃的。真的。"

"哈哈，那再来一个？我真怕你不爱吃呢。"

"真吃饱了，我出来时候吃过一块小蛋糕，还有牛奶。"

"那我不客气啦。"谢滨果然不客气。关雎尔专心开车，他专心吃，一口气将盒子里的烙饼吃得干干净净。关雎尔只知道男的能吃，家里爸爸一向扫桌尾。可想不到有人这么能吃。而且吃了这么多之后，居然连意思意思打个饱嗝都没有。关雎尔不知怎的很想笑，可又怕被谢滨当十三点，只能忍着。

而更让关雎尔惊讶的是，两人走进阅览室，谢滨下意识地拿眼睛横扫一遍全场，目光凌厉，很有职业风范。这种人，哪用得着担心娘娘腔。即使走路依然一瘸一拐，也不失男人风范。两人此后便安安静静地各自找书看书，但关雎尔感觉谢滨时不时看她一眼。她只觉得如坐针毡，真担心朝着谢滨那一边的一粒藏在刘海下面的痘痘被他锐利的眼睛发现。她终于承受不住压力，起身打算坐到谢滨的另一边。她以为谢滨会问为什么，她还在苦恼地设想呢，谢滨却忽然如豹子下山般冲出去，与一个年轻眼镜男过手两三招，就把那男子压在地上。"手机从裤裆拿出来。"谢滨大喝一声。见那男子乖乖拿出一部爱疯手机扔地上，谢滨才看向正看热闹的一名少年，"你手机号码是多少？我看他是从你口袋里掏的手机。"

关雎尔忙走过去替谢滨打少年报出来的手机号，果然，地上的手机叫了。原来谢滨不声不响盯上一个小偷。原本安静的阅览室一下沸腾了，许多人拿出手机拍照，图书管理员更是走过来感慨说最近读者已经丢了好几部手机，一直抓不住小偷，原来小偷是这么个斯文人。关雎尔却是担心地看谢滨的腿，看裤子里会不会有血水渗出。这家伙才刚受的伤啊，还缝了几针呢。但谢滨冲她摇头使眼色，关雎尔不知这表明谢滨没拉到伤口还是不让示弱，总之她知道暂时不能询问。

　　警察很快到来，大家一对上话，发现是自己人，自然好说话。谢滨提出自己腿上的伤口可能撕裂，要先去医院，暂时不去派出所配合做笔录。关雎尔看见，果然，牛仔裤上渗出血迹。想到那撕裂的疼，关雎尔倒抽冷气，可要事当前，她只能默默地在边上看着，去位置上收拾两人看的书和笔记本，退还书籍收回借书卡。等谢滨自己提出走，她才默默跟上。

　　等离开众人，谢滨才百般道歉，"哎哟，看见了就忍不住，这下惹麻烦了，还说周末安安静静看书呢，泡汤了。对不起，真对不起你。幸好你现场一言不发，这个小偷一看就是惯偷，要是知道我有腿伤，一定挣扎着专门打我的腿。"

　　"我没关系，就怕你伤口撕裂太大。你怎么知道他是惯偷？看上去白白净净很斯文啊。要……不要我扶你一把？"

　　"这个不敢当，我可以跳着走，只要走慢点儿。我看的是这个人的手法，相当利落，高手。估计手头犯的案子不少。所以我建议同事提取图书馆的监控录像，查他每一次进来阅览室的时间与偷盗报案的对比。你肯定要问有没有什么理论？没有，完全凭经验。我刚分配就进刑大，我成绩挺好的，导师向上级推荐，一来就进刑大是优待。可我那时候理论一套套的，遇到真枪实弹就吃瘪，别人冲上去了我还不知为什么。自己也觉得不好意思，申请到最乱的火车站附近做巡警。两年里可真长见识，见识过非常多的人，各种性格，各种遭遇，可像你这么好的姑娘还真不多见。"

　　关雎尔非常爱听与她完全不同世界里发生的事，可最后一句出来，她脸一下子红了，扭过头去不理。

　　"真的，我不会胡说。哎，你再生气我伤口就乱痛了。"

　　"嗨，你刚才说那么多，我给你补充最关键一句：本故事纯属虚构。"

　　谢滨哈哈大笑，"你才是刑侦高手，一眼看穿，佩服佩服！"

　　两人一天时间奔波于医院、派出所、餐厅，到处都是等待和排队，连车子开在路上也是排队等塞车。好不容易将事情都办完，两人已经说了一大箩筐的话，清楚知道对方这二十几年的成长史，家里各有几口人。两家人境况几乎是一个模子刻出来，典型的小康之家。

　　终于，拖了一个多星期之后，谢滨兑现了请关雎尔听重金属的许诺。

　　音乐可发疯，淑女更可以疯狂。

　　曲筱绡在餐厅吃自助早餐，浑身都没精打采，即使穿着漂亮的裙子，引来无数目光尽垂涎，她依然有气无力。她愤怒地告诉自己，姐一夜没睡好，当然没精神。姐身经百战，百花丛中过，片叶不沾身，一个赵医生打击不了姐。可自我安慰了一顿饭的时间，她的状态只有越来越差。走出餐厅的时候，竟然，赵医生来电了。曲筱绡简直想哭，想骂，又不敢大声，千言万语，滞留在一声"喂"之后，留中不发。赵医生却若无其事地道："太阳是不是西边出了？你这么早起床？"

　　曲筱绡爆了，"混蛋，别装没事人一样。昨晚上开始我一直打家里电话，我一晚上压根儿就没睡觉。你去哪儿了？你即使不满意，也请说啊，别怕我听不懂，我知道我闯祸了，你不痛快，想不理我。但你给我个了断。我等一晚上了。"

　　赵医生一时沉默。而跟在曲筱绡身后的两个男人却被美女的泼辣煞倒，越过曲筱绡，频频回头打量美女。曲筱绡当即扣住电话，大吼一声："看你娘的看。"又放开手接听，发现赵医生正说话，忙放缓声音，打断："我这儿刚出了点儿小事，没听见你前面说的，拜托你再说一遍。"

　　"我很爱你……"

　　"但……"

　　"没有但。照旧。我有一个要求，请你顾及我的收入状况。你送的礼物我很喜欢，我已经听了一晚上音乐，可这不是我支付得起的，太超过我支付能力的馈赠让我心里不安。我以后会正视我们之间的收入差距与因此导致的消费档次差距，不能自私到因为我的不足约束你的享乐。但你也得偶尔为我克制。比如，这份礼物。唉，一言难尽，我很矛盾。其实住在你的2203，已经在蹭你的好处了，可以预料，以后还会不断蹭。我还说这些干吗，岂不是又想当婊子又要立牌坊。"

　　才刚听到一半，曲筱绡的眼泪就大颗大颗地滚出眼角。可听到最后，味道又不对了，她将眼泪一抹，愤然道："那你想怎么办呢？我都不知道该怎么办了。我随便你，只要你原谅昨天发生的事，你提什么，我答应什么。"

　　赵医生哑然。

　　曲筱绡的眼泪又冒出来，她冲出电梯，奔回房间，捶着床大声道："你不用说了，我明白你的意思。我们今天起分手。我爱你，我爱死了你，可我们不能在一起。我不能让我家破产，你也丢不掉你的清高，要死的我还正喜欢你的清高和才华。可我们不能在一起！我们再走下去，我不好玩了，你也不帅了，我都不舍得。我们还是分手，今天做个了断，对你我最好。"

"小曲，其实，我不如你。再见。改装音响的钱我会分期打到你账户。"

曲筱绡虽然嘴里这么说，心里却巴不得赵医生否定反对。可赵医生却说了"再见"。再有什么"我不如你"又有什么用呢？她还指望着好死不如赖活着呢。可"再见"，还有什么可说的呢？曲筱绡将手机一关，捶床大哭。她的人生顿时黑暗一片。

可哭着哭着，脑袋叮一声，不对，她是来出差的，她接下去得陪客户吃午饭，并认识其他客户。可她脑袋一片混乱，哪还做得了平日里的八面玲珑。要不要打退堂鼓？曲筱绡坐起来发呆。打？不打？思想斗争了好半天，客户的电话却来了。曲筱绡当即条件反射似的跳起身，化妆更衣，开始一天的工作。虽然完全不在状态，说话都不经脑子了，可她好歹坚持了下来。晚饭后没跟客户出去玩，回到宾馆一关门，又哭。她觉得一天下来，眼泪流完，快成木乃伊了。

她越哭越无助，泪眼蒙眬中打电话给安迪，想跟安迪哭诉。一听说安迪就在她隔壁城市，她连忙退房打车飞奔过去。可到了安迪住的宾馆，却见安迪坐大堂等她。安迪睡了一个白天，打算连夜赶回海市去。两人相见，分外吃惊，才一天没见面，两个人都变得残花败柳一般。

"赵医生？"

"拜拜了。你呢？"

"包子妈去世，他家可能闹得天翻地覆。我很怀疑会火烧到我。"

曲筱绡想都没想，第一反应就是同是天涯沦落人，抱在一起哭一场。安迪很不喜欢被抱，可这回竟心有戚戚地跟曲筱绡抱在一起，虽然没哭，可心头无限感慨。知道自己面对的今夜，就跟前不久她跟包奕凡坦白精神病家史的那夜一样，都是在面临巨大人生压力下，都是必须做出艰难选择：继续爱，还是逃避。

"既然那么爱他，为什么要分手呢？"

"不知道，反正我知道爱不下去了。喂，有个老男人看着你。猥琐男，靠。"

安迪扭头，见是老包从外面散步回来的样子，老包居然没跟随包奕凡一行回家。两人默默对视良久，老包走过来。曲筱绡想避开，但被安迪拉住。"老先生诡计多，你帮我听着点儿。"曲筱绡昏头昏脑的，哪还有办法对付诡计，可还是贴在安迪身边猛点头，撑姐们儿一把，应该。

老包显得满脸疲倦，"我明天走。"他看看茶几上放的大包，"你退房了？"

"是啊，我睡了一天，打算连夜回去。需要我做些什么吗？"

"不去参加葬礼？"

安迪耸耸肩，不置可否。

老包看看曲筱绡，又道："你还是去一下吧，一方面可以把责任都推我身上，洗清自己；另一方面你以后也需要那些人的帮助。"安迪又是耸耸肩，"不明白，没必要这么复杂。我一向是不属于我的领域不乱插手，属于我的领域不让别人乱插手。"老包沉默了会儿，"难怪，难怪。我明天回去。有什么话要我捎过去吗？"

"没有，那不属于我的领域。唯一的请求，别往包子背上压稻草了，他已经到极限。我不去也是少给他添麻烦。"

"他只要看清现状，没有压力。都是自找的。要是像你一样，既不乱插手，也不让乱插手，事情简单很多。但他年轻，身处其中就看不穿。我明天回去，他要是懂得配合我，会减少无数麻烦。"

"我不传话。抱歉。"

老包竟然一笑。"你都已经声明你不乱插手，我哪会让你传话。行，你一路小心开车，上高速前加满油，尽量半夜别去服务区，大货车多，危险。这小姑娘，眼睛满是血丝，眼光倒是碧油油的，很聪明。"

曲筱绡一听老包这么说她，差点儿吐血。等老包一走，她与安迪两个往外走去取车，"老包总在说什么呢？好像很阴险的样子。"

"我也不知道他说什么，总觉得他一句话后面有很多意思，只能以不变应万变了。你也没听出来？"

"要不是你提醒，他看上去挺像个好人的，对你又关心。"安迪也这么觉得，可昨晚知道老包气死老婆之后，谁还敢相信老包。"我不知道。反正我跟包子交往，又不跟他爸爸交往。老包表扬你聪明呢。"

"调戏吧，哪是表扬。不提老头子了，我跟你说我跟赵医生的事，一说我又想哭。"

安迪开车，曲筱绡叽叽呱呱说她这两天来和赵医生之间发生的事。说到激动处，曲筱绡就伸过头去，往安迪肩上蹭蹭，呜呜几声，小狗小猫一样。等曲筱绡说声"完了"，安迪才问："你上回不也跟他分手过？后来不是更好？"

"这回不一样。以前他嫌我，这回他嫌自己。"

"心魔啊。我也有，很大的心魔……"

"你们书看得多，心越乱。"

"对，我现在也烦透什么反省自己，每天拿着解剖刀挖自己，看见自己浑身缺点，结果往外面一看，好多人比我不堪。你这么去劝他。"

"赵医生不一样啊，他不用反省别人都会提醒他。最早我让朋友去打听赵医生的时候，朋友已经警告过我，可我……"曲筱绡一说又哭。

"问题是，你就这么放弃赵医生？"

"我不想啊。我不知多爱他。可是再不放弃，他会被他自己摧残得不是我心里的赵医生了。我宁愿他在我心里永远是最好最好的。呜呜，我多伟大啊。"

"你真不是一些些的伟大。你比我会爱多了。我给你说个八卦，小关跟我说，小樊的哥哥放出来，到我们22楼来找小樊了。小关机灵，说小樊已经退租。往后小樊的日子又难过了。我打个电话给包子，你别出声。"

曲筱绡一听樊胜美的八卦，立马来了精神。"她？我有预感，王柏川更要命了。"

安迪竟然觉得曲筱绡说的有道理。她打通包奕凡的电话，听到背景闹哄哄的声音，她关心地问有没有休息，有没有吃饭，累不累，也没说老包找过她，关心完了就结束通话。曲筱绡在一边听着觉得像老夫老妻，没激情。

安迪解释："他乱，我稳，他需要。"

"我们女人都真伟大哦。我也只想他好。奇怪，我以前要是跟人分手，恨不得找人拍肿男人的小白脸，不让他以后找到比我好的女朋友。我真爱赵医生哦。"

这一路，安迪听曲筱绡发神经似的念了一路的经，经文就是"我真爱赵医生哦"。直至快到海市，曲筱绡睡在后座，依然梦里念叨经文。到了欢乐颂，是安迪提拉着曲筱绡上楼，一路就像拎一只破布熊。当安迪将曲筱绡扔到她的床上，曲筱绡又是吐出一句经文，翻身趴着稳稳睡着。

安迪呼出一口气，能睡着，说明还好。她退到客卫给包奕凡打电话，她只是试一下，可想不到又接通了。这下她勃然大怒，"你还不睡？再伤心也得睡。你垮了我怎么办？"

"安迪，安迪，我非常需要你。你又打来电话真好。你也早点儿睡，你还有孩子呢。"

"要我去陪你吗？"

"不用。很多事要处理，我怕没时间陪你，你也会被规矩折腾死。明天，我爸总该回来了，真要谢谢他给我腾出一天时间安排全局。不知道明天他来了，现场是文斗，还是武斗。"

"你打算怎么办？"

"他们已经在鼓动我站队。其实吧，我现在想想，我爸早上跟我来一通录音移交财产，也是借此诱导我站队到他那一边。我只想先办好葬礼。"

"我只想你先去睡觉。"

"好的。我保证睡觉去，一定睡足六七个小时。八个小时后，有时间就给我打打电话，我需要你。"

"嗯。"安迪听到这儿，竟然没来由地鼻子酸酸的。

但是第二天一早，2202 的门又被樊胜美嫂子拍响。这回关雎尔还没起床，只有邱莹莹精神抖擞地应付。"什么，楼下保安说她还住着？我怎么不知道？不开门，我不认识你。"邱莹莹只管不开门，而樊胜美的嫂子敲半天不得消息，只能又去敲2201 与 2203 的门。邱莹莹趴在门上听，只听 2201 有人应门，心说糟了，露馅了。她不知关雎尔已经通知安迪。

安迪被吵醒，发现身边有人，吓了一跳，看清是曲筱绡才喘口气。而曲筱绡也被敲门声闹得翻来滚去，一跃而起，都忘了这不是她的家，半睁着眼冲到门口，尖叫一声："谁啊，找死啊。"

外面樊嫂被吓到，连忙换一张笑脸，道："我找樊胜美。"

"你妈，我又不是樊胜美，敲我门做啥。滚。"曲筱绡隐隐回想起来了，好像安迪提起过这事。她一想到，就来了兴趣，将门呼啦打开，"看见没？老子是樊胜美？"

安迪也走出来，站曲筱绡身后，"樊胜美两个月前搬走的吧。而且也不是这个房间，是隔壁，当中那间。"

"她有没有留地址电话？"曲筱绡道："她留我也不要。她家事多，留着她电话还等她找我借钱？你是她谁啊？她亲戚？妈呀，关门，又是借钱的来了。"

安迪笑看曲筱绡灵活地缩回门里，却留一丝依依不舍的缝，正好可以看清外面无计可施的樊嫂。曲筱绡怎舍得关门，她还没闹够呢。安迪道："你回吧。我记得小樊换了个工作，就搬到离工作地方近的出租房了。如果哪天遇到，我提醒她给家里打电话。"

樊嫂茫然了，这话听着更真实。"你们能不能借我点儿钱？我和她哥连吃早饭的钱都没了。"曲筱绡一听就哈哈大笑，果断将门拍上，"果然是借钱的。她家就剩借钱一件事。我现在最怕看见樊胜美了。不给。"曲筱绡见安迪翻出一百块钱，立马扑过去夺下，轻道："别给，给了明天又来。"安迪惊醒，"对，我没睡醒，昏头了。""耶，继续睡觉。咦，我怎么在你家？"

"不知道，我睡觉去。"曲筱绡想想，一扭腰赶紧跟进去卧室，将卧室门关了。外面樊嫂又敲了几下，两人不理，安心睡觉。可曲筱绡不老实，非要钻到安迪身边，被安迪扭开，又来。安迪被她烦得只好大吼，"再黏上来我念咒。"

"不怕，什么咒？吁，我会不会真是狐狸精？"

"赵医生赵医生赵医生赵医生……"曲筱绡一听，果然滚到另一头乖乖睡去了。自打认识曲筱绡以来，安迪第一次觉得曲筱绡可怜。邱莹莹候着樊嫂走了，也去敲2201的门。可没人应门。邱莹莹认定，一定是曲筱绡在里面作祟。

关雎尔被樊嫂吵醒后，又睡着了好一会儿才起床，拉开窗帘，天色是如此透亮，心情好得想飞。早有短信躺在手机里，谢滨说，今天做不同口味的烙饼。关雎尔微笑输入要求：可以要求甜的吗？回答：烟酒烟酒。关雎尔掩嘴而笑。她洗漱后挑了一条裙子配长靴，进进出出地忙碌。邱莹莹无聊地坐在自己屋里看着，终于忍不住好奇地问："我没猜错吧？"

"你猜什么？"

"男朋友！"

关雎尔想否认，可脸上不由自主地漾出甜美的笑容，"还……不是。"

"当然了，最初都不敢说，就是恨不得天天在一起，然后才说我爱你啊，你答应做我女朋友啊……"关雎尔脸上绯红，打断邱莹莹的话，"别瞎说。八字还没一撇呢。"邱莹莹起身，看看敞开的门外没别人，小心地道："别怪我老封建哦，我非常建议你，结婚前一定要守住女孩子最后一道防线。"

关雎尔心里不以为然，但嘴上说了"谢谢提醒"。本头痛邱莹莹肯定还得散枝开叶地发挥下去，可邱莹莹却忽然大声尖叫，叫声一停，门外传来曲筱绡的尖叫："吓死我了，有病啊？"关雎尔哭笑不得，这两人又对上了。

邱莹莹哈哈大笑，"就是吓你，就是吓你，谁让你昨天大清早骗我。我讨还公道了。"曲筱绡翻翻白眼，飘然而过，却不理邱莹莹。邱莹莹看着曲筱绡的背影，不禁嘀咕："这人怎么了？改邪归正了？啊，对，赵医生出轨了。"

"出你妈的轨！"曲筱绡进门前听到，愤然窜回来，冲到邱莹莹面前。关雎尔立马冲上去，拦在两人中间。"别，有话好说。"

"你自己昨天说的，你说要我查赵医生的岗，你不是自己也怀疑吗？"邱莹莹不甘示弱，她对曲筱绡积怨已久。"你妈个残逼，弱逼，你才出轨，被男人扔了还犯贱倒贴。"

"住口！小邱不许揭人伤疤。小曲你得自我检讨，你既然经常对小邱失恋状态讽刺打击，你得承受别人以牙还牙。"

"我讽刺打击时候躲人身后了吗？我不许你邱莹莹骂回来了吗？你这傻逼再修三世也没钱没貌没才，你红眼病你，你一辈子都混不出头，巴不得别人栽跟斗让你看笑话，你这坏良心胚子，我呸，还轮不到你。我看死你混到头了。你就会老鼠扛起窝里横，窝在2202做缩头乌龟，你有种出来，我骂不死你也揍死你。"

"怎么了？怎么了？"连安迪都听到外面吵架，赶紧出来劝说，可只够抱住小豹子似的曲筱绡，"哎哟，小曲别动，撞坏我肚子跟你没完。"而关雎尔只顾抱住气得发疯说不出话来只想动手的邱莹莹。

曲筱绡返身抱住安迪，呜呜哭了起来，"那傻逼拿赵医生寻我开心。"

一句话出来，连气疯的邱莹莹都知道发生什么了。安迪拍着曲筱绡的肩膀，拿眼睛示意邱莹莹安静。见邱莹莹终于背过脸去，她才对曲筱绡道："这件事你做得这么好，我都为你骄傲呢，为什么要生气呢？"

2202里面两女惊愕地看着曲筱绡，更加不明白究竟是为什么。而邱莹莹则是更加认定赵医生出轨，而曲筱绡处理得大方。她忍不住悄悄说给关雎尔听。关雎尔不语。邱莹莹得不到回答很郁闷，愤然回自己屋里，狠狠摔上门。可熬不住好奇，依然贴着门听外面响动。

曲筱绡呜呜了会儿，才道："我心里难过，她还专门找碴儿。"

"唉，我又一件衣服被你眼泪鼻涕给毁了。"

"关关还说我要允许以牙还牙。关关也变坏了。"

"又霸道了嘛，想想你平时有多坏。"

"你嫌我。"

"翻脸比翻书快，真是帮忙是兄弟，不帮忙是契弟。跟我进去吧，我说我做面条给你吃，你非要跑，这下知道不听老人言，吃亏在眼前了吧。"

"你那面条能吃吗？关关，你去看看，都在中岛堆着，那一大堆配料，不知怎么配到一起的。"

"我根据营养均衡配的，非常有料。"关雎尔听到这儿才轻松起来，"孕妇都吃得下去，你怎么会吃不下？"曲筱绡闻言才仔细打量关雎尔，"咦，你干吗去，打扮得这么漂亮？约会？

呜呜，让我跟去吧，我今天已经快崩溃啦，你行行好吧。"邱莹莹果断拉开门插嘴："小关，我提醒你，千万别让小曲插足。再说她现在又正好单身了。"

安迪赶紧将曲筱绡的嘴捂上，死劲往2201拖。关雎尔无奈地看着一地鸡毛的场面，再看看手表，这一闹，她得迟到好几分钟，真不是她的风格。而邱莹莹道："小关，门关上吧，别再让不怀好意的人招惹上。整个楼层，就她一个，不能拿她当人。你怎么了？不相信我的忠言逆耳？难道你忘了我的事怎么被她搅黄？"

关雎尔点头，"记得。真无奈，好好的，不行吗？我先走一步，天气好，你也出去逛逛街吧，别闷在家里了。"

"我……没心情。唉，对不起，又辜负你的期望。"

关雎尔起床心情还挺好的，出门时候有些沉重。尤其是不知曲筱绡与赵医生是怎么了，曲筱绡又怎么是做得很好了，难道赵医生真的对不起曲筱绡？关雎尔心里难过，不会吧，赵医生看上去这么倜傥的人呢。

关雎尔与谢滨相约在一处茶楼喝茶。茶楼安安静静的，非常清雅。谢滨笑说还真有点儿不习惯呢，就怕自己的粗声大气击碎玲珑的茶盏。可两人坐着絮絮说了好多话，也不知何来这么多的话题，一个话题出来，牵出好几个同类话题，都不过来讲其余的，又奔新的话题。两人又是抢着说话，又是抢着谦让，好几次笑场，关雎尔只能捂住嘴趴在臂弯里笑，免得吵到别人。

谢滨见她笑得如此可爱，越发地想逗她笑，关雎尔只能求饶，"别说了，我的肠子。哎哟。"

"OK，我苦忍十分钟，在你面前我怎么变话痨了呢。"

关雎尔终于能抬起脸，她却一眼看到一个熟悉的身影，赵医生。赵医生一个人坐白粉墙边，神情落寞。

谢滨见关雎尔看着一个帅哥发呆，不禁酸溜溜地道："据说，稍微有点儿丑的男人最性感。"关雎尔被提醒，忙回过头，但忍不住还是看着那一边，轻道："我邻居，我跟你提起过的那些好姑娘，那人是小曲的男朋友，今早才听她说分手了呢，怎么回事，越看越不明白了。"

"哦，那我们……"谢滨刚要说别看了，却见赵医生抬起手，手指蘸清水，在桌子稍上方的粉墙上写起字来。动作潇洒流畅，一笔一画，若行云流水。可惜手指不吸水，一边写，前面的笔画一边消失，等手指垂下，墙上只剩每一条笔画的起点星星点点地分布于墙上，犹如星星点点的眼泪。而最终，眼泪也风干了，只剩白茫茫墙壁真干净。

而关雎尔看得清楚，那个字，分明就是"筱"。关雎尔看呆了，"我邻居名字。"

"不痛快。在这儿想，何不见面说明？"

关雎尔想解说，可又觉得只可意会，呆呆看着谢滨说不出来。看了会儿，忍不住又扭头看向赵医生，眼泪不知不觉从她眼睛里掉下来。谢滨看着关雎尔，心里只觉得不妙。"怎么了？"关雎尔难以言语，招呼服务员过来结账。她要拿钱，被谢滨挡了回去。两人默默出了茶馆。坐到驾驶室，关雎尔眼睛看着前面，艰难地道："对不起，我送你回家。以后我不会找你了。"

"因为他？"关雎尔点头，但不语，咬紧下唇，擦干眼泪开车。谢滨再问，关雎尔只是不说，专注地开车，可车子开得扭来扭去。谢滨不敢再问，怕出车祸。谢滨茫然，完全不知道该拿关雎尔怎么办。

到了宿舍楼下，等车子停下，谢滨才道："我心碎。"关雎尔眼泪又冒出来，摇头道："对不起，我不是故意，我也不知道。可既然知道了，我不能继续找你。对不起，是我不好。"

"忘记他。"谢滨握紧关雎尔的手，揉在手心里，"忘记他。我不在意，我只要你在我身边。"

关雎尔茫然地摇头，再摇头，将手使劲拿走，开门走了。她完全不知道，有些感情，竟然能在心里埋藏这么久，这么久，隐蔽得又是这么好，她都差点儿忘记。

关雎尔打车，可说了欢乐颂，又改口了，她让司机载她去海洋公园。一下午，她都在海洋公园里发呆。

Chapter 53

第 53 章

安迪照例很快将一碗面条吃下去，只是一边吃一边皱眉头，强忍胃部的抽搐。曲筱绡面前的一小碗却吃得她了无生趣，如此混浊的面汤，含混可疑的各种料，偏淡的口味，都不是她的那杯茶。她见安迪进进出出准备出门的样子，都不来好好安抚她，她委屈地趴在厨房中嘀嘀咕咕地道："去哪儿啊，让我跟着去行吗？"

安迪准备去看弟弟，本来昨天要去的，被事情耽搁，只能拖到今天，不知两天下来，弟弟能适应多少。她当然不会让曲筱绡跟去。"正事，你不能跟。"

"我给你开车，送你到了之后，我在停车场睡觉等你。好不好嘛。"

"你可以回家啊。还可以找你同学朋友。"

"他们都会跟我提起赵医生，我爸妈见面就问我什么时候带赵医生回家吃饭，朋友们都已经知道赵医生和姚滨打架的事，都苦于找不到我来问呢。只有你最好，事不关己，一句废话都没。关关也好，想提但忍得住。我当然要跟住你。"

安迪愣了一下，想不到她在曲筱绡眼里是这种人。也是，她就是个不喜欢插手别人，也不让别人插手的人。"要不，你去找小关？"

"不行啊，关关现在不敢理我，怕邱莹莹认为她跟我是一伙儿的，把她也难看上。我只有跟你了。"

"还有这种事？胡说。你找关关去。我走了。你要是不走，我只好把你反锁在家了。"

"我怎么胡说呢，我小学初中就是跟邱莹莹那样混过来的，你跟我好，你就不能跟我的死对头好，道理多简单啊。好吧，你不让我跟，我去公司干活儿。"

"这就对了。"

但曲筱绡见安迪有点儿反常的如释重负，心中狐疑，但也没想哪儿去。"那么我要不要做件好事积德呢？"

"一般你这么说，我认为你又要做坏事去了。"

"哈哈哈，我就知道你最懂我，聪明人才懂聪明人。"曲筱绡黏在安迪身边等电梯，两眼瞅着 2202 的门，故意笑得特别响亮。

安迪不知曲筱绡早在谈笑间将坏事做下了，将屋里孤独的邱莹莹气个半死。她跟着曲筱绡下到一楼，还以为曲筱绡要做什么坏事，却见曲筱绡与一楼保安严正交涉，抗议他们放樊嫂上楼。曲筱绡说她有门口监视器拍下的差点跟 2201 住户打起来的录像，如果再放人上楼，她拿录像找物业领导反映。保安连忙答应再不徇私。但保安也当场嘀咕，上回遵章不放人进门呢，差点儿闹出人命，樊胜美去物业闹。这回网开一面了呢，邻居来闹，让他们保安无所适从，会不会回头樊胜美又来闹不放入她的亲戚？曲筱绡果断说，当然是听业主，忽视租户。

安迪放心，刚想溜走，曲筱绡又缠上来，哀哀要求看在她做好事的分儿上让跟随，要不然她会寂寞得爆掉。安迪实在是在这件事上无法心软，只能硬下心肠扯掉曲筱绡拉在袖子上的苍白的小手。一路上，心里内疚得不得了，仿佛亏欠曲筱绡好多人情。曲筱绡则是无奈地去办公室做事了。人称情场失意，赌场得意，说明一个人的精力有限，顾此——失彼。

安迪上了车，才有空闲给包奕凡打电话表示慰问。包奕凡很无奈地告诉安迪："我爸刚刚震撼登场，带来一大批他的死党。我妈这边的人当然不干了，眼下是对峙。丧礼就变得政出多头，乱七八糟。"

"你爸打着财产移交给你的旗号，封所有银行账户，钱只进不出。你妈娘家的人没钱还有时间力气闹吗？"

"不得不承认他老谋深算。就因为说好把所有资产移交给我，你说，我还能资助我妈家族，由着我妈家族的人闹吗？我还是 too simple, sometimes naive。他是把所有的都安排好了，才粉墨登场。一点儿不怕我累死。"

"昨天他暗示我，让我劝你别插手，他全都会安排好，让你轻轻松松的。"

"他曾经也这么对妈妈承诺过吧，我怀念高中住宿前的好日子，那时候家里钱还不算多，他们两个白天几乎没有在家的时间，可再忙，一家人都是一条心。现在，连我这个儿子都跟他们没法一条心了。好好说话不行吗？非得暗示，暗示个头。他有没有想拉你下水？"

"我一早声明不插手别人的事，也不让别人插手我的事。"

"我小时候以为对我好的是最可贵的，现在才知，立场清楚明白简单坚定的人才是最可贵的。安迪，你别操心我这儿的事，我的有利之处在于我置身局外，可以看得更清楚。我的缺陷是我不忍心，有些事做不出来。要不然我撺弄他们两派斗，我坐收渔利。唉，什么世道，害得我都无法专心下葬我老娘。"

"嗯。我去看我弟弟适应得好不好，我睡一觉后已经不累。你也有时间就休息。"

"你是不是在提醒我，不忍心反而惹更大麻烦？"

"没有，别多心，我不管你家闲事。我确实在去疗养院的路上。不信发张照片给你。"

"呵，你看我风声鹤唳的。这两天他们对我说话，一句后面埋伏着好几句意思，我头痛得很。家族企业的通病，角色混乱，职责混乱。唉。我还得头痛好几天，你的耳朵再当几天垃圾桶。别生我气。"

"你这几天就管好你自己吧，我这儿什么事都没有，不会生气。即使生气也会直接跟你说，你不用猜。我回头从弟弟那儿出来，再给你电话。"

"你戴着耳机吧？"

"是啊，听得出来？"

"不是。既然戴着耳机说电话，就多陪我说会儿，我闷得慌，不想出去见他们，来的人个个心怀鬼胎。我越发想你，简单美丽聪明绝顶等等等等，我要见你！"安迪发现她有强烈的孕吐反应升上来，原来情话可以说得这么恶心，一定是肚子里面的孩子有反感了，她不禁想笑。

　　樊胜美这个周末过得无精打采。还没吃晚饭，她就坚决与王柏川告辞，她需要单独空间安静思考，而不是听王柏川说你怎么决定我都支持你。可她不敢贸然回家，先打电话问关雎尔，可关雎尔说她正在外面。她只能问邱莹莹，她哥嫂还在不在门外。邱莹莹终于找到点儿事做，赶紧各处巡视一趟，报告樊胜美一切平安。顺便插播早上樊嫂敲 2201 的门似乎闹了点儿什么事。

樊胜美一听就翻白眼，就知道他们现在生活没依靠，一定出来找她，靠她，而不是先想着去找工作，靠工作。

但樊胜美显然不是很放心邱莹莹的巡视，她犹豫了半天，打通安迪的手机。她估计安迪今天也在家里，这个人周末也没地儿去。

安迪正与弟弟并排坐着。她带来一些包装简单的吃的和一个字大、屏幕大的计算机，她也不知道该怎么与弟弟交流，只知道这孩子不闹了，情绪有点儿低落，见谁来都垂头丧气地不理，当然也不看她。她陪弟弟坐了会儿，问了几句话都没回答，自己先无聊起来，拆开计算机和零食，先自己享用。最原始简单的吸引力才是最致命的，食物的香气立刻唤醒弟弟。借着食物的引诱，安迪慢慢诱导弟弟玩数字游戏。那是她小时候独自待角落里左右互搏地玩过的游戏，她自己发明，玩进去之后千变万化，深不可测。她领着弟弟也玩这个，开发一个个数字之间的联系规律。当然，弟弟不可能有她的悟性，也没她的心算本事，但弟弟愿意跟着她玩，她就很满足了。她很耐心地陪着弟弟玩了一下午，直到樊胜美来电为早上哥嫂的事情道歉。

"我这儿没问题，都是小曲打发的，正好他们敲门的时候小曲在我家。而且小曲顺便帮你下去跟保安交涉了，以后保安再也不敢放人上楼。你只要乘车从地下车库进出，一点儿事情都没有。"

"小曲？她还做了什么别的？"

"她让我别跟你说，你亲近她比你烦她恨她，更让她头痛。"

樊胜美听了，好一阵子缓不过气来。安迪微笑道："小孩子逆反，你别在意。她今天不爽，浑身是刺，你也最好别理她，这是我的忠告。"

樊胜美忙道："谢谢你和小曲。听说包家……"

"嗯，包子很忙，我不去凑热闹了。还有什么事吗？我这儿正与人说话。"

樊胜美其实还有很多话要说，可还是打住了。她想了解哥哥嫂嫂究竟什么状况，无法问曲筱绡，问邱莹莹不靠谱，问小小的小关有点儿放不下身段，她真想多知道点儿，可以更好地回避。可她心里也清楚，避是避不开的，她和被她卖掉房子无处可去的哥哥之间必有一战。

　　王柏川见她终于咨询完毕，就道："既然大家已经帮你处理得挺好，不如吃完晚饭才回去吧。"

　　"我还是想趁天还亮着就回去，看看他们会不会在附近等着。"

　　"见不见到他们有什么关系呢？总之明天开始我接送你上下班，不让他们看到，直到确保他们回老家。反而你现在回去，倒是有被他们从车窗玻璃看到的可能。"

　　樊胜美烦躁地摆手，"回去，回去，不亲眼去看一下心里不踏实。唉，该来的提前来了。"

　　王柏川无奈，只能送樊胜美回欢乐颂。"不是跟你说了吗，我已经委托哥们儿关注你兄嫂回家的情况。你啊，真不必太操心。他们没钱，能蹦跶到哪儿去呢？"

　　"你真不知道，没钱的人才是最凶的，穷凶极恶知道吗？人穷志短知道吗？我就怕他们什么不要脸的事都能做出来。今天幸好他们只两个人来，如果他们背着我爸过来，我怎么都得被他们逼出来见面。"

　　王柏川被质问得气短，连忙不敢说话，以免说出蠢话。而樊胜美见离家愈近，连忙躲到贴膜的车窗后，紧张地往外搜索。果然不出所料，她见到嫂子形如乞丐，也确实在做着与乞丐一样的事情，讨钱。而毫无疑问，她哥哥一定在附近，只是她没找到而已。

　　樊胜美真想气得尖叫，可身边有王柏川，她得保持形象，她只能铁青着一张脸，咬紧嘴唇不说话，以免一张嘴就叫。到了地库，车停下她就跳下去。王柏川在后面喊："我明天七点在这儿等？"

　　樊胜美不敢回头，只做了个"OK"的手势。直奔电梯。王柏川不悦，愣愣看着樊胜美一会儿，什么都不说，飞车离开。而樊胜美一进电梯就想叫，可她没有曲筱绡的放肆，她最终只有狠狠干咳，咳得一楼进来的人远远躲开她。

　　樊胜美才打开门，只见邱莹莹飞扑出来，将她拉到2201门口，非常轻非常轻，如蚊子叫似的告诉她："小关早上高高兴兴地出去约会，刚才黑着脸回来。我们都小心哦。"

　　樊胜美叹了一声气，点点头，一脸沉重地进去了。邱莹莹不疑有它，看着很是佩服樊姐表现出来的沉重脸色，关雎尔看见该多感激他们的感同身受啊，她也连忙端出一脸沉重，跟在樊胜美后面进屋。

　　2202的低气压一直持续到4月。

4月1日上班，关雎尔一上去就收到服务台交给她的一束小小蓝莲花和一只小小礼物盒。同事看见有立刻会心而笑的，那笑容后面就是三个字，"愚人节"。

礼盒上有一封胖胖的信，打开，关雎尔一看取出来的是一只折得很精美的螃蟹，就心里一阵乱跳，知道是谁送的礼物了。她深呼吸了好几下，才敢翻看螃蟹上的字。可翻来覆去，都是一只雪白的螃蟹，什么字都没有。翻了好几下，才想到揭开蟹盖。果然，字在蟹盖里。做得真是巧夺天工。

"斗胆送花，我想你。如果你不愿接受，请打开盒子，取出蟹黄饼（简称蟹饼）狠咬出气。然后，请把它们当作愚人节的一个玩笑，一笑置之。祝你开心。谢滨上。"

关雎尔几乎是心碎，一整天工作不在状态，感觉太对不起谢滨，而谢滨却依然这么好。她多次从抽屉里拿出手机，可不知怎么回复，又将手机放回。一直折腾到下班，又加班。回家时筋疲力尽，只觉得有工作真好，可以一头扎进工作里，名正言顺地做鸵鸟。

同样是愚人节。邱莹莹上班收到一条来自应勤的短信，简单的五个字，"愚人节快乐"。愚人节有这么祝快乐的吗？显然是不动脑筋。可邱莹莹依然很高兴，因为应勤念着她。

樊胜美上班也收到一束花。很漂亮的不知什么花，小小的精美的一束。樊胜美从小到大收了那么多花，却还没见过这种的。想不到又是陈家康有心。他在卡片上写的是：不知该找什么理由送花，今天也算是一个节日吧。一笑。

樊胜美果然很开心地笑了好几个"一笑"，一整天都在一笑。

可临近下班时来的一条短信让樊胜美怎么都笑不起来了。是王柏川发来的短信，"你哥嫂将你爸和一包药扔在我家，走了。请赶紧电话我。"一定是愚人节的短信。樊胜美想。可是又知道，王柏川即使喝醉了也不会编这种扎刀子的笑话来祝她愚人节快乐。她满心惶惶不安，终于找了个空子，躲进厕所给王柏川去电。王柏川说他爸妈正在家里暴跳如雷。可又不敢乱动，就怕人死在王家，更说不清。

樊胜美蒙了，她哥哥果然做出穷凶极恶的事，逼她无法坐视，必须现身处理。她完全无法工作，好不容易熬到下班，急匆匆赶去王柏川的办公室。可王柏川正闭门开会，她只能坐等，坐立不安，却不敢给家里打电话。

一会儿，王柏川终于出来，但王柏川不由得先看一眼樊胜美手里的花束，才道："我们出去说。你等我收拾一下。"

　　樊胜美才发现自己不小心将花束带出来了。她看看漂亮的花,又看看旁边的垃圾桶,又抬起头,看王柏川收拾。心里无鬼,怕什么。两人等钻进车子,几乎是不约而同地问:"怎么办?"

　　樊胜美接着道:"我不敢打电话回家,他们明摆着不怕我爸出事,可你爸妈忌惮出事。难道我妈就看着他们两个胡闹?"

　　"这不是胡闹,纯粹是恶毒。你说,我爸妈都不知道怎么喂吃饭喂药,即使不折腾你爸,你爸也很快出问题。"

　　"你别这种语气,责怪我有用吗?他们这是在逼我,你也来跟我大呼小叫,都来逼我,好吧!"

　　王柏川见樊胜美抓狂,只能闭嘴。可他妈妈又来电呼救,要王柏川赶紧找樊胜美想办法。王母不禁怨声连天,她本来就不喜欢樊胜美,原以为两人已经春节后分开了,想不到还在一起。结果,不出所料,与这种人家搭上,就永远没清净日子可过了。中老年妇女唠叨起来没个完,偏偏车厢狭小安静,樊胜美听得清清楚楚,等王柏川这边电话结束,樊胜美早心中癫狂,只等着王柏川放下手机,她狠狠敲打椅背狂叫。"一帮混蛋,一帮混蛋,一帮混蛋,一帮混蛋……"

　　王柏川沉默,等樊胜美发泄够了,才道:"我们讨论怎么办。"

　　"怎么办?显然是逼我现身,逼我回家把人从你爸妈家扛走,等哪天他们没钱再会玩一遍。你说我有什么办法?"

　　"我妈说,要么,让她报警?"

　　"报吧,只要有用。"

　　王柏川又打电话去,可想而知,又挨他妈一顿唠叨。而他和樊胜美两个坐在车里,一动不动,闷等报警结果。

　　可很快,王母抓狂地来电,警察说家务事,建议协商解决。其实樊胜美也知道这种办法无用,警察也不敢碰她爸这样的人。而且即使今天警察帮忙将人载回樊家,过几天她哥还是会把人送到王家来。这就叫作无赖。

　　"王柏川,你帮我想办法,你想不出请你哥们儿帮忙想,我全靠你了。只要不出人命,随便你处理。"王柏川怔怔地看着樊胜美,"我们连夜赶回去。争取周六日两天处理完。看看机票还有没有。"

曲筱绡下班前给安迪打电话，"大姐，今晚我俩周末都没安排啊。收留小的好不好？"

"我飞去见包奕凡。"

"愚人节笑话吧？都知道那儿闹成全武行了呢。报纸都拿这事当花边八卦登呢，你不知道？"

"包奕凡说没事就没事。"

"那不行，姐们儿得跟去做保镖。"

"愚人节笑话吧？你保镖？还不如我这孕妇。"

"哈哈，还有空位，你坐商务舱吧？一起去。"安迪不禁白眼向天，"愚人节笑话？"曲筱绡只是吱吱地笑得小老鼠一样。过了会儿，就一个电话上来，已经出现在安迪大楼外面，说是蹭着墙角不敢进这种光鲜地儿。安迪郁闷地收拾下楼，抓起曲筱绡一起去地库驱车，奔赴飞机场。两人想不到，居然遇见神色极其紧张的樊胜美和王柏川。

"这么巧？愚人节还玩真人秀？"曲筱绡远远地看着办理自动登机的樊胜美，不打算过去招呼，跟着安迪去办理行李托运。"你猜，两人回老家干什么去？跟樊大姐哥哥会不会有关？"

"概率很大，要不然不会愁眉苦脸。有兄弟还不如没兄弟。你那两个哥哥呢？"

"哈哈，半年时间，被我全面赶超，一个个捻死在地上。没办法，等他们活到二十岁以为顶尖名表是三个字的时候，我早知道是四个字了。他们还在吭哧吭哧编织社交网，我的同学们和同学们的爸爸们都已经是海市支柱了。怎么比。但，嘻嘻，如果有你这脑袋，把我捻死是没问题的。"

安迪白她一眼，可这就是现实，曲筱绡话糙理不糙。

四个人过安检的时候，终于八目相对。曲筱绡拿眼珠子将两人扫了个彻底，居然没问。就怕一开口，麻烦事滚滚而来。那么她管好，还是不管好呢？王柏川毕竟是她的同道。

看王柏川见了两位，眼睛一亮，赶紧道："你们也去……哦，见包总？"

"是啊，他最近不顺，心情欠佳，我去看看他。小曲非要跟去，我甩不掉。"

"我们回去处理一些事。她哥……"王柏川不顾樊胜美在身后踢他一脚，"她哥把她爸往我家一扔，跑了。我们一下子不知道怎么处理才好。回去边打边算了。"

　　不仅安迪，连曲筱绡这个混世魔王都听得瞪圆双眼，可真很难处理。谁玩得过一个没钱没资产的无赖？

　　"耶，上回的仇家都用不上了。仇家上门，你哥只要把你爸摆门口，谁敢踏着过来，出人命给你看。你爸现在可是他手里的核武器了。"曲筱绡忍不住自言自语。

　　樊胜美听了脸色一变，果然。她本来考虑过这主意。"把你爸拉去市里，找间房子，找个保姆，谁也不知道那地方，你哥还能挟持你爸吗？"安迪觉得这事简单。曲筱绡先反驳了，"你以为王家门口没埋伏的人？三班倒盯着呢，大不了当上班挣钱，看谁先崩溃。"

　　"抢呗。他们难道租得起好车？随便上哪个环城路溜溜就把他们甩了。"

　　"跑得了和尚跑不了庙，王家以后还要做人吗？"安迪被曲筱绡驳得没声音了。王柏川与樊胜美也被曲筱绡说得心中全无底气，全泄气了。摆在他们面前的路只有一条：樊胜美割地赔款。樊胜美灰头土脸，一想就想到自己过去被家里予取予夺的生活。她是真的陷在里面再也出不来了吗？她此时真的杀人的心都有了。而且，她又得面对本来就对她非常不满的王母了。安迪上了飞机，才问曲筱绡："真没办法了？"

　　"有，怎么会没有。就是王柏川没那能量。找两个兄弟，把她哥揍一顿，手脚做足，远远载到鸟不拉屎的地方扔下，让他讨饭回来。没她嫂子陪着，他能糊口就蛮好了。有她嫂子在，卖几次就筹足路费，没意思。只要她哥不在，她嫂子闹不起来。"

　　安迪斜睨镇定自若说这种办法的曲筱绡，"不可以。"

　　"所以说嘛。帮不上。一个没钱的无赖，你什么要挟的办法都没有，早听说樊大姐的哥进去坐牢，这傻大姐还开心呢，我就知道不妙。监狱是个好学校啊，看看，她哥长能耐了吧？看樊大姐自己怎么发挥了。我看她没戏，不像我，即使极品大哥成双成对出现，照样一个个收拾了。她就是少一条本事：豁出去。这条本事你我都有，所以我们坐前面，他们挤后面。"

　　安迪无言以对。确实，曲筱绡说的话里全是闪烁的智慧。

　　包奕凡这阵子很是焦头烂额，如果手机不关，几乎电话不停，熟悉的不熟悉的，纷纷打电话进来打听进展。仿佛包家忽然成了关系本地经济发展的举足轻重的巨人。他只能关机，新买一个新号码的，方便随时联络需要的人。

即使到机场接人，他都俨然地戴上墨镜帽子，鬼鬼祟祟地掐着时间点出现在大厅。只是，他完全想不到，出来的竟然是四个人，而不仅仅有原先说好的死缠烂打的加一曲筱绡。包奕凡有些吃惊，不知道安迪打的什么主意，怕安全不够，多请几位保镖？还是别的什么打算？

曲筱绡出来就冲包奕凡大笑，"大明星范儿啊，包大哥。"包奕凡无奈地笑，拥抱安迪，接了行李的当儿，轻问："另两位是……"

"他们自家有大事，只是凑巧在飞机上遇见了。千万别问他们，回头跟你说。"包奕凡便与王柏川握手，客气地道："我车子坐得下，先送你们回家。"王柏川忙道："怎么敢麻烦包总。我们搭包总顺风车到市区就行。我还得在市区再找几个人。"

"哦，那我们赶紧上路，这边的人睡觉普遍比海市的早一两个小时。"

安迪见包奕凡以此话避开问题深入，舒口气。曲筱绡则是斜睨樊胜美一眼，心说此人这是干吗啊，放着个真神在面前不赶紧拜，难道还得等到天翻地覆了，才一把鼻涕一把泪地委托安迪找真神吗？真是死要面子活受罪。

但王柏川不是樊胜美。王柏川上车后，跟曲筱绡道："小曲，拜托你，今晚请你照看胜美，让胜美跟你住一起，行吗？"

"你们一路商量好的？"

"是他的主意。"樊胜美道，"可……不去看看我爸，我怎么放心。"

王柏川道："我想来想去你哥目的就是要借打我把你逼出来。只要你不出现，你授权我不留情面地处理，显示你我没有联系，那么以后他也就不会抓我这个小辫子。同时我保证你爸爸安全回家。这件事只能这么处理了。"

"你的处理办法只是撇清你家而已，又不是根本性解决。"樊胜美不满。

曲筱绡熬不住，插嘴："而且王总你也别想撇清啊。你今天叫几个兄弟暴力把人送回樊家，势必与樊大姐大哥拳打脚来几下。但等你一回海市，你年老的爸妈一落单，你想樊大姐的大哥能不缠上你爸妈出气吗？你以为撇清跟樊大姐的关系就行了吗？"

"对啊，只会让我看清你急于为自家撇清的嘴脸而已。小曲，你看最好办法是什么？"樊胜美说的时候，王柏川脸色非常扭曲。

"有办法你也做不到，你这种只敢抽枕头不敢抽电脑的，放一个大活人在你面前，你连一个巴掌都甩不出去，有办法等于没办法。换我的话，找一根自来水管先打回家去，把电视机电灯玻璃窗凡能砸的都砸光，才把你爸接回去，一扔，告诉他们，要是再敢折腾一下你爸，你自来水管照他们脑袋瓜砸。但你敢吗？只怕你的细胳膊连抡自来水管都费力。"

樊胜美揪住一根稻草，连忙看向王柏川，但王柏川脸色铁青地道："这种事除非你自己做。我陪你做，或者我单独做，不仅没用，还直接连累我爸妈。"

"王总这话是对的。"曲筱绡在樊胜美再度欲发火前连忙肯定了王柏川，免得王柏川当着这么多人的面，面子遭殃。王柏川在黑暗中与曲筱绡对个眼神，表示非常感谢。"王总只能帮你两个忙，一个是替你做苦力，把你爸搬来搬去。一个是替你出钱，养你们一大家子老小。"

樊胜美看看王柏川，又看看曲筱绡。但王柏川一声不吭。樊胜美急道："王柏川，你说话啊。"

曲筱绡见此不由得翻了个白眼。包奕凡在前面皱皱眉头。只有安迪面不改色。王柏川沉默了会儿，才道："小曲说的第一条，我正准备做。第二条，与你一起养你爸妈是应该，但养你兄嫂，而且是被他们勒索着养，我做不到。可问题是，目前情况下，养你爸妈就得先养你兄嫂。我还想不出两全其美的办法。今晚先做第一条，看效果再接着下一步。"

"我要一起去，我只在远远看着。"

"你如果相信我，你还是跟小曲待着，你一起去，我怕是照顾不到你。半夜三更你落单在小街小弄里，很不安全。让你哥哥那边的人看到更不方便。他们只要知道了找到我爸妈就可以找到你，以后更没完没了。"

"我去我家楼下看着，不看见事情发展我没法安心。你只管做你的。"

"好。"樊胜美想不到王柏川竟然忽然答应，而且答应只用一个字，感觉有异。她看看王柏川，而王柏川则是拿出手机开始联络朋友在什么路口等候，没空再与樊胜美讨论。忽然，曲筱绡嗲兮兮地道："王总，我也申请跟去。"

"小曲，也不看看场合，别节外生枝。"安迪终于开了声口。"不是啊，我去帮忙。我假装是王总的女朋友，既然王总与樊大姐不是男女朋友关系，不是可以帮王总家撇清了吗？只是……樊大姐，我劝你还是别去现场盯着的好，到时候我总得当众吃吃男朋友的豆腐吧？你看着多闹心啊。"王柏川感激地看着曲筱绡，"只是得大半夜劳烦你。"

"嗯，先把你家撇清，很好。"大家听樊胜美几乎是咬牙切齿地来了一句，都又闷声不响了。樊胜美对王柏川很失望，为什么总想着先撇清他家，而不是帮她的忙。毫无疑问，那有点儿变态的什么老婆与老娘一起掉进河先救谁的问题出来，王柏川肯定选择先救老娘，一点儿犹豫都不会有。要换作世上男人都是王柏川，那变态问题就不会成经典了。可见王柏川……

可曲筱绡才不管樊胜美的脸色，她就是得先撇清了王柏川，以免王柏川心思无法集中在生意上，顺道影响她的生意。等他们到了相约的路口下车，曲筱绡将行李扔给安迪，她也跟着跳下去凑热闹。

包奕凡等他们全下车了，才松口气，"我已经快忍不住了。放心交给王柏川去处理好了，王柏川做那么多年内贸生意，对付个无赖要是都没办法，可以改行了。那个小樊吧，看不起王柏川。也亏王柏川一直忍着。当众这么损王柏川，这两个人……"包奕凡摇头。

"我也快忍不住了。自己处理不行吗？就像小曲说的，拎条棍子去，豁出去了，赌谁先怕死。"包奕凡不禁笑了。"你这赌棍。也好，省得小曲总黏着你。我本来约了个朋友陪小曲，现在看来她自己找到更好玩的。今晚上她有戏。"

"你瘦了点儿，看上去很没精神。"

"这几天没怎么睡觉，事情发生太多，想不过来，脑袋高度紧张。我们这两天住酒店，避开他们，只有我和你。"

"你爸到底想怎么样啊。不是说交权给你吗？"

"所以说他的话能信吗？他正轰轰烈烈地清理我妈安插在房地产公司里的人，哪舍得离开。我们不说那些烦人的。委屈你，我们从员工通道进酒店，我不想让熟人看到我住这儿，又没得清静。偷情一样。"

包奕凡显然最近很可怜，抱安迪下车后，还得取出车罩将车子罩住，省得被人看见他的车子停在那儿。本市就这么几家五星，撞来撞去都是认识的人。安迪抱臂看着，笑道："我什么都不做，看你一个人忙忙碌碌，这感觉异常的好。"

"你总不给我机会。"

"怕像小樊一样，全靠在王柏川身上，王柏川压力太大。"

"男人嘛，为心爱的女人做事是很愿意的。只是别像小樊一样，既看不起他，又要他做。"

"有没有既看不起他，又不要他做？按理，应该是这种逻辑才对。"

"以后你要是总不让我替你担着，我就按这逻辑推理，你是看不起我。"安迪才刚想从逻辑上反驳，但马上想到前阵子发生的事，她完全将包奕凡置之事外，不让插手。包奕凡显然有怨言。"我一个人惯了，几乎遇到事先自己冲出去了，等想起可以交给你，自己早有了计划，懒得再交给你。以后都交给你。我和小曲的行李都你拎着。"

包奕凡裹好车子，双手拎行李，身上还得挂着个人，他显然甘之若饴。安迪有点儿想不明白，合理分担不是更好吗？显然她还得适应这种男女相处的心理。

樊胜美一行乘王柏川朋友的车先到樊家附近，樊胜美虽然因为朋友在场而微笑挥手下车，但王柏川还是收到樊胜美的白眼。曲筱绡一边儿看得清清楚楚，吱吱乱笑。"老王，你真打算养起樊家一大家子？"

王柏川却道："小曲，等下我跟朋友动手的时候，你机灵着点儿，自己躲开，我可能照顾不了你。"

曲筱绡大乐，"我说呢，你怎么会没有办法。没事，我等下车后面工具箱里翻只扳手拿手里。但你不怕樊大姐旁边看着，找你秋后算账吗？"

王柏川重重叹息。"她家的事不好办，只要她哥找不到工作，他们只能靠胜美汇回家的钱吃饭。原本三口人吃那些钱，变成五口人吃。最终委屈的肯定是二老。胜美怎么忍心。今晚不管怎样，先解决我家的问题，截断她哥的这条胁迫路径，我和胜美都能好过点儿，不用被抓小辫子。"

"所以说，最终你还是得养起樊家一大家子。"

王柏川沉默，没有回答。一直沉默到王家。王柏川下车的时候，曲筱绡在里面娇滴滴地道："老王，给我开车门，我可是你的女朋友耶。"

王柏川才想起曲筱绡的临时客串，连忙将人从车里挽出来。王柏川的俩朋友忍不住起哄。但曲筱绡风情万种地挽着王柏川的手臂，客串得还真那么回事似的，一看见王母下来迎接，还飞扑上去拥抱，吓得王母倒退三步，靠墙肃立，不敢吱声。但曲筱绡喊着伯母勇往直前，直到被王柏川拎走。她早已笑得肚子痛，自顾自玩个痛快。

王柏川哭笑不得，又有点儿嫌曲筱绡太闹，可心里觉得这场戏的效果可能还真的好。而曲筱绡甚至冲在王家母子前面，她迫不及待地想看到樊父究竟怎样了。才刚摸到王家的门，就见到樊父裹得棉被筒似的躺在简陋的担架上，看上去不像活人。王母一个劲地说，"不敢动他，一点儿都不敢动他，那家人真做得出来，就这么把人往门口一放走了，什么别的都没有，就把他靠门放着，坐这么冷的地上。我还以为他们闹够了人走了，想不到一开门他就摔进来，倒在我们屋里。幸好你赶回来。赶紧搬走他。他们家女儿呢？"

曲筱绡笑道："还提他们家女儿干吗，过去式啦。现在是我。"

王母完全不信，下午的时候儿子还没提起另有女友呢。她鄙夷地看看举止轻佻的曲筱绡，认定这是儿子花钱雇来的戏子。王柏川也没解释，与两位朋友抱起樊父就走。肯定是有人在王家附近打埋伏。等王柏川一行将人送到樊家楼下，樊哥与樊嫂的几个家人也冲下楼来。曲筱绡一看大事不妙，对方也有几个男人，手中显然持着家伙，还有雪亮手电晃来晃去，阵容甚至比这边的强。这一仗，没把握。曲筱绡一看就尖叫着喊"NO"。王柏川显然也看出这个问题，几乎是毫不犹豫地打开车门将樊父往地上一放，车子几乎都没停，就紧急遁去。车子逃到大路上，一车人才松一口气，庆幸反应迅速，才得逃脱。原本打算的给樊哥一些教训，完全作废。

樊胜美提前埋伏在灌木丛中。她看到车来，但见到王柏川手忙脚乱地将她爸爸往地上随随便便一放，而车子几乎是擦着缓缓躺倒的她爸飞驰而去，她差点儿失声尖叫怒骂王柏川。可楼道里随即有人冲下来，那些人，她大多认识，除了她哥，还有嫂子的娘家亲戚，大多无赖。她吓得不敢出声，死死躲在树丛里，即使手机一直震动，提醒有电话进入，她都不敢轻易接一下。

他们扛起她爸，但他们在议论，要不要送回去，他们考虑的只是晚上难叫车，而不是她爸的安危。樊胜美又气又急，又无法出力，眼泪大把大把地掉下来。争吵中，樊母终于哭喊着冲下来，抱住老头子的身躯不放，要求说什么今晚都不能再送走，要不然老头子会没命。樊兄说趁热打铁，不能拖延。趁这边人多，立刻送过去。但樊母大叫："弄死你爸，你爸退休工资一分都没了。"樊兄醒悟，连忙招呼大伙儿将樊父背上去。

樊胜美站在树丛中心寒，哭了好会儿，等这边动静没了，才敢走出去，走远了，给王柏川打电话。

但来接樊胜美的是王柏川的朋友和曲筱绡。樊胜美上了车就问："王柏川呢？"

"老王说，闯祸了，王家人得连夜收拾行李逃走，连夜拿铁板封门。他在帮忙收拾，走不开，我们回市区去。"

樊胜美蒙了，"什么意思？"

"还能什么意思。今晚一照面，我们这边就输了，以后还怎么办，放王家爸妈在这儿，随时让你哥欺负吗？等你这边把你家的事解决了再说吧。这什么破事儿，我打架从没这么输过阵。"曲筱绡虽然是不相干的人，可显然她比谁都郁闷。

樊胜美张嘴无语，心知非常糟糕。可此时她心里也是乱了，完全不知道该怎么办。家里，爸爸备受折腾，妈妈忙得不可开交，而那帮狐朋狗友还在磨刀霍霍，不知将家里闹得怎么天翻地覆。王家，则是准备出逃。将心比心，王家当此天翻地覆之极，王母还能不恨她入骨。以后，以后她还想再见王家人吗？樊胜美咬着嘴唇抹泪，一路无语。

曲筱绡坐在前面，问樊胜美："你打算怎么办？"但问了三遍，都没回答。

她回头看看樊胜美哭得一张脸都不知怎么扭曲才好，做个鬼脸，不再探问。等樊胜美被曲筱绡牵着入住，樊胜美忽然道："我要不要跟我哥谈判？"

"谈什么？我看你只有一条路，硬着心肠等你爸被你哥折腾得翘辫子。"

"我……给钱？"

"对，你钱很多，上回卖你哥房子的钱还有好几万吧？全给他。"樊胜美愣了一下，便知不妥。"小曲，我脑子全乱了。你别挤对我，我睡觉。王柏川要是来电话……他会来电吗？"

曲筱绡老三老四地拍怕樊胜美的肩膀，"老王也是人，跟你一样大，你别对他要求太高，这会儿他乱自己的事还乱不过来呢。哥们儿很心烦，兴奋半天没打起来，没劲透了，下楼做 SPA 去。"

"小曲，王柏川把我爸扔下车前后说了什么？"

"慢着，你的意思是，你埋怨老王把你爸扔下车？"樊胜美噎住，想了会儿，没回答。曲筱绡盯了樊胜美会儿，喊声"SPA"去了，但她下楼另外去开了一间房，不要与樊胜美一间住，一向不待见樊胜美，今天也不能将就。

等曲筱绡 SPA 回房拿行李，见樊胜美已睡，她轻手轻脚地搬出去了。而其实樊胜美哪儿睡得着，正盼着曲筱绡回来呢，有一个闹事的人都比一个人待陌生地方强。可终于盼来曲筱绡，却见曲筱绡拎行李搬走。曲筱绡从来不愿理她，今天当然不会破例。樊胜美只能在黑暗中对着天花板发呆。怎么办？一想到爸爸像破布袋似的被他们野蛮乱扔，她心乱如麻，怎么都下不了狠心。

曲筱绡却接到王柏川来电，王柏川在电话里偷偷摸摸地问："胜美睡着没？你能到走廊上接电话吗？"

"嗯，我换了个房间，让她自己睡。你可以偷偷摸进屋去了。"

"我过不去，我妈气得胸闷，在哭。胜美怎么说？"

"你还能不知道她怎么说，否则干吗不敢直接给她打电话。"王柏川也胸闷了，"唉，知道了。"

"我问你，你真不打算明天再多叫上几个人，打上樊家去？"

"照你说的架势，得打群架了，准犯法。我再想想还有没有其他……"

"靠！"曲筱绡愤怒地掐了这个电话，怕打群架，怕犯法，难怪今晚上才叫上这么两个兄弟，害她有史以来第一次吃败仗。冲那一对男女的思路，事情哪儿解决得了，窝囊透顶。曲筱绡在屋里气得团团转气得尖叫，真是不遇事不知道，一遇事全孬种，全是没血性的人。

但，曲筱绡很快脑袋清明了：王柏川凭什么要为了樊胜美豁出去？许多事情，做与不做，得看投入与产出。王柏川自有王柏川的打算。

刚刚做了SPA的曲筱绡浑身柔软地盘踞在床中间，两只眼珠子滴溜转这儿，滴溜转那儿，心中有点儿纠结。想想去年底，她们22楼五朵金花齐聚樊胜美家，将上门讨债者打出门去，何等大快人心。当时，她是主心骨，安迪在幕后调兵遣将，谁也不指望，靠的就是娘子军自个儿。

而今天，她原本也想看一场酣畅淋漓的好戏的。可两位前台的主角，一个不用心，一个有二心，这戏还怎么唱啊。

曲筱绡决定与人分享郁闷。可接起电话的却是包奕凡，曲筱绡一吐舌头，做个鬼脸，先笑了起来，"包大哥，你肯定不想听樊家闹了些什么，你就让安迪接电话吧。"

"在我地盘上，她的电话我先过滤。说吧，哪儿不痛快了。"

"包大哥，你最近这么忙，这点儿小破事还是别麻烦你了。"

"哈哈……"包奕凡跟安迪转述了电话，很快就对曲筱绡道："安迪让你来我们这儿说，她说，不让你说你会连夜把这家饭店拆了。"

曲筱绡哈哈大笑，心里嘀嘀咕咕地腹诽，什么安迪说不安迪说的，完全是你包奕凡放心不下怕安迪被我吃了。但，安迪说得没错，不让她说，她会连夜把这家饭店拆了。她套上鞋子，嗖的一声冲出门去了。

安迪笑嘻嘻地迎曲筱绡进门。"在樊家没玩痛快，还是大获全胜？"

"看你们窗口亮着灯，大半夜还不睡的等我来汇报，我怎么好意思让你们久等。"曲筱绡钻进屋，与包奕凡打个招呼。安迪笑道："才没在等你，包子家很多事，说一晚上了还没说完，我脑袋快被胀裂了。不让他说吧，太残忍。"

曲筱绡一愣，可不是，包家正天翻地覆呢。她喃喃地道："两只老狐狸，封口还封得笑嘻嘻的，道行太高了。好吧，不跟你们说了，你们俩继续，我睡觉去。"立正，向后转，出门。

安迪莫名其妙，"怎么跑了呢？"安迪一把揪住曲筱绡，拎了回来，"刚才我说那些还真不是赶你走，对不起。"曲筱绡看看包奕凡，迅速说声"没事"，又"嗖"的蹿出去，但发现领子被安迪揪住，蹿不远。"大姐，屋里有男人耶，不带这么毁我形象的。"

"说吧说吧，不说你会拆饭店。"包奕凡只能好声好气地开腔，心说曲筱绡真能做戏。

曲筱绡笑嘻嘻地坐下，开讲刚不久前的所见所闻。

包奕凡听了惊讶，"王柏川？他真打算带他爸妈离开避风头？他不在外面兴师动众，而是在家兴师动众，以后小樊还怎么见公婆？"

曲筱绡弹着沙发扶手道："所以你说他妈的臭男人，有异心就有异心呗，又不是什么大不了的事，换我看见樊大姐那种别别扭扭的人也会有异心。但他有异心就说呗，这么不阴不阳地阴着樊大姐，算什么男人？担当呢？是不是等着樊大姐被阴干了，吧嗒一声自己脱钩，方便他顺水推舟说一声我尊重你的意见？他还是最无辜的受害人呢。靠他妈的。"

包奕凡赞一句"犀利"。而安迪在一边眉头一挑，前面他们说什么家庭矛盾，她没经验，领悟不了其中的沟沟坎坎，但曲筱绡最后痛骂臭男人，她立即明明白白地领悟了。曲筱绡心里憋屈呢，深爱赵医生，两人的分手分得她什么都说不出口，都自己独吞。今儿终于逮到王柏川也玩那一手，且不说王柏川是不是真这么想，总之曲筱绡是看不下去了，把这几天攒的闷气都骂了出来。幸好她放曲筱绡进门说话，要不然，带着这闷气，曲筱绡还真会闹一晚上，不知闹出什么事来。

这边，包奕凡问曲筱绡："你想不想帮你邻居出气？或者你已经有好主意？"

"我在这儿想出气也得找你地头蛇啊。你帮不帮我，不帮拉倒，我回去睡觉。"

"你对朋友讲义气，我当然支持你。"

"啊，这事得说清楚，我跟樊大姐可不是朋友。我帮她，是省得她跟王柏川脱钩了，又去做小三。我的目标是消灭小三，消灭社会公敌。是吧，包大哥？"

"又瞎说，你别总对她有成见。"安迪插了一句。"没瞎说，她就那性格。我不帮她拴住王柏川，她都三十了，还想怎么折腾啊。包大哥，借我十个人，我连夜杀过去，把樊家端了。不信治不了那无赖男人。"

夜深，月黑风高，四辆车杀奔樊家楼下。车停，曲筱绡闪亮登场。安迪与包奕凡坐在最后面一辆不起眼的桑塔纳里，看着曲筱绡率队上楼，将还在呼五喝六的樊家门敲得山响。

但三声之后，便听嘎啦一声，包奕凡判断是破门而入。在更多的打斗声音爆发的两三分钟之后，曲筱绡尖锐的叫骂声响起。

夜空寂静，下面车里的人听得清清楚楚，曲筱绡冒充王柏川女朋友骂这帮瘟孙，骂得那个江河滔滔，滚滚不绝，伴随的是不知哪个男人的痛号。车上的安迪尤其听得心旷神怡，仿佛回到小时候，那时候脑袋好还不管用，活下去靠的就是原始的拳脚和嘴巴。包奕凡在车上自言自语："做好学生很吃亏，错过很多，错过很多。"

"你还好学生？"

"老师总栽我个二道杠三道杠做做，都没好意思使坏了。"但两人还在悠然神往，只听最后一声凄厉惨叫之后，一帮人轰隆隆下楼。

曲筱绡跳上安迪的这辆车，兴奋地道："快走，快走，不知道有没有笨蛋报警，走慢了有麻烦。"

"我请你吃烧烤。"包奕凡将车飞驰出去，"他们认出你没有？"

"我大墨镜贝雷帽，谁认得出。

樊大姐她哥，哎哟，太不经揍，两拳就把他放倒了，后来只有我一个人踩着他，揍他，他死人一样什么反抗都没有，癞皮狗一只。"

"惨叫的是不是他？"安迪好奇。"嘻嘻，是他，我在他屁股雕了一只乌龟，最后一刀雕尾巴，嗯，下手重了点儿。前面大哥的那把刀真好使。"

包奕凡骇笑，怎么都想不出雕乌龟这等高招，"你刀法娴熟啊。"

　　"已经生疏了，回头找几块猪肉练练。哎呀，今晚爽了。包大哥，我请你喝啤酒，安迪反正孕妇，不喝，管开车。包大哥，我们要不要四辆车分开一下，各自走小路暗路，绕几圈再回城？"

　　包奕凡哈哈大笑，觉得非常滑稽，"不用，前面大哥说是小事一桩，家庭纠纷，各方面他会安排好。"很快，前面大哥电话打来，包奕凡用家乡话说了好一会儿，完了笑道："没事了。我们吃烧烤去。"

　　"嗯，我给老王打个电话，让他不用搬爹娘了。樊大姐她哥那种孬种，我看他没胆好事成双，招我再替他雕一只乌龟。"

　　"别说跟我有关。"包奕凡嘱咐一句。"啊，都是做了好事不留名，雷锋叔叔啊。我也跟老王说好，别跟樊大姐说是我做的，要是她以为从此可以看得起我，让我做她朋友，我惨到家了。安迪你也别说哦。"安迪才听懂两个人做了好事不留名的意思，都怕惹事上身，都怕没完没了。这可真有些悲剧。

第 54 章

　　樊胜美完全睡不着，她趴在窗口看见附近一处网吧，便从包里翻出一包烟，去网吧上网。她不知道这个时候曲筱绡正窜出自己的屋子，与安迪他们串联，然后杀奔她家去了。

　　非常巧，居然 2202 的三个女孩各怀心事，都睡不着，都在网上无聊地刷刷刷。她们在 QQ 群里相遇。这一刻，樊胜美不禁热泪盈眶，如见真正的亲人。她猛吸一口烟，克制住眼泪，在键盘上手指翻飞。"我在老家。我大哥出狱，生活无着落，将我瘫痪在床的爸爸扔到王柏川家，逼我给钱。"关雎尔与邱莹莹都惊呆了，居然还能做出这种事。关雎尔赶紧搬笔记本坐到邱莹莹屋子，两人一边聊天，一边打字。"送回了吗？"

　　"怎么可以这样？"

　　"没人性。"

　　"伯父不要紧吧？"关、邱两个纷纷关心，都忘了自己遇到的烦心事。"王柏川叫了两个朋友把我爸送回去，结果我家冲出更多的人。王柏川把我爸一扔跑了。车子差点儿撞到我爸。"

　　"王总太粗暴了。"邱莹莹飞快打入一行。

"第一次送不回，可以另找时机的呀。"关睢尔不指责，但也表示不满。

"是啊！！！！！"樊胜美无比欣慰，终于有了共同语言。

"要是人给汽车撞了怎么办，甩包袱也不能这么甩，怎么都是你爸呢，一点儿最起码的尊重都没有吗？"

邱莹莹手脚快，她一行责备打出来，樊胜美差点儿被一口烟呛死，王柏川还不至于，没那么糟，只是当时情况危急……怕邱莹莹再骂王柏川，樊胜美连忙再打："我担心我哥他们明天再把人扔王柏川家去。王柏川今晚连夜封门，他爸妈准备跟他出去躲风头。唉……"

"王总家也倒霉了。碰到这么个人，唉。"邱莹莹的话总是先出来。

"王总受连累。樊姐，这么闹下去，对你们的关系很不利哦。"关睢尔说。

邱莹莹进一步抢着道："樊姐，连累王总家就不对了，他只不过是爱你，又没惹到你哥什么。"

"你得跟你哥谈，靠逼是没用的，连累别人更别想从你手上得到一分钱。自觉撤离，你可以考虑给点儿钱。等等。需要谈判，不能躲着他。"

"樊姐你太温柔，不能对你哥客气，一定要不留余地，不给情面。"

樊胜美再度被邱莹莹飞快打出来的字句呛到，好不容易才回了一条，"没你想的那么简单，对无赖，靠嘴巴谈判没用。"

"那王总家爸妈就回不了家了？他们退休了没有，如果还在上班就更麻烦了，损失好大。"

樊胜美对邱莹莹的追问无法回答，"我再问问王柏川。明天……唉，又是大麻烦的一天。我睡不着也得回去躺着，唉……我下了。88。"

樊胜美走出网吧时，比走进时候还郁闷。邱莹莹口无遮拦，戳穿她心中不愿面对的现实。是，王家因她遭殃了，她此时最应该出现在王家，请求一家人的原谅。樊胜美看着寂静得吓人的街道，看到一辆空出租车经过时，微微踮起脚尖，可一只手始终没抬起来。出租车却慢下来，车里的司机看着她，她也看着司机，她终于在司机与她平行的时候，扭开了脸。她没胆量去面对王家人，尤其是王母。出逃的念头又冒了出来。这生活，她忍无可忍了。怎么永远是她欠着别人。

一辆私家车擦着樊胜美驰来，樊胜美吓一跳，赶紧跳回人行道，私家车降下车窗，有肥头肥脑的男人探出头来，"一百块，去不去？"

樊胜美一愣，等明白过来是怎么回事，气得破口大骂。她是本地人，骂出来就本地话，车子里的人一看不对，连忙嘻嘻哈哈地开走。樊胜美气得对着尾灯又骂了好久。

"一百块！"樊胜美狠狠地走过十字路口，半路看着绿灯变红，她都不急着冲到人行道上，只咬牙切齿地自言自语，"一百块！你妈的。"

连口袋里手机叫都懒得接了，只狠狠地走路，走进宾馆，才拿出手机，一看，是王柏川的。而短信也接踵而至。"你家的事情已解决，你哥受了点儿伤，他不会再闹。你看到短信可放心。我爸妈也不用出逃，大家都松口气，现在激动得睡不着，索性把行李都整回柜子里去。"

樊胜美激动得不敢相信，立刻电话过去，"真的吗？真的吗？王柏川你怎么办到的？才刚吗？你怎么不跟我说一声。怎么办到的？快说说，我家那边怎么了？"

王柏川无法回答，本来就不是他做的事。他期期艾艾模棱两可地道："不是我，是朋友，朋友帮忙，靠我对付不了那么多人。砸了你家的门，放倒所有人，呃，给你哥放了点儿血，威胁几句，就这样。挺粗暴，你就别打听细节了……"

樊胜美激动地听着，可不等王柏川说完，电话那边传来王母的怒斥，斥责儿子还跟那种人家女儿联系。樊胜美连忙道："我们回海市再谈，谢谢，你做得好。"

樊胜美心花怒放，欢喜得在大厅打旋，真想不到，事情竟然能柳暗花明，而王柏川如此得力。她跳跃着步入电梯，恨不得再跳出来，问清曲筱绡住哪一间，她此时开心得可以对付曲筱绡的白眼冷眼各种眼。电梯里实在不能乱动，她兴奋地发短信给邱莹莹，让转告关雎尔，问题被王柏川圆满解决。

邱莹莹连忙转告关雎尔，一边自责，"刚才错怪王总了，真没想到他连夜解决问题。你说得对，不能太早下结论，我刚才鲁莽了。"

"赶紧回短信给樊姐，夸奖王总英明神武。樊姐知道你，不会怪你。"

"对，这就夸。"邱莹莹双手并用，将短信发出去。她嘀咕道，"有这么给力的男朋友多好啊。真羡慕樊姐。"

关雎尔心里飘过谢滨的身影。她言不由衷地说着"是啊，多好，多好"，脑袋又变为一团糨糊。谢滨送的蓝莲花晚上没开放，一朵朵结结实实的花苞犹如和尚敲木鱼的槌子。关雎尔忍不住拔一枝出来敲自己的糨糊脑袋。

邱莹莹发完短信，又过来传达最新指示，见此笑道："别敲啦，我看你有一个最好办法，感情问题找樊姐，她现在自己家里事解决，正人逢喜事精神爽呢。”

"什么感情问题的，我这几天加班加得累，头痛。下个月就可以解放了。"

"哦，下个月可以谈恋爱喽。哈哈。"

关雎尔看着邱莹莹的背，将脸挤成一团，呜呜了好几声，推开电脑睡觉。她不知道该怎么办，完全不知道。

曲筱绡原以为二线城市晚上一片漆黑，想不到一路好多美味小店如珍珠一般散落于大街小巷。说好的，包奕凡请客吃烧烤，但曲筱绡非要自己掏钱请啤酒。一坐下她就喊了六瓶，与包奕凡对分。

"啤酒又不算酒，是吧，安迪？"

"嗯，喝吧，庆功，应该。要不是我情况特殊，跟你一起喝。你今晚太痛快了，简直是我的理想境界啊。"安迪亲手替依然很激动的曲筱绡斟酒。但还被曲筱绡嫌弃倒啤酒水平太臭，全是泡泡。

"小曲你好样的，尤其是屁股雕王八，经典中的经典。敬你。"包奕凡自斟一杯，与曲筱绡碰杯。

曲筱绡被两位老大抬举得信心不足，"你们俩，联手玩我，是不是？"

包奕凡道："谁玩你，你问问安迪，你在楼上做女侠，我们两个在下面叹为观止。我到现在还是想来想去，如果换成是我率十位兄弟上楼，效果绝对不可能有你的好，而且弄不好还弄出几个伤筋动骨的进医院，我们这边得有人顶罪进班房，真正犯法了可很不好。雕王八真是经典，学了。"

"你们两个博士真不觉得我是泼妇，是失态？好吧……"曲筱绡大口喝酒，几乎不吃烧烤，很快一瓶酒见底。她外强中干地、硬邦邦地问："要是赵医生今晚在车上看着，他会怎么说？喂，包大哥，你特别不能回避这个问题，要是今晚换成安迪在楼上做雕乌龟的事，你还笑得出来吗？"

"安迪可能做不出雕王八的事，动手动脚不是她的强项，但她做得出别的，杀心一点儿不比你差。"

"得了吧，你没见过。"安迪嘻嘻地笑，"我上回跟小曲合作打小邱的前男友呢，堪称珠联璧合。"

"对啊，对啊，包大哥你这下怎么说？"

"安迪真性情，怎么做都爱。你男朋友今天要是在场，看到如此鲜活的女孩，怎么会不喜欢？"

"不觉得是胡闹？"

"把正经事做得不正经，又效果更好，怎么是胡闹？你男朋友要是不喜欢，我给你介绍更好的。"

"已经变成前男友了，我今天做的事吧，他不会拦我，但可能回头教育我太过，不雅。是吧，安迪？"安迪想了会儿，点头，"他会。"

"看看。你们臭男人，我想起来还想去揍老王一顿，今晚表现让我非常不满意。"

"那么，变为前男友，变得好。"

"不好，我想他。"安迪习以为常，包奕凡惊愕。"但我不会再找他。我会像戒烟一样戒掉他。然后有一天，他会回忆起来，他在年轻时候曾经遇到过一个狐狸精，他跟狐狸精在一起非常欢乐。可狐狸精会吸他元神，他一天比一天不精神。有一天狐狸精忍痛离开了他，他又慢慢恢复了精神。他后来考上状元，子孙满堂，到老了，他又想起那个狐狸精。哇，狐狸精真可怜……"曲筱绡趴到桌上，泣不成声，喝进去的啤酒都变成了眼泪。

安迪与包奕凡对视，刚才那个威风凛凛的小曲哪儿去了？忽然来了个180°华丽转身，变成小言情小聊斋。可这一说，连包奕凡也明白了曲筱绡与赵医生之间发生了什么。曲筱绡对自己的感情明白着呢，可再明白也会伤心。见安迪伸手摸摸曲筱绡的脑袋想劝说什么，包奕凡道："不用劝，戒烟时候也恶形恶状眼泪鼻涕呢。只要自己心里明白，忍得下，慢慢会走出来。"

"要劝，我要安迪抱着。"曲筱绡即使痛哭流涕，依然能口齿伶俐表达清楚，一头扎进安迪怀抱寻求关怀。"安迪是我老婆，做电灯泡哪有做得这么蛮横霸道的。"

"我跟安迪在一起的时间更多，你才是电灯泡。"

包奕凡只会笑，可想通了一些事，而且今晚一扫几天来的阴郁。"小曲，明天介绍给你一条大鱼，老郁，郁总。"

"啊，真的？他明天来这儿？"曲筱绡立马抬起身，两眼炯炯有神。"对。把安迪还给我。"曲筱绡立马退出，变身最识相的电灯泡。

邱莹莹早上起来，下意识地摸出手机一看，竟然看到一条半夜不知什么时候发来的短信，竟是应勤的。"我在办公室加班，通宵算了，回家没法干活。你还在线吗？"

邱莹莹翻出时间，一看，悔得要死，昨晚要是再坚持半小时才睡，就能接到这条短信了。她赶紧回复，然后忐忑不安地坐在被窝里等待，心里念念有词。很快，应勤的回复来了，"哎呀，你星期六还得这么早？是不是又要跑出去做推销？"邱莹莹一愣，忙回复："对啊，我还得回店里去拿点儿样品。不早了，外面太阳都晒进来了。"

"你来店里的时候，干脆一起吃个中饭吧？不耽误你，吃 KFC 好了。"邱莹莹答"好"，顿时一跃而起，从床上跳到地上，砸出"嗵"的一声。可即便是这样，也没砸醒隔壁的关雎尔。邱莹莹几乎是跳着自编的芭蕾舞飘进卫生间洗脸刷牙，又飘一样地出来，在关雎尔门口徘徊，实在忍不住拍门喊："关，起床啦，去不去吃豆腐脑生煎包，我们一起去啦。"

关雎尔被吵醒，将头钻进被窝不理。可一旦醒来，烦心事便自然而然浮上心头，她烦恼地跳出被子，呼啦一下拉开门，"不会烧香吗，不会托梦吗，干吗吵我？"

邱莹莹没想到关雎尔会疯狂大叫，她笑着一抱关雎尔，"起来吧起来吧，太阳这么好，我替你拉开窗帘。"

关雎尔翻着白眼看邱莹莹自说自话替她拉开窗帘，果然，灿烂的阳光轰然撞入，似乎能把人的心底都照得亮堂温暖。关雎尔被阳光刺得眯起眼睛，再也生不了气。"外面等着，十分钟。"

邱莹莹得逞，快乐地蹦跳出去。虽然关雎尔拖拖拉拉用了不止十分钟，可终于还是打着哈欠半眯着眼睛跟她出去吃早餐了。为了省钱，邱莹莹已经好多日子自己做吃的，今天真高兴，必须以奢侈一下来庆祝。关雎尔让邱莹莹挽着，放心地继续闭着眼睛梦游，直到邱莹莹小声问："喂，有人跟你打招呼。谁啊？"关雎尔勉强睁开半只眼睛，看到眼前的人，立刻醍醐灌顶，全醒了。谢滨，他怎么会来？邱莹莹见两个人旁若无人地瞪视，顿时想到一个词，也毫不犹豫地脱口而出："天雷勾地火！哇噻。"关雎尔惊醒，一张脸烧得通红，不由自主地躲到邱莹莹身后。而谢滨大大方方地道："邱莹莹你好。"

"你怎么知道我是邱莹莹？我是樊胜美樊大姐。"

"我见过你，上回你在火车站走失，我送你回来。"邱莹莹窘得眼冒金星，赶紧挣开关雎尔，躲到关雎尔身后，"今天没查老皇历，出门不宜啊。关，你们赶紧去吃早饭，我不陪了。"

"我们一起去吃吧，我请客。小关，做个朋友而已，别太放心上。"关雎尔死死拖住想溜的邱莹莹，说什么也不放走她，"一起去，一起去。我们 AA。"

邱莹莹虚晃一枪，但到小区大门，趁关雎尔放松警惕，赶紧溜走。留下关雎尔尴尬地面对谢滨。谢滨也是一脸紧张，可装作若无其事地道："别在意，我们只是朋友，我早起看到天色很好，想请你出去玩。植物园？野生动物园？"

关雎尔当然知道肯定不会仅仅是朋友，她想说，又脸憋得通红说不出口，很害臊。她最终还是手指指一家快餐店，"那家的生煎很好吃。"

"走。就去那家。"两人拿吃的，结账，面对面坐下，关雎尔取出手机，见谢滨伸长脖子看着她，忙道："不好意思，我发短信。"

谢滨点点头，低头吃生煎喝豆腐脑，不看。可一会儿他口袋里手机提醒有短信，他一愣，看看关雎尔，打开一看，果然是关雎尔发来。"我心里有一团乱麻没厘清，不知道自己该怎么做，但我明白我不能对你做不公平的事，非常非常对不起，请原谅。我不能接受你的邀请。"

谢滨看看手机，看看关雎尔低得都快埋到生煎盘里的通红的脸，"明白，关大小姐。"

关雎尔心里抗议，她不是大小姐，可又觉得这个称呼蛮好玩，就皱皱鼻子算接受了。

谢滨稀里哗啦地吃完，见关雎尔还在慢腾腾地啃，老太太似的。他耐心等着。可他看着，关雎尔更臊得吃不下去，她只能将筷子一搁，蚊子叫似的道："吃完了。我回去了。"

谢滨伸出筷子，一口一个，将关雎尔盘子里剩下的生煎吃掉。关雎尔更扭捏了，赶紧起身出去。谢滨在后面跟上，却撞来撞去，试图将关雎尔赶去他小破车那边。"去植物园呗，很多花开了，你一定喜欢。走这边嘛，你走错了。"

关雎尔的去路被谢滨要么伸出腿挡住，要么伸出手臂挡住，抓狂了，"我刚才短信已经说啦……"

"我……我忘了，说什么了？"

"我……"关雎尔愤怒地抬头欲控诉赖皮，一看谢滨也是满脸通红，手足无措，她心软了，唧唧哼哼地被谢滨"赶"上了小破车。车门外，谢滨呼出一声长气，兴奋地跳鞍马似的在车头一撑，迅速跳到另一端，钻进驾驶座，赶紧发动车子就走，生怕大小姐又羞答答地变卦了。

"你要是没吃饱，后面有零食。我不知道你爱吃什么，多抓了几样。嗯，还有饮料，你可能爱喝咖啡吧？纯净水酸奶果汁也有，反正你挑喜欢的，剩下的我会收拾光。"

关雎尔心说那得多少啊。回头一看，果然，此人这是杂货店进货呢，后座满满两个大塑料袋。不等关雎尔回头，谢滨又问："听什么音乐？你自己挑？"

关雎尔犹豫地道："我可不可以叫上小邱，一起去游乐园玩？我们两个常念叨着去，可没有车，很不方便。当然，费用一定要 AA，你我都是工薪族。"关雎尔觉得两个人去植物园看花，这情景，怎么想象，怎么恐怖。还不如去人山人海的游乐园，还可以叫上邱莹莹，不致尴尬。

"好，好，你通知小邱。我找地方停一下，如果小邱去，我也叫上一个哥们儿。"

"对对，零食都够四个人吃到明天呢。"关雎尔赶紧给邱莹莹打电话。

可邱莹莹接到电话，却是给了个果断的不，"关，就今天，不行。明天倒是行的。"

关雎尔轻道："啊，你今天跟客户约了上门吧？可不可以推到明天？小邱，你要是能改约，千万陪陪我，好不好？"

邱莹莹心中早义气万丈了，面皮嫩的小关求她帮忙呢，可今天真的不行。"关，今天……嗯，中午，应勤约我吃中饭。"

关雎尔瞪大了双眼，难怪一早上这么开心，原来是有原因的。想到邱莹莹曾经表示她才不是小三，她更早认识应勤，显然，邱莹莹已经将决心化为行动。"好吧，小邱，中午吃得愉快。而且，别委屈自己。"

"啊，关，你支持我？我不知道方向在哪儿，真的，我一点点把握都没有，甚至不敢想跟他怎么样，可是我要抓住每一次机会。我不怕，我一点儿都不怕，我有信心。"

关雎尔感觉邱莹莹最后几句与其说是不怕，倒是更像跟自己鼓劲打气。可她真为邱莹莹觉得不值呢。好好一个姑娘，干吗送上去被人如此轻贱呢。她只能单独与谢滨一起去游乐园。

进入游乐园，关雎尔深刻体会到，自己就是成语"叶公好龙"的主角。她抬头看着色彩缤纷的各种游乐设施，觉得很刺激，都想尝试，胆大得谢滨都觉得吃惊。可等见到从各种设施里下来的被甩得披头散发手脚发软的女孩，才想到，她不是该害怕吗？对，很可怕啊。还在排队，关雎尔已经牙关紧咬，面部抽搐。

第一轮，关雎尔壮着胆上去了，谢滨在一边安抚："别怕，我在你旁边。我的手放这儿，你害怕了尽管抓住我。"

关雎尔看看谢滨黑壮的手，相比之下，她的手白得有点儿太……大小姐。想到这个词，关雎尔忍不住笑了。可没等她的笑容展开，飞车启动。此时脑袋一片空白，唯有被速度牵着尖叫，甚至窒息。等好不容易速度缓下来，慢慢接近终点，关雎尔才得还魂，还魂第一刻先听到谢滨的笑。"不厚道。"

谢滨打开自己的护栏，又帮关雎尔打开，"这家飞车不算最刺激，下回我们安排两天，去玩更大的。要我扶你吗？"

"我自己会。"关雎尔坚持着，双脚如踩棉花团似的走下来，忽然想到，出来吃早餐，只带了钱，没带梳子啊镜子啊面纸啊之类的东西，这会儿……她看看周围女孩子的惨状，只能眼睛一闭，拿手指凭感觉整理头发。

谢滨觉得特别美，很自然，拿出手机横拍竖拍。关雎尔睁开眼睛正好看到，"别拍，好吗？好丑。"

"一点儿不丑。你看你手指梳理头发，头发特别柔软，手指也特别柔软，真是很美。"

关雎尔将信将疑，她从小到大，除了爸一直说她好看，妈妈和外人从来都以客观的眼光看待她，美？似乎与她绝缘。可是，她在谢滨递过来的手机上看到，这是一张侧面照，她果真用柔软的手指梳理柔软的头发，即使是闭着眼睛，可依然笑得很开心，真的，美。不，或许，更应该是好看。原来还有除爸爸之外的人看到她的美，而不仅仅是乖。

关雎尔对着手机发呆了好一会儿，谢滨看着觉得好奇怪，看自己的照片这么出神？正想提醒呢，关雎尔将手机递还给他，"拍得真好，从没见过我这个样子呢。"

"那我继续给你拍。"谢滨也没别的花言巧语，但此后因得到允许，便时不时咔嚓一张。

中午，两人到乐园餐厅吃饭。让谢滨觉得奇怪的是，连门票都要跟他 AA 的关雎尔，这回没提出 AA。谢滨心中产生很多联想，而所有的联想最终都线索正确地指向一点，关雎尔不拿他当外人了。谢滨吃着饭，开心地看着关雎尔笑了。关雎尔尴尬得恨不得钻进桌子缝里，"你专心吃饭好不好？饭里可能有沙子。"

"不怕，吃到沙子再说。"

"餐厅可能有小偷呢，你好好留意。"

"今天，天塌下来也不管。"

"不要看我啦……啊……我吃不下饭了。"

"好好好，我不看。"谢滨才刚低头专心吃饭，立刻又笑起来，"你看我，让我逮到了。"

"没有没有。你又没抬头，怎么看到的。"

"看我的手，我看到的。你想想我是谁，专业人士呢。"

关雎尔扑哧一声笑出来，觉得怪不好意思，她是真的在看，而且好奇地看的就是那只威风凛凛的大手。

两人这顿饭吃了很长时间，如果有人坐他们身边，全程听了他们的对话，一定会想，看上去好好的两个年轻人，怎么有那么多傻话可以说，无聊透顶不说，而且智商绝对低下。可就这样子的傻对话，两人乐此不疲地一直说到晚上，看完两场电影，傻呵呵地在欢乐颂门口道别。

关雎尔自以为已经回来得够晚，可想不到，她晕乎乎地拖拖拉拉地洗完澡，都已经跳上床，邱莹莹才吵吵闹闹地撞进门来，一来就直奔关雎尔卧室，一脸欢乐的红晕，呆呆地看着关雎尔笑。

"怎么了？"

"我……别笑我，刚刚应勤才送我回来。我们吃完中饭，在咖啡店里聊天，顺便在店里把晚饭吃了。我说我得回家了，应勤又请我看电影。看完再吃。我吃撑了。可我想想，又不知道都说了些什么，好像都是废话耶。我真开心。关，对了，跟你分享，我给你带来榴莲酥。吃吗，不吃我给你放冰箱，哈哈，真开心。"

关雎尔心里也心花朵朵开呢，可听了还是冒出一个疑问，"小邱，我问句扫兴的，应勤陪了你一天，家里的未婚妻呢？扔家里不管了？"

邱莹莹一愣，"你责怪我？"

"不，我责怪应勤。他不能这么做，对你和对他未婚妻都不公平。"

"我们只是吃吃饭，聊聊天……关，你睡觉，睡觉，我洗澡去了。我们什么都没干，手都没碰。我说完了。"

邱莹莹跑了，关雎尔此时最想做的事是找应勤谈话。可若是将应勤指责得不再找邱莹莹，邱莹莹又该不快乐了。怎么办？关雎尔想来想去，打算等樊胜美回来，与樊胜美商议该怎么办。

而第二天一早，邱莹莹都不等特困生关雎尔起床，留下一张纸条说是去买菜了，一直到中午都没回。关雎尔周日看书，可书里总冒出正在上法律课的谢滨的脸。

安迪、曲筱绡与樊胜美、王柏川又同机返回。唯有王柏川是独自过来，与樊胜美一行在机场会合。樊胜美见到王柏川，虽然没有主动迎上去，但笑眯眯地看着王柏川走近。曲筱绡本来与樊胜美在一起的，见此欲呕，奔去安迪那儿哀叫。"电灯泡不好当啊。还是继续做你们的电灯泡吧。反正你们也快被骚扰了，不多我一个。"

果然，王柏川与樊胜美见面稍拥抱了一下，就立刻过来找包奕凡。前天去樊家闹的事，他想，毫无疑问是包奕凡主持，他必须面谢。包奕凡看看曲筱绡，见她一脸坚决地拒绝当英雄，他只能将主持的角色认了。但两人都挺含蓄，包奕凡也不愿承认，因此王柏川重重握手致谢，便不能再说什么。

可樊胜美还是看出了两人握手的反常，只要稍微想一下，她便将此反常与她家的事联系在一起。樊胜美本来以为事情全部由王柏川做下，这一回王柏川好生英明神武。见此才知，原来是包奕凡出的人。一时脸色千变万化。包奕凡出马当然能将问题解决了，上回她都亲眼见过一次，她自己原本也打算过，如果家里的事情真闹到不可开交，就厚着脸皮找安迪。想不到王柏川先找了，而且，为什么王柏川前天不告诉她真相，昨天也不告诉，至此还想瞒着她。害她在安迪与曲筱绡面前夸奖王柏川好几次，难怪，曲筱绡冷笑地看她。原来，他们全都知道，只瞒着她一个人，她早出糗了。一起瞒着她，为什么？

即使愤怒的红色已经不由自主地染红樊胜美的脸，她依然训练有素地保持微笑，微笑，坚强地微笑，一直到登机，再次，安迪与曲筱绡坐前面商务舱，她和王柏川坐后面的时候，她才开口道："终于只有我们两个，你给我说说，前天晚上，具体是怎么样的？"

"一帮人冲进去……"

"不是说砸开门再进去吗？"

"是啊，砸开门才能冲进去啊，敲门他们当然不开，我们也拖不起时间。"

"我妈，憔悴吗？穿着什么衣服呢？当时场面乱，别人你可能认不过来，我妈，我哥，你一定都看到了吧？"

"你妈看上去很累，穿着……好像是件灰色上衣，黑裤子，没什么特别的样子。我们没对你妈动手，你尽管放心，也不会动你爸一根毫毛。"

"可是，前天晚上，我妈明明穿的是我买给她的抓绒暗红外套，我在小树丛后面看得清清楚楚。"

樊胜美定定地看住王柏川，至此连最细节的问题她都搞清楚了，前晚事情得以解决，不仅由包奕凡出人，连指挥都是包奕凡，王柏川连到场都没到场一下。

否则，王柏川可以不留意别人，却不可能遗漏她妈。她看着王柏川被她揭穿后的尴尬，叹了声气，收回眼神。"你们家当时也需要你，你们家也没事了就好。否则我真是内疚死了。不过还是谢谢你，搬出包总来帮我解决问题，这人情可不小。回头我也再好好谢安迪。"

王柏川满脸通红，思来想去，樊胜美到安迪面前道谢的时候可能还会继续戳穿谎言，与其到时候再被难看一次，不如一次被难看个够。"前天的实情是，等他们全部做完，小曲打个电话来说完事了，让我别逃了。又说他们做了不想说，要我瞒着，算我做的。我也不知道他们怎么想，他们坚决要求，我只能答应了。就是这样。"

樊胜美听着更加吃惊，不得不勉强自己回过头去，面对王柏川，听王柏川耷拉着眉毛讲完。"为什么？"

"不知道。全程都是小曲，得问她。她这人古怪，谁知道她怎么想。"

樊胜美心里第一个冒出来的念头是曲筱绡想看她笑话，可念头一上来就被她灭了，这两天曲筱绡对她也没怎样，除了她夸王柏川的时候曲筱绡冷笑几声而已。她想来想去想不出来，只能将原因归到曲筱绡的古怪上去。而对王柏川，她心里很无奈地叹息，完全指望不上他。估计，安迪她们想帮王柏川一把吧，难道他们看出王柏川的无能？对，起码曲筱绡看得出，曲筱绡与王柏川在合作呢。

王柏川小心地伺候着樊胜美的脸色，见她后来始终不看他，闭着眼睛想心事，连空姐送吃的喝的来，她都不睁眼。王柏川不知樊胜美心里在想什么。总之，对他不利，那是肯定的。

终于挨到飞机落地，樊胜美起来时候说了句，"既然事情了结了，就让它过去吧。回去好好休息。"

王柏川唯唯诺诺，庆幸樊胜美没说他别的，赶紧拎起两个人的包，跟在樊胜美后面下飞机。前面下得早的曲筱绡和安迪都拿着手机急切地等着，王柏川以为他们已经知道，就在樊胜美后面摊摊手，做个无奈的脸色。安迪只看看王柏川，就抓住樊胜美道："你赶紧打开手机，看有没有小邱的群发短信。小王你别走，你给我们做司机，我怀疑小邱出事。"

"'我在聚湘楼被'，没头没脑的，什么意思？怎么知道她出事？安迪你太紧张。"曲筱绡看着短信嘀咕。

樊胜美一听就道："问问小关，她和小邱这两天在一起。我手机打开慢。"

安迪立刻拨打关雎尔的电话，曲筱绡看着自愧弗如，这速度，都不用翻通讯录。而关雎尔接到电话就道："啊，你们下飞机了？我已经请朋友帮忙前往聚湘楼，就是我们有次聚餐的地方，小邱本意介绍应勤给我们认识，结果吹了，就那里。我把地址用短信发给你。我快到了，我们随时联络。"

"究竟什么事？我们刚下飞机，立刻赶去。"四个人匆匆往出口走。

"小邱……昨天全天与应勤在一起，很晚才回家，今天早上说是出去买菜，一直没回来，直到半个小时前发给我这么一条短信，我怀疑她出事了，被应勤未婚妻当场什么什么了。跟我一起赶过去的有警察，你们不用着急。"

"好，你看到情况随时联络，我们立刻赶过去。看起来应该有事。"

安迪结束通话，将来龙去脉一说，樊胜美最先清楚了。"我在微博上看应勤对女友越来越不满，原来如此。"

而曲筱绡直翻白眼，"这下滑稽了，前女友被人当小三打。册那，什么鸟事儿。我们还赶去干吗，早让人撕得稀巴烂了。"

曲筱绡说到做到，两脚拐去出口打算找出租车，而不愿跟去安迪的车子。但被安迪拉住。安迪轻言细语一句话，曲筱绡立马回心转意。"那种场合，你不去，我们这儿谁对付得了？"是啊！曲筱绡心想，忍不住瞥一眼王柏川，人，是讲究天分的，并不是你男人就天生比女人会打架。

关雎尔坐在出租车的副驾驶位里，若不是习惯绑上安全带，她真是急得恨不得趴在仪表盘上看路。邱莹莹发来这么一条没头没尾的短信，她一看就给邱莹莹打电话，却立刻打不通了。联想到邱莹莹正与应勤在一起，怎能让她不往坏处想，怎能不让人担心死。她几乎是来不及换下居家服，换双帆布鞋拎上包就往外冲，等电梯的时候一边绑鞋带，一边给谢滨打电话，请求增援。

　　跑到聚湘楼，却见店堂清清静静，什么事都没有。关雎尔才刚一愣，后面有声音道："小关，会不会找错地方？"

　　关雎尔回头，见是谢滨和另一位结结实实的男生。而谢滨早灵活地抓住服务员询问。服务员一指后门，"打起来了，被我们赶到后门去了，警察也快来了吧。"

　　谢滨和朋友闪奔出去，"小关，你别跟来。处理好了喊你。"

　　关雎尔怎么可能不跟去，她跟在谢滨后面，虽然跟不上，但总算知道个方向，一边忙拨通安迪的电话。"我找到聚湘楼了，服务员说是在后面打，警察还没来。是真的打起来了，不是我瞎操心。我还没看到人，后面很黑。"

　　"你那边几个人？别以身犯险。"

　　"还有两位警察朋友，被我从宿舍喊出来，他们冲在前面。看到人了。啊……小邱倒在垃圾桶边，应勤趴在小邱身上。我这边的朋友已经阻止打架，但打人的还不肯罢手，一直想越过我的朋友再冲上去打应勤和小邱。他们有……六个人，四男两女。他们用家乡话在骂，听不懂，但其中一个女孩特别激动。不说了，我去救小邱。"

　　安迪一直开着免提，车厢内大家听得很清楚。等通话结束，安迪问："小曲，什么情况？"

　　"还用说，这种桥段肯定是大婆带一帮人冲进来打小三，本来与应勤没关系，傻鸟一般只打小三不打老公。看起来应勤护着小邱，所以大婆只好把两人一起打了。现在基本上局势已经稳定，等警察来处理，然后验伤的验伤，按指印的按指印，要不要拘留，还得看打得怎么样。哟，想不到应勤那瘟孙男在大婆面前护着小邱，看不出。"

　　曲筱绡说的时候，樊胜美喃喃地一直道："小邱不知道被打得怎么样，四个男人动手，即使有应勤护着，女孩子挨上一脚就够受了。倒在地上，说明问题很严重很严重。哎哟，赶紧喊救护车，先救命再说。小关，小关……"

　　但车上的人只有干着急，机场到市区，漫长的路程。

　　关雎尔在现场，才刚凑近小邱，就闻到一股浓烈的臭味，饭店垃圾特有的臭。她顾不得了，喊着"小邱，邱莹莹"，用手机的光照亮地上的两个人，只见邱莹莹眼睛里充满恐惧。"小邱，还好吗？我是关雎尔。"

　　"快救应勤，都是他挡着。"可邱莹莹显然也是受伤严重，被应勤压着无力动弹，一边说一边咳嗽，口角流血。

应勤是趴着护在邱莹莹身上，关雎尔看不清应勤的脸，只知道他的脑袋耷拉着，有气无力。"谢滨，别放走打人的，可能打出人命来了。快喊救护车。"

此时，警察赶来，谢滨与朋友亮出警官证交代了一下身份，将现场移交给同事。来不及叫救护车，一人一个抱起地上的人，直奔外面车子。应勤必须在后排躺着，他们安置应勤花了好一会儿工夫，就怕更添伤情。关雎尔在前座抱着邱莹莹，忍不住流泪，"要坚强，坚持住。别说话了。"她出来急，也没带什么别的，只能用袖子替邱莹莹擦拭脸上的血污。而邱莹莹也哭，一直念叨："应勤，应勤还好吗，应勤……"

谢滨安置好应勤，起身道："小关，坐不下了。你打个车，我和同事先去医院。随时保持联络。"关雎尔连忙将皮夹里的钱都拿出来，自己留下一百，交给谢滨，"先拿着挂号什么的。"谢滨没推辞，"你一个人晚上打车小心，先看一下车牌再上车。"关雎尔含泪点头，看着谢滨飞快蹿入驾驶室，车子绝尘而去。她也赶紧路边拦车。她岂是真的大小姐，她几乎天天加班要坐出租车呢，可她喜欢谢滨如此叮嘱。她相信，将邱莹莹他们两人交给谢滨，可以放心。上了出租车，关雎尔再次打开手机向安迪一行汇报。曲筱绡一听医院名就扭头看向窗外，一言不发。打架伤筋动骨，正好落在赵医生的科室。而樊胜美在念叨邱莹莹伤势之余，说了句："应勤拼命护着小邱，说明他终于认识到自己的心。"

坐前面的安迪见开车的王柏川鼓了鼓腮帮子，但欲言又止。而曲筱绡这才回过脸，冷冷地道："但凡是个男人，有点儿良心的，看到朋友因为自己被打，不挡着，难道逃走？等交上手了嘛，再叛变来不及，该怎样怎样啦，哪有什么认识到自己的心，那小子要懂这些酸不拉几的，早不会与小邱分手了。"

"危机时刻，才逼出潜意识，平时未必懂得。"

"等活过来，又不懂了，等于白揍一场。要么，樊大姐等会儿去提醒他，教教他？"

"为什么不可以。为了小邱，要是能说几句话帮她解决终身大事，谁不愿做呢？"

"结个婚，终身大事？好可怕哦，这事当然只有你樊大姐担当得起。"安迪在前面不说话，心里有点儿明白了，为什么曲筱绡不肯说出是她帮樊胜美出的头。要是一说，樊胜美以后见她就矮三分，不再顶撞，曲筱绡岂不丧失胡搅蛮缠的乐趣。

"结婚，与另一个人终生相守，生儿育女，结伴到老，难道不是一件终身大事？"

"吓人。"曲筱绡不由得想到，樊大姐跟王柏川一结婚，那就是这个大包袱名正言顺吧唧一声黏王柏川身上，而且是一辈子，这不仅仅是吓人了，"悲惨！"

安迪则是有感而发，"还好，人比你小曲想象中要能挨一些，人很皮实。"

"本着挨日子去结婚？"曲筱绡翻白眼，"那真是活腻了才去呢。我觉得，结婚不是终身大事，一个人学本事让自己活得开心快乐才是终身大事。但我不跟你们讨论了，你们都让老祖宗教笨的，一根筋，只晓得结婚，不晓得结婚干吗，你们不会懂。"

樊胜美知道曲筱绡针对的是她，扎的是她的心，而不是安迪，她才打算反驳，安迪抢在前面。"哈哈，书读得不好，这下露馅儿了吧。小樊说的是人生各个阶段所做出的影响人一辈子的决定，婚姻是一桩。你说的是毕生不能停止的修炼。说的是两码事，你使劲儿反驳什么。不过我认同你的说法，解决个人修炼问题，婚姻生活也不会差到哪儿去。婚姻是表，个人修炼是里。"

樊胜美终于才逮到机会，道："婚姻生活犹如人穿鞋子，合不合脚，未必两个修炼成精的人就能幸福美满，弄不好阿呆配阿瓜才是最佳选择。"

曲筱绡看看安迪，原指望安迪说，可安迪想到在座的还有王柏川，就不说了。曲筱绡等了会儿，见樊胜美露出得意的神色，气不过了，道："樊大姐你真传统，这辈子心里只有结婚，是吧？只要结婚，做阿呆阿瓜一辈子也无所谓，是吧？"

"看到医院了。"王柏川忍不住插嘴，结束两人的争执。只怕再说下去，别人有顾忌，曲筱绡嘴巴没顾忌，什么难听话都能说出来。伤的肯定是樊胜美。

车子很快到医院，一行下车进去。安迪看见取款机就道："你们先找小关去，我取些钱。"

王柏川忙道："我来，我来。"

曲筱绡拦住王柏川，"你跟樊大姐先去找关关，我跟着安迪。"送走王柏川，才跟安迪一起排队等取钱。想不到今晚医院这么热闹。"安迪，我……想走了。赵医生今天值班。"见安迪惊讶地看她，曲筱绡嘀嘀咕咕地承认，"我当然对他了如指掌。要是应勤真快没命了，他肯定得出来。"

"走吧。我看到小邱会打电话给你，让你跟她说几句话。"

"甭说话了，她见我没好气，这种时候不气她了。我也拿点儿钱给她，跟你的凑一起吧。"

"算了，我一个人的够了。你别煎熬自己，走吧。"

"嗯。"曲筱绡答应，可又贴在安迪背后，扭来扭去不走。安迪一向与人疏远，被包奕凡死缠烂打之后又遭曲筱绡死缠烂打，她只能勉强自己一步一步地适应，让曲筱绡在后面贴着。关雎尔打车急匆匆进入医院，直奔急诊，果然见到谢滨与朋友已经站在门口，而邱莹莹与应勤已经送进里面。"男的有呼吸，女的一路喊男的，男的没声音。怎么回事？派出所的同事过会儿就到。"

"恋爱问题。回头再说，我现在一点儿心情都没有。"很快，一个护士出来打断他们说话，"谁是家属？输液，检查，快去缴费。"

"有生命危险吗？"

"在抢救。快去付费。"关雎尔赶紧拿了谢滨送回的钱跑去缴费。正好与匆匆小跑而入的樊胜美错身而过，谁也没看见谁。可她的现金不够，她在收费口指点下去找取款机，也正好看见排队取钱的安迪和曲筱绡。她又赶紧跑过去，气喘吁吁地道："安迪，借我点儿钱，我带的现金不够。"

曲筱绡吧嗒黏到关雎尔身上，将关雎尔手中的单子抢过来看，"不多，我先去付了。你们慢慢排队。付完送急诊室吗？"

"对。越快越好。"曲筱绡便也飞奔起来。她比关雎尔泼辣得多，既然是急诊，她就插队，吆喝着抢在别人的前面，抢先付款结账，又拿了回执飞奔去急诊室。半路，她赶超了一个快步疾走的医生。等她意识到赶超的是谁，她一个刹车，扭头看向赵医生，呆了。正好有人推小车过来，刹不住车，眼看就要撞向曲筱绡，赵医生连忙一把将曲筱绡抓过来。亲密惯了的两个人，很自然而然地贴在了一起，避开小推车的冲撞。但两人又很快意识到问题，赵医生背过手去，曲筱绡跳开，两人再奔急诊。曲筱绡满心都是复杂。

"是小邱和应勤，你一定要尽力。"

"你没事吧？"

"没事。我没参与打架。"

"噢。别急，有情况我立刻告诉你。"

"嗯。"曲筱绡很想说，你在我就放心了，可她说不出口，不愿示弱。

樊胜美惊讶地看着曲筱绡与据说已经闹崩的赵医生一起赶来，她与赵医生打个招呼，赵医生便进去急诊室。曲筱绡这才站住喘粗气，眼睛看向门外另外两个男子。而她发现，其中一个男子看着赵医生的眼光有异。但她跑喘了，又是心跳得厉害，暂时无法多想。

等曲筱绡才刚呼吸平缓，一位护士伸出头来，"赵医生让通知一声，邱莹莹无生命危险。"

"谢谢你。"曲筱绡知道这是她的后门起作用。她想不到与赵医生这么见面了。可既然见了，她不是孬种，不会再考虑偷偷离开。只是她忍不住地发呆，跟谁都不愿说话，仿佛听到樊胜美在跟她说什么，她懒得听清，她慢慢走过去，在拐角处，背着急诊室，找个位置坐下。继续发呆。安迪与关雎尔取了钱过来，见曲筱绡一个人呆坐，安迪立刻意识到曲筱绡撞见赵医生了，一拉关雎尔，让别打扰。关雎尔看着曲筱绡，她完全想不到每天除了胡闹就是胡闹的曲筱绡竟然也能发呆，那样子如此孤独可怜，她不禁想到那天在茶馆遇见的赵医生，那个写着曲筱绡名字的赵医生，这一对冤家。而抬头，她正好看见谢滨了然的目光。关雎尔想不到今晚深陷如此尴尬复杂的境地，她只能深呼吸一下，道："安迪，樊姐，王总，这位是谢滨，我的朋友，是他和他朋友帮我解救小邱。他在市公安局工作。"然后，关雎尔又给谢滨介绍了安迪樊姐王总。于是，谁都看得出，关、谢这两个人关系的特殊。最后，关雎尔才对着曲筱绡的方向，跟谢滨道："她是曲筱绡。"

谢滨点头。

樊胜美道："小谢，我替小邱谢谢你，如果不是你和同事出力，小邱吃亏更大。还有，派出所那边的处理得拜托你，不知道后面我们该怎么做，请你帮忙。"

"应该的。他们很快有人过来，我跟他们会合后，看情况。"

"好，这一边的就拜托你。小关你当然作为联络人了。这整件事，小关你是最清楚的，小邱没过错。因此有人必须为他们的恶劣行为付出沉重代价。"

"是的，樊姐，我会把握。"

"好，我们在这儿等吧。王柏川，你去买点儿吃的来好不好？今天肯定会闹到很晚。"樊胜美指挥若定，大家都听她的安排。王柏川出去买点心；派出所的人一来，由关雎尔与谢滨出面处理；即使樊胜美没有指挥，安迪自觉做钱包。不过她不便疾走，缴费之类的交给樊胜美去跑动。只有曲筱绡一个人垂头丧气地坐在转角处发呆。

推车进进出出，大家只有看着，帮不上忙。但邱莹莹被推去做检查，樊胜美小跑跟上，一路跟邱莹莹说大家的关心，让她什么都安心，只要专心配合医生就行。但邱莹莹似乎什么都听不进去，只是问应勤怎么样。樊胜美不知，但她撒了个谎，"应勤是赵医生在救，刚才赵医生特意跑出来告诉我们，没问题，看上去伤得好像很重，其实没有大的损伤。"

"真的吗？他……保护我，保护我……"

"对，他豁出性命保护你，他心里究竟怎么想，你应该清楚了，他爱你。你一定要比他更快养好伤，可以照顾他。好好配合医生。"

"樊姐……"邱莹莹说不出话来，只能拼命眨眼，表示她听到了，她一定会做到。于是挤出一团一团的眼泪。樊胜美想不到，一个人的眼泪能流得这么快，倾盆大雨一般。邱莹莹就这么流着倾盆大雨一般的眼泪，被推进检查室，做一个接着一个的检查。樊胜美也忍不住哭了。

这边，安迪扶墙等待。关雎尔携谢滨在另一角接受简单问话，王柏川还没回来，曲筱绡一个人在发呆，她不想去打扰。因为她心烦的时候最恨别人打扰，将心比心。她一个人等在门口，连赵医生匆匆出来看见都有些吃惊，大伙儿都跑哪儿去了。

赵医生当然依然会为22楼的姑娘们开后门，他抓紧时间详细跟安迪说明两个人的伤情，以及进一步的手术安排，方便姑娘们配合，而且他也知道安迪记得住。

曲筱绡即使在转角发呆，也能一下子捕捉到，一抹熟悉的声音，那么迷人，性感，一如既往，如同她与他初次相见。她闭上眼睛，静静地听着，排除所有杂音，她耳朵里只有那一抹熟悉的声音。她不知道他在说些什么，她只是听着那声音，听着，听着，过去一段段的时光柔柔地流淌过她的心，轻轻地溢出眼角，滴滴答答地滴落在胸口，伴随着她的心跳。她静静地听着，听着……

樊胜美跟着邱莹莹的活动床又小跑回来，路经曲筱绡，再见与安迪说话的赵医生，恍然大悟。她止住脚步，看着邱莹莹进去后，坐到曲筱绡身边，将纸巾放到曲筱绡手里。安迪与赵医生说完，找到曲筱绡，见此心疼。第一次主动伸手擦干曲筱绡的眼泪，主动伸手将曲筱绡抱进怀里。樊胜美犹豫了一下，终于还是没有伸手去拥抱曲筱绡。因为她看见王柏川回来。她流着眼泪扑到王柏川肩上。她发现，她如此需要王柏川，需要他的支持，即使他并不是能力出众，但他在身边，这就是一切。

不远处，关雎尔在回答问题间隙看到这一幕，她很骄傲地跟谢滨道："我们22楼的姑娘都是很好的人。

第 55 章

　　夜深人静的住院部走廊，毛遂自荐留下来照顾邱莹莹的关雎尔从病房里出来，轻手轻脚走到应勤病房的门口。从玻璃门往里看，一片漆黑，她心中好生犹豫，不知该不该出声叫自愿留下来照顾应勤的谢滨出来。这一晚谢滨出力最大，可能他累了，已经躺活动床上休息。关雎尔看看空旷的楼道，忍不住拉紧衣襟。从小到大，第一次单独在全然陌生而开放的地方过夜，她心里忐忑，不禁想起历年看过的医院闹鬼的恐怖片子。即使电梯门的开合声也惊得关雎尔一阵心跳，好在，她很快见到高高大大精力充沛的谢滨出现在走廊上。她心里立即踏实了，禁不住欢快地奔跑过去。

　　关雎尔的笑容点燃谢滨的脸，他也欢快地轻声道："我也买了你的夜宵，可惜只有饼干面包，没有热的。小邱怎么样了？"

　　"好不容易才劝她睡下，一直念叨应勤，念叨不要告诉她爸妈，念叨医药费怎么着落。今晚非常非常谢谢你，应勤那边怎样？"

　　"等麻醉六个小时清醒期过后，我让他睡了，我赶紧趁刚换上一袋大包装吊针的间隙出去找吃的。今晚我们都不能睡了。"

　　谢滨说完就进病房查看应勤的状况。关雎尔轻轻地拆一包饼干，几乎没弄出多少声响，但为此多费了不小的劲儿。谢滨返回，抓了关雎尔递来的饼干就吃，一口咬下去，就在静谧的走廊制造出巨大的声响。他看到关雎尔鼓鼓的轻轻蠕动的腮帮子，知道是她含着饼干先濡湿了才咀嚼，不禁感慨："你真文雅到极致，连吃饼干都不发声。"

"嘿，别看着我，认真吃你的。我只是不想制造巨大噪声，病人们好不容易才睡着呢。"关雎尔被夸得脸红了，赶紧扭过脸去背着谢滨，"我正没头绪呢，请你帮我想想。换我在外面出点儿小麻烦也不愿通知家里。可明天应勤的家属该到了，能接手照顾应勤。小邱……我们楼道四个人，安迪是孕妇，当然不能来；樊姐刚刚在新单位站住脚跟，哪敢请假；小曲即使指望得上，可由她照顾小邱，我想会直接把小邱往病情严重里整。我也没法请假啊，这几天正忙得昏天黑地呢。怎么办？"

"她今天刚受伤，脑袋混乱，你别当回事。等明天她一觉睡醒，你再跟她好好商量，摆出你们的困难。"

"我……我刚才一心急说了，她说没关系，这边有护士，我们只要下班来看看她就行。但这显然不可行。"

"还有一个办法，花钱给她请个护工。"

关雎尔摇头，"她怕还不起钱。明天再好好跟她说说。总之，跟你商量一下，我心里踏实许多。今天各方面都多亏你。"

谢滨非常干脆地给三个字，"我愿意"。于是关雎尔的脸差点儿钻进胸口去了。

周一清晨，少两个人的 22 楼反常的静。是樊胜美的敲门声打破 22 楼的静，她知道安迪一向早起。果然，应门的安迪比她还神清气爽。

"我等会儿去医院拐一下，顺便带早餐去。跟你打个招呼，你孕妇少去医院那种地方。"

"谢谢，你真周到。可你上班早，得牺牲你的睡眠时间。这可不是一天两天就能解决的问题。"

樊胜美笑道："说得是呢，所以我得跟小邱谈谈是不是请专门看护的事儿，看短信，小关说服不了她。我们也不能麻烦小曲，碰到赵医生难免尴尬呢。"

"可真是，小樊你想得周到。看护的费用也暂时由我垫付，等小邱好了再说，让她别操心。"樊胜美沉吟一下，道："平时以为你有点儿冷漠，每次遇到事儿才知你是最热心的。我就不跟你客气了，得赶时间。"

却只听一道声音横劈而入，"谁在说赵医生？樊大姐，我提醒你一件事，我昨晚才想到，你那大哥一计不成，肯定又闹新花样。你等着接招。你……还是管好你自己，医院我会去。"

安迪忙道："今时不同以往，小邱现在脆弱，最想看到的是她的樊姐。小曲你中午有时间再去吧。"

"樊大姐你非要去，也随便你，但我得跟你一起去。清早正好医生查房，我曲筱绡怕过谁来。"樊胜美立刻道："好吧，今早你去。昨晚你忙前忙后一直辛苦，晚上又没多少时间睡觉，路上开车小心。"曲筱绡斜睨着樊胜美，樊胜美最忌惮曲筱绡，连忙微笑告退，免得冲撞。等樊胜美进了2202，安迪才轻声提示曲筱绡："这几天以病人为重。"

"我知道。但小邱那没脑袋的，樊大姐去只会和稀泥，什么问题都解决不了，我不去谁去。"安迪只会笑，"你总能拿出出人意表的'好'办法。"曲筱绡却道："才不，我才没那么好，我只是看你不方便的分儿上。你得领情哦。"

"当然，当然。我再欠你一个人情，小樊家还会出什么事，你再具体提醒一下？"曲筱绡早蹦开了，"我又不是神仙，但我是半仙，我捏手指一算，肯定还会出事。"樊胜美打扮好开门出来，闻言真是欲哭无泪，呆呆看了安迪许久。她也心神不宁，她哥那种人，不折腾才怪了。

曲筱绡虽然在樊胜美面前表现得小事一桩，可才坐上自己的小车，就开始猛烈心跳，眼珠子转得飞快，各种应对之策火山喷发似的，关都关不住。她一路自言自语练习应对，"嗯，我很好，不劳挂牵。"

"不对，我得拿他当空气，才不跟他生气，我曲某人谁啊，阅人无数！呵呵，昨天辛苦你，小邱怎么样，应勤怎么样？妈的，昨晚当着大伙的面出丑，今天一定淡定，扳回场子。"

可即使做足心理建设，曲筱绡依然紧张得不时拿镜子照自己的脸，挤出淡定的微笑。直到进病房，醒来的邱莹莹不知情，没心没肺地惋惜曲筱绡错过赵医生，曲筱绡才一个大喘气，整个人差点儿垮下来。但她依然有本事抢在关雎尔之前说话，"小关，这儿我接手，你回去休息上班随便你。可怜我们关关小宝贝一张小脸，又得狂长痘痘了。"

关雎尔勉强笑笑，"好吧，还有应勤那边也得你关照一下，他爸妈得下午才能到。那谁，也得回去上班。你跟我来。"

"那谁是谁？警察帅哥哥？"褪去紧张，曲筱绡笑得变本加厉，声调异常怪异。关雎尔红了脸，二话不说推曲筱绡出去，走远了才道："你怎么接手？我有点儿不放心你。"

"我这一身本事，只有安迪才稍微应付得了，所以只有她才问都不问。嗯哼……"

曲筱绡无视关雎尔的疑问，直闯应勤的病房，但，一眼就看到赵医生正与苏醒过来的应勤问答。她一愣，一个 180° 转身，直着眼睛原路返回，顺带将关雎尔也撞出病房。等走出几步醒悟过来，顿时气得直跳脚，心一横准备冲回去，被关雎尔抱住。"医生在，我也不进去了，万一拉开被子检查一下什么的，我们女孩子在场不方便。"

曲筱绡唧唧哼哼，但好歹稳住了，好一会儿才扭头，去了邱莹莹房间。关雎尔也跟上，但发个短信给谢滨。曲筱绡又腰站邱莹莹床头，但眼珠子一转，又改为曼妙地斜斜倚在床尾。关雎尔冷眼看着曲筱绡沉着脸乱摆姿势，不打断。邱莹莹连连问："怎么了，是不是应勤怎么了？"

"应勤醒了，很好。是老娘给怎么了。你好好躺着输你的液，别扯了针头。

小关你吃生煎，别光顾着看我，我脸上又没开花。"关雎尔连忙招呼邱莹莹躺下，暗暗叮嘱一句："她吃枪药了，小心。"

幸好谢滨很快过来，才打破屋里的僵局。邱莹莹赶紧大声道："小谢，谢谢你，真的谢谢你。"

"姓谢，警察？我们到走廊上交接一下吧。"关雎尔却心里一激灵，眼前闪过曲筱绡对付白主管的一幕幕。果然见邱莹莹也担心地看着曲筱绡。她小心地走出去，小心地跟曲筱绡道："我有点儿不放心将小邱交给你，你能不能对小邱和气点儿？她这会儿是病人。"

"半个小时后我会正常。小谢，麻烦你说说要点。"曲筱绡一边说，一边翻查手机。关雎尔见曲筱绡没盯住谢滨，这才放心，"呃，你手上似乎是小邱的手机。"

"对，刚床头摸的，我哪会用这种破手机。嗯，她爸电话，我打过去，你别说话。"

"呃，我们先商量一下。"

"商量个毛。你行还是我行，还是樊大姐行？"

"我……我行！"关雎尔按住曲筱绡的手，坚决地下了决心，"我给小邱请看护，晚上我来守着，你们都不用管。"

"你这是使苦肉计，最后把我们都绕进去。不行，别傻了。"

"真的请求你别打，你不知道小邱爸爸对她期望很高，知道这事会很失望。

而且，她家家境不好，一来一回又得增加费用不说，还得扣请假工资。他们可能负担不起。"

曲筱绡瞟一眼感动的谢滨，悻悻作罢。三个人开始交接。赵医生从别的病房出来，一眼看见曲筱绡在走廊，立马也做贼一样地从消防楼梯逃走。只有谢滨看见，但他不作声。

曲筱绡认真地将要点记在小笔记本上，怕万一弄错草菅了人命。然后数着本子上的要点，道："小邱有事我找小关，应勤有事我找小谢，帅哥请留个手机。"

关雎尔警惕地抢着道："都找我就行了。"又忙补充一句，"我知道他各种联络方式。"

"哦。行了，你们回吧，辛苦了。"

关雎尔才松一口气，却见曲筱绡猛然抬起脸，两眼冷然盯住她。关雎尔顿时头皮都炸了，鼓起勇气迎住曲筱绡的眼光。

曲筱绡叹息，对关雎尔附耳轻语，"你竟然蒙我。怕我撬你墙脚？你怎么也学小邱犯浑。"

关雎尔断然道："这事儿，我坚壁清野，矫枉过正，风声鹤唳。"

曲筱绡心里恼火，但脸上镇定，与谢滨说了再见，才对关雎尔道："我去护士站谈护工。"

她一走，关雎尔吓出一身汗。

但关雎尔再防微杜渐，曲筱绡依然能凭有限的几条信息，再加从邱莹莹嘴里绕出来的两条，很快通过朋友将谢滨挖了个底儿透。她在办公室里看着朋友发来的邮件，不禁自言自语，"什么，这孩子是农村的？凤凰男？"她在地图上找到那偏僻的地儿，凭直觉，那是个穷地方，真正的农村。

曲筱绡弹着桌面，眼珠子转得活络。转罢，她将电邮转发樊胜美，落款是：你管管。

樊胜美中饭时候接连收到两个邮件。她当然先打开来自王柏川的邮件，王柏川邮件里向她请假，说有急事出差，请樊胜美点击链接先看起来。樊胜美打开王柏川发来的好几条链接，立刻满脸灿烂，如春花绽放。王柏川发来的都是房子的信息，有新房，也有二手房，虽然都只是两室两厅的小户型，可樊胜美已经够欢喜。她快速吃完，忍不住找僻静处给王柏川打电话，她兴奋得一刻都等不了。她兴奋得暂时将王柏川处理她哥事儿不得力的历史忘了。

"喂，你什么时候看的，对我也保密？"

"没，没一点儿保密的意思，一早接获银行通知，我有生以来第一笔贷款给批下来了。以后我可以借鸡生蛋，而不用再靠自有资金滚雪球。我高兴得赶紧找了一些房屋资料发给你，主要还是提醒你，该你上场拿我们的大主意了。"

樊胜美听得眼眶忽然红了，感慨万千，"王柏川，才半年，你就在海市立足了，你真了不起。才半年呢，完全靠你自己。"

王柏川经历了处理樊胜美家事不力的窘境，心知自己在樊胜美心中地位已岌岌可危，因此一有贷款获批喜讯，他立刻脑袋活络地转化为与樊胜美共享的喜讯，此刻听到樊胜美情真意切地表扬他，他也不禁眼圈儿红了，"胜美，我在海市的所有成就都有你一半的功劳。你是我的精神支柱，你替我寻觅性价比最高的办公场地，帮我把一个草台班子公司装饰得像个实力雄厚的。我还通过你认识曲筱绡，与曲筱绡合作。我常有不尽如人意的地方，请你原谅，我会继续努力。"

"王柏川……"樊胜美一开口就哽咽住了，想起这半年多来的风风雨雨，曲曲折折，心中感动。"是，胜美，我在。"

"我……我该去上班了。你……真好。"结束通话，王柏川跳了起来。樊胜美去更衣室补妆的路上，匆匆浏览了曲筱绡提供的信息，她含泪大度地一笑，曲筱绡是个被宠坏的小孩子，又忍不住惹事了。她发短信提醒关雎尔，"留意曲筱绡干涉你的感情生活"。再多的她就不说了，不能做传声筒，让曲筱绡得逞。

关雎尔在办公室睡眠不足地工作，看到短信就晕了，果然没猜错，在医院里她就觉得曲筱绡不会放过她，她不会是2202的例外。她给樊胜美回信，"以不变应万变"。可是想想邱莹莹和樊胜美的遭遇，关雎尔头痛欲裂。曲筱绡会如何捉弄她呢？

安迪下班，步入公司楼下的咖啡店。一眼就看到包父已经在座，倒是准时。她见面就直言不讳地道："对不起，我还是跟包子说了下班要跟您见面的事儿。"她怀孕期不敢再喝咖啡，只要了杯可可。老包显然是松了口气，"他没反对？"

"他当然反对。但我跟他说：你父母性格相同，都是不达目的不罢休，要见我一面太容易，为免你爸想出更激进的办法，我们还是从了吧。"老包哭笑不得，但见安迪脸上并无揶揄，只得相信安迪说的是真话。"你看，我们父子现在已经完全无法沟通。我除了找你传达，没有其他办法。"

"对不起，打断一下，我说过我不插手你们公司的事儿，我一向言而有信。"

"你一定在心里讽刺我的言而无信。你放心，我不勉强你插手我们父子的事，但我得说说我的想法。我在他妈去世那天跟你们说从此退出公司经营，那时说的是真话，不是为稳住我儿子的权宜之计。我当时想，我已经活一大把年纪，总算没人再追着我无理取闹，我得好好过我剩下的日子，我也得自私一下，对不对。没想到准备交接的日子里，我不用动脑筋，只要管住人管住财，等我儿子接手，我原以为我会过得很轻松，想不到却是浑身不自在，不知道怎么挨到天暗。以前两个会见当中抽空去打个高尔夫球，我享受得不行，那几天我有的是时间打球，反而全身没力气，不想打，连饭都吃不下。我才想到，我是劳碌命，我喜欢玩命挣钱。我跟儿子谈，他不要听，说我玩花招。我们现在说两句就爆，他爆起来跟疯牛一样，要不是有人架住他会冲过来。没法谈。其实他为什么要怀疑我呢？我只有他一个儿子，我挣的钱最终都只会给他。我们父子联手做只有比他一个人做更强大。白痴都明白的道理，对吧？你可以不表态，今天你就算借两只耳朵给我，这种家丑我没别的地方说，再憋下去会憋掉我老命。"老包即使说快憋死老命，可说话依然不紧不慢，平静甚至冷漠得仿佛没发生过什么事。

安迪认认真真听完，才道："我认真听了，我不表态，而且声明在先，我不会将你的任何一丝意见转达给包子。"

"没关系，我说出来已经痛快不少。不过，相信我们父子都欢迎你为了一家人好，居中调停。"

"不，说话算数，没有弹性。我不相信人的自控力，我更认为我今天因为一个美好的目的毁约插手尝到甜头，以后会克制不住而事事插手，终有一天变成包太第二。所以我简单奉行说话算数，口头契约也必须遵守，以免给人给己制造麻烦。请原谅。"

"但你想想，我们父子目前完全无法沟通，这样下去不是办法。而且我儿子继续跟我对峙下去的话，只会被他妈扶起来的那些小人利用，他一个人感情用事看不清。接下来会是损失惨重。"

安迪耸耸肩，不说话。

老包无奈，只能道："好吧，但有件事你可以转达，只是私事，与利益纠葛无关。你跟他说，他是我唯一骨血，不管他怎么对我，我都爱他。真肉麻死人。"

安迪笑道："这句虽然可能影响包子的判断，但我一定传达到。不过这句话不说也可以。您前面已经说过，白痴都明白这个道理。说到底，你们一家三口都很明白这个道理，所以全都不怕严重侵犯并伤害其他人，知道没有后果，最终打断骨头连着筋，还是一家人。我不知道别人家是怎么样的，但一方太无视他人的权益，终究还是会遭到反弹。尊重家人的独立性，平等对待家人，可能更容易彼此相爱。今天既然您有求于我，只能绑架您听听我的意见，同样的话我也劝包子，只是他正处于丧母之痛，情绪激动，接收不良。我这番话当然也只涉及私事，与利益纠葛无关。"

老包不禁干笑了几声，"好吧，这个话题到此为止，我不勉强你。不过你也别勉强我儿子，毕竟死的是他妈，换谁都想不开。他妈又是生前跟你斗得欢，你说太多，连你也怨上。"

安迪想了想，点头，"谢谢提醒，我正在适应这种不能太讲理的关系。"

老包闻言愣了，这一次是真的笑了，才恍然前面安迪言谈中的一丝不苟并非搞他脑子。也才明白虽然他妻子之死也有安迪的间接"贡献"，他儿子却始终不怪罪安迪，原来是此人一向说话算数，言行一致，别人反而不需要费心猜测她有什么动机有什么阴谋了。这也是一种生存之道。

老包分手前善意提示，"你应该考虑一下结婚，在国内，不结婚对你和对孩子都不大方便。"

安迪点头。

樊胜美一下班就直奔医院，天色还亮，邱莹莹却百无聊赖地打瞌睡。樊胜美拎着水果一出现，邱莹莹就像看见亲人，抱住樊姐二话不说，先哭了再说。出事以来，她还是第一次哭。

樊胜美好言相劝，让她放心养伤。

邱莹莹哭了好一会儿才道："看护说，应勤的妈妈已经来了。樊姐，你帮我去探望应勤好吗？我真想知道他的情况。"

"唉，你这家伙，不问问你自己的事，倒是先想到应勤。好吧，我过去看看，你耐心等我。我要是不立即去，你是坐立不安的。"

"樊姐真好。你去看了我才能放心。"

樊胜美分了一半水果出去，低头思索着措辞，慢慢走近应勤的病房。到门口又站了会儿，才笑盈盈地敲门进去。正好应勤醒着，看见她眼睛一亮，但立刻又看向他妈妈，眼神有点儿不知所措。樊胜美先微笑与应母打个招呼，自我介绍道："伯母，我是应勤公司同事小樊，听说小应受伤，受大伙儿委托，过来探望。小应还好吗？"应勤听了松一口气，有点艰难地道："还好，还好，医生说能恢复，不会残疾。"

"大家都很担心你。尤其组里少了你这骨干，干活都没了头绪。不过你可别当回事，你养好身体才是关键，工作的事以后慢慢再说。"应母看看美女，看看儿子，凭女人的直觉，感觉这两人不会是恋人，就相信樊胜美是同事了，赶紧热情让座。应勤依然艰难而口齿不清地道："医生说有轻微脑震荡，虽然他说不会有太大影响，但……"樊胜美道："我明白你的意思了，这个时候尤其要相信医生，再说，我听说这位主治你的医生是熟人再三拜托的，一定不会马虎。小应，你放心。"

应母忙问："哎呀，我刚才问你们公司另一位经理，他说他也是今早才知道这件事，他也说不清昨晚到底怎么回事。樊经理，你好像知道，能跟我说说吗？"

樊胜美果断摊牌，"我听说是这么回事：小应昨晚上与一位女孩吃饭，小应的女朋友不乐意了，找人揍了小应和那女孩。医生是女孩的朋友们拜托的，您没来之前，照顾小应的也是女孩的朋友。小应女朋友和她找的人都在派出所。"

应母愤怒了，对应勤道："你怎么可以这样？做人怎么可以吃着碗里盯着锅里？你祸害人！你该挨揍。难怪你不敢跟我说真话。姑娘，谢谢你跟我说实话，要不然我都不知道该怎么应对他女朋友的爸妈。"

樊胜美吃惊，没想到应母居然不护短。她看见应勤垂下眼皮不敢吭声。应母厉声问："到底怎么回事？放你一个人在海市，你到底怎么处理的男女关系？"樊胜美忙道："伯母，这事请等小应伤好了后再从长计议，现在的年轻人感情都有点复杂，小应恐怕一言难尽。不过我向你保证，小应是个好青年，我们公司公认的，大家都信任他。尤其是我们女孩子们，全都知道小应是君子，晚上加班有他在就放心。

我最相信，小应即使有错，也肯定是无心之失。"

应母喘着粗气认真听樊胜美替应勤辩白，渐渐气息平静下来，却抓住樊胜美的手流下眼泪，"樊经理，我天天担心这孩子，他到底是给我惹祸了。樊经理，你知道昨晚那个女孩住哪个病房吗？我也去看看她。"

此时，应勤开口了，"妈，我全说。小邱是我前女友，她什么都好，可是我以前不知道她好，春节回家还相亲什么的。相亲来的这个完全不讲理……"樊胜美见此，忙起身道："对不起，我不方便听这么私人的事，先告辞了。

明天再来看小应。"应勤却道："樊姐，请你帮我去告诉小邱，我要跟她在一起。"樊胜美惊得下巴都快掉下来，她看看应母，看看应勤，几乎是落荒而逃。

而邱莹莹得知消息，高兴得又哭得稀里哗啦。樊胜美总觉得缺了点儿什么。她把好消息传达给22楼其他各位，只有曲筱绡没说恭喜，而是一语道破，"那小子道歉没有？先道歉再求爱。"

邱莹莹却又哭又笑，"不用，不用，他想明白了就好。呀，我即使挨一顿揍，也值了。"樊胜美第一次与曲筱绡站在一条阵线，恨不得揍醒邱莹莹。

大清早的，才六点半，安迪便给22楼全体群发一条短信，"姑娘们，本幢楼302室今天起成为我保姆的工作室。7:30AM准时开早餐，欢迎搭伙。"不到7:30，安迪开门，便见到曲筱绡已经等在电梯前。"这么早？难得。"

"唉，没男人的都早起，男人在别处的也早起。安迪，保姆住楼下这主意好，我交一千，搭伙。"

"保姆以前是包太的保姆，这件事全程都由包子操办，你不如直接跟包子讲。"

"你这傻蛋，告诉你，千万不能让你的闺蜜直接接触你的男人，准勾搭成奸。这是最基本原则。"安迪听着笑，"这么危险？好吧，索性今天就跟保姆说一声，让她以后多做一份给你。让包子埋单。呵呵，今天小樊不在，2202的门到现在还没开。"

电梯门开，曲筱绡将安迪推进电梯，使劲按关门键，一边偷窥2202的门，等电梯门才合上，她立刻眉飞色舞地道："你还记得前天晚上小关的那个男朋友吗？你猜猜那男孩子是做什么的。"

"刑警啊，前晚小关不是对大家说了吗？"

"哦——扑，前晚我丢魂了，惨不忍睹。你再猜，男孩子家里是做什么的？"

"你这八卦王，是不是又在背后偷偷摸摸搞调查？"两人走出电梯，进去302，"22楼的男朋友们，你都调查遍了。"

"什么现男友前男友，全不放过，看我多关心你们啊。嗨，别打岔，你快猜。"

"不用猜，小关都告诉我了。"

"呼，没劲。哇，现做的小笼欸，我最喜欢了。还有酸奶，水果……明天我拎几箱水果来，算我饭钱。"曲筱绡一边说，一边与保姆拥抱自我介绍起来，搞得保姆面红耳赤。安迪拍了早餐的照片，立刻上传到微博。

"安迪，我是一点点都想不到，那位警察哥哥竟然是农村来的，而且是那种穷地方的农村，看不出哦。一个月后我要去那儿出差，我找时间去警察哥哥老家走走。好玩，有意思。"

安迪一愣，"错了，是西北一个地级市的小康家庭。呃，这事我得阻止你。我很反感局外人挖别人老底，谁挖我老底我跟谁翻脸，同样也反对你挖警察的。你挖包子老底的事儿，我还没跟你算账呢。听着，stop！"

"切，不理你，分分钟跟你翻脸。"曲筱绡胃口并不大，吃几个就饱了。反而安迪吃了不少，连保姆都吃惊。

上班路上，安迪对坐在副驾驶位，难得早上清醒的关雎尔道："早餐很丰富，你睡懒觉可惜了。"

"我其实已经起床的，一看曲筱绡也在，我……不想面对她。"

"呃，她有非常强大的调查能力，我早已领教过她对包子的调查。回头我再警告她一下。"

"别，越警告她越来劲。不理她，避开她，巴望她忘记我。"安迪看看愁眉苦脸的关雎尔，回想曲筱绡一向的作为，摇摇头道："难。"关雎尔的眉头皱得更紧，"我不怕别的，最怕影响谢滨的前途。他是国家机关，出点儿差错会被人惦念一辈子。"

"小曲一向对你还算善意。"

"昨天起，她已经认为我不拿她当朋友了，因为我阻止她获取谢滨的手机号。"

"这个人，真是一流的逆反。刚刚我让她有事直接找包子说话，她反而教训我必须阻止闺蜜与男友直接接触。"

"啊……"关雎尔愣了，想到昨天曲筱绡不满的神色，心中更是忐忑，"不好，我得罪她了，我得罪她了。"安迪都不知道怎么安慰，更不知道怎么解决。曲筱绡这个人做事向来剑走偏锋，她完全无法预料曲筱绡下一步会做什么。

樊胜美一下班，便被出差回来的王柏川接到一处新楼盘的售楼处。售楼处装饰得金碧辉煌，售楼人员不是美女就是帅哥，但病房陪夜疲倦的樊胜美与出差连轴转同样疲倦的王柏川毫不逊色，俊男倩女挽手迤逦而行，售楼小姐拿眼睛一掂量，决定上前搭讪一下。

坐下看了各种套型后，樊胜美悄悄指使王柏川，"你问，我补充。"王柏川便招手请售楼小姐过来，"请问哪天开盘？怎么定价？开盘当天有什么优惠？"樊胜美一边小鸟依人地看着王柏川说话。售楼小姐递来一张表格，"确切的开盘日期还没定，包括定价啊优惠啊都暂时没定。不如你们填一下意向表，等一有消息我们不仅在报纸上公布，一定提前打电话通知你们，让你们早做准备。"樊胜美笑道："我来填。"王柏川看着樊胜美，也笑道："我们客户填的这种表格越多，表明意向客户越多，开发商定价越往黑心里定。真不甘心填这种表啊，呵呵。"

樊胜美微笑着一条条地填下来，到"购房原因"这一栏，她顿了顿，一时不知如何下笔。身边却传来微微急促的声音，"婚房！"不知怎的，听了这话，樊胜美心头弥漫开了一片甜美，她感觉心安，而身边的王柏川是如此真真切切。她回眸凝视王柏川，两个人的眼光交织在一起。

售楼小姐在一边一笑，"原来是刚需。"

樊胜美到医院，天已墨黑。邱莹莹的病房里已有关雎尔前来探望。樊胜美一看见关雎尔就打趣道："小谢呢，小谢呢？"

"忽然说有紧急任务来，把我扔医院门口，人就不见了。樊姐，你来得正好，小邱一直怂恿我去应勤那儿呢，我都快被她烦死了。"樊胜美一拍手，"哎呀，我光急着赶路了，忘了买东西，这两手空空的可怎么去应勤那儿。我去下面水果店看看。"邱莹莹忙道："别，樊姐，不用买，应勤不会在意的。"

"不一样，应勤妈妈在呢，我可不能露马脚。"樊胜美边说边拎起包往外走，在外面待了会儿，又折回来，"哎哟，现金不够，怕门口那些店不能刷卡，小关你带现金了吗？"关雎尔见樊胜美躲在门廊里冲她使眼色，忙会意起身，"我带着，一起去吧。小邱一个人待会儿哦，别怕大灰狼。"

走出门，樊胜美就将关雎尔一拉，拖到楼梯间，等左右无人，才道："我也怕去应勤那儿呢。昨天应勤跟他妈妈摊牌，今天去，你说会是什么结果呢？妈妈们最难对付啊。尤其应勤的妈妈是个很讲原则又很严厉的人，他妈昨天还说要来看看小邱呢。千万请你陪我一起去，壮壮胆。"

关雎尔紧张地道："那别去了吧，如果是喜事，当然好，可万一有个什么的，小邱现在的身体怎么担得起。"

"不去怎么跟小邱说呢？小邱不会放过我们。"两人抓破头皮。最终还是樊胜美道："去。如果有个万一，我们都暂时不告诉小邱，等以后再说。如果是好事，当然最好。"

两人出现在应勤的病房。关雎尔一看见应母，便小腿肚一颤，仿佛见到读书时最可怕的教导主任。她不由自主地落后樊胜美半步，一脸腼腆的笑。

而樊胜美依然语笑嫣嫣，"您好，伯母，小应今天怎么样？看上去精神了许多呢，真好。"

"啊，樊经理，又麻烦你来探望，你们对小应太好了。医生说他恢复得挺好，年轻，自我修复力强。来，请坐，这边坐，这位姑娘是……"

"那太好了，不幸中的大幸。伯母，这是小关，是小邱的好朋友。前天晚上就是她和她的朋友们把两人救出来，又把相熟的医生请来连夜做手术，打给你们电话的也是她朋友。她也来看看小应。"

关雎尔忙又起身，"您好，伯母。"大家都等着关雎尔的下文，可她愣是只说了四个字。应母拉住关雎尔感激地道："真不知怎么感谢你们。姑娘一看就是很好的孩子，我家小应幸亏你们帮忙。"

"我们应该的，我们和小邱是很好的朋友，也跟小应吃过一次饭。"关雎尔没樊胜美那么能言善道，又性子恬静，不爱争功邀宠，本来可以说一大篇的功劳，她又是寥寥几个字打发了。

反而应母却喜欢这样的姑娘，拉着关雎尔的手不放，弄得关雎尔浑身不自在。"这么好的姑娘，你的朋友小邱一定也跟你差不多，人以群分么，一定也是个好姑娘。"

应勤连忙插一句嘴："我早说了嘛。"但被他妈妈瞪回去。樊胜美冷眼看着，心里觉得不妙。

关雎尔赶紧替邱莹莹说好话，"小邱单纯，善良，热心，能吃苦，爱上进。她家里寄来的好吃的，她做好了给我们一起吃。我们一起的就她一个人自己买菜烧饭，最勤快了，不像我们都吃快餐。我贪睡，经常是她把我从被窝里揪出来，拉着眼睛都还没睁开的我挤地铁去上班。她不跟我们计较得失，我们不分彼此的。"

"你们……住一起？"

"是啊，我们正巧租了一套房子里面的两间。"

"噢。"应母连连点头，"原来是这么做的朋友。"

樊胜美再度感觉不妙，忙插嘴道："伯母，这是海市这儿的常例。都是刚工作的年轻人，工资不高，一个人租一套房不现实，两个三个脾气合得来的女孩一起租一套房，既经济实惠，又安全，遇事还可以有个照应。"

应母一脸思索地看着眼前这两位姑娘，好久无语。樊胜美连忙拉起关雎尔告辞。

两人又到楼梯间，关雎尔小心地道："樊姐，看了应勤妈妈后，我有不好的预感呢。"

"其实我们还没进应勤的病房，已经有不好的预感。要不然都怕什么。唉，再说吧。先瞒着小邱，幸好小邱没那么多心眼儿，瞒得住。"

关雎尔被护士指派去楼下拿药，等她拿回来，在公共洗手间门口不巧撞见应母。既然撞见，她只能硬着头皮主动招呼。"伯母洗脸呢？房间也有洗手间的啊。"

"哦，好姑娘。小应那病房不一样，是男病房，还有别的男病人在用，我一个女流之辈不方便用那洗手间。你在拿药？"

"是的，护士开了单子给我，等着打针。"

"我跟你去看看小邱吧。"

关雎尔下意识地拦在应母面前，"对不起，伯母，我得拒绝您。小邱伤后身体脆弱，不方便。"

应母并不勉强，但又问了一句，"好姑娘，我不熟悉大城市年轻人谈对象的规矩，这边的小姑娘们如果知道前男友已经有未婚妻，还会不会经常单独晚上出来跟前男友吃饭？这算不算正常？"

　　关雎尔被问住了，她立刻联想到邱莹莹，知道应母问的就是小邱与小应的事儿。她小心地回答："这个……我还没前男友，没想过遇到类似的事该怎么处理。"

　　应母点点头，"这就对了，人的经历都写在脸上的。我是个普通小学教师，哪个孩子是怎么样的，都一眼看得出来。像你就是个好姑娘。女孩子年轻单纯，犯一次错可以原谅，即使失身了也值得原谅。但犯错后不汲取教训，继续不知检点，那就不能再拿年轻单纯做理由了。请你转告小邱，我们小应也大错特错，不知检点，我向她道歉。我已到退休年龄，是学校返聘让我继续教毕业班，等我回去立刻辞了工作，过来跟着我家小应，不能让他再犯错，再贻害小姑娘，也不能让他借口年轻昏头误交与我们不一路的朋友了，他需要改正。对了，我的话请你等小邱伤好了之后再转告，她现在身体吃不消。还有一件小事，小邱的医药费需要自费的部分，由我们承担，这是我们对小邱的小小歉意。"

　　关雎尔急了，"伯母，小邱真的是个好姑娘，她很爱很爱小应，当小应要求见她的时候，她完全身不由己。请您……等她恢复得好点儿了，我请您去看看她，您一看就会知道她也是个好姑娘。"

　　"一次身不由己，失身；二次身不由己，插足。"应母不以为然地连连摇头，"好姑娘，你快拿药去，护士该等急了。"

　　"伯母，找时间我详细跟您说说他俩的事，我先走了。"

　　"自费部分医药费出来了，打我家小应电话。"

　　关雎尔无奈地走了，去护士站交药瓶子。等她回首，应母已不在走廊，可见应母并不想知道邱莹莹的病房。关雎尔觉得自己无法应付，打个电话给樊胜美，"樊姐，我刚撞见小应妈妈说了几句话，现在脸上不淡定，没法回病房，你帮我圆个谎，我得逃回家了。"

　　樊胜美吃惊，但放下手机便转回笑脸，对邱莹莹道："小关男朋友来接她了，你瞧，她把药往护士站一扔就跑。啧啧，淑女也疯狂。"

　　"哈哈，典型的见色忘友。想不到小关也会这样，哈哈，她还说今晚由她陪我呢。"

　　樊胜美不知应母与关雎尔说了什么，让关雎尔连回病房一趟都不敢，她怕自己胡思乱想被邱莹莹看出来，忙取出包里的楼书笑道："来，看看我刚和王柏川一起去看的房，你帮我挑挑哪套最好。我啊，真是挑花眼了。"

邱莹莹不疑有它，欢乐地凑过来一起看。

关雎尔闷闷不乐地才回到 22 楼走廊，便接到樊胜美的短信，"关，今天我非常非常开心，请千万千万，不好的事等三天后再告诉我。我已经好久没有开心了，让我开心三天。"

关雎尔站在 2202 门口，当场飙泪。姐妹们都怎么了。她转身走去 2201，可到了门口，举手按下门铃，又后悔了。安迪却很快开门，看见关雎尔这样子，忙让她进门。

"怎么回事？小曲欺负你？"关雎尔摇头，"本来不想说的，少一个人痛苦才好呢，你开门太快了，你是孕妇呢，以后行动得慢点儿。"

"是。痛苦需要找人分担，一个人担不住。坐吧，满桌子的零食，都是健康卫生的，你随便拿。"

"在干什么呢？架了两台电脑。"

"网上跟人吵架，还有一只手机呢，三个 ID 一起上。那些乱七八糟的孕产知识真害人，可硬是有人信，怎么给解释都撬不开榆木脑袋。气人。"关雎尔愣住，看电脑屏幕，果然在微博上吵架。"别跟那些人浪费口舌，浪费时间，浪费精力。"

"嘿嘿，现在有人给做饭打扫，于是我决定把每天腾出的半小时拿来娱乐。"

"这什么胎教啊。既然这样，那你管管小邱的闲事。我刚才去看望小邱，正好撞见应勤的妈妈……"她将应母的话转达给安迪。

而在 22 楼走廊，曲筱绡直着眼睛走出电梯，站在电梯门口发呆。呆了好一会儿，转身走向 2201，她不按门铃，就是举着手整个人往门上掼，一边掼一边哀号，"安迪，我死了，死了，遇到一个极品帅哥，我竟然一点感觉都没有，我有病了。我怎么办啊。"

里面关雎尔一听是曲筱绡的声音，立刻不由自主地站起来，紧张地不知不觉捏紧拳头。安迪见此，轻道："别出声。"两人静静地看着大门。曲筱绡掼了会儿，以为里面没人，脸皱成一团，无精打采回自己的家。

第 56 章

安迪从摄像头中看清外面人走了，才对关雎尔道："小邱跟应勤的关系，我从来都看不懂，可能与我缺乏传统家庭熏陶有关。在我看来觉得屈辱的事，他们两个一个愿打一个愿挨，还都非常自在非常心甘情愿，我非常不明白。你呢？"

"我早就劝小邱不要在应勤已经有未婚妻的状况下与应勤单独见面，要见也要等应勤断了那边才行。

可她说她没有拆散应勤的意思，她只是听听应勤诉苦。我对小邱真是又恨又怜。现在他们两个该怎么办？小邱还陷在幸福中呢。"

"两个成年人，我们作为朋友，尊重他们的价值观，遇到不同意见，我们提醒，但不插手，但我们必然在他们困难的时候提供适当援助。只能如此。"

"看着小邱走错路也不管？"

"不管。许多干涉都是打着关心和爱的旗号，应勤妈妈干涉两人的事，何尝不是如此。"

"现在是，小邱面临崩溃。"安迪耸耸肩，"成年人需要为自己的选择承担后果。"

"不行，无法见死不救。很快小邱能下床，她会去见应勤，她会被应勤妈羞辱，会再次失恋。"

"冷静。万一小邱见了应勤妈妈，两人看对眼了呢。万一小邱不后悔她的头破血流，她享受其中的过程呢？"

关雎尔不得不咬紧嘴唇，咽下一连串的"不可能"。想到樊胜美如此凄婉地要求开心三天，想到邱莹莹即将也说出"我已经好久没有开心了"，关雎尔觉得她无法袖手不管。"安迪，一个资质普通的女孩子独在异乡很艰辛，只有好朋友守望相助才能在都市生存。我必须尽力而为。"

"好，我们保留各自的意见。"过会儿，关雎尔告辞回自己的窝，安迪与她一起出门，只叮嘱了"保护好自己"，遵照她一向原则，并不强拗关雎尔的打算。关雎尔很郁闷。安迪顺便走到对面的2203，对来开门的曲筱绡道："我刚才有事，不应你。

需要谈谈？"

"什么朋友啊，什么朋友啊，见死不救的。"

"这不是来救了吗？我陪你出去喝酒。你喝，我陪你聊天，负责埋单开车。"

"找你喝酒还不如找我那些老朋友。"

"那你要我做什么？"

"我一个人待不住，这屋里到处是他的印迹，被子里都有他的味道，一个人待着好像总听见他在我耳边说话，见鬼了。我要跟你住，跟你睡。"

"来吧来吧，只要不吵我。"

"怎么办，总忘不了他，还错把别人当成他。"曲筱绡抱起枕头跟安迪去2201。"根据有限的经验，找到心爱的，立刻就能把前人忘了。很快。"曲筱绡扑哧一声笑出来，"太邪恶了，你就是这么想也不能这么说，注意形象。这种话只能让我这种人说。"

"所以不替你愁，你也就闹腾这几天。"

"不对，这次闹得有点儿长，还看不出哪天是个头。"

安迪打开自己家门，听见手机在响。曲筱绡眼明手快地一个箭步过去，抓了手机交给安迪。是樊胜美打来的电话。"安迪，你是金融系统的，请教一个问题。我等小邱睡了，刚才上网打算汇这礼拜的钱给我妈，可输入密码，说不对。什么情况？我没记错密码，绝对没有。"

"你等等，我上网找找答案。你确认银行卡和身份证都在你身上？"

"开户人是我爸，那是我爸的退休工资卡，他身份证在我妈手里，我……会不会……他们拿着身份证去银行挂失？"安迪迅速跟曲筱绡简单说明，"小樊手里她爸的工资卡密码失效，她爸身份证在她妈手里。什么情况？"

曲筱绡只消眼珠子一转就凑过来对着手机道："被她哥挂失或者重置密码了呗。她妈搞不清银行那些规矩，看见钱红了眼的她哥还能不动手？身份证在手，大不了再拿本户口本，背上她老爸，什么问题都当场解决。我早说肯定还得出事。"

"小樊听见了吗？"

"听……听见……了。要死了！"

"你回来吧，我这就载保姆去医院，请保姆帮忙照看小邱一晚上。你跟小曲商量个办法。"

"没有办法，不用找我商量。"曲筱绡在边上立刻声明。"嗯，不用，我会克服，这不是大事。谢谢你，安迪。也请帮我谢谢小曲。"安迪放下手机看着曲筱绡，"你尽力帮小樊想想，还会出什么事。"曲筱绡摇头，"谁知道她家还有什么祸可以闯，渣男什么都做得出来。"

樊胜美在陪护活动床上辗转反侧，她白天才好不容易捡来的开心短暂得如同灰姑娘的华服，一到零点就烟消云散，让她不得不怀疑人生。

第二天天才蒙蒙亮，她就起床了。怕洗漱吵醒别人，她拿着毛巾去公共洗手间。不料遇到同样早起同样无精打采的应母。但奇怪的是，应母直着眼睛从她面前走过，仿佛不认识她。而有个中年妇女跟着应母，一步不离。

樊胜美觉得奇怪。可她正担心应母怀疑她怎么也在医院，她不敢吱声，小心翼翼离得远远的洗漱。但渐渐地，她睡眠不足略显混乱的脑袋也看出一些端倪来，那陌生中年妇女似乎在盯应母的梢，应母去哪儿，她跟哪儿，眼神满是愤怒。

从洗手间出来，樊胜美刻意到应勤病房门口拐了一下，从门玻璃看进去，病房地上扔着好几只大行李包，而应勤病床后横七竖八坐着好几个人。樊胜美眼睛都看直了，来者不善，应家出了大麻烦。

应安迪一再要求，关雎尔出现在清晨的 302 早餐桌上。安迪将应家面临的情况一说，曲筱绡就了然。

　　"早知道那边那女的不会放过应勤，女孩子一个人跟着应勤来了那么多日子，他们两个即使自己说得清，别人也不认账，早把那女孩看成应勤的女人。这会儿想甩了人家？没门。我看，迟早得找到邱莹莹，那边那女孩应该可以放出来了，一定满医院找小三继续揍。你们谁找老赵说说，给邱莹莹转院。应勤那儿管不了那么多。"

　　安迪道："我请保姆大姐跟我一起去。"

　　"可不可以……"关雎尔犹豫了一下，道："请赵医生帮应勤也转院，比如前门送进手术室，从后门溜出手术室什么的。让应家欠我们的情，有助于她妈认可小邱。安迪，我跟你去，我请个假。"

　　曲筱绡道："切，小姑娘一看就是个不懂事的，少管闲事。应家是跑得了和尚跑不了庙，找不到应勤可以找上他老家，逼也逼出应勤来。这件事就是你警察哥哥来也管不了，人家是家务事。"

　　安迪对关雎尔道："听小曲的，我很相信小曲的江湖智慧。"

　　曲筱绡一听，眉飞色舞地抱住安迪亲个嘴儿。安迪一愣，下一刻，立即冲进洗手间吐去了。

　　曲筱绡转眼就逮住关雎尔，"关关，你家警察哥哥也是农村人。敢惹他们，整个村的人都是亲戚，整个村的人都来找你拼命。即使不惹他们，以后你家串门的亲戚不断，你家厨房是大食堂，你这娇滴滴的大小姐怎么受得了。"

　　"胡说。八字没一撇呢。"

　　"才没胡说，别看警察哥哥身份证上面地址是集体户口的，填的各种表格的籍贯摆那儿呢，很偏僻的穷村儿。听我的，安迪说了，她很相信我。别总以为我想抢你的警察哥哥，我最宝贝我的关关小宝贝了，你也相信我。"

　　关雎尔也只能扭过头去装呕吐。但她转回头，立刻坚决地道："你肯定看错了，一个农村来的孩子不可能对乐理非常熟悉，连我这个学小提琴的听着都觉得无懈可击，很偏僻的穷村可能学不到这些。有些东西是需要童子功的，不是上网搜三天就可以搜得到。你找错人了。"

　　轮到曲筱绡惊愕了，她转着眼珠子想了好一会儿，才道："那就好，那你们就很配了。我这一关通过。警察哥哥没别的问题，叫谢滨是吧？据说很聪明很肯干，喜欢他的领导蛮多。"

关雎尔眼睛圆了，"是他。安迪去医院办转院，我还得挤地铁去上班，先走一步。"曲筱绡郁闷地看着关雎尔的背影，"难道我错了？"

"多管闲事了吧。立刻罢手，否则失去一个好朋友。"安迪出来。关雎尔走出门，又是画十字又是拜拜的，大大松一口气。显然曲筱绡没坏事。曲筱绡却想不通，一捶桌子道："不是关关骗我就是我朋友弄错。"安迪拉下脸，"有完没完。"

"完了。嘻嘻。"曲筱绡一笑而罢。

安迪几乎才八点多点儿就来到邱莹莹的病房。一脸焦虑的邱莹莹一见安迪如见救星，连忙递来一张揉得皱巴巴的字条。安迪展开来看，见四个字，"救救我们"，落款是"应勤"。反面则是写着"请交1512病房邱"。

"刚刚护士送来的，我不知道该怎么办，樊姐电话打不通，正要找你们呢。怎么啦？应勤怎么啦？是不是病情反复了？"

"小樊说，应勤那个女朋友的亲戚把应勤母子盯住了。我怕他们找到你，打算给你办转院。应勤那儿……我们一个个地来，不能一起走，免得被发现。"

"安迪，求求你先救应勤，他的病情比我严重，他被那些人盯着会丢命的。
求求你，求求你，先救他。"

"好。我去找赵医生商量。"但安迪出门，却先打电话给江湖智慧十足的曲筱绡，问曲筱绡该怎么办。

曲筱绡立刻道："救应勤的事别找老赵，老赵一个年轻医生没那么大权打通其他部门的关节。这事要找医院主管领导。

我看你罢手，应勤那种鸟男人让他自作自受去，活该。小邱这种没脑袋的人当她放屁，再嚷嚷就让老赵给她一针蒙倒睡觉。"

"天，你怎么都懂。"

"从小打架斗殴，套路门儿清。"

"我直接找闺蜜的男友，会不会有问题？"

"没问题，大肚婆。特批。"安迪听了大笑，与赵医生约了，正好赵医生没坐门诊，两人关门密谋。

赵医生一听来龙去脉，也道："给小邱打一针麻翻她，省得她闹事。"安迪惊讶，"小曲也这么说，我还想这么邪门的主意就不跟你提了，免得你为难。哈。"

赵医生悻悻地低头，等抬起头，就道："我们开始行动吧。你找辆掀背车，后面可以平躺的。我这边给小邱联系其他医院的朋友，同时办转院。"

"太谢谢。我多事一下，你们真的结束了？在我眼里你们两个是多适合的一对，你们可能文化程度不一样，可你们有一样的妖气，咳咳，这个词请别见怪，我中文表达不大好。而且小曲很爱你，这几天她搬到我那儿住着，下班时间就缠着我，不敢一个人待着。我求她有这力气缠你来，她不。真不像她一贯的爽脆。"

"她？"赵医生显然是惊住。

安迪耸耸肩，点到为止。赵医生眼珠子滚圆地盯着安迪开门出去。

樊胜美下班得早，太阳还透过新发芽的树枝照得地上斑斑驳驳。在离酒店稍远的路口，樊胜美拿着手机边着边走上王柏川的车。王柏川不等车子启动，就兴奋地道："我们趁天亮再去看个楼盘，实地看看工地。然后一起吃饭，都好几天没一起吃饭了。"

"唉，去医院吧，这一白天下来，小邱足足发了我二十三条短信。再不去她要亲自跳下床找应勤去了。"

"你是她妈还是什么，她要你管头管脚管终生还是怎么的，要朋友帮忙都害得朋友没自己时间了，我们已经有多少次约会被她打断了？"

"我上辈子肯定是她老公。"

"嗳，那是没话说，那是得管到底，管一辈子，应该的。"

樊胜美斜睨着王柏川，弯着眼睛笑。"问你，昨天看房子的时候，为什么看了三室二厅的，不是说二室二厅吗？"

"目标是三室，保底是二室，争取定下来，下定的时候，手头的钱已经够三室的首付。你看有上进心不？"

"一流。你这么上进，我昨晚开始心烦的事也可以稍微放下点儿。我哥大概拿我爸的身份证把我爸工资卡的密码换掉了，现在我失去对工资卡的控制。昨晚还心慌，现在想想，拿去就拿去吧，以后我每月寄出的钱扣除那部分，总数还是与原来一样。都不知道他们忙活什么。"

"你想得开就好，就好。"

"是啊，往宽里想，别跟自己没事找事。"樊胜美继续斜睨着王柏川，微微往下扯了扯嘴角，才扭回了脸，不再继续这个话题。

　　樊胜美还是第一次进邱莹莹的新病房。她进门的时候见另一病床上的病人双腿缠满白布吊在半空，不禁好奇地多看了几眼。邱莹莹则是一见思念了一整天的樊姐，就大声喊起来：“樊姐，樊姐，可把你盼来了。”

　　樊胜美连忙上去，轻拍她的脸蛋儿，“看上去气色好了些。伤口还痒吗？”

　　“痒，蚂蚁咬似的。樊姐……”

　　“嘘，我跟看护大姐交接一下，好让大姐早点儿回家，免得上下班高峰公交堵路上。”

　　看护工很开心，连忙很详细地与樊胜美交接。邱莹莹挂念应勤，心急如焚，只好憋着劲儿等着。樊胜美偷眼瞅见邱莹莹一只手烦躁地在床单上爬，她看一眼就索性转回身，背对着邱莹莹。

　　客客气气送走护工，樊胜美才转回身，邱莹莹急切地又喊：“樊姐……”

　　“应勤？”

　　“是啊，你的手机上班关机，我醒来发现换了医院，打电话问他们，安迪说应勤那儿麻烦，只能先把我转院了。她只跟我说两句就不理我了，她很忙。关关说她不知道，晚上过来再说。樊姐，怎么办啊，那些人围着应勤，应勤会被折腾死。应勤是为了保护我才受的伤，我怎么能丢下他不管，不理他的求救，自己转院了呢。樊姐，你们再想想办法救救应勤吧，求求你了。”邱莹莹一边说，一边早哭红了眼。

　　“小邱啊，你的心情我理解。但应勤那儿不是我们不救，而是我们无法救。我早上偷偷过去看，好几个粗壮的人围着应勤，你说我们22楼的女孩子是打得过那些人呢，还是嗲得死那些人呢。

　　根本没法接近应勤，更别说把他挪出来转院。你不是说连护士传字条都是偷偷摸摸的吗，你看，我们更连护士都不如。”

　　“可是应勤会被他们折腾死的啊。应勤完全是因为我才挨打，本来他们不打应勤的，他是保护我才挨的打。我现在自己跑到安全地方了，扔下他受苦，我怎么可以没良心呢。樊姐，想想办法吧，再想想，求求你。”

　　“不是樊姐不想，是真的没办法啊。要有办法，今早安迪怎么会不救应勤呢？安迪和赵医生联手，要有办法早有了。”

"会不会……安迪和小曲本来就不喜欢应勤，以前还揍过应勤……"

"你这么说就不对了，小曲难说，但安迪和赵医生不是那么小气的人。小邱，你安心休息，我去医院食堂看看有什么好吃的，给你买些来。"

"樊姐，我吃不下。不知道应勤那儿怎么样，现在连请你过去看一眼都不能了。要不……还是把我转回去吧，宁可被他们发现，起码可以替应勤分担一半的人。"

"别胡思乱想，再这么说樊姐要生气了。你这是指责樊姐没用，安迪不全力帮忙吗？"

"樊姐，我不是这个意思，对不起，对不起。你们都已经够帮我了，只是，我太担心应勤了，呜呜。"

樊胜美看着眼泪纵横的邱莹莹，叹声气，不厌其烦地替她擦掉。等邱莹莹哭得差不多了，她拿来一条热毛巾，帮邱莹莹擦脸。邱莹莹像只受伤的小猫，倚着樊胜美不放。枕头边，摊放着应勤的求救字条。

樊胜美趁去食堂的时候，将刚才的录音制作成音频文件，发给22楼众友。她在邮件里写道："你们有空就听听，了解一下情况，心中有底。没办法，只能让小邱自己消化应勤的事儿了。"

曲筱绡正在灯火通明的小会议室里与两个黑人客户手舞足蹈眉飞色舞地谈价。她回国半年多工作下来，学到的英语反而比当初留学学到的多，现在基本上能流利地交流。等终于谈完，他们修整一下准备去餐馆吃饭。曲筱绡抓紧时间处理新邮件，一听樊胜美传来的音频文件就眉毛倒立。她一个电话打给安迪。

"安迪，听了没？有这么没良心的。我们只是邻居欸，我跟她连朋友都不是，我干吗帮她，我犯傻啊，帮了还没落一个好。这傻子心里只要有个男人，别人都是浮云，有病还是怎么的。等我今天忙完，再晚我也得亲自替她转院回去，一定完成她的高贵心愿，让她跟那鸟男人一起去死。我不管啦。"

"我们确保她安全，确保她得到好的医疗，行了啦。其他你别多管，我看小樊也是看不下去了，才会不理智发来这段。哦，对了，小樊今天心里也不好受，她哥又折腾了她一下，难怪。我们自己的事情也是又多又烦，没空再管小邱的事。"

"不行不行，我得管，我要管得她小邱顺心为止，就今晚送她回去。正好我这儿有两位非洲黑哥哥，跟我谈半天只有一千多点儿美元的赚头，我还得晚上请他们吃饭吃掉一千人民币。不如今晚利用他们一下，帮我充当搬运工。他俩本来不认识的，现在凑一起压我的价，害得我嗓子都说哑了，要报复。

耶！ ”

“别，小曲别无事生非。”安迪只能赶紧扯开话题，找个好玩的吸引曲筱绡的注意力，“我在想小樊的哥哥还会干出什么麻烦事……”

“多管闲事多吃屁。我客户回来了，我得跟他们套近乎去，拜拜。”

但曲筱绡立刻就给樊胜美电话，“晚上你们谁管小邱？如果没谁，我来管。”

樊胜美直觉曲筱绡没安好心，“小关管。不过她又是加班，我替她管会儿。”

“你告诉小关，我来。”

“不用了，嘿嘿，你跟小邱不对路，你曲大小姐也不习惯伺候人。要给她洗脸洗脚接尿，你行吗？ ”

“咱有钱，有钱就能买服务，咱好心，让你跟小关都好好睡一觉。不说了，等我请客吃完饭，立刻去医院换下你。”

曲筱绡不由分说地挂了电话，樊胜美拎着一袋饭菜站在病房门廊完全摸不着头脑，还是邱莹莹听见声音大叫：“樊姐，樊姐，你回来了吗？跟谁通话呢？ ”

樊胜美忙钻出来，“小曲，她说晚上她来伺候你。”

“啊，别，千万别，她会要我的命。”

“我要她别来。但她这个人很难说。总之小关会在，你别怕。”

“别来，别来，别来。”

“不要这么没良心，你受伤那天她跑前跑后一张脸跑得通红，赵医生也是她的关系。趁这机会你们调整关系和解了吧，你还得好好谢谢她。”

“谢谢她的事等我好了后给她做牛做马，现在我还伤着，她会把我折磨死。”

樊胜美却因为讲了刚才一席话，依稀想到什么，没搭理小邱，手上整理饭菜，将床后的餐桌板翻上来，擦拭干净。等摆上饭菜，她终于恍然大悟。“你放心吧，其实小曲这个人呢，都太平的时候，她要使点儿坏闹得大家不安宁。等真出了事，她很帮忙。你别担心了。”

“不会吧？但我相信樊姐说的。”

樊胜美将床背再摇高点儿，让小邱能坐直了吃饭。

关雎尔终于下班，不例外又是夜深人静。但她这回目标坚定地与有车的同事一起往地下车库走，因谢滨在下面等着接她。同事八卦地想看看是谁，可是走到下面一看，谢滨正钻在车底下不知捣鼓什么。同事不便多留，先走了。关雎尔蹲下去问："怎么了？"

"排气管，哈哈，震着震着就松掉了。我临时固定一下。破车，三天两头出事。"关雎尔想到早上曲筱绡说起调查谢滨的事儿，她想了想，谨慎地道："你还记得我的邻居小曲吗？"

"记得。星期天晚上哭得很伤心的那个。"

"她闲得慌去你们单位把你调查出来了，也不知道她怎么查出来你叫谢滨……"

"咚"一声从车底传来。

"怎么了，谢滨？"

"撞头了。她调查我……她一个年轻女孩子到我单位调查我，可能会被人误会……误会我。她说什么了？"谢滨一边说，一边从两只轮胎之间钻出头来。

"我已经对她坚壁清野了，可只要她感兴趣的事，她是说什么都不会放手的。现在她查舒服了，就扔过手了。没说什么，说你是个领导都喜欢的好青年。我白提醒你一下，万一你们单位有人寻你开心，你好有个准备。"

谢滨笑道："真有点吃不消她。我好像还是从这儿钻出来更便当。"谢滨年轻灵活，几个屈伸就从车底钻了出来，又将垫地上的报纸收起。关雎尔稍微站远点儿，笑道："你背后有两处灰。"

"帮我掸掸么。"

"我觉得你脱下外套可以掸得更干净。而且我加班到现在，好累哦。我先上车看短信。"

关雎尔觉得给谢滨身上掸灰是挺不好意思的事儿，于是找个很不怎么样的借口哧溜钻进车里去了。

谢滨开心地笑，脱下衣服掸干净，也钻进车里。"怎么了？发生大事？"

"小曲说她快到医院了，要我别去了。

樊姐则是告诉我小曲快到医院了，叫我快去，一般来讲她去没好事。我得快去，她去肯定没好事，而不是一般来讲没好事。"

"我立刻送你去，人多好办事。"

"你只要送我到医院停车场，别撞见小曲，她这人人来疯。"

"我等在不远处，等你示意没事了，我再走。"

"不用的，医院人多，走夜路不碍事。"

"呵呵，其实我只想多跟你在一起，离你越近越好。我们两个都太忙，见面时候更得分秒必争。"关雎尔微微低下头去，幸好天黑，没人看得见她的脸红。

邱莹莹所在病房的全体人员看到曲筱绡进门，全都惊呆了。只见一个曲线玲珑的美女身后跟两位铁塔似的黑人，要多稀奇有多稀奇。樊胜美即使在酒店见多识广，在这种场合也是吃惊。"小曲，你这是干什么？"

"来帮小邱搬家的。我们回去老地方，陪应勤一起受罪去。两位客户表示很愿意帮我扛美女。"樊胜美顿时后悔前儿意气用事群发音频文件，"别这样，这边挺好。再说晚上那边医院也没个接手的医生，没人给你办手续。这边的主治医生也不在。"

"没关系，一个电话打给老赵，让他协调。无论如何，得让这对苦命鸳鸯拱到一块儿去。"

"又……出什么事了？"关雎尔在门口听得真切，果然，曲筱绡来绝无好事。她进门，一眼看到两个铁塔似的黑人堵在门廊。她只能踮脚才稍微看得见里面。幸好两位铁塔很绅士，排开一条缝让她进去。"我正要跟你商量怎么把应勤救出来呢。"

"那种向女孩子求救的软骨头，救他干吗。"曲筱绡一口否决。

"不是，字条不是应勤写的，是应勤妈妈的笔迹。"邱莹莹一看有希望又被灭，急了。

"那就更无耻，她来那么几天都没去看你一下，等出事了倒是知道来求你，要你做炮灰。傻逼，这种女人要不得。要是做了你婆婆，你分分钟想寻死。"

关雎尔愣住，应母否定小邱的态度，只有她和安迪知道，想不到曲筱绡凭蛛丝马迹也看了个八九不离十。果然是江湖智慧十足。但关雎尔还是认真地道："不管怎样，救人要紧。我刚才路上跟谢滨商量了一下，他去找几个手上利落的朋友，凑足实力，把应勤抢出来，尽量做到不伤人。但需要请赵医生配合一下转院。我正要跟你们商量一个宽裕的时间。"

"咦，这个似乎更好玩耶。"曲筱绡眼睛一亮，跳到两位客户面前，请求他们协助一起去抢出躺床上女孩的男朋友。她比画着给两位跟她差不多大的客户讲故事，"这女孩与一个男孩相爱，但是……男孩家不喜欢她，为什么不喜欢她呢，因为她家穷……"

关睢尔一听，立刻用更流利的英语接上，解脱了曲筱绡。"不仅仅是穷，与家族啊封建啊那些很古老的东西有关。但是两位年轻人坚持相爱。于是男的家族成员把两人打成重伤，分别躺在医院。

女孩说，即使被揍死，也要与男孩不分开，她吵着去男孩那医院。但我们觉得不能送死，我们打算去把男孩抢出来藏起来。请求你们帮忙。我还将联系我当警察的朋友，人多多的，一起去抢。你们，愿意帮忙吗？"

曲筱绡中文道："娘咧，平时不声不响的，原来一肚子小骗子。好感人哦。"

"别胡说，你继续劝，我给谢滨打电话去。"

樊胜美问："谁联系赵医生？"

曲筱绡几乎尖叫了，"叫安迪来，她跟老赵最要好。妈的。"

众人偷笑。

樊胜美主动请缨："我给安迪打电话。"说着就往外走。

曲筱绡问："干吗不在里面打？"她暂时放下对两位客户的劝诱，跟了出去。但听樊胜美在跟安迪解释这边发生的事，就走了回来。安迪正一个人趴料理台上干活，接到电话连连惊讶。等耐心听完才道："我可以给你赵医生的电话，但我不支持，不帮忙，对不起。"

樊胜美松口气，"我也是这个意思。我别的不怕，就怕小曲胡闹，还找了两个外国人，万一出点儿事，板子都打在我们身上。

再说……说难听点儿，应勤死不了。对方女家的人还等着应勤养好病结婚挣钱养家呢，怎么舍得杀鸡取蛋。只是应勤日子没那么好过，要听几句不好听的话而已。"

"对啊，这也是理由。但我纯粹只是不愿帮这个忙，这件事实在太蠢，不愿沾手。请转告。"樊胜美一愣，"可是……话虽这么说，面对小邱的乞求，我没法说不啊。"

安迪也愣了，"要不，你叫小曲来听电话。"樊胜美直接在门口喊一声，曲筱绡立刻蹦出来，"安迪，场面很好玩，你一定要来看。"安迪道："早上你还认为所谓救应勤这种想法很蠢，说是逃得了和尚逃不了庙，忽然变卦，是想找借口看看赵医生吧。"

"胡说，就你能。我替你省钱呢，不把应勤救出来，小邱天天哭，她好不了出不了院，你天天花钱付住院费。她那点工资又还不起的。"

"这钱我认。你扯上两个客户出去打架，打算生意上折他们多少价？我也替你省钱呢。总之我不参与，电话也不肯打一个。"

"好吧，我退一步。"曲筱绡看看樊胜美，怕被樊胜美小瞧了去，她必须使出浑身手段说服安迪，"你可以不来，你只需要打个电话给老赵，让他来医院帮忙就行了。"

"不干，别劝我了。我已经说服小樊。小关那儿我看是说服不了，她一定帮到底。就这样。"

曲筱绡不禁看向樊胜美，"你不去？噢，你怕惹事？对了，你只敢打枕头。"

樊胜美吞下一口黑血，"对，我担不起，我认怂，行了吧？"

安迪只能在电话里喊："别吵架。小曲，差点儿忘了一件事，我今早跟赵医生谈起过你……"

"你们背着我谈什么？"

"当然是替你说好话。电话给小樊。"

曲筱绡却一声"再见"，关掉手机，又腰对着樊胜美骨碌碌转眼珠子。樊胜美被她看得心底凉津津的，怀疑曲筱绡要找她生事，浑身细胞充血，调整到战备状态。两人斗鸡似的对峙会儿，曲筱绡进门对两位客户说声"计划取消"，一手挽一个客户，转身就走。樊胜美在走廊上看着，连忙一个电话给安迪，报告最新发展。然后才进去，对里面两个惊讶的室友道："安迪不同意，小曲也走了。我……不早，也回去睡了，这事从长计议。"

"樊姐……"关雎尔与邱莹莹本已被曲筱绡的说变就变惊住，这下更惊。

"对不起，我这几天实在是筋疲力尽。周末刚处理大哥闹事回来，都没休息，紧接着昨晚我哥又开始闹新花样，我已经快崩溃，让我回去躺床上睡一整觉。"

"呀，樊姐，你快回去睡觉。眼圈都黑了。"关雎尔连忙起身，帮樊胜美拿起放在床头柜上的包，递给樊胜美。

邱莹莹喊了声"樊姐"，眼泪汪汪地看着樊胜美。樊胜美说声"抱歉"，接了包带着歉意的微笑走了。来到走廊上，樊胜美对着远方长舒一口气，站了会儿，摇摇头离去。

"是不是安迪跟他们说什么了？安迪拉走他们的？"邱莹莹疑惑地问关雎尔。

"安迪……安迪不会多管闲事。"

"可樊姐和小曲本来都说去的，跟安迪一打电话忽然说不去了，是不是……"

关雎尔也正怀疑呢，因为安迪的态度她一早知道，确实很有可能两位听了安迪的解释就打退堂鼓了。她脸上一犯疑，邱莹莹更是急得流泪，"又得拖一晚上了，不知道应勤晚上睡不睡得了，他的伤……呜呜呜。我问问安迪，只是举手之劳，请她给赵医生打个电话而已。"

"别。都快大半夜了，安迪孕妇，别一而再打扰她的休息。"

"求求你，关，他们才刚打了安迪电话，这会儿她一定还没睡，我也只打一分钟，不会太打搅。应勤那儿性命交关，我真没办法，只能打搅你们了。"

"别打了。我找上回救你的朋友，我们立刻想办法。"关雎尔知道安迪的态度，而且知道安迪在电话里对邱莹莹也会是一样的直言，这会儿的邱莹莹怎么接受得了安迪的这种态度，保证闹崩。如此，安迪前儿的出钱出力等于都白做。关雎尔不能坐视，只能立刻搬出新的希望错开邱莹莹的关注。她为了表明态度，就坐在邱莹莹床边打电话。邱莹莹收起眼泪，眼巴巴地看着。

"谢滨，走了没有？请你商量一件事，就是救小邱男朋友的事。今晚就去救，行吗？"

"这么要紧？我立刻问问哥们儿都能不能出来。你那儿需要对付多少人，你还没给我确切数字。"

"我不知道呢，樊姐也刚走。"

"我去看看。你给我病房号和床位号。"

放下电话，关雎尔对邱莹莹道："你看，我的朋友去应勤那儿看情况去了，这叫知己知彼。

樊姐今早只是偷偷看一眼，但不能作数。时间不早，你睡了吧。

等有好消息，我会告诉。"

"我……我睡不着啊。我等着好消息。"

"那你闭上眼睛等，我就在你身边背几个单词，你听到电话就自动睁眼睛。"关雎尔才刚摸到电脑包，就想到一件事，"还是得联络小曲的赵医生。"

"问小曲，别问安迪。"邱莹莹连忙叮嘱。但曲筱绡得知原委，就很决绝地道："不行，不给你。你跟谢警察哥哥还没定，等定了才能给你。"

关雎尔无奈地道："或者，我给你小谢的手机号，你发赵医生的手机号给他吧。"

"这倒是没问题。你让小谢打我手机。但提醒你一句,你——真——敢——吗?"

关雎尔噎住。让曲筱绡直接接触谢滨,会发生多少幺蛾子,完全是她关雎尔所无法预料的。她想了好一会儿,才心一横,将谢滨的手机号发到曲筱绡的手机上。

曲筱绡将两位客户送到宾馆,落单的时候便又蔫蔫儿的,并保持着这种状态,进入安迪的家。安迪从电脑前扭头看看曲筱绡,"救了还是没救?"

"我没去。好像关关打算去。她让我给她谢警察发老赵的手机号。老赵又不是三陪,谁打电话都肯应的。我顺利骗来谢警察手机号,还没发短信。"

"我有个疑问,小谢是警察,即使是下班时间去抢人,万一被认出来,影响不好吧。不知国内怎么样。"

"哟,应勤那个女朋友应该已经放出来,打架斗殴一般不会关姑娘太久。要提醒关关吗?"

"算了。你只要不告诉赵医生号码,他们什么都做不成。要告诉了,万一小谢被爱情冲昏头脑,试图在小关面前表现表现神勇,后果严重。无非最终是你我被小邱怪罪,我承担得起,你虱多不痒。"

"呸,说到底你是在保护关关。小谢要是最后被朋友们提醒退缩下来,会被关关怨,影响两人感情,对吧?

你找个借口把矛盾引到你我身上,是放小谢一马。为什么你对关关这么好,你对我一点儿都不帮忙呢?你还骂我虱多不痒。"

"再怨我,我就打电话给赵医生,说我早上都是撒谎。"

"小的不敢。悲愤,你就会抓住老赵来打击我。我睡觉去。"

"为了在老赵面前的形象,才不去做那蠢事?小樊说了,我觉得挺对。那边女的那一家人不会对应勤怎么样,应勤是摇钱树,他们最多让应勤不顺心而已。"

"我只是想做蠢事发泄,发泄,发泄!我躺床上想蠢事去,我再不发泄要死了。真怀念小时候的打群架哦。"

安迪看着曲筱绡愤怒的背影,轻轻丢出一句:"不用睡前查一遍电邮吗?"于是,曲筱绡终于忍不住尖叫了。但尖叫声未歇,她已经摸出手机。

却有关雎尔的电话打进来,"小曲,你还没给小谢号码?"

"不给!"

安迪在一边提醒了一下："脾气好点儿嘛，委婉点儿说一下理由，别这样。"

"好吧，我说理由。老赵是我的，不是公用的，over。"

医院病房里，关雎尔与邱莹莹对着开免提的手机无语。

邱莹莹郁闷地道："小曲在安迪身边，难怪。"关雎尔考虑了会儿，直接给安迪打电话，"安迪，请给我赵医生的手机号码。

请一定给我。"邱莹莹更是凑过去急切地道："安迪，救救应勤，救救应勤，求求你。"

"我分析了一下，公众场合，三人病房，应勤出不了事。你不用担心。"

"可是他妈妈写字条来求救了，他妈妈不会无中生有，一定是他们已经折磨应勤了。"

安迪皱眉，索性将手机关了扔一边不理。

抬头对曲筱绡道："我的咨询费是以分钟计价的啊，这都是些什么破事啊。"曲筱绡终于扑哧一声笑出来。而在病房里，邱莹莹一激动想坐起来，不小心牵了伤口，痛得闷哼。

等回过魂儿来，她断断续续地问关雎尔："安迪，她为什么？为什么要这样对应勤？"

关雎尔绝不敢说出前儿安迪与她直说的一堆理论，她只是道："安迪是个聪明人，聪明人最坚信自己的判断。她认为应勤没危险，她就坚持到底。大家也知道她聪明，就比较相信她的判断了。大概是这样子吧。"

邱莹莹辛苦地掏出字条："还有比这更权威的吗？"关雎尔无语。邱莹莹悲愤地仰头向天，紧紧咬住嘴唇，不让眼泪因地心引力的牵引掉出眼角。邱莹莹几乎哭了一夜。她忍着不发出声音，可黑暗安静的病房里，只要小小动静便能传出很远。于是关雎尔也几乎一夜无眠。

第 57 章

　　睡眠是美人最好的化妆品。睡足一晚上的樊胜美即使早起，也是神采飞扬。她开门第一件事，就是出门右拐，敲开安迪的门。不料，开门的却是曲筱绡。樊胜美不禁倒退三步，回头看清自己所处地理方位，没走错，才又惊讶地看向曲筱绡。可曲筱绡早已没了踪影，留下一扇洞开的门让她自己进去。因曲筱绡一看是樊胜美，就知道肯定不是找她的。即使曲筱绡一声招呼都没有，樊胜美还是松了一口气。

　　安迪的声音却是从走廊电梯口冒出来，"咦，小樊，找我？"

　　"啊，这么早都锻炼回来了？昨晚真谢谢你顶着，帮我脱身。"

　　"应该的，其他我都帮不上忙。"

　　"还是多事一下，想问问昨晚怎么样了，非常揪心。我昨晚撑不住早早睡了，这几天真累。"

　　"昨晚可能小邱很失望，什么事都没发生。小关本来想让小谢请一帮朋友去帮忙把应勤抢出来，但我和小曲没配合，她什么都干不成，小关也很失望。屋里坐，等会儿一起下去 302 吃早饭吧，包子给我请的保姆住那儿。"

　　"嗳，谢谢，包总可真体贴。不坐了，我站着说几句，我上班早，没有坐下吃早餐的命。小邱做事本来就一根筋，尤其被爱情撞昏头脑的时候，更是不可理喻，请你原谅。你有时间就搭理她的胡闹一下，没时间可别勉强自己理她，完全帮不过来。她那些乱七八糟的事别放心上。"安迪一边听一边就笑了，岂止是小邱，她见了包子还不是一样晕头转向。"是，知道了。我不会委屈自己，也不会与小邱过不去。你真是 2202 的大姐。"

"呵呵，才不是，下面就要转折了。今晚王柏川有个重要客户来，他希望我一起出席晚宴。今晚我不能去小邱那儿了，跟你也说一声。"

"行，玩得开心。我跟护工说一声，加点儿钱，让护工做整天。早跟你们说了不能白天上班晚上陪护，怎么吃得消。"

"也只是临时性的。你雇的护工肯定是比我们更专业，只是小邱受伤，需要精神支持，我们在身边她会好过点儿。"曲筱绡听着，远远地翻了一个白眼。一直保持警惕的樊胜美还是看见了，连忙借口赶着上班，告辞离开。等门一关，曲筱绡立刻道："越是自己的事情都管不过来的，越爱管别人的事。什么怪癖。有多大头戴多大帽子，别装大头鬼。"

"别刻薄。前天晚上应勤妈单独与小关说小邱跟应勤的事儿，小关很难过，想告诉小樊。你知道小樊怎么说？小樊说，今天别告诉我，我已经很久没高兴了，让我高兴三天后再告诉我。大概就是这个意思。我听了很心酸。但你发现没有，她已经开始学会拒绝别人了：昨晚不掺和，今晚不去陪护，不要听应勤妈的狠话。还有她哥那边又闹事，她举重若轻地搁一边儿。好现象啊，要鼓励。"

"看来，她想做 2202 的大姐，你想做 22 楼的大姐。妈呀，闹妖怪啊。"安迪只能拿眼睛白曲筱绡两眼，不理。但又觉得不对劲，回头看，果然见曲筱绡正一脸心怀鬼胎地转眼珠子。"又打什么鬼主意？"

"我在想她有什么事可高兴的，我看她连做梦都在啃黄连。"直到在 302 吃早餐的时候，曲筱绡才一摔筷子想出来，"对，王柏川拿到银行贷款，有钱买房子了。对，肯定是这件事。很可能，王柏川还求婚了。难怪，哼哼，不过还是见钱眼开，我不会看错人。"

"房子？"

"对，房子。别以为你能轻松搞定房子。凭樊大姐本人，一辈子都买不起一间卫生间。所以她上礼拜还为她哥折腾她爸的事心烦到想自杀，现在高兴到做梦都笑出声来。她总算傍到小大款了。"

　　"我很怀疑,你明明挺热心,却假装邪恶得特别,是不是想吸引别人的注意力?"

　　"你才热心,你全家都热心。清明小长假你去还是包总来?哦,清明,当然你去。"

　　"我干吗去?他妈又不高兴看见我。他说那几天要做法事还是什么的,我就不去气他妈了。"

　　"哈哈,你有自知之明。就是。对,别假惺惺了,关系不好就不好。"安迪哈哈大笑。跟曲筱绡说话就是干脆痛快,不像跟樊胜美,总得顾虑这个顾虑那个。虽然知道樊胜美没坏心,可总是累。"我有小邱爸的电话,要不要叫他过来?小邱那傻蛋,我不放心,等过两天拆线下床了,我们管不过来。"

　　"你是说她会偷跑出去看应勤?"

　　"是啊。还不让那边女方家的人打死。她做得出来,这傻妞。"安迪皱眉了,这确实是个大问题。"算了,我再花点钱,多请一个看护。别叫她爸了。她家那么穷,她爸一来就知道我花了多少钱,还不得立刻卖血卖肾还我啊。还是让小邱以后慢慢还吧,还不了也就算了。"

　　"钱呀,大姐,不好赚,懂吗?花要花得明明白白,即使做慈善也得换人一声谢。现在她恨你。"

　　"你以为被小邱感激上是件多舒服的事情吗?你怎么帮了小樊后也不肯张扬呢,弄得小樊现在看见我亲得很,我冒领感激很心虚。"

　　"哈哈……你到底跟老赵说了什么?"

　　"大实话,你最近的具体表现。你知道我不撒谎的。"

　　"什么?"曲筱绡瞪大眼睛立刻警惕得像只猫,"我娇滴滴的……还是我得意扬扬的……"

　　"你怎么样就怎么样,包括情绪很不好。"

　　"你怎么能把这个告诉他!嗨,安迪,我好不容易装作……"

　　"息怒,赵医生听到后傻了,立刻对我百依百顺。"

　　"唔?!"

　　"看,弱智了吧。以后别怪小邱了,你再精明,一碰到爱情,照样傻蛋一个。做人么,是怎么样的就怎么样,装……"

　　"装逼遭雷劈。"

“对。”

曲筱绡不语了，眼珠子也不乱转，直直盯着桌上的一只花瓶，手持勺子一下一下地戳碗底，声音刺耳得安迪落荒而逃，她却什么都不觉得，一个人坐着胡乱地想。

关雎尔争取到正常时间下班。但所谓正常时间，还是拖了近一个小时才能出门。虽然昨晚没睡好，今天一天工作量大，她很累，可一想到谢滨等着她，等下可以坐上谢滨的车去小邱那儿，似乎累也不觉得了。

谢滨远远看见关雎尔便下车，非要绕远远地过来给关雎尔开车门。他扶着门框看关雎尔坐进去，关切地道：“眼圈黑了。这么辛苦，可不可以请你们邻居替换你一晚？”

“安迪又请了一位护工，现在是两位护工同时看护着小邱。按说我不用去的，唉……”她看见刚坐下的谢滨递来一只小盒子，“什么？啊，清明团子，我正想着呢。太好了。”

谢滨见关雎尔非常喜欢，雀跃起来，头不小心撞上车顶，“咚”一声巨响。两人都笑了。

“也是，小邱一个人，我们去陪陪她，多坐会儿。出来，我们去吃泡椒牛蛙？最近我们兄弟们每聚餐必点。”

“唉，我想陪她到她睡着。我们几个里面，小曲是她从来不指望的；樊姐自家的事都顾不过来，可还是强打精神管小邱的事；安迪揽下所有医药费，把治疗环境安排得很好。按说大家都够好了吧，可谁都不愿帮她将应勤抢出来，这就成了小邱的心病。我怕小邱一个人待着胡思乱想想歪了，尤其我不愿她与安迪对立，伤到现在本来就荷尔蒙不正常的孕妇安迪。只有我尽力多做点儿了，还麻烦到你做那么多。”

“只要能帮到你，不麻烦，再说我也没做什么。其实我想说的是，只要你需要，我愿意赴汤蹈火。会不会太肉麻？这句话我酝酿好几天了，一直不敢说出来。现在听起来不肉麻，对吧，对吧？你给我打打气。”

“好像……好像……不肉麻耶。”

“哦耶！等下我跟你一起上去行吗？多一个人多一份热闹。”

“还是别刺激她了。”

"好吧，知道你肯定是这句话。那我回办公室阅读报告去。历年的报告，很多经验，很多思路。"

"真的很佩服你。你能发掘自己要做什么，我陷在琐事堆里拔不出来。怎么回事？我都不知道做到什么时候能做完，外人看着我们出入高级办公区，似乎从事很光鲜的工作，可我们跟流水线上的工人没区别，都是反复地做做做。这件没做完，下件已经压上来，没有尽头。有时候有点绝望，我是不是每天都在无谓消耗生命？"

"今天你显然很累了，想什么都灰心。赶明儿我们心平气和地坐下来交流一下。你现在快趁热吃团子，等下到了医院又没时间吃了。"关雎尔在黑暗中忍不住地笑，下班后跟一个人可以任性地说，可真好。

"哎，你这件衬衫是新衣服吧？你只管开车，我替你剪掉线头。"

"嗳，别，等我停车再剪，要不会出车祸，肯定。"关雎尔憋不住笑出声来，想想，却脸上越来越烫，连忙捂住了嘴。两人好一阵子面红耳赤的沉默。

关雎尔即便笑了一路，笑容关都关不住，但到了病房，一看见两位焦急的看护，还是如五雷轰顶：邱莹莹不见了。关雎尔的第一反应是立刻电话谢滨，让他赶紧转回来帮忙。然后给22楼大伙儿群发短信。护工只是一个疏忽，轮到一个去食堂，一个吃完去公共洗手间洗碗，只是那么片刻的工夫，邱莹莹不见了。关雎尔真是又气又急，急得团团打转。打邱莹莹的手机，理所当然的不通。

樊胜美下班之后又等了会儿，才等到王柏川的车子，两人直奔那家饭店。王柏川一路给樊胜美介绍今晚出席的人，说到主宾，"今晚一共有二十来个人，坐一桌。我们都是冲着李总去。李总架子大，对人爱理不理，国企嘛，只有人家求他，换我也鼻孔朝天了。你当看戏就行。其实这种宴会特没劲，你要闷得慌，一个人出去走走，没关系。现在打退堂鼓也来得及。"

"你别搭理我，我只是找借口透透气，天天收拾小邱的烂摊子才是最闷气的，完全使不上劲。这种又有饭吃又可以盯住你的好事儿，我怎么会打退堂鼓。总之今晚不能早早回22楼。"

"呵呵，我猜，你也是想跟我在一起的时间多点儿吧？你说你肯来，我不知多开心。"

"切，谁想跟你在一起，稀罕吗。怎么越开越偏啊。"

"什么高贵会所，又要大庭院又要大停车场的，只能偏远地方了。今天认个路，下次我们自己来。"

樊胜美一笑，取出化妆包，拉下化妆镜，又细细处理自己的妆容。

这种一桌二十来个生意人的宴会，见面就是拼酒。连樊胜美坐得离王柏川远远的，都挨了几个枪子儿，喝了好几杯白的，不过她都偷偷吐到餐巾里。那李总更是豪放，酒量好得惊人，一杯一杯地与人干杯，仿佛喝的是白开水。

但樊胜美渐渐看出不对劲来。那位马屁精似的站在李总后面殷勤倒酒的李总秘书手上有猫腻。给别人倒酒时用的是这个瓶子，唯独给李总倒酒时则换成了那个。樊胜美小心观察良久，怀疑李总喝的是白开水。樊胜美刚想给王柏川提个醒儿，李总拿着葡萄酒杯敬白酒，敬到了王柏川面前。后面服务员忙给王柏川面前的葡萄酒杯倒满白酒。那可是真正的48°白酒，满杯下去半条人命。

樊胜美心急了，想到王柏川的胃，和每次喝醉时候的痛苦，她连忙提醒，"王总啊，李总都喝那么多了，现在让李总那么大杯敬你，你怎么受得起，干脆你把李总的那份一起喝了吧。"

话音才落，李总抓起酒杯，越过樊胜美的头，几乎是擦着樊胜美的头顶，摔到樊胜美背后的雕刻墙上。"这位小姐姓什么？什么意思，怀疑我酒品？我这辈子走南闯北，还从没有人这么对我说过话。你什么意思，什么意思？"

樊胜美呆了，她以为自己说得够委婉，够给大家留面子，她毕竟是见多大场面的。想不到李总如此狭隘，恶人先告状。她看向王柏川，王柏川却低下头，不敢说话。她想打个圆场，解释误会，可不知怎么了，一张开嘴唇，却"唔"的一声，眼泪控制不住地奔涌出来。她又是一呆，捂住嘴，转身就走。

樊胜美走得不快不慢，但等她走到门厅，泪流满面，还没等到王柏川追出来。她更是愤懑。她泪眼婆娑地看着走来的方向，等了会儿，拿出手机给安迪打电话。"安迪，请问有空吗？我在很偏僻的地方吃饭，是，遇到事情了，请你……谢谢你，太谢谢你了。"

安迪说立刻来接她。樊胜美坐到边上，咬着嘴唇继续流泪。心中，一遍遍地重复刚才的场景，那个嚣张的李总，还有不知什么表情，似乎是空白的王柏川。

　　安迪电话通知已到门口的时候，樊胜美已经不流泪了。她低头而坐，慢慢收拾脸容，哪儿都不看。她从事的就是服务行业，当一个年轻女客哭哭啼啼出现在大厅的时候，柜台后面什么闲话都有，什么眼光都存在，眼不见心不烦。她，也不想看见人来人往，却无一个是她所等待的。

　　她抓着包走出饭店，一眼就看到安迪的车子，透过车窗见安迪低头聚精会神在看电子书。樊胜美一愣，拉开车门连忙道歉，"对不起，安迪，非常非常浪费你的时间。实在是这儿太偏，都打不到车，叫车也不肯来，百般无奈才向你求助。"

　　"还真不是一点点偏，连问三个出租车司机，最后才问到一个，他带着我来。回去反正你指路。"

　　"哎哟，你看我一心急忘了你路盲。"樊胜美一边说，一边自觉地翻出钱包，拿出一百元放到仪表板上。

　　安迪斜睨一眼，"五十块就够啦。刚才路上收到小关的短信。我想既然她已经和小谢一起去了，我再去也只是凑热闹。你呢？"

　　"我今天自顾不暇。看什么书呢？你真是分秒必争。"

　　"我了解一下清明、重阳之类的习俗。小邱能站起来走路了？恢复得挺快啊。"

　　"我不觉得她能，但她不娇气，又有精神力量。"但樊胜美很快就将话题转了，"你看清明，如果是与包总有关的话，今年是他母亲第一个清明，你可能还是多侧重宽解他的悲伤，习俗之类的只要不冒犯就行。"

　　安迪下意识地笑了，她想起刚刚早上曲筱绡说起过的樊胜美爱管闲事爱充大头。不过她现在正需要指点，欢迎都来不及。"正需要了解这个。问题是我跟他妈妈不对路，在他妈妈去世前一刻还在闹矛盾，会不会他悼念妈妈的时候最不希望看见我？我对这个问题心怀忐忑，觉得还是不要触霉头的好。"

　　"他如果不希望清明节看到你，早在他妈妈去世那一刻就跟你闹清算闹分手了，还用等到清明？"

　　"唉，从逻辑上讲，是这样，但我心里七上八下的，挺怕。好吧，明天给他惊喜。回家就订票。"

　　"说句扫兴的话，尽量别给恋人惊喜，弄不好会撞见不愿意看见的。咱们都不年轻，玩砸了伤筋动骨。"

　　"有意思。可我反而好奇了呢。"樊胜美即使满心郁闷，也忍不住鼻孔里笑出一声来。安迪则是心中天人交战，要不要通知包奕凡，不通知究竟会撞见什么，其他女人？在樊胜美的指路下，两人的车并未拐向医院，而是径直回了家。直至到了车库，车子停下，樊胜美反而长吁一口气，靠坐到椅背上，对安迪道："谢谢你没问我发生了什么。唉，无比弱智，无比莫名其妙，也无比失望。"

"都来不及问你，只看到你在关心我。"

"呵呵，再关心你一下，上去后干什么？"

"这本快看完了，接着看下一本。然后等小曲回家……哟，小曲可能赶去医院了，我问问。"

"小曲现在住你那儿？"

"赖我那儿。"跟她们一起等电梯的是年轻的一男一女，女的并不顾身边有人存在，旁若无人地对男的说："群租就群租，又不是什么大不了的问题，门一关，谁都不相干。又不会跟那些落魄到跟我一样群租的人交朋友，交朋友也得看看人的，是不是？等发展好了，很快就往外一搬，谁也不认识谁，落得干净。"

安迪与樊胜美在这男女身后面面相觑，樊胜美听了不禁伸手轻轻一抱安迪，轻道："谢谢你。"安迪也轻声道："不用谢，你也帮了我许多。"

两人进了电梯，都忍不住仔细打量先进去的男女，看上去都是读过大学的好青年，大概已经毕业出来工作两三年的样子，一脸意气风发。尤其是女孩子，长得干净利落，眼睛闪亮，透着聪明伶俐。安迪与樊胜美不约而同地背过身面对电梯门，又是忍不住会心而笑。

曲筱绡一接到关雎尔的短信，便开始骂骂咧咧，"傻逼"是必须的，"二货"是不可少的。但她立刻收拾下班，直奔停车场，一脚油门杀往医院。中途便将手机取出又放回，再取出，在红灯的时候调出赵医生的号。犹豫了两个红灯，才终于打出一个电话。伶牙俐齿的她一时木讷，接通电话竟然心悸，竟然结结巴巴地道："嗯……是我。"

"嗯……你……晚饭吃了？"

"吃了，不，没吃。才下班。请你帮个忙。小邱从医院逃出来，我分析最有可能跑你那儿看应勤去了。你下班没，要没下，请千万帮我把她堵住，被应勤女朋友他们看见，她会被揍死。"

"她一个人逃出来？她能下床了？导尿管还插着呢。"

"那……"曲筱绡赶紧把"傻逼"两个字咽下，"不知道怎么逃走的。你要是下班了就别管了。"

"我才刚走出手术室。这就下去堵。有消息立刻知会你。"

说到这儿，两人都哑了，却都默默地一直连着线。良久，曲筱绡才反应过来，忙道："我在开车，很快到。谢谢你，挂了。"说完就挂，不等回复。

红灯转绿灯，曲筱绡差点儿没反应过来，还是后面车乱叫才把她叫醒，她"嚓"了一声，闷闷地继续往前开。越开越兴奋。

关雎尔与谢滨先到医院停车场，两人只等了一会儿，就看到曲筱绡的车疾驰而来。曲筱绡先将车拐到两人面前，说了几句，"人已经让老赵给拎到办公室去了，我们也去老赵办公室，一起商量个办法。等我停好车。"

关雎尔大大松了一口气，"还好，没闯祸。"

谢滨点点头，但他心里更紧张，因需要面对关雎尔曾经喜欢的赵医生。关雎尔看见谢滨脸上的样子，才醒悟过来，她也顿时紧张上了。她依然不敢面对赵医生。因此等曲筱绡一过来，她就道："你和赵医生商量个办法，我跟小谢去看看应勤那边怎么样。肯定需要跟应勤妈妈商量一下。"

"我可以稍稍假公济私一下，借口回访把应勤妈妈单独约出来。然后，我和小关给你们把门，你们四个在办公室里商量办法。"

谢滨补充。"哇噻，这姐夫妹夫神马的越多越好啊，越多越好办事哇。哎呀，忘了安迪樊大姐，我今天很混。"谢滨只能笑笑。"他们没回电肯定是有事。再说我们几个够解决问题。这不已经把小邱拦下了吗？"关雎尔知道安迪的态度，肯定是不愿再管闲事了，所以不回短信。但关雎尔绝不会将此告诉任何人，绑上一早表明有事的樊胜美，一起蒙混过去。

出了电梯，兵分两路，谢滨单独去应勤的病房，而曲筱绡熟门熟路摸到赵医生的病房。敲门进去，曲筱绡就郁闷了，只见邱莹莹横躺在床上唧唧哼哼，而赵医生正围在邱莹莹身旁。曲筱绡看得心头火气，一拉关雎尔，走到门外。

"小关，我现在跟老赵不熟悉，你跟他们讲，小邱不许浪叫，老赵不许借机吃豆腐。"关雎尔面对赵医生就紧张，闻言不禁哭笑不得，"我说不出口。"

　　"不说我扭头就走,这儿扔给你们自己处理。"关雎尔抿嘴一笑,"才不怕你走。要不是这儿有赵医生在,你第一次救小邱的时候就不会来,更不用说现在是一次比一次傻,你骂都来不及呢。"曲筱绡听得抓狂,"臭关关……"她憋着尖叫,冲关雎尔横眉冷目好几下,才狠狠回去屋里,生怕小邱占了赵医生更多便宜。若非赵医生在场,曲筱绡骂都能把小邱骂死。此刻,只能鼓着腮帮子看着赵医生耐心为邱莹莹检查伤口,重新包扎处理。看着看着,便将视线从手转移到脸,整个人呆了。

　　关雎尔见此,悄悄地走了出去。

　　谢滨领应母绕过护士站,转弯,见到关雎尔一个人站在门口,不禁心花怒放。而应母认识关雎尔,一见关雎尔就一声"好姑娘",一张原本紧张得绷紧的脸立刻放松了。谢滨道:"他们在那边探头探脑,我守这儿,你们长话短说。"

　　"伯母,我是小邱朋友。"关雎尔将门合上。

　　"嗯,认识,认识,当然认识。你们来救我们?"

　　"昨天见了您的字条,很不好意思,我们不顾小邱的强烈要求,给她一针麻醉药,把她转院了。小邱醒来就要回来找小应,我们说她是不要命。现在她在里面,约齐了警察医生老板,找您来,一起想办法,怎么一劳永逸地救出应勤。求您一件事,小邱是在我们请两位护工严密盯防下,一个人拖着病躯偷偷跑出来的,身体已经不支,医生在里面给她处理。如果您对她有不满,请千万别今天当面说她。"

　　"小邱,在里面?"

　　"是的。要不是她拼了命来救应勤,我们其实并不怎么认识应勤的。对不起。您里面请,我也在外面守着。"

　　应母大大地愣了,才发现这个好姑娘并不怎么好。她在关雎尔严肃的注视下,点点头,默默开门进去。一眼,就看到特征明显的病人邱莹莹。外面,谢滨冲关雎尔竖起拇指,"相当够哥们儿。"关雎尔又恢复斯文,微微一笑。

　　里面,邱莹莹试图起身,被赵医生按住,但曲筱绡立刻冲过去,挤开赵医生,伸出两个爪子,替代赵医生的手。赵医生微笑闪开。

　　"应太,我是小曲,也是小邱朋友。我不想救应勤,你们是跑得了和尚跑不了庙,今天转院了,明天你们还得乖乖自己送上门来让他们盯着,谁让应勤回老家相亲找个知根知底的乡下大姑娘呢。就小邱死心眼,连命都不要了。干脆把你请出来,我们商量怎么救最好，你们手头有多少资源，摆出来。我们这儿有医生，有警察，还有我要找多少人就多少人。"

邱莹莹眼巴巴地看着应母，应母也皱眉看着邱莹莹，两人眉目传情地听完曲筱绡的话。只有赵医生难得见曲筱绡正经，扭过头去偷笑会儿，又转回头继续看戏。

应母皱眉考虑良久，道："请给我一个电话，我叫老家亲戚上来。他们有人，我们也有人。他们扣住应勤手机，就是不让我找人。"

曲筱绡将手机递给应母，应母一看，不会用，光光的面板都看不到键盘，又递回去，报出号码。曲筱绡替她拨了号，才问："你们打算两边来人要么打一顿，要么花钱对峙看谁先守不住？馊主意。人家是大闺女一辈子的大事，砸锅卖铁也要跟你奉陪到底。否定，再想其他办法。"

"小曲，你对应伯母客气点儿。"邱莹莹实在忍不住，冒死提醒曲筱绡。

面对曲筱绡强势否定，应母又想了会儿，终于低下声来，"谈判也不行，我也试过了。"曲筱绡如此嚣张，对比之下，邱莹莹在她眼里便显得万般顺眼了。"没有谈不成的判，只有没技术的谈。"曲筱绡非常权威地否决了应母。邱莹莹早已痛得脸色煞白，但即使有气无力也要抢着问："小曲，你有好办法吗？"

"没办法我来凑什么热闹，打架又不靠我，赶紧滚蛋都来不及。你和应勤妈先谈好，再来问我。"邱莹莹道："还谈什么呢，来这儿不都是商量救应勤吗？"

"是啊，我跟小邱目的相同。有什么更妥善的办法？"应母也连忙充满希望地答话。

"我前面已经说了，应太，我今天来是救小邱的男朋友应勤，不救你的儿子应勤。我要你们商量好，你认不认小邱做儿媳妇，要不认，拜拜，您请回，我又不认识你，有麻烦找警察。"

"小曲……救人要紧。"邱莹莹看了眼应母，弱弱地请求。"傻……"为了赵医生，曲筱绡又是苦苦咽下粗话若干，"应太进门后连问候你一声都没有，你瞎起劲什么？"

"我……小曲，你就看我分儿上。"

"闭嘴。我又出钱又出力，不明不白可不干。应太，你说吧，要不要小邱。你说要，我立刻出马。"

"小曲，你只是看我分儿上……"

　　"闭嘴。你满大街拉个人来，我都救？我闲得慌？应太？"门的密封性并不好，守在门外的两个人都听得清楚。谢滨轻问："去局里查我的就是这位小曲？"关雎尔点头，但连忙解释："她没恶意。"谢滨点了点头，"她很犀利。"屋内，在曲筱绡的一再催促下，应母终于皱着眉头瘪着嘴，垂下眼皮看向邱莹莹。但思索良久，还是道："做人还是需要有原则的。虽然我向你求救，但如果你要我付出原则才能救应勤，我只能放弃。我不会与不讲原则不讲道德的姑娘媾和，不会。"赵医生知道邱应两人的事，听了都忍不住了，"应太，小邱是个不错的人。"

　　"谢谢赵医生，我告辞。"应母再看一眼邱莹莹，扭头走开。曲筱绡却反而堵在门口，"应太，如果你不满意的是我的态度，我道歉，我救人心切。

　　但如果你不满意小邱，我觉得你没道理，你没看见过你家小应和小邱在一起，他们确实曾经因为有件事分开，但是，你想过没有，他们为什么最后又走到一起。应太，现在什么年代了，你别阻止孩子们自由恋爱。"

　　外面的关雎尔听了忍不住牙痛似的"哎哟"一声。这不是逼出应母的狠话吗？

　　里面应母索性走到邱莹莹面前，严厉地道："小邱，你想跟应勤在一起，我坚决反对。我们应家只是普普通通的本分人家，我们找儿媳是一辈子的事。一辈子很长，会经历许多事，遇见很多诱惑，我们别的没要求，不求你门第，不求你相貌，我们要找的是个知分寸守原则安安稳稳过一辈子的人。不能是听见几句甜言蜜语，收到几件花花衣服就丢掉廉耻的女孩。我们不要你。"

　　邱莹莹听得满脸通红，不断眨眼以避开应母的逼视，幸好眼泪模糊了双眼，看不清应母逼近的脸。"对不起，伯母，对不起，我错了，以后不会了，我会改。"

　　应母却摇头，"本性难移。"曲筱绡抢问："既然知道她不是个好姑娘，你为什么写字条向她求救？算不算利用她？那你太坏了，比没廉耻更坏。"应母一愣，拨开曲筱绡，夺门而出。曲筱绡在她身后大声道："预祝你家娶了那位很凶的乡下大妞。"

　　"小曲，别，别……"邱莹莹泣不成声。关雎尔进门，掏纸巾给邱莹莹擦眼泪。"不值得为她哭，我们又没欠她。

　　走吧，我们回去那边医院。"

　　"不救应勤了吗？"

　　"人家不让你救，还没听明白吗？"曲筱绡当着赵医生的面又不能说粗话，急得几乎口吐白沫。"没听见人家把你说得跟婊子差不多吗？真郁闷，让人家指着鼻子这么骂，还哭，哭你个……你做错什么了，你？骂回去懂不懂？"

"是他妈的错，不是应勤的错，真的，应勤不会这么说。"

"好吧，成全你。赵医生，这病床能不能动？我推她去应勤那儿，面对面问明白。小谢，你做保镖。"

"不要……"

"怕死？来都来了，还怕什么死。"关雎尔替邱莹莹回答："小邱怕应勤被他妈妈管着，当面说出同样的话。更心碎。"闻言，邱莹莹更是泪如泉涌。关雎尔叹声气，伸手向曲筱绡："纸巾。"曲筱绡掏出自己的给她。关雎尔蹲到床边，与邱莹莹平视，轻轻安慰。曲筱绡烦躁地看着，当然，她的烦躁来自身后的赵医生，她只觉得后背火烧火燎的热。她终于耐不住了，"好了，小关送小邱回医院，我吃饭去，饿死了。"

"我送你。"赵医生一言既出，满屋子的人都抬起头看向他。只有邱莹莹什么都不顾，依然伤心地哭。曲筱绡先是呆住，但很快反应过来，挤出一丝笑容，"呵呵，免。我不是邱老二。你帮的忙我记账上，不会忘。"只见赵医生潇洒地一转身脱掉白大褂，往椅子上一扔。回身走三步，长臂一伸，揽住曲筱绡往外推，顺便不忘回头跟目瞪口呆的关雎尔等说一声："走的时候，请帮我拉上门。"

"非礼！"曲筱绡才不是善类，慌乱之下，大声尖叫。护士病人们的眼光纷纷往这边看。只见赵医生面不改色，冲护士们打个招呼，却反电梯而行之，拉曲筱绡走进楼梯间，直接、干脆、粗暴地吻上去。但是，赵医生很快失去主动。这也在意料之中。什么都不用多说，尽在一吻中。

安迪只见曲筱绡大声拍开她的门，然后看着曲筱绡冲进卧室扛起枕头，嗖一下闪电般地消失，当然，伴着闪电的有雷声，虽然这雷声有点儿highC。直到关雎尔来电汇报进展，安迪才知是怎么回事。可是关雎尔也交给安迪一个任务，请安迪问曲筱绡拿到应母想找的人的电话。安迪看看2203紧闭的门，对关雎尔道："有点难。"

"拜托，拜托，安迪，这边有人快哭死了，总得稍微满足她点儿。

我不是小曲，硬不起来。"安迪无奈，只能拿起一把小榔头，摸到2203门口，不徐不疾地，有节奏地敲，"笃——笃笃，笃——笃笃……"很快，曲筱绡便披头散发探出一个头来。"干吗？……"

"抓紧时间，小应妈妈在你手机上留下的号儿。"曲筱绡立马消失，但很快回来，索性将手机拍在安迪手上，将门迅速摔上。

安迪摸摸差点儿被门撞上的鼻子转回身，见樊胜美被吵得探出脑袋，便举着小榔头不怀好意地道："敲门，也需要懂点儿心理学。"

"不赖你家了？"

"赵医生回来了。"

"哈，我们太平了。你太坏了。"安迪笑得很鬼，"对了，我买了明晚的票，但决定给包子个惊喜。你别跟包子说哦。"

"包总很危险。安迪，你也请别跟任何人提起我今晚的事。我刚才对王柏川说，我打个车回家了，不妨碍他公事，我这儿不碍事。"

"不高兴跟他说呗。"

樊胜美摇头，"不是不高兴。只是……忽然冒出一种很无话可说的情绪，其实生活就是这样，我早知道，但从今开始不抱幻想，也好。"安迪听得云里雾里的。"需要提供耳朵吗？"樊胜美笑着摇头，"不用，没底气说出来。"安迪笑道："过了这村就没那店了。我回屋。"

"哎，安迪，以后你们有客人，请多介绍给我们酒店。"

"一句话。"

关雎尔最终还是请谢滨单独回家，她又留宿在邱莹莹的病房。一直等到安迪来电告知电话号码，她才止住邱莹莹的哭泣。关雎尔不敢冒失，由她拨通应母原本打算呼救的那个电话。她拿出纸笔，一边写，一边有条不紊地将现状告诉接电话的人，最后又总结123点要点让对方记住，才报上大号，"我叫邱莹莹，应勤知道。再见。"

邱莹莹眼睛几乎眨都不眨地看着关雎尔，到最后也是长舒一口气。"应爸爸肯定有办法，他们男人。"

"对。这事你可以丢开手了。应勤那儿呢，你该醒醒……"

"我知道，我断绝妄想。我再想他，也只能心里想想了。该做的我都做了，我对得起他对我的好了。"关雎尔本来是点头同意，听到后来脖子一僵，脑袋里斗争之下，才违心地又点了点头。"是啊，我们做事问心无愧，即使有失去，有吃亏，但心安。"

第 58 章

"关，你最好。"关雎尔抱抱邱莹莹，此刻，她发现年龄不是问题，她成熟了。

周五的清晨，天未全亮，走廊更是依然灯光昏暗，开门声却次第响起。等安迪开门出来，见 2202 门口早已放了一只行李包。安迪走去一看，正好见到樊胜美抱着几件衣服走出来。

"周末出去玩？"

"嘿嘿，你看这些能是我的衣服吗？天有点返暖，给小邱带几件颜色衣服过去，穿漂亮点儿，心情也能好点儿。"

"真周到。"

"朋友嘛，能帮的只有这些力所能及的忙了。今晚我去陪小邱。"

"我去陪包子。有没有什么需要我做的？"

"唉，都不想提到他们，一提到他们，头滋滋地痛。"

"我挺无聊地提醒你，该想的，都得想在前头，不要做鸵鸟。电梯来了，拜。"

看着安迪进电梯，樊胜美不禁放下衣服，呆呆地站了会儿，叹声气，继续紧张地忙碌。走廊安静得只有她一个人拖鞋的声音，静得让人心里发慌。合起拉链，樊胜美忽然想到什么，摸摸脸蛋儿，一步三跳冲到洗手间的镜子前，让挑剔的眼光跟随手指在还没上妆的脸上游走。难得是一个人的早晨，没人等在外面抢厕所，她可以耐心地审视。可是，没几分钟她就颓了，逃出洗手间。正好，太阳出来了，关雎尔与邱莹莹两人的卧室一室亮堂，充满生机，仿佛灰尘都在空中跳舞。樊胜美继续轻轻抚摸着自己的脸，眼光投射到她的小黑屋。眼前景象就像三十岁的她与邱、关两人的对比，注定，她将越来越黯淡。她又叹了一声气。

她的前途已经注定，最好的，也不过是不到一百平米办公室的小公司的尖酸刻薄老板娘。若王柏川撞上狗屎运发达了，她就是著名的下堂妻，若王柏川一直温吞，她就是著名的黄脸婆。就这样。

医院的住院部也苏醒得很早，病人们还在睡梦中的时候，护士已经哐啷哐啷地推着小车，到各病房巡查。关雎尔在活动床上睡得浑身关节酸胀，肿着眼皮起来，唯一庆幸的是当晚邱莹莹没有事，不需要她半夜护理。想不到护士走后，谢滨拎着早餐敲门进来。

邱莹莹一见就羡慕地道："真好。从来就没人给我送过早餐。"

背着门正给邱莹莹整理床铺的关雎尔回过头来，看见谢滨双手举起早餐，不禁甜蜜蜜地笑了。"这么早。"

"听说你们那种公司着装蛮讲究。趁早，我赶紧送你回一趟租屋。"

"啊，太好了。等我会儿，我给小邱摆上早餐。小邱，空档一个半小时，护工得八点才来，一个人没关系吧？"

"没关系的，我都快好了。真羡慕你。"

"羡慕什么啊。"关雎尔快手快脚地拉过餐桌，布置早餐，做完，抬头却见邱莹莹呆呆地流泪。她忙过去替邱莹莹擦掉眼泪，装作若无其事地道："我才去上个班呢，你这么不舍得干什么。又不是幼儿园小朋友，说，阿姨再见。"

邱莹莹哽咽地对着关雎尔的耳朵，轻道："你千万千万汲取我的教训哦，别太快，千万别太快，要矜持。"

"嗯，听你的。"关雎尔飞快地答应，但并没往心里去。因为她隐约觉得，邱莹莹落到这地步，不是太快不矜持的问题，而是其他。谢滨将早点放下后，环视一室大大小小的女人，越来越觉得不好意思，赶紧溜到外面等去了。

一会儿见关雎尔出来，连忙问："今晚还是你陪护吗？不会了吧？"

"今晚只要不出事，就护工了。昨晚本来打算护工管的。周末两天也会来陪陪她，放她一个人待医院里，不忍心。尤其是又遇到那么多不快。"

"有这样的朋友，就是四个字：三生有幸。一般都是锦上添花的多，雪中送炭的少。"

"严格来说，是室友，与我心目中朋友的概念有距离。真的是不忍心。而且……不知该不该说，等她出院后，我想跟她保持距离。这么做会不会显得很势利？"

"够圣人了，还想怎么样。我而且知道你，即使你已经与小邱保持距离，若小邱再来一次这种事，你还是会照顾她。"

"我心里早就怨声载道了。今晚一定要推给樊姐，我要睡觉。"

"看着电影睡行吗？"两人都笑了。

谢滨初上 22 楼，他所受的待遇并不高，在走廊上坐着等，左手一杯速溶咖啡，右手一本电子书。电子书还是关雎尔的，谢滨不急着逮住哪本看，而是翻阅目录，看关雎尔都下了哪些书。

忽然传来一声招呼，"早，你也在？"谢滨看过去，见赵医生从 2203 出来，他毫不犹豫想到昨晚的场景，怎么都忍不住笑意朵朵绽放在脸上。"早。我刚从医院接小关回来洗漱，等下送她上班去。你们医生这么早上班？"

"电话过来，应勤那儿打起来了。我得过去看看，随时准备接手病号。你去不去看看？"

"保持距离。"赵医生一笑，"麻烦你转告她们一下。"谢滨郁闷地看着步入电梯的赵医生，怎么有这么干净俊美的男人。关雎尔从浴室出来，得知应勤那儿打起来，第一件事就是跑去敲 2201 的门。

安迪一听也是头皮炸了。两人不约而同地想到，"如果小邱得知消息，又会不要命地赶过去。必须没收小邱的手机。"

安迪与关雎尔同路，最终关雎尔还是"赶走"谢滨，上了安迪的车。两人一上车，两部手机都忙开了，关雎尔给邱莹莹打电话，七骗八拐地让邱莹莹白天必须好好休息睡觉，将手机交给护工保管。邱莹莹在关雎尔的亲情攻势下，顺从了。而安迪则是跟赵医生商量，不管打架打出什么结果，都不能告诉应家小邱的任何联络方式，总之不能让应家再与小邱接近，免得再次殃及池鱼。

两人做完预防工作，自以为万无一失了，结果，一个最令人想不到的电话打到关雎尔的手机上。电话里的男人张口就道："喂，小邱啊，我是应勤的爸爸……"

关雎尔吓得立马不由自主地关机，将手机捂在胸口，想了好一会儿，才道："哎呀，我明白了，昨晚是我冒充小邱用这个手机打应勤爸爸的电话，他以为我是小邱了。怎么办？他找小邱干什么？"

话没说完，手机再次叫响，关雎尔看，还是刚才的号码。安迪让关雎尔接上她的耳机，由她接听。"您好，刚才手机没电，不好意思，断了一下。您是应勤爸爸？"

"对。你不是小邱？"

"小邱昨晚折腾大了，身体吃不消，还在昏睡。请问您有什么事？"

"你们住哪家医院，我们立刻挪过去。"

"不必了，你们已经够惹小邱伤心，别害死她。"关雎尔看着安迪，她心里也是这个意思，但她一定会表达得很婉转。"这件事我们见面再道歉。刚刚跟应勤妈商量，小邱姑娘小节有亏，大节我看不错，关键是两人有情有义，我看在一起很不错。你考虑一下。"

"谢谢，我征求一下小邱的意见。"

"要快，我们刚刚赶走那批人。那批人不服气，他们会回来再打。虽然我们不怕打架，但现在应勤有伤，折腾不起，我们打算立即转院。你叫醒小邱问问，我等你回话。"

"我们不放心你们，小邱的身体也经不起折腾，这件事搁置。"

"你们不放心的是应勤妈的态度，这事我做主，她已经同意。我等你回话。"安迪目瞪口呆，第一反应是让关雎尔拨通曲筱绡的手机，开启免提。

比应勤爸爸更干脆的是曲筱绡的态度。"安迪，如果又是邱莹莹的烂事，别找我，我没空。"

"应勤爸爸说小邱小节有亏，大节不错，有情有义，认可她与应勤一起。他说这事他做主，应勤妈已经同意。现在他想转院躲应勤女朋友那帮亲戚，想转到小邱的医院，你看有没有问题？"

"什么，打架打出结果了？女朋友一家这么不经打？"

"别打岔，问你正经事呢。""同意。这种人家一看就是家里男人是老大的。再说，最差结果是，小邱大不了再受一次失恋打击，还能坏到哪儿去。

她失恋失得跟笑话一样，又没什么实质性损失。答应。"关雎尔不得不承认，

"话糙理不糙。"

"啊，你们两个在一起还来请教我，让我太怀疑你们这些假洋鬼子的水平了。"

关雎尔道："那家人，大概只有你这种有中国特色的乡镇企业家才能对付。"

"哎呀，关关，你太了解我了。我过几天去你们谢哥哥老家出差，一定多给你拍几张风景照，拍你的马屁。"安迪只能插手，"不许乱来。

小曲你跟赵医生打个招呼，从今天起我们跟赵医生说话又得通过你了。小关，你再拨应勤爸爸电话，我跟他说一下。"

这上班一路，忙的都是邱莹莹的事情。眼看关雎尔公司所在大楼在望，忽然曲筱绡尖叫着打入电话，"要死了，我想到一件事，真是要死了，要死了，大事件。"

安迪与关雎尔都吓一跳，"什么事？已经跟应家说了小邱的医院，晚了。"

"是啊，晚了，晚了，可我才想到还有这么一个恐怖的可能。"

"什么问题？你是说应家故意骗出小邱的所在？呃，小关下车后我立刻给小邱办转院去。"

曲筱绡一听却大笑，"不是你说的这个恐怖，我想应家的人还不至于。我在想，小邱和应勤八成这回可以成了。可你们想过没有，小邱这人若是成了，以后她得每天追着我们教育我们她的恋爱宝贵经验，这就是唐僧唱 onlyyou 啊，谁听谁想死。尤其小关和樊大姐，逃都逃不走，死定。"

"你才找死。"安迪忍不住骂一句，停车放同样心惊肉跳的关雎尔下车。

而曲筱绡在电话里依然大笑，一边笑一边尖叫，"我太开心了……啊……我真是太开心了……啊……"

安迪果断掐了电话。

樊胜美中午吃饭，收到两条短信，一条来自关雎尔，一条来自家里大哥的手机。她一看就心跳加速，两条都可能不是善茬。她拿着餐盘坐到角落，深呼吸一下，先打开关雎尔的。幸好，是邱莹莹的好消息。但樊胜美对着手机上的"好消息"这三个字不以为然地摇摇头，小邱被应家承认，真的是好消息吗？慢说那位前女友的事还未妥善处理，只说那位严厉而固执的应母，未来的日子离好果子远着呢。

退出这条短信，光标指向大哥发来短信的时候，樊胜美的心落入低谷的最低处。此时却不禁很现实地想到，无论如何，小邱未来总是衣食住行无忧了。而她，却又得面对永远甩不脱的不可知——娘家人。而且，她指望不上王柏川。

有要好同事端饭菜过来坐樊胜美对面，体贴地问她怎么脸色很差。樊胜美借口头晕，陪护租屋室友住院睡眠不良云云。两人不免感慨一下离家谋生的艰难。樊胜美趁机将手机收回口袋。只是更加心不在焉了。

吃完饭去更衣室补妆，那同事聊得意犹未尽，又挤到樊胜美身边。同事是管家部经理，取出口红细心涂抹之后，对着镜子左右细查，一边道："话说回来，在家纵有千般好，却有一个致命的不好：不自由。现在活得多随性，出来之前都没想到过可以有逛不完的店，各种光怪陆离的生活。唉，除了买房子困难点儿。要不然我真想做自梳女了，哈哈。"

"自……梳女？又是什么继月光族之后的新花样？"樊胜美尤其在眼袋那儿再加一层遮瑕膏，最近憔悴。

"可不新鲜了，很古老呢，自愿光棍到底。"

"打光棍很……"樊胜美才准备说出"辛苦"两个字，忽然意识到，光棍究竟辛苦在哪儿呢？不禁点点头，"可不，自己的那些糟心事儿，最终还不是自己扛着自己消化。"

"说起来咱们手下也算有几条人马几杆枪，这年头又不需要胸口碎大石的力气活儿，有什么是我们对付不了的。下班一起过周末？啊，不，你有男朋友，得让你男朋友优先。"

"今晚得交给受伤住院的朋友。下次约，跟你一起逛街买衣服真是不知该怎么与你握手表示惺惺相惜才好。"

走出更衣室，分道扬镳，樊胜美断然拿出手机，坚决查看短信。果然，又是天昏地暗的感觉袭来，她哥哥永远不会让她快活多久。短信很简单地道：要不把卖我房子的钱全部还我，要不等法院传票，给你三天。曲筱绡说的没错，她哥永远能搅出事情来，而且永远让她躲无可躲，必须现身迎战。

整个下午的班，樊胜美咬着牙才能坚持下来。她最想的是立刻坐到电脑面前，查阅相关法律法规。心里非常乱非常慌，可又什么都不能做，还得应付来自客人来自同事的各种繁难。反而是处理工作起来得心应手，正好忘了家事之乱。

直到下班，樊胜美才终于有时间整理脑袋里的碎屑。她捧着一杯水低头慢慢走出更衣室，走到一半就想明白，打官司就打官司，谁怕来着。她当即给安迪打电话。

"安迪，是不是准备去包总那儿？"

"是啊，正上路赶去机场。怎么，你也同去？已经赶不及转回去接你了。"

"我立刻打车去机场找你。我哥哥打算与我打官司，争那笔我卖了他房子的钱。我把那笔钱存在老家银行，专款专用，每月划钱给爸爸治病。请你帮个忙，拿我的身份证和密码到开户银行办一张与银行卡对应的交易明细折，把明细账拉出来，备用。我不怕打官司，我拿得出所有明细，反而法庭上更能把道理讲明白。行吗？会占用你不少时间。"

"举手之劳。我在机场等你。赶紧打车，周末路堵，尽量上高架。"

樊胜美一边打电话，一边早已招手要出租，可运气不好，等来等去都不是空车，急得她跳脚。恰在此时，一辆车子缓缓停到她的面前，陈家康探出头来，"樊小姐，要不要送你一段？"

樊胜美一愣，"去机场，会不会太麻烦你？"

陈家康将车门打开，"果然有急事，别客气，请。"

樊胜美没有犹豫，忙坐入车里，一边对安迪道："我上车了，你千万等我。"

樊胜美一挂断电话，陈家康立刻操起手机挂了一个电话出去，只简单说了几句，"我送个朋友去机场，嗯，不用等我。"放下电话就问："出去玩？"

"请飞我老家的朋友办件事。得送资料到她手上。"

"显然很要紧。看来我帮对忙了。"

"是，把身份证、银行卡、密码交出去，除了面对面交给最可信任的人，还真没其他办法。谢谢陈先生雪中送炭，下班时间打车真难。咦，陈先生这回没住我们酒店？"

"开会，客户安排的酒店。再说，住你眼皮底下，你也不肯理我嘛。"樊胜美讪笑，不答。"想哪儿去了呢？只不过是交个朋友，吃顿饭，说说话，别想歪了。"

"呵呵，真得怪我，我一看见年轻多金英俊潇洒的先生就想入非非，只好眼观鼻，鼻观心，免得伤害人了。"

"求伤害。"

"欸，真不忍心哦。"樊胜美一边说笑话儿，一边拿出手机给邱莹莹打电话，"小邱，我稍迟一步过来，你让看护加班一个小时，你先吃饭，不用等我。别忘了请看护吃饭。"

"樊姐樊姐樊姐，我正等你下班来电话呢。我下午睡醒，应勤已经转院到我这儿，就在我隔壁病房。他爸爸看安全了，就带一帮兄弟先回家了，我都没看到他。刚他妈妈来看我，虽然挺严厉的，可她说得真有道理，不能乱花钱，现在贪舒服花的钱以后都要还的。她帮我辞掉一位看护。没关系，等会儿看护还是按时下班，加班是要加班工资的。吃饭我自己会解决。真的，人逢喜事精神爽，我好像恢复得特别快。樊姐，其实你不来看我也行的，你好好陪陪王总吧，我这儿有应勤妈妈呢，她说以后我们跟自家人一样，不用跟她客气。"

樊胜美听得直瞪眼，"你辞了一位看护？晚上有事怎么办？"

"应勤他们就在隔壁，让我有事就打个电话，很方便。"

"嗯，好，总之你先吃晚饭，我去机场办个事。"陈家康笑道："完，一个电话，把我请吃晚饭的话都堵嘴里了。"

"真的真的不是故意的。我同租一套房的室友受伤住院，前面几天情况危急，我和另一位室友一直下班轮流陪护的。今天本打算喘口气，请一位看护守夜，不料她没头脑，为了省钱把看护辞了。没办法，从机场出来得赶去医院。下回该我请陈先生。"

陈家康扭头看一眼樊胜美，一笑。"别放心上，跟你开个玩笑。我最欣赏骄傲有原则的人，只要你什么时候想起有我这个朋友，想请我吃顿饭，随时来电。"

樊胜美听了很过意不去，"陈先生，我真的不是故意的。不信你可以一起去医院看。最近真是多事之秋。"

"呵呵，看来我又惹麻烦了。我以前是做技术的，后来自己开了个公司，做自己的成果，做着做着我不得不脱离研究室，人么，一跑业务，这张嘴就油了，下了生意场，就很难取信于人。又加上兜里有了几个小钱，有钱男，这明摆着就是坏人。你要是一来就亲近我，反倒是让我轻视了呢。等会儿我直接送你去医院，看样子你今晚又得陪护整夜了。"

樊胜美不禁叹了一声气，她自家的事儿还亟待解决呢，即使给她正常的床，她今晚恐怕也得失眠，何况医院那活动床。但她还是给关雎尔打去电话，告知邱莹莹那儿的详情。关雎尔也听得眼睛直了，她看着眼前桌上如山的工作，吞了口唾液，道："樊姐，我今晚……真没法管小邱了，我眼皮都已经开始打架。"

"你回家睡吧，小邱今晚本来就轮到我。"

　　陈家康又看了樊胜美好几眼，等通话结束，才道："你看上去也很憔悴，虽然朋友很重要，但当心身体。"

　　樊胜美一愣，不由得扭头看向陈家康。陈家康似乎有感应，也扭头看了樊胜美一眼。两人一时沉默了。

　　安迪焦急地等在候机厅，终于等来樊胜美的时候，也看到后面跟着的陈家康。她有点儿摸不着头脑，看了陈家康两眼。樊胜美忙介绍这是酒店的常客好心帮忙。安迪再不通世故也觉得不是这么回事，但她也没怎么掩饰一脸的疑惑，拿了樊胜美交给的东西，客客气气说了再见，急着过安检去了。

　　却不料曲筱绡被迫于美好的周末扔下赵医生出差。她急急赶到机场，正好一眼看到安迪与樊胜美分手。她被行李箱拖着，都来不及跑上前看个清楚，只好眼睁睁看着樊胜美领一个显然不是王柏川的野男人匆匆离去。但她有办法追上安迪。一追上安迪，别的都来不及说，张口就问："樊大姐移情别恋？"

　　"胡说。朋友帮忙而已。"

　　"朋友？野男人！叫什么？干什么的？"

　　"我统统不知道，我不管闲事。你去哪儿？"

　　"哈哈，去警察哥哥的老家。你时刻关注我的微博，我每天发布即时消息。对，先扫一下登机牌。"

　　"你可以别惹小关吗？起码别实况直播，出差回来跟我商量后再发。"

　　"给我什么好处？"

　　"不在赵医生面前说你坏话。"

　　"切，现在，还有什么能阻止老赵跟我黏一起。"

　　"走着瞧。"曲筱绡一个冷颤，确实，她都不知道赵医生究竟听了安迪哪句话，就主动迅速回归，可见安迪杀伤力不小。但她嘴里不依不饶，"不行，你偏爱小关，你不爱我。"

　　"只是不想看到你们伤心，提前做好预防而已。我登机了。"

　　"啊，别抛下我啊……"曲筱绡飞快跟上，"还有件事，我们王柏川打算买大房子的事儿都在圈内传开了呢，大家都说他有钱得真快，年轻人有前途，哈哈哈。他跟樊大姐真是一对儿，都爱充阔佬，又真能蒙混几个人。"

"实话啊。"

"即使实话也得收敛着，多少人买了不知多少房子，从来都不哼一声的。你看我哼了没有，我赚得比王柏川多得多，我还开着小破车呢……"

"放开我，我登机。"曲筱绡哈哈哈大笑，"好吧，放开你。其实我最想跟你说的一句话是：谢谢你。我现在好开心好开心，一辈子记得你的帮忙。"

"收敛着点儿。"

"不！我也登机去。"曲筱绡舞之蹈之地走了，安迪在她背后发呆了好一阵子。她想到她的包子，她要不要向曲筱绡学学，在包子面前少点儿理性？

樊胜美与陈家康在医院门口分别，樊胜美站原地挥手送走陈家康。等车尾看不见，樊胜美才慢慢往医院里走。但走几步，站在大柱子后面，樊胜美想了想，不走了。她拿出手机给邱莹莹打电话。"小邱，我……真没法脱身了，没法去看你。你早点儿睡，回头明天我再去看你。这儿朋友多，不说了。"

"樊姐，我……"

樊胜美当没听见，断了通话。等下小邱电话打来，她看看，又按了结束。转身出来，外面是车水马龙，华灯灿烂，海城正绚烂。但樊胜美完全没有平日里的顾盼生姿，她垮着脸什么都懒得看，只想尽快找到地铁站，钻进去，回家，上网查怎样打官司。

王柏川打电话来，本想安慰陪护病人的女友几句，却听到嘈杂的背景声。樊胜美面不改色，"我在医院外面买点儿水果给小邱，你一个人玩吧，别内疚，我有小邱陪呢。"

王柏川道："那家小区里面有幼儿园的房子，传消息来，明天内部认购。我托朋友帮忙，拿到进门券。我兴奋得不行。胜美，你扔下小邱吧，或者请谁接手一把，我们一起喝一口。明天，就要交钱签合同。"

樊胜美欲言又止，呆了半天，才道："好，你来接我。"

樊胜美又拖着身子往回走，站医院门口等王柏川来。

安迪在飞机上睡了一觉，醒来正好下飞机。她生龙活虎地赶到包奕凡住处，刷卡进去，却见只有保姆在。当然，她也不指望包奕凡周末能待家里。她拿起包奕凡家的座机给包奕凡打电话，可接通就被包奕凡挂了。安迪这才郁闷了。她拿自己手机再次接通，好歹这回包奕凡赏光接了。

"早点结束活动，回来接驾。我在你家。"

"呃……我在公司，不知道什么时候能回家。你路上辛苦，早点儿睡，我这边一结束就回。"

"加班？我去看你。我坐旁边不说……什么声音？"

"我在大厦这边开会。回头再跟你讲。别担心我这边。"

包奕凡很干脆地结束了通话，安迪却举着手机回忆刚才的声音，明明是猛拍桌子的声音。究竟怎么回事？她正好没事，到窗口看看包奕凡所说的大厦，那幢他们家自己开发的商业地产，包家房地产公司正位于此大厦，她第一次来，也是在大厦与众人开会。她看了会儿，便与保姆说一声，只带了手机、信用卡和零钱，赶去大厦。

樊胜美终于等来王柏川，她连忙伸手揉揉自己的脸，尽力挤出一个笑脸，挂着这么僵硬的笑容钻进王柏川的车子。

王柏川早奋力开始道歉，"胜美，昨晚我实在没办法，小命都拽在李总手里，即使他连白开水都不喝，直接命令让我们喝酒，我们也都不敢不喝一口。让你受委屈。我今天一直提心吊胆，怕你不理我。"

樊胜美斜睨王柏川一眼，"哼，所以拿房子的事儿来下套，骗我出来？"

"才不，才不，房子的事儿是我跑一天跑出来的，好消息一定要与你分享。"

"其实我昨晚没怪你，原是我这几天照顾小邱累了，做事不经大脑，说话鲁莽。幸好你机灵，没站出来认领我，否则害你前功尽弃。没给你留下后患吧？"

"还好，还好，后来李总不好意思，喝了真酒，没几口就醉了，还能记得什么。洗澡出来还抱着我们不肯走。没事的，只要你不生气就好。"

"也不问问我昨晚怎么回家的？"

"胜美，我特别放心你的能力，你一个人一定能把自己照顾得好好的。这点儿小事难不倒你。真的。"

"呵呵，确实。"樊胜美有点儿哭笑不得，"可我真想做个娇滴滴的女人，十指不沾阳春水。罢了罢了，暂时不指望。你准备好明天的首付了？"

"明天先付定金，我已经准备好。我们这里吃点儿？庆祝一下。"樊胜美点头认可。王柏川将樊胜美放路边，他去找停车位。樊胜美又垮下脸，茫然地看着人来人往。发了会儿呆，才进去饭店里面。过一会儿，等王柏川匆匆赶来，冷菜已经上桌。王柏川手里拿着套型图，兴奋地坐到樊胜美身边，道："我们最终选定哪一套？今晚得拍板。你喜欢哪套？"

樊胜美熟门熟路地取了三室二厅的套型图，摊开来看，随口问一句："明天就签合同？怎么签？要带上身份证吗？"

"没问清楚，朋友也搞不清。反正我都带着。"

樊胜美果断地道："我要求合同上有我的名字。"王柏川一愣，脱口而出："好。"樊胜美也异常惊讶，愣愣地看了王柏川好一会儿，扑入王柏川的怀抱，"你竟然答应我，而且如此干脆。"

王柏川犹在发愣，拥抱着樊胜美，眼睛却是茫然看着墙上壁画，迟疑许久，才道："等下吃完饭，我连夜去排队，务必站在队伍最前面，挑最中意的。即使内订，人也不会少，肯定多的是关系户。我们拼不过人家的关系，只能拼排队了。你明天一早赶去，与我会合。"

"是。"樊胜美答得异常温柔，伸手轻轻抚摸王柏川的脸，"真想不到，这一天竟然成真了。从中学开始看你，真想不到我们会有这么一天。"王柏川听了心里一震，将樊胜美紧紧抱住，"这只是开始。"两人几乎是食不甘味，眼里只有套型图。叽叽喳喳议论好半天，终于确定第一选择，第二选择，第三选择。

樊胜美满足地叹一声气，累得支着脑袋微笑地看着王柏川将选择记录下来。她整颗心是温暖的，安宁的，她的一只手轻轻放到王柏川的肩上，叹息地道："本来今天心里不开心，我哥要跟我打官司，讨还我卖了他房子的钱……"

"呃，又出么蛾子？"

"不怕他，我已经开始搜集资料。最不怕的是上法庭。"王柏川犹豫了会儿，才道："你哥会不会打我们房子的主意？这人什么都做得出来啊。"

"他够不着。"但王柏川已经犯怵了，想到千万种的可能，他时不时地走神儿。

安迪摸到开会的所在，她在很远就听到会议室里的吵骂声。她在走廊静静站了会儿，偶尔听到包奕凡大声发话，但似乎作用有限，里面似乎分成好几派，吵得不可开交，桌子拍得砰砰响，谁也不服谁，谁也不肯低头。

安迪偷偷推开一丝门缝，见里面烟雾腾腾，大家吵架正酣，都没人留意门的动静。安迪却见到最狼狈的包奕凡。不仅是包奕凡此刻头发凌乱，衬衫皱成抹布状，更是全身透出的筋疲力尽。安迪震惊地看了会儿，又将门悄悄掩上。此刻，里面每一句话每一丝动静，她都能在脑袋里模拟出激烈的场景，以及包奕凡焦头烂额的反应。她不忍心，一步步地退出去，退出去，退到电梯口，几乎听不见了，才倚墙站住，直着眼睛发呆。从没想过包奕凡还有这种样子。

　　屋内正发生什么，安迪一清二楚。她从最底层的实习生一步步爬上来，经历的工作会议不知万千，说到底不是东风压倒西风，就是西风压倒东风。谁压倒谁，完全取决于实力。包奕凡显然是掌握不住场面，被手下同事们反水了。想到当年自己拍桌子镇压上司时候心头充满的对上司的鄙夷，安迪将一张脸拧成大核桃，心里异常痛苦：如今坐那儿被大伙儿鄙夷的却是她的包子。

　　安迪又回去走廊，清晰的吵骂声再次传入她的耳朵。她听得心潮澎湃，胸闷气喘，为了不致撕下脸皮冲进去做出不可收拾的事来，她只得下楼去买两瓶水上来，慢悠悠地喝着水，冷着脸听。听大约半小时，她便将手中水瓶一摔，狠狠按下电梯钮。但回头见到地上突兀的水瓶，只得又捡起来，咬牙切齿走进电梯。她立刻接通老包的电话。但接通后，却卡在怎么称呼的问题上了，爸爸？不；伯父？对老包这样的人还是不；包先生或者包总，又显得不对劲。

　　却是老包接通后没听到声音，又拿下来看了显示，没错，是安迪，于是疑惑地问："安迪？"

　　"唔。我来看包子。"

　　"你找我有事？"老包云里雾里的，不知安迪什么意思。"唔。"安迪又犹豫了一下，这个电话实在有违她一贯理直气壮声称的不插手原则。老包不得不小心地问："你究竟是不是安迪？"

　　"我是，我在大厦楼下，刚刚在楼上听了会儿他们开会，下来。"安迪说的语速很慢，字斟句酌。老包则是很有耐心，耐心听安迪说完，才问："然后呢？"

　　"然后很气愤，包子平日里看着不赖，关键时刻这么掉链子。气死。"

　　"这个不能怪他，一帮老臣都是身经百战的老手，跑出去自己开公司的话，个个是响当当的老板，我儿子年轻，刚全面接手，压服他们需要时间。不能说他没用。你不答应从中斡旋，我回来后只能全面交权，到现在他才接手不到三天，能把大家叫齐了开会已经不错。你还在大厦？"

　　"是啊，我还在生闷气。因为刚才又回去听了半小时，又给气下来了。我要跟您谈判。"

"你抬头望东边看，打绿光的房子，我在六楼会所。你如果打算插手，可以找我面谈。"安迪道："我很快到。"会所里，老包放下手机，笑着对一起打桌球的老友说："我儿媳立刻过来。

又漂亮又聪明，跟我儿子非常配。"

"这么快投降了？"老包抚摸球杆，微笑。但转而愤愤想到安迪说他儿子关键时刻掉链子，这可不能容忍。

没多久，安迪便拎着新买的两瓶水走进来。老包招招手，安迪便过来坐下。老包非常大度地道："生气就跟我说嘛，别忍着忍到话也说不利索。冷水也别乱喝。"他招呼服务员拿热水来。

安迪道："我中文表达不利索。"

"又不是第一次见面，你中文好不好我还不知道？别找借口啦。说吧，尽管说。"

安迪不禁一笑，她回国后便一直将中文不好的幌子扯出来用，发觉挺好使，但今天还是被老包给不客气地戳穿了。老友过来打招呼，一听也都笑了。老包不急着谈事儿，先高调地将安迪介绍给老友们。等老友们散去继续打球，安迪才得以坐下，喝了一口水，忧郁地看着老包道："包子刚才的样子很颓，硬撑着坐主位上，看上去分外外强中干。"

"磨炼磨炼，人都要经历一下。"

"我不喜欢。"安迪顿了顿，又慢悠悠地强调一句："我很不喜欢。"

"你……真话还是假话？"

"真话。一个向来强悍的人不太需要假话做掩护。所以我来找您谈判。"

"你承认，你打算插手我们家务事？你认可一下也没什么要紧，一家人，没必要太泾渭分明。"

"我正是因为不打算插手你们的家务事，才来找您谈判。我所要的，只是原地满血复活一个神采奕奕的包子。我第二次去走廊听，迅速总结一下。那些人完全不是就事论事，而是存心无理取闹。他们这么敢的原因是他们得到不知谁给的暗示，那就是包子坐那位置是暂时的，坐不稳的，很快得知难而退的，所以承认包子的权威意味着站错队。因此我明白了，我错怪包子。既然找到问题的源头，那就容易解决。"安迪说到这儿，盯住老包，打住。

"你这话错了，对我小人之心。我退了就退了，对自己儿子没有阴谋，对老臣们没有任何暗示。我退得心不甘情不愿，可即使这样，我还是愿意让你来，解决问题。这产业是我辛辛苦苦置下，我说退就退，还想要我怎么样？闹成这样，我比谁都心疼。

所以即使老臣们也不愿相信，误以为我以退为进，我也没办法，我没地方说话，我儿子不要我说话。事情闹到这地步，谁都没脸退一步，要你出面斡旋，你又不肯。你现在知道我找你的原因了吧？但你别想把责任往我身上一推，以为可以掌握主动权。若论谈判，你还嫩。你干脆直接承认插手，我也不会怪罪于你。"

"我也愿意相信，像您这样向来强悍的人也不太需要假话做掩护。但我承认，向来彪悍的人习惯于不认错，宁愿多花点儿精力压着错误往前走，逼使其他人让步。我们三个都有这毛病。

尤其包子，他对你有恨，他更不愿让步。我刚才站在大厦门口纠结不下，我也不愿向您让步，我甚至冒出一个念头，宁可请魏国强来包子身后坐镇，也不要向您承认我改口。直到打电话时候还在纠结。可我再不想看到不帅的包子，愿意找您谈判。我是来劝您，您让步吧，这个局里面我第一个让步，接下来只有您让，才是完美的解决方案。而且，我又可以少插手。我到现在还是认为，乱插手包家的事务不明智。"

"我只有一个条件，我不退出公司管理。"

"您光跟我谈条件，不给我提办法，让我怎么斡旋，我又不懂你们家的事。包子不帅，我让步就没动力，您今天拿不出办法，我明天卷包就跑，认栽。"

老包愣了，怎么都想不到安迪会说出这种话。女人不该是像他老婆那样，死也不肯放手的吗？再说，都已经怀了他的孙子。"不许胡说。"

"没胡说。我一向强悍，我……您去看看包子现在那儿，如果他不是您儿子，是您手下，看见这样的颓样您会怎么想。我连搬出魏国强这种狗急跳墙的方案都被逼出来了，我是真烦躁。"

"你别胡思乱想。你这叫关心则乱。你坐这儿，你别走啊。"

"我打算找小樊谈谈，这种情况我没遇见过，她前儿正怨她男朋友没能力，我问问她该怎么处理心中乱窜的情绪。当着您面不方便说话啊。"

"你别走，你别走，快坐下。"老包这下真急了，他看看安迪，还真是一脸纠结，不像装出来的。"就像你说的，谁现在坐我儿子位置上，都骑虎难下，没一个不颓的。不是能力问题，完全是形势比人强。三言两语没法讲清楚，你看着我打电话。"

"嗯，你打你的，我打我的。"安迪心中是真的兵荒马乱，难道她真的如此好色，一见包子颓了就烦？这似乎不符合天荒地老的爱情，倒是有点儿像个花痴的行径，她最忌讳的花痴。

"你先别打，等下你们碰面了，两人先好好谈谈。自乱阵脚，把话说出去，你知道有句古话叫说出去的话，泼出去的水，以后别人就拿你说的话衡量你，你想收都收不回，你这人好强，只好一根筋碾过去。听话。"

安迪依言，收回手机，看老包打电话。她才不信老包没在老臣们后面做暗示，但只要老包就此让步能解决问题，她才不要求老包承认阴魂不散。再说她也心烦，她一想到包子刚才那样儿，她就心里一揪，一张脸不由自主缩成大核桃。连回想一下都不愿意，她是真的没良心没爱心。

老包打电话时候，说话简单直接，直接得几乎粗暴，跟安迪一贯工作风格差不多。但安迪想着自己的心事，脸一拧一拧的，似乎很不满意的样子，老包看着非常郁。老包实在忍不住了，抽空道："你看上去不舒服？先回去吧。别跟旁人说起这事，等我儿子回家好好谈谈。我这边已经发话，会议很快会结束，不过明天早上还得扫尾半天，我会连夜做好工作。回头我们多交流，没什么事不能一家人自己解决。"

安迪起身，想了想又坐下，"有句话我以前跟包太讲过，但她持不信任态度。我做人一向原则是，我对别人的财产从不企图，同时我从不放弃份属我的权利。包子有时怪我太坚壁清野，但我认为这样更方便彼此关系简单纯粹。不插手便是从这条原则里分化出去。强悍到你我这地步，不需要靠杀熟来积累财富。"

老包看着安迪，半响，才道："别联络魏先生。"

"不会。我走了，再见。"问题似乎是解决了，都退一步，但老包一脸纠结，安迪也是一脸纠结。等安迪回到包奕凡住处，洗个澡换上居家服，才刚坐下，包奕凡急匆匆回来了。安迪坐书房，听外面保姆与包奕凡对话，听包奕凡的脚步声走近，她不由吧嗒一下将书扣脸上，不敢看。直到包奕凡笑道："生我气？让你久等，都不知道你来，没安排。"

脸上的书被包奕凡揭了，安迪被迫看向包奕凡，还好，那缕无精打采挂下来的头发归位了，脸上没沮丧，当然有疲累，虽一身烟味，但好歹，依然帅哥一枚。安迪的心也归位了。

"怎么了，几天不见不认识了？"

"很臭，我闻着反胃，你去洗澡。"安迪将包奕凡推去主卧。包奕凡知道安迪孕吐，自觉去清理。安迪跟了去，站门口道："我刚刚去大厦看你。然后跟你爸谈了一下。"包奕凡愣住，"你去看了？跟我爸谈什么？"

"我没揭穿他，但侧面告诉他，别试图垂帘听政，我会搬来魏国强坐他后面。"

"原来……这样。"

"嗯。暂时解决一下。我也不知道正确的处理该怎样，当时不便冲进去问你，只好搬出恶心的魏国强。"

"痛快！我说呢。"包奕凡跳进浴缸，舒舒服服地躺下，伸出一只手，几乎是娇嗲地喊："安迪，过来说说话。"

"刚刚差点跟你爸拼命，把你整成那颓样，我都快认不出你。心烦死了，当时想要是吓不倒你爸，我就跑了，不敢看你。"

"你心疼我。"

"不是，别肉麻。"

"我这两天烦死了，他们净给我出难题，包括今天这个会也是被架上去的，你想，才接手两天都还没跟几位大员单独谈过话，是开会的好时机吗？我早知道有人不甘心退出，必然百般诡计。你这招狠，打中七寸。给我出口恶气。"

"其实，我并不想打你爸七寸，我只是狗急跳墙，见不得你颓。而且，我也不愿看你现在这样，几乎不择手段地跟你爸对着干，比较恶形恶状。"

包奕凡吃惊，不由得收起嬉皮笑脸，与安迪对视。

"你知道我心里有多窝囊？我明知他害死我妈，可我不能报警，只能眼睁睁看他逍遥法外。那些原本信誓旦旦忠于我妈的人，现在都看着风向，被他收于麾下，反而为了表现效忠更加落力与我作对。他要我忘记是他害死我妈，他装作这世上从来没有我妈这回事，我保留封存妈妈的办公室，他却趁我出差仅仅一天，就把办公室毁了。他故意与我作对！他一步步击毁我在公司的权威，一步步剥夺我的权力，然后他冷笑指挥他那些臣子围攻。不是我恶形恶状，是他在逼我。若不是今晚你威胁他，他今晚就得逞了，我的指令从此将走不出我的办公室。"

包奕凡激烈倾诉，可安迪的眼睛却始终落在包奕凡额头的那缕头发上。前不久，还在会议室里，那缕头发曾无精打采地耷拉下来，流露十足颓废。而现在，随着包奕凡激愤的频率，那缕头发又松动了，缓缓地，缓缓地，下垂。安迪终于忍不住伸出手，将那缕头发抹上去，压平。于是，她的眼光无处可逃，只能看向包奕凡的眼睛。她看到，有一波晶莹随着激愤的频率在包奕凡眼中闪烁。她忍不住慢慢滑下手指，按在那眼角，眼泪便如决堤般被导流了出来，热热地打湿了安迪的手指。这一刻，安迪的心停止了烦躁。

"你不窝囊。因为在你哀悼的时候，他在布局，在你念及旧情的时候，他在快刀斩乱麻，所以你才处处被动。"

包奕凡从浴缸探出身子，紧紧拥抱安迪。两人都觉得，这个拥抱迥异于过往的所有。

"等会儿我依然没时间陪你，我理一下思路，明天早上还要开会。"

"反对。你目前走的每一步都是你爸精心设计，即使今晚被我干扰了一下，预计一晚上下来，他已重新布置集结完毕，明天你依然不得不照着他的剧本演戏。不如给他一个意外的。你全退，将他的你的你妈的全给他，让他一个人玩，你另起炉灶。"

"正好中他下怀。他要的不正是把我逼出公司？"

"我虽然对家庭什么的不是很了解，但就我有限的知识，比如魏国强……"安迪不得不做一个呕吐姿势，以缓冲说起这个名字的心理不适。"即使我跟他从来只有不良接触，他……哎哟，你反正知道的，自己去对比一下你爸。你爸怎么对你妈，并不意味着会怎么对你。他这年纪，再养一个来接班也来不及了。再退一步讲，即使全退，你已有市场，经验，人脉，人手，资金你不用愁，你三年后不会比今天差。"

包奕凡抬起脸，看着安迪，好一会儿，道："可不可以让我单独思考会儿。"

安迪二话不说，起身退出。包奕凡有点儿困惑地看看她的背影，陷入沉思。

第 59 章

关雎尔终于能和谢滨一起度过一个周末。只是此前她又眼看没法正点下班，只能发短信给谢滨，让带一份晚餐，她吃着去电影院。等她终于完工，掐着秒表冲出办公室，都等不及电梯，直接飞奔下楼，只见，谢滨递上一只裹满各色蔬菜的看上去很好吃的赛百味。关雎尔在车座上雀跃起来。"我想的就是它，而且我想的就是各种蔬菜来一撮。"

"心有灵犀呗，这下你相信了吧？"

关雎尔脸红红的，做了个鬼脸。低头啃了一口，又忍不住佯怒道："你看着我，我都没法吃了。"

"啊，我忘了我也有一份。嘻嘻。"谢滨的却是麦当劳的巨无霸，只见厚厚两层肉。两人不由得将两个三明治凑一起，反差如此巨大，两人哈哈大笑。

只是电影开场的时间不等人，谢滨急于开车，都没时间啃一口巨无霸。等到了电影院楼下停车场，一看时间不对，两人只能拎着晚餐拔足狂奔。穿着中跟鞋的关雎尔不出三步便远远落后。谢滨想都没想，一把抓住关雎尔的手，拖着往前跑。但跑出才又三步，两人都震惊了，以一种奔跑的姿势凝固在车道中央，呆呆对视。可惜停车场热闹得车来车往，很快一辆车拉着笛将两人惊醒。两人立马继续狂奔，只是这一路如步云端。

　　很快到了检票口，两个气喘吁吁的人停下来，谢滨并未放手，他用另一只还拎着晚餐的手艰难地掏出电影票，递给检票员。而他的眼睛早溜向关雎尔，直到检票员不耐烦，推推他的手臂，他才想到要拿回电影票。

　　关雎尔几乎抬不起眼皮，她让谢滨坚实的大手拖着进门，找位置，坐下，等黑暗吞没差涩，她才稍稍扭头看谢滨一眼。谢滨也正看她。黑暗中没有其他表情，只有亮晶晶的四只眼睛相对。她感觉，谢滨的手握得更紧。

　　非常煞风景的是，关雎尔的电话响了。她一只手掏手机不易，谢滨只能放了她的手。关雎尔心慌意乱地掏不到手机，等终于摸到，手机已经不响。她翻开一看，是邱莹莹的，便索性关了手机，扔回包里。

　　谢滨揪心地道："如果小邱那儿真要紧，我们不看电影了吧，没关系。"

　　电影早已开演，周围声音轰响，两人说话不免凑到一起，关雎尔不禁又脸红心跳的，好在有黑暗，她勇敢地保持不挪窝，"今晚开始不要紧了，应勤转院到她病房隔壁，应家也认可了小邱，她那儿再有大事也有人顶着了。"

　　"哦耶！"谢滨一声欢呼。但只好眼巴巴地看着关雎尔那只柔软的小手。那只手放在包上面，他如果去抓来，此时此地显得突兀。可是，令他几乎不敢相信的一幕发生了，那只小手竟然抬到半空悬浮了会儿，毅然放在两人座位中间的扶手上。谢滨心里一声欢呼，毫不犹豫大手飞扑，扣在手心里。关雎尔虽然目不斜视，不，甚至将脸背着谢滨，可一直没将手抽回。

　　两人都忘了，手头还有才啃了几口的晚餐。

　　王柏川送樊胜美回家。一路上，樊胜美趴仪表盘上，与王柏川讨论晚上排队需准备的东西，诸如坐垫厚衣服水纸巾等，并一一记录下来，等车到欢乐颂门口，将便笺撕下，交给王柏川。

　　王柏川笑道："好隆重，又不是露营。"

　　"小邱春节前买票喝口冷水，差点儿送医院呢。可别不当回事。明早我拿热豆浆给你去。"

　　樊胜美临下车，又扭回头，捧住王柏川的脸深深一吻，才笑容满面地出去。王柏川愣愣地看着樊胜美的背影，心里却想着樊家一窝子的老弱凶残。

樊胜美走到转角处，不经意回眸，却见王柏川的车子还在原地，不禁开心地笑了，挥手让王柏川快走，自己的脚步也更轻快起来。却在电梯里接到安迪的一条短信，没头没脑的：看到包子沮丧，我心里挺烦的，很想回避，是不是爱得有问题？

樊胜美不知安迪那儿发生了什么事，但既然安迪来问她，她就慎重想了又想，才谨慎地回一条：看到他沮丧，若是心里没波动，才是有问题。若是反而欢喜，问题更大。感到烦，试图回避，是正常心理，但如果能尝试沟通，圆满。

"采纳！"安迪看着回复的短信，放心了。她已经奔圆满而去。包奕凡放在桌上的手机响了，安迪一看，是老包来电，她扬声问里面还泡着的，"你爸的，接不接？"

"接。"安迪拿手机进去，包奕凡顺势也拉住安迪的手，扯她又坐下。湿漉漉的耳边不方便放手机，他开了免提。接通电话，很不情愿地一声，"嗯？"

"一些小误会，我跟他们理顺一下，明天正常开会。"

"嗯。"

"到家，见到安迪了吗？"

"嗯。"

"她在的这两天你表现积极一些，她已经流露出不喜欢精神萎靡的人的意思。"

"嗯？"包奕凡连忙捂住安迪的嘴，"她对你说什么了？"

"她问我，如果你不是我儿子，是手下，我看见你那颓样会怎么想。你自己留意吧。"父子俩通话毫不啰唆，说完就挂，仇人似的。包奕凡"哼"了一声，道："你看，意识到你是个威胁了，开始挑拨我俩的关系。"

安迪欲言又止，紧紧闭上自己的嘴。这话原是她说的，老包既是挑拨，也是挑明事实。但她现在可不愿承认了。既然包奕凡将之视为挑拨，显然他不能接受她当时的真实态度。

包奕凡看到安迪的样子，笑了，"别理他。我刚才想了，我不退出。我保住工厂那块，那是我的地盘，没有内乱。但我明天开始，在房地产那块胡闹，他心疼什么，我就使劲往那儿戳。做建设性的工作难，搞破坏，最简单。看谁坚持到最后。对不起，安迪，我不像你。你对那位魏，不愿理，就一声滚，你自己也远远避开。我做不到，我咽不下这口气。"

"这就叫顶牛角尖。我作为一个局外人，虽然我也鄙视你爸不履行契约，但凭良心讲，包家这么大的产业是他出最大力气打下来，他有理所当然的最大支配权，他的恋栈无可非议。包括那些老臣们的态度也已经表明，他们并不认可你将你爸完全清除出房地产那一块。你即使明天开始拆台，用各种非常规手段将你爸的影响力逼出公司，但你也必然把公司文化搞烂了。对我而言，你这是降低你的品格。"

"对于那样的一个人，你走正道对付他，意味着条条都是绝路。对那样的人，只有一个办法，让他切身体会那种割肉一样的痛苦，他才会收敛。你放心，我有底线。"

"底线是用来突破的。想不突破，你唯有清晰筑起一道隔离墙。但你现在被你妈妈的去世激红了双眼。"

"是的，换你，愿意跟魏国强共事吗？"

"我会离开，我不会降低标准与魏国强过招。另外，关于你妈妈的过世，我心里一直有个想法不吐不快。你妈妈去世的内因是她的身体。外因则有两个，我逼她连夜离开黛山县，加上你爸爸的斥骂。如今只有你爸一个人承担你所有的愤怒，看着你的愤怒，我很害怕。"

"安迪！"包奕凡冲口而出，声音严厉而响亮。但看看安迪拿眼睛白他，他忍了忍，放低声音，道："你出去会儿，我冲一下就好。"安迪犹豫了一下，有点儿生硬地开了句玩笑，"又不是没见过，切。"但还是转身出去了。包奕凡却连扯一下嘴角都没力气，呆呆看了门口一会儿，才起身冲洗。等他穿上睡衣出来，见安迪拿电吹风在门口探头探脑。他便顺手想接了电吹风，但安迪牢牢抓住。"我替你吹吧？"

"不用，我自己来。"

"让我拍拍你马屁吧，你好像在生我气。坐那儿。"包奕凡看安迪一眼，默默依言背对着坐下。温暖的风和柔软的碰触，让包奕凡渐渐放松下来。"安迪，我们不说那些烦心的。说说你明天早上一个人打算做什么。"

"我早上睡懒觉。可明天的会议不等人，你该面对的还是得面对……"

"拜托，我已经很累，心力交瘁，知道吗？不要再烦我，我不想听。"烦？安迪在后面翻个白眼，向来只有她讨厌别人烦，而他人都巴不得她烦一点。尤其，包奕凡用这种口吻与她说话，她心里很不舒服。她不再说话，将包奕凡的头发胡乱摆布一下，便电吹风一扔，闷声不响去了书房。她想不到辛辛苦苦跑来送惊喜，包奕凡给了她这么大的惊喜。

包奕凡呆呆地看着，赌气将电吹风扔到更远，一声不吭上床睡觉。这么不体贴，想不到。但两人都支着耳朵听对方的动静，等对方屈服。安迪过会儿便气消了，她想想包奕凡一整天挨老臣轰炸，早已强弩之末，估计回家那点儿精气神也是为了她在而硬装出来的。算了，还是放过他。但这事儿若换成曲筱绡，一定是第一时间跳上床去蹂躏了。安迪却是想了半天，决定将自己的想法写出来，继续将话说清楚。写完，便打印出来。

包奕凡听了半天没动静，困意袭来，隔壁却传来打印机的声音。他心中好奇，可坚持敌不动，我不动。

一会儿，卧室门被稍稍打开，泻入一地灯光。包奕凡也决定伸出橄榄枝，他的橄榄枝是他的手臂。安迪过来坐下，两人将手握在一起。"你今天又是飞机又是汽车的，也累了，早点休息吧。"

"嗯，最后一件事。我把刚才没说完的写出来，言简意赅，你看看。或者我读给你听。不到五百字。"包奕凡这下霍地坐起来，"安迪，你看看我，我很累，我而且很心烦，我需要安静，需要休息，还需要体贴，不是喋喋不休。"

"问题需要解决。"安迪从不怕吵架，但面对包奕凡的烦躁，她有点儿想退缩，因此说得很简单，免得泄了坚持。"我已经决定如何解决，OK？你不甘心无非我没选择你的方案。安迪，这不是你的事业，我的事业我自己最清楚。我已经解决！"

"理智一些，看看我刚写的，不仅有想法，还有解决办法。"

"你所谓的理智，是盛气凌人地要我全盘接受你的想法，而否定我的所有想法。你凭什么否定？你能不能理智一些，不要越界？我说了，我今天心里很烦，我明天要开会，要上坟，要怀念我妈！你别再烦我。"

安迪完全否定包奕凡的方案，认定那是钻牛角尖之下的极端方案，于解决问题无补。这原本是一清二白的道理。可是面对包奕凡的火气，她也烦躁起来，她闭上眼睛，不看包奕凡，等他说完，就搬出据说很好用的符咒，"我是孕妇，你别对我吼。而且我是一个跋山涉水赶了很远路很累的孕妇。只要求你把我写的看一遍。"

包奕凡呼地跳起，抓了安迪手中的纸，凑到安迪刚打开的台灯边看。安迪也不知包奕凡看进去没有，她见包奕凡飞快看完，将纸一扔，倏地钻进被子捂头便睡。安迪看着一动不动的包奕凡，心跳加速，呼吸加速，火气渐渐蹿了上来。

"你可以否决我的建议，但你不可以如此对待真心为你着想的我的建议。我不是逼你照着我的做，我只是提供参考。我理解你心情不好，工作不顺，但不尝试解决问题，光生气有什么用，只会走极端。好吧，你冷静，睡觉。我不打搅你。晚安。明天如果你想找个人商量，我还在。"

安迪起身，呼哧呼哧出去，到客房睡觉。她睡不着，喝了好多水，跑了好多次洗手间，到半夜还在生气。

主卧大床上，包奕凡终于钻出头来，呈一个"大"字仰卧。他怎么睡得着，但他不打算去客卧请回安迪。

关雎尔与谢滨连着看了两场电影，等看完，一条手臂几乎麻木。放映厅里的灯渐渐亮起来，她连忙掏出手机打开。手机里已经有好几条短信。谢滨也查手机短信，两人边看边往外走。当然有邱莹莹的短信。邱莹莹说，她吃完晚饭后，应妈妈就没过来。她最先很焦虑，后来一想，这几天应妈妈都没安睡过，今天又忙着转院，一定累倒，她不能再麻烦应妈妈。所以她没打勤电话提要求，而是小心地自己照顾自己。邱莹莹在最后一条短信里娇嗔地说，今晚怎么大家都忙得没工夫理她。

关雎尔觉得挺内疚。等谢滨约明天早上十点见面时，关雎尔想了会儿，道："我明早还是先去看看小邱吧。看样子应勤妈没时间精力照顾她。"

"明天白天有看护。"

"对了，我还得替她办续假，上回开的病假条已经到期。"

"你这是她的妈呢，还是她的同龄室友？好吧，我明天去接你，一起去医院。然后，我们自由活动。现在我们去哪儿吃夜宵？"

关雎尔笑，还没答应呢，她的手机又提示有短信，"小邱难道还没睡？"她自言自语，可打开短信一看，是安迪知会她曲筱绡去谢滨老家的事儿，忙下意识地捂到胸口，紧张地看向谢滨。谢滨奇道："怎么了？什么事？"

"没什么，安迪那儿提醒我一些事。"

"噢，这么要紧？"

关雎尔点头，但关雎尔刚才的姿势已经全部落在谢滨的眼里，谢滨脸上流露出不自然。关雎尔心细如发，也将谢滨脸上每一条肌肉的蠕动记录在心里。第一次的，关雎尔心中对谢滨产生了疑问。他为什么如此敏感地立刻意识到与他有关？

"我们不去吃夜宵了吧，我其实这几天累得牙龈都浮肿了。"

"啊，我立刻送你回家。可是今天……能不能算是我们里程碑式的新起点？我真想跟你一起迎接天亮。"

"我……能不能问一下，什么是新起点？"关雎尔也不知是累的还是电影看晕的，只觉得脑袋里面晃来晃去，不大灵光。

"吓我一跳，我还说你怎么忽然严肃起来。"谢滨松一口气，哈哈大笑，但笑声古怪，后来自己也觉得了。他又讪笑两声，忽然站得笔挺，挡在关雎尔面前，严肃地道："关雎尔，我们正式交往，好吗？请你做我的女朋友，我一定很……很……爱你。"那个"爱"字，都窘迫地发音成了"呃"。

关雎尔愣了，一颗心像坐过山车一样，很激动，也很晕，更有极度的紧张。两个紧张的人面对面严肃地相对。谢滨焦急地再问："好不好？嗳，我立刻去搜一束花来。对不起，对不起，太简陋，没准备。"

"不是……不是。"关雎尔伸出手，似是阻止什么，又飞快收回来，"我……我们是认真的，对吗？"说出这些，关雎尔都快窒息。

"绝对认真。我心中丝毫没有亵渎，只有单纯地希望你答应跟我在一起，永远，一辈子。我们先开始……我们互相加深了解……就是这样，只有一个目的，永远在一起。"

"我愿意！"关雎尔飞快地说出来，但把自己吓到了，忍不住退了两步，不置信地看着谢滨。当时就想捂自己的嘴，都没问清楚，也没想清楚，怎么就开口说愿意了呢。可她就是说了，她也不知道怎么回事，仿佛嘴巴不是她的。

谢滨都没反应过来，等回过神来，不禁笑得合不拢嘴，张开双臂将关雎尔举了起来，团团乱转。淑女如关雎尔，不知是吓的还是开心的，尖叫起来。她吓得紧紧扭住谢滨的头发，又觉得不好，人家会疼，可又不好意思抓别处，只能继续抓着头发。直到谢滨将她放在车头坐下。谢滨对着她又是喘着大气乱笑，她又想克制，又想笑，还有点害怕，鼓着腮帮子与谢滨相对。谢滨忍不住伸出两枚食指，往鼓鼓的腮帮子一戳。关雎尔立刻漏气。她又窘又笑，终于忍不住出手，攥紧拳头追打谢滨。谢滨绕着车子躲，关雎尔追了会儿就没力气了，靠在车上忍不住地笑，怎么也止不住。谢滨反而绕回来，乖乖伸出两只手心，"让你打还。"

关雎尔捏起拳头，想了想，"记账，哈哈。"

"欠多少年？"

"反正高利贷。"

"哦耶，那我就能利滚利欠一辈子了。"谢滨打开车门，"不让你回去，我们接下来是鲜花和夜宵。"

"嗯。"这一回，关雎尔答应得很干脆。她两手撑在车椅上，看着谢滨绕过车头，笑着坐立不安。可等谢滨打开车门进来，她又扭回脸，似看非看，觉得很不好意思。

"谢滨，我一向被人说谨小慎微……"

"没有，你谨慎，但不拘谨。"

"反正……是的，我希望我们谨慎一点，我有个小小要求。我们趁周末两天，各自写一下彼此的家庭和经历，周一，我们交换。如果你觉得不合理，请尽管拒绝。"

谢滨想了一下，道："应该！"

关雎尔隐约觉得有些冷场，不禁扭头看谢滨。但谢滨正忙于将车开出车位，一脸正常。关雎尔觉得自己是被曲筱绡吓坏了，多么心怀鬼胎。她告诫自己，别胡思乱想。

樊胜美回到她的小黑屋里，第一件事便是打开顶灯，打开台灯，将小黑屋照得雪亮，然后一头扎进衣服堆里，挑选明天去售楼处穿的衣服。早听说售楼小姐先认衣服再开口，个个练就两只火眼金睛，身上拎的穿的戴的是什么牌子，是不是当季，她们全都辨得清楚，因此穿得牛头不对马嘴，便会被看轻了去，处处设下陷阱专蒙土包子。

樊胜美不仅自己精心搭配，还发短信提醒王柏川精心搭配。

但樊胜美扎进衣服堆里便沉溺其中，一时爬不出来了。近来烦心事不断，她都冷落了这无数的靓衣美包。这会儿心情愉快，她索性将所有事一扔，重新洗脸化妆，将一件件衣服拿出来配套比画，忙得不亦乐乎。

终于有点儿累了，樊胜美欢快地扒开一堆姹紫嫣红，在小小一块床单上落座，才忽然想到，今天小邱自然不会回来，可奇怪的是，都已经这么晚了，关雎尔也还没回。樊胜美不禁想到邱莹莹出事时候撞见的谢滨，那个年轻阳光的警察。今晚周末，说不定他们就在一起。

想到自己当年贪开心贪好玩没人管做出的一些事儿，再想想近在眼前的邱莹莹当初与白主管的事儿，虽然她并不认可邱莹莹的后悔，可……樊胜美思来想去，还是含蓄地给关雎尔发去一条提醒短信：我先睡了，给你留着门。

关雎尔收到短信的时候，正与谢滨在音乐酒吧听歌喝酒。当然是谢滨喝啤酒，她喝饮料。她看清短信内容，不禁脸上一热，想到有一次她不知道樊胜美会不会宿在王柏川那儿，也是以类似短信投石问路。她连忙回了一条短信，有点儿洗白似的表示，她正在酒吧听谁谁的演唱，等演唱结束就回家。

但发完短信抬头，却不见了谢滨。关雎尔心里担心，吊着脖子到处找，她难得一个人到这种夜场玩，若非谢滨在，她早提心吊胆地逃走了。有人好心，给关雎尔指了个方向。关雎尔连忙找去，见谢滨正躲在一个角落打手机。音乐声响，她也不知谢滨在说什么。但看到人就放心了，她回到座位坐下。

过会儿，谢滨笑眯眯地回来，伸指头轻轻在关雎尔肩膀上一点，关雎尔一回头，笑道："刚才一看你不见了，赶紧在你杯子里下了蒙汗药。"

"女侠饶命。您要什么尽管拿，不用下药。刚才酒喝多了，胀。"

关雎尔一愣，明明去打电话，怎么说成酒喝多了去洗手间解决肚胀问题呢。但关雎尔不好意思多问，人家或许是顺路做了两件事呢。

但关雎尔渐渐便警惕起来。不时有短信或者电话进来，来短信的时候，谢滨笑眯眯地侧过身去回信，而来电话的时候，他则神神秘秘地走去角落。终于，关雎尔心里开始变得毛毛的了，她小心地趁谢滨离开的时候，给曲筱绡发了一条短信：获悉你已到小谢的老家，若方便，请帮我调查。短信发出后，没收到回复，关雎尔想到这可能是有史以来难得一天，她比曲筱绡睡得晚。

等谢滨回来，关雎尔终于忍不住问："你去干什么？半夜怎么电话这么多？"谢滨笑道："布局。你等着看。"关雎尔小心地装作开玩笑的样子，问："不会把我卖了吧？"

"哈哈，我是无间道哦。"

"可是……我有些怕，我回去了，刚才室友已经打电话来问。"

"呃，别，我是吓你的，你别害怕。真的，别害怕，我不会干坏事。我……

好，好，我招了吧。我在请朋友们帮个忙，我一说我在追一位很好的女孩，需要他们的帮助，很荣幸，即使已经钻进被窝的也跳出来。他们正分头行动。今晚你别回去，等下我们找地方吃夜宵，然后再去一个地方。我们一起开启一个新的时空。相信我，交给我。"

"我从来没有在外面玩过通宵。"关雎尔犹豫着，"过了半夜，心里莫名地害怕。再说你又开始神神秘秘的。"

"对不起，对不起。但你真的完全可以相信我。记得吗，我们刚刚说过……"

"记得，记得。"关雎尔见谢滨深情款款凝视着她，她连忙打断，仿佛聆听甜言蜜语与说出甜言蜜语一样困难。"放心，不用怕黑夜，有我，我有好身手。"关雎尔重重地点头，谢滨的笑容让她全身心地放心，可她谨慎惯了，一刻都不能放松，只能靠重重点头来告诉自己，不要再疑神疑鬼。

他们一直玩到酒吧打烊才走。此时，马路上几乎看不见人影，以往熙熙攘攘的所在，此刻几乎可以玩赛车。关雎尔开车，谢滨探出脑袋寻找，两人终于找到一家馄饨饺子店。想不到凌晨这么安静的时候，小店竟然热闹得几乎满员，许多夜归的人在小店驻足，吃一口火热的汤汤水水。关雎尔看到谢滨进门时，一双眼睛锐利地将所有人扫视一遍，立刻说不出的安心。

安迪渐渐将火气压下，但一番担忧却袭上心头。明天的会议，结局几乎是可预见的。若换作是她自己的事，她此时早忙碌起来，该做的做，该找人找，绝不肯坐以待毙。可是，今天她完全使不上劲。越是使不上劲，越是浑身的劲儿都与床不对劲儿。她索性起来，找了包奕凡的车钥匙，取车漫无目的地开上了街。

街上已经冷清，车窗里吹入的风也有点儿刺骨的感觉，但让安迪变得清醒了些，火气彻底消失。她此时脑子非常好使，好使得闲不住，破例给老包去电话。

老包竟然还没离开会所，开口就问："要不要来吃碗荠菜馄饨？"

"不了。我劝不了包子。明天您会怎么发落他？"

"他在干什么？"

"睡觉。"

"没跟任何人联系？"

"没有。"

"没为明天会议做一下准备？"

"没有。当然也没有您指望的妥协啊谅解啊之类的东西。我很担心。我不仅担心明天会议对他的打击，更担心明天之后你们可能面临的两败俱伤。我想知道，您打算怎么办。如此对抗，不是办法。"

"混蛋，牛脾气跟他妈一模一样。"

"你们一家人吧，他只能算后起之秀。商量吧，明天怎么办。他不可能在工作压力下低头，他会认为那都是您制造的迫害。既然这种机制失效，另想办法吧。别把他逼上梁山。"

"我没逼他，我逼他干什么，我除了不想退山，我也愿意扶他上马。我生过癌症，我还能活几年？即使多活几年，也没力气全方位主持工作。他怎么想不明白呢。很简单的事，只要他请我一起去开会，我们父子和睦，什么问题都不存在。现在不仅他难，下面的人也难，他们不知道该怎么站队，站错就是死对头，公司几乎停摆，每天损失有多大，他知道不知道，还跟我闹，要我也心肌梗塞他才开心是不是。要不是我儿子，我揍死他。"

"我实在忍不住了，停车跟您讲。您别跟我装作一脸无辜，根据你刚才这些话，我判断您没少做手脚。您那些理由我支持，亲手打下的江山谁都难以割舍。问题是您拿包子当什么了？他妈尸骨未寒，您就做起各种手脚提防他，制约他，为的只是您自己。您设身处地为他想过没有，扶他是这么扶的吗？善意呢？诚意呢？我只看见口头表达，没见您有动作，您的动作都是拿您儿子当仇人在提防。"

"惭愧，我是自保。如今除非有第三人在场，否则我不敢单独见他，懂吗？"

"这就是您无意中制造的悖论了，一方面您口口声声说爱他，另一方面您以实际行动证明他是死对头。我当然愿意理解您的苦衷，但就当事人而言，只能认定您是两面三刀。何况，爱他这一方面还真难以实证。可见如今的困局完全是您制造。解铃还须系铃人，您说怎么办吧。总之我做不到让包子相信您这是爱他，他正跟你一样全身警惕，应对来自您的他以为必然有的伤害呢。我才明白为什么提都不能提起您。"

"我能怎么办，你又不肯插手。"

"我怎么插手，您都没解铃呢。"

"我要怎么做？"

"我也不知道，他不要理我。以前你们怎么沟通的？或者他妈死缠烂打那招有效？"

"他妈，老旦戴花，疯疯癫癫，我做不来。算啦。"

"好……吧。今晚两次沟通都失效，随便你们俩。忘了跟您说，包子有我。即使我不动用魏国强，最不济，他还可以拿着我的钱创业，足够他用。你就没儿子了。

真不是威胁。"

　　老包不说了。好久，才一句"知道了，你也回去早点儿睡吧"，结束通话。

　　安迪却发现，惨了，她迷路了。面对陌生的马路，安迪忽然想到，难道她也得死缠烂打才能与包奕凡有效沟通？用包太的方法？安迪心中立刻温柔而坚定地否决，恶心都来不及呢。那么，她生活中遇见过的最死缠烂打的人只有曲筱绡了。曲筱绡的办法？正好，有辆出租车终于出现，安迪连忙驱车追上去，寻求回去之路。等回到包奕凡家，她都不好意思开灯，一脸做贼的心虚，悄悄摸进主卧的门，试探清楚包奕凡早已熟睡，她才放心地自以为厚颜无耻地钻到包奕凡的身边，睡下了。这下，她安稳地睡着了。

　　从饺子馄饨店吃得暖暖的饱饱的出来，关雎尔开始觉得困了，仿佛闭上眼睛就会睡着。看时间，果然已经三点多了。"谢滨，我们还要去哪儿？"

　　"我们现在叫个出租，不能再让你开车。"路上，出租车倒是还有，小店旁边就停着好几辆，谢滨招手叫了一辆，"你坐后面，先闭上眼睛休息会儿，到地方我叫醒你。"

　　关雎尔虽然答应，可真上了车，怎么敢睡，拼命地刺激自己清醒，宁可不怕冷地开着窗。"我们去哪儿？"关雎尔看着不大对劲，车子从高架开得飞快。"一路向海边跑，哈哈。我发短信，问问他们准备好没有。"关雎尔疑惑地看着车窗外，心里又开始紧张。可是看看坐前面的谢滨的后脑勺，那么方方正正的脑袋，一团正气，她又很是放心。

　　终于，车子到了挺空旷的郊区，停在一幢挺突兀的大楼前。两人下车，谢滨也不熟悉这儿，左右看看，找到灯光亮堂的大门，拉着关雎尔的手走过去。"现在，凌晨四点多。算不算子夜？"

　　"现在的子夜都不黑暗了。"

　　"是啊。哦，这儿有保安室。"谢滨走过去，与迎上来的睡眼惺忪的保安招呼，"我是谢滨。"

　　"哦，谢警官，这边请坐电梯，一直上 18 楼，小门已经给你开好了。"

　　"谢谢，打搅你休息。小关，走，这边。"关雎尔回头看看保安，感觉年轻的保安一脸神秘的笑，不知什么意思。但看上去不是做坏事的诡笑。她忐忑地跟着谢滨进电梯。

"到底，卖什么关子啊？"谢滨手指交叉，封在嘴唇上，含糊不清地道："我嘴上贴封条了。"

关雎尔忍不住笑，说话间，两人到了18楼。一扇小门很明显就在眼前。"应该是这儿了。"谢滨整整衣服，很绅士地又拉起关雎尔的手，"我们最后一站，一起走出去。"关雎尔不懂，但见谢滨一脸庄重，她也收了声，好奇地看着谢滨以漂亮的手势将门缓缓打开。眼前，是一座空中平台。一眼，两人都很清晰地看见，平台避风处，有许多蜡烛杯拼成一颗大大的辉煌的心，温暖的烛光轻轻摇曳，摇醉了两颗跳动的心。关雎尔惊喜地看向谢滨，"原来你鬼鬼祟祟一晚上都在忙这个。"

"是的。"谢滨得意地拉起关雎尔，一起出门。夜风虽凉，却吹不凉两颗火热的心。"根据我朋友们的观察，这儿是全海市最佳观日出平台。今天的日出是5：16分。等眼前的蜡烛次第熄灭，我们将迎来属于我们两人共同生命中的第一轮太阳。"

"真想不到……真想不到……"关雎尔从未想到过，平凡如她，竟也能收获生命中的惊喜。即使东方依然黑暗，可她脸上，眼睛里，早已焕发出最美的阳光。她也看到，绚烂的阳光在谢滨眼睛里流淌。两人四手相握，面对着面，轻盈而郑重地步入蜡烛心，等待两个人共同的日出。

第 60 章

　　天才刚亮，高层病房都还没看见阳光呢，邱莹莹就被身边的窸窸窣窣声惊醒。一个人睡觉，自然警惕一些，但她拼命睁开眼一看，却是应勤的妈妈在替她收拾昨晚她没力气完成的清洁工作。邱莹莹又惊又喜，哑着嗓门道："应妈妈早上好。这些不麻烦您，等下看护就来了。"

　　"唉，看护是看护，咱不能一团脏相，在外人面前丢人。昨晚本来该做的，这几天太累，一换到安全点儿的环境，竟然一下就睡死过去。幸好脑袋里还绷着一根弦，没睡死过去。嘘，说话轻点儿，别人都还在睡。"

　　"真太不好意思了，应该是我做的。昨晚我使不上劲，只做了半拉子的，真太不好意思，还麻烦您。"

　　"情况特殊，规矩是死的，人是活的，特殊情况下可以从权。"应母利索地在邱莹莹未离床的情况下，将床上用品收拾得笔挺整齐，虽然重手了点儿，偶尔碰到邱莹莹的创口，但不影响。邱莹莹激动地看着一切，挺坐立不安的，若非身体受限，真是粉身碎骨也要跳下来抢了自己做。"呃，小邱，忘了问，你请的看护一天多少钱？一下请两个，有没有打折？"

　　邱莹莹一愣，"不知道啊。我问了安迪，她让我安心养病，钱的事先挂着，养好了再算。我肯定要还她的，而且我还有医保，医生又跟我们要好，用的药都在医保里面的。"

"我前几天打听着，一个看护一天要100，还得另加一天25元的餐费，不少啊。"

邱莹莹倒吸一口冷气，"这么多？跟我工资都差不多了。"

"是啊，我也听说了，海市这儿保姆费比办公室上班的还高。"

"不过……小关的男朋友说，我是挨打受伤，我可以问打我的人讨要医药费、误工损失，他们不赔，别想放出来。"

"哦，你们朋友多了好办事。应勤爸爸也是朋友多，要不然不知道这件事怎么摆平呢。"

"应爸爸真厉害，我们都已经没办法了，想不到他一来就解决了。"

"嗯，男人嘛，做事魄力大，快刀斩乱麻。不过你一个朋友说得也没错，没那么容易，跑得了和尚跑不了庙，都只能交付他爸来顶着了，家里总得有个个儿大的。好了，我先走，回头给你拿早餐。"

邱莹莹激动地看着应母的背影消失，根本一点儿睡意都没了，他们认可她是自己人了呢。可眼前没有人可以让她表达兴奋的心情，她毫不犹豫打开手机，往微博上发了一条，"喵，有比我早起的吗？"

发完，才查阅朋友们的微博，却发现关雎尔比她早五分钟发了一条，是一张照片，绚烂的城市日出。邱莹莹一看眼睛就亮了，她看看床的四周遮挡着的蓝色帷幕，里面还是昏天黑地的，感觉得到外面已经有朝阳升起，可她看不到。真想不到，乖乖的关雎尔夜不归宿去看日出了。她忍不住跟帖一句：跟谁一起去的呢？从实招来。

但许久都没见回复，邱莹莹想到，关雎尔可能并未上网。但这么一来，她更是心痒难熬，忍不住给22楼全体发了一条短息：报告大家，小关不知跟谁看日出呢；小应妈妈来照顾我，我真难为情哦。可是，短信发出去后，依然没人回答她。她看看手机上的时间，不禁哑然而笑，是，除了关雎尔，都还在睡觉呢。

关雎尔看到了短信，但她没时间理会。当她和谢滨很纯情地手拉手对视着下楼走出电梯，谢滨的三个朋友不知从哪儿冒出来，吆喝鼓掌起来，要求请吃早餐。谢滨开心地一挥手，"上！"大家挤入一辆桑塔纳，红尘滚滚往市区而去。

男士们很体贴地让关雎尔坐在副驾驶位，他们三个大男人辛苦地挤在后面。

朋友们有一位是认识的，上回小邱挨打时候他也在场，但大家还是如初识一般，交换了名片，都说谢滨好本事，找了个女强人。关雎尔惊讶，她是个与女强人完全绝缘的人，从小到大只有人说她是本分孩子，怎么忽然冒出女强人一说呢。她连忙否认，"我真的不是，刚刚才过试用期呢，跟我们上司比起来差得远。"

"上回你还说起过，带试用期的同事直入上市公司核心会议，还不是女强人？"谢滨笑道，"很能干，又不骄气凌人，又美丽又大方。"

"真不是，真的不是，大公司下面也有扫地的。"一位朋友笑道："别再否认啦，我们即使有公务，也不大会在上市公司直进直出。再否认，我们一定用排山倒海的赞美淹没你。还敢吗？哈哈。"

关雎尔跟着笑，心情异常畅快。大家都饿得肚子抽筋，找了一家路边小早餐店，谢滨豪迈地叫了整一锅生煎包子。关雎尔说，她去隔壁小店买豆腐脑，大家轰然让她坐下，他们会去。吃的时候，大家又说，中间的包子皮煎得最脆，让今天的贵宾关雎尔吃。关雎尔仿佛成了大伙儿的中心，她非常惭愧，恨不得躲谢滨身后，免得被所有的人关注。她也真躲了，躲去一半的身子。可是大家依然以她为中心，很照顾她。尤其是谢滨，让关雎尔都没有受冷落的时间。她有些儿不习惯。

回到2202，打开门，就看见盛装的樊胜美。人逢喜事精神爽，关雎尔大声地问："樊姐，这么早，去哪儿呢，这么美的。"

"王柏川今天签约买房，我替他做参谋。刚收到小邱通知，你们等通宵看日出？真浪漫！早年也有这样的幻想，可惜一直没实现，真羡慕。"

"我也真没想到会做这种熬通宵看日出的傻事。太阳就跟蛋黄似的，慢慢地慢慢地升高，忽然嗖地一下全跳出来了。而且早晨的太阳不刺眼，一直看着也不会眼花。"

"关键是跟谁看。"樊胜美笑眯眯的。关雎尔扭捏了，但依然勇敢地道："是小谢，你见过的。"

"我记得小谢是公安大学毕业，听说这个大学比许多重点大学的分数还高呢，很难进。真好，祝福你们。"

"才……开始呢。"关雎尔羞答答的，连忙将话题转了，"王总买房是大事呢，是不是等装修好，你俩也……"

"呀，这个未来的事先不论。我们准备买三室二厅，不知道抢不抢得到。王柏川连夜排队呢，我这就赶去慰问他。"

"一定可以的。先恭喜。"

"真好。小邱那儿也有重大转机，等哪天我们都闲了，凑一起聚一餐吧。多开心。哎哟，我先走，赶时间，王柏川一定饿疯了。小关，无论如何睡一觉，美容呢。"

关雎尔欢送樊胜美千娇百媚地出门。关上门，一向喜欢安静的关雎尔忽然觉得太安静。是啊，整个 22 楼眼下只有她一个人。她有些漫无目的地笑着冲到门边，又知道冲出去也找不到人，摸摸门锁又回来了。转来转去，转到自己房间，终于忍不住，给安迪发了一条短信：安迪，我想，我是找到 Mr.Right 了。小谢接近我并非因为我是一个各方面硬件都适合做妻子的人，他眼里、心里有我，我感觉得到，我对他很重要，我是他的中心。这真让我开心，非常开心。我们一起看日出了，非常美，我都不知如何表达。安迪，我很开心。

虽然说好大家先睡觉，下午再联系，可关雎尔还是忍不住上网溜达。却收到曲筱绡的一条私信：吖，我都没同意呢，两人就走一起看日出啦？还拍一样的照片，这不是明摆着告诉我你们黏在一起拍的吗？

关雎尔才想到，难怪一直提心吊胆的，原来是这件事忘了做。她连忙电话连线曲筱绡。

曲筱绡接通就尖叫着道："交代，交代，过程，全部交代。我一直想和老赵一起浪漫一下呢，就是找不到时间，不是他累得死猪一样，就是我累得像死猪。想不到你不声不响先浪漫了。还拍了多少照片，都亮出来。"

"好的，等你回来，一起看。小曲，那个短信，作废了吧。我……"关雎尔顿了顿，鼓起勇气道："我当时患得患失，做了件错事。我已经跟他约定彼此书面交底，我决定相信他。我想，如果在此之前我擅自调查他，我显然不够尊重他。对不起，我错了，我收回。"

"哈哈，求我。"

"求你啊。等你回来，我告诉你本市最适合看日出的地址，你回头跟你的老赵一起看啊。"

"哇，好好浪漫哦。两个人，拥抱着看日出，虽然听上去挺傻，可是……我也想哦。"关雎尔连忙声明："没拥抱。小谢很尊重我。"

"呸，这与尊重无关，懂吗？爱一个人，就是满肚子地想：抱抱我，紧紧抱我。

学会了吗？吁，对了，你俩还生嫩，哈哈哈哈，太好玩了。人家现在大学生都占领钟点房呢，你俩太落后了。"关雎尔听得面红耳赤，一个劲儿地"呸"。"答应我了？说话算数。"

"算数。本来就是吓你的，这儿我人生地不熟，找谁去打听啊。你也太实诚了。知道吗，王柏川今天买房子，你留意樊大姐的情绪。要是她开心呢，一定合同里有她名字，要是不开心呢，一定没她名字。你一看见她就汇报结果哦。"

"樊姐呢，刚才我遇到了，她刚出门……"

"什么样子？"

"欢天喜地。"

"OK，两人的戏定局了。散场。"曲筱绡说散场就散场，一下就把电话挂了。关雎尔还有些不适应，看了会儿闷住了的手机，才讪讪挂掉。却见已经进来一条短信，是安迪的：很为你高兴，你完全值得一个人全心全意地对待。关雎尔捧着手机低喊：是的，是的，就是这种感觉。有人找她并非因她宜家宜室，而是爱她。

安迪是被包奕凡吵醒的，只感觉身边有动静，醒来，果然是包奕凡忘了今天不是一个人睡，正张牙舞爪闭着眼睛伸懒腰挣扎。安迪也是一个人惯了，这头闹就转战另一头，但才一动就想到，不是说要对包子死皮赖脸吗。她便定神看着包奕凡。包奕凡的拳头终于支到安迪身上，大惊，猛地扭头，瞪眼见是安迪才定下神来，"吓死我了，还想怎么床上有人，麻烦了。安迪，头疼，没睡够。"

"再睡会儿，我叫你。"

"你替我揉揉太阳穴。"包奕凡钻进安迪怀里，"我好像听见有动静，才醒来的。你一晚上没睡？对不起。我昨晚心情不好，胡说八道。"

"我一直睡着的……唔，外面好像你爸跟阿姨说话。"

"他来干什么？噢，明白了，剥夺我开会前最后的思考时间。不理他，谅他还不至于冲进我卧室来。"

"说不定真有事呢，这么早。"

"那也肯定是打着有事的借口霸占我时间。"安迪有点儿无言以对，这父子俩完全拧不到一块儿去了。"嘿，不要闹，小心外面听见。"包奕凡根本不管。胡闹一通，才笑嘻嘻道："头不疼了。我记得昨晚你给我看了一张纸，还在不在？"

"别看，当没有。也别理你爸，我们继续睡觉。才睡了不到五个小时呢。"

"嗯，让我看一眼，我好奇。昨晚你掐我死穴，我两眼充血，什么都看不清。"

"呃，你怎么一点儿不记恨啊。"

"哪敢记恨，你跑了不理我，我怎么办。"包奕凡扭头到处找，终于在地上看到昨天被他扔掉的纸。他跳下去捡了，又缩回床上，要安迪一起看。"安迪，以后遇到我急眼儿的时候，你最好稍微柔软点儿，别当场跟我讲道理。我只是情绪欠发泄，找谁呢，难道找别人？多丢脸。你只要摸摸我的顺毛，吃不消我就别理我。像这样记录下你的想法最好，等回头我毛顺了让我看，我立刻从善如流，甚至你说什么我都听，我多好一个人啊。"

"昨晚你要是我同事，我早拍死你了。还好？好才有鬼呢。"

"家里跟公司不一样，你同事谁敢追你。比如这条，我妈本来就是我死穴，你昨晚还提。"

"其实你得承认……"

"嘘……依然是死穴。"

"不愿面对！"

"对。"

"昨晚你爸说了，他还能有几年，他怎么会与你争。他来求和的。"

"你昨晚又见了他？"

"唉，完全违背不干涉原则，又电话找他吵架去了。"包奕凡不语，只反复看手中的字条，看完，压台灯下，闭目思考。安迪斜睨着包奕凡，心中完全不理解，怎么有人就能理直气壮地表态，他就是不理智，也不打算理智地解决问题，就这么放任情感导致事态崩溃。安迪心烦，既然阻止不了，只能走开点儿，否则看着烦躁，又忍不住想插嘴。她推开包奕凡的手臂，下床去洗漱。包奕凡看看安迪，没吱声，继续想自己的。

等安迪出来，包奕凡从被子里长长地伸出手，招呼安迪过去。"帮我跟他说一声，今天的会，我还准备去开。他想回公司，请他自己想办法，如何让我体面地面对这一切。"

"你们父子俩明明近在咫尺，为什么都要我传话？可不可以允许我叫你们一声胆小鬼？"

"正为了维持对话，才不得不请你出面啊。"

"无非就是豁不出一个面子，什么体面不体面的，拔高。"

"一般作为中间人的，得地位超然，智商出众，信誉卓著，要不然两方都不会听中间人的话。只有你能胜任。"

安迪啐了一口，愤然出去。见老包脸色憔悴地坐在沙发上半闭着眼睛养神，前面摆放着一套乌龙茶具，和一些小馒头，但老包显然没动一下。"昨晚……没休息？"

"唔，睡了会儿，担心今天的会议，睡不着。"老包睁开眼，坐直了。

这一刻，安迪觉得与老包合榫了，她也为今天的会议而担心而努力，似乎只有包奕凡虽然担心却并无努力，就等着天上掉馅饼。可她还是得当这个中间人。"包子刚才说，在让您回公司的问题上，他需要个体面的台阶。所以他等会儿还是会去开会。台阶怎么给，需要您自己想办法。"

老包从鼻孔里哼出一声长气，"好吧，就这么办，我回去想想办法。你辛苦了。你再问他一句，他凭什么可以任性，他想过没有。"

"不用问，这是子女们的共性。我见过比包子更不讲理的子女。"

"唉，早知道，超生几个，有竞争。你看看我一世枭雄，只因为有点良心，被他们母子这么折磨。"

"你们一家三口，没一个省油，都是仗着亲人的头衔侵犯其他亲人的权益，还美其名曰家里人不分彼此。我先是从包太那儿领教，然后，你俩。别诉苦了，都是灯下黑，看不到自己做的错事。家风如此，谁也别怨谁。"

老包吃惊，里面的包奕凡也同样吃惊，他们都想不到安迪敢当面斥责，不留情面。"你没见过他妈天天咒我生癌，等我真生癌，她高兴了。我刚开完刀，她支开所有人，笑嘻嘻地在我面前晃，有外人在的时候装贤惠，没外人在的时候刻薄我，幸好我命大。我儿子以为我骂死他妈，他妈那种人怎么骂得死，她是女金刚，只有老天收她的命。我够倒霉，够省油了。你看这回，我错就错在最初为了照顾我儿子的情绪，抛出一个全退的幌子按下他的心。你说，论理，我该全退吗？"

"你先出轨，别怪她狠。她的去世，你我都是促成因素，但都不是主因。我也觉得你有处置大部分资产的权利，让你全退不合理。但问题是你们包家谁讲理智了？"

老包不语。说时迟，那时快，不肯出来见爹的包奕凡匆匆窜出，拿他的外套披在安迪身上，温柔地轻道："早上凉，你也不多披一件衣服就出来。快回去多穿一件。"他手上使劲，将安迪拥回卧室。关上门，才道："别生气，我的错。我会去解决。"

安迪继续斜睨，等包奕凡出去，她都懒得去偷听，立刻钻出卧室，溜进书房，上网查电邮。父子俩齐齐看着她，然后，老包戏谑地看向儿子，"碰到定头货。"包奕凡也戏谑地看向老爹，"跟儿媳妇诉苦，啧啧。"包奕凡连连摇头，捞回场子。

"小安是有底气的人，什么都可以摆桌面上说，反而容易说话。再说，我是说给你听，谁不知道你在里面偷？别装啦，还不如小安大气。我不跟你玩游戏，什么给你体面不体面的，我没时间跟你玩。我心疼损失，你崽卖爷田不心疼。既然你想明白我回去比不回强，现在就一起去开会。我们爷儿俩本来就是一家，外人无话可说。"

"你又刚愎自用了。别只看到你的，我现在就这么放你回去开会，我就是软脚蟹。我以后还怎么在公司说话，你想过没有？"

"这么直说不是挺好的嘛，干什么非要躲屋里，让小安出面，不是软脚蟹是什么。"

"若不是你先去海市找安迪做中介，我还想不到这种猥琐交流方式，只能依了你。"

"好吧，你慢慢得意。我会给你梯子下，让你体面下台。"

安迪不想掺和，可是声音不断飘进来，她这个天才的脑子又能同时装得下不相干的几件事，她将外面父子的筹谋听得清清楚楚。明明都能说人话的，为什么都偏偏拗着不说。她时不时翻个白眼。

正郁结着，一条短信跳进来，是曲筱绡发来的一张照片，照片照的是一处地名，"谢陆村"。安迪脑子转了几个弯，立刻眉毛倒竖，一个电话飞过去。"你调查小谢？他们已经在一起，你再调查，不方便。"

"所以只发给你看，没问题就不给小关看了。你说，我们做生意的都要调查客户的资信，她小关大街上随便搭上一个人，怎么能脑袋发热就想到结婚了呢。她没经验，我可不能放任不管啊。"

"虽然你说的理由肯定是你寻开心的借口，但有一定道理。问题是你同样没调查过赵医生，不是……"

"哈哈哈哈，那不一样，我看人水平你们谁都比不上，再说我玩得起。你开着手机哦，我随时汇报情况。"

"我阻止不了你，不过得奉劝你一句，玩要玩得有分寸，不要过火。收藏形迹，不要让小谢知道了。别破坏小关与小谢的关系。否则你会失去小关这个朋友。"

"安迪，我问你，因为这种事就能失去的朋友，算是真朋友吗，值得交朋友吗？我经常不怀好意，可我对 22 楼的大家，最多捉弄一把，害人还没有。要是这样也受不了，太脆弱了，我也不要这种朋友。我这回最气小关的是她其实从没当我是朋友，没有一丝丝信任我，她那小脑瓜总体水平跟傻帽儿小邱差不多。我反而气不过了，我非要看看她中意的人是什么玩意儿。"

安迪只能顺着曲筱绡的逻辑硬着头皮听，听完才问："我问你，你家赵医生怎么应付你胡闹的？我都被你头痛死。"

"哈哈哈哈，他躲进书房，门一关，不理我。还给门蒙上毛毯，我尖叫都白搭。但只要他敢出门上个厕所，我保证闹到他投降为止。你可以把我拉黑，我就死翘翘了。但你别跑，你得回答我，我这回该不该生小关的气？"

"她是关心则乱，你是旁观者清。总之你把握分寸吧，多为别人想想，2202 的那几个手中抓的牌不多，经不起你折腾。"

"啊，这倒是。不过这话要是传到樊大姐耳朵里，你跟她梁子结定了，一辈子的梁子。我不跟你说了，我要装作游客一样进村玩去。真是，我只有这么半天时间有闲，我容易吗？"

安迪结束通话后，回头看了一下关雎尔的短信，想到自己跟包奕凡还没成之前，曲筱绡调查得清清楚楚给她讲了包奕凡的利弊优劣，要换了别人，还真没几个能受得住曲筱绡那办事风格。但赵医生对付曲筱绡胡闹的办法，她似乎借鉴不上。她对包奕凡除了生气，实在没其他办法。

正想着呢，包奕凡送走老包进来，挤到她面前，捧起她的脸，"生我气呢？"

"是。以后你们这种低效率无厘头的争执不要拉我加入，崩溃。"

"这话很容易让我理解为你讽刺我能力不够办事低效，很刺激我哦。"

"明明是太聪明，直路不走走……"包奕凡直接吻了下去，打断安迪的理智。吻晕了才道："你可能从书面上获得过相关知识，了解孩子跟妈妈关系之深厚。但你真不可能切身体会到，妈妈这样的去世对我的崩溃性的打击。我没法理智，我已经尽最大努力来理智，你也在帮我理智，我相信我已经做得很好，但我没办法走你想象的直路。我需要时间，这个时间不会短。而且我需要你的帮助，我要你的爱。你不知道，你只要抱抱我，摸摸我，我就能好过许多，自觉恢复理智。"

"容忍你的无理取闹？"

"其实你对着我翻白眼的时候挺好玩的。最好玩的是你把我爸刺激得诉苦，他可是个百忍成精的。我真爱你。"

"我觉得你是灌我迷魂汤以达到让我顺服的目的。"

"哈哈，有点儿。我这就去开会，真舍不得离开你。我尽快回来。"包奕凡紧紧拥抱之后，才离开家门。安迪火气全消，心说，原来抱抱摸摸还真解决问题。

樊胜美拎着一包早餐去售楼处，老远就看见穿着厚风衣的王柏川。虽然王柏川缩在墙角吸烟跟难民似的，可樊胜美怎么看怎么帅，笑容满面地飘过去，轻柔地喊一声："王柏川。"

王柏川抬眼，忙笑道："哎哟，可把你盼来了。我看到太阳跳出来就在想，你该来了吧。"

"本来是跟太阳光差不多早该来的，让小关回来给阻住了。她呀……嘻嘻，等下给你看她跟小谢看日出的照片。大概是跟小谢定了。"

"哦，那警察，挺精神的。以后你们22楼出去所向无敌，有打架的，有出钱的，最后还有管包扎的，哈哈哈。"

"哈哈，可真是。快吃，我给你把东西收拾进包里去。等下我这儿排着，你去车上洗把脸，换件衣服，我把湿毛巾带来了。"

"嗯。你身份证给我，我们放一起，等会儿签合同时候拿出来也方便。好紧张，比谈生意还紧张。"樊胜美笑不出来，"我身份证原件让安迪拿去老家拉存款明细去了，带着复印件，应该没问题吧。回头明后天就把原件送来过目，不影响合同。"

王柏川一愣，但立刻道："应该没问题，这又不涉及什么冒充之类的事情，我们自己能保证没假，又能很快补上原件就行了。我们到时候跟他们沟通沟通，这不是大问题。"

"是啊，谁能跟自己的钱开玩笑呢。我复印件给你，你装好了。"王柏川小心将自己的身份证夹入樊胜美的复印件里，小心折好，放入钱包。

才拍拍胸口，道："很快回来。我得先去找个厕所。"樊胜美开心地笑了，"最好公厕有水。快去快回。"王柏川直奔停车场而去。上车转到樊胜美看不见的地方，他便立刻给与他联系的售楼小姐打去电话。

樊胜美穿着高跟鞋，站着并不舒服，但她并不会因此不顾风度地坐到铺报纸的台阶上，像个打工妹。她只是笑眯眯地袅娜地站着，一张脸避开朝阳的照射，背着光微笑。

曲筱绡对那种很穷的农村没概念，她以为只要进村就能逮到一大帮坐地上晒太阳的八卦老太，她想问什么，老太们能把祖宗十八代都挖出来说给她听。她错了。她进村后除了碰见土狗，就是什么都不知道的乱窜的小孩。她在杂乱无章的土砖房子群落前发了会儿呆，毅然逮住一位乱窜的小姑娘，摸出一把糖。"小孩，带我去吃早餐的小店。糖给你吃。"

但小姑娘发出一声比曲筱绡的更悠扬的尖叫，挣扎着跑了。曲筱绡正发蒙呢，一小男孩窜上来很不好意思地道："我带你去，糖给我吃。"

曲筱绡道："好，先给你一半。到了给你另一半。你姓谢还是姓陆？"

"我姓谢。哈哈。"

"谢滨是你哥哥还是叔叔？"

"谢滨？谁啊？"

曲筱绡不再问了。她好不容易跟上奔跑的小孩，到了一处两层楼的一楼开的小店，原来就在另一个路口。店门前有大锅可贴饼子，还煮着一锅茶叶蛋。曲筱绡爽快地将剩下的糖给了小男孩，过去大声问："有人吗？有什么吃的吗？"

看到一个粗糙的中年妇女跑出来，曲筱绡一时不知道该怎么问了。这种地方鸟不拉屎的，连来个外人恐怕都成为大新闻，何况打听个谁。要问了，又不闹出去被谢滨知道，很有难度。曲筱绡有点儿沮丧，看看咕嘟咕嘟翻滚的茶叶蛋锅，垂头丧气地道："来两个茶叶蛋吧。"

中妇果然对曲筱绡极端好奇，又极端热情，将滚烫的茶叶蛋拿出来放旁边桌上，"哎呀，先别碰，烫着呢，你们细嫩，一烫一个水泡，痛死。姑娘，你城里人怎么会来这儿的？"

"是不是只看见村里人往外跑，不见城里人来村里住？"

"是啊，打工的谁回来过。你……来这儿住？住谁家？"

　　曲筱绡一时回答不上来，便直入小店，取了两瓶看似真货的可口可乐，"再来两瓶水。多少钱？"

　　等中妇找钱的时候，曲筱绡忽然脑袋里一束灵光闪过，"我不住这儿，我是慈善机构的，来这儿调查有多少孩子读不起书，需要资助。大姐，问你几个问题行吗？"

　　"呐，我替你找村领导，我可说不好。"

　　"别，大姐。我们啊在别的村也有做捐助活动，但没实地调查，结果那些村长啊老师啊就把他们自己的孩子冒充穷孩子来领钱了，你说这怎么行。所以我们要下来先找可靠的大致调查一下人数，然后再派其他同志来家里摸底。你们这儿的孩子都在哪儿读书？"曲筱绡一边问，一边摸出手机，像模像样地做起记录。

　　村子里真的人烟稀少，偶尔有老人经过，淡漠地看看这边，就走开了。在曲筱绡的七骗八拐循循善诱下，曲筱绡满意地揣起手机，与大姐挥手告别。

　　好不容易等到路过的中巴车回城，曲筱绡不敢乱拿出她那明显昂贵的手机，硬是憋了一路，一回到城里，她立马尖叫着给安迪打电话，"安迪，爆炸新闻，绝对重磅，你要给关关做主啊。"

　　"别卖关子，你这么容易查出来了？除了你说的凤凰男，还有什么？"

　　"不止，远远不止，关关要郁死了。我过马路，等我回到房间再给你打。我真受不了啦嗷嗷嗷。"安迪看着手机，回想曲筱绡的尖叫频率，估计她说的是真的。

　　但此电话刚落，彼电话又起，包奕凡以急迫的语调打电话过来，"安迪，我爸进了附属医院急救，你赶紧替我去看看，我这边会议安排好就跑过去。快。"安迪这边不紧不慢地应了一声，因知道这是包家爷俩早餐时讨论出来的所谓体面工程。但她依然得整装出发，听着电话里包奕凡貌似紧张的嘱咐戏，下楼取车上路。心里只觉得滑稽。何必为别人眼中的面子如此大动干戈。她做这种傻事，还真是完全为了包奕凡的笑。

　　曲筱绡卖了半天关子，却不见安迪来电催问下文，她先撑不住了，好在她不怎么在乎体面，跨马路回到宾馆，不等进房间就主动给安迪去电话。"喂，你怎么不关心关心小关？看你一点儿都不急，我真替小关难过，她拿你当偶像，你却这么不在乎她，说得过去吗？"

　　"我正开车去医院，包子爸据说住院。你说吧，我戴上耳机。"

　　"老是有正当理由的人真讨厌。好吧，趁你在路上还有空，跟你说说。反正你也不大会在意老包的身体，又不是你爹。我告诉你哦，谢哥哥的妈居然是美女。那村儿很穷，有点儿力气的都出去打工了，谢哥哥妈生下谢哥哥才一年也出去城里做保姆。别问我为什么扔下孩子，你这富婆，人家要养家。"

"然后呢？这三个字总可以问吧？"

"你太没劲了，你就不好奇吗？要不是答应你只说给你听，我早说得没意思死了。"

"我本来一目十行顷刻可以看完的故事，你扯着我听了那么久，我也辛苦。快说吧，好奇死了，我好奇死了。她进城做保姆发生什么意外了？"

"这态度就对了，问也问到点上了。一个美女，到城里做了几天保姆，皮肤好了，人水灵了，被男主人看上了，男主人把原配踢了，跟她好上了。她回家也把原配踢了，进城做起城里女人。谢哥哥跟他爸留在村里，看那样子非常吃苦。很快谢爸爸也出去打工了，册那，瘟孙就瘟孙在这家不是男的先出去打工，而是女的先出去打工，最终女的主动扔了男的，真叫作活该。"

"谁能力强谁养家，也无可非议。不过从当前局势来看，谢爸爸出去打工一大半原因可能是为面子，在村里抬不起头，只好出去。但从前面情况来看，谢爸爸这种人打工基本上没什么大前途。对吧？"

"你这态度就对了，要跟我互动，要不然我说着没劲。你说得没错，谢爸爸把儿子扔给父母，出去打工，每年寄点儿小钱回来，刚够糊口。还有人传消息回家，说他在外面跟一女的同居了，后来生个儿子之后结婚了，更没钱带回家。谢哥哥又开始上小学，买本子铅笔的钱都没有，常被人笑话。擦，总之一堆烂事。"

"比小谢更苦的正跟你连线着，这没什么。小谢有今天，看上去精神正派，说明他人不错。"

"你别跟你自己比，谁有你强大啊，有你这么强大，你就是石头里爆出来的也没什么。谢哥哥不一样，他是普通人，懂吗？抓一手坏牌，一辈子都受影响，像我那两个哥哥，看着还挺像个人，一做事就各种下作。你再听我说下去。然后谢哥哥妈看不下去了，把儿子接到城里读书。可谢爷爷不肯放，谢家大孙子啊，怎么能跟他娘跑了，硬是不放人。幸好谢哥哥妈的新老公有点儿官职，即使谢哥哥没城里户口，也让他在城里好好升学，谢妈妈也许了些钱给谢爷爷他们。后来谢哥哥就留在城里读书，暑假寒假一定回村里跟爷爷奶奶过。难怪，小关跟我说的，谢哥哥的学识一看就不像小村里的学校出来的。”

“我还是没看到有什么不对劲。还有什么你没说的？”

“这还不够吗？心理阴影啊，这种烂家出来的人都有心理阴影，一个不小心，遇到点儿挫折就咕噜咕噜全冒出来了。要是遇到我这样的还好，小关那种温室里的小花朵怎么吃得消。”

安迪真没觉得谢滨有什么不对劲，却歪打正着被曲筱绡戳中心中隐痛。即使强悍如她，又何尝不是依然不依不饶地被小时候的遭遇绑架着？只是曲筱绡他们不知道而已。她没想到曲筱绡把小时候的心理阴影看得这么重，甚至成为婚姻的障碍，那么像她这种童年遭遇的，岂不是婚姻大敌？安迪连翻白眼，终于有点儿理解包太当时的担忧。“从目前看，小谢没什么不对劲。小曲，你虽然挖到一个大八卦，这种家庭确实不寻常，但我看不影响小谢。”

“影响不影响，不好说。小关跟我说，礼拜一，两人会把各自历史详细写出来，交给对方。我看小谢怎么写。”

“小关不会把这种文件交给你参阅。”

“所以需要你了，如果你真关心小关，只要你勾引一下，小关肯定会给你看。你再对照一下，如果小谢没说谎，那就通过我这一关。”

“别多事。你这人经常乱七八糟，但我们依然认为你跟优秀的赵医生是很好的一对。人跟人没有绝对。我到病房了。还是那句话，我没看出什么不妥。”

但这句话换来的是曲筱绡非常不耐烦的尖叫。“谁家敢把女儿送到这么复杂乱七八糟的家庭啊，两个妈两个爸许多弟弟妹妹，而且还不是正常离婚的，都是苟且结婚的。谁知道以后会冒出什么事来，别说小关，连我爸妈都不敢同意要这样的女婿。好人家谁敢沾手这种人家啊，你看看樊大姐家，啊啊啊。”

曲筱绡担心的是这个，安迪却心中刺痛那个，她皱着眉头走进老包的病房，看老包装模作样地躺病床上昏昏欲睡，她一点儿都笑不出来。老包无精打采地看看安迪，言简意赅地道：“装的，没病。晦气。”

安迪跟曲筱绡说声“回头再聊”，无语面对老包。老包道：“等下立刻装转院，这么闷气下去，迟早闷出病来。”

“时间这么浪费，可惜啊。我这儿有电子书，要不要看？”

“不要，你看吧，我养神。”安迪则是掏出刚给樊胜美打来的银行对账卡复查有无遗漏。看完收拾进一只牛皮纸袋，见大家都无聊，就说："给您手机装两个简单好玩的游戏，好不好？"

"我儿子让你来监督我的吧？等下如果我假装转院，你也得跟着车走。"

"懒得管你们的破事。巴不得你把包子逐出门，他可以到海市发展了。"说到这儿，安迪忽然又想到，她有个破出身，而包奕凡又能好到哪儿去呢，这个包家，像是个正常的家吗？她心里纳闷。

老包沉默了会儿，"无欲则刚啊。"

"嗯，我电话，对不起。"

"这儿接吧，我不妨碍你。"老包继续闭目养神。

安迪接的是工作电话，她最近做的一个大案子，与国外的同行联手，算是里应外合。老包果然什么声响都没有，只偶尔看看她，又闭上眼睛想自己的心事。两人完全井水不犯河水。

王柏川和樊胜美抢到他们中意的选择 2，即便没抢到最中意的，他们也已经很满意了。售楼小姐忙得脚不沾地，飞快过来给他们一份合同，连解释的时间都没有，就直奔另一位客户。所谓内部认购原来是个噱头，其实与公开发售差不多。

两人排开其他人，抢到两个位置，坐下来细看合同。王柏川手头有网上打印下来的标准合同，两厢里对照着看，以防猫腻。都还没看完，售楼小姐又踩着风火轮冲过来，问两人签了没有，让赶紧赶紧，下一批的客户就要放进来。临离去，忽然有转回来，"两位将身份证交给我去登记一下吧。"

王柏川立刻将准备好的拿给售楼小姐。售楼小姐一看就道："复印件不行，一定要原件。合同签好后，我们立刻要上网备案的，以后开发票做房产证都凭备案内容来，容不得一点儿疏忽，必须出示原件。"

"我保证这是我的身份证，我礼拜一就把原件拿来让你们对照。"

"不行，这种几百万房款的大事，必须原件，而且我们当场就备案的，礼拜一赶不及。如果你们有问题，压一压，我把你们选的房放出去让下一批选了。不好意思，没法等你们，我们领导从来这么规定。"

"行个方便，我们钱都带来了，肯定买的。"王柏川忙道。"都带着钱呢，机会不等人。我们有去化率规定。"樊胜美看着满脸不耐烦的售楼小姐，跳起身道：

"我去找你们领导商量。应该是那边那位蓝领带的。"售楼小姐吃惊地看看王柏川，果断地道："自求多福。"便跟着樊胜美去了。但领导听完挂着最迷人可怜笑容的樊胜美的陈情，却看看樊胜美身后的售楼小姐，温和地道："你的焦虑我理解，但这是国家规定签售楼合同必须的程序，我们不敢违反。就像我们售楼必须挂出许可证原件一样，你们也肯定不认复印件。对不起。建议你可以考虑未来加名字。"樊胜美心里焦躁，但脸上微笑道："那就只能怎么来怎么回，今天没法签了。"领导依然很温和地道："真是抱歉。"樊胜美碰了个软钉子，怏怏而回，见王柏川手持钢笔等在那儿，她一把抹去脸上的笑，愤怒地道："不买了，我们等另一个楼盘。"

"呃，好不容易抢到中意的，虽然现在房价在观望，可这种地段，又是这种折扣的，哪儿找。等明天就没这么好折扣了。"

"房子卖不光，别让他们吓到，那叫逼定，逼定，吓吓我们小散户……"王柏川不语，听凭樊胜美气急败坏，等一眼看到售楼小姐转过来，立刻飞跃起身，奇迹般地拉长了身子，将已经签好的合同与身份证一起塞给售楼小姐。樊胜美想都没想，飞扑上去，将合同先抢到手，一把撕裂，揉成一团，扔到地上。王柏川怒了："你干什么？"

"没看见吗，我的名字不在上面。"

"机会难得，你的名字以后再考虑加进去，不是没有办法。小姐，再给我一份。"王柏川说完索性绕出去，摆脱樊胜美。樊胜美呆了一下，"你巴不得吧？"

"什么话，我都想不到你没带身份证原件。"王柏川抹掉樊胜美的手，往售楼小姐那儿挤去。樊胜美只够在他身后大喊，"你不早点告诉我，要早说了我也不会把身份证赶着交安迪去。不能等下一批吗，不能等吗？王柏川！……"

但王柏川不理她，周围的陌生人倒是像看大戏一样盯着她瞧，有些更是暂停手头抢房的重活，指指戳戳，仿佛她是疯婆子。樊胜美怔怔地站那儿，脑袋嗡嗡乱想，羞愧得无地自容，却自知无力挽回。她被来往的人挤来挤去，身不由己地看着王柏川急切地在别处一个人签字，而她被挤得越来越远。

终于她的脚被人踩到了，钻心的疼，但也惊醒了樊胜美。她再看看远处王柏川的背影，缓缓转身，一个人漠然地走出售楼大厅。

心里不知是什么滋味，她只知道很累，累极了，她垮着脸往欢乐颂走去。

关雎尔在睡梦中被持续不断打进来的电话吵醒，她郁闷地想关掉手机，却看到满屏都是王柏川来电。她愣了一下,接起。那边王柏川焦急地道:"小关,你在寝室吗?看见小樊没有?她关了手机,我联络不上她。"

关雎尔好一会儿才反应过来,哑着嗓门道:"我在睡觉,没看见樊姐。啊,她不是说跟你一起买房子去了?"

"出了点儿问题,她跑了。对不起小关,吵醒你休息。如果你看到她,请告诉她,我找她,我有话跟她说。"

"噢,好的。"关雎尔结束电话,本想翻身继续睡,却听外面有动静,不禁支起了耳朵。

"樊姐?"

"嗯。别理王柏川,这没良心的。我也睡觉。有人敲门都不理。"

"噢。"关雎尔钻进被窝,又伸出手将手机调成静音,捂上耳朵再睡。樊胜美也睡觉,但她呼吸急促,怎么都睡不着。她心里隐隐怀疑,王柏川这么做是故意的,王柏川并不想加她的名字。就这么,王柏川公然地,果断地,把她排除在外。这是王柏川口口声声宣称的爱她吗?

显然不是。樊胜美想生气,却发现自己连生气的力气都没有。她只是不停地隔几分钟喘一口大气,排解极度的胸闷。然后什么都不愿想,只是关在小黑屋里,对着一屋子的黑暗发呆。

安迪正对着她的笔记本忙碌,寂静的病房里手机铃响起。她下意识地摸摸自己的手机,但立刻想到这不是她手机的铃声,而老包的手机则是放在床头柜上,处于关机状态。她惊讶地循声看向老包,只见老包敏捷地睁开眼睛,从不知哪儿掏出另一部手机,"唔,唔"地接听。

安迪没当回事,她也三部手机呢。继续埋头做事。老包打完电话,一骨碌下床,原来衣服都整齐穿身上。"那边会议开完,呵呵,看来我不用装病了。我儿子玩我。"

"您俩,又怎么了?"

"什么体面不体面,原来是陷阱。设计一出我急病住院治疗,他心痛之下想到我还是他爹,他回心转意迎我回公司的好戏。我还以为他听你劝了,愿意配合,住几天病房。"

"您想着没那么简单,也防了一手。"

"已经被他玩了。大家一听我倒下，以为我没指望了，纷纷倒戈。"

"您俩吧，知己知彼，包子不会想不到您另有一部手机，会议室有您的忠臣。您在我面前也是做戏装无辜。您俩，唉。"安迪摇头，都懒得看老包的神情，收拾笔记本扭头就走。"呃，安迪，你去哪儿？顺便带我去大厦。不对，我现在去就真的成笑话了。"

"对，您和您的那些老臣子都让您儿子摆了一道。自以为老谋深算的一帮子，都结结实实跌了一跤。"

"你们想干什么？"

"我不知道包子想干什么。我去收拾行李，回海市去。被你们烦死了，父子不应该这样。还要不要送您去大厦？"

"走。"老包穿好鞋子，跟安迪出门。一边打电话给医院里的朋友，说明一下情况。

安迪想到包奕凡昨晚说过的话，他说他明天开始，在房地产那块胡闹，他爸心疼什么，他就使劲往那儿戳。他做到了。如此下去，死结只会越来越紧，直至两败俱伤。安迪不知道说什么才好，只知道说了也没用。

两人一路无语，笔直地从医院开到大厦。包奕凡的车子是保安一眼就认识的，随便横七竖八停下都没人赶。安迪在门口停下，老包却低着头不说话，也不下车。"您……没事吧？"

老包摇头，又沉默了会儿，叹了声气，"不上去了，让他当家吧。我也去海市，你要是有空呢，现在送我去机场。你还是别走了。"安迪吃惊，扭头看向老包。见老包唉声叹气，脸上瞬时无比憔悴。"不应该是这样。我可以陪您上去。"

"算了。有你这句话，有你在，我以后应该不会吃大亏。"安迪看了老包很久，掉转车头，奔去机场。老包摸出卡片，写了个号码给安迪，"最近有事找我可以打这个号码。"

"知道了。钱带够了吗？"

"呵呵，我的卡透支额度不小，你们以后要记得替我还账。"安迪没有回答。这不是她的问题，她不会主动掉进圈套。于是老包看看安迪，皱起眉头。

静谧中，安迪口袋里的手机叫了。老包先是浑身一紧，看向那声源。安迪拿出手机一看是曲筱绡，"我一个朋友的。"她解释一下才接听。"小曲，我开车，你长话短说。"

"没别的事。我去调查谢哥哥那事你千万别透露出去，包括小关也别，当我没做过这事。我才后知后觉想起，谢哥哥是刑警，不是什么普通警察，他要报复我，随便夹带私货查我一下，我就完蛋。拜托，我知道你嘴巴最严实。"

"知道了，不会说。不过你这看人下碟儿的做事套路也得改改了。"曲筱绡满不在乎地笑道："我今天再关心一件事，王柏川今天买房签合同，他究竟会不会把樊大姐的名字写进去了？我赌一千，有好戏看了。"

"多管闲事不累吗？"

"闲得慌啊。你开车吧，不烦你。怎么到了包总地盘还自己开车？包总喝酒了？"安迪不理她，挂了电话。终于，安迪和老包都等待的电话来了。安迪一看显示是包奕凡来电，就直接将手机开了免提递给老包。老包也完全没客气，拿来就听。他都还没说话呢，包奕凡就在电话里焦急地问："安迪，你们在哪？病房没人。"老包回答："我们去机场……"

"安迪有孕，你别胡来。安迪，你在吗，你说话。"车上的两人不禁嘿嘿，这都想到哪儿去了，"她在开车，送我去机场。"包奕凡显然有点儿难堪，沉默了会儿，才问："怎么回事？"老包道："回头我整理一份关系网给你，你好好做吧。其他也没什么可交代的。"老包说完，就把电话挂了。沉默了会儿，对安迪道："你看看，都把我想成什么了，绑匪？想得出来。好好一个人，学他妈的泼妇路子。"

"不如我孤儿一个，清静。"安迪摇摇头，叹息。"在我眼里，包太的性格无药可救。包子呢？会不会成为后起之秀？"

老包小心地偷偷观察几眼安迪，才道："他妈是变态！他不一样，过几天会醒过来，知道自己走极端了。"

"噢。您还护着他。"

"我要不是他爸，我怎么会吃今天这种亏。完全是比谁更无耻，我怎么下得了手。呃，他这极端要走到哪天才到头啊。"老包骂得很抑郁，若骂痛快了，旁边听着的就得撒下儿子了。他看得出这也是个狠角色，才不会顾忌肚子里有两人的孩子。

安迪又是叹息，她也不知道。

老包做老大久矣，在机场虽然熟门熟路，却手法原始，许多窍门还得安迪手把手教他。安迪一直将老包送到安检排队，挥手作别，便不出意料地听到背后传来的急促跑步声，她很快落入包奕凡的怀抱。安迪扭头看去，包奕凡气喘吁吁地在她脸上亲了一下，"你急死我，知道吗？"

老包若无其事地转过脸，当没看见，随着队伍往前进一步。安迪指指老包的方向，"你爸在那儿。他本来很生气，冲到大厦门口的时候忽然改变决定了。"

包奕凡喘着粗气看着老包的背影。安迪感觉包奕凡的怀抱僵硬了，她也扭回头看向老包。直看着老包一步一步地往安检走了近七步，包奕凡才冷冷地道："我们回吧。"

安迪没拒绝，但坚决地道："走吧。回去我们需要谈谈，立刻。"她脱离包奕凡的怀抱，跟老包说个再见，与包奕凡一起离开。老包沉着脸看着这一对儿，直到后面排队的人不耐烦，碰他一下，让他向前，他才冷然环视一圈诸般人等，再度变得若无其事，无所事事地等安检。

包奕凡一上车，就焦急地道："说吧，说吧，等着挨骂。"

"不急。回去遵医嘱，先抱抱你，摸摸你，再给你倒一杯酒，才说我憋了一夜的话题：你不能变成一个心胸狭隘不择手段的人。"

"他跟你说什么了？灌一路迷魂汤？你跟我说，我辩驳给你听。"

"无论你爸对我说了什么，对你做了什么，我只希望你对任何人、对任何事都坚持做一个正派的人，言行一致的人，这才是我们高智商、高学识人应有的骄傲。"

包奕凡无言以对，默默将车开了出去。

Chapter 61

第 61 章

　　樊胜美在床上躺得浑身酸痛，才恹恹起身开灯，打开手机来看。毫无疑问，无数未接来电，大多数是王柏川打来，也有安迪的一个电话。短信也是王柏川发来，请求见面解释。樊胜美动手一条一条地删去。又将王柏川的号码从通讯录里删除。才打开安迪发来的短信，是一张照片，安迪帮她办完银行对账卡之后发照片为证。对账卡翻开到对账单上，空白处压身份证和银行卡，妥帖明白，一目了然。樊胜美看着鼻子一酸，还是外人，竟是外人，依然是安迪。

　　她连忙打电话去表示感谢。安迪正好与包奕凡回到家打算入座吃迟到的午餐。

　　"嗳，正要找你，电话一直打不进。帮我订三个周二的房间好不好，三个美国来的客户，要有上网，宽大的办公桌，同一楼层。一个房间只两天，另两间可能要一周。需要你帮忙安排。"

　　樊胜美立刻下床记录下来，"嗯，记下。需要特殊待遇吗？"

　　"没有必要，只是公务性出差。你的对账卡身份证之类的，需要快递给你吗？我小长假结束才回海市。"

　　樊胜美一愣，怔怔地落下泪来。"不，不用了，已经用不着了，呜呜……"

　　外面关雎尔饿得睡不着，起床梳洗。正好听到樊胜美呜呜地哭开了。她立刻想到早上樊胜美喜出望外出门买房，难道中途出了什么变故？她看看紧闭的小黑屋房门，不敢敲门，轻轻地又缩回自己的房间。但房子隔音不好，她依然很清晰地听见樊胜美的哭。"怎么了？"安迪也立刻想到买房。

"做了……做了……"樊胜美犹豫了好一会儿，才鼓起勇气道："做了件最让人无地自容的事。我需要好好想想，可我真无法集中精力想这件事，我脑袋里很乱，那种天崩地裂的乱。我说不清楚，我感觉支撑我这么多年的力量消失了，我很茫然，我不气愤，真的，没生气……我也说不清，我心里很乱。最近如果王柏川找你传话或者什么的，都别答应他，别理他，别告诉他我在做什么，让我想清楚了再说。"

"好。需不需要我通知 22 楼其他几位拒绝小王？"

"要，很要。尤其小曲。你的事我会办好，别担心。我挂了。"

安迪倒也罢了，在她眼里樊胜美本就是逻辑混乱，经常做事乱七八糟。但在同一屋顶下的关雎尔却傻了，愣愣地看着樊胜美的方向无语。等醒悟过来，连忙翻看手机，见里面果然有一条王柏川的短信，要求她见了樊胜美后通报消息。关雎尔犹豫了会儿，将短信删除，手机扔一边起床。问题是曲筱绡也急切地想从她口中得到有关樊胜美的消息，也发来短信千叮咛万嘱咐。关雎尔不知怎么回答。

她轻手轻脚地去洗手间，经过樊胜美屋子的时候，里面飘出一句，"小关，为什么要恋爱，为什么要结婚？"

关雎尔一愣，"好像时间到了，就该了吧？"但这话说出来，自己也觉得不对劲，又立刻改口，"因为爱？"

"真的因为爱？"

关雎尔不禁想到刚刚早上看的日出，不由得微笑，肯定地道："因为爱！"

门里门外完全两种表情，门里的樊胜美坐在那儿怅然若失。"因为爱？"

邱莹莹午觉醒来，见看护正靠墙上也打瞌睡。她没吵看护，自己缓缓坐了起来，反手拉来一只枕头垫身后。看护立刻醒过来。"唔，刚隔壁你那亲戚来找你。让你醒来后找她。"

"啊？"邱莹莹毫不掩饰自己的紧张与兴奋，"大姐，请帮我拧把毛巾。我换件衣服吧？这件睡衣好皱。"看护笑道："是你以后的婆婆吧？我帮你把头也梳了。"一顿手忙脚乱，整出一个干净清爽的邱莹莹。看护这才去隔壁叫应母。应母客气地请看护在应勤病床边就座，说她要与邱莹莹单独谈会儿。看护当然巴不得没事做。邱莹莹终于等来应母，见到应母脸色不佳，似是心事重重，她的笑容也当即僵了。

寒暄过后，应母开门见山。"小邱啊，我们商量一件事。虽然我们这边躲过了，安心养伤，可那边老家，应勤爸对付得很辛苦。那家人很闹，没日没夜，也不知哪来这么好精力这么多时间。可我们不能再要这种人家的女孩儿啊，应勤爸已经决定是你。幸好应勤爸有能耐，他们要打架，我们也打架，他们要谈判，我们也会。我们想，这样吧，你这边的医药费误工费什么的，就别通过警察问他们要了，算作我们谈判的一个筹码，让应勤爸谈判时候跟他们扯。你的医药费之类的都我们来。前面的，请你朋友算一下交给我个数字，我去银行拿钱给你朋友，后面的直接我来付账单。你看呢？"

邱莹莹几乎是想都不想就点头答应。还需要问吗？应勤爸都说了，以后就是一家人。"好，我立刻跟朋友们打电话。"

"很好，你是个爽快孩子。再商量一件事。这回你们两个一起受伤，虽然都有医保，可自己还得付不少。又加上各种护理费，误工费，营养品，还有我们来去的路费误工费，还有——可能得赔偿那家人点儿钱，我们经济上压力挺大。我打算这几天我辛苦点儿……"

"嗯，我理解了，这个护工也辞了吧。我现在好得很快，有些事可以自己做起来了。我又不是什么娇小姐，自己能行当然自己做了。"

"乖孩子。我这就跟她去说，当场跟她把工资结清了。"应母给邱莹莹倒了一杯水，拍拍她的头，走了。邱莹莹等应母一走就笑了，这么有商有量，共同分担，真的像一家人了。她喝了一口水，心里美滋滋的。过会儿，护工独自过来，笑嘻嘻地道："你要开始苦了。"

"没关系，我已经好得差不多了，谢谢你这几天辛苦。"

护工只是意味深长地一笑，收拾东西就走。

邱莹莹则是开心地打电话向姐妹们汇报。她不敢打安迪和曲筱绡的，可惜樊胜美的打不通，只有与关雎尔说。

关雎尔正仔细地写自己的经历，听了邱莹莹的汇报，目瞪口呆。她看看樊胜美的房间，不打算打搅樊胜美。"你……这么大的事，要不要跟你爸妈商量一下？不仅应家认可你，你家也得认可了应勤，才能谈接下来的事啊。"

　　"没那么严重，关关，你就是太谨慎，应勤家是可以信任的，他们家都是实在人。"

　　"行，我祝福你。你的医药费我这就算一下，安迪把单子都放我这儿呢。我算好了装订好，找时间去你那儿交给你。这件事需要你督促一下，这些钱是安迪出的，能尽快还她就尽快还，借钱还钱不能拖。"

　　"是的，我看见应妈妈就跟她讲。还有啊，你要打好腹稿，回头我可要审你看日出的事儿，不要瞒我哦。"关雎尔呵呵一笑而过。另一屋里，樊胜美听得清楚，但她什么都没说，只心烦气躁地点了根烟，到外面走廊吸去了。曲筱绡的电话几乎是压着邱莹莹的而来，"刚才跟谢哥哥打电话？都成热线了，你们。快，告诉我，樊大姐怎么样？"

　　"我才刚睡醒，没见她回来啊。"

　　"没回？人没在？靠！我难道赌输了？"关雎尔装傻，"你又怎么了？我问你件事，不，请教。忙吗？占用三分钟。"

　　"忙，我跟客户喝茶，借上厕所来打听樊大姐的事，你说我容易吗？两分钟，快说。"

　　关雎尔飞快说了邱莹莹那边刚发生的事。曲筱绡听得连白眼都懒得翻，"那死妞，我们仁至义尽了。你别管闲事，赶紧算账，回头找时间把账单给送去，其他我来对付。我们别的不管了，只管把安迪的钱要回来。"

　　"为什么我有很不好的预感？"

　　"你找我难道就打的好主意吗？还不是你想使坏又不敢，你这伪君子。我没时间了，再说。"

　　关雎尔脸红，她自己都没好生掂量呢，就被曲筱绡一语戳穿了。她赶紧翻出账单算账。又心存侥幸地想到，曲筱绡这么忙，自然是没时间找去谢滨的户籍所在地。此人沾事必捣乱，还真不敢惹她。

　　而曲筱绡则是一个电话打去邱莹莹的家里。她有从邱莹莹手机里偷出来的邱家电话，她已经不耐烦，她仁至义尽的最后一招是把邱家父母叫来，把邱莹莹移交给他们，从此她们22楼全体全都甩手不管了。她早就想这么做，都是其他人婆妈揽事。

　　曲筱绡处理完22楼的私事，正拔脚往客户那儿走，又一个22楼的电话进来，若不是安迪的，她都不愿接。"安迪，说好，邱莹莹的事别跟我说，我忙。"

"小樊的事……"

"啊……有消息了？怎么样，买了没有，王柏川写她名字没有？快说，快说。"曲筱绡立马又灵活地缩回洗手间，八卦神马的兹事体大，必须优先。

"具体不知。她心情不佳，最近如果王柏川拜托你约她，请拒绝。"

"我为什么要帮她？王柏川是我客户，我毫不犹豫帮王柏川。"曲筱绡一转溜眼睛，就开心地笑了，"我猜得一点儿没错，我赌赢一千，安迪，你准备好钱。一定是樊大姐想凭美貌在合同里加个名字，我们王柏川可不傻，人都没结婚，怎么能让你掺一脚，钞票又不是天上掉下来的，都是一分一厘辛苦赚出来的，白给？做梦！我才不帮樊大姐这种人。做捞女也得有点眼光，要傍就傍大点儿的款，像我像包总都行。像王柏川那种辛苦挣钱的，傍出一万来，他就要你一生一世为他做牛做马了，何况买房合同里写名字。傻！咱不掺和，咱看戏。88，你别乱好心。"

这回是曲筱绡挂了安迪的电话，她是真忙。安迪原本并不知道樊胜美与王柏川闹的是哪一出，听曲筱绡一讲，觉得可能性挺大，她不禁做个鬼脸，克制了自己心中的各种八卦。她还是尽责地给邱莹莹打去通知电话，可那边电话一直占线，她便罢休了。她看看坐阳台上晒着太阳喝酒发呆的包奕凡，虽然包奕凡刚才赌气地说让他独自想想，她已经给了十分钟，不打算多给，便拿着酒瓶拉开阳台门。

包奕凡看看安迪，道："我不想蒙你，不在你面前掩藏我的想法，最好你别因此以为我冲动。你知道他现在到海市，会去哪儿吗？"

"知道，几楼几室都知道，你妈带我去过。"

"所以你想想我的感受。"

"这件事我还真很能理解你。你想想我妈是怎么疯的，我从小经历的无数不堪岂是你能比的。但你想过没有，你爸出轨已经害得你妈性情大变，甚至失去性命。我只记得当我渐渐有钱的时候，每天想的是怎么花钱买凶处置那些我生命中出现过的恶人，因天高路远，只好发泄在工作上，老谭说我当时干活紧张时候两只眼睛会杀人。我不敢回国，怕真的杀人。直到后来慢慢克制下去，这一路很难。我知道难，所以我很担心你也受困于报复心理，你的报复很猛烈，杀伤力更强，更有快感，也更有魅力将人吞没。然后，你打算变成你妈还是我妈？我只是非常不愿看到你为了一个差劲的人变成你我的妈。你必须克制，你不能为了别人毁了你自己。"

"你早这么说就好了，我还以为你同情他。"包奕凡终于放下酒杯，抓住安迪的手。"从给你妈做司机，看见你爸与其他女人在一起那一刻起，已经把他打入另册。这是我最不能容忍的人种。"

"你没跟我提起过。"

"有你妈在，我不用多嘴挑拨关系了。总之，我只为你。"包奕凡看住安迪，终于起身，挤坐到安迪的椅子上，紧紧拥抱在一起。"我们快点结婚，省得每天提心吊胆你会离开我。我现在很脆弱好不好？结婚！不答应不放手，让对面邻居都看见。"

"哎，我不舒服，有心理障碍。快放开。"包奕凡伸手遮住安迪的脸，"丢脸的是我，行了吧？我答应听你的，你也得听我的。结婚！"安迪忽然灵光一闪，"你房子写我的名，公司写我的名，哈哈，做到就答应。"

"行。房子最容易。公司的，等上班拿章程给你，你自己看着怎么改吧。"安迪不禁为樊胜美感喟，人跟人境遇是如此不同。"我不是……我真担心肚子里的孩子，如果有……"后面的话被包奕凡止住了，"这是我们两个人的孩子，是好是坏都是我们共同承担。你太理智，知道吗？你经常理智得让我怀疑你不爱我，随时会离开我，放弃我。"

"没有。我昨晚到现在虽然讨厌你，可没想过放弃你。"

"有讨厌就有放弃。"

"没有逻辑必然。"

"有。要婚姻保障。"

"放开，太光天化日了，周围都是眼睛。"

"答应了才放。"

"答应。有条件。"

"真不容易，色相都押上了。我还以为我的智慧已经掩盖色相的出色，可最终还是得靠色相。什么条件？"

"哈哈。包子，我最喜欢你的心态，狂，无所谓，大而化之。所以你想，我昨天多痛心。你还对我吼。"

"女同志，注意不要动手动脚，这儿是光天化日之下，我们还没扯证，你还没提条件。"安迪才发现自己真的光天化日之下情不自禁伸手抚摸包奕凡敞开衬衫处的胸口。她不由得尖叫起来，可都不等包奕凡伸手捉住她的手放回原处，她自己又坚决将手放回，"哼！"才发现老包说得没错，必须结婚，心底才有名正而言顺之浩然之气升起。"包子，有个条件，无论我以后变得怎么样，都别嫌弃我。即使离开我，也一定要先安置好我。"

"别胡说。"

"不是胡说，这是我唯一的担忧。我曾写委托书和遗书给老谭。我们在一起的前提是你必须先答应，我将委托书和遗书改为你是第一责任人，你得背起我这个大包袱。你有选择权，你选择否决我也不会不快。"

"我答应。但我答应是因为你的担忧，我不相信这种情况有可能发生。"

"这是科学。"

"去他妈的，未得到循证，都不算。以你的逻辑，谁都要担心，开车的有多少车祸率，他生癌我也有高几率，我妈中风致死我很可能一头栽倒，还有无数可能。要不要我也先写遗书给你？瞎操心。"

"可是我怕，想到过去残存的记忆，我经常被吓醒，你也知道我晚上一定要开着灯才敢睡。我天天提心吊胆，不敢将息。"

"别怕，即使有那么一天，也得把现在的每一天过得好好的，以你的能力过十倍于他人的充实日子。等真有那一天，我第一件事是在你床头挂上条幅：我曾比你们任何人光辉。怕什么，没什么大不了。"

安迪一想，好像是这么回事，又好像不是这么回事，可有一件事是对的，过好现在每一天。再想想，似乎也不是那么恐惧了，虽然还没找到终极解决之道。但，有人分担，如此甚好。"好吧，真托付给你了。"

"我很愿意。"包奕凡叹息，他是真的放下心头最大担忧。她终于肯示弱，肯托付。不像以前，即使说起过去种种，依然高傲地抬着下巴，一种"我自会料理"拒人千里之外的冷漠距离感逼人而来。软弱，却真实。

安迪打不通邱莹莹电话的时候，邱莹莹正好接到来自应勤的电话。她等了好几天的电话。

"邱莹莹，你好吗？还痛吗？"

"啊，你……怎么会。"邱莹莹完全想不到电话里传来的是应勤的声音，如此亲切，闻之哽咽。

"我妈去洗衣服，这回总算手机落下忘带了。你好吗？"

"我好，好多了，听见你的声音更好了。你呢？你比我严重多了，那天多亏你保护我，你真是个男子汉。"

"这是我应该做的。我到那天才心里清楚明了一件事，我要保护你，以后都要保护你。"

"真的？你怎么才想明白啊，也是我不好，也是。"邱莹莹哭了起来，她一哭，应勤就不知所措了，只会在电话那头沉默。"所以你妈妈不喜欢我，这么久都不让你给我电话。我一定争取这几天让她改变对我的印象。"

"我妈最先有成见，但既然我爸决定了，她也不会再反对。你们慢慢来吧，来日方长。我真想看看你。对了，我发照片给你，你收彩信。就是我现在的照片。你也拍一张给我看。"

"我，你等等，我立刻过去看你。"

"啊，你行吗？"

"我上回想救你，还一个人从这儿跑去前面那家医院了呢。你等我，有点儿费劲。"

"我想见你。"应勤激动地喊起来。"我有很多话要跟你说。"此话，绝对可以媲美最佳止痛药。邱莹莹犹如神助，比较顺利地跳下病床，扶墙慢慢往应勤的病房走去。不料，走廊上便接到一个电话。她一看电话显示，脸都吓黄了，是爸爸来电。"莹莹，你受伤了？"邱莹莹毫不犹豫地道："没有啊。"她吓得捂住心口，爸爸怎么知道的？"没住院？"

"没啊，好好的，谁咒我。"

"这就是了。我刚接到一个电话，说是你邻居，声音妖怪一样，说你住院开刀，要我去照顾你。我一想不对劲，立刻打你电话，你又占线。旁边同事说准是骗子电话，等下再发个账号来骗钱呢。行，你好就行。钱够用吗？"

"够用。"邱莹莹紧张得心都快跳出来。"好。长途贵，不打了，好好照顾自己。"爸爸那边依然是爽快地挂了电话。邱莹莹才一口长气喘出来。可此时紧张下去了，一股委屈袭上心头，受伤后才第一次接到家里电话，却不能告诉爸爸她有多痛，多想爸爸妈妈在身边。她哭了，泪眼蒙眬地走进应勤的病房，坐到应勤床前，即使看见应勤已不再萎靡，她依然刹不住委屈的眼泪。

　　应勤急了，抓住邱莹莹的手。"以前真的是我不对，爸爸也骂教条主义，说你是个做事有纹路的人，我一直等着向你道歉。嗳，你别哭，给你面纸。真的，我比爸爸骂我时还醒悟得早，那天看到他们冲进饭店，我就知道我要站在你一边。我……我才知道……知道……我喜欢的是你。我跟爸妈也说了，他们答应了。你是不是很痛？我叫妈妈送你回去，我虽然很想见你，可你痛，不能。"

　　邱莹莹很想说她想家想爸妈，可是一想到应爸爸夸她的是做事有纹路，那么她决不能露出孩子气的一面来。死也不能承认。可她又止不住委屈，止不住眼泪，只好一直哭，好不容易才断断续续憋出一句来，"我也很想你，担心你。"

　　应勤听了忍不住也掉下眼泪。

　　应母进来，看见这两个人执手对泣，没说什么。她将衣服晾好，问邱莹莹："你行吗，这么坐着拉没拉到伤口？"

　　"这儿有点痛。"

　　"我送你回去躺着。"

　　"我……多坐会儿行吗？"

　　应勤也道："妈，我们多说会儿话。"

　　应母叹一声，快手快脚拉出活动床打开，扶邱莹莹半躺下，"你们说。我去小邱床上睡会儿，你们说完了喊我。"

　　两人欣喜地看着应母，手拉得更紧。等应母出去，应勤道："你看！我妈同意了。"

　　邱莹莹此时什么委屈都没了，看着应勤大笑。两人轻轻说起受伤之后的经历。应勤还不能动，只能邱莹莹俯就。虽然又累又疼，可邱莹莹甘之若饴。

　　关雎尔正埋头做账。2202静得仿佛只有她一个人，只有她的呼吸声和击打键盘的声音。手机唱起来的时候，关雎尔都惊得一跳。她以为是谢滨的来电，拿起来一看，却是邱莹莹。她皱皱眉头，想好说辞，才接通电话。邱莹莹却直截了当地问："小关，你是不是给我爸打电话了？"

　　"你爸？你爸电话我又不知道。"但关雎尔立刻想到曲筱绡了，曲筱绡知道电话。心说曲筱绡这一招真狠。但她绝不会把曲筱绡供出来。

　　"啊，不知道谁给我爸打电话了，说我受伤住院，要他赶紧来。幸好我爸来问了我一下，我连忙说不是，肯定是骗子电话。幸好现在骗子电话五花八门，我爸立刻信了。还好，还好。你想会是谁给我爸打了电话呢？"

"可能真是骗子电话吧。我们都不知道你家的电话呢。我不知道，樊姐应该也不知道，即使知道也不会打。安迪和小曲更不知道了。你公司会不会？"

"公司应该也不会。难道真是骗子电话？真巧，吓我一跳呢。关，我现在跟应勤在一起，他妈妈也同意我们在一起了，她还让出去，放我们两个自己说话。真的。应勤瘦了许多，可总算熬过去了，他都是为我才挨的打，看他复原我才高兴呢。"

"你啊，好好享受两人世界，不容易呢，别给我打电话占用时间了。我在给你做账单，尽快拿给你。"关雎尔不由分说结束了通话，心中郁得想撞墙。却听隔壁传来樊胜美的声音，"小关，你给小邱家打电话了？"

"不是我，可能是小曲。可是小邱骗她爸以为是骗子电话，她爸上当了。"

"小曲是真果断。其实想想，我们几个怎么担得起照料受伤的小邱的责任，万一有个差池呢。早应该交给她爸妈。"

"樊姐，你还好吗？"

"不好。你再问小曲拿小邱爸电话，我来打。"关雎尔才拿起手机，她的手机又唱起来，她又吓了一跳。这一回却是王柏川。"王总？找樊姐？还是没回来啊。"

"你知道她去哪儿了吗？"

"不知道。怎么了？"说话间，樊胜美披头散发地出现在门口，持一张字条给关雎尔看。关雎尔看着勉为其难地道："王总，樊姐让我告诉你，你们的关系结束了。"

"你让她听我解释，拜托，拜托。"关雎尔看着樊胜美又写一行字，但不等她读出来，樊胜美又收回去，揉成一团，只是摆手。关雎尔小心地对着电话解读："樊姐说，无可奉告。"樊胜美点头表示认同。"小关，等下我去你们那儿，你帮我开个门，行吗？"

"不行。樊姐不认可的话，我不认识你。对不起。我有事，挂了。"她不管王柏川在那边大叫别挂，断然挂了电话。樊胜美与关雎尔都松了一口气。但关雎尔比樊胜美心里更尴尬，手忙脚乱地站起来道："樊姐请坐，我给你倒杯水。喝咖啡还是茶？"

"不用了。"樊胜美叹了声气，无力地倚在门框上，"你打小曲电话吧。这件事早点办完，了却一桩心事。"

"她在出差，很忙，我发短信给她。"关雎尔站着发短信。"小曲，我现在承认，她很能耐。"关雎尔"唔"一声，她秉持背后不说闲言碎语的原则，不多嘴。她利索地将短信发出去。

想不到曲筱绡很快回电，"什么？还有这种事？我再打！人傻傻一窝，没办法。"

"樊姐说她来打。"

"省省吧，让她管好自己的，别到处充大姐了。"关雎尔只得干咳一声止住曲筱绡。"那就继续拜托你，你说得清楚明白些。"关雎尔自然不会将曲筱绡的话转达给樊胜美，樊胜美见曲筱绡继续揽了此事，便道："她去说也一样。"说着便回去自己房间。关雎尔忍不住道："樊姐，如果可以，给王总机会，他那么焦急。"

"你还年轻，你不会懂。我刚才想，为什么上赶着要结婚，要恋爱。再想想，其实一个人过得更轻松，想吃吃，想穿穿，有的是时间跟朋友一起玩，下班也不要赶着跑掉去约会，留下多拍拍领导马屁，还有升迁回报。图啥呢？"

"爱。"

"爱！爱在现实面前不堪一击。成年人嘴里的爱是幌子，是遮羞布，全都是轻飘飘的。成年人最悲惨的一件事是，相信自己有爱，被爱。其实呢，是骗自己骗别人。我已经出够了丑。小关，爱有条件的，物质条件。别以为庸俗，这是过来人的心得体会。你有，你才有资格谈爱。"

关雎尔无言以对，"可是，王总在努力找你。"

"我还没想好我为什么不想见他。我只知道更恨自己。等我想清楚了再说。谢谢你。"关雎尔看着樊胜美又回小黑屋躺下。她想了想，赶过去给冲了一杯速溶咖啡，放到床头。樊胜美伸手抓住关雎尔的手，想说，又心酸地开不了口，放手让关雎尔离开。

咖啡很香，温暖的香。

关雎尔以极高的专业素质来处理简单的医疗费单据，一张报表做得清清楚楚，即使单据粘贴也平整美观。可她等的电话还没来，她又不好意思主动打去，只得干等。她只好保存数据，打开另一页面，写她的人生经历。

过往的事情若不去想它倒也罢了，一想，便忍不住想问个当初是怎么想的。这一问，便一环扣着一环，越想越多，心里各种情绪也是咕噜咕噜冒起泡来，无法抑制。关雎尔有些坐立不安，想来想去，决定去骚扰一下正闹心的樊胜美。她轻手轻脚走到樊胜美屋门口,小心地道:"樊姐,你起先问我为什么要谈恋爱,我说时间到了。现在想想,我在大二第一学期忽然蠢蠢欲动了,正好同寝室也有一位室友跟我一样想法。就是时间一到,忽然开窍了。"关雎尔听听里面没动静,忙止住话头,抱歉地道:"我打搅了,真不好意思。"

"嗳,不是,我正想呢,我怎么没明显开窍时间啊,我小学就开始熟练应对字条什么的东西了。"

"天哪,人跟人待遇太不一样了。我别说没收到过字条,直到高考后大家都放松了,他们说起来我才知道我们班原来早就有好几对了。好吧,我找到答案了。"

即使樊胜美郁结得饭都吃不下,也忍不住笑了,确实,这是美女的特权。"找到什么答案了?"她坐起来,靠床头。

"我跟室友两个当时想尽一切办法去男生多的地方扎堆。可社团有门槛,一时未必如愿。我们就想到体育场一角的咖啡馆,那边据说男生扎堆,传说女生进去便被男生如众星拱月。我们那天周五晚上特意化了妆,咳咳,我们那时很少化妆,我大一才有口红。穿上自认为漂亮的裙子,还……在小卖部买了一包烟,那晚是我第一次吸烟,也是最后一次。我们自以为烟视媚行,门户洞开,非常有魅力,可一晚上下来,没一个男生跟我们搭讪。直到前不久我跟室友在 QQ 中还想不通,为什么没人理我们。刚刚想到,我俩生瓜蛋子装老成,别人一目了然,谁都不愿理俩傻妞。"

樊胜美听着听着,回想起自己的美好年代,"这事不怪你们,也与生瓜蛋子无关。像你俩一看就是好女孩的,男生也怕胡乱凑上来被拒绝没面子啊,最好办法是跟熟悉场子的男生一起去,大家互相介绍吃喝,很自然地认识起来。"

"啊,这样,可如果是美女,还是有人奋不顾身凑上来吧。像樊姐,还有安迪。"

"那是可能性大点儿。后来还有没有尝试呢?"

"一次失败够打击了,以后再也不敢尝试,还是老老实实读书。可我还是想有个人,他是纯粹的爱我,而不是跟我同事后,跟别人打听后,经人介绍后,了解我的工作收入家庭背景,认可我是适婚对象,才来追求我。我想恋爱。"

樊胜美脱口而出,"我想结婚。"

两人对视,都是表情复杂,也都清楚对方说的是真心话,这世道难得的真心话。但樊胜美回过神来,忙道:"我不是有意跟你唱对台戏。年龄大了,想稳定,找个合适的对象结婚就摆在第一位了。"关雎尔笑道:"我才不会乱猜疑呢。不过,有阵子我还真挺心烦的，经常受打击，都已经快怀疑自己了。现在不怕说出来了，有次小曲想制造偶遇，给我介绍她一个朋友，结果那朋友一上来就对安迪放电，完全没有看见我。我是后来才知道的，你想，安迪那档次和年龄，只要理智一点儿想想就不是小曲打算推出的女邻居，可当时我完全隐身，那时非常绝望。"

"没想到，都没听你提起过，也没看你表现出来。"

"那事谁好意思提，自卑都来不及。还好，过来了，还是有人看得见我。"樊胜美心里惊讶，看着关雎尔，道："看来小谢是位好同志。"

"可能是吧。"关雎尔轻快地回答，说完就笑出声来。"所以我想，真的，樊姐你在说气话呢。想象不出找个不爱的人怎么结婚……呃，我多嘴了。"关雎尔看到樊胜美睁圆了的眼睛，忽然意识到自己开心得失态，忙一脚刹车打住。"没，看你这么开心，我真替你高兴，你很难得这样子的。"

"是啊。"关雎尔脸红了，低下头去，"原本都打算单身一辈子了……"

"别胡说。"

"真的。我收入过得去，自己的能力也够解决自己的问题，何必找个不爱的人凑一起过日子呢。除了父母亲戚那儿难交代，说服自己还是很容易的，一个宗旨，开心最要紧。但如果有相爱的人，又不一样了。"樊胜美心中忽然触动，但答非所问地道："小邱可能是目前我们22楼最感到幸福的人。"

"嘻嘻。"关雎尔又忍不住笑出声来，"小曲预言过，小邱以后可能会经常向我们布道幸福生活理念一二三。"她看看手表，"我还是赶紧出门，找个地方把账单复印了，给小邱送去。"

"再说一句恭喜，替你开心。"

"其实我也孟浪了，还不知道以后怎么样呢。"

"高兴着再说。"

"是，哈哈。说出来更舒心了。"

关雎尔打扮得美美地出去了。樊胜美在屋里斜躺着看门关上，陷入沉思。她的收入比关雎尔更过得去，她的能力更够解决自己的问题……细细一想，她才想起，她所谓的收入过得去是从前不久刚刚开始，从她对家里绝望，爸爸又倒下后开始，她手头终于有了余钱，她才想起！她连忙翻出工资卡，上网查这几个月的收入。查询余额一看，不禁苦笑了，她自工作以来，第一次手头竟然有了余钱，而且有两万多。枉她这几个月还照旧克勤克俭、精打细算地过着。

樊胜美手指拖着鼠标，下意识地上上下下拖动屏幕，可眼珠子一直追着那数字跳跃。也不知是视神经累了还是怎么的，她的眼眶湿润了。

关雎尔出小区买好一袋水果，总算等来了谢滨的电话。听声音，关雎尔想象得出那一头睡眼惺忪的样子，可见是才睡醒就给她来电了。关雎尔未等说话便眉开眼笑了。她一路笑着听着电话，直到来到邱莹莹的病房。却发现病床上睡得呼呼响的并不是邱莹莹，而是应母。她一愣，也不知应勤在哪个病房，只得一间间地找过去。倒是很快就看到邱莹莹皱着眉头与应勤在说话。

邱莹莹看见关雎尔，眉毛就耷拉下来了，"完了，关，真是你给我爸打的电话吗？我爸又来电话，说你又给他电话了。其实你打了也没关系，只要跟我说一声，我可以应对，现在措手不及，我爸已经去火车站了。糟了。"

关雎尔来的路上就想过无数回答，可眼前的邱莹莹还是让她也措手不及，她愣了一下便冷静地道："先是小曲打的电话，不过后来我也知情，算是知情不报。"

"哎，关，你别生气，我可不是责怪你哦。其实我也很想爸妈的，一受伤更软弱……"

"我没生气，我只是一想到对账，立刻职业病了。你看，我把你这几天的医药费单据统计出来了，除了陪护是白条，其余都是发票。你看对不对，对就在每张单据后面签个字。"

"啊，原来你上班是这个样子，好威风。好吧，我看看。"

关雎尔拎着水果站一边，与应勤微笑一下算是招呼，没说什么。大家都没觉得奇怪，因关雎尔一向多微笑，少说话。

邱莹莹一边看一边在每张单据背后签字确认。关雎尔看她翻到最后一页，便将手机设到计算器状态，递给邱莹莹核算总价。邱莹莹笑道："你真有职业风范哦。以前一直想你怎么做事的，难道跟在寝室里一样吗？原来不是。"

邱莹莹算下来，与关雎尔计算出来的结果一样，便又在打印出来的对账单上签下名字。关雎尔便收起原件，将一份复印件交给邱莹莹，"你保存复印件。原件我得交给应伯母核收。这儿还有一份复印件是给安迪的。我怀疑她自己都不记得借出多少钱。OK，你们慢慢聊，我到隔壁找应伯母。"

邱莹莹道："你交给我吧，应妈妈正休息呢，回头她醒来我交给她。"

"概念必须澄清：不是交给她，而是要跟她一手交钱，一手交单据。安迪去包总那儿了，她把这些账目委托给我，我得替她负责，把她的钱用好保管好。我去隔壁。"

"关，你好严肃哦。"关雎尔回眸一笑，走出门去。邱莹莹在背后又笑着喊："水果留下。"

"这是小谢托我买的，他等下就到。"关雎尔在门口站一下，说完才走。走到走廊，翻个白眼，回想一下，又翻一个白眼，才去找应母。应母倒是爽快，算清之后，都不问一下邱莹莹，直接下楼找ATM取钱当面交给关雎尔。此时，谢滨也到了。谢滨等应母进了电梯，才道："还蛮爽快的。"

"当然爽快。本来小邱还能让人赔偿误工费和其他赔偿费，起码能买点补品保养，买件衣服替换下撕裂的，这下全没了。应家不赶紧了结，万一小邱醒过神来，反悔了呢。再说，小邱爸爸明早到了。不知他会怎么看待。"

"这种事，自己不争取，外人还真难替她用劲。走吧，找个地方吃饭去，我饿得眼冒金星了。"

"嘻嘻，我也是饿醒的，你还比我睡久了呢。我有次跟同事吃过一家海鲜面，味道很好，我带你去。一直想再去呢，可一直找不到搭档。"

"你还拎着水果？忘了交给小邱？"

"忽然觉得没意思，连一袋水果都不愿送了。我是不是很各色？"

"还要怎么好？对室友做到这样，已经够仁至义尽了。"

"可能今天睡眠少，脾气有点差。"

"不不不，你睡够了，不妨碍我们晚饭后到处溜达溜达。"

关雎尔一听就开心地笑了，"骄横"地道："不行，我穿着高跟鞋呢，拒绝溜达。"

"那……先吃饭，慢慢考虑，我饿得没想法啊。我别的都行，就是不能饿，一饿就空白。"

"以后你押解犯人的时候，我跟犯人通风报信，嘻嘻。别走这么快嘛，我穿着高跟鞋呢。"

"嗳，是。可你不知道春风得意马蹄疾。"

"啊，这儿是马蹄，哪儿拍马屁呢？我要上进，我要拍马屁。"两人打打闹闹地出门了。关雎尔偶尔觉得"欺负"得狠了，才收敛一下，做个鬼脸。她真开心。

第 62 章

　　即使关雎尔异常收敛，可初尝珍爱，毕竟难掩满脸喜色。樊胜美在小黑屋里煎熬了一整天，晚上更睡不着的时候，尤其耳聪目明地听到关雎尔哼着小调出电梯，但在打开房门时戛然而止，划出一个喜气洋洋的收尾，才进门。樊胜美心里凄楚地想，小姑娘体恤她呢。于是心中更加汹涌，活三十多年，却还要比她小的姑娘体恤，情何以堪。

　　想到明天是小长假最后一天，估计她一早上又得看到喜上眉梢的关雎尔在狭小的空间里飘来飘起，她皱眉一想，便在第二天清早活生生地将自己从被窝里拔出来，轻手轻脚洗漱一下，实在没地儿可去，店门都还没开呢，总不成参观满城的早点铺子。便去医院探望邱莹莹。

　　邱莹莹正坐床上吃早餐，一看见樊胜美，惊喜地欢呼一声："樊姐，你可来了。"一边说一边转为哽咽，竟至喜极而泣。樊胜美惊讶，忙坐到床头，看看邱莹莹吃的早餐，有粥有肉包，不错的早餐。奇道："怎么了？谁欺负你啦？跟樊姐说说。"

　　"这几天发生好多事，全都是第一次遭遇，第一次应对，真想请教樊姐，可你总是关机，想死我了。小关这几天忙着恋爱，也不理我。我真是时时刻刻都等着你来呢。"

樊胜美微笑着往周围一看，道："这儿人多眼杂，说话千万小心，弄不好就被人听见或者被人传话给误会了。即使小声密语也容易被撞进来的人误会。不如少说点儿感想，自己捂肚子里算了。有什么亟须解决的问题，赶紧小声儿说给樊姐听。"

邱莹莹连连点头，"樊姐，你总是一说就说到我心坎里去。应妈妈做了一辈子老师，对谁都是一副小学老师的样子，对人真是严厉，对我对应勤一视同仁，我还真有点儿怕她。好，我请教个最大问题。我爸妈已经在路上了。我还从没跟他们说起过应勤，他们来了，会怎么说，会反对吗？而且知道我受伤的原因，他们会怎么对应勤？爸妈是最疼爱我的，他们肯定不高兴看到应妈妈严格对待我，他们会不会吵起来？"

樊胜美凝视邱莹莹："你希望你爸妈怎么做？"

"我希望……我爸妈能意识到我能再次跟应勤在一起很不容易，他们应珍惜，而不是认为他们的女儿见人爱谁都争着要，尤其是应妈妈本来就不喜欢我，我爸妈更应该收敛要求。可问题是这种话很难跟爸妈说明。"

"很难跟你爸妈说明应家不喜欢你的真正原因？"

"不是应家不喜欢我，现在只有应妈妈不喜欢。应爸爸一开始就支持我，说我说话做事有纹路，他妈妈才改了主意。"

"既然如此，那么我们应该争取应爸爸的更大支持。说说你跟应爸爸的接触，我看看怎么加固。"

"我跟应爸爸没直接接触啊。他大概看了我拼命去那家医院救应勤，感动了吧？"

樊胜美一愣，立刻想到关睢尔跟她说起过的那晚上的事，她很怀疑，应父拿电话里的关睢尔当邱莹莹了。但这种猜测要不要跟邱莹莹说？

"樊姐，怎么了？"邱莹莹疑问，但立刻瞥见门口走进的应母，忙道："应妈妈，我朋友来看我。这边我们自己会收拾。"

樊胜美起身对应母了然地笑，应母当然认识曾经冒充她儿子同事的樊胜美，便也笑笑走了。樊胜美又坐下，与邱莹莹轻声道："应伯母认识我，但没戳穿我。我有个想法可能你不爱听，应伯母是真不喜欢你，但应伯父说你有纹路的原因可能是小关给他打的那个警示电话，他认错人了。所以你的处境可能比你想象中更危险。"

"不是吧？"

"当然希望不是，但可能性很大。你仔细想想是不是。"邱莹莹真急了，急得坐立不安，完全没心思吃早餐。"怎么办？樊姐帮我想想办法。快，我爸妈很快就到了。啊，他们最好迷路，最好迷路，最好迷路。"

"我看有两个办法，最方便的是告诉你爸妈实情……"

"不行，我爸妈会骂死我。你知道的，老一辈更不开化。"

"那就只能想尽办法撒娇撒赖，逼你爸妈接受你的做法。你应该最懂得你爸妈的七寸，届时见机行事。"邱莹莹虽然拿到了大方向该怎么做的锦囊妙计，可如何实施，却愁得她耷拉了一张脸。樊胜美道："当下有件紧要事你得赶紧做完，就是吃饭。要是你爸妈来，看到你面前是冷粥冷包子，还以为应家人为难你呢，第一印象就差了。"

邱莹莹哦哟一声，连忙拼命塞早餐下去。樊胜美怜惜地看着邱莹莹，不知这个直肠子家伙到时候怎么应付她爸，才能得偿所愿最终被应家接受成为应家儿媳妇。樊胜美怎么看怎么觉得这是一条极难做到的下策。

邱莹莹扒拉下吃的，忽然想起一件事，"王总昨晚给我电话，请我帮忙，你来医院看我的时候通知他。我说最容易的办法是去欢乐颂门口等，他说等到晚上都没见你。要不要我现在就给他一个电话？"

"这件事你别插手，等我想清楚了自会找他。"

"樊姐，我说句真心话，别拖着了。偶尔委曲求全一下没什么，只要大目标达到就行了。就像应勤跟我说，别看他妈妈严厉，等他妈妈一走，这儿就是我们自己天下了。忍一忍什么都过得去。"

樊胜美一愣，言不由衷地笑道："你真有大智慧。不过这回你还是别帮着给我拉拢王柏川了。我提前招呼了啊，我会生气的。"

"樊姐，你请三思，起码王总从现在起在本市立足了啊。再说，他从小就爱慕你，这种情分不一样，得珍惜。女孩子一个人奋斗太辛苦，朋友再好也毕竟不是一家子，找一个伴儿才安心呢。"

樊胜美顺水推舟，"我倒是想到你可以跟你爸妈说一下，小应已经在海市立足，有房有车，这种人抢手得很，本地姑娘都是丈母娘帮忙一起抢，你从来一个人抢，爸妈来了只许帮忙不许帮倒忙。"

"哈哈，我也正这么想呢，我爸一直希望我比他更进一步，在海市立足。为此他什么都愿意啊。哈哈，太好了，就这办法。樊姐，我就知道你有办法，你一来，你看，轻而易举解决最大问题。"

樊胜美微笑道："得啦，赶紧擦擦嘴，等你爸妈来。我去洗碗，免得被你爸妈看到，还以为陪护的人不尽力不尽心。"

"樊姐，你最好了。"

樊胜美很想说，朋友再好也毕竟不是一家人，但忍了，微笑收拾了碗筷出去。洗碗回来，又替邱莹莹整理一下个人卫生，梳了头，才告辞而去。邱莹莹千般挽留，樊胜美笑道："回头跟你爸妈说，这些事都是应伯母替你做的。大家和为贵，多想想对方。"

走到外面，樊胜美看到有关雎尔的短信，说是出门遇到王柏川，被王柏川拖住问话，不得已才当着王柏川的面给她发一条短信。樊胜美不禁想到刚才与邱莹莹的对话，一边想一边摇头苦笑。她给关雎尔一条短信，"今天不见，大好小长假我得逛街抢打折货。明天晚上我请22楼大家吃饭，感谢大家这么多日子来对我家事的关心帮助，顺便请王柏川列席。各位若答应，请回复，我去预定饭桌。"

樊胜美临发信，想了想，改成群发。她这条短信发出，22楼全体激动了。而樊胜美则是溜达到眼前的一家听说挺好的西饼店，坐下足足点了四份好吃的，一个人慢腾腾地享用。她很想再群发一条短信，告诉大家，她吃自己的，吃得起。

关雎尔正被王柏川苦苦阻着，收到这条短信立刻给王柏川看。王柏川仿佛不认识字，颠来倒去看了好一会儿，激动地问关雎尔："你帮想想，她请大家一起来，是不是打算跟我谈判？"

关雎尔一愣，看一眼耐心等在身边的谢滨，心中底气十足地道："以樊姐在王总面前的骄傲，她不需要依仗我们的人气来为她谈判撑腰。我只解读短信字面上的意思，虽然觉得樊姐不必为我们的些许帮忙请客，可明天我还是会准时到饭店。"又转头对谢滨道："我们这一季的忙碌大概可以过去了，我以后会稍微闲一点儿。"

"天天等你这句话。"谢滨笑道，"我盼望这几天没重案，我不用出差，天天来找你。"王柏川不得不干咳一声，打断两人之间浓厚得化不开的情意，"我明天只要没紧急情况，一定列席。请帮我转告一下。我怀疑她把我的手机号拉黑了。"关雎尔答应。谢滨立刻不软不硬地道："那我们先走一步，王总请借过。"王柏川只得让开，放两人离去。谢滨开车门让关雎尔先进，关门前笑道："刚才这话说得有礼有节，柔中带刚，赞。我都想不出换我是王总该怎么反驳。是不是你们上班就这么不露锋芒地说话？"

"不是，那是我们上司们的语言。我只知道，如果对方气得跳脚，你肯定会照他鼻子给一拳，我有恃无恐啊。"

"肯定！保护好你，是我的职责。"关雎尔欢欣地看着谢滨上车，故作抱怨，"我都没时间写经历了，要是明天交不出卷子可怎么办？"

"明天你也没时间与我交换，改后天？或者你邀请我明天也列席？"

"明天很可能是樊姐对王柏川摊牌，我们现场提供精神支持。那显然是破裂的聚会，你还是别参加的好。"

"好吧，我不跟你破裂，只好不参加。你说话真厉害。"

"嘿，你别总夸我，都夸得我不好意思了。"

"要不你夸我？你看我今天做的家常饼如何，真正的酥软入味，层次分明。我感觉自己是越发厉害了，上得厅堂，下得厨房，能文能武。"

谢滨那双能格斗能打枪的大手却温柔地从保温袋里掏出密封盒，暖暖地交给关雎尔。关雎尔捧着依然温热的盒子，心里涌出好多"何德何能"，她当着谢滨的面咬下一口，果然异常可口，可不久前谢滨都还不会煎最简单的面饼呢。"你怎么这么能干？我来海市前，我妈妈抓住我教了好几天，可教不会，我怎么都不会做菜。"

"我以前也以为我不会做菜，想不到……嘿嘿，一想到是做给你吃，只要上网搜菜谱搜视频，一学就会。我再来一点儿，做的时候我已经吃了很多。哈哈，太香了，忍不住。"

"你这么好，我还问你要经历，你会不会怨我太计较？其实，我妈要是知道了，肯定会抓住你刨根究底问一遍，她会问得人跳脚。不如给她一份正式书面的，主动正式。"

"我这么好，当然看到，你提出的是我们交换，而不是单方面要我递交，我们是平等对待的。我也很想更多了解你，虽然我们已经讲过很多，可书面的还是不一样。问题是我哪敢问你要啊，我若先提出，真怕把你吓跑。"

"说得我又没内疚感了。你看我带来的书，我挑出这个季节开的花打了勾，我们今天到植物园把它们找出来好不好。"

"你想出来的主意别致。我带了相机，不知道我拍作案现场的专业能力够不够拍花花草草。"

关雎尔忍不住爆笑。她偷偷看一眼、看一眼，不时瞅瞅谢滨的侧脸。可等谢滨到红灯处转过脸来，她又羞涩地低头啃饼看书。谢滨就看着她微笑。

安迪接到短信，就问正开车的、刚扫墓回来的包奕凡，这算不算鸿门宴。包奕凡摇头，"逼宫？会不会更下不了台？"

安迪想了想，才想说话，手机显示曲筱绡来电，她笑道："小曲来劲儿了。"她偷偷看一眼墨镜后眼圈依然红肿的包奕凡，伸一只手按他手背上，另一只手接通电话。都不需要她说话，曲筱绡早尖叫着喊："明晚干吗，干吗，你知道吗？开公开批斗大会，打倒王柏川吗？"

"我也不知道啊。"

"我明晚肯定到不了，我还得等客户公司上班盖一个章，你必须替我要求改后天。我宁可暴露是我上回唱主角打击她哥，才让她哥变乖。她第一感谢的应该是我，必须为我延后到后天。"

"可以，我明晚也已经预约跟客户吃一顿饭，小樊知道我有客户到。我问问她。"

"啊，我激动死了。樊大姐最会在王柏川面前抖威风了，好戏连台啊。我在现场一定支持樊大姐斗王柏川，让王柏川以后见我就萎，没胆跟我谈价。你转告樊大姐，我全力支持她。"

"我还是不转告了，你一反常态，必定把小樊吓回去。"

"哈哈，也对，也对，还是你狡猾。那你也别说是我先提改后天。到时候我不顾出差劳累，赏脸出席樊大姐的批斗会，要她记住我这人情。"

"你不是最怕小樊的人情吗？"

"不跟记性好的人说话了，真讨厌。我自己发短信给她。我要装作什么都不知道，笑眯眯煽风点火。我就不让我家老赵出席了，他一在场我只能做木头人。我们后天见！"

安迪笑着挂断，将曲筱绡的原话转述给包奕凡，希望给包奕凡分心散心。包奕凡摇头，"如果真是批斗会，为一套房子？他们以后还想不想在这套房子里好好过日子？不大会。当众撕破脸皮是不想继续过下去了。"

但两人不约而同想到，包家父母早就当众撕破了脸皮，众人皆知。

　　闷了好一会儿，包奕凡才道："我妈要是肯早点儿离婚，也不致早逝。"

　　"你肯说出这话来，让我大大缓一口气。你妈跟我说过，她是为了你在公司的地位而不肯离婚。但我觉得不是这回事，她不在了，你爸也没拿你怎么样。应该是咽不下这口气。"

　　"别说是她，连我都咽不下。不过……若早知今日，我会力劝他们离婚。但我内心里也不能接受父母离婚。这么一想，为免一家老少未来纠结，最佳选择是婚姻中的两个人努力相爱。安迪，你要一直爱我。"

　　"这个从理论上说似乎比保证永不离开你还难呢，我得趁后天我们22楼大家坐一起，要求他们给我提提建议。"

　　包奕凡郁闷地道："你为什么不同样要求我一直爱你呢？"包奕凡没说出来的是，从来都是女孩子单方面对他提出要求，如今反了，反了。

　　"理由前面不是说了吗？唉，但总之你肯定会抱怨地劝诱我，两人相处不必理喻，小不讲理可以怡情。好吧，包奕凡，你以后必须只爱我一个，不许看别的女人超过三秒钟，你要为我的快乐负责，对了，最要紧一条，你必须无条件听我的。答应吗？不答应就把订婚戒甩回给你。"

　　"嗯，这就对了，以后完全可以把前置的条件去掉，直接不讲理。多讲多讲我便给催眠了。"

　　"只要你无条件听我的，我就天天讲日日讲。"

　　"我从来都是无条件听你的，但你得让我一波三折表示一下小反抗。这叫情趣。"

　　"我迅速回顾了一下我们的对话，发现听话的是我，而另一位口口声声表示无条件听话的则是已经成功向我灌输了无数他的理念。"

　　包奕凡终于扑哧一声笑出来。见此，安迪心里暗骂一声"你妈的"，发现做人女友或者未婚妻真是一件体力活智力活。可惜她从来不知"难"字怎么写，因此"退缩"也不在她的字典上。既然把包奕凡哄笑了，她连忙给樊胜美打电话。可包奕凡娇滴滴地喊了声"要听"。安迪便按了免提。但安迪抢在接通前赶紧来一句，"你看，我全听你的。"

　　那一头樊胜美接通就道："安迪，明晚能行吗？"

　　"明晚我已经预约客户吃饭，就是你帮订房的那批。后天有空，但移到后天你们方便吗？据我所知，小曲也得后天才能出席，现在还出差呢。"

"那就后天。这半年多得到你们许多帮助，你们是缺一不可的嘉宾。"

"很高兴。不过建议不必破费，找个时间大家到我屋里坐坐也一样。"

"说来惭愧。我一直很想好好谢谢你们，可家里事多，手头一直拮据。这回请客也不会在什么高档饭店，但必定是我结账，这是我能想出最有能力做到的感谢办法了。你千万别推辞。也得请你帮忙请到小曲。"

安迪愣愣地看着包奕凡，包奕凡也是大眼瞪小眼，"说起来，上回你哥将你爸送去小王家，是小曲率人冲上去你家，她又出主意又出手把你哥摆平的，她总有不寻常的好主意。但这家伙逆反，不让说。"

"难怪，我还在想，我家那边这回怎么不胡闹了，改走法律途径了。小曲其实一直很实际地在帮我，我很感激。"

"行，我来通知小曲改后天，你跟小关说一声，小邱可能参加不了，以后再补。"

"好。还有……想不到小邱医院附近一家门脸不算很大的小店里的各种蛋糕很好吃，我一口气点了四只，已经吃掉两只。奶茶也很好。什么时候带你来。"安迪终于还是疑惑地问了出来，"你一个人吃？"

"是……唔……对不起。"樊胜美原本一直坚持微笑着说话，但说到这儿，忽然情绪大乱，眼泪直溜溜地涌了出来，赶紧结束通话。她迅速地趴入臂弯里，埋头流泪。而旁边的店员则是了然地窃窃私语，一口气买四只甜品吃的女孩，必定心中藏满心事。"这人……受刺激了？"

"买房子真买出大问题了。跟她平常说话的口吻几乎不一样了。我也好奇死了，后天吃饭到底要怎么吃啊。"

"我怎么感觉她是从一出戏跳到另一出戏？她这人一举一动总像是等着别人来欣赏，太摆姿态。"

"美女！当然期望成为众人的中心。"安迪给曲筱绡发去改期短信。"买房子为什么会买出大问题？给我普及一下。"

安迪成功将包奕凡的注意力从他妈妈那边引开。但随着包奕凡这个房地产商家的富二代说起寻常人家买房的种种秘辛，变成她的注意力成功被包奕凡摄走。她将一个个事例与樊胜美的境遇对比，没等后天聚餐，她已经将事情明了个八九不离十。后天真的会批斗王柏川？若如此，安迪打算以后冷淡了樊胜美，犹如她一向如此对待邱莹莹。

邱莹莹盼啊盼，望啊望，终于等来爸妈出现在病床前。爸妈的问候是亲切的，当然也是压迫性的。邱莹莹抱着妈妈痛哭流涕，都没工夫回答。好不容易，她渐渐止住哭泣，耳听得妈妈与爸爸说："收拾得倒是挺干净的，大城市医院护士也管收拾？"

邱莹莹断断续续地根据樊胜美的指点道："是应勤妈妈收拾的。"

"应勤妈妈是谁？我们去谢谢她。"

"我说了你们别怪我，应勤是我男朋友，他们一家已经都认可我了。他跟我一起受伤，就躺在隔壁。"

邱家父母都愣住了，消息太突然，短短几句话信息量太大，他们需得好好反刍一下，邱父才道："你从没提起过啊？怎么受的伤，为什么不通知我们家？那小伙子是什么人，好好的为什么跟人打架？"

"我们好好地在饭店吃饭，结果冲进来几个人追着揍我们。幸好应勤保护我，他受伤更严重，还不能起身。"

"平白无故，好好的吃饭，为什么要找你们碴儿？那小伙子到底做什么的，欠人情还是欠人钱了？"

"应勤是很好的计算机工程师，技术人员，很文气，你回头去隔壁看看就知道了。"

邱父立刻站起来欲走。邱莹莹忙喊："爸爸，先听我讲。你坐下啦。"

邱父一向很宠女儿，只得收起风风火火，又坐回原处，"爸爸去看看他，顺便谢谢他妈。人不能不懂规矩，你受伤不通知我们，却让小应妈来伺候，太不懂事。人家是长辈，懂不懂？我们来看你，当然要赶紧先过去谢她，别让她帮大忙了，还得听到声音先来看我们。这是做人道理，你学着点。你快说吧。"

外面走廊上，应母果然是听到隔壁哭泣就警觉地赶了过来，听得邱父这么说，不禁赞许地点头，转回应勤病房里去。

邱莹莹轻声道："我很喜欢应勤，一定要他。你们千万帮我拉拢他们一家。他爸爸是工人，妈妈是小学老师，是好人家。他自己有好工作，已经有海市户口，还买了房子车子，都他自己挣钱买的，他是个好青年。我跟他在一起很不容易，爸妈千万要帮我。"

邱家父母面面相觑，觉得自家女儿如花似玉，也很不差。但见女儿如此哀求，只得答应。但邱父道："你也不能太委屈，要不然以后到了他们家就直不起腰了。你一个黄花大闺女肯做他们家的人，他们也得知足才是。"

邱莹莹心里一紧，掀开被子道："行了，我们一起过去。我能走，已经去看过应勤两回了，别担心。总不能让你们过去什么人都不认识，摸错病床白让人笑话。"

邱家父母虽然不舍得女儿扶伤领路，可邱莹莹坚持要去，他们也没办法，邱母将凳子拿上，一家三口一起去应勤那儿。可临出门，邱母嘀咕："论规矩，都是男方先上女方门的，我们这么送上门去，会不会被人看轻贱了？"

邱父想了想，"特殊情况，到底人家妈妈照顾我们莹莹这么多天了，再要她先上门说不过去。"

一家人浩浩荡荡来到应勤的病房，一看见应勤的脸，就知道果然没错，这是个文气的书生。两位大人才放下心来，与应母寒暄。应母早已搭好活动床，熟练地扶邱莹莹坐下。邱家父母见此更放下心来，与应母互相介绍。

寒暄过后，邱父便转入主题。"两个孩子的事……"

"啊，正打算等我们应勤好了出院后跟你们商量，你们来了就太好了，我们外面找地方说话，这儿让给两个孩子。"

邱莹莹大惊，但她不敢出言阻止，眼睁睁看着父母跟应母出去。应勤见了道："别怕，我们家大局已定，只要你爸妈不反对就成了。"邱莹莹却是心惊肉跳，不知道应母会对她爸妈说些什么。她紧张地看着门口，"你说，他们会商量什么？"

"你这么紧张，会不会是你爸妈反对？别，我们把他们喊回来，当着我们面说。"

"对啊，我们的事情，怎么可以不让我们参与。你嗓门大，你喊。"应勤扯起嗓门喊她妈，可喊了三声，什么应答都没有。"他们可能去什么地方坐着说话。算了，别瞎操心了，爸妈不会害我们，放心。"邱莹莹心里却藏着老大一个鬼，怎么可能不提心吊胆。她心神不宁地与应勤聊着天，两眼却大多数时候盯着门口。过了好一会儿，却见邱父黑着一张脸，黑旋风似的刮了进来，铁塔似的在邱莹莹面前一站，"应家伯母说的事是真的？"邱莹莹心里一沉，问："什么？"

"你乱七八糟的事？"邱莹莹脑袋里嗡的一声，最担心的事还是发生了。她看看门口随后进来沉着脸的妈妈，还有一如往常的应母，说不出话来。邱父见此，便知应母没撒谎，气得撩起大掌就给了邱莹莹一个耳光。邱母一看，几乎是以超越极限的动作扑上来，攀住邱父的手臂。但邱父以另一只手指着邱莹莹骂："从小到大，啊，从小到大，我从不舍得动你一个手指头，从来苦口婆心教育你规矩，可看看你给我做出什么……什么事来，我都没脸见人。你还想瞒我，你也知道差耻？知道我来会戳穿你？我，还有你妈，从小是怎么教你来着，啊？我们一向教你守规矩，要听话，要勤快，你呢？你倒是说，你到底怎么回事？说啊，说啊！"

邱母苦苦阻止，邱莹莹早捂着脸哭得泪眼婆娑，都看不清她爸狰狞的脸。应勤在一边不断喊："别打，别再打了，伤到小邱。她已经认识错误了。"连应母都上来严肃地道："邱师傅，咱不提倡体罚，再说小邱还住院着呢，经不起，再打坏了可怎么办。"邱父喝道："去，别在这儿丢人现眼，回自己病房去。"邱父留下邱母，让协助应母打扫收拾，伺候更重伤的应勤，他硬是横眉竖目地押着邱莹莹回到自己病房。

邱莹莹不敢反抗，她从没见过这么凶的爸爸，她看看应勤，应勤只能央求："邱伯父，别打小邱了好吗？求你。"

邱父从鼻孔里重重地哼出一声气来，说了声"你是好小伙子"，还是押着邱莹莹义无反顾地走了。

邱莹莹哭哭啼啼摸着墙根往自己病房走，才刚走进自己病房，就被爸爸轻柔地横抱起来，轻轻放到病床上。邱莹莹惊呆，眨着眼睛，睫毛扇着泪水，惊慌失措地看着她爸，见她爸又伸手过来，她惊恐地扭头避开。

邱父却叹道："打痛了没有？打你脸上，爸爸心里更痛啊。可爸不能不这么做。让爸看看。"

邱莹莹再度目瞪口呆，傻傻的被她爸的手托住她的后脑勺，转过她的脸细看。

"看得出，应家人看不上你，以为你没规矩。爸爸也很生你气，但爸爸知道你不是坏孩子，你肯定是脑袋发昏做错一件大事。可爸爸得让应家人知道，我们邱家孩子是有规矩的人，年轻人总有做错事的时候，一次犯错可以原谅，应该原谅，不能再追着不放。爸爸只能比他们更狠心，爸爸心里也不舍得，可爸爸为了你没办法。你懂吗？"

邱莹莹似懂非懂，但还是点点头。却哭得更凶了。

邱父看着女儿红肿的半边脸，重重叹气。等女儿的哭声稍稍轻下来，才道："你跟小应的事，我们已经谈了。既然两家大人都已经答应，我看，结婚的事是越快办越好，省得夜长梦多。但应家先占了理啊，我们很难办。还好小应倒是护着你。"

一说到与应勤的事，邱莹莹专心听着，便忘了哭泣。

"总之你放心，爸爸既然来了，这件事一定要给你落实好。"

邱莹莹愣愣地点头，想了会儿，才结结巴巴地道："应妈妈听应爸爸的，应爸爸说我好，她才不再反对。"

邱父听了低头沉思。

中午，邱父在邱莹莹的指点下，去买了丰盛的中饭，给应家送去，并去唤邱母回邱莹莹病房吃饭。

应母见了，非常客气地欠身道："怎么好意思。我们两家的事儿还没定下呢，我怎么可以心安理得地无功受禄。"

"哎，您这就见外了。我都还没好好谢你们这几天对我家莹莹的照料。"

"呵呵，下不为例，下不为例。听莹莹妈说，她已经退休，打算在这儿伺候女儿到出院恢复健康。不如我们两家饭菜票合一起用，让我们应勤出钱。"

"这么做，论规矩是不行的，我们同样不能无功受禄。这样吧，我安排好这边的事，明天即赶回家去，见应大哥。老话说，父母之命，媒妁之言，我们老哥俩喝几口，这种家务事由两个大老爷们儿见面决定。"

应母一愣，但随即点头，"这是正理。"邱父松口气，领邱母走了。这边应勤问："不是已经说定了吗？"

"那怎么算，还得他们两个男人当面敲定。婚姻大事呢，又不是儿戏。来，吃饭。到底是同乡，买的菜口味差不多。吃完饭，妈口述，你发短信给你爸，先打好招呼。不过都是规矩人家，应该容易说话。"邱莹莹当然不敢将应爸爸误将关雎尔错认为她的事儿告诉爸爸，她觉得爸爸不知道此事，心里反而更有底气。

安迪先到饭店包厢。这家饭店位于欢乐颂小区附近，安迪回家旋一趟，放下拎包，赶到饭店时间还绰绰有余。饭店清爽家常，一眼看进来就知道菜价不会高得离谱，但必有几个拿手本帮菜。这种恰到好处的饭店，只有樊胜美这个热衷扫街的才寻得到。

第二个进门的是曲筱绡。曲筱绡一来，包厢里便不得安宁。"只有你？关关小宝贝没跟你在一起？收起你的手，你别的都美，就两只手关节粗大，完全劳动人民的手。咦……等等。"

　　安迪一见曲筱绡进门就微笑着竖起左手背，却被曲筱绡埋汰一顿，悻悻地放下手。"小关现在有专车接送，跟我不一路了。"

　　曲筱绡钻到安迪身边，抓起安迪左手看，"钻石闪，做工好，牌子货，包大人出手大方。你们定了？定了就得请我客，你俩完全是我一手捏巴到一起的。我是第一个看见的吗？我显然不是。反正你们要请客。"

　　"下次包子来，我问问大家有没有时间。"

　　"单独请我。"

　　"你一个人单独面对我们一对，多没劲。总之以酬谢你的名义，行了吧？"

　　"这个可以有。问你，关关跟你提起警察哥哥没有？"

　　"为什么不问问我为什么忽然接受求婚，或者包子为什么这时候忽然求婚。"

　　"你俩没什么八卦，脚指头想都想得出来怎么回事。你慢慢喝茶，我想起来了，关关一定有人送来，我去门口瞄着。"

　　安迪哭笑不得地目送曲筱绡出去。此人如此八卦，即使深知谢滨不好惹，却依然克制不住两手两脚，令不好八卦的安迪叹为观止。这是哪儿冒出来的原动力啊。

　　曲筱绡走出包厢，便给又被手术拖住的赵医生发去一条短信，"安迪戴上订婚戒指了"，但想来想去，又删掉了，没发出去。她小小嘟了一下嘴，稍稍失神了一下，便恢复活泼。

　　很快，曲筱绡坐在沿街窗口边看到很老土很古板地拉着手走来的关雎尔与谢警察。春风拂面，即便城市的街道都抖出点儿姹紫嫣红，偏这两个人虽然目光交错浓情蜜意，却依然湮没在滚滚红尘之中，没人看得出这两人刚陷入热恋阶段。曲筱绡尤其留意谢警察，这个几乎曾被父母遗弃的男孩，这个从穷得都遮不住屁股的村庄走出来的男孩，这个在继父家里没名没分住到大的男孩，曲筱绡心想，总有几丝蛛丝马迹露出来吧？若无，此人就太深沉可怕了。

　　过马路时候，谢滨与所有的城市青年一样轻松自如，游刃有余，从肢体语言看得出，还分心保护着关雎尔。其实关雎尔自己也游刃有余，并不需要别人保护。但曲筱绡想，换成她和赵医生过马路，赵医生一准伸手搂住她，车在左边，他站左边，车在右边，他换位到右边。那种受保护的感觉特别好。她曲筱绡从小海市长大，混过纽约，什么车阵没见过，可她那时准小鸟依人地缩在赵医生怀里，享受这种无微不至。她要的就是这种感觉。

曲筱绡嘴角微翘，轻轻一笑，连她都无法抵挡这种感觉，何况关雎尔。

然后，曲筱绡看到从欢乐颂方向匆匆赶来的樊胜美和饭店右首树下站着的王柏川。曲筱绡眼睛一亮，便多关注了两眼两人的互动。显然，王柏川看到了樊胜美，手指如鸡爪般地抓紧手包，焦躁地盯着一个方向。而樊胜美显然没注意到王柏川。樊胜美今天穿短裙短靴，好像都是新的，整个人容光焕发，比关雎尔他们那对抓眼球得多，随随便便抓一只小包走在马路上便是中心。

曲筱绡不禁脸上流露出不屑，迅速将樊胜美全身解读一遍，判断鞋子服装加起来的价钱。这一走神，等眼睛再转回到关雎尔身上，发现两人已经到店门口，而谢滨正念念叨叨地将一封信交给关雎尔。曲筱绡眼睛又一亮，这就是传说中两人商议交换的书面经历报告？她此时真想飞扑出去，将信封抢来。她在店里激动得双脚在地上乱踩，眼珠子骨碌碌乱转，思索着怎么想办法将此信骗到手。

曲筱绡急切地等着关雎尔进门，但关雎尔却在门外抱歉地再次跟谢滨解释，她昨晚加班没法将经历写完。两人一来一去说个没完，曲筱绡却又瞥见樊胜美走近了。她坐在里面干着急，一个人念念有词，"咳，关关你还不进来，你在外面樊大姐就能避开王柏川了懂不懂，你这天字第一号大灯泡，要让樊大姐和王柏川单独对面碰，谁都不要脸，才有好戏看知不知道。"

说时迟，那时快，樊胜美快走几步，不管关雎尔正与谢滨道别了再道别，道别个没完，就迅速贴上关雎尔。曲筱绡一看，气馁地起身转回包厢里去了。到此地步，还能有好戏看吗？

走进包厢，就听看着手机的安迪问了句，"看到什么了？"曲筱绡坐到安迪身边，回想了会儿，奇道："要不是我亲自走了一趟谢家，不，即使我亲自走了一趟，看到谢哥哥真身，还是怀疑我打听错了。"

"看得出我是孤儿院长大的吗？"

"看得出，你挺冷漠，关键时刻心肠很硬，下手果断，一看就是从小吃过苦头的。"

安迪惊讶地抬头看向曲筱绡，肯定地道："但总体而言，我是好人。"

"别跟你作对就是了。"曲筱绡听外面有动静，便扭头看向包厢门。安迪瞪着眼睛吃惊，但她很快意识到，曲筱绡的结论并不成立，因她认识的其他孤儿未必个个都有同样特征。她放下心来。

　　而门外的人则是次第进来，最先是樊胜美，然后是关雎尔，最后压阵的是王柏川。曲筱绡一看这布局就明白樊胜美不要王柏川了，她笑嘻嘻地起哄，"老王，你是今天唯一的先生，什么倒酒倒茶的事情全交给你了。"

　　王柏川都没机会吱声，早有樊胜美笑嘻嘻地招呼道："呀，你们都这么早来啦。刚邀请小谢一起来，他不肯。"

　　"谢哥哥怎么会不肯，我看他十八相送把我们关关小宝贝送过来，才不舍得离开关关，一定是关关使眼色了。"曲筱绡眼睛似笑非笑地打量关雎尔，见关雎尔瞪她，便神秘一笑，扭回头对着安迪会意地使个眼色，这眼色满是内容，可以总结出千字长文。关雎尔看着，心里乱了阵脚，不知道曲筱绡表情背后是什么意思。她立刻想到，曲筱绡会不会去过谢家了，究竟听到了什么，以致表情如此鬼祟。

　　而曲筱绡干咳一声，脸上转为平常。"樊大姐坐主位，今天你请客，别客气啦。"

　　樊胜美笑道："不好意思，恭敬不如从命。"樊胜美一拉关雎尔，两人一起坐下。扔下王柏川只能坐到圆桌主位的对面，包厢的门口。

　　曲筱绡笑眯眯地看着一切，一个细节都不放过。等王柏川坐下，她又一眼溜向关雎尔，果然，关雎尔以探询的目光看着她。她立刻将眼睛收回，王顾左右而言他，"谁点菜，谁点菜？我要吃菠菜。"曲筱绡向来只有勇往直前，从不畏缩退让，她今天的反常让关雎尔更是心神不宁。是不是谢滨怎么了？关雎尔忍不住摸摸包里的信封。而她的所有焦虑，都落入曲筱绡的眼里。两人如此隔空无声地互动着，没有别人知道。

　　安迪与樊胜美一起看菜单，她才点了一条蒸鱼，樊胜美早已报了好几个菜名给服务员。关雎尔连忙道："够了够了，樊姐，我们才这么几个人，晚上都不怎么吃的，点太多浪费。"

　　樊胜美笑道："你们今天都得为了我多吃。"但她毕竟还是收了手，只再添一盘油爆虾。

　　曲筱绡抓紧时间问王柏川："你俩吵了？"

　　王柏川支支吾吾，不肯回答，转了话题，"你跟意大利那边谈得怎么样了？能敲定吗？要是行，我好早早安排生产。"

　　曲筱绡笑得狐狸一样，"看起来问题严重了。别怕，老王，我罩着你。"

　　曲筱绡若无其事，樊胜美无奈地看着。安迪一声不吭地看着，忽然想到这是不是就叫冷漠？也是，她向来不关注些许小摩擦，仿佛神经迟钝，大约是小时候给磨损多了。而关雎尔则是怕一出声就惹到曲筱绡，也是不响。一桌只有曲筱绡在活跃。曲筱绡却"咦"了一声，环视左右，"樊大姐，你该发表讲话了。你说过你请客有原因的。"

"上了菜边吃边说啊。"樊胜美微笑。

"我看你是紧张的，脸都抽了。老王，你要体贴呢，就借口去外面溜达一圈，等上菜了再回来。别干等在这儿跟我们樊大姐大眼瞪小眼，害她直深呼吸。"

安迪立刻扭过脸去憋笑，而王柏川只能对曲筱绡勉强笑笑。樊胜美不禁想到李总宴请的那个晚上，那一天王柏川在大客户面前也是百忍成钢。

"好吧，我说吧。"樊胜美双手交握在胸前，依然美丽地微笑。"这半年，是我最难的半年。这半年里，我家里发生许多转折性的变化，你们都知道的。幸好这半年有你们，所有人，还有小邱，你们实质性的帮助，以及精神上的支持，让我挺过难关。我谢谢你们。今晚，我很感谢你们赴宴，安迪现在为了安全基本上很少在外面吃，小曲很忙很累，今天才出差回来，小关推掉常规性的加班，还有王柏川推掉那么多应酬，你们都是给我面子。我谢谢你们。"

第 63 章

　　大家都说别客气，只有曲筱绡没说，只是撑着下巴看着樊胜美等下文。可曲筱绡左等右等只见樊胜美请大家吃刚上的菜，就道："樊大姐，我不是给你面子来的，我想看你怎么对老王表白，你们明显不对劲，还是爽快说了吧。"

　　安迪平静地对曲筱绡道："没安排这个程序，你别节外生枝。"

　　"谁说没安排，你没看一个已经准备打，一个准备挨，都上发条了，紧张着呢，都一心扑在对方身上呢，要不怎么这么久都没人看见你的订婚戒指？这么闪的戒指，我可是一进门就看见的。"

　　大家的视线都扑到安迪的左手，安迪索性再次竖起左手背。"大概刚才我一直垂着手，小关也没看见呢。你别胡闹了。"

　　"对啊，为什么小关也没看见。小关……跟谢哥哥分手时候听说什么了？"曲筱绡直奔她最关注的重点。但她扑扇了几下睫毛，立刻跟着樊胜美，几乎与樊胜美同步着喊："哇，好大的钻哦。"当然，樊胜美说得颇有分寸，但曲筱绡就无比夸张了。一屋子人，最尴尬的是王柏川。但即便是王柏川也留意到，关雎尔神色大变。

　　樊胜美立刻想到谢滨交到关雎尔手中的那封信。她深深知晓曲筱绡揭伤疤的能力，忙笑道："小曲，戒指是什么品牌的？没有明显的 Logo，我都认不出呢，还得有请你的法眼。"

安迪直接对关雎尔道："你别上小曲的当，她给你摆迷魂阵呢。"

"你怎么知道我摆迷魂阵，你又不是我肚子里的蛔虫。"

"你这么大的人还长蛔虫？我请求与你隔离。"

"你是蛔虫，大家都跟你隔离。不隔离的就是大肠，小肠，便便，哈哈哈。"曲筱绡笑着转向关雎尔，立刻变成一脸严肃，"小关，你一直疑心我对你使坏，即使我已经向你表白，你也不相信我。我刚才进来看见你拿了谢哥哥的信封，故意试探你一下，看你会不会再次把我想歪。结果呢，大家都没觉得什么呢，只有你纠结上了，你还是在担心我对你和谢哥哥动手脚吧？我失望倒也罢了，不关你事，你不会少一斤肉。但这正好说明你对你家谢哥哥没信心？"

"谈恋爱么，谁不是患得患失的呢？别纠缠这种小事啦，小关经验不足，担心得多点儿也是有的。"樊胜美大胆插嘴。平日里，她能不惹曲筱绡就不惹，走路都绕着走，而今似乎平白有了勇气。

安迪见关雎尔一张脸涨得通红，便使出最直接的办法，伸手笑嘻嘻地捂住曲筱绡又待张开的嘴。"我最知道你关心小关，私下为她操了许多心，我可以替你证明。小关患得患失伤及你，你有委屈。但这一切都是因为沟通不良好，还有你自己承认的你故意误导。好了，现在大家都清楚了，我们都不计较了吧？点头就放开你。"

曲筱绡在手掌下顽强地咿咿唔唔地道："你以为我真挣不开你的糙手吗？我只是担心蹭到你肚子里的球。"

安迪一笑放手。曲筱绡对着安迪怒道："你对小关比对我好，你越是这样，我越是为难小关。"

只有安迪笑出来，其他几个确实都各怀鬼胎，没有笑的心思。关雎尔还是站起来，举着茶杯道："小曲，对不起，我真不应该。请原谅我……我……真的被你说中了，我没信心，很担心事情是不是太过完美，完美得不像真的。"

这一下，满桌子的人终于统一了表情：惊讶。是安迪的手机叫响，将凝滞的惊讶打破，安迪接到老包的电话。老包开口就道："我儿子今天下午跟我电话沟通得挺好。你功劳不小。"

"他跟我讲了。你们两位都有诚意，我最多是促成一下。什么时候回去？他说忙得要死。"

"让他忙去，年轻人需要锤炼。我现在倒是安心了，打算多休息几天，拜访几位老友，打打球。"

"好。"

"谢谢你。一家人多为对方着想，比什么都重要。你忙吧。对了，我替你订了一辆法拉利，送你做结婚礼物。不过估计车子到手，一大半时间是我那儿子在用，他喜欢超跑。哈哈，再会。"

安迪接电话的时候，曲筱绡蹦跳过去，按关雎尔坐下，道歉了几句。曲筱绡看看关雎尔的包，想到包里的信，心里痒痒的，可终归不敢乱动手。等她回座，却发现安迪已经迅速打完电话。"这么快？"曲筱绡没事找事问一句。

安迪才"嗯"一声，立刻脑子一转反应过来，"又上他们爷俩的当。"

"干吗这么看着我？包家父子？想怎么反击说一声，主意我多的是。"曲筱绡挥手掌在安迪面前摇。"真气着了？"

"没，乐着了。老的想跟小的示好，又挂不下面子，就借送我新婚礼物的名义送一辆法拉利。切，到时候车子扣在海市，谁也别想拿走。"安迪看见王柏川疑惑的眼神，又肯定了一下，"是包家。"

王柏川本以为大家都站在樊胜美一边，不会理他，见安迪充满善意，忙道："大家原本都以为这次会闹很大。这下真好，祝福你们。"

"凡事多沟通，复杂问题简单化，合理范围内主动退一步吃点小亏，大多数问题能顺利解决。没什么大不了。"王柏川举饮料杯，道："谢谢提醒。我有数了。"换安迪奇了，"真不是故意说你，我说的是包家的事。"樊胜美笑道："你歪打正着了。王柏川，这半年来，非常非常感谢你。今晚请客，需要特别感谢的是你。我怕两个人单独面对面很难正经说话，尤其是我又闹性子说不出来，所以请了我们22楼的姐妹们列席监督。这半年，你给了我最大的心理依靠。我哥出事，我爸中风，我哥坐牢，我妈讨饭，等等，我每次都在最走投无路的时候，总是可以想到，找王柏川，他一定在，我可以把所有的事都扔给他。可我都没替你想想，凭什么……"

大家都听得惊住了，这一回连曲筱绡也收起她一贯对樊胜美的不屑，拿正眼看向樊胜美。曲筱绡不知樊胜美最终想说什么，但，总之，这是大实话。眼见着樊胜美泪光闪闪，背过身去，暂停说话。嗳，这回应不是虚情假意。但，为什么？为房子？曲筱绡始终绷着一根警惕的弦。

最震惊的当然是王柏川。他怀揣理所当然之心而来，等待被樊胜美当着22楼的姑娘们批斗，批到体无完肤。他完全想不到，他听到了最意外的，完全猜测不到的。他都哑了，樊胜美转身拭泪好一会儿，他才道："我……应该做的。而且每次我做得都不理想，很抱歉。还是你们22楼的姐妹们做得多，得多谢她们。"

樊胜美平静下来，拿出小镜子稍微照照，整理一下头发，又转回脸来说话。曲筱绡见此不禁笑了，抢了话头："哈哈，我刚以为你什么什么上身了呢，还好还好，小动作没丢，还是你。继续。"

樊胜美有些哭笑不得，倒是和缓了情绪。"好吧，继续。王柏川，你我一样年龄，一样出身，一样挣扎在海市立足，我凭什么对你要求这么多，把我已经绝望的事情推给你做，勒令你一定做好做到我满意。我现在才明白了，我是把你当作救命稻草，死死抓住你不放。我绑架了你。对不起。我欠你一个巨大人情。"

"你……你肯要我做事，是看得起我。"

"不，我找不到别人，人不是那么好找的，人人都爱锦上添花，不愿雪中送炭。想不到我能遇到这么一桌好人，这是我的天大福气。王柏川，你替我做了不少麻烦事，而且也惹了麻烦上身，还麻烦了你的父母。我对你是丧心病狂地抓顺手了，对不起，我不应该这么利用你，非常畸形，对不起。"

王柏川默然。安迪首先将脸转向曲筱绡，试图印证她的猜测。见曲筱绡也是睁大着眼睛看着王柏川。关雎尔更是了。安迪找不到答案。一桌无话。过了好一会儿，王柏川才道："我明白了……"

"别，你别这么容易就明白。"曲筱绡伸手阻止王柏川，"樊大姐，老王是我客户，客户比朋友重要，我对你起了。我替老王问你一句，你该不是为房子什么的问题找借口跟老王分手吧？还是希望我们替你撑腰，以退为进逼老王答应什么什么的？"

"买房子完全没有问题。王柏川对我仁至义尽，准备合同上写我们两个的名字，但我那天正好身份证交给安迪带回老家办些事，没有原件无法签名，安迪可以做证。我那天完全是自己的问题，我自己一分钱都没出，合同上无法签名却不合理地迁怒于王柏川，回来后想了很多，躺了一天，小关可以做证。唉，害王柏川还向我道歉。但那天承小关帮忙，小关提出没有爱怎么结婚。也让我想到很多。包括第二天去医院看小邱，我旁观者清看到小邱为了结婚什么都可以丢弃，又想到很多。对不起，王柏川，我一直拿你当救命稻草，但这不应该，必须结束这种病态关系。我家的事应该由我自己承担，而不能以爱的名义绑架你。如果有可能，来日我们可以重新开始，但必须以各自独立的姿态重新开始。"

王柏川脸上一红，在买房子那事上，他显然不是那么单纯。但此时，他不打算说出来了，只是面对樊胜美的坦白，他的脸抑制不住地红成一片。他站起身，试图潇洒地笑着告别，可笑不出来。他看着樊胜美，此时眼圈红红，妆容不整的樊胜美反而很美，比以往俨然标准美人更招人爱怜。但独立的樊胜美还轮得到他来爱吗？他站在那儿，想了半天，才说出一个"再见"，转身又想到一个"保重"，默默离去。

众人张口结舌地转回头，又都看向樊胜美。樊胜美忙笑，但一笑却笑出眼泪来，"谢谢你们，要不是你们在座，我真没勇气说出这些话来，我怕又吧嗒一声靠了上去。如果有稻草捞，总想可以放纵自己偷懒。"

"何必啊，我说，樊大姐，你也年龄不小啦，我们老王也算是不错的王老五，又是真心爱你。你好好想想，老王这种人单身扔到市面上，不出三天让女人扑上来瓜分光，尸骨都不剩，没你什么重新开始了。"

"一言难尽。前天小邱说，朋友怎么跟家人比。对大多数人来说，这话是对的。可很不幸，我是极少数。你们跟我完全没有利益瓜葛，却比家人对我好多了……"

曲筱绡打断，"打住，肉麻。要不是你家人实在差劲，还衬托不出我们几个路人的高大。你别真拿我们当朋友。"

安迪道："小樊这话我同意，我以前没家人，只有朋友。现在有包子，但朋友依然是朋友。"

"实事求是地说，我这两天想，我爸中风是我人生一个转折。我那时候开始掌握了我家财务大权，家里不再有人有本事对我予取予求，我总算手头有了点儿积累。说真的，我前两天查出我手头竟然有点儿存款的时候，才想到我这么多年都活了些什么，为谁而活，我对人低三下四拼命谋点儿小财只想到家里是个大窟窿，我找各种机会挣钱，转手都补贴给家里，我什么时候想到自己了？我这人活着就是个悲剧。你们没有看不起我，还拿我当朋友，一直帮我，我真说不出该怎么谢你们。但我真不敢面对王柏川了，我太恶心，要不是你们撑着，我今晚都没脸抬头跟他说话。"

樊胜美一边说一边流泪哽咽，这回脸上的妆都糊了，她都顾不上，且费劲地说，说，说。在座的三个人不禁都想到这半年多来樊胜美的种种悲剧场面，那些与男人夹缠不清的场面。但这一回，连曲筱绡都没出声，看着樊胜美断断续续地将话说完，看她趴桌上号啕大哭。

关雎尔的眼睛早糊了，不断拭泪，又伸手抱住樊胜美，给樊胜美拭泪。曲筱绡嘟着嘴朝天花板翻白眼，翻了会儿，双手打眼睛上，一声不吭。只有安迪没哭，也没伸手，她看着樊胜美，一直默默地看着。她理解樊胜美为什么离开王柏川。她改名换姓用护照上的英文名做常用名，也不正是为了不让过去的熟人认出来，避开小时候的种种不堪过往吗？前天包奕凡热情洋溢地提议举办最热闹的婚礼，她一口否决，她不愿被太多人瞩目，怕万一被认出来。而她没樊胜美的勇气，什么都不敢说，都埋在肚子里。

一桌菜几乎凉透。等樊胜美终于抬起头来，关雎尔勇敢地对曲筱绡道："小曲，你如果知道小谢的什么，请告诉我。"

"挺好挺上进一个青年，你疑心什么？"

"就因为他挺好挺上进，而我，挺不美。以他的条件，他可以找到跟我条件差不多的更美的女孩子。我早就明白一个理儿，没有无缘无故的爱。你告诉我原因吧。"

曲筱绡不由得看看安迪，见安迪也看她，她真想问安迪，谢滨不愿追更美的女孩，是不是他美女妈妈的不堪过往给他留下的心理阴影。但曲筱绡很快就当作若无其事，顺水推舟地问安迪："这算理由吗？你听听。"

安迪对关雎尔道："小关，你是个很好的女孩子，不要妄自菲薄。你虽然不美，可你耐看，越看越可爱。"

"我不是妄自菲薄，我从小就意识到，女孩子不美没出路。我是实事求是。"

曲筱绡道："好吧，我替你去问问。不过有条件，不管怎么样，你都不能告诉谢哥哥，否则我准被他拆了。"

"你真不知道？"

"真不知道，不信你问安迪，我出差那几天她隔几分钟就电话查岗，说什么不许我伤害你。我是那种人吗？我真忌妒，安迪对你比对我好多了。"

安迪不吱声，听到这儿依然不响，只对着关雎尔笑一笑。但关雎尔却放下心来。"小曲，那就不必查了。即使有什么，我也不想知道。当然，肯定没什么，一定是我自信不够，疑神疑鬼。"

曲筱绡尖叫："擦，调戏老娘，你一会儿说查，一会儿说不查，你第几回啦？你给我当着大伙儿咬破手指头写血书发誓，以后不会再出尔反尔。你当朋友是二十四孝的啊。"

关雎尔一脸很不好意思，却笑了，"我……对不起。樊姐说的，我真是太患得患失了。我抱你一个，熊抱。"

"哎哟，不要。那是小邱的勾当。"曲筱绡蹦出去叫服务员，塞了一张小费，让把几个菜端出去热一下。等曲筱绡回来，安迪摸摸曲筱绡的头，笑道："这娃，坏的时候挺坏，好的时候挺好，不过本质是挺好的。"只有曲筱绡知道安迪指的是什么，她翻个白眼，吞下这种"侮辱"。结账时候，服务员却说，王柏川已经结了。回去欢乐颂的路上，樊胜美与关雎尔挽手走在一起，安迪一看见曲筱绡凑过来，便警觉地避开。曲筱绡几次三番没得逞，只好与樊胜美关雎尔她们去勾肩搭背。说是凑巧，也是她有意为之，她正好靠在关雎尔的小包上，一边走路一边蹭。她真希望自己有特异功能，能透过小包看见里面信的内容。可刚才饭局上都已经大义凛然了，再做小动作就有抽自己耳光的嫌疑，只能勉强老实。

半路上，有短信发到曲筱绡手机上，曲筱绡拿出来一看，朋友发来赵医生于大排档饭桌边倚香偎玉的照片，一帮中青年妇女正使劲灌赵医生喝酒。曲筱绡镇定自若地拿给大伙儿分享，"肯定又是个巨烦的手术，做完需要发泄。"

安迪看一眼，眼皮一跳，"不吃醋？"

"又不是一对一。"曲筱绡立刻拨通朋友电话，"在哪儿？我去接他，喝酒了不能开车。"

连樊胜美都惊讶地问："这么贤惠？"

"女人身上的鸡零狗碎他什么没见过。对他，最重要是感情。安迪记住了？"

"你的老赵，关我屁事。"

"我牺牲我家老赵，帮你家包大人教育你呢。万一遇到这种事，想开些，别钻牛角尖。"

"那不行。对等原则：我不跟其他异性接触，他也不能。他想接触其他异性，除非他别找我。"

"哈哈，也对。我当然也管不住自己。88，我这儿下去取车，你们回吧。"关雎尔看着曲筱绡的背影，才敢道："她内心真强大，在她面前，我就像中学生。"樊胜美道："她也就说说呢，能不在乎吗？看死她一上车第一件事先化妆，到了那儿把一圈人全比下去。"

"做美女真有必要。"关雎尔无限感慨。安迪本来笑嘻嘻地听着两人八卦，她懒得去想曲筱绡是否真的在乎，反正曲筱绡说什么，她听什么就是。但一听关雎尔又提到美女，她不禁想到饭桌上关雎尔提起过的没自信，这问题倒是真的严重了。"小关，看你总是提到美女，我正儿八经问你一句，如果小谢喜欢你正好因为你不是美女，爱情不是你以为的那么纯粹，你怎么办？"

"安……迪，你是不是听说什么了？"樊胜美叹道："安迪，别太蛇打七寸，这问题小关回答不了。她正患得患失呢，你要求太高。"安迪看看夜色中神色慌乱的关雎尔，"啊，那倒是。"樊胜美指望安迪安慰关雎尔几句，可安迪就到此为止了，抛下一脸紧张的关雎尔。樊胜美只得勉强笑道："小关这个紧张大师，这下又紧张上了。小谢喜欢你无非是你正好跟他最搭，他要是满嘴赞美你美，那就是他欺骗你，你要是认为他因为你美而爱上你，是你自欺欺人。我觉得呢，凡女孩子恋爱中都自觉奔后者而去。所以你一定要调整好心态，正确对待他的爱，而不是自欺欺人。可最该批评的是安迪，热恋时候谁长眼睛了？谁都是男的世上最帅女的世上最美。反正都不长眼，等长眼了，发现已经结婚，天下顿时太平了。"

"哈哈，难怪我觉得包子最性感。可理性地想，我以前那些欧美同事长得帅的更多。原来是爱情在作怪。我决定继续自欺欺人，他最帅，我最美，小樊最英明。"

"这就对了。"走进电梯，三个人发现电梯里只有她们三个，"我们大楼的人都很宅啊，这个点已经没人了。"

话音未落，三个人的手机一起提示有短信。关雎尔道："小曲什么事？"三个人都以为是小曲，打开手机一看，却是邱莹莹的短信，关雎尔主动读出来，"我爸与应爸爸推杯换盏，刚刚决定，我和应勤两人的事就这么定了。等出院就去办登记。恭喜我吧！！！"

三个人在走廊上一时驻足，安迪笑道："那我得快点儿，争取做我们22楼第一。别让小邱抢去了。"她边说边发去"恭喜"短信。

"嗳，小邱总还得与应勤爸爸见面，我和小邱的声音完全不同，应勤爸发现真相会怎么样呢。而且小邱要是登记了，可能也很快得结婚了吧，她搬走后，谁来住她的房子呢？不知合不合得来？"

樊胜美听着这话只能笑，她赶紧给邱莹莹拨电话过去。"小邱啊，恭喜你，太好了。我跟小关和安迪都在，我们都替你高兴呢。"

邱莹莹压低声音兴奋地道："成了，我太开心了。我妈和应妈妈就在走廊上商谈下一步怎么办，我真想跟去听。我爸说，两边的手续先办起来，要开什么证明拍什么照的，先做好，回头人一方便就去登记。应勤今天刚拆线，他听到他爸发给他的消息也高兴坏了，一定要跑过来跟我说，幸好被他妈妈摁住。他刚才一直跟我打电话呢，我硬是让他等等，我说我要先给你们发短信报告好消息。我太开心了。"

"这是最好的消息啊。双方爸妈都同意，你们又如此情投意合，你们这就叫天作之合啊。我们都替你高兴。你赶紧再跟应勤说话去，他都等急了。我这边挂了啊，回头见面再恭喜。"

邱莹莹在一串毫不掩饰的笑声中结束通话。樊胜美看着面前两位，尤其是关雎尔，笑道："这家伙连我声音嘶哑都没听出来，开心坏了。小关，你别担心，船到桥头自然直。一般准公公不大会直接联络准儿媳，他们直接交谈的机会不多。"

"问题是总得见面，不是婚前就是婚后，逃不过。"

"看安排，再见面时恐怕已经领证了。俗话叫生米煮成熟饭。应家前面一个相亲的已经闹成那样，要是后面一个结婚的领证了又离，他们得被人笑话一辈子，估计最后只能认了。小邱不会有大碍。"

安迪听了看着樊胜美笑，"再赞一次小樊英明。"

樊胜美这下是真心喷笑了。三人在走廊道别，各自回家。樊胜美一进门就忍不住道："要是小邱搬走，我跟房东说要求加钱搬到小邱屋里吧。宁可晒黑也不要住这种不通气的小黑屋了。"

关雎尔不禁想起方才饭桌上樊胜美的哭诉，"樊姐，你为了你的家，真是太刻薄自己了。"

"我们不谈这些了，以后我就当个没心没肺的美少女，开始享受生活。小关，你是我们22楼除小曲外最有理由没心没肺享受生活的人，你真该收起你的顾虑，稍微豁出去点儿。"

关雎尔想了想，摇头笑道："做不到，人无远虑，必有近忧。我喜欢这样。"樊胜美道："这样也好，照着自己性格做事，最顺心。小关，我今天消耗太大，头有点儿疼，打算早睡，我先用洗手间了。"

"樊姐，真心为你叫好。你真有勇气。"樊胜美虽然脸上欣喜，可还是谦虚地道："要真有勇气，早不是今天这样了，都是逼上梁山，实在没办法，眼睛一闭跳了。谢谢你们今天撑我……"说到这儿，樊胜美的眼泪又来了，她苦笑着伸手背擦掉，"我先用洗手间了。"

"嗯，我看谢滨给我的信。"关雎尔又是紧张，又是强打微笑。她的表情都落在樊胜美眼里，樊胜美心里有些羡慕。

晚十点正，关雎尔的微博挂出一条新微博，"我正在奋力写我的。：）"安迪想了想，截屏发送给曲筱绡。"什么意思？似乎答案已经有了？"曲筱绡刚载着喝多了的赵医生回到家，喝多的赵医生非常不羁，曲筱绡也无所谓，两人从电梯一直热吻到家。赵医生才被曲筱绡扔进洗手间。她这才有时间看短信，一看，就冲出门拍开安迪家的门。安迪看到口红凌乱的曲筱绡，笑着拉她进门。"耽误你娱乐。怎么办？"

"正要问你，你觉得答案是什么？"

"从晚饭后回家路上的试探来看，小关如果通过阅读书信得知实情，必然疑心小谢可能因为母亲艳史而回避美女才找的她，那么她现在不会特意开心地发一条微博侧面通知小谢。所以我怀疑小谢的信不是不实，就是不全。"

"要不要向关关揭发？但看起来谢警察心计很深，胆子也很大，我不敢得罪。我是生意人，我头上小辫子一大把，随便抓我一条我就损失惨重。关关还不值得我冒这么大风险。我说实话会不会被你鄙视死？"

安迪肃然，"你说得是。我头上小辫子更多，更不敢。"

两人对视，静默了许久，曲筱绡道："老赵在等我。"她转身就面无表情地走了。安迪没挽留。她不知道曲筱绡的辫子是什么，但她知道她的每一条辫子都足够她发疯。她是死活都不敢得罪侦察能力强大的人。

但是，小关怎么办？不仅安迪彷徨，曲筱绡也在浴室门外彷徨。而邱莹莹正缩在被窝里，抓着手机与应勤短信来短信去，甜蜜非常。

清早，22楼显得安静。安迪从楼下保姆房吃饭上来，电梯门一响，才带来一些声音。随即，樊胜美眼睛上捂着一包不知什么，撞出门来，差点儿撞上安迪。安迪连忙扶住樊胜美，"小心，这儿才是电梯。怎么了？"

"眼皮有些肿，抓紧时间压冰块。你说，咱们东方人的眼睛本来已经不灵了，再眼皮肿一下，还能看吗？安迪，麻烦帮按一楼。"安迪看着只会笑，帮按了一楼，"22 楼你上班最早。"

"现在开始变天了，特困户关雎尔同学比我更早一步上班了。应该是为了配合小谢同学接送，两人见面先吃个早餐，然后送小关去上班，再小谢赶去上班。"

"这效率……完全可以两人凑一起吃早餐，吃完小关乘我的车走，又见面了又省时。"但安迪说完就笑了，"你会告诉我，人家那是在恋爱，恋爱的人是盲目的。"

樊胜美也笑，"还真怀念这种头脑脱线一样的初恋呢，嗑药了似的，一整夜不睡，第二天照旧精神焕发。"

安迪才刚说出"我怎么没有……"，见电梯来了，连忙将樊胜美推入。她对着电梯门，将这句话轻轻地问出来，"我怎么没有经历脱线的感觉呢？我跟包子都很理智啊。"

此刻，安迪有些儿意难平起来。再一想，若是真脱线一样地相恋，她可怜的神经吃得消吗？她当即偃旗息鼓。这是她的命。

关雎尔下车时候，大楼周围并无通常所见的人来车往，而是冷清得厉害，这会儿还不是大楼里公司的普遍上班时间呢，触目所见是小猫两三只。关雎尔跳出车，才刚站直，便看到谢滨早很精神地跳跃到她的面前，替她把车门关上。关雎尔微笑着，将手中早捂得火烫的厚厚一只信封交给谢滨。谢滨下意识地翻到止面，就被关雎尔伸手挡住视线。"别看，别当着我的面看。"想想，又补充一句，"看了也别告诉我心得。"

"我迫不及待。"

"快走快走，警察来贴条子了。哈哈，你也是警察。"

"这可不是一家的。"谢滨又蹦回驾驶座，与关雎尔依依惜别。

关雎尔站在原地，微笑看着谢滨的车子拐弯不见了，才大步走向大楼。天上是春天初升的太阳。关雎尔笑眯眯地想到，她看到过这个城市的日出，想不到都过去两个多小时候了，太阳才升高那么点儿。关雎尔的心情如同当下的太阳。

办公室有昨晚加班至今的同事。关雎尔刷卡进去，里面的保安吃了一惊，旋即笑道："赶活儿？"关雎尔也开心地笑道："是啊，是啊。没办法。"她疾步走去自己的位置。听到后面有声音，回头看一眼，是保安不紧不慢地跟过来。她心里有些慌，干吗跟着她？但等她坐下熟练打开抽屉，保安也止步了。保安见关雎尔疑惑地看他，笑道："瞧我这记性，你们都穿差不多灰扑扑的衣服，我总记不住你们的脸。"

关雎尔大方地笑道："我左边是闵佳，对面是罗绮立。这下放心了吧？"

"呵呵，放心了，放心了，还真是，我记起来了。你忙。"保安验证完毕便走了。

"呵呵，罗绮立还比我晚进呢。"关雎尔忍不住又说了句。看看保安的背影，她没有犹豫，拨通爸爸的电话。"爸爸，你上班了吗？……我传份资料给你，你看看合适再告诉妈妈。……我在上班了，爸爸看完有什么想法最好发短信或者电邮。"她等提示后，果断将谢滨写的经历报告发了出去。总是需要汇报的。等待的时间漫长得让人心悸。关雎尔取出工作开始忙碌，可有点儿心不在焉，她担心爸妈的态度。尤其是妈妈的，她知道妈妈必然挑剔，妈妈对她这个唯一的女儿都挑剔得不行，怎么可能不挑剔谢滨。

终于，爸爸的短信来了：我们周五晚上到海市住下，周六见见小谢。关雎尔回短信：换到五一节行吗？爸爸回：不行，在我们见面之前，你也要把握分寸，不要太接近。关雎尔看了脸上一红，看同事正陆续进门，她抓紧时间一个电话挂给谢滨。"我爸妈周五来，可不可以礼拜六与你吃顿饭？"

"这周？"谢滨显然是惊了。"是啊，我跟他们才一提起，他们就势不可当非来不可。不过你如果不愿意，我会……"

"我没问题，我很高兴他们重视我。他们什么时候到，我去接他们。"

"他们自己有车。我老大进来了，拜拜。"关雎尔放下电话后有些茫然。她不知道这么早就告诉爸妈是对还是错。

安迪等电梯，却等来连体婴似的曲筱绡与赵医生。她这围观的比两个做出来的更怕难为情，转脸对着电梯道："保姆给你俩做了早餐，不如你们路过去拿一下。"

"来不及了。咦，今天怎么不戴订婚戒指了？"

"戴两天时间够替包子宣示主权了。我记得今天小邱出院，不知道他们怎么处理。"

"直接住应勤家去。她又没好严实，这儿住着谁照顾她？她妈妈在这儿连住的地方都没有。"赵医生悠笃笃地插了一句："挤一挤总是住得下的。不过会不会感染就不知道了。"曲筱绡哈哈大笑，"樊大姐和关关都会感谢你这句话。"

　　"我打算买件衣服，礼拜五去包子那儿办结婚证时候穿。不知道该怎么买，你今晚有空吗？"

　　"今晚明晚都没空，你还是找樊大姐，她现在是最空的。你除了让她别太替你省钱，其他么，她眼光还行。"曲筱绡趴在赵医生背上，偷偷伸长脖子看看他的神色，见他没什么大反应，便又加了一句，"真没想到哦，我们好像才刚认识呢，你都准备结婚了。小邱也准备结婚了。"

　　安迪看见曲筱绡的动作，不禁笑着帮她一忙，"你们什么时候呢？"赵医生毫不犹豫地道："小曲曾说过，等她进MBA混上半年，才肯见我爸妈。大概就那个时候。"

　　曲筱绡想都没想过是这个答案，她惊喜地挂到赵医生身上，由他背着进入电梯。"你怎么不问问我爸妈什么时候见你呢，我都还没说呢，你太恶霸了。这是22楼，盘丝洞，你没话语权。"

　　赵医生一脸臭屁地道："我这样的人才，放谁家都全票通过，毫无悬疑可言。索性懒得考虑了，完全不存在变量。"

　　"哈哈，安迪你见过这么臭不要脸的吗？"

　　"那叫自信。"赵医生再次抢答。安迪一笑。她记性好着呢，两人前不久的分分合合，完全源自两人各自的不自信。三个人在电梯口分手，各自找车。曲筱绡缠着赵医生问："你是说我不自信？"

　　"你第一自信，我第二自信。你怕见我爸妈，我怕见你朋友。真提一口气，见了也没什么。但勉强没好结果，这是我总结的教训。"

　　"嗯，我爱你，全听你的。"两人上了曲筱绡的车，先不急着走，又拥在一起亲吻。安迪经过，见此一笑。赵医生吻完叹息，"为什么你有这么多出差应酬，我有这么多手术，我们复合后都没时间放纵到死一下。"

　　"你现在就请假，我们回去。"曲筱绡尖叫。"不行，手术等着我。我迟做一天，病人就得多痛一天，不忍心。"

　　"其实，我也是。钱怎么总也赚不够呢。"两人无比抑郁地上班去了。

　　邱莹莹在邱母与应母的双重陪同下，终于出院回租屋了。与应勤分手的时候，一想到此后有好长一段时间无法见面，邱莹莹哭了一路。若非两位妈妈押着，若是22楼姐们儿出马的话，她一定求曲筱绡再找一下赵医生，请赵医生帮忙让她再住几天院，她不想离开应勤。

一行三人打开2202的门，应母首先皱起眉头。"亲家，才一间房，一张单人床，晚上你睡哪儿？"

"回头买张席子买几块泡沫板，睡地上吧，也就几天，克服一下。亲家，这边坐，我看看哪儿烧水。"

邱莹莹忙道："烧水我会来。只要不需要弯腰的事情我都可以做。应妈妈坐会儿，水很快好。"邱母本想阻止女儿的，但一想亲家看着呢，便由着女儿去忙碌。

应母却不由分说地道："我看别烧水了。这么住着不行，别一个还没好透，另一个又病倒。我们两家反正已经眼瞅着没几天就领证了，再说我家应勤还住院呢，应勤那屋里没人，不如你们住进去。你们住那儿，我可以放心不怕小偷进门了，你们可以放心更好休息将养，一举两得。等应勤能自己下床了，我还可以回去烧个菜洗个衣服什么的，我也方便。莹莹你赶紧给应勤打个电话，让他求别人帮打个中饭，我在这儿帮你们收拾完了再回医院。"

邱母不禁犹豫，"这么做，方便吗？都还没扯证呢。要不我问问莹莹爸。"

"别问了，大方向他们男人定，小事情我们自己解决，不事事麻烦他们。莹莹，你打电话吧。"

邱莹莹其实早想一口答应了，只是碍于两位长辈在场而已。她赶紧拿出手机跟应勤说话，这边两位母亲一起动手替邱莹莹收拾往后半个月内需要使用的衣物。

但应勤听了这消息后，奇道："那为什么不索性把你租房也一起退了？等我出院，我们就领证结婚，结婚后你更不用搬回租房了。还留着它干什么？不是白费房租吗？你跟我妈商量一下。"

"嗳，这话我怎么说得出口，你说，我把手机交给你妈。"

应母听了儿子说的，觉得也对。回屋与邱母商量。邱母却反对起来，"哎呀，这可不大好，怎么听怎么不对劲啊。怎么说都还没结婚呢，这么急着搬进去住，好像……好像说不过去？"

"啧啧，女人家啊，一点活变都不讲。我来跟莹莹爸说。莹莹，你替我拨你爸电话。"

邱母见此，勉强从了，让女儿不必打电话了。于是，邱莹莹兴奋地群发短信给22楼全体，"我出院了，身体很好，能自己走路。妈妈和应妈妈正帮我收拾东西搬去应勤家，我要离开2202了。我会想你们的，等我身体养结实了，会回来看你们。

樊姐，怎么跟房东说退租？"

关雎尔先看到短信，她心里惊诧，应家不是很保守吗，怎么忽然又想通，婚前可以先住过去呢。她将疑问搁一边，走去洗手间给邱莹莹打去电话。"小邱，我们正上班，没法帮你了。不如你打包好了，先拿走今天要用的，将重的大的暂时不需要的打包贴好封条，放屋里。我晚上回来和小谢一起帮你搬过去。只是可能会晚点儿。"

"啊，关关，你太好了，亲一口。你们晚上空着肚子来，我和妈妈做好菜等你们。"

"这个不用了，我们还得吃饱了才有力气搬呢。只是真不舍得。"

"关关，我也真不舍得你们。可惜我现在什么都做不了，等我全好了，我再回来找你们。"

邱莹莹放下电话，赶紧向两位妈妈汇报。两人都松了一口气，有车有朋友帮忙，方便不知多少。应母笑道："看上去你人缘很好。你几个朋友帮起忙来，有钱出钱，有力出力的，看上去还个个都挺大本事。"

"是哦，我们整个楼层五个女孩子就是你帮我我帮你的，我爸早说过了，有这些朋友在，他不愁。"应母笑，"那是。不过结婚前跟朋友玩，结婚后可得以小家庭为重了。"

"那是。"应母放下心米。"真懂事。可见应勤爸看人不会错，你大节上把得住，没问题。"邱莹莹连连点头，即使不好意思嘴上承认，心里却早开心坏了。没错，她大节上全无问题。

第 64 章

关雎尔中午与樊胜美讨论了邱莹莹退租搬家的事儿，两人一合计，关雎尔下班后还得加班，那么樊胜美正好可以抓紧时间陪安迪去买一件结婚登记礼服。樊胜美居中调派，将下班后的时间安排得环环相扣。但她下班早，与安迪的下班时间还有一段距离，如何打发这处空窗？没问题，正好大堂撞见陈家康，两人一拍即合，下班后樊胜美请喝咖啡，还陈家康无偿接送机场之人情。

安迪从一个讲座出来，走几步就到与樊胜美约会的星巴克，不得不说樊胜美对地段之熟。但她走进店门，一眼便见樊胜美对面还坐了一位绅士，安迪认识，就是上礼拜开车送樊胜美飞奔机场送身份证的那个人，她心里有些意外。安迪去要了一杯可可，两块蛋糕，过来坐到樊胜美身边，对陈家康点一下头以示招呼，便与樊胜美道："刚才站着讲了一个半小时，又累又饿，你让我吃饱休息一会儿。"

"不急。陈先生正讲他留学时候的逸闻呢，我就想，你一来就能证明究竟是不是这么离奇。"

"我不知道，我除了吃饭睡觉就是读书，工作后除了吃饭睡觉就是工作。还是回国与你们凑一起，生活丰富多彩得连胡思乱想的时间都没了。"

"哦，你做学术？我开化工厂，消化自己的专利。"

安迪忍不住笑道："看不出你还做研究，以为是纯商人。我做金融。"

安迪进来后，樊胜美就慵懒地陷入沙发里，查看朋友们的最新微博。她看到邱莹莹发在微博上的照片，大概就是应勤家，只有最基本的装修，地还是水泥的。她拿给安迪看。"你看，金窝银窝不如自家草窝，很快这窝是小邱自家的了，她字里行间全是中意。我真替她担心，前面雷区不少，回头跟她见面叮嘱。领证之前千万不能大意。"

安迪又忍不住笑了，"我也快领证了，你不能偏心到只叮嘱小邱不叮嘱我。"

"呵呵，不一样。你是人家上赶着要跟你领证，小邱是上赶着要跟人家领证。要是领不成证，你说她搬都搬过去了，回头路都被她自己堵绝了，到时候该怎么收场？可她现在高兴得忘了北，我得提醒她好几件事呢。"

"还以为她的事也差不多定了。回头观摩你怎么叮嘱她，让我想破脑袋也想不出她还得注意一些什么。"

"你条件好啊，根本不用考虑这些的。"

陈家康看着对面两位美女软语轻笑，本已无比心旷神怡，见樊胜美说得酸溜溜的，便忍不住帮了一句，"现在婚姻市场上金融女很吃香啊。许多老板挣了些家底，这几年也玩够了，果断下手追一个金融女回家，精明的管家婆就有了。几个以前一起留学的，骄傲到三十多近四十，转身被个二婚老板轻易攻克，现在全力为家族企业冲 IPO。呵呵，当然你们年轻美丽的不一样。"

"呵呵，然后当年追她们而不得的一帮男生背后拍手称快：你们也有今天啊。再然后像当当网、SOHO 中国之类的上市了，这帮男生又被金融女踩在脚下了。"

"那倒不会这么不堪，男生总归希望自己喜欢过的女生幸福。不希望女生只是被功利地追去做管家婆，做 CFO，做后妈。不管多强悍的女人，都需要真爱和真正的家庭。"

"你的前后语我替你总结归纳一下：二婚没真爱，与老公一起做事业不像真正家庭。有意思啊。"

樊胜美见安迪与陈家康笑脸之下针锋相对，连忙笑道："安迪你吃得可真快。要不我们抓紧时间去试衣？"

"OK。"安迪应一声就走了，理都不理陈家康。樊胜美赔笑告辞，跟着安迪而去。到了店外，樊胜美不禁问："怎么火气这么大？跟这种自诩风流的男人正经什么。"

"不好意思，得罪你朋友。我想起我跟包子的事，我不清楚我们算不算有爱情，总之他以前交往女朋友，据说还有杀开众人抢一朵校花的历史，最终都没结婚。跟我就直奔结婚生孩子而去，很……像那男人说的。"

樊胜美大惊，连忙伸手挽住安迪，"千万别这么想。那猥琐男胡说，不能当真。唉，我本来一直不理那人的，结果那次送身份证打不到车，只好领了一次情，好了，这回还了，以后咱不理他。跟我说，你不再乱想了哦。"

安迪站住，凝神想了会儿，再次肯定地道："我不是胡思乱想，而是有根有据。具体太私人，没办法细说。"

"不怕你生气，我得说，你谈恋爱的经验可能比小关还少。小关至少还旁观了许多，你，我怀疑你连旁观都懒得，因为你忙，你觉得这种事太小儿科。你知道男人下意识地最喜欢什么样的女孩？排首位的是美女，排差不多位置的是清纯，你全占了。偏你又钱多，聪明到可以打死一帮男人，敢追你的一定是实力相当不错的男人。我不知道包大人怎么追你，但换我是男人，为了把你追到手，我肯定使出浑身解数。首先是表达最强烈的诚意，那就是一开始就直奔结婚这个话题；然后是全方位迅速占位，包括你的时间空间，你的心，你的……呵呵，你懂的。然后恋爱慢慢谈，有一辈子时间呢。"

"问题不在于手段，而在于他凭什么一开始就认定跟我可以结婚？我不认为他心里如此确定，最初的时候我们完全是陌生人，对彼此没有认知，不可能轻易确认结婚。那么他是不是打算两个手段先不负责任地使了再说，万一中途发现不对转身就走，所谓始乱终弃？如果幸运，才最终得结果果真是结婚。作为我这个角色，就是傻不拉几被捕捉，被掂量了一下是否合格，而不是被追求？"

樊胜美张口结舌，好不容易才道："肯定不是你说的这样子。他追你之前肯定心里已经有想法的。人跟人之间有种很难说得清楚的缘，两个完全不相干的人碰到一起，忽然就爱起来，全无道理。就像小关也跟你有一样疑问，小谢为什么追她，她怎么就不问问自己，她跟小谢在一起为什么感到异常愉快，而不是其他男孩子，这就是缘分。你们没经验的，不懂把握机会，像我和小曲就会知道我们是否撞到对的人了。可即使这样我也是会犯错。我看见王柏川就一直暗示自己接受他，接受他，却忽略自己的真正感情，最终还是分手。小曲就聪明多了，她抓得很紧，追得也很紧。嗳，我在说什么啊，我的意思是，别瞎猜包大人的诚意。"

安迪却面色煞白了，几乎没有听进去樊胜美后来说的，只喃喃自语，"如果中途发现不对劲，如果这种事真的发生了，他是不是转身离去，丢下我和肚子里的孩子？"顿时，往日依稀的记忆涨潮般地又席卷而来。差一点，她就走上她妈妈的老路了。

樊胜美更是目瞪口呆，怎么都想不到安迪忽然变得如此不可思议，她摇摇安迪，直到把安迪涣散的注意力好不容易摇集中了，才道："你怎么了？你想哪儿去了？且慢说这事没有发生，你们就要领证结婚了，是包大人死死锚住你不肯放。再说了，我都听你亲口说过，有孩子也未必与包大人结婚呢。你说你说了没有？"

安迪点头，可她的心悸完全不是樊胜美所能理解的，她心中充满莫可名状的恐惧。她一把抓住樊胜美的手，"我们回去吧，不买了，让我再想想，我要好好想想。"

"慢着。我再提醒你，那种无聊男人的话不要信。人家故意拿话刺激你，你还真被刺激了？"樊胜美心里害怕，很想直接打电话给包奕凡，要他来收拾局面。可看着眼前安迪这模样实在可怕，她只能鼓起勇气来反抓住安迪的手，试图当场解决疑惑。

"不是，不是。"安迪手指揉着太阳穴，费劲地扒开旧时记忆，掏出理智来思考，"他对别的女孩，没结成婚的，也曾这么追求过，不是伤害许多女孩了吗？"

"爱情是成年人的游戏，合则合，不合则分，成年人自己承担所有选择。可能是他伤及女孩，也可能女孩伤到过他，还可能两败俱伤，什么都有可能，总之自己选择，自己承担，愿赌服输。只要不是抱着玩弄的心，任何结果都无可指责。你这么聪明的人，难道这也想不通吗？"

见安迪茫然地看着她，樊胜美只能将这段话掰开来，重复一句，问一句对不对。直到重复完了，才道："那还有什么疑问？"

"不好，非常不好。小樊，我们回吧，我不想买了。"

"我……我替包大人问你一句，是不是你想抛弃他了？不怕他受刺激吗？"安迪吓得跳起来，"没有。"怎么变成是她抛弃人了呢。樊胜美看着摇头，"再聪明的人，第一次遇到结婚恋爱的事，还是会糊涂。

你想想，如果这儿站的不是我，而是包大人，被你这么一闹，他还不得团团转啊。既然你不想抛弃他，他也没什么问题，你还犹豫什么呢。"

"我……"安迪看着樊胜美，欲言又止，她说不清，也不敢说。可心里又理智地想到，没有不结婚的理由。她茫然地拉起樊胜美的手臂，走进约定好的阿玛尼店。

樊胜美与店员一起替安迪挑了一身白色及膝裙，安迪木偶似的试穿了一下，便刷卡买下。樊胜美看得心疼那钱，但只能在旁边啧啧地倒吸凉气。买了衣服出来，春天夜色如水，空气清凉。安迪领樊胜美一起去停车场。樊胜美看看安迪似乎情绪平静下来，才小心地问："还想呢？"

"嗯。心里很不很不舒服。"

"以后我不认识那姓陈的。男三八，净惹事。"

"是我自己的问题，唉。"

"要不要告诉包大人？"

"别。但我现在很怕结婚。很怕结了婚后又分手。"

"说到底结婚只是形式。只要有感情在，分手就能伤心。如果没感情，结婚后分手也不怕。"

"嗯，是的。总之……"安迪却又说不出来。"总之别用你的超级大脑分析感情啦，越分析越乱。回家跟包大人打个电话，甜言蜜语一说，早没事了。可惜你们分居两地。"

"噢。"安迪虽然情绪不佳，可开车还是不错，在樊胜美的指示下安全回到欢乐颂。

到了22楼，见关睢尔与谢滨已经将邱莹莹的东西都搬到走廊放着。樊胜美一看就道："想不到小小一屋子，整理出来有这么多东西。好像小谢一辆车不够呢。小曲在不在，我去喊她一下。"

安迪蔫蔫地道："我去吧，不用喊小曲了。"

"算了，你进屋去，躺会儿，给包大人打个电话。"

"一个人待着会胡思乱想。你还是替我押车吧。"

关睢尔听到声音出来，听不懂两人在说什么，"安迪，你就别搬东西了，你孕妇呢。那我们开始吧？"

谢滨是主力，一个人搬了一大半的东西。果然装了两辆车，一前一后开去应勤家。

邱莹莹欢乐地来开门，脸上贴满黄瓜片，一笑一说话，黄瓜片就纷纷往下掉。东西很快就搬进屋，安迪坐在邱莹莹身边看着不出声，听邱莹莹叽叽呱呱说这一天打扫房间的事儿。过会儿，樊胜美见搬得差不多了，就走来对邱莹莹轻声道："小邱，樊姐提醒你几件事。千万不要接应勤爸爸的电话，即使没办法非接不可，你装感冒喉咙哑了，总之不能让他听出声音。他如果亲自来人，你尽量别说话，只点头和笑，尽管装娇弱没关系。即使他有疑问，你也万万不可承认，必须坚持小关的那个电话是你偷偷打的。明白了吗？"

安迪不知其事，惊讶地看着两个，见邱莹莹连连点头，抓着樊胜美的手感激不已。最后，樊胜美道："不管怎么样，坚持到领证，就万事大吉。"

关雎尔也走过来听着，听到这儿，看着邱莹莹道："你也可以说你那天折腾了一天，又累又痛，嗓子熬得有气没力，说话声音提不起来了。那不正是我的声音吗？总之你要有预案，就不会他们一问你回答不上来。"

"你们真是太好了。"

樊胜美笑道："太好就得牢牢记着，回头别人一份喜糖，我们两份。必须的。行了，天不早，你们自己收拾吧，我们回去了。"

安迪一直没问，直到上车一问，才知端的。不禁哭笑不得。樊胜美笑道："你看，一个拼命想结婚，一个逃避不想结婚。一说到恋爱，个个不正常。哈哈。"

"小邱也真能忍。"

"没办法。爱情再浪漫，落实到结婚的时候还是很世俗的。经济条件在其中起巨大作用，决定发言权。所以嘛……"

"我无事生非。"

"哈哈哈，我可没说。"

安迪虽笑，心里却依然郁结。那个回忆是她无法碰触的心结，可她怎么都绕不开。"已经搬好家了，小谢的车子为什么还跟着我们？"樊胜美往后面看看，也弄不清哪辆是谢滨的，她眼睛一闪，手指往右一指，"我们拐这个路口。"安迪反正不认路，方向盘一转就往右了。后面谢滨奇道："前面走错路了？"关雎尔正捂着嘴打哈欠呢，闻言看了会儿，"我也不知道。这么晚了，她们还打算去哪儿？跟着吧，安迪不会出格。"

"安迪今天心事重重。"

"她工作压力大，换我就每天心事重重了。小邱看上去很兴奋，也好，这下我也能放心了。"

谢滨笑道："你是一句腹诽都不肯讲出来。即使前儿郁闷得把一袋水果又拎回来，临到头还是好事做到底，送佛上西天，把小邱开开心心地送出去，宁可牺牲自己的时间精力。"

"小邱会幸福吗？"

"不知道，可能要取决于应家了。咦，她们跑哪儿去了？"

"哈哈，刑警跟丢前车了。说出去糗大了。"

"我早说了么，我们自己走自己的，你非要跟着。你看，她们不让你跟。"关雎尔忍不住又打一个哈欠，打得眼泪直流，"还是回家吧。是真的困死了，我睡眠不足八小时就变成智障儿童。我们不会迷路吧？"

"哈哈，放心，要是迷路，我真可以放弃做刑警了。可以问个问题吗？"

"为什么你一说问问题，我立刻想到审讯室？"

"天，我对谁都不敢这么对你啊。我只是非常感动，你这么快就把我介绍给你爸妈。我非常担心第一次见面，想先从你这儿摸个底，你爸妈对于忽然冒出我这么个人，目前为止有什么评价？"

"我把你写的经历传真给我爸了。凭你从我写的经历对我爸妈的了解，你觉得他们会怎么说？"

"他们说，小谢是个好同志，就他了。其实来一趟不过是走过场，主要是认识一下小谢同志。"关雎尔扑哧一声笑出来，"你可以递辞呈了。组织上决定再给你一次机会，你要用实力证明自己哟。"

"你爸爸想，冷不丁的，哪儿冒出来个小子想抢我女儿，不行。先过了我们这关再说。女儿，这件事上你做得对，但如果更早递交申请报告，发现苗头当天汇报，就更对了。眼下你跟小子暂缓接触，等我们见面分析了再说。"

"唔，你果然是专业的，有些可怕。能像福尔摩斯一样介绍一下推理过程吗？"

"真猜对了？我只是这么想想的，也说不上推理，就那么灵光一闪，你是你家唯一的宝贝女儿，谁敢胡乱接近，你爸肯定格杀勿论。对吗？我好怕。"

"还是……有一点点错了。你没问我为什么这么快就告诉爸妈了。"

"为什么？我还以为很正常，你一向做事平实有气度，这种大事自然不会跟最亲的父母隐瞒，先征得父母同意。不像我来自离婚家庭，许多事只能自己思考解决。"

"不是的。我是……我很难说出口。"

"是不是因为我的家庭？一般……是的，父母会警告女儿远离破碎家庭。"

"我不是这个意思。你别说，等我说完。我急了就说不快。"

"你慢慢说，我等你。有一句话我要提前告诉你，你无论说什么，我都不会责怪你，我完全理解你的担忧。"

"嘿，我让你别说，你非说。其实你早已说出你的错误观点了，但我也不会责怪你。你这下别开口了哦，等我说完。"

谢滨伸手捂住自己的嘴，憋出一声"唔"，以示他乖乖听话不敢说了。关雎尔本来紧张得脸上僵硬，见此不禁一乐。她还是磨蹭了会儿，磨蹭得谢滨都快违约了，才道："我妈妈非常非常挑剔，我从小就听着她的挑剔长大，即使听惯了，即使知道她是全心全意为我好，而且还有爸爸与我私下共勉，我还是经常会受不了，她完全不会照顾别人的自尊。我很担心，她看到你一定不会例外。我怕你会受不了。我想，与其等我们……我们很久以后，你跟我妈见面，你为我忍了又忍，忍到内伤，却碍于各种情况走不了，不如才开始就遭遇，你可以走得干脆……你如果受不了，尽管转身走，我不会怪你。我只是一个很普通的女孩，扔到人堆里就消失，我相信让该发生的提早发生，至少不会牵绊你。我会有自知之明。我说完了。"

谢滨的嘴张成一个"O"，好一会儿才道："你在说什么？我……唔，你别哭。我找个地方停车，你别哭。好吧，好吧，你伤心就哭，但我不是你以为的那种人，你别为你以为的那个我而哭。怎么说得好好的，一下就哭了呢。"

谢滨越说，关雎尔越伤心委屈，抓了谢滨递来的纸盒一张一张地抽纸往脸上擦。谢滨心慌意乱，好不容易找到个安全停车的地方，连忙伸手抓了一张纸，替关雎尔拭泪。"你相信我，我不会转身离开，即使你妈妈赶我，我也不会走。"

"不是。"关雎尔好不容易才说出两个字。

即使有本事猜出各种犯罪分子的心理活动，谢滨却对关雎尔束手无策，他耐心地问："那是什么？起码我知道，从我第一次看见你，我就知道，是你！我怎么会被一些小小挑剔吓走？连你都经受得住，我更经受得住。我向你发誓，我不会走开。"

"不是。"关雎尔又给了两个字，可哽咽得说不出别的，好不容易才断断续续地道："你第一次看不见我。"

谢滨彻底蒙了，"你难道是神仙？妖怪？"

"不是。"可因为谢滨的腔调学得太像周星驰，关雎尔本是大话西游的爱好者，可以大段大段地背诵大话西游，她一听不禁哼了一声，有些想笑。委屈感便弱了一些。

"你看不见我的，我妈每天说我长得不像她，我长成一张扔人群里就消失的大众脸。她是对的，我跟安迪在一起，事后问起来，别人根本对我没记忆。我们保安认了我一年半，至今还不认识我，他却认识比我晚进一年的同事。你放心好了，如果你转身离开，你很快会不记得我，至少……对你不会造成伤害了，那我就做对了。"

谢滨晕啊晕啊，将前言后语串起来，找出联系，寻找蛛丝马迹，然后才知道从哪儿开始喊冤，"我从一开始就认识你，你忘了我还给你发彩信说遇到的一个行人很像你，你先否认，后来才承认。我一开始就得好好的，你从一开始就印在我的心里，怎么可能忘记。有彩信为证。"

"是哦。"关雎尔才想起来，确实有那么回事。"讨厌的保安，今早拿我当小偷，竟然不认识我。"

谢滨至此才终于弄明白了，"所以你立刻向你爸妈汇报了？以为我也认不出你，你才会安排这场见面，趁我们才开始，如果我受不了你妈，离开你后会很快忘记你，这样我就不会太痛苦？你看你都想些什么啊。"

"我胡思乱想，你鄙视我好了。"

"我怎么会鄙视，你生气的时候还在为我着想，我感动都来不及。小关，你是我见过最好的女孩。你的微笑温暖得像春天柔软的轻风，那天我值夜班结束，又冷又累又困，我看见你微笑着从电梯向我走来，直到你走到我面前，我才敢肯定，你在对我微笑。从那一刻起，我知道，是你。"

"真的？"

"真的。让我……吻你，好吗。"

关雎尔心中储藏有无数唯美的吻戏，有黑白的，有彩色的，还有 3D 的，她向往爱情的同时，也向往着那种唯美的吻。可她忘了，唯美是属于高手的专利，她和谢滨两个新手上路，角度不对，速度不对，连呼吸也不对，更不用说节奏。两人僵硬地印嘴唇，除了慌乱心跳，什么感觉都没有。但谢滨坚持下去，他抓住关雎尔，在实战中提高作战技能。渐渐地，唯美出现了。而且是最美的。

"我是不是找个借口，让爸妈别来吧。我说我出差？"

"不怕，我相信他们也会喜欢我。早见，早喜欢。为了和你在一起，我一定会表现很好。你看看我啊。"

"不要。"关雎尔害臊得索性伸手蒙住了脸。

谢滨看着她，耐心地等，等她的一根手指微微翘起，偷偷露出一只水灵灵的眼珠，他立刻凑上去咧开嘴爆出一嘴牙齿做最难看的鬼脸。关雎尔觉得自己从没笑得这么没心没肺过。

安迪甩掉谢滨的车，照着樊胜美的指引，从另一条路回家。远远看见一家店子，樊胜美说："能停一下那儿吗？听说那家的拿破仑做得特别好，不知道这么晚还有没有。"

"那儿好像没地方停车。我到路边放下你，转一圈再过来接你。"

说话间便到了所在，樊胜美下车袅娜地冲进店里去。安迪转一圈回来，没人，只得再转。第二圈终于接到人。"有吗？"

"只剩一个，还是稍微破相的，非卖品，店员好歹被我说服了。"

"嗯，如果你遇见陈先生，请替我向他道歉。"

"不用向他道歉，他这种人出来玩玩的，他不会当真，我也不会跟他认真。"

"他看上去对你挺好。"

"一个结过婚的人千方百计接近我，我能跟他认真吗？他以为他不说我就不知道，这种事只要观察，他身边有熟人时候会不会到你面前来献殷勤，如果不，显然他有顾忌。还能是什么顾忌呢。今天请喝咖啡，人情还清，以后继续可以拿他当面熟的客人，清静。"

"哦，真是学问。我只会问，你是否已婚，如已婚，No。"樊胜美一愣，"其实我也可以这么问啊。不怕得罪，理直气壮。"

"你这样看两眼就看得清楚的，干吗学我。再问你，干吗让我甩开小关？"

"小关脸皮薄，不好意思单独活动，只好强迫小谢跟着我们。我们要他们跟着干什么。"

"嗯，英明。你觉得小关跟小谢在一起合适吗？"

"现在看着挺好。都是上进中的青年，有良好职业，又是自由发展的恋爱，可以预计得到他们的未来。"

"我今天脑子有点混，回头想想要不要跟你商量一件事。我能不能告诉包子我今晚的不快？"

"我还不知道你到底为什么不快，不过建议有重大问题还是见面说，见面容易解决，电话里容易误会。"安迪嗯了一声，两人到了欢乐颂大门口，她将车一停，"小樊，你自己进去。拿破仑留下给我做路上夜宵。我这就赶去包子家。"

"什么？你不要命了？"

"我心里很不舒服很不舒服。我要见他。"樊胜美仓皇下车，呆呆地看着安迪一个大转弯飞快驰离，飞快消失在夜色中。她发了好一会儿呆，赶紧翻找包奕凡的手机号。却找来找去找不到，不知丢去哪里了。她只好问曲筱绡要。可曲筱绡应酬完立刻回家与赵医生缠一起，早关了手机。樊胜美等不及，只能给王柏川发短信，说安迪有事，要包奕凡电话。王柏川倒是立刻给了一串号码，没有多余废话。樊胜美愣了下，咬紧下唇大步往里走。

电梯光亮如镜，樊胜美一看见镜中的自己，不禁一愣，连忙挤出一个笑容。可她自己也知道，这个笑容勉强得不行。倒是她忍不住地一个讪笑，却又让她活灵活现起来。这激发了樊胜美的爱美之心，反正电梯里只有她一个人，她便对着镜面摆出各种 POSE，此地明亮，背景简单，镜面开阔，比她小黑屋里的镜子强多了。直到电梯叮一声到站，她才依依不舍地离开。

可出乎意料的是，包奕凡的手机打通了却没人接。如此再三，樊胜美想到，可能包奕凡的私用手机换了手机号。她只能再度拨通安迪的手机。她问安迪："你千里奔袭，想跟包大人说什么。难道大叫我不舒服我不舒服？"

安迪被问得愣住，"我不知道。"

樊胜美循循善诱："是不是想他了？"

安迪又是愣愣地回答："我不知道。"

樊胜美不禁又是有些泄气，又是好笑，"我建议你找地方停车，想清楚再走。去一趟不容易，太远，到了都得明天早上了。"

"还好，新路刚开通，可以省两个小时。"樊胜美哭笑不得，"问题你是孕妇啊，你吃得消吗？赶紧回来吧，明天一早飞过去也来得及。你是孕妇，你要考虑身体。这一路上你一个人不行。"

"我考虑。"但樊胜美知道这三个字是敷衍她，她只能失望地挂下电话，别无他法。想想一个年轻美貌孕妇开一辆好车半夜奔驰在高速路上，怎么想怎么危险。可她能做的只有在包奕凡那部打不通的手机上留短信，指望他看一眼。

忙完这些，樊胜美站在 2202 只有一个人的小门厅，忽然意识到，她可以连夜搬进邱莹莹的房间。她欣喜地看着原本是邱莹莹住的房间，那扇如今打开着的门。她没有犹豫，立刻走过去，将窗户一拉到底，彻底透气。春夜的空气潮潮地涌了进来，樊胜美感觉自己的皮肤张开了毛孔尽情地呼吸。

如果屋里有第三只眼睛，定能看到令人不敢置信的一幕，一向讲究仪态的樊美人叉腰叉腿，门板一般坚实地矗立在空荡荡房间的中央。

安迪上高速前，到加油站加油，不免搬回一包给养。一口沁凉的水喝下去，她的思路终于清晰起来。她拿出手机，想了想，却改作发短信，给开始着手搬家的樊胜美发去一条短信：我要问问包子究竟爱不爱我。

樊胜美差点儿笑出来，一种心理平衡感油然而生。而身经百战的她当然也知道，当一个女孩子纠缠于这个问题的时候，最好放她立刻去问，要不然，即使绑回来家里搁着，也保证一晚上睡不着。她回了两个字：去吧。

接到两个字，安迪掉转车头，驰上高速。

而樊胜美搬迁的第一件家具是落地镜。她将镜子搁在窗户边，这样，她每次进屋出屋，总是可以在镜子见旋一圈，捏个姿态。这一小小的心思，让她的搬迁工作变得趣味起来。

可世事难料，当樊胜美刚将一张床铺好，手机来电，邱莹莹急切地跟她商量。"樊姐，刚我爸知道我们搬来应勤家，气爆了，跟我发火，要我搬回去。说我不等结婚领证就住到男人房子里，不成体统。万一应家因为我们做事不成体统而毁约，现在还没领证，麻烦大了。我妈慌了，要跟我连夜搬回。你说怎么办呢。"

樊胜美不禁看看她铺得美美的床，和夜风吹拂的窗，"那你打算怎么办呢？你房子都退租了啊，我刚替你跟房东说好的。"

"我刚刚打关关的电话，关机。本来想请他们再回来一趟的。樊姐，关关回来没？你能跟她说说吗？求求你，再麻烦跑一趟。还有安迪，我都不敢给她打电话。反正还没人搬进来，退租不退租一个样。"

樊胜美看着铺好的床铺，断然道："小关还没回来。安迪把我扔大门口就不知去哪儿了。这么晚了，要搬也等明天。你怎么会想到搬去应家住？你不是说应勤妈要你去住吗？具体你跟我说说。"樊胜美一边说，一边拿抹布擦窗台，郁闷得恨不得将窗台擦出槽来。那边邱莹莹自知问题严重，原原本本将早上出院所有的话都跟樊胜美说。

樊胜美听了略一思考，就道："好办，你跟你爸说，既然你们两家都最讲规矩，那么当两位妈妈都在场的时候，对你而言最大的规矩就是听两位妈妈的话。既然是她们两个让你搬，那么前面就是刀山火海你也得搬，对吗？现在既然已经搬了，而且是应勤妈亲手把你搬去她家的，你们忽然要搬回来，说是不合规矩，那不是打应勤妈的脸，否决她的一片好心吗？你问你爸，这么做是不是得罪大了。"

"啊，樊姐，你说得太好了，我这就跟我爸说。你在干什么呢？"

"你别管我了，你赶紧办好你的事吧。今天早些睡，明天早起陪你妈去买菜，做些好吃的给应勤送去，才是正经。"

樊胜美放下手机，吁了一口气。可一想到邱莹莹还是有可能搬回来，她有点儿无精打采了。一不做二不休，樊胜美当机立断拨通了房东的电话，将邱莹莹的房子退租了。

然后，樊胜美的搬迁节奏加快了。不管了，即使邱莹莹真的最终被她爸要求搬回来，她樊胜美占着这屋子造成既成事实，也不打算搬回去了。一旦接触更好的生活，谁愿意打回从前。

安迪来到包奕凡家门前，毫不犹豫刷指纹进入。屋里很亮，城市的子夜已经不再黑暗。她走进门，忽然很无厘头地想到有夫妻一方出差偷偷回家捉奸的故事。她一时有些失措，站门口好一会儿，看看手表，才两点多，她喝口水，换上软拖鞋，轻轻走去主卧。

主卧门没有反锁，打开门的一刹那，安迪松了一口气。她一眼便看到床上的包子。主卧里为了她装了夜灯，即使窗帘拉得严丝密缝，依然视线清楚。她三步两步走到床边，看清睡梦中的包子脸。他睡得很沉，脸上挂着笑，不知梦见什么。最近他家里事多，已有好几天没见他笑得这么放松了，安迪看着也不禁嘴角弯弯地笑起来。她看了好一会儿，想伸手，又缩了回去，最终蹑手蹑脚地走出主卧，不舍得打搅他的好梦。

她抽出一张便笺，给包奕凡留条：我在客卧，别叫醒我。安迪。

微笑地看了便笺一会儿，又写上一句：总之，我爱你。她轻轻地自言自语："不管你是不是爱我。"她扔下笔，这才感觉一阵倦意袭来。她笑眯眯地走去客卧。

客卧当然没有反锁。安迪进门就打开灯，却一眼发现床上已经有人。她一愣之下，连忙退出。才想起忘了关灯，又打开门打算关灯，却见床上的人已经迷蒙着眼睛坐了起来。灯光下，安迪看得分明，这不是魏国强是谁。安迪惊得都呆了，果然是不能不打招呼就来。魏国强也是缓过神来，戴上眼镜开口问："你怎么会半夜过来？"

安迪没回答，不由自主地往后退一步，看看主卧的方向，伸手"嘭"的一声大力将门摔上，扭头就走。走几步才想起她这是往主卧走，与大门方向南辕北辙。她回头，却见魏国强跑出来。

"安迪，你上哪儿去？有话好说，我来这儿与小包无关，他拒绝不了我，他不是你。"魏国强拦住去路，安迪不愿跟这讨厌人发生接触，只得怒目而视，"我不认识你，你走开，别拦着我，这儿不是你的家，别逼我拿难听话骂你。"魏国强却大喊："小包，包奕凡，安迪来了。你快起来。"魏国强没把熟睡的包奕凡喊出来，却喊出了保姆。保姆一看乱套，怎么多了一个人，而且两人针锋相对。她连忙去叫醒包奕凡。安迪一看见包奕凡冲出来，气愤地问："他怎么在这儿？叫他滚。"包奕凡有些迷糊，抱住安迪反问："你怎么来的？"

"别先问我。我问你，他怎么在这儿？你怎么能叫他上门？"包奕凡看看一脸尴尬的魏国强，心说见了我这么屌，见到女儿没办法了吧。

他若无其事地笑道："真可怕，幸好不是捉奸在床。还真像啊，呵呵。"保姆见此，连忙将灯打开，退回去睡觉。灯光下，魏国强见包奕凡越过安迪连连使眼色，他知趣地退回客房。但他听得清清楚楚，外面包奕凡对安迪轻道："他要来，提出要住这儿，我有什么办法。除了你，谁敢叫他滚。就像我在这儿跟我爸闹得天翻地覆，我爸去海市找你，你还不是得客客气气接待他。"

"不一样。完全是两码事。"

"有什么不一样呢？我们两个的爸爸对我们两个的妈妈所犯下的事，从性质上来说，一模一样，甚至我爸更恶劣。唯一不同的是，你从小不认他，我从小爱我爸。我们回屋吧，先别管这些。你怎么过来的？"

安迪哑口无言。她前儿还劝包奕凡呢，此时她还怎么说得出口。可心里一团火气，怎么都不可能压下。她身不由己地被包奕凡搂着去主卧，不知道包奕凡回头跟客卧门口的魏国强打了个招呼，魏国强放心地回屋了。

两人一进主卧，包奕凡就将门反锁了，高兴地紧拥住安迪问："你怎么会来？怎么过来的？怎么也不打声招呼？"却又不给人回答，深深热吻。此时，安迪早将来时的意图全抛到脑后去了。蒙眬中只想到，樊胜美说得对，见面容易谈，不，见面不用谈就已经解决问题。

包奕凡依然问安迪怎么会来，安迪想来想去只有一句话，"忽然很想你了，就……这样了。很累，你睡吧，我洗漱一下就过来。本来还不想吵你的，去睡客卧，却发现那人在。"

"你来，随时吵醒我都没问题。"包奕凡非要跟进浴室，替安迪换好牙刷头，还没等挤上牙膏，就被安迪推了出去。他笑着在门口示威几句，转身去找魏国强。

"不是说安迪后天，不，明天早上来，明天你们去办结婚登记吗？"

"她想见我，心血来潮就开车来了。怎么办？"

"我不打算住宾馆。这次过来纯粹只是参加一下你们的结婚登记，不想被其他人看见有所风言风语。对我倒是无所谓，对安迪有打击。天亮你安排一下。"

包奕凡很无奈，"只能跟我爸去住了，可您又不愿意他烦您。或者等下天一亮我就安排司机接您出去四处走走，您委屈一下。安迪什么都没带就来了，她还得原车回去拿各种资料明天登记结婚用，回头天亮了就得走，晚上不会留这儿。"

魏国强非常无奈地道："住你爸那儿吧。"说着挥手让包奕凡回去。

包奕凡先去关灯，见餐桌上有矿泉水瓶，下面压有一张字条。他走过去一看，不禁笑了，拎着字条回屋。

等会儿安迪出来，见包奕凡坐床上举着字条做扯白旗状，她一把抢了撕个粉碎。但包奕凡又从身后摸出一张，笑道："早知道你会毁尸灭迹，我做了备份。回头塑封，收藏。不知逼你多少次，你都不肯当面跟我说这三个字。总之，现在有证据了。"

安迪被肉麻得只能转移话题，"你刚才又跟那人说话去了？他到底来做什么？"

"不瞒你，他在北京见过我后，主动联系上我，经常问你安好。我平时也没什么可跟他说的，但我们结婚这事，还是跟他说了。他便飞了过来，要求远远观礼你出嫁，他说不会打扰你。他说他不便住宾馆免得万一有人认出，给你添麻烦。他要求住这儿，等观礼过后便直奔机场，他保证不会给你添麻烦。我很难拒绝这样的要求。

拜托，你就当他不存在吧，别让我做夹心饼干。"

"为什么一直不告诉我？"

"知道你非常不愿提起他。再说我一直拒绝跟他有利益纠葛，自问可以对得起你，不必拿这种事给你添烦。我是你老公，这种周边的麻烦事情，我替你担着。别跟我虎视眈眈了，来，抱。"

"我跟你爸接触可从来都告诉你的，时间地点，一丝不差。"

"安迪，这话你冤我。说到底，你不怕我生气，我跑不了，死皮赖脸都要赖住你。但我最怕你生气，最怕你手一挥就抛弃我了，我是伺候着你的脸色做人。刚才吧，就是被你捉奸在床我都没那么紧张。你摸摸我心脏，现在还猛跳。"

安迪不禁想起几个小时前自己的担忧心烦，不禁笑了，答案已经在此，不需要多问。她终于肯钻进包奕凡的怀抱，"我既没有小樊的风情，又没有小曲的风骚，一点儿性感都没有，你为什么爱我？"

"见了你之后，别人都是庸俗脂粉。睡吧……你还干什么？"

"我订机票，你回头叫个司机把我车开回去。"

"安迪，你忽然想见我……哈哈，开那么老远的路……"

"笑什么，不许笑。"

"我开心坏了。我每次想你想得也想飞车去见你，总怕被你嗤之以鼻，说我不干正经事。好了，这是你开的好头。"

"明天想个办法，不许他出现。"

"饶了他吧。明天我们大喜日子，不跟局外人生气。"安迪还想说，可包奕凡媚功十足。她只有失声。于是被当作默认。她也只能事后哼哼几下而已。

第 65 章

　　樊胜美的清晨是被阳光唤醒的。她以为昨晚收拾得昏头了，忘记拉窗帘，睁眼一看，却见窗帘拉得紧紧的，原来是早晨的天光刺穿厚厚的窗帘，洒下一屋子的亮堂。樊胜美才知道，高楼清早的太阳原来是这么亮。

　　她不禁长长地伸了个懒腰，得寸进尺地想到，此刻若来一份阳光早餐，很简单，只要一杯咖啡一个面包，是不是神仙一般的惬意了？樊胜美的美目在方寸之地逡巡，可房间早被她放满衣服的整理箱塞满，哪儿还放得下一张小圆桌。即使放了也不美。但，总有办法的吧。樊胜美打开房门，看着她刚搬出的小黑屋。要不要与关雎尔商量一下，索性把小黑屋租下来，放两个人的杂物？

　　但清早紧张如战场，樊胜美只能一边做梦一边洗漱化妆，在明亮的光线下清晰地化妆。等出门才想到关雎尔还没起来，便好意去敲门，"小关，你还不起来？有人要等急了。"

　　关雎尔被敲得郁闷死，才大叫："让我多睡会儿，我今天跟安迪的车，刚给安迪发短信了。"

　　"安迪连夜跑包大人那儿去了，怕是现在正睡着，没看见你短信。赶紧起来，来不及了。"

　　屋里顿时爆发出可媲美曲筱绡的尖叫。但樊胜美也时间紧张，只好无视关雎尔的尖叫，继续大声道："小邱昨晚来电，说她爸反对她搬过去应家，要搬回。"

　　"搬吧搬吧，但我没时间管她了，我爸妈礼拜六来三堂会审。"

　　"这么早让小谢见爸妈？"关雎尔迅速窜出来，迅速没入洗手间，留下一串话，"我正在后悔！"

　　"如果小邱不搬回来，不知谁会搬进来。我想和你一起把小黑屋租下来堆放杂物，生活质量提高一大截。"

　　"啊，同意。完全同意。还真无法想象搬一个新人进来。"樊胜美满意地上班去了。阳光明媚，心情灿烂。而关雎尔走出洗手间时候终于眼睛也清醒过来，她惊讶地发现，樊胜美竟然已神奇地将小黑屋搬空。这么迅速，出乎意料。但等她想到早先搬进来时，樊胜美早已盘踞三间租房中最差的这一间，原因是为了省钱贴补家里那一帮欲壑难填的家人，就这么贴补了好多年，她心中恻然。谁不知道住得好吃得好呢。

　　可关雎尔没精力替樊胜美更多惋惜，她有自己的担忧呢，礼拜六，后天，爸妈见到谢滨会怎么说。她最怕妈妈当场就挑剔起来，就像平日里数落她似的，将谢滨也说得一无是处。一想到这个，关雎尔就心跳加速。

　　曲筱绡清晨窝在赵医生背后，不肯醒。赵医生醒来想起床，被曲筱绡缠住不让走。赵医生自己也想赖会儿床，就伸手将手机闹钟关了，但也一眼看到曲筱绡手机上有好几条来电和短信提醒。"哎，你爸妈又是短信又是来电，好几个。"

　　曲筱绡模仿她妈妈的声音，热情洋溢地道："哎呀，宝宝，清明小长假过了，眼看五一小长假了，你陪妈妈去香港呢还是去澳门？妈妈送你一只包，随便你挑。"然后又模仿她爸爸的声音，悄悄地道："宝宝，你快答应你妈，你香港一切开销都由爸爸赞助。"最后才恢复自己的娇滴滴声音："肯定是这些破事儿。老娘五一节发达了。"

　　赵医生笑死，知道她家花头多。他将手机递给曲筱绡，自己脱离魔掌去洗手间。但才挤出牙膏，只听外面一声尖叫，"我奶奶要挂了，哎呀，大事件。"赵医生立刻道："问问你爸，需不需要我帮忙。"

　　"我爸连夜赶过去了。其实干吗连夜，大清早飞机也不会慢多少。擦，两个孙子倒是没忘记带上。你说，我爸为什么把两个孙子带上，却不来敲我的门，把我也带上？"

"你奶奶重男轻女？嚓，你奶奶不懂她错过什么。"

"啊，老赵，我最爱你了。可你只说对一半。另一半原因是我爸生意做到海市，再也看不上家里那个女人，想离婚，可前妻有两个儿子，我奶奶为了那俩孙子坚决反对。

另一边呢，我妈是个女强人，我爸必须追到我妈，才能好好在海市待下去生意做大。可他要是不离婚，就别想挤到我妈面前，更别说拍拖。这一手呢，我爸做得不地道。可后来就是我奶奶不地道了。

她为了两个孙子，硬是把前面那个儿媳留在老家，不许我妈回去，不认我是孙女。我爸要是违抗一下，她就哭着喊着跳河。逢年过节我爸只能撇下我妈回老家说什么尽孝，但我看他也是巴不得两头都占着，学古代鸟男人。最苦是我妈，只有我陪着，每年都这样。我妈结婚后太没脾气了。你明白刚才我说的五一小长假怎么回事了吧。"

赵医生在牙刷的嗡嗡声里听得目瞪口呆，他吐掉牙膏泡泡，忙道："无论如何，我站在你一边。"

曲筱绡开心大笑，跳进洗手间亲了赵医生一下，"我给我妈打电话。我想知道，如果那边我奶奶挂了，我爸让不让我妈去，让不让我去。其实我才不关心她挂不挂，但是，我得看看我爸到底认不认我妈。别以为结婚证在我妈手里，就能把我妈骗个服服帖帖。"

"如果你妈妈不在乎呢？"

"我妈怎么会不在乎，每年大年三十哭一顿，我一手拿着我爸的贿赂，一手拿着我妈的讨好，陪着一起哭，你说我容易吗。好了，现在我要替我妈出头。我先弄死那俩孙子。"

赵医生犹豫了一下，道："这事，我看主因是你爸。你爸如果不愿意，坚持到底，你奶奶也拿他没办法。放过那俩孙子吧，你奶奶一走，他们也得瑟不到哪儿去了。"

"你说中了。本来说得好好的，井水不犯河水，这边是我妈的家，我爸定期拿钱过去那边，把俩孙子照料得很好。可奶奶贪心，要死要活把俩孙子插到这边来，我看我爸也是顺水推舟，他完全可以拿钱给俩孙子在老家安排前途，为什么要插来这儿，明摆着抢我的份子，我妈更不答应，家当是我妈一起挣的。但老太寻死啊，上吊喝农药两回了，我妈只能答应。等我奶奶一挂，我爸还有什么借口？非把俩孙子赶回老家去不可。原先说好的，必须做到，别以为我也好脾气。"

"小心别把你爸惹毛了，吃不了兜着走，俩孙子没赶走，你先被你爸赶走。不过我会养你，赶走也无所谓。"

"就等着你这句话。你走着瞧，我连我妈都不会全告诉。你答应我，别向我爸打小报告。"

"切，我打小报告！？"

"我爱死你啦……"曲筱绡呼啸着钻回卧室去给妈妈打电话。一问，果然，奶奶危在旦夕，也果然，爸爸不要她们母女俩过去。她毫不犹豫地提出："妈，趁爸爸不在，咱动手做手脚。"

"你……想干什么？"

"得了，妈你还跟我装傻呢。这回奶奶病床上不会一天两天，爸爸一时半刻回不来，大好时机。"

"筱绡，你爸会不会……"

"让那俩孙子进门，本身就是爸爸理亏。妈你要怕爸爸生气，这事我来做，我看还是我来做比较好，我反正从小就没个正经的。

爸要是气到发昏赶我走，我吃赵医生的，我不怕。但你不能再受气了，这个机会再不抓住，你没救了。"

赵医生洗漱完了，知道曲筱绡打理头发的时间最多，就拿着梳子出来替讲电话的曲筱绡梳头。赵医生旁听着，知道曲筱绡没对他隐瞒，他以实际行动做出支持。虽然男人不免下手有点儿重，扯痛曲筱绡的头皮，可曲筱绡一直甜到心里去了，她倚着赵医生继续电话，内心更加坚定。

"你上班就来妈妈这儿，我们好好商量。乖孩子，现在都能跟妈妈商量大事了。"

"那是，怎么都不能看着妈妈受欺负。道理全在我们这边，没什么好说的。我一上班就到。"

曲筱绡结束电话，先紧紧拥抱赵医生，以示感谢，才飞奔进浴室赶紧收拾自己。牙齿刷到一半，她忍不住探出头来，含糊不清地道："老赵，我真太爱你了，可你真不觉得我邪恶？别回头皱皱眉头说不要我了。"

"这叫快意恩仇，好不好？"

"赵大侠，我爱你！"

赵医生笑，走进洗手间，从背后抱住曲筱绡，"你心里有分寸，我放心你。总之最后有我兜着，我会养你，虽然粗茶淡饭一点。"

"真的？"曲筱绡看着镜中的两张脸，一时有些反应不过来，呆呆回味赵医生的一席话。等她醒悟，都不管满嘴的牙膏泡泡，转身揪下赵医生的头，与他激吻在一起。这是她的男人，她的男人懂她，她此生认定了。

曲筱绡与赵医生在停车场分道扬镳，她驱车钻到地面，一眼看见行色匆匆的关雎尔。

赶紧摇下车窗擦着关雎尔而过，尖叫着大喊："关关，我爱死老赵了。"关雎尔不明所以地看着远去的车屁股，不知道曲筱绡干吗忽然来这么一句。

曲筱绡难挨激动，索性在红灯前群发一条短信，依然是这句话，"我爱死老赵了！"她从小玩到大的朋友纷纷发来揣测短信，一致认定曲筱绡昨晚与赵医生尽兴了。曲筱绡笑而不解释，他们哪知道还有那么那么一种爱啊，切。

曲筱绡坐在她妈妈办公室，面前是一大杯咖啡，已经被她喝掉一大半。她如看外星人似的看着桌子对面的她妈妈，愤怒地道："好好地说正题，你一会儿跟我扯我现在跟着安迪有早饭吃了，一会儿又跟我扯跟着赵医生上正道了，兜半天圈子，原来你压根儿就舍不得对爸爸下手。"

曲母脸上一红，避开眼去，略带心虚地道："我……我只想稍稍惩戒一下你爸，你想多了，我不想伤筋动骨。你知道，那会破坏家庭婚姻。"

"噢，难怪爸爸吃定你，你只会向我求救，骗我回国给你做挡箭牌。既然你能忍，你年三十都哭什么，你小长假干吗找我出国玩，你又干吗稍稍惩戒爸爸？索性一口气忍到底，让俩孙子搬进家来住，你做老娘姨伺候他们，爸爸一定会从头到脚夸你贤惠，永远不看外面女人一眼，跟你白头到老。"曲筱绡怒气冲冲地说完，气难消，又忍不住尖叫。

曲母听得心烦气躁，抓起手头红木镇纸啪一声拍下，瞬间镇压了曲筱绡的尖叫，"你这是什么态度！"

"对自家亲妈的态度！要不是自家亲妈，我爱管闲事吗？看见这种由着老公欺负的小媳妇，我早一脚踹过去了，还跟你耐性想办法出主意？"

"你……"曲母气得又举惊堂木，这回曲筱绡早有防备，眼明手快地抢下。"妈你更年期综合征没完没了啊，这么凶。对你女儿这么凶，对你老公这么没用，你枪口对错了。"

"混蛋，想看你爸妈离婚吗？"

"肯定不想。但你不能再忍气吞声。现在连奶奶都已经不能说话了，说不定都已经挂了，再也不会闹上吊跳河了，爸爸还不让你一起回老家，明摆着欺负你。"

"别胡说，你爸为难。"

"是，忠孝不能两全。我给爸打个电话，问问他怎么样了。"

正说着，曲父的电话却打到曲母手机上。曲母一看显示，先严厉警告曲筱绡："不许胡闹。"见曲筱绡点头，才接通电话，开了免提，声音温柔，若无其事。"到了吗？累吗？"

"我刚到，唉，妈还有一口气，但连我到了跟她说话她都没反应。我让医生不管用什么办法，一定要她活着。"

"你尽力，这边的事情别挂心，我会看着。筱绡也在我这儿，她很乖，特意来陪我。"

"啊，我也是这意思，本来想打好你电话，就给筱绡打，叫筱绡过来陪你。"曲筱绡听到这儿，翻个白眼。

"你总是替我想得那么周到，我这儿你放心啦。我看你找地方打个瞌睡，稍微休息一下，千万别把自己累垮，你妈还等着你主持治疗呢。医生那儿别忘了说辛苦。"

"嗯，现在睡不着，我正忙着找医生。你随时查查我卡上的余额，不够替我补上。"

"好的，我让财务盯着。还有啊，如果，我是说万一，但一定是不可能的啦。如果有个万一，你记得提前打电话给我，我和筱绡可以早有准备，即使连夜赶去都不能落下尽孝。"

"这……你知道的，来了也是自讨没趣。哎呀，医生来了，我回头再打给你。"

曲母放下手机，立刻脸色铁青盯着做鬼脸吐舌头的女儿，一言不发。曲筱绡装舒服了，才道："这下清楚了吧？原因完全不在奶奶身上！那边是大婆，妈你是小妾。那边俩孙子是正房嫡出，我是小娘养的……"

"别说了。"曲母大喝一声，这一声喝，比惊堂木还管用，曲筱绡立马噤声。曲母呆呆看了女儿好一会儿，有气无力地道："筱绡，我们笑，笑着走出去。你开车，我们去银行。"

"是。"曲筱绡一句话都不多说，起身绕到妈妈身边，扶浑身哆嗦的妈妈起来，母女俩相亲相依地走过一个个办公室，钻进电梯。

银行私人保险箱门口，曲筱绡神经质地来回踱步，不知道妈妈领她来这儿做什么。时间仿佛过得特别慢，等了好一会儿，她都急得跳脚了，才见妈妈板着脸从里面走出来，手里拎一只塞得厚实的无纺布袋。

曲筱绡疑惑地问："什么东西？"

曲母摇摇头，伸手拉女儿离开。直到上了车，才剔开封印的火漆，抓出一把房产证，递给曲筱绡。"这是我这几年用你的身份证买下的房产，都是店面，都记在你名下，你看仔细了。"

曲筱绡大惊，翻开一本本来看，竟然都是眼下最热俏区域的店面房产，果然用的全是她的名字。"我……我拿护照出国，妈拿我身份证做这些？钱是哪儿……"

"妈不是不知道，妈早给你留下你的一份。都用的是家里的钱，你爸不知道。你把这些拿走收好。你别怨你爸啦，你爸现在手里的是空壳子，挣来的都落入妈妈口袋，也就是你的口袋。妈不想跟你爸翻脸，这回若你奶奶去了，以后他不会再有借口回老家过年过节，以后都陪着我了。既然不想离婚，妈只能当以前的事没发生过，好好跟你爸过日子。你那两个哥哥呢，你也给妈睁一只眼闭一只眼，你奶奶一死，他们再跳不起来，放他们在公司挣几个小钱吧，我们不能赶尽杀绝。听话？"

曲筱绡目瞪口呆地看着妈妈，醒过神来，默默抱住妈妈流泪。"妈，你对我最好。"可忍不住，又补充一句，"妈妈，你最苦了。"

"妈妈这把年纪，离婚了心里才是真的苦呢。妈跟你们年轻人不一样。你答应妈妈，听话。"曲筱绡重重点头，她理解了妈妈的意思。"妈，晚上我去陪你。"

"你还是陪小赵吧。"曲筱绡一听跳了起来，"你怎么知道我又跟他在一起了？"曲母拿出手机，翻出曲筱绡早上群发的短信给曲筱绡看，"妈妈能挪走你爸所有的血汗钱，还能不懂在你手机里打个埋伏？"

"哇，你扮猪吃老虎。一定是假扮我哪个朋友，我要揪出来。"

"晚上有空请小赵一起吃饭吧。回头让他跟你爸爸通个电话，问问有什么可以帮忙。妈妈要不要把你身份证还你？"

　　"你收着你收着，再有钱偷渡出来，妈妈你继续给我添门面房。对了，妈，你给自己留了没有？"

　　"我怎么能给自己留，我的就是全家的，你爸也有一半的份。对了，这些本子你自己收好，别跟小赵说起了。虽然说两人在一起要……"

　　"我知道我知道，我又不傻。啊，原来我这么聪明是跟妈妈的。"

　　"唉，你以为我愿意跟你爸两条心吗？筱绡，妈只有你一个。"

　　"妈妈。"曲筱绡再度与妈妈拥抱，一起流泪。等流泪完毕，她立刻声明立场，"妈，回头该跟你闹，我还是要闹的。这脾气是你给生的，像你，你得担待。"曲母哭笑不得，却把心中的怒气冲淡了许多。

　　才刚到下班时间，关雎尔就收到邱莹莹的短信，短信的内容惊得关雎尔吊起了眉毛：我在你们楼下等你，请你务必下来一趟，急。关雎尔看看桌上几乎清空的工作，索性跟上司说一声下班，立刻飞奔下楼。才刚出院的邱莹莹冒险赶来找她，绝非小事。

　　冲出大楼，关雎尔便看到靠树站着的邱莹莹，居然只一个人单枪匹马而来，她妈妈没跟着。"你怎么来的？不要命了？又是应勤那儿出事？你偷偷跑出来的？"

　　"别凶我，千万。妞，给爷笑一个。"

　　"笑不出来。什么事不能电话里说？"

　　"这事情只能你帮我，我只好跑出来找你。唉，凡事爸爸妈妈一插手就烦。你知道我是应妈妈同意搬到应家，结果应勤跟我说，他爸知道后，跟他妈吵起来，说这事做得没头脑。应妈妈被骂哭了，责怪应勤出的馊主意，要应勤自己解决。应勤求我暂时搬回欢乐颂。我妈也生气了，说应家出尔反尔，要跟应妈妈理论，被我按住。我来找你想办法……"

　　"应勤也让你搬出来？"关雎尔强烈克制，才避免口出恶语。

　　"他没办法，他被他妈妈逼着。而且他只是说说，并没逼我一定搬。反正，我一定不搬。"

　　关雎尔听得胸闷，"我想不出主意，换我，只有一个想法，搬。"

　　"我知道换你肯定搬，但我没你的底气，我既然搬去了，就绝不搬走。主意我已经提前问樊姐要了，我打算直接给应爸爸打电话，直接跟他对话。"

　　"你疯啦，不怕提前露馅？"

"怕什么来什么，与其提心吊胆等应勤出院，不如干脆不怕了，主动解决一切问题。应家一切问题只有应爸爸能解决，只能直接找他。这张纸上写的是我想跟应爸爸说的话，就是这些意思，请你再次替我给应爸爸打电话，用你的方式把这些意思表达出来。"

关雎尔接了字条，暂不打开，先问一句："你认定这样的应勤了？"

"什么叫这样的应勤？应勤很好啊，他公司不断送来的水果营养品多得他吃不过来，还能送我，可见受重视。你看我公司就没那么客气，说明我无足轻重。你赶紧看我写的，然后你先跟我说一遍，再跟应爸爸打电话。帮帮我，帮帮我。"

关雎尔打开字条，却还是没看，又掩上了。"这事责任重大，我不敢。上次是为了救应勤，我只要把消息清清楚楚传达出去就行。这回说完你字条上的意思之后，应勤爸爸肯定有提问有商量，涉及我所不知道的你们两家的隐私，我一定心虚一定穿帮。不如我用我的语气组织字条上的几个要点，你自己装嗓子哑自己跟应勤爸爸说。"

"我自己说？肯定不行，怎么可能，我还从没跟他爸爸说过话，我怎么可能一边装嗓子哑一边动脑筋回答应爸爸的问题，我比你更心虚更穿帮。关，你帮我做吧，我在旁边随时提示，即使闹砸了，我也一定不会怪你。你只要再帮我一次，回头我做牛做马报答你。关，求求你，我必须保证在登记日前万无一失。"

关雎尔心里厌恶为了结婚无限放低自己的身段，可又无法拒绝邱莹莹的哀哀恳求，只得违心地道："好吧，既然你心里清楚你在做什么，也已经做好最坏打算，我只能勉为其难，再次帮你作假……"

"啊，对对，要的就是你这种公事公办的说话态度。我们找个地方，安静点儿的。我们动手吧！"

关雎尔差点儿噎住，扶邱莹莹去附近一家文艺咖啡馆。到咖啡馆门口，邱莹莹意识到问题："关，别进去了，我带的钱只够来回车钱。你懂的，我受伤没上班没收入，现在手头拮据。再说今天这顿咖啡断断不能让你请我，我们还是找个不要钱的地方吧。"

关雎尔将邱莹莹推进门去，"知道你，这顿我先垫着，回头你记得付给我。"

邱莹莹这才安心坐下。关雎尔也这才打开字条细看。一边看，一边腮帮子肌肉抽搐，受不了三从四德的陈腐味儿。好在关雎尔不是那么逆反，她还是提笔好好组织了一下语言结构。"我就这么跟应勤爸爸说：应爸爸，您好，这会儿给您电话不会打扰您吧……"

"最好先问问晚饭吃了没？"

"我的风格没有这句话！继续，别打断我。应爸爸，您好，这会儿给您电话不会打扰您吧。我接到应勤给我的电话了，想不到一个小小的决定给您家造成这么大的麻烦，真抱歉。

不过有几个小小问题需要跟您说明一下，您看怎么处理才好。首先，应妈妈是在看到我租住的地方狭小，很容易引发创口感染的前提下，提出让我搬到应勤那儿的，应妈妈内心充满善意，真是我的榜样。请您千万别责怪她，若是有错，也是我答应的人错了；第二，当时一边是应勤电话劝说，一边是两位妈妈在场母命难违，我最终没坚持住，对不起，我性格有些懦弱，是我的错；……"

说到这儿，邱莹莹急得又插话，"不能承认错误，承认了就得搬出来。"

"我的风格就是这样，你别打断我。如果不行，只能你自己来了。"

邱莹莹郁闷，挥手道："好吧好吧，我只有一个要求，不搬出来。其他随你。"

关雎尔继续说下去，直到邱莹莹勉强答应，供出应父的手机号，她忐忑地与应父第二次通话。

通话间，谢滨匆匆赶来，见此安静地坐下，微笑地凝视关雎尔开着免提与应父说话。

"但是，第三，现在错已铸成，我只能斗胆请您千万别责怪应妈妈和应勤，他们全都是为我好，该受责备的是我。请您责备我吧；第四，应勤说，应妈妈担心我爸爸妈妈会想不通。真的别担心，我会做我爸爸妈妈的思想工作，不会让应勤做了好事还受委屈，不能让他好事变坏事；第五，我争取尽快搬出来。我因为身上还有伤，行动不方便，需要叫齐朋友帮忙才行。朋友应该星期六可以来帮我。应爸爸，我很担心，不知我说清楚了没有，总之，别怪应妈妈和应勤，我会周六搬走。"

谢滨听得一头雾水，不禁频频看向邱莹莹，邱莹莹被这双犀利的眼睛看得心惊胆战，仿佛看到应父在电话那头也是如此犀利地审视她，她不由得扭过头去，不敢看谢滨。却依然如芒刺在背。

但关雎尔说完她预备好的那些话，电话的另一头却沉默。关雎尔无措了，而邱莹莹却慌乱地在纸上写道：怎么办。关雎尔又是差点儿噎气，怎么问她怎么办。她只能横下一条心，继续轻言细语："您，在听吗？我想说的就这五条，没别的了。请您别担心。如果没其他事，我就不打扰您了。"

"哎，慢着，别挂。小邱啊，你没错，遇到那种场合，你也没办法。你总不能不听两个妈的话吧？再说应勤妈那臭脾气……"

"没，应妈妈脾气不臭，她纯粹是为我好，替我着想。正好我也是考虑欠周到，只想到懂规矩要听妈妈的话，却忘了别的，害得应妈妈和应勤反而好心……好心……总之他们是好心。"谢滨听得只会笑，尤其是看关雎尔胡诌不下去，来个"总之"，他真快忍不住喷了。谁会拒绝一位女孩柔柔的、委屈的请求？谢滨这种经过专业训练的都恨不得张口替应父答应下来。

应父也笑了，"没你的事，你是个懂规矩的好孩子，你别搬，好好待那儿休养。顺便替我向你爸妈问好，请你妈妈别太辛苦。应勤妈见风就是雨的，回头我跟她说清楚点儿，省得她误会。"

"谢谢应爸爸，我一定好好休养，早日恢复。那我得寸进尺再斗胆一次，可不可以谁都没错，只是阴差阳错？"

"是啊，长途电话里说话总归说不明白，还是你爸最爽利，见面说，什么不能说开呢。这么晚，你们吃了没？"

"我们吃了。真不好意思，我和应勤闯祸，害得您辛苦一天回家吃不上热饭。"

"呵呵，我没关系，没关系，孩子们好就行。长途电话贵，不说了，问你爸妈好。"

关雎尔结束通话，终于不需要硬撑了，差点儿虚脱，瘫在椅子上发呆。邱莹莹等关雎尔一结束通话，她立刻喜极而泣，抱住关雎尔道："我就知道只有你能行，再加上樊姐的点子，我们三个臭皮匠赛过诸葛亮。哇噻，我放心了，我这下放心了，你看应爸爸这么喜欢我，再也不会有事了。所以你看，一定要主动出击，不要等人逼上门来。"

邱莹莹很快擦干眼泪，笑道："我现在浑身是劲。你们想吃什么尽管点，关帮我垫一下，我回头领工资了就还你。你们坐会儿，我去问问那边老板要不要我家的咖啡。嘿，我活过来了。"

关雎尔惊愕，抓住邱莹莹不让起身，"我替你去，你拿名片给我。"

"这事你替不了，你只知道雀巢和麦斯威尔。"

关雎尔只能放手，看邱莹莹走后，若有所思地对谢滨道："她可能是对的。"

谢滨依然一头雾水。两人默默注视虽未痊愈，却欢喜得轻舞飞扬的邱莹莹跑去谈生意，谈得似乎很成功，与店主互动得很好。过会儿，邱莹莹开心地回来，告诉大家，这一家，有门儿。

曲筱绡与赵医生手挽手在曲母的目送下，踏夜色去取车回家。小区里夜色温柔，有不知名的花香悠悠袭来，曲筱绡走几步，就蹦起来亲赵医生一下。等坐进小车，曲筱绡左右看看没人，神秘地对赵医生道："老赵，我今天发财了。发大财，一下子成为富婆。"

赵医生以为这是曲筱绡一贯的夸张，笑道："你一向是富婆，你从来就是富婆，你们一家都是富婆。"

"哈哈，这回你错啦。你抓稳方向盘，来，叫一声二奶奶听我表一表。"

"擦，我见多生死，还有什么能吓到我。放马过来。"

曲筱绡好好扭了个 pose，才道："早上我不是去找我妈妈商量吗，可最后结果完全不在我预料中，我妈比我想的厉害多了……"

曲筱绡口齿伶俐，叽里呱啦描述得栩栩如生，赵医生似乎能看见前挡玻璃上3D 场景扑面而来。

"……你知道吗，扑克牌一样的房产证啊，写的都是我名字。也就是说，我家的钱财起码百分之八十在我手里，公司几乎靠贷款和预收款在运行……啊，你干什么，怎么掉头？"

"去救你妈。我轮急诊时候，这种故事听太多了。"

"啊，不会，不会，我妈很坚强，我妈很看得开的。老赵，你快开，开快点儿……老赵，我要不要打电话……不，不能打草惊蛇……啊，我应该陪妈妈过夜的……老赵，老赵，老赵，老赵……"

"别闹我，安静。"

"老赵，呜呜……老赵，我静不下来，让我跳几下。不好，我有感应，我心里乱跳，老赵……"

曲筱绡与其说是跳，不如说是猛抖，拿头一下一下地撞车顶，都不觉得痛。她被赵医生提醒，才觉得妈妈正常得似乎不对劲，把那么多财产一股脑儿交给她，有些交代后事的样子。幸好赵医生手稳，不为所动，即使心急如焚，依然稳稳地开车。

到了小区，两人跳下车就飞奔去曲家。曲筱绡嫌高跟鞋累赘，索性甩了鞋子，赤足狂奔，可还是被赵医生抛在身后。赵医生已到门边，曲筱绡眼看着家门在前，却腿脚一软，狠狠摔地上。她忍痛掏出钥匙，扔给在门口跳脚的赵医生，"别管我，你冲进去。"

赵医生二话不说，开门就冲进去。见曲母拿着个茶杯孤独地坐沙发上看电视，闻声转过脸来，惊讶地看着赵医生。赵医生眼明手快，上去抢了曲母放嘴唇边的杯子，不出所料，桌上果然放着一只药瓶子样儿的东西。"您……您别想不开……"赵医生跑得上气不接下气，只够说得出这几个字，一边飞快抓了药瓶子看，"安……安……"

曲母怔怔看着赵医生，却见赵医生大力揉揉胸口，才憋出一口长气大声喊："筱绡，你妈没事。"

"我——怎么了？"曲母毫无头绪，愣愣地问。

赵医生晃晃手中的安眠药瓶子，一边摇头，"筱绡……急死了，外面摔了。"

"你们……哦，你们以为我自杀？没，没，我睡不着，吃了颗药，等睡意上来。哎哟，筱绡摔在哪儿，我们去找她。"

赵医生将信将疑，但还是将瓶子揣进兜里，硬按住曲母，扯来台灯肉眼诊断。门口，曲筱绡几乎是连滚带爬地进来，见妈妈还活着，赵医生似乎正在抢救，她披头散发地趴在门口换鞋子的小凳上瘫了，"妈，呜呜，你还有我呢，我是最爱最爱你的人。你别想不开啊，妈妈。"

曲母彻底明白怎么回事了，顿时泪如泉涌，挣开赵医生的手，跑去与女儿拥抱在一起。"筱绡，妈怎么会做傻事呢，你真是妈最好最好的好女儿，好宝贝女儿……"母女俩相拥痛哭，赵医生却还是小心地检查了茶杯里的水，感觉无色无味无嗅，才彻底放心。

但赵医生这边才刚闲下来，只听一声尖叫，"啊，我的宝贝克里斯提·鲁布托，老赵你谎报军情，罚你给我找回来。"

赵医生讪讪的，"我先看看你摔到哪儿了，嗯哼。"

曲母看着女儿和女儿的男朋友，开心地道："小赵，你今晚和筱绡一起来，一来就是两次，我太开心了，你们都是好孩子，好孩子啊。"

曲筱绡泪光闪闪地给赵医生使个眼色，道："妈，我半路心跳得慌，一问老赵，老赵却吓得立刻掉转车头奔你这儿来了。我也立刻吓坏了，还以为你怎么了。这家伙，明天砸他门诊去，这哪是医生啊，吓死人。"

　　赵医生没指出谬误，只小心翼翼地处理曲筱绡脚底膝盖手掌的伤口。曲筱绡此时才回过劲来，感觉到浑身热辣辣的痛，顿时鬼哭狼嚎起来，将创伤放大百倍地表达出来，让曲母备感内疚。曲母安抚一句女儿，骂一声老公，听得赵医生想笑，又不好意思笑，低下头，却见曲筱绡正鬼鬼祟祟地偷笑。于是两人缩到曲母肥厚的下巴下面，无声地以咧嘴的宽度评判曲母每一句骂老公的精彩程度，偶尔曲筱绡再鬼哭狼嚎一声以激励她妈妈骂老公，非常欢乐。

　　可曲筱绡的手机却不合时宜地响了。曲筱绡见是关雎尔的，才肯接起，"关关，什么事？"

　　"我和谢滨遇到车祸，请帮问一下赵医生……"

　　"啊，严重不严重？你们去老赵医院，我们立刻赶过去。"

　　赵医生忙接过电话，"嗯……嗯……保险一点，让我查一下。我们很快过去。"

　　"不对，我走不动了，一扯到皮就痛，你一个人去？"曲筱绡又钻到妈妈下巴底下，给赵医生做眼色。赵医生一看就明白了，既然刚才救火一样地转回来防止曲母自杀，今晚说什么都得留个人在曲母身边。他快手将曲筱绡的伤口包扎好，赶紧独自赶赴医院。

　　邱莹莹好不容易出来一趟呼吸自由健康的空气，又是完成一桩大心事，心中雀跃，不愿回家。但关雎尔还是硬下心肠将她架上车，与谢滨一起将她送回去。一路上，都是邱莹莹在说话，说她打算如何多快好省地改造应勤的房子，当然前提是应母回家之后。

　　谢滨停下车才插嘴。"小邱，这几天要是没事，我看你把手机关了吧。固定电话你可以让你妈接听，手机你不接不行，一接露馅。尤其今晚，等下我们走了，如果应勤爸爸又想起什么打电话来问你，你找谁接去呢？"

　　"啊，谢谢提醒。"

　　邱莹莹费劲地下车，早有谢滨和关雎尔飞快伺候在车门口，搀扶她一把。关雎尔说什么都要送邱莹莹到家门口，邱莹莹盛情难却。两人慢腾腾走上电梯，发现没有别人，关雎尔才叹道："小邱，你能不能别这么糟践自己？"

　　邱莹莹立刻辩解："有时候没办法啊，像今天，我在家没法说这些啊，我妈在，肯定会阻止我。还有那次拼死去救应勤，我真有跟他生死与共的心啊。他替我挡拳头的时候也早把生死置之度外了，等他出事，被人监控着，我怎么能袖手不管自己逍遥呢。"

　　关雎尔无语，她说的不是这个意思。可刚才一鼓作气说出来，现在再让她解说，她已气竭，再无勇气做得罪人的事。回到谢滨的车上，关雎尔忍不住地后悔，"我怎么总硬不下心肠呢，我总是不懂拒绝。"

　　"像今天这样的事，如果哪天闹出来，以小邱那不择手段，弄不好责任全推你头上，说是你一手策划。你以后多一窝子仇家。也弄不好事情最后砸了，小邱不怨那男人，却一定迁怒你，谁让你帮忙呢。"

　　关雎尔一愣，烦躁地挥手道："随便她。我问心无愧就行了。"

　　"只能这样，面对这样的人，你几乎没有选择。"

　　"是啊，除非我选择恶形恶状，可我真做不出来，那次水果买了却不送，已经让我鄙夷自己小气了。只能那样了。"

　　"你已经仁至义尽了。"

　　"不好，如果真好，就不会背后嘀嘀咕咕不情不愿了。"

　　"呵呵，你想做圣人？我们不说小邱了，不痛快。你爸妈什么时间来，我去接他们。"

　　"不用的，一向都是他们自己开车到欢乐颂附近的宾馆住下，给我个电话，我去跟他们会合。"

　　"我心里没底，给我个机会拍拍马屁呗。拜托你打电话问个行程，我到时候拿束花殷勤地等路边。"关雎尔听了笑，想想妈妈的挑剔劲儿，还真得有准备把妈妈哄开心了才好。

　　她连忙打电话给爸爸。"爸爸，你们礼拜六什么时候从家里出发。"

　　"我们礼拜五晚上就到海市。"

　　"啊？这么早来？唔，一下班就上路？我算算时间，晚上看不清路牌，我们去高速出口等你们。"

　　"不用了，我们礼拜五晚上飞过来，机票已经买好了。正要跟你说，礼拜五晚上你留出时间，我们一家三口先谈谈。"

"飞过来？你和妈妈都飞过来？现在家里到海市还有航班吗？开车都比飞的快啊。"

"我们昨天请假，飞到这儿，到小谢老家看看，权当旅游一趟，同时对他加深了解。"

"什么？你们……妈妈的主意？一定是。你们……"关雎尔焦躁地看看谢滨，见他全神贯注地开车，似乎没留意这边，她忙将后面的话吞进去，脸上火烧火燎起来。

"这事我支持你妈，一辈子的大事，小心为上。我们即使去外面吃个饭甚至都要上网查查口碑，只是到小谢老家转转，怎么都不为过。放心，我们不会惊扰他的家人，你也不必向小谢透露。"

"你们……明天睡个懒觉就打包回来吧。哪儿都别去。"

"你妈不会答应的。好了好了，爸爸尽力阻止。"关雎尔知道爸爸这话是敷衍。她结束通话，不禁叹气，不知怎么说才好。抬眼，见谢滨疑惑地看她一眼，她忙道："我爸妈明天晚上来。"

"我记得你爸在机关，你妈在银行，怎么一起出差？"谢滨说话时候，又扭头看了关雎尔一眼。关雎尔不知是不是自己做贼心虚，只觉得谢滨的眼光锐利得像刺刀，刺得她心慌意乱。"他们……他们不是出差。你别看我，小心……"关雎尔死死捂住嘴，眼睁睁看着前面一棵树扑面而来，她都来不及准备，一阵大力传来，她被猛甩得失去方向，一时吓蒙了。

是谢滨将关雎尔从变形的车子里拖出来。谢滨一手扶住她，一边上上下下查看，"小关，关雎尔，醒醒，伤到哪儿没有？小关，说话，一个字也好，走两步，走两步看看？"

"我……我……我活着。"

"能站吗？哪儿痛？"谢滨大概也是慌了，此时才想到拿出手机当手电，查看关雎尔有没有受伤。关雎尔一个劲儿说"我没事，我没事"，却吓得紧紧抱住谢滨手臂不敢放。此时，谢滨是她支柱，而且是坚强的支柱。

谢滨只能一只手完成其他作业。见谢滨报警，关雎尔便想到他们可能受内伤，需要咨询医生，她毫不犹豫给曲筱绡打电话，议定去赵医生医院等。电话打完，她也稍稍平静下来。

"呃，你手掌有血，哪儿受伤？要不你留下身份证和行驶证赶紧去医院，我这儿等交警来。"

"不要紧，小伤口，不知哪儿蹭的。我扶你走几步试试？你真没感觉有哪儿痛？"

关雎尔才发现自己还死死抓着谢滨的手臂，在谢滨一声声的追问中，她心里好温暖，谢滨都不顾自己手上流血，只关注她的安危呢。她连忙摇头，硬撑着微微颤抖的腿，走上三步，"我很幸运。我包里有创可贴，先给你止血。"

"我来。"谢滨一个箭步抢在前面，将车里的包和杂物整理出来，全挂到他自己身上。关雎尔掏出湿纸巾和创可贴，借着路灯光清理创口，还好，果然不是很大的创口，只是小指头不知磕哪儿了，蹭破一块皮，算是车祸里的万幸。

关雎尔的手还在颤抖，她用尽力气保持轻柔，唯恐火上浇油。谢滨怔怔地看着她，她的温柔让他再三欲言又止。他几乎是掩饰似的伸手，替关雎尔挽起披散的几缕头发，轻轻拢到耳朵背后。他看到关雎尔头垂得更低了。最是那一低头的温柔，恰似一朵水莲花不胜娇羞。他心里颤颤的，手挣扎着停留在半空，终于没再落下去。等关雎尔说声"好了"，他忽然冒出一句，"对不起。"

关雎尔感觉异常，蓦然抬头，也不由得来了这三个字，"对不起。"

"为你爸妈去我家乡说对不起？"

关雎尔觉得谢滨态度咄咄逼人，可她还是点头道："是，真对不起，我真没想到。"

谢滨沉默注视关雎尔，过会儿才道："交警来了，我去处理一下，很快。你靠着灯柱等会儿。"

关雎尔意识到什么，仿佛听到久候的消息终于到来，心中异常沉郁。

赵医生收拾好曲筱绡的创口，在曲家母女的殷殷注目下，潇洒奔赴另一处火场。在他身后，曲母深有感触地对女儿道："找个专业人士做老公，好，你挑人有眼光。"曲筱绡回以一个不屑的白眼。但赵医生到了医院等很久，才见一辆出租车里跳出两个人来。关雎尔一看只有赵医生一个人，便左右寻找曲筱绡，等走到赵医生面前都没看见曲筱绡。她忙跟赵医生道："真不好意思，麻烦你特意赶来。小曲呢？"

"蛐蛐陪她妈妈，来不了了。"赵医生伸手与谢滨一握。

"她？"

"哈哈，意外吧？我们去里面做一下常规检查。"

　　谢滨忽然道："对不起，我不进去了。我活动了一下，感觉没大碍。我走了。"

　　关雎尔呆住，连赵医生也呆住。关雎尔几乎是下意识地道："好，你走好。"

　　谢滨想不到关雎尔没一句挽留，不禁一愣，但看着关雎尔身边帅气的赵医生，眼前不禁浮现初识关雎尔时，茶馆里关雎尔单恋赵医生的一幕。他看着身边没有曲筱绡的赵医生，强颜欢笑："等下你们回去同路，赵医生，麻烦你照顾小关。"

　　关雎尔听了顿时脑袋嗡的一声，一声"再见"，转身就往大厅里面走。赵医生笑道："两位，吵架千万别捎带我，我家蛐蛐会剐了我。呵呵，小谢，我怎么办？"

　　谢滨连忙做出请的手势，赵医生笑嘻嘻地转身跟上关雎尔去了。谢滨却愣愣地看着两人消失的方向站了好久，才悄悄离开。关雎尔走到转角止步，抬起一张挂满泪水的脸，对赵医生道："赵医生，我，也没伤到。不用看了。真很不好意思。"

　　赵医生笑道："如果是怕熟人男医生，没关系，我找同事给你看。"

　　"我没心情。"

　　"看看吧，这种撞击对颈椎很伤，别以为没流血就是没事。我把你托付给同事，我去车上等你。别跟我说你打车回去，被蛐蛐知道我不送你回家，会打断我的腿。"

　　"谢谢。"关雎尔试图阻止眼泪，但她可以强忍哽咽，却阻止不了眼泪哗哗地往下掉。她不时地往身后看，却一直没看到谢滨的身影，她明白，谢滨走了。

　　曲筱绡听了赵医生的汇报，很惊讶，"这两人怎么吵得起来？关关这么乖，谢滨好意思主动提出走？擦，谢滨算个什么鸟，再三个谢滨都配不上我们关关。但老赵你回来，我让樊大姐去陪关关。"

　　"吃醋啦？好！我坚决陪小关到底，哈哈。你快给樊大姐打电话，我还真有点怕小关等下哭着出来上我的车，我最怕女孩子哭。"但曲筱绡兴致盎然地抓着电话不放，"你真不知道两人因为什么吵架？一点儿线索都没有？"

　　"没有。连可能是吵架导致车祸也是我臆测出来的。求你快打电话吧，赶时间呢。"曲筱绡当着她妈妈的面哈哈大笑，一点儿顾忌都没有。她立刻打电话给樊胜美，怎么能让她魅力无匹的赵医生与刚刚落单的关雎尔单待一起，一分钟都不行。可接通电话，她忍不住放下主题，奇道："咦，樊大姐，我怎么听到安迪的声音？"

　　"耳朵真灵。我买了一大捧花回家，正好遇到安迪。我建议安迪也可以拿花装饰她雪洞一样的家，她满脸不愿意，可还是给面子，观摩我装扮我的小窝。呵呵，她躲远远的，就站大门口，好像这些花有毒。我现在搬到原来小邱住的那间了。"

曲筱绡不禁看看手机，确认那一端确实是樊胜美。"哦，那间好。喂，废话少说，关关出事了，跟谢哥哥一起出车祸，现在老赵那医院里，老赵赶去了。听说没什么问题，但谢哥哥溜了，老赵总不能抱抱关关吧，可也不能由着关关哭不管吧，你赶紧去接手。要是安迪有力气，最好也去。看样子关关跟谢哥哥吵架了，关关平日里是安迪跟屁虫，安迪去能镇住她。快去快去。"

安迪只见樊胜美将手中白桔梗一扔，抓起刚脱下的外套冲出来，奇道："干吗？"

"小关跟小谢有点小摩擦，我去看看。你有没有兴趣把我剩下的花收拾好？"

"嗳，我过敏，敬谢不敏。走吧，一起去。"

"你别去，你昨晚累一晚上，明早又得飞过去办结婚登记，你吃不消的。早点休息，明天做最美新娘。小事一桩，我对付都绰绰有余。"

"若只是小摩擦，要你去干吗，他们自己会解决。你守住电梯，我拿车钥匙。我只管开车，不会累。"

"反应快的人最讨厌了。"樊胜美也不阻止，等安迪来，两人一起出发。

上了车，樊胜美道："老规矩，我指路，你开。安迪，看上去你对鲜花也没那么过敏啊。"

"我是心理过敏。我在尝试克服。我现在觉得这些花应该是美的，不是罪恶。"

樊胜美听得在黑暗中两眼发直，"当然不是罪恶。花只是工具，罪恶的是持花的人。"

"我知道是这么回事，可知道并不等于接受。慢慢来。小关和小谢是怎么回事？"

樊胜美清楚安迪能一心两用，所以不仅讲了曲筱绡传达的内容，也说了自己的猜想。"小关和小谢交换个人详细经历，小关说她父母这周末就要赶来见小谢。见对方父母这件事呢，可大可小，我怀疑问题就出在这上面。"

安迪不禁哎哟一声，联想到了曲筱绡的实地调查，当然也联想到包太当初对她的百般挑剔，百般调查。"小樊你英明。小关的事有点麻烦。你拿我手机打小曲，我跟小曲说话。"樊胜美云里雾里，但知道关雎尔如曲筱绡所言，是安迪的跟屁虫，肯定安迪知道不少内幕，问题是曲筱绡又有什么相干？安迪拿到接通的电话，插上耳机直奔主题，"小曲，你可能也得来一下。小关爸妈这个周末来看小谢，你想想，是拿到书面经历几天后，来看小谢。我怀疑两人吵架与此相关。这种事我没实战经验，对付不了，你行。"

"什么？啊！还是发作了！所以说，世上没有不透风的墙。你看到老赵，让他立刻撤，这是我委托你的第一大事。我今天不行，我家里有事，再天大的事我今天也走不开。我们可以随时电话联络。"

安迪只能被赶鸭子上架。但樊胜美看出了疑问。"那天我请客吃饭，小关一直追问小曲的那件事，难道小曲真去追查小谢了？小曲嘴上否定，其实是做了？"

"反应快的人最讨厌了。"安迪笑嘻嘻地学了一句舌。

樊胜美只能作罢。

可两人赶到医院，却只找到赵医生，赵医生拿着一张 X 光片，无奈地对两人说，小关虽然被他押去拍了片，可他才一走神，小关就玩失踪，X 光片还是他代拿的。小关颈椎没出问题，可看样子感情受打击大了，电话都打不通。

安迪毫不犹豫问樊胜美："怎么办？"

樊胜美悻悻地，"你倒是不耻下问。不过小关胆小，人有分寸，肯定走不远，我们回家找吧。"

"小樊英明。赵医生，小曲说，最要紧的事是你赶紧回去找她。小关由小樊和我接手了。"

"好吧，让你们过河拆桥。要不要通知小谢？"安迪道："不通知他，原因请问小曲。再见，赵医生。"安迪说完就一踩油门，轰一声跑了。赵医生被搞得莫名其妙的，觉得还是曲筱绡最痛快，好就好，不好就不好，不会闷声不响让人摸不着头脑。樊胜美思虑再三，跟安迪直言："不要试图做控制一切的大神，不要擅自替小关做主而不通知谢滨。"安迪不禁愣了，"可是他们刚吵了，小关能愿意看到小谢吗？"

"我不知道，但我知道小关心里很珍惜这段感情，她不是说放下就放下的女孩。"

"嗳，我很糊涂了。反正你指挥，我照做。我给你小谢号码，你找他。"樊胜美本以为这么直说会得罪安迪，见此笑了。樊胜美在电话里才说一句关雎尔失踪，那边谢滨就炸窝了。打完电话，樊胜美笃定地道："两人很有感情。"安迪想想曲筱绡对谢滨的评价，欲言又止。她对这方面实在经验匮乏，既然曲筱绡这个老法师今天没空，那么只能听从另一位老法师樊胜美的安排了。

第 66 章

　　安迪将信将疑，但樊胜美直到进了电梯还在信誓旦旦。"小关下班行头都很值钱，有笔记本电脑，爱疯手机，再加她是个年轻姑娘，小偷全知道是个好目标，小关能不知道危险？她决不敢一个人在大街小巷乱走，要走也是在我们小区院子里走走。"

　　"或者她一怒之下在医院附近开了个宾馆房间？"

　　"小关不像是一怒之下什么都不管的人。别看她随和，可上班每天得换一套衣服，绝不含糊；她脸上长痘，睡前护理也全套做足，绝不含糊。开个房间，钱不是问题，即使开了，她待会儿也得立刻退房回家，否则没法解决琐碎生活问题。这是她性格。我很怀疑，她已经先我们一步到家了。"

　　"呃，我还真没太留意她这些细节。可如果小谢看到小关所谓的失踪只是一头扎进家门，会不会认为……"

　　话音未落，电梯门开，两人到了 22 楼。安迪一脚迈出就见 2202 房门洞开，不禁一声赞叹："小樊绝对英明。果然在家。"

　　"呵呵……"樊胜美才得意两声笑，就瞬间变脸，"哟，怎么回事，谁在里面？"她一步抢进门去，却见她刚搬进小黑屋的那些坛坛罐罐都被人横七竖八扔在屋里过道，而一个陌生身影在"她的"小黑屋里忙碌。"你是谁？怎么回事？"

"小偷？小樊快跑……"

小黑屋里那人没好气地回头道："都是住群租房的苦逼，装什么娇滴滴，有人进有人出不是很正常吗？"

安迪与樊胜美不禁各自"哎哟"一声，安迪一看这张脸就记起来，这女孩早就在这幢楼里找过其他出租房，曾经很鄙夷地说过住群租房的都是穷人，没必要结交认识。樊胜美快步走回安迪身边，郁闷地道："我做了件蠢事。我原想这间屋子的租金三天后才到期，我三天后跟房东去说我和小关合租这间房，省得扯皮三天的租金。我还想着留着这间屋子，万一小邱那儿有个波折，可以有条退路。这下完了。"

"总有办法，但看样子这女孩不是个善茬。"安迪只得耸耸肩，赶紧去做更重要的事。她绕开那女孩随意抛放的箱子，来到房门紧闭的关雎尔的门前，"小关，在不在？我们都很担心你。"

外面樊胜美一看，也"哦哟"一声赶紧跳进来，一齐拍门，"小关，小关？"

可除了那新来女孩搬东西的声音，其他什么声音都没有。两人无计可施，而新来女孩警惕地看着她俩，见没啥幺蛾子出来，就又回屋整理她自己的行李。樊胜美一把扯住欲走的安迪，使个眼色，才对安迪轻道："不知道小关在不在屋里，如果不在，我这就下去小区里面和小区周围找找，你回家吧，大肚子晚上别磕着碰着。"

"让你一个人黑夜找人多危险。一起去吧，我去拿个手电。"安迪不知道这个眼色什么意思，但见樊胜美的眼色转向关雎尔的房门，才恍然大悟。

"别，再怎么，出点儿事我可以拔脚跑，你不行。回吧回吧。"樊胜美看一眼散落一地的她的坛坛罐罐，不禁叹一声气，这当下都顾不得自己的破事了。"或者，你要是急不肯回屋的话，站走廊里盯着看小关回来没有。也帮我看着点儿这些整理箱，别让人扔了。里面都是我这辈子攒下的宝贝衣服呢。"

话音未落，两人的手机同时提醒有短信，摸出一看，是关雎尔发来，"别找我了，我在屋里，请让我一个人静静，对不起。谢谢你们。"

樊胜美放心，才想得意一笑，外面却传来敲门声，谢滨看不见关雎尔的门，站外面大声问："关雎尔在吗？我可以进来吗？"

樊胜美浑身一凛，迅速将手机揣回兜里，见安迪也收了手机，才探出头来。"小谢你也找到这儿？快进来，我们正商量要不要撬开门看看里面有没有人。"

谢滨连忙冲进门，却不小心衣服下摆勾住新来女孩的行李，脸盆热水瓶一应物事应声落地，碎的碎，滚的滚，好生热闹。新来女孩跳出来一看，气得顿足尖叫："里面没人，没人，她们两个烦半天喊不出一个鬼影，还商量出去找人呢，烦不烦，做事就没痛快点的吗！果然住群租房的都是一帮卢瑟。你别走，赔我热水瓶。他妈的，搬家穷三年，果然没错。"

樊胜美正好借机解释，摆脱造假的慌张："今晚新搬来的租户，我也才刚看见。我正打算下去院子里找找，我怀疑小关走不远。本以为她回来了呢。你也这么想？"

安迪则道："既然小谢也在，我不陪你下去了。"

新来女孩怒道："果然是群租房的素质，摔了我的东西都不知道要道歉吗？"

谢滨在一群女孩子堆里有点神不守舍，听到这儿才醒悟过来，连忙掏钱给新来女孩，又赶紧弯腰捡滚走的碗。女孩才"哼"了一声，弯腰收拾一地乱糟糟的东西。安迪怕时间久了露马脚，忙道："你们抓紧时间找人，这儿我来。路上小心，尤其小谢，我看你不在状态。小樊如果有时间给我房东的电话，我说好这间房租期满了归我的。"

樊胜美斜睨女孩一眼，冲安迪摇摇头，拉起谢滨欲走，却接到一个电话。樊胜美怕又是关雎尔的，连忙避开谢滨才敢打开。却是邱莹莹的。她直截了当地道："小邱，我忙，你如果没要紧事，明天再打给我好吗？"谢滨几乎是屏息听着。樊胜美见此，索性开成免提，公开给谢滨看见听见，以示不是关雎尔。

邱莹莹那边咯咯笑道："要紧事，别挂哦，樊姐。晚饭那时候小关替我打电话给应爸爸，成了。但我想来想去，还是搬回我们2202来住，显得我做事大方，当然我的东西就放应勤家占位置。应勤差不多礼拜一也该出院了。我没别的事，跟你打声招呼，我明天搬。你要等着我哦，我得先抱抱亲爱的樊姐。"

"呃，你那间房……刚刚已经有人住进来了。"

"房东凭什么，我租期还没到，还有三天。"

"对不起，我以为你胜利跳出出租房了，就跟房东商量一下，搬到你的房间，我的房子腾空出来……"

"啊，怎么会这样，樊姐你太心急了，起码等到我这边敲实了再搬吧……"樊胜美听得脸都绿了，火气一上来掐了电话，狠狠关机，跟谢滨道："走，我们去找人。"

谢滨看看大肚子的安迪，再看看怒气冲冲的樊胜美，断然道："天很晚，我自己去找，我一个人快一点。樊姐和安迪姐请帮我……看看小关还有什么别的朋友家可以去，如果小关回来，请立刻通知我。"

"如果小关回来，要不要告诉她你在焦急地找她？"安迪问了一句。谢滨一愣，避开安迪的眼睛，"不用了。只要她安全回来就好。"安迪送谢滨等电梯，看看满脸挂满焦躁的谢滨，想到包太当初调查她底细，她被逼得狗急跳墙，她最初想到的也是逃避。她不禁同情起了谢滨。这小伙子不仅得背负起失恋的苦，还得背负起被人调查起底的痛，这种滋味她懂。"小谢，除了小关父母，这儿我和小樊最了解小关，你如果需要谈谈，尽管找我们。"

电梯到来，谢滨却进去后不急着走，两眼直视着安迪冷不丁地问了句："请问，你为什么不要求我找到小关后第一时间打电话通知你。"安迪猝不及防，顿了顿才道："你这么问很不友好。但我知道你心急。"

"我知道了。但你们这么做有意思吗？再见。"谢滨将挡在电梯门上的手一松，电梯立刻关门下行。安迪愣愣地看着电梯门，又看看同样发愣的樊胜美，"完了，雪上加霜。逃不过专业人士的法眼。对不起小关。"新来女孩此时才冷笑一声，砰一下将门对着樊胜美摔上。樊胜美吓了一大跳，缓过神来捂着胸口怒道："这什么人啊。我找房东说话。"新来女孩在屋里冷笑道："外面的当心闪了舌头，都是群租房的穷逼，装啥能耐。"

樊胜美差点儿被噎死，安迪一把拉樊胜美去2201，关门才道："从时间上看，这女孩可能看见小关进门，但她对你我不说，也对小谢不说，看来她拿这儿当临时落脚点。她很势利，不想跟群租房里的人交朋友，也不管你们的任何事，但谁都别惹她。就是这么个人。咱们不跟她吵，直接找房东，加价把房子抢回来。"

樊胜美喝着安迪递来的水，呼哧呼哧闷了好一会儿，才道："算了，我不舍得那钱。而且回头想想，那姑娘做得对，一团热心有什么意思，人家还是拿你当外人，一个伺候不周就翻脸，千好万好不如她男朋友。我的东西被那姑娘随便扔，也没人帮我心疼一下。"

安迪知道樊胜美前面说的是邱莹莹，后面说的是关雎尔。她觉得劝慰解决不了实质性问题，不如直接转了话题："对了，跟包子说起你哥打算起诉你的事，他说你哥是闲的，他可以提供一份工作，也会让人盯住你哥。"

"是你替我要求的吧？真的谢谢你，到最后还是你。可我再也不打算帮他们了，除非是打官司没办法只能接招，否则我当他们没有，我从没有过这些所谓的亲人，彻底脱离他们，不让他们找到我，我也再不犯贱找上门去，都自生自灭吧，做人真是没意思得很。"

"你现在说的不算，等回头平静了，你再考虑考虑。"

"真的，各人自扫门前雪，谁也没欠谁，我不帮忙了。"樊胜美虽然赌气，却也清楚安迪是真的帮忙，她有点儿习惯性地伸手挽住安迪手臂想靠靠。不料安迪犹豫了一下，还是挣脱开去。樊胜美一想就明白了，不禁想笑，倒是散了几分怒气，一屁股坐在门边沙发上。

安迪听有人敲门，过去一看是直着眼睛的关雎尔，便开门放入。关雎尔直着眼睛进来，都没看见门边沙发上坐着的樊胜美，就直着眼睛道："他……他误会我对赵医生藕断丝连。他就是因为这个丢下我离开医院。现在又……呜呜……误会更大了，肯定以为我跟你们串通故意闹失踪把他骗来。"

"他怎么会误会到赵医生头上，他又不知道你的心事。"

"我跟他说起过，他知道。"

安迪轻度惊讶。樊胜美惊得忘了自己的伤春悲秋：什么，关雎尔跟赵医生？怎么回事？樊胜美忽然发现自己的存在很尴尬，她悄悄挪窝，钻到巨大沙发的背后，窝了起来，免得关雎尔脸皮嫩，更下不了台。

"你们撞车也是因为这个？那你事后还打小曲电话叫赵医生来就不对了。"安迪诧异樊胜美的躲避，看来此时她只能硬着头皮伪装老法师了。

"撞车之前正好我妈打电话来说他们在他老家调查他老底，他有点儿不快，但他没说什么。撞车后也不顾自己受伤先抢救我，丢下车子不管，先送我去医院。是我脑袋发昏，下意识就找小曲帮忙。想不到小曲出不来，只赵医生一个人来，这下才刺激到他了。我不敢见他，我处处无知，处处拖累他，还处处辜负他。可是我真不愿他误会我，我不愿在他心目中是那么一个人，我不会玩弄他，尤其是玩弄感情。"

"要不要我找他解释？你一向不是玩心计的人，很容易解释得清楚。"

"不要。"关雎尔嘴里说不要，两眼却眼巴巴看着安迪，希望安迪给办法。"是的，我一向不玩心计，今晚他为什么一再误会我？他如果不知道我是什么样的人，那真让我失望。如果他知道我是什么样的人……"

"他专业鉴别人，他应该知道你为人。刚才我替你隐瞒，只出一个小小纰漏就被他识破。呃……"安迪不禁将关雎尔叙述的过程与曲筱绡调查的结果放到一起，"或许，是小谢故意制造误会？他知道你的为人，但他故意误会你对赵医生有想法，目的是脱身。但听说你失踪，他焦急地找上门来，等发现你无恙，他立刻又故意误会我们欺骗他，再度脱身。因此可以得出两个结论：一，他心里牵挂你；二，他有什么事无法面对你。"樊胜美在沙发脚下听了点头，看样子小谢心中有鬼，她顺利推测，鬼就在撞车之前发生的那件事：关家父母赴谢的老家搞调查摸底细。

可是，樊胜美也顺利预计到，关睢尔接受不了如此的推论。果然她听到一声尖利的叫声，"他……不会！不好意思，晚安。"随即，樊胜美便听到摔门声。樊胜美钻出脑袋，本打算安慰安迪几句，安迪却冲她耸耸肩，"我自己也刚体会过爱情的盲目。不过我从今天起改变对小谢的看法，如果换成是我，再制造误会，也一定是栽赃到自己头上，有什么罪过自己担着，而不是诬赖他人。"

"拜托，这话虽然有道理，但千万不能再跟小关说，她听不进去，急起来跟你翻脸。你赶紧洗洗睡，明天还有大事去办。"

"当然，既然小谢千方百计离开小关，他不可能再对小关造成伤害，我还干吗多事。其实早前的分析也不必对小关说，多余。"

"不不不，朋友情绪低落时也需要抚慰，各种方式，包括戳穿事实真相，告诉朋友不用内疚。但……"樊胜美一想到自己一直这么做，可换来的是什么呢，不禁又气馁，"算了，生活不易，管好自己，各自修行。我连自家的事都管不好，还乱七八糟插手别人的事，别人没笑话我已经是开恩。安迪，这阵子我一想到过去的种种，总是体温骤增。灰心丧气啊，灰心丧气啊。拜拜，我也睡去。"

安迪没有挽留，开门送客。但难得地主动伸手搂搂樊胜美的肩膀。她虽然没说什么，可樊胜美心头一热，22楼最高不可攀的人认可她。

但关上门，安迪不由得对门板自言自语："我明天去包子那儿办理结婚登记，不是大事吗？大家怎么都没点儿表示？"

樊胜美回去2202，见她的整理箱依然横七竖八躺在地上，显然关睢尔进出时并未帮忙挪动一下。她心中不快，瘪了下嘴，开始动手往自己屋里搬。

她这边一有响动，关睢尔很快探出脑袋张望一下，随即拿毛巾牙刷出来，凄婉地叫了声"樊姐"。樊胜美差点儿心软，可一眼看到她正好端着一只装满衣服的整理箱，而关睢尔都没伸手扶一把，她又恢复了灰心丧气。她端庄大方温暖和谐地来了句："早点儿睡。"便目不斜视地进了自己屋子。

关雎尔欲言又止，站那儿发了会儿愣，没去洗手间，却又回去卧室。樊胜美看了冷笑，看样子关雎尔又想请教她，又不肯降尊纡贵主动提出，这当儿还摆着臭架子等她死皮赖脸凑上去问大王有何指教。想想关雎尔在安迪面前的主动态度，樊胜美不禁自伤，人家小姑娘看不起她呢。樊胜美脸上又红热起来，她这辈子都活了些什么啊。

关雎尔回到屋里，万般纠结地打开手机，反正此时已经可以确定，谢滨不会再打电话给她。她把玩着手机，越想越伤心，眼泪一滴一滴地落在手机上，手背上。她翻手捂住嘴，不让哭出声来。

樊胜美辛辛苦苦将杂物搬回自己屋里，拍拍手看一眼紧闭的小黑屋的门，想到那间屋里已然入住一个陌生人，她心里挺失落。此时她脸上已经退烧，坐镜子前卸妆，隐约似乎听到关雎尔屋里传来闷闷的使劲儿憋住的呜咽，她心里叹了一下，终究是抵挡不住，将卸妆乳涂满整张脸，走出去敲关雎尔的门。门倒是应声而开了，果然，见到两手捂脸的关雎尔。

"小关，明天安迪结婚登记，你有没有表示一下？"

关雎尔惊得露出两只泪眼，"啊，给闹忘了。哎呀，哎呀，怎么办。"

"就知道你忘了。即使明天早起送安迪上车，给个大拥抱祝福也是很不错的，心意到了就行。我问了安迪出发去机场的时间，回头提醒你起床。"

"好的，樊姐，谢谢。"樊胜美见关雎尔又是欲言又止，吞吞吐吐一个字都不说，心里真想甩袖而去，可终究是心软，还是开口自认犯贱地殷殷询问："想说什么，尽管跟樊姐说。"说完就恨不得打自己耳光，可伸出的手却关了关雎尔卧室的门，免得声音传出去。

"难以启齿呢。我再也不奢望恋爱了，一次丑人多作怪已经够显眼，不要再有第二次了。"

"这有什么可难以启齿的。撞车、误会，谁没碰到过。打打闹闹才是我们普通青年的恋爱。"

"可是，你、安迪、曲曲的男朋友们，会在你们刚刚撞车后扔下你们不管吗？多大的误会，他怎么可以一走了之？说到底，是我丑人多作怪，自作多情。"

"要不，樊姐约一下小谢，礼拜六见个面谈谈，问清楚究竟是怎么回事。即使杀人放火也得让人有个申辩的机会啊。"

"不用谈了。我不会再自取其辱，我有自知之明。"

"唉，我看一定有曲折。你别这么武断。"

"再有曲折，撞车后也不可以把我扔在医院一走了之。"樊胜美听着，觉得关雎尔此时所言与此前对安迪所言略有不同，跟安迪说话时，关雎尔还为谢滨辩护呢。可是她不能指出，只得再三抚慰作罢。可是不再啜泣的关雎尔两眼空洞，樊胜美看着很担心。这一刻樊胜美早原谅了关雎尔不替她看顾整理箱，换她万念俱灰的时候，对什么也都是视而不见的。

可是樊胜美一走，关雎尔心里又推翻刚才的想法。当时两人一起出的车祸，谢滨也正需要女友的安慰，可她却鲁莽地奉上前单相思一枚，谢滨怎能不大受刺激。

关雎尔的一颗心摇摆不定，怎么也睡不着，索性捧着电脑上网瞎逛。她忍不住在微博写下一句：美好得不像是真的，那基本上就不是真的。

另一个失眠的人谢滨看见，一张脸顿时变色。

安迪准时起床，拉开窗帘，窗外透入晴好的天光。今天是个特殊的日子，从此她和包子将成为法定的一家人。但这只是其一。最重要的一点是，她从此将有亲人。未来会怎样，她不知道。她与包子会不会永远相看两不厌？她的孩子是不是正常人？全都是未知。可现在她有爱人携手，未知便成了希望。有希望的未来总是令人憧憬的，犹如窗外春天的晨曦，丝丝毫毫都令人心生愉悦。怎能不乐观。

她毫不犹豫决定给邻居们一个弥补的机会，她结婚，他们必须有所表示，否则似乎太不符合朋友的道义。

她才发出短信，一个电话便进来，是樊胜美在那端唱歌，"小兔子乖乖，把门儿开开……"

安迪赶紧过去开门，果然见樊胜美与关雎尔等在门口，樊胜美笑容满面地将一只包装精美的小盒子递给她，关雎尔状态很差，眼皮红肿，额角又有痘痘群隐隐萌发，但关雎尔干净利落地扑上来就是一个拥抱。在朋友满满的祝福声中，安迪觉得朋友的拥抱也很温暖。

樊胜美请了假，专程送安迪去机场，关雎尔没准备，打算送她们到大门口上出租。安迪才刚将行李箱拖出来，樊胜美便快手抢了过来，顺手还整理好安迪的胸针。

等她全套动作完成，关雎尔都还没伸出手。樊胜美一看才释然，显然关雎尔娇生惯养的，从来有父母前呼后拥地伺候着，她没有培养出举手之劳的习惯。关雎尔没有帮她挪整理箱的意识，同样也没有帮安迪拉一下行李箱的意识，大小姐从不伺候人，一视同仁。樊胜美笑眯眯地挽着关雎尔一起走出门。

天还很早，小区道路上来来往往的是锻炼回来闲云野鹤般的人们，和眼睛都没睁开的学生。因此大门口身形笔挺的谢滨就显得非常突兀了。安迪先老远地看见了，"谢滨？"她扭头看向关雎尔，"看见没有？大门口，立柱边……"

关雎尔与樊胜美都属于轻度近视但死活不肯戴眼镜的，安迪还得给关雎尔指点方位。可安迪再抬头看立柱，发现人迹已渺。面对樊胜美"在哪里在哪里"的追问，安迪郁闷地道："一转眼人就没了，溜得飞快。"

樊胜美问："你确信没看花眼？"

"我看花眼也只会看到包子，不会看到不熟悉的谢滨。走过去问保安便是。"

"我……对不起，安迪，我不送你上出租了。"关雎尔早在听见安迪轻呼"谢滨"时已手足无措，钻到安迪身后。"安迪，祝你幸福，一定要非常非常幸福。"

"他来干什么？这会儿我和小樊都在，你尽管跟我们出去，别怕，有什么事我们对付。"

"我心里没准备，不是怕。我走了，对不起，对不起。"关雎尔逃也似的跑了。

连樊胜美都问："既然千方百计地脱身，这会儿又来干什么？来了又为什么逃走？难道是真感情，却实在有无法说出口的困难？"

"爱得不够，弃之可惜而已。"安迪觉得自己不可告人的身世比谢滨的灰暗多了，可自打认定包子后，她就没想到过放弃，包太想玩什么把戏，她一概奉陪，对包子也并不隐瞒。

两人正好走到大门口，四周围看看，早已不见谢滨身影。樊胜美早娇笑着上去向保安打听，果然，保安给了一个肯定答复。樊胜美疑惑，短信提示了关雎尔。"小关还得一个多小时才出发上班，小谢这就等在门口。早那么久，只为见伊人一面。哇，这是我多年未得的待遇了。我立马立场动摇，倒向谢滨。"

"你这墙头草。我可以打开礼盒吗？有没有风俗上的规矩？"

"没规矩，你打开吧，我早等着你打开呢，本来就是送你的，随便你处理。"

安迪上了出租后才小心打开包装，见里面是一对只有手指头大的杯子，一只粉蓝，一只粉红，用一根红色粗绳拴在一起，挺精致好玩。樊胜美解释道："我这一年马马虎虎学了点儿软陶手艺，好不容易才做出这两只稍微像样点儿的杯子，嘻嘻。我们那儿结婚要喝交杯酒，酒杯用同心结串起来，寓意永结同心，白头偕老。这两只杯子虽然小得都不够放一滴酒的，但我们图个吉利喜庆。"

"太好了太好了，我现在特迷信，凡是风俗说吉利的东西都要。我系项链上。"

樊胜美哭笑不得，"可别，这做工太业余，只能骗骗你。我替你系到手腕上，别招摇出去，咱暗搓搓自己吉利。"

"我昨晚还纠结你们对我结婚这么重要的事全都没反应，又不好意思讨要你们的祝贺，原来你早用心准备好这么大的惊喜。我太开心了，真想不到跟你们住一起，竟然能得到你们真心对待。真激动，真的激动。"

樊胜美又欢喜又惊愕，想不到安迪高兴起来像个孩子。她若有所悟，难道包奕凡一早看清安迪职业形象背后的天真？毫无疑问，如此真挚的天真谁不喜欢呢。她不禁想到自己总喜欢表现得老谋深算八面玲珑，大概只有王柏川那等傻小子才吃那一套了。樊胜美不禁脸上又一阵火烫，过去自以为精明，实则大错特错。

安迪受樊胜美礼物的鼓励，厚着脸皮打电话给曲筱绡。"嘿，我今天结婚，你什么表示？就等你了呢。"

"我在开车，在开车，车上还载着我家太后，事关重大，停车再跟你说。"

"有表示？"

"当然有，你我什么关系啊，我没兄弟姐妹，你就是我亲姐姐。"电话那一端，戴着墨镜的曲母等女儿放下电话，道："我还是半路下车吧，我没心情。"

"没心情我才要一步不离跟着你呢。但安迪的要紧事我必须到场，只能打包把妈妈带上。"

"跟你说了，妈妈没事。你好好去玩，别挂念妈妈。"

"不要。我忙一晚上好不容易才给你等到一张退票，我容易吗？老赵也说了，这两天必须跟你寸步不离。"

"小赵也是个乖孩子。"

"那是那是。一般乖孩子都不帅，只有老赵又乖又帅，极品了。等下你会看到安迪也是又乖又帅，你会喜欢她的。别跟我说了哦，我得赶在安迪之前到机场，给她惊喜。"

于是，安迪与樊胜美才刚下车进入候机大厅，只见一条黑影蹿起，半空传来一声尖叫"surprise"，樊胜美见安迪被曲筱绡熊抱。樊胜美至此才松一口气，还好，曲筱绡真的在，否则安迪会失望。而曲筱绡根本不容别人说话，抢着道："安迪，我陪你去，机票早买好了。而且我今天把我娘免费送你用一天，你得带上娘家人撑腰。"

"这也是习俗？"曲筱绡一愣，但立刻打蛇随棍子上，"当然是习俗，娘家人怎么可以没有。

你这只是办登记，你要是办婚宴，我把娘舅也叫来给你主持大局。"安迪不疑有他，激动得赶紧与曲母握手相见。樊胜美轻声对曲筱绡道："你想得真周到。"

"那是。你也一起去？你哥正愁找不到你呢，你还敢回去？"

"我不敢。你来就太好了，正愁安迪一个人上飞机，总是有点儿孤独。想不到你考虑得更周到。"曲筱绡竟然老脸皮一红，扯开话题，"咦，安迪的小跟屁虫怎么没来？"樊胜美一笑，"赶紧去办登机，安迪交给你了，你得保证安迪下飞机时候美美的。"

樊胜美与安迪告别时，想不到安迪竟然主动伸手拥抱了她。她克制不住，一声"咦"脱口而出。安迪不好意思地笑着，赶紧脱手，"太感谢你们了，你们都真好，对我真好。"

"好什么啊，朋友应该的。"曲筱绡伸手，"给我护照，我去办登机，今天给你做跟班。"安迪看着朋友们，连声说"好的，好的"，她都不知道在说些什么，开心得合不拢嘴。直到老谭匆匆赶来时，她也给老谭一个拥抱。老谭彻底惊呆了。

关雎尔内疚地跑回2202，直到吃完早饭，整装出门，一颗心依然怦怦乱跳，呼吸混乱，隔几分钟得深呼吸一下才能缓一口气。她说什么都不敢走正门，唯恐撞见谢滨。她早早出发，绕道与大门反方向的西门，宁可多走一些冤枉路。

可她才走出门，就一眼看见倚灯柱上垂头丧气的谢滨。谢滨低着头，显然没看到她出来。关雎尔抓住脑袋里仅剩的一点智慧，心想，他怎么在这儿？

似有心电感应，谢滨一眼看了过来。那一眼仿若催眠：跑，阿甘，快跑！挎着硕大电脑包的细溜溜的一个女孩立刻蹬着高跟鞋发足狂奔。不仅谢滨，过往路人都不禁瞠目结舌地看一个纤弱姑娘超越极限地飞奔，好像姑娘身后追了一群恶鬼。但谢滨回过神来，便更加神色黯然。

关雎尔跑出很远，早已跑离谢滨视线几倍之外，终于双腿一软，踉跄倒地。她已经将吃奶的力气都用在两条腿上，此刻连起来都困难。关雎尔上气不接下气地趴在地上，眼看着周围慢慢围上来一圈叽叽喳喳的人，那些人七嘴八舌地议论她为什么躺地上，还有人竟摸出手机拍照。她竟然是在这种场合，有生以来第一次成了别人眼中的中心。关雎尔恼羞得无地自容，一把甩开来扶她的一只手，慢慢地自己爬起，慢慢地拖着电脑包离开人圈子，万幸，打到一辆出租车。坐上车的瞬间，关雎尔委屈得泣不成声，都无法与司机说话，只能递上一张名片。

出租车开了多久，关雎尔就握了多久的手机。她手机屏上只有安迪的号码，可她终究没拨打出去，不想打搅人家的一团喜气。直到下车，为躲避路人目光的探询，她只得装作深深埋头在手机上操作，她才往爸爸手机发出一条短信：你们别忙乎了，我已跟谢滨分手。

可关母一看短信，就胸有成竹地笑道："我们女儿会使小手段了。小伙子越是拦手拦脚，说明越有猫腻。走，出发。"关雎尔甚至都没收到爸妈的回复。她完全闹不明白了，怀揣着一肚子的疑问，却都烂进肚子里。不想再问谁了，她再也丢不起这个人。昨晚今晨，已经把她的自尊心折损殆尽，她没有勇气再节外生枝。这是她的命，她合着就该本分做人，不该有痴心妄想。

安迪一直在笑，即使坐下说正经话题，依然掩不住满脸的笑。"曲曲，对不起，我的事还累你妈妈老远跑一趟，她这么忙我还辛苦她。"

"没事没事，她那黑眼圈是给我爸气的，我爸三心二意，恨不得三妻四妾，老家留个伺候老娘替他尽孝的，这边放个替他卖命挣钱的，最好外面再多弄几个狐狸精。"她说着探出脑袋往前看看，见前排她妈妈和老谭似乎谈得还行，才稍微放心。

"包子家也一样。包子要是敢学他爸，我拧下他的头当皮球踢。"

"就该这样，对他们要从小教育起来。"曲筱绡说着就笑起来。

"一直在等你问昨晚小关的事，奇怪今天怎么不八卦了。"

"昨晚经历很多事，关关那些算个屁，没兴趣了。大不了谢哥哥听说关关爸妈去他老家他做贼心虚，赶紧找各种借口离开关关，省得被关关爸妈驱逐更加没面子。男人嘛，面子比性命还重要，够傻。"

"难怪，昨晚听说关关失踪，他找上门来，一看人在，就假装误会我们骗他，转身就走。然后今天等在大门口，一看见我们出来，他又一转眼消失了。不痛快。"

"啊？还真有八卦啊。这种人直接蹬了他。我再怎么折腾老赵，分手时候老赵肯定责任都揽到他自己身上。还有你看樊大姐，别看她一向糊涂，可为了跟王柏川分个手，还特意摆一桌给尽王柏川面子。"

"我也这么说，我现在跟你一样投反对票。"

"你早该投反对票。我早知道他肯定心机重。你想，一个拖油瓶从小没大人罩着，那些小朋友该怎么欺负他。他不像你，你是天才……"

"我小时候也吃尽苦头。经常恨不得缩成薄片，躲进墙缝里。但我可以让别人抄作业，幸免许多灾难。我的小伙伴非常可怜，有些性格软弱的被压迫到底，有些滑头点儿的投靠有力的小朋友做牛做马，看上去朋友很多，其实甘苦自知。很少见有人结伙对付有父母保护的孩子，再强大的孩子在大人面前也是不堪一击的。但不能因此看死一个人，长大后会变的，我是个好人。"

"我不是看死谢哥哥好不好？我是说他这种环境下长大的孩子心思太复杂。他要是跟我在一起，完全不成问题，我小时候比他复杂得多，跟他有得玩。关关这种温室里长大的，经得起吗？他要玩起手段来，关关蒙在鼓里怎么死怎么活的都不知道呢。看看，这不灵验了吗？小小画个圈就是圈套。我交朋友找老公都很明确，只找本质好的。本质不好的，即使本事再大，对我大有好处，我也一辈子都当他们酒肉朋友和客户供着。"她说到这儿，压低声音，悄悄耳语："这是我妈看人不准吃了亏，从小拎着我耳朵灌输的经验，我以前才不当回事，回国做生意后越来越觉得是这么回事。一般人我不告诉的哦。"

安迪不禁点头，"你找老赵，有眼光。"

"嘻嘻，老赵又是另一回事啦，老赵那么帅，他就是本质稍微坏点儿我也要他的啦。我好想好想老赵哦，分开一天都不行了。"

老谭回头看看，见安迪与旁边小姑娘两只头凑一起叽叽呱呱都没停顿过，又是骇异。他差点儿要怀疑有什么灵魂附身到安迪躯壳里了。不过安迪变这样子，他才放心。

"关关该怎么办？"

"谢哥哥吧，也不能说本质不好，我没好好交往过，不知道他。但我就是知道，他对关关好的时候，肯定能把关关伺候得小公主一样，若是哪天对关关不好了，关关没法招架。但他俩的事儿我不管，关关有她爸妈把关。再说了，她看不上我，遇到麻烦事才不会来找我，我热面孔贴冷屁股干吗？你也小心，人家不舍得揍关关，揍你却刚刚好。"

安迪心中有极大忌惮，顿时脸上变色，"一直想说，小谢不至于这样吧？"

"我不知道他本质，但事前有防范才好。"

"阿弥陀佛，他已经以为我串通关关一起骗他了。"

"这是小事。总之离他远点儿，怕万一。"

"为他叹息。他小时候这么苦，长大还得受累于小时候的苦。我是一样的苦出身，有点儿不忍啊。"

"呸，听我的。让圣母去拯救他。你还不够格。"安迪想来想去，决定自己还不够资格做圣母。

第 67 章

包奕凡虽然说好简办，可还是整了一个车队，将安迪一行从机场接到办证大厅，通过关系顺利将结婚登记办了。包奕凡眼巴巴地看着安迪签下字，落笔无法悔了，才开心地大笑："我终于可以跟你提一个憋在心头半年的无理要求再不怕你跑走了。"

"以后不许对别的男人笑？"曲筱绡快嘴插了一句。"这不可能，我首先要对老谭笑。"老谭闻言得意地笑。包奕凡赶紧道："安迪，以后你的衣服还是我替你买吧。"了解安迪的人全都大笑，安迪却尴尬地瞪向一个角落，那里，老包陪着魏国强鬼鬼祟祟地也在笑。所谓的迁怒。魏国强见此，只得微笑溜走。老包一看，不得不跟上。可心里又不舍得缺席儿子的大事，不免走得一步三回头。安迪看得柳眉倒竖，这家伙挟持包家父子。老谭见此附耳轻道："安迪，认清现实。这儿除了你，没人敢得罪他，这些滋味我都尝过。不要为了他影响你跟小包的关系，也从今开始严厉叮嘱小包拒绝他的诱惑。开心点儿，别让人猜疑。"

包奕凡见朋友们都疑惑地盯着两个人消失的方向，尤其是曲筱绡两只眼睛滴溜溜转得太欢快，连忙假装对安迪道："我都没通知他，他怎么知道的？还带着个老客户，我都没法对他有说法。"

老谭笑道："你们父子这架打的，我看你包公子纯粹是撒娇，打量你爸不敢有反抗。安迪，你别让表象迷惑，替包公子生隔壁气。你这角色，以后是个和稀泥的。"
众人都清楚包家父子的矛盾，听了都暗笑。曲筱绡更知道安迪不善掩饰，居然比包
奕凡还七情上脸，也笑，但她明笑，非常不靠谱。唯有曲母轻声感慨，"刚结婚时，
当然都是千依百顺的。"

"现在有女儿对你千依百顺，你花一样的女儿欸，比臭老头强多了。"

"小赵很不错。我很放心。"

"妈，不许说'我很放心'，我听着怪怪的。"

"好，不说。可我还是得说，小赵很不错，不藏奸，有骨气。"

"比包总好，是吧？"曲筱绡偷偷地问。

"确实好，不是我偏心。"

"耶！"曲筱绡抱着她妈妈欢呼。

安迪见了，好生羡慕，对身边的包奕凡道："看臭曲曲跟她妈妈那身体语言，
一看就知道是母女，谁都不会错认。"

"血缘很奇怪，具有天然亲和力。我心里一边对我爸咬牙切齿，一边有什么大
事先想到他。昨天我提醒他，该到一年一度做肠镜的时候了，他一听鼻子就塞住了。
可我决定继续厌恶他一阵子，省得他一放开又滔滔不绝给我讲人生课。"

"老谭说你撒娇，一点没错。"

"可我不撒娇一本正经时候，听的训导更多。魏先生已经训导我两天了。课余
时间听老谭打电话叮嘱这个叮嘱那个，刚刚曲曲妈也拉住我要我千万不要辜负你。
所以你不用羡慕曲曲，爱你的人更多。"

"咦，老谭和曲曲妈都没来叮嘱我呢，哈哈，我明白了，他们全都不放心你。
真开心，那么多人替我撑腰。包子，你觉得领证前后有什么不同没有？我好像觉
得……好像更觉得……"

"觉得什么？"

"说不出口欸，你心里有没有一种说不出口的变化？好像都挺十三点的。"

包奕凡想了会儿，哈哈大笑，"有，你一说我也感觉到了。好像以后不用在你
面前装逼了。"

两人自顾自地交头接耳，手挽手走得飞快，亲友团却跟在后面只能大呼小叫，
发现两人都不看路，反着停车场方向不知走哪儿去了。

老谭一直心无旁骛地捕捉着这一对的任何表情动作，一直看着他们钻进包子的跑车，与一帮朋友轰鸣而去就餐，才悠闲地走近一辆黑色奔驰，里面老包和魏国强已经等他很久了。老谭掏出两百元钱拉开驾驶座的门，可一眼却看见坐驾驶位的是老包，魏国强则是坐在副驾驶座。他连忙将钱收回袋里，拉后门坐入。"哟，包总亲自开车？这待遇太高了。那我可以不支开司机了。"

魏国强回头对老谭微笑："有劳你。"

"老魏别见外，这本来就是我分内事。包总，今天起，我们一车三个就是亲家了。他们小年轻不方便说的，我们亲家对亲家可以说。老包，我对你有个不情之请：派专人盯住你儿子，绝不许他有外遇。如果有了，你别声张，千方百计把第三者弄消失，手续上的麻烦我和老魏会援手。这件事你如果为难，那么我派人来做，老魏一定也很愿意帮我，但你未必乐见有外人隐身你们父子身边。"

老包在本市是可以横着走路的，可问题是眼前两个却都正好是压他一头的人。他只能忍气吞声，"两个孩子已经走到一起，他们都是聪明人，知道自己的路该怎么走。我们还是乐观其成吧，他们一定不喜欢我们插手。"

"我了解安迪，我一直希望安迪选择专业人士，社会关系简单，为人略单纯。小包很优秀，超出我的希望太多，所以我才替安迪担心。老魏你看呢？"

魏国强道："这个问题上，我跟老谭意见一致。安迪完全驾驭不了小包，两人不是一个量级。我必须管起来，这辈子都不敢放心。具体还是请老包斟酌执行吧。两个孩子最认可的还是你，你多辛苦多担待一点。"

老包只能违心地道："应该的，应该的，养儿子就是一辈子举债，眼睛一闭才能放手。我们找个地方吃饭，边吃边谈。"

魏国强这才靠到椅背上，长吁一口气，"呵，总算平安结束一桩心事。老包，我们随便吃点，吃完我得绑架你去省城见几个同僚，你是地头蛇，帮我参谋参谋。老谭有没有空一起去？"

老谭笑道："我不知多想跟，可我下午机票回去，晚上直接飞出境。"

"哦？飞哪儿？"魏国强随口问一句。

老谭笑眯眯地道："秘书还没告诉我。"魏国强一笑作罢，知道老谭为了安迪不愿跟他走得太近，他倒反而敬服。刚刚表现踊跃的老包则是讪讪的。而小范围的新婚酒宴现场，包奕凡与安迪始终黏在一起，窃窃私语，三句不离"我爱你"。

　　关雎尔一整天都无心工作，幸好这个季节他们工作稍清闲，她可以准点下班回家。她打车回家，很不幸，上的这辆出租车椅套很脏，车里有股浓浓的油腻味儿，关雎尔恨不得站起，怕板结的脏污沾到裤子上。可惜车身不够高。但快到欢乐颂大门时，关雎尔立刻大无畏地趴下，她甚至连稍微抬头往车窗外巡视一眼的勇气都没有。她忍着臭气，指挥司机往小区里面开。等付款下车，她忍不住找个角落干呕起来。

　　关雎尔难受得肝胆俱裂的时候，耳边却传来风言风语，"哟，有了？曲小五，白粉丝，快来看，关阿姨有了。"关雎尔抬眼一看，果然是曲筱绡坐一角喂野猫呢。"胡说八道，你不是去陪安迪吗？呕……"

　　"陪完立刻一起飞回来，他俩不知去哪个酒店猫着度蜜月，把我扔了。喂，出门向右，有药店，去买个验孕棒。"

　　"才没有呢。"关雎尔急得上气不接下气，"车里味道太难闻。而且我刚才趴猛了，嘴巴凑到污垢上，脏死了。"

　　"干吗趴下？"

　　"唔，没什么。我上去啦。"曲筱绡疑惑地看着关雎尔的背影，好不容易才想到，难道是趴下避开谢滨？

　　曲筱绡连忙将猫粮倾囊而出全喂了，快步跑到门口探视。看来看去，微黑的夜色中并没有谢滨的身影。曲筱绡大惑不解，不是该谢滨做贼心虚吗，怎么现在反着来了？正疑惑着，见到赵医生的车子进来，她欢快起来，立刻将关雎尔抛到脑后。

　　赵医生直到进了2203的门，才将一只袋子取出，交给曲筱绡。"你明天去银行办保险箱，顺便把我这些家当也收进去吧。"

　　"哇，你家当很厚实嘛。"曲筱绡边说边翻出来看。"擦，都是无形资产，放着不会利滚利，可遗失了又很不方便。"

　　"哇，博士，博士欸。Hello，有本我认识的房产证，哈哈。嗲赵，我把你这套房子整整出租吧，租金交按揭。"

　　"回头我被你赶出去就没地方住了。"

　　"宾馆又不会关门。你把按揭银行的卡交给我，我替你打理，保证你比过去轻松。"

　　"行，这张，密码也给你。"赵医生抓过包，将银行卡交给曲筱绡。"好了，我明天跟妈妈一起去她委托的中介走一趟，把那些店面房主权租金都转移过来，就去银行办保险箱。"

曲筱绡话音刚落，她房间客房床上一个人猛地坐了起来。原来她妈妈从安迪婚礼回来觉得累，与女儿在各自公司分手后本来想回家睡，可想到那臭老头就来气，便偷偷摸到乖乖女儿家里。两个人进门时候她就醒了，赖床上懒得起来，听一对小儿女说话。可一听到曲筱绡竟然违背她叮嘱将一叠房产证都告诉了赵医生，她惊了，再也躺不住。可又不想这时候情绪激动地出去，只得在屋里深呼吸。

外边，赵医生跟曲筱绡道："想起一件事，你医保办了没有？"

"办医保就一定得领工资，领工资就得养老金公积金什么的都交，还得交个税，很大一笔支出，很不合算哦。你知道，企业养老金又指望不上的，白交那么多钱干吗？下面员工的不得不办，我自己的就算了。"

"去做吧，我每天看许多人为医药费犯愁，见过几个为医药费破产的，你不要托大。这事听我的。"

"好吧，真讨厌。"

"想起来了，我工资卡里好像存起一些钱了，总活期存着不合算，怎么处理好？干脆也交给你吧，同样密码。"

"行。你每个月交给我一次。"

"哈哈，一季度交你一次还差不多，一个月才攒下多少啊。嗲管家婆，走，吃饭去，我请客。"

曲筱绡"哦耶"一声跳起来，却耳听敲门声传来，她下意识看向大门，愣一下才发现声音来自屋里。扭头看向客房，却见妈妈懒懒地探出脑袋来，正冲她招手。曲筱绡一惊，"你怎么在？"曲母将女儿拉进门，冲赵医生笑道："小赵，我跟筱绡说几句。"

"行，你们慢慢说，我先下楼。"曲母笑眯眯看着赵医生出门，才问曲筱绡："你把我给你的房产证都跟小赵说了？"

"不仅说了，还看了。"既然妈妈知道了，曲筱绡索性都说了。"你……你怎么……平时见你挺精明，忘了防人之心不可无吗？他可以轻易拿这事做把柄，随时跟你爸串通。"

"不用防老赵，老赵才清高呢。"

"人心会变。别看现在一百个好，转眼翻脸不认人。你……你怎么这么不小心，太轻率，太轻率。”

　　“不会！我说了，我认准老赵！妈妈你别急，你安下心来想想老赵为人，他是个一心一意、光明正大待人的人，再怎么变，他这品格也不会变。我认准他！”

　　“你现在当然……”曲筱绡不耐烦，抓起被子一跃扑上去，将妈妈扑在床上，惊得她妈妈在被子下大叫。“妈你躺着慢慢想，我去吃饭，完了给你打包好吃的来。”

　　“死小囡，放开我。”

　　“妈妈，我爱你，你为了我好好想想。”

　　“我跟你们一起去吃饭，我埋单，让我再看看小赵。”

　　“不许丈母娘看女婿越看越欢喜。”曲筱绡这才起身，嘻嘻哈哈放妈妈出来。曲母怒目而视。

　　关雎尔几乎是前脚进门，后脚那小黑屋的门就砰的合上了。关雎尔愣愣站了会儿，也连忙将 2202 的门关上。说起来，她还从没见过小黑屋新租户的模样。她虽然心情很不好，还是上去敲敲门，表达一下善意。“我是住阳台那屋的关雎尔，昨晚谢谢你没有透露我的行踪。”但里面什么声音都没有，完全无视她。关雎尔想了一想，将手收回，不再敲门。她想，如果此时有陌生人在 2202 敲门，她也不会应声，她满心忐忑。

　　屋子里静得吓人，关雎尔都没有感觉到饿，仰躺在床上发呆。她想不明白，很多很多的为什么，总是不由自主地想，可又总是不敢深想。她唯一敢想的是，谢滨为什么等在另一扇大门的门外，是巧合，还是谢滨神机妙算，或者甚至是什么感应？她很多想法，可更多时候倒是发呆，什么都不想。只觉得前路墨黑一团，没有了希望。

　　突然，她的手机响了。关雎尔才想到今晚爸妈飞来。她连忙拿起手机，果然是爸妈已经入住小区附近的一家宾馆。她穿上最臃肿的外套，低着头冲出去。希望别人认不出她，她也不想看到有谁在大门口，她宁愿做一只钻沙堆的鸵鸟。

　　关雎尔是硬着头皮敲响房间的门，来开门的爸爸一看女儿就惊道：“怎么了？你真跟小谢……”

　　关母从洗手间里洗着脸冲出来，一见也惊了，“黑眼圈，痘痘，没精打采，哎呀，又得保养好几天才消得掉。赶紧喝白开水排毒。小谢呢小谢？”

　　“早上不是短信你们了吗，分了。”关雎尔说话间，关父早斟上白开水，又细心开一瓶矿泉水调温。关母赶紧洗完脸，胡乱护理一下就作罢，拿出面膜细心给女儿做保养。

"怎么回事？什么时候分的？好好的为什么分？说给妈妈听，别是小谢欺负你老实吧？"

"昨晚你们打来电话没多久，我们撞车了，人没受伤，可分了。就这样。"

"小谢气我们去他老家调查？你怎么连这种事也告诉他，不会瞒着吗？他生气了？这有什么好生气的，谁家嫁姑娘不是查男方祖宗十八代的。他除了公务员编制，还有什么好？……"

"妈……"

关父连忙和稀泥，"小谢不错，基本上跟他写的一样。他写得还是很谦虚的，没写他从小很刻苦上进，他中学老师挺赏识他，他们邻居也说这孩子好，懂事。懂事的孩子不会单纯到因为我们去一趟他老家就分手吧，还有其他什么原因？我们也可以跟他谈谈，解释一下误会。"

听爸爸一说，关睢尔不知怎的，肩膀一垮，整个人松软下来。才发现自己一直在担心，曲筱绡说的调查调查什么的，还是在她心里生了根，只是她不敢多想。"不用解释了，还有其他误会，越僵局越误会，反正现在分手了。"

"哪有这么容易分手？总有一线生机的吧？现在公务员编制的小伙子多吃香啊，我们单位一个同事女儿才只是找个事业编制的老师呢，我们同事就舍得贴新房头款贴新房装修，男孩子什么钱都不用出，现成得到一个老婆。你工作不稳定，不是铁饭碗，找个公务员稳当一些。我看小谢还过得去，比你们高中林校友是差点儿，但好歹他家继父公务员，亲娘事业编制，以后都不用靠他，你别发傻说不要就不要，外头多少姑娘倒贴着要嫁他这种人呢。给妈妈小谢的电话，你脸皮嫩，妈妈替你去说。"

"不要，我跟小谢没那么简单，分了就是分了。我走了，回去睡觉。"

关睢尔横下一条心要走，关母反而软化下来，"好好，你别走，我们不说了，你今晚睡这儿，妈妈跟你爸挤一挤。我们又几天没见啦？妈妈可真想你。你看，妈妈一不管着，你脸上就乱长痘痘。"关母一边说，一边给关父一个眼色。于是，关父也劝说女儿留下。关睢尔其实也不想走，她今天失魂落魄，不知多想跟亲人待一起，只要爸妈不说那话题，她怎么舍得走。再说，她怕回去大门口遇见那人。

　　但她不知道，等她睡着，她妈妈就起床，摸出她的手机，熟练调出谢滨的号码。

　　一顿晚饭吃得简单舒适，连食欲全无的曲母也动了好几筷子。虽然曲母是桌上三个里面动筷子最少的，可她还是自觉地摸出钱包给晚饭结账。但这一次，从来都是理所当然地吃她喝她用她的女儿，却伸手阻止她摸出钱包。"让老赵来。"

　　曲母笑道："要是小赵的人品水平能结账用，我当然让小赵来。他拿医院发的那些工资怎么够我们折腾。"

　　赵医生立马将钱包揣回兜里，"呵呵，那就不客气了。"

　　曲母一愣，看看女儿一脸见怪不怪，不禁笑道："还担心你不自在呢，这样好，这样好。"

　　"对啊，跟妈妈在一起，不吃大户吃谁。"曲筱绡还是留意了一下赵医生的神色，见他真的无所谓，才放心。以前的一次分手正是与付账有关，她有点儿风声鹤唳。随即回想起赵医生麻溜儿收回钱包的动作，放心地笑起来。

　　赵医生对曲母道："向伯母汇报：以前我不自在过，可既然最终决定跟曲曲在一起，就不能光顾着自己的狷介，把曲曲的生活水准往下拉。我们两个在努力磨合，只要两人都多为对方着想，别都由着性子胡来，很多问题可以大事化小，小事化无。"

　　"嗳，小赵，好！"曲母忽然想到什么，侧着脸皱起眉头陷入思考。

　　赵医生不知所措，见曲筱绡也是一头雾水，两人挡住脸背着曲母眉来眼去打哑语，最终曲筱绡拍板定论："没你的事。"赵医生拉住曲筱绡，不让她打扰曲母的思考，两人安静喝茶。

　　曲母没多会儿就一笑恢复正常，眨眨眼睛笑道："刚才在家里，我倒不是有意偷听你们两个说话，只是刚睡醒，又听你们有商有量怪好听的，就不想起来了。小赵说多为对方着想，想不到你们两个年纪小小的，都做得很好，我看着很放心。可是我想起一件事，唉，我结婚后停薪留职跟你爸一起做个体户。后来那家老单位改制，不许再停薪留职，要我决定要么回去上班要么辞职。我老单位效益好福利高，二十多年前的个体户虽然赚了点儿钱，可谁又知道政策会怎么变呢，到底是不稳定。我当时当真难以决定，回家跟你爸商量。你爸跟我一起分析了各自利弊，最后你爸让我自己做决定，他说他不插手，免得以后被我怨。我想想呵，刚才你们两个，筱绡觉得自己理财本事好，很干脆把两个人的事都揽身上，小赵在医院里看得多，一口决定医保非做不可，都是一心一意把对方的事当自己事，不怕担责任，不怕惹是非，两个人一条心。再想想我跟筱绡爸，原来他从来没有跟我一条心过。唉，我才明白啊。"

曲筱绡听着发愣，对赵医生道："我对你一心一意了？"

赵医生谨慎地道："我们两个出门，你看帅哥我看美女，不晓得多离心离德。"

曲母道："你们不用打马虎眼啦，我举的例子可能是小题大做，究竟如何，我心里已经清楚。"

"妈，其实你心里一直清楚的，要不然怎么会买那么多店面房。"

赵医生忙道："我去个洗手间。"

曲母看着赵医生的背影，道："以前是感觉很不好，现在是弄清楚怎么回事。本来还想，他也为难，总不能扔下那边的两个儿子，一个人精力有限，照顾了那边两个儿子，就得疏忽了我。现在想想，不是，他从来没有一心一意对我好。既然这样，我还守着他干什么。"

"唔，离婚？不要。"曲母叹道："我也不要离婚。都大半辈子过去了，还折腾个什么。好了，筱绡，我只要想明白就不会钻牛角尖了，你放心。"曲筱绡惊悚地问："妈，你是不是打算出手？再也不客气了？"

"我才不高兴陪他耗，看得起他才跟他计较。这几天你有时间多跟妈妈打打电话，妈妈心情还是不大好。妈妈很快会正常，以后怎么过，等正常了再说。"

"我们今晚还是去你那儿过，我和老赵宁可麻烦几天，舍命陪你变正常。"一边拨通赵医生的电话，"老赵啊，你可以从厕所钻出来了。"又问她妈："爸爸有没有小金库？我去骗点儿来用用，给你出气。"

"呸，你想骗钱就骗钱，别打我的旗号。"曲母说着倒是笑出来，"好吧，你跟小赵这样很好，要是能早点结婚就更好。"

曲筱绡立刻让开身去翻白眼，"我们现在这样挺舒服，省得你们都来指手画脚。还小筱绡，小小筱绡呢，你当我是老鼠精，一窝一窝这么能生啊。我还想好好玩几年呢。"

"你生了孩子，妈妈可以帮你带。"

"去，你也玩你的去，别才放下臭老头，又背上你娇滴滴女儿。你不会自己玩啊？"曲母哭笑不得，"早结婚，我帮你骗出你爸所有私房钱。"曲筱绡顿时眼睛亮了。赵医生正好外面旋一圈回来，见此便知曲筱绡又有鬼主意上头。

　　樊胜美起床时听见门外有声音，想到关雎尔昨晚在爸妈那儿过夜，顿时好奇心起，蹑手蹑脚下床，轻轻打开门，果然见新房客正在烧开水。看上去眉清目秀的一个小姑娘，短发，两眼看向樊胜美时没有热度，完全是看路人甲。樊胜美只能也没什么客气了，公事公办地道："姑娘，我们商量几个问题。第一，我们这儿的电费和物业费是三个人平均分摊，原本都是交给我，由我凑齐交给房东。现在你新来，打算怎么办？"

　　"我直接交给楼下中介。第二？"

　　"卫生间和公共部位的打扫，原本是每人轮到一天。你同意吗？同意的话，今天就是你的轮值日。"

　　"还有吗？"

　　"没了。"樊胜美忽然心里生出一丝虎头蛇尾的感觉，完全无法再与那女孩继续说下去，只能转身回自己的窝。她都不知道女孩在她身后怎么看她。此时她想念起邱莹莹的好。但她还是忍了忍，没敢去招惹邱莹莹，免得破坏好不容易没有干扰的周末。

　　反而邱莹莹打电话来，一接通，就放机关枪似的大叫："樊姐樊姐樊姐别挂断，我道歉，我道歉，我道一百个歉，我上回说话太忘恩负义了，你生我的气很应该很应该。"

　　樊胜美只得笑道："前天晚上我们22楼出大事，我没空理你，你也别放心上哦。你不出去走走拉拉肌肉？"

　　"等会儿我妈烧好菜，我打算去医院给应勤送去。他说他妈妈吃医院食堂都吃反胃了，宁可吃榨菜下饭。前天晚上出什么事了？我发现我都快脱离组织了，你们别都不理我，前天晚上我后来打关关电话，她也关机。"

　　"事情已经过去了，还是不提起最好。你什么时候去上班？"

　　"本来打算礼拜一的，可应勤礼拜一出院，我得去接他啊。樊姐，我这两天恢复得真快，真的，心情好，就像吃仙丹一样。樊姐，真想念你和关关哦。等应勤出院我们去办结婚证的时候，我们吃一桌吧。"

　　"好啊，我想就是下礼拜了吧，先恭喜起来。敲定日子提前告诉我，我好准备礼物。"

　　邱莹莹这才放下心，樊姐没有抛弃她。她回到厨房帮妈妈做菜，做家乡的特色菜，估计应妈妈一定喜欢。

关雎尔在父母的簇拥下起床。还没睁开眼睛，妈妈就把叠得方方正正的衣服摆到面前，一杯温开水也送到嘴边。关雎尔闭着眼睛喝完水，就听妈妈肯定地道："昨晚面膜做得有效果，几颗痘痘消下去了。再接再厉。早饭后去拿你那套贝印的美容工具，两粒熟的可以挑出来了。"

"爸爸呢？"

"我让你爸爸先去吃饭，省得你起床缩手缩脚不自在。"

关雎尔嘟嘟囔囔地起床，妈妈早已将宾馆提供的牙刷拆开，方便她使用。她刷牙时候，妈妈硬是开门进来，追着说话："昨晚你心情不好，也没睡好，妈妈就不再问你了。其实妈妈一看小谢的简历就不喜欢。离婚家庭出来的孩子我们见过几个，总有一些说不出的小问题。不是妈妈偏见……你尽管刷牙，别吐出来，听妈妈讲下去。"

关雎尔很想阻止，可满嘴牙膏泡泡，无法说话，水杯又被妈妈摁住，不让她用，她只能乖乖继续刷牙。

"可再不喜欢，他小谢总是你喜欢的人，又是公务员，还有最关键的大问题，你也不小了，毕业已经快两年，你一个人都没领回家给我看，我心急。我前阵子托海市的朋友帮你在单位里物色个好男孩，结果她怎么说，她说她单位稍微平头整脸的小伙子都有主了，倒是一些很好的小姑娘都三十岁了还没嫁出去，她们还满大街找呢。看看我身边也是这种情况，我心里更急。你的工作虽然还行，可太忙，人家找老婆的不要你们这种中看不中吃的，你长相也……唉，你再不努力，这是一年比一年难，就奔着剩女去了，知道吗，不是妈妈威胁你。想想这些，我和你爸爸只能勉强退一步，去实地调查一下小谢。现在看看还行，小伙子挺上进。关键是你们还有感情。你不用担心什么分手不分手，有感情的没那么容易分手，妈妈是过来人。今天我们想办法见小谢一面，当面再考察一下，我们总比你有眼光。好了，你漱口吧。"

关雎尔总算嘴巴得空，连忙漱口了道："我不是没人追，还有别人，真的。比如林师兄，李朝生。"

"李朝生爸妈干什么的？家里有没有兄弟姐妹？老家哪儿？"见女儿答不上来，关母就了然地道："那些都不算。"

关雎尔愤然洗脸，无言以对，她没法跳出妈妈手心。

等洗完脸，妈妈的手机响。关雎尔连忙将洗手间门反锁，落个清静。但没一会儿，妈妈就在门外喊："你爸刚跟小谢联系了，他一会儿到。"

"什么？你们！"

"你看，我说分不了。要是真分，他怎么会答应来？你爸才解释两句他就答应来了。我说你啊，改不了的内向，豁不出去。才多大的事儿啊，吵几句嘴，能说完就完了吗？"

关雎尔不语，可她心里明明蒸腾起了欢乐。

邱莹莹拎着一袋妈妈刚做好的菜去医院。她妈妈非要陪她去，她说打个车就行。可真到了路上，一想到打车费就心疼，她还是决定坐地铁。因为早，又是周末，地铁还不算人山人海，可她还是被挤得心惊肉跳，怕伤口加剧。她心中后悔死。

医院住院部的电梯照例是人山人海。她又一次被挤得心惊肉跳，好不容易到了应勤所在的楼层，她连忙走出门。走她前面的是一个拎行李包的中年男人。她跟着中年男人走过长长的走廊，找到病房，几乎是前后脚地走进门。在应家母子的欢呼声中，邱莹莹发现问题糟了，那中年男人竟然是应勤爸。

应母拉起邱莹莹的手，笑道："真巧，你们竟然一起进来。这就是小邱。他爸，你怎么不打声招呼就来？"

"反正今天明天休息，索性连夜赶过来，跟你们住两夜，礼拜一起办好出院我再走。"应父一边说一边打量小邱，"这是小邱？我们电话倒是打过两次了，面还是第一次见。别怕，我不吃人。"

大家都笑，可小邱硬是笑不出来，她想逃，可她不能逃，只能挤着微笑。应母接了她手里的袋子，笑道："你妈一大早做了这么多菜，正好他爸也来了，我们一起吃。帮我谢谢你妈。"

邱莹莹依然不敢应声，还是只能笑。应勤见了忍不住大笑，"小邱，你天不怕地不怕，竟然怕我爸。我爸一来你就没声音了。你来正好，我刚好想出怎么优化一下你的手机。你手机给我。"

邱莹莹赶紧冲应父笑笑，溜到应勤床头边。应父有点诧异地看着，对应母道："跟我想的不大一样啊。"

应父说话也没避着邱莹莹，邱莹莹一听心虚，忙冲应父一笑，可这一笑充满鬼胎。又手忙脚乱的，一不小心将床头柜上放的水杯扫到地上。幸好是 Lock 密封杯，没有摔坏。她连忙在手机打出一行字给应勤看，"我怕你爸，话都说不出来了。"

"干吗怕我爸，我妈才凶呢。爸，小邱看见你连话都不会说了。不过小邱看见妈妈话也少了许多。"

邱莹莹又打一行字，"要不我回去了吧。"

"不要，好不容易等你来，比打电话好多了。你坐下嘛。"应勤往床里面挪，让出位置给邱莹莹坐。

应母招呼一声："小邱，坐，我跟他爸外面说个事。家里那事儿不知处理得怎么样了。"

邱莹莹知道是前未婚妻的事，忙又站直了，微笑目送两人出去。

应父走到走廊尽头，就迫不及待地道："不对啊，看着不像啊。"

"你又没见过，你只跟她打过电话。我早跟你说过，这姑娘有点一根筋，性格很外向。"

"不对啊。要不你回去，跟他们说我去找旅馆了。我在门外听你们说话。是不是有人冒充她给我打电话？"

应母一听惊心，"对了。第一次打电话那次，你说她条理分明，我看如果真是她，肯定一把鼻涕一把泪，话都说不连贯。那天她怎么样我最清楚。你提醒我了，难怪一听说是你就一句话都不敢说了。"

"这一说……我们也别偷偷摸摸的，一起回去问问她。也不是什么大事，即使是别人替她说的，也总是她自己的意思。"

"你对小邱的印象是真好。我现在也有点开始喜欢她了，性子直，对人很亲，对我们应勤又很好，听话。这样的孩子不藏奸心，跟我们应勤倒是合得来。只要她理由说得过去，我们也别计较了。"

两人商量着回去，见小两口本来轻轻地说得好好的，一见他们进来，邱莹莹就站起来又只笑不说了。

应家父母一出去，邱莹莹的手就被应勤握住了。应勤很激动地说："医生跟我说，星期一肯定可以出院。我终于可以出院了。星期一你来这儿接我，还是在家等我？"

邱莹莹看着应家父母出去的门，有点儿心不在焉。于是应勤手上使劲了一下，她才回过神来，看了应勤一会儿，才回味过来。看着应勤专注的眼神，那眼神，仿佛过去初识时，两人只有对彼此的向往。因此，邱莹莹才敢鼓起勇气，轻声道："我好想来医院接你。可你如果希望我在你家等你，我会跟妈妈炒几个菜，做一锅腊肉饭，等你出院回去吃。反正都看你的意愿了，我没意见。"

"我还是希望你跟过去一样主动安排好所有的事呢，我最喜欢省心了，最好什么都不管，只要专注做我的程序就行。"

"我也想啊，我好愿意承担起你的所有。可是我怕你爸爸妈妈不乐意，我好怕你爸妈，真怕他们不喜欢我，怕他们替你做主不要我，我已经尝够失去你的滋味了，我害怕，你已经看到我连话都不敢说，就怕说错。你帮帮我。"

"原来你怕这个，我还以为你怕我爸爸的拳头呢。"应勤听了笑，"真的别怕，我爸妈很讲道理，从不冤枉人。"

邱莹莹一直眼巴巴地等着应勤豪气万丈地说一句"我保护你"，可一直没等到。她有些失望，可一想到应勤曾以肉身挡住别人的拳头而救了她，便又对应勤充满希望。她干脆直接说出来，免得应家父母说完话回来，她又没机会。"你爸妈当然讲理，但我怕做错。我年轻，很容易做错事。我很怕……你知道，就像足球，临门一脚给踢飞了，然后我再也跟你无缘。应勤，你能替我想象一下我无法跟你在一起的后果吗？我们上回分手后惹出多少事，不说心里受的打击，光说这次，我俩差点没命。而且……其实，你离开我的那阵子，我有命跟没命也差不多了，你知道的。"

邱莹莹一想到应勤离开她的那段日子，就满脸幽怨。她也不怕说出来，她当时是真的心痛欲绝，她至今一想到就心里颤抖，毫不掩饰地表现在脸上。应勤看得清清楚楚。"小邱，你看上去真可怜。"

"是的，心痛比挨揍更痛。"

"你别怕。我们都已经生死与共了，这点儿小事算什么。你要我怎么做？你有办法。"

"我有预感，离你出院的日子越近，我越不能出错，因为你爸妈都在，只要我一出错他们立刻就能否决我。所以从看见你爸爸那一刻起，我意识到，决定性的时间到了，我再也不能说话。我必须杜绝一切错误，从今天起做个闷嘴葫芦。"

应勤完全赞同，"是哦，祸从口出。"

两个人的手紧紧握在一起，这一刻，他们是战友，他们为共同的未来而努力。

因此，当应家父母回到病房，应勤抢先表明了态度："爸爸妈妈，我和小邱为了不犯错不分开，我们决定，以后面对我爸妈时统一由我发言；面对小邱爸妈时统一由小邱发言。"

事情的发展完全出乎意料，应家父母一时哑了。他们面对着携手笑眯眯看着他们的小两口，好一阵子没说话。此后，无论他们说什么，都是应勤踊跃应答。应勤每充当一次发言人，都会得意地冲邱莹莹眨眼。他也有不听话的时候呢，这种感觉真好。邱莹莹也非常高兴，她解脱了。担心了这么多天的危险，就这么被她轻易化解了。

樊胜美坐在春日暖阳普照的卧室里打开电脑联上网，在和煦的春天里打个满足的哈欠，觉得生活真是美好，即使接下来要做的是最让她头痛的事，仿佛也可以轻松面对了。她皱着眉头打开法律网站，根据一位律师朋友的指点翻到民事诉讼法，一条一条地开始阅读。可法律条文无比枯燥，即使樊胜美等着急着要用，依然食之无味。很快，樊胜美就意识到窗外的阳光是美白的杀手，她可不能纵容自己暴露在阳光的直射之下。她在防晒霜与窗帘之间摇摆不到一秒钟，便毅然选择拉上有遮光帘的窗帘。

没有阳光打扰的房间似乎一时寂静下来，正是适合深度阅读。樊胜美将诉讼法与自家遇到的事儿做对照，在心里一步步地比画着即将到来的与哥哥的官司。她做人事时曾遇到过官司，但那是公司的官司，她当时并不怎么放心上，公司律师怎么指挥她怎么配合，而且千方百计地偷个懒。等事情撞到自己头上，尤其是花不起大钱请个好律师时，那么凡事只有自己一双小手可以依靠了。

可即使是被逼上梁山，依靠自己的小手这件事依然挺累人，樊胜美坐在枯燥的法条面前抓耳挠腮，时不时开一下小差。即便如此磨洋工，樊胜美还是记下半张A4纸的要点。可是，终于，名正言顺开小差的理由来了。2202的门被敲响，樊胜美知道新房客不会去应门，她亲启銮驾打开门看着外面的安迪和拎着行李的包奕凡，欣喜地笑道："你们不是在度蜜月吗，怎么回来了？"

包奕凡无奈地抢话："有人觉得既然在海市，还是回她的22楼更自在舒服。"安迪笑道："还是没忍住敲门了，出电梯就想问问你们在干什么。这么好的太阳，在做什么呢。"樊胜美敏锐地注意到安迪手上依然拎着她送的软陶双杯，她也开心地笑道："小关爸妈昨晚来，她过去陪着去了。我在看民事诉讼法，头痛欲裂。"
包奕凡道："你跟你哥的官司？你回家自己打？我可以出借我的法律顾问，不收你
费。"樊胜美若是年轻五岁，闻言一定跳起来。她欢快地道："真的？包总的御用
律师毫无疑问是完全兜得转的。谢谢，谢谢，真不知怎么说感谢才好。"

"小事一桩。能让某人突破她的肉麻极限说出关心的人，我当然需要伸出援手。"

"某人始终认为一纸结婚证是可以野蛮干涉我私权的护身符，他错了。不过这
件事我默许。"

"吵死了，两公婆一大早演肉麻戏给我们单身看。"曲筱绡打开 2203 的门，
抱臂倚门而立。"安迪，为什么光敲 2202，不敲我的门？你偏心。"

"嗳，你不是必须去你妈妈家陪你妈妈吗？"

"话是这么说，可是……"曲筱绡一声尖叫，"烦死了。我本来还同情我妈，
可她只能正常三分钟，今天一早就碎碎念，一直念到饭桌上。可惜老赵放不下他的
病人自觉去医院巡房，没人替我挡着，我只能溜。我这么悲惨，你还不来关心我，
我心碎了。哎，你们谁知道关关爸妈说了些什么？"

"我们都还没见到关关……小邱给我发短信？"安迪打出手机，而其实 22 楼
姑娘们的手机是同时收到邱莹莹群发的短信。包奕凡见三个女人凑成一台戏了，只
能先回 2201。

曲筱绡大声念出来："'我赢了'，一个感叹号。'应勤听我劝说，终于和我
联手反抗他爸妈的控制了'，三个感叹号耶。什么意思？这妞不想结婚了？"安迪
道："小邱应该是结婚有望了吧，结婚最大绊脚石被挪走了。"

"凭小邱？她豁出去跟前男友吵一架，能把自己工作都吵掉的，你能指望她？
我都懒得说她。"

樊胜美补充道："应勤这样的人反抗家庭？没那么容易。每个人早就从小被家
庭塑造成型，反抗父母等于否决过去的自己，没个伤筋动骨的引子，不做长时间的
努力，谁做得到。偶尔豁出去一下不说明问题，也不解决问题。"

"那也不一定，也有人天资聪明，从小就能反抗，比如我。但像你樊大姐这种
资质的……啧啧，真是少见，不是我埋汰你。"

樊胜美本能地反击："你不埋汰我几句，是不是浑身骨头不舒服？"

曲筱绡一肚子的嘲讽，却被安迪动手捂住嘴巴。安迪附耳道："小曲，不许总

高拜低踩势利眼。"

电梯门一响，关睢尔与关母闪亮登场。曲筱绡趁安迪注意力转移，挣扎着说出一句含糊不清的话，"我才没，我是指出真相。"

"有选择地指出真相，已经说明你的态度。"安迪来不及跟关母礼节性地问好，一定要先教导了曲筱绡才罢休。"我忽然发觉，我有责任纠正你。"

"救命！"曲筱绡终于躲开大肚子逃了开去，"人怎么一结婚就变成讨厌鬼了啊啊啊……管好你肚子里的娃，以后我等着看一群小安迪小包总反抗你们的好戏。"

樊胜美连忙跟关母打招呼，可是连关母也不得不将注意力转到闹腾的曲筱绡身上。关睢尔摇摇手中的手机试图吸引大家的注意力，可无果，只得道："小邱给我发了条短信……"

樊胜美见关睢尔欲言又止，猜到关睢尔这句话背后跃跃欲试的心，轻轻摇了摇头。关睢尔连忙吐吐舌头，做噤声状。但曲筱绡笑道："小邱？就凭她和应勤两个什么都不懂的还敢联手反抗父母？他们爸妈稍微没管住，他俩差点儿丢命。做人要有良心，大多数爸妈是这世上难得几个真心对你好的人，稍微理解一下他们的苦心就不会做出什么抵抗的事情。爸妈有错就说服他们呗，爸妈又不是不讲理的坏蛋。我总之看不懂小邱，尤其看不懂她拉应勤反抗应勤的爸妈。"

曲筱绡一席话虽然招来 22 楼姑娘们的侧目，可是正好点在关母的心窝里。因此等曲筱绡接着问"伯母来检查关关的卫生吗"，关母立刻很客气地笑道："呵呵，不检查，我陪女儿来换件衣服。"然后立刻对关睢尔道："你自己去拿衣服换上吧，我不进去，免得忍不住查你卫生。呵呵。"

"伯母讲理。我妈常偷偷来查我卫生，老是批我。可她不想想，我们年轻人压力大，工作忙，有时候回家连吃饭力气都没了，还打扫卫生？不能偷袭啊。哎呀，我去搬椅子，怎么老让伯母站着说话。"

曲筱绡话音刚落，樊胜美搬椅子走出卧室。于是曲筱绡笑眯眯地看着樊胜美将椅子搬到关母面前，关母谢了樊胜美，却笑脸对着曲筱绡。安迪下意识地觉得曲筱绡在搞什么鬼，她本来打算进去 2201 的，这下站住了，得管住曲筱绡。

可曲筱绡根本无视安迪的注视提示，她依然天真地做着鬼脸道："我猜啊，伯母是不是安排关关相亲啊，我妈也老做这事儿欸，每次还捎带拎着我耳朵逼我换点儿颜色的衣服，哈哈哈，天下乌鸦一般黑。"

关母被逗笑了，"哈哈，不是，这回不是，你们也认识小谢的吧？"

"啊，见小谢？"曲筱绡意味深长地收住话题。关雎尔一听外面说到谢滨，立刻探头探脑。听曲筱绡如此，又是如此神秘，心里又乱了。她担心地看向妈妈，果然见妈妈用眼光向她提问，她立刻视而不见，慌忙缩回脑袋。而曲筱绡也是对来自四面八方的各种眼神视而不见，但她泰然自若，完全镇得住场面。如此两个截然不同的表情，让关母终于放下长辈的矜持，小心求证："你也见过小谢？"

"见过几面，没说上话，不算。听说伯母去谢家调查了一下？"安迪已经瞪视曲筱绡了，可曲筱绡依然不肯放弃。"哪个做妈的放心得下啊，不去看看怎么行。"关母已经收起所有防备，跟陌生人有说有笑有叹息。"

是啊，是啊，做妈的要是不操心，我们哪里还能平平安安长这么大。没办法，天性。关关现在反对，而且肯定是强烈反对，是吧？以后她肯定会明白。"关母连忙为女儿辩护："关关还好，她很快理解我们的良苦用心。"关雎尔也觉得曲筱绡乖巧得不怀好意，怕夜长梦多，在里面飞快地换好衣服跑出来，挽起妈妈道："我好了，我们走吧。"

"急什么。"关母一眼观六，双手翻飞整理关雎尔的衣服头发。

"是啊是啊，小谢自己的车子撞了，没那么快就到呢。关关你还没跟我们三个打招呼呢。"曲筱绡的神色越来越鬼。关雎尔看多曲筱绡的搞鬼，一直等着曲筱绡在自己与谢滨的关系上插手捣乱，却一直没等到，此时见曲筱绡如此，立刻心中条件反射，感觉曲筱绡出手了。她正色道："小曲，你请适可而止。"

曲筱绡一愣，"你还在认定我会害你？"

"不是。妈，我们该走了。安迪，新婚快乐。樊姐，谢谢你。"曲筱绡眼珠子一转，却问安迪："安迪，我要不要说？再不说那是真的害关雎尔了。"

谁都留意到，曲筱绡嘴里的"关关"变成了"关雎尔"，因此了解曲筱绡的都知道曲筱绡要无法无天了。安迪伸手搭住曲筱绡肩膀，当着关母的面她不好捂曲筱绡的嘴，她严肃地道："做人最好同一套标准。你反对父母干涉私生活，你同样不要干涉别人的私生活。"

"不对，我刚刚就在同意父母为了我们好应该干涉我们的私生活。安迪你说，我是不是为关雎尔好？你也要做人同一套标准。"安迪才知道，曲筱绡原来是画了一个很大的圈套。她一时哑然。关雎尔却受了邱莹莹短信的鼓励，严正地道："小曲，谢谢你的关心，但我既不欢迎爸妈插手，也不欢迎你的插手。妈，你不走，那我先走了。"

关母却松开女儿的手，回到曲筱绡面前，"小曲，你是个懂事的孩子，你刚才说的话都很好很有道理。你关心我们关关，我非常感谢你。请你有话尽管对我说吧。"

安迪直皱眉头，原来曲筱绡的圈套不仅圈住她，还圈住关母，获取关母的信任。她只得来句不讲理的："小曲，从我个人来讲，我反对你的插手。"

"但你昨天在飞机上同意我的观点。安迪，你不能胆小怕事。"樊胜美虽然知道绝不能惹曲筱绡，可此时硬着头皮插了一句话，"小曲，你比我们很多人有经历有眼光，看问题有独到之处，可很多时候我们真承受不了你的善意帮助。尤其是今天已经够乱了，我们歇歇，好吗？"

"可樊姐，你说我哪件事帮错了？我那是话糙理不糙。"

安迪道："小曲，你很多时候是拿一团屎塞人嘴里告诉人屎是臭的，你说谁愿意接受。"曲筱绡冷笑道："好，我不操心，我再操心就是往你们嘴里塞屎。"曲筱绡说完，拂袖而去。关母看着2203的门好久。其他在场的大伙儿都感觉要坏事。

等关家母女离开，樊胜美才喘出一口大气。她与安迪不约而同地看着2203的门良久不语。安迪好一会儿才抓抓头皮，郁闷地道："我给小曲道个歉去，刚才为了平息事端，我话说重了。"

"她刚才说我反抗父母的资质实在是差，你说得对，她就爱往人嘴里塞屎，可屎真是臭的。"安迪摇摇头，不置可否。樊胜美看着安迪转身，忽然道："安迪，请你跟包总说，官司我自己打，不麻烦他的御用律师了。"

"啊？我刚才说话也伤及你了？"

"没，没……我刚也说了反抗父母等于否决自己，难上加难……真是说别人容易，看自己不清。

官司不难，难的是我至今不敢面对自己的内心，还在希冀外力蒙混过关。我必须承认，我怕看到他们的落魄相，我怕心软，我怕传说中法官的调解又让我身不由己。但我的事，最终能解决的只有我自己。我还是自己来，我得借官司机会巩固我的内心，我得面对。"

"好，我支持。如果需要帮助，请告诉我。"

"请别给我机会。"

　　安迪点头。再看 2203，顿了顿，对大门道："小曲你这唯恐天下不乱的，你肯定贴着门听着。你滚出来告诉我，你到底打的什么鬼主意。"曲筱绡果然探出脑袋，但她并没笑。"我生气。我对关雎尔这么好，她却狗咬吕洞宾，她还在狗咬吕洞宾。还有你，安迪！"

　　"我对你？我心昭昭，天日可表。你再不调整态度，我就不道歉了。"

　　"你这态度哪是道歉？"

　　"向你学的。你知道吗，你已经点火了。等下小谢与关家人见面，关关妈会放过小谢吗？"

　　"我什么都没说，哼哼，我怎么可能说，安迪你也不想想，我怎么敢乱说。

　　早说过不敢管刑警的事儿。"安迪顿足，"你，你设计圈套……"曲筱绡得意扬扬地笑，而且肆无忌惮，一点不怕别人生气。

第 68 章

　　关雎尔心中充满焦虑。若不是她妈妈跟在身边，她早闯红灯钻车底了。被妈妈拖着险象环生地穿过斑马线，到达安全的人行道后，关雎尔毅然拿出手机给谢滨发短信，让他立刻转身回家，别来了。可是关母眼明手快地在女儿发出短信前将手机夺了下来。关母老花眼，须得稍微折腾才能看清手机屏上的字。一看清楚就怒了，"你这孩子是怎么想的，爸妈只想看看小谢本人，爸妈难道会害你？爸妈看人经验足，帮你把把关，爸妈图的是什么？完全为的是你的幸福。你从小单纯，做人书呆子气十足，可有些本事书本不会教你，书本写出来会被书呆子们骂无耻，只能爸妈手把手教给你。不说别的，只说你毕业找工作。你当初要是听妈妈话留在家里好好做银行，不仅业务照学，现在早被好人家抢去结婚了，哪里还会天天半夜加班加到哭，饭碗随时会丢，追个什么背景都没有的普通公务员还得你爸妈帮忙？你想过你错在哪儿没有？你让妈妈还怎么敢放手让你自己选择？就是为了你自作主张找的这个工作，爸妈只能降格接受小谢这个人。"

　　关雎尔被当街教训得面红耳赤，她即使低着头，也可以感觉到纷纷经过的路人眼中的各种表情。等妈妈终于换口气，她坚强地道："我不后悔。"

　　"你要是真不后悔，一听说你爸劝回小谢怎么又高兴成这样呢？"

关雎尔哑口无言，她从小到大都不是妈妈的对手。她发现她现在唯一行之有效的手段是坐地上耍赖不走，她这一百来斤，妈妈说什么都拖不动。可是，她又怎么做得出来。妈妈大力一拖，她就不情不愿跟着走了。

走到约定咖啡店门口，关雎尔已经一眼看见谢滨。关母也一眼看见丈夫对面坐着的男孩子，她不禁驻足仔细审视一下，才对女儿道："等下进门你少说话，听妈妈说。"

关雎尔徒劳地反抗一下，"这是我的事。"

"对，这是你的事，但今天这场约见是爸妈为挽救你的事做的安排，爸妈唱主角。"

关雎尔哀叹："你要是嫌弃人家出身，直接把人轰走，何必还找回来听你羞辱。"

"什么话，你妈是这种人？我们是诚心诚意请他来对话，只要面试过关，以后我们就是一家人，我干吗羞辱他？进去，别挂着脸。"

关雎尔几乎是被她妈妈一把推进店里。响动太大，引得店里众人纷纷注目。谢滨自然也很灵敏地一眼捕捉到关雎尔，他立刻离座站了起来。他今天很正式地穿着深蓝色西装，衬衫领带，一丝不苟，配上他英挺的身材，当场就成为焦点。关母一看便眼睛一亮，对女儿道："不错，这回你眼光准确。"

关雎尔几乎没听见妈妈说什么，她一进门就与谢滨的眼光迎头相撞，顿时她的眼里再无其他，心中所有的怨也烟消云散。这回，她不需要妈妈推，两只脚自动迈开步，走向谢滨。谢滨也是看着关雎尔，大步走过去。小小咖啡店都不够时间让两人解决行程问题中的相遇问题，两人已经面对面。"对不起！"两人几乎是同时说出同一句话。关雎尔想到应该提醒谢滨离开，可真正见了面，却一声"你……"之后，不愿看他离开，一时咬住嘴唇无语。关母笑眯眯走到两人身边，道："坐下来慢慢聊吧。"

谢滨才醒悟过来，今天是重要约见。"伯母好。"他替关母挪开椅子坐下，又来帮关雎尔。关雎尔却看着谢滨很想问他，为什么说对不起，为误解她吗？可当着父母的面，她不愿再给谢滨添麻烦。她只得闷声不响地坐下，一眼正瞥见肩膀边椅背上的手，离她这么近，又似乎那么远，仿佛已经陌生。关雎尔更说不出话来。而这只手似是有知，流连着，掌心擦着椅背角，一直滑到指尖，指尖又是在尖角一点，才缓缓离开。关雎尔仿佛读懂那指尖弹出的余韵，又不敢确定，心里百转千回，更是低头闷声不响。关家父母冷眼旁观，直等谢滨看着关雎尔坐下，关母才道："小谢，你的车子修好没有？"

"车子报废了。本来就是很破旧的车子，我买的时候初学，拿它练手不会心疼。而且还有保险，损失不是很大。刚才跟伯父也说了。"

"哦，那就好，那就好。车子是你自己攒钱买的？"

"是的，毕业工作后省吃俭用一年多才买，只够买最破旧的二手车。"关父笑道："这车一年多开下来，你这修车水平该突飞猛进了吧？"

"是啊，进汽配城完全熟门熟路了。"在两个男人相对而笑的时候，关母却问："看上去小谢不用上缴家用？"关雎尔眉头一皱，这种问题连她都还没问过呢，妈妈就赤裸裸地提出来了。

谢滨依然有问必答，恭敬谦逊。"家里不需要我交家用，不过我经常会补贴妹妹一些零花钱，她还在读书。"

关母感叹："现在家庭都这样，父母自己有收入，都不要孩子交家用，恨不得还补贴一些。像我们家是独生子女，真是从孩子出生起，一颗心全挂在孩子身上，唯恐她吃一点点亏。小谢请你理解啊，我们一听说女儿有男朋友，恨不得拿个 X 光机飞过来把你照一遍，又怕被你笑话，只好偷偷摸摸去你老家问问。你不介意吧？我们先道个歉。"

关雎尔晓得，若是在自己家里，妈妈肯定是用"照妖镜"替代"X 光机"，她有点儿想笑。又听妈妈直接提到去谢滨家乡，心又立刻吊起来，不知谢滨怎么回答。

"对不起，伯母，最先不理解，以为您不信任我。我职业病，一说到调查就想到我们行业的调查。该我道歉。"

"唉，有很多事你们自己以后当了爹妈就会明白，我们小关也是不理解，逼我们连夜回来。我们到底是不舍得让女儿生气，立刻收拾行李回来，回来才知道事情闹僵了。说到职业，你成绩这么好，怎么会想到考公安大学？"

关父立刻道："公安大学录取分数很高，都说是重点分数还得开后门才能进。既然现在研究生都赶着考公务员，直接进公安大学不是更抄近路？小谢填志愿时候家长不会不提一下吧。"

谢滨曾与关雎尔说起过考公安大学的原因，这回依然如此回答："小时候只觉得警察很威风，一心考这个大学。等考上才知道刑侦也是门科学，才静下心来学了好多知识，越学越喜欢。"

关雎尔想补充谢滨业余时间学法律，又怕妈妈责怪她多嘴，妈妈早前已经叮嘱她少说话。她只得忍着。

关母笑眯眯地道："小谢一心想做警察，是不是从小受家庭影响，在外面挺受欺负的？"

关父闻言轻咳了一声，关雎尔直接拉了一个长音，"妈……"但关母笑眯眯地不屈不挠地盯着谢滨。

谢滨只得回答："好像不是关键，我记得小男孩同伴都有做将军做警察的梦想，我只是个喜欢把爱好付诸实施的人。"

关雎尔松一口气，可关母却紧追不舍，"也是呵，照说你亲生父亲也不会不管你。对了，你亲生父亲在做什么？没听你提起过。他经济情况怎么样，有没有又组织家庭，以后他会不会找上你？"

关雎尔惊得喊出来，"妈，够了，不能揭人伤疤。"关父也伸手按住妻子的手，示意停止。

但关母面不改色地盯着谢滨，慢悠悠地说一句顿一顿以看清谢滨的反应。"小谢，请原谅，我这么做绝不是揭人伤疤，故意为难你。两家门当户对是个实际问题。结婚就是过日子，每天眼睛张开就是刷刷刷花钱，所有的问题最终都关系到生活质量。小关不好意思问，只能我做恶人了。我放心不下。你……不会只给你同母异父妹妹一些零花钱吧？而且，你简历里一句没提亲生父亲，这不大正常啊。连小关租房的邻居都看出不正常，你不会是有什么故意瞒着我们？"

关雎尔越听越坐不住，几次三番在桌子下踢妈妈的脚，可关母非打破砂锅问到底。关雎尔焦急地偷看谢滨的脸色，见他脸色越来越红，抿紧的嘴角越来越深，还有那眼中流露出来的神情，知道他被戳到痛处了。可谢滨终于还是在关母的声声疑问中张开嘴，但他才说出一个"我"，关雎尔已经心痛难忍，跳起来一把抓住谢滨胳膊，活生生将谢滨拽了起来。"够了！谢滨你什么都不用说，你不需要跟任何人交代。"她一边说，一边大力拉谢滨往外走。满座都惊呆了，连关母都张口结舌，呆呆看着女儿发飙。谢滨完全身不由己地被关雎尔拖着走，直到撞到门，才清醒过来，忍不住回头看看，却被关雎尔一把推出门。就像来时关雎尔被妈妈一把推进门。

冲到门外，关雎尔像只母老虎，叉着腰拦在门口大声对谢滨吼："你快走，这儿我应付。"

"一起走。"这回轮到谢滨醒悟过来抓住关雎尔的手臂，两人一起冲出去找辆出租车，就在关父追上来时，两人的车子绝尘而去。

可关雎尔终究是放心不下爸妈，一直回头看着车后，直到看不见爸爸才回头。她也才发现一只手被谢滨紧紧抓住，谢滨力气大得几乎抓碎她的骨头，谢滨也回头紧张地看着车后。关雎尔还没来得及叫谢滨松手，她爸爸电话进来。关雎尔接通就神经质地大喊："爸爸，你们欺人太甚……我没问题，我当然很安全。但我不回去，你们太过分，没法谈话……不回，就不回，没什么好说的了。妈妈不会改……我跟谢滨没有以后，求你们不用操心，我光棍打到底……不是赌气，欺人太甚了。再见。"

关掉电话电源，关雎尔却没法将手机放回口袋，她的手簌簌发抖，这是她第一次激烈对抗父母，对着父母吼出声，她不知当时怎么来的勇气，可对抗一结束，她便内力涣散。

下一刻，关雎尔的手机落到谢滨的手里。谢滨替她将手机放进口袋，又握紧她的手。"谢谢你。"

"对不起，很对不起。请你别放心上。"关雎尔说话时依然牙关咯咯打战，浑身肌肉紧张地抽搐。

谢滨忍不住将刚刚还是母老虎似的关雎尔紧紧抱进怀里，不断下意识地说谢谢，他感受得到关雎尔的颤抖，那是为了他，他无比感动，情不自禁说出内心隐藏的秘密。"如果从小就有人这么护着我，我可能真的不会立志当一名警察。我当时只想没人欺负我，我必须依附强大才行。谢谢你，小关，谢谢你，谢谢你。别怕，没事了。"

"我不是怕，我是第一次对爸妈这么说话，紧张的，很快就好，你别担心。"

谢滨便不再说话，温柔地轻吻关雎尔的脸。关雎尔慢慢平静下来，但她冷静推开谢滨，虽然谢滨并未放手。

"谢滨，你找个地方下车吧。我家就是这样子，你没必要领教第二次。"

"我不会再放开你。我愿意回去，让你妈妈审到底。其实，看你出现在门口那一瞬间，我已经决定为你忍耐了。我不该离开你，我不会再离开你。对不起，我做错了，原谅我，说你原谅我。"

闻言，关雎尔失去冷静，"可你为什么冤枉我，我跟赵医生完全没有什么。"

"对不起，对不起，我当时完全是狗急跳墙，对不起。原谅我，一定要原谅我，我们找个地方，我原原本本告诉你原因，我不会再逃避，我再也不会辜负你对我的好。关，怎么会有你这么好的人。"

司机在前面听得肉麻死，两颊颤颤。关雎尔却完全心软了，"我原谅你。我从没责怪你。真的。"

"呃，我还没交代原因。"

"我相信你，你一定事出有因。你不会是坏人，从你下夜班不顾劳累送小邱安全回家，我就知道。"

"关……"谢滨想说什么，却被眼泪噎住了，他不敢再吱声，却任眼泪滴落，落到关雎尔的脖子上。关雎尔也哭了。

赵医生回来，见曲筱绡满脸通红地在折腾手机，便自觉将手机接了过来，"技术盲请提要求。"

"想想这几天一直在背后阴谋我爸，怎么说也得假惺惺表示一下关心，可他手机关机。这是很大问题。我得联系到他，起码必须明确我爸人在哪里。可我忘了奶奶家电话，难道要我打那俩孙子的电话？"

"会不会晚上医院陪床，白天关机睡觉？很简单，拿 Ipad 查一下你爸手机所在地址就行。怎么忽然变孝敬了？良心发现？"

曲筱绡飞个白眼，"你太年轻太简单了。我完全不担心我爸会出什么事，他在老家被当神仙一样供着，他是米饭班主。但他只要出事，肯定有人第一时间把他扔还给我妈，要我妈掏钱解决问题。我只是想看看，我爸有没有偷偷摸摸回海市。"

"哈哈，我一个病人每次出差总是跟家里多说两天，那多出来的两天就关机失踪跟情人幽会去了。"

"这种事，我小时候零花钱没了才肯管一下。天要下雨娘要嫁人，那么多小美女要白吃白喝，你管得过来啊。我妈早想明白了，与其费那么大力气管个大活人，不如管住大活人唯一法宝：钱。你认栽了吧？"

赵医生听得直翻白眼，当下果断画定底线，"我们两个，谁出轨谁净身出户。我单方面补充一条，若被我发现你出轨，掐死你。"

"掐死？"曲筱绡双手比画，"真的掐死？哇，太帅了，有血性！而且你得多爱我才肯气得都不怕坐牢判死刑！我也补充一条，你要是出轨被我发现，我把你变成植物人，你这辈子都别想打主意离开我。"

"行，就这么办。我还真怕你家学渊源，我防不胜防。嗯，你爸不在老家？"

"什么？你确定？"

"起码他的手机不在老家。"

"啊！"曲筱绡一声尖叫，立刻电话她妈，"妈，爸爸手机没开玩失踪，被我查出来不在老家。难道偷偷摸摸回来了？他现在海市跟老家之间。有险情？"

"嗯？"曲母好一阵沉默，"你在家里？别走开，我立刻就到。"赵医生笑嘻嘻跳起来，"我出门玩儿去，你跟你妈玩密室阴谋吧。"

"你去哪儿玩？我等下就去找你。你别周末总一个人出去玩啊。"

"哈哈，怎么跟怨妇似的。我去练肌肉，几天不练好像胸围大了一圈，穿衬衣紧。顺便把一个报告听完。"

曲筱绡满意地一声叹，伸手摸摸嗲赵的胸口，放他出门。赵医生才走出门，却见电梯里冲出一男一女，曲筱绡却认识，那是关雎尔的父母。看清关家父母的慌张神色，曲筱绡顿时眼睛亮了。关母也看到曲筱绡，忙不迭地问："小曲，你看见小关回来没？"

关父则是直接敲2202的门。曲筱绡摇头："没看见，关关要是回来也肯定回2202。怎么了？"关母不肯说。此时樊胜美出来应门，惊讶地看着外面。这表情，关家父母一看便知关雎尔不在里面。关母急了，拉住樊胜美的手问："小樊，你知道谢滨的电话吗？"

"我忘了，安迪还记得。我们问问她。什么事吗？"曲筱绡抢着道："这还用问吗，伯母好意安排关关和小谢见面，结果小谢拐关关跑了。我们关关这么单纯，问题严重了。"关母急道："不是，唉，但会出问题。安迪在哪儿？那间？"都没敲门，安迪已经被外面的吵闹声吵得开门出来。"什么事？"

"问你要谢滨电话。可能他们四位聊着聊着，小关跟谢滨跑了。"樊胜美抢在曲筱绡之前，免得曲筱绡误导。安迪想了想，"不给。小关肯定是自己跟小谢跑的。我咨询一下小谢的意见再说。"她毫不犹豫关上门。

曲筱绡苦苦忍笑，将赵医生推进电梯，自己也不得不跟进去，免得当场笑爆。22楼走廊里，关母诧异地看着2201，又惊又急，问樊胜美："安迪……她是不是已经知道什么？"

"安迪就这脾气，她不会多管闲事。放心。"关母只能扒着2201的门大喊："安迪，你告诉小谢，我们不会为难他。让他们回来，有话好说，别自说自话。"曲筱绡大笑着在20楼下电梯，又赶紧冲回来，免得错过好戏。"自说自话是指私定终身？"

"哎，小曲，请问你是不是知道谢家的事？"

"我……我什么都不知道啊。但我反正不喜欢警察这个职业，危险，环境不好，尤其是刑警。但我跟关关他们说再多他们也不愿听我。"

关母愣住，原以为曲筱绡知道很多，想不到只是那么简单的不喜欢。却逗得她疑心顿起，捉着谢滨细细盘问，一丝情面都不给，结果气走两个小的。她盯着曲筱绡，只觉得胸口热血翻涌，差点吐血。

樊胜美冷冷看着曲筱绡，她知道曲筱绡又在玩把戏。曲筱绡却偷偷冲她做个鬼脸。樊胜美只得重重呼出一口气，扭过脸去不看。受曲筱绡恩惠多了，她没有立场。

安迪很快拿着手机出来，对关母道："手机接通，他们不接听。我给他们发了一条短信过去，如实描述这儿的情况，让他们自己决定怎么办。然后说说我的意见：小关是个有分寸的人，小谢，从我几次接触看，也是正派人，伯母不用担心他们的安全。"

曲筱绡道："担心的不是安全，你这一根肠子的。担心的是小姑娘一激动私奔了，私奔，你的明白？"

曲筱绡说的正是关母的担心，关母不禁又捂住胸口。关父也是叹息。只有安迪斜睨曲筱绡，却对关家父母道："如果关伯母你们打算在这儿等小关，要不来我这儿坐着等？我跟包子在看电影，你们一起看？小曲不许跟我抢。"

"我还是跟你抢吧，你跟包总昨天才结婚的，我们还是不跟你们挤一起了吧。伯父伯母请，我家在这边。"

关家父母恨不得等门口一直等到女儿回来，可还真不好意思挤去安迪家，又是对曲筱绡有莫名的忌惮，一时进退两难。樊胜美道："不如来我小屋里等……"

"哎呀，小樊，谢谢谢谢，我们坐走廊上，麻烦你拿两张凳子给我们。"

樊胜美索性搜出四张凳子椅子，三张坐人，一张放茶水，她也坐外面作陪。曲筱绡看着无趣，正要回家，见她妈从电梯出来。"咦，妈，你怎么这么快过来？路上遇见老赵没？"

"我正好在附近喝茶。没看见小赵。"曲母一脸烦躁，但硬是挤出笑脸对走廊上众人招呼一下，才拉曲筱绡进去了。

安迪也回去，换包奕凡拿零食和咖啡出来给关家父母打发时间。等包奕凡走，关母跟樊胜美道："你们关系还真挺好，我一直担心我们小关一个人租房住，看你们都护着她，连带对我们也这么周到，我放心了。"

"本来就都是单身来海市，互相照应是应该的。再加上小关人好，大家关系就更好一层。"

"你见过小谢，你放心他吗？"

"只见过几面，没什么交谈。别的不知道，只知道小关很喜欢他。"

"唉，很喜欢……很喜欢，别喜欢……"关母刹住，总算没说出心里的担忧，可脸上怎么都掩盖不住地忧心忡忡。

曲母合上门，严肃地问女儿："你爸在哪儿？"

曲筱绡连忙奉上 Ipad 献宝，"你看地图，在这儿，GPS 定位的呢。"

"说明你爸离开老家，朝着海市来了？也对，他开车去的，当然开车回来。你奶奶没事了？也没听他说一声。"

"是啊，可干吗关着手机悄悄回来？要说没电，我春节后买手机给你们，还特意给配了车充的啊。"曲母戴上老花镜仔细看了半天，摘下眼镜严厉地道："我问你，你在买给爸妈的手机里做了什么手脚？你跟踪你爸？有没有跟踪我？嗯？"曲筱绡愣住，顿时发觉事态严重。"我买好手机，怕你们手机被偷找不到，就让店里的顺便开启这项功能了。这功能还能遥控指挥删掉手机里资料……"

"能不能遥控偷取手机里的资料？"曲母却又追到新的线索。曲筱绡警惕了，连忙腻上去，贴着妈妈撒娇地道："不知道，我都不会用这个，还是拜托老赵才把爸爸的手机定位了。老赵还以为爸爸手机被偷了呢，表扬我幸亏早早替你们装了这软件。"

"筱绡，不许花言巧语，你说实话，你为什么在爸妈手机上做手脚。"

"我没在妈妈手机上装。但爸爸……你不是也一直想知道他又跑哪个狐狸精那儿去了吗？"

"你不肯说实话是不是？好，我叫杨秘书来，他懂这种手机，让他看看你在我手机里做手脚没有，到底还做了什么别的手脚。我看还是你自己说。"

"我……两个都装的。但我真的只是装了防偷，没用过其他功能。对的，这回才第一次用那功能，还不会用，等老赵回来才找到爸爸定位。我还是打不通爸爸电话急了，才想起有这功能。"

"筱绡，妈生你养你，难道还会不知道你性格？你能才第一次用？"曲母满脸气恼地摇头，"你竟然把手脚做到妈妈手机上，你竟然监视妈妈，你竟然偷妈妈资料，你竟然这么对妈妈。"

"冤枉……"曲筱绡尖叫。曲母颤抖的手指指着女儿，不怕女儿的尖叫，径自道："妈妈不会冤枉你，妈妈很心痛，很心痛。"曲母说完，起身拎起包欲走。曲筱绡扑上去抱住妈妈，"我发誓，我真的没监视妈妈。我干吗要监视妈妈？妈妈只有我一个女儿，你什么都给我了，我还干吗要监视你？妈妈你想想，我没理由监视你。不像爸爸，我要帮你捉小三，我还得防着他把家产都送给那俩儿子。妈妈，你想想啊，别冤枉我。"

曲母摇头，"我不会冤枉你。我即使把所有的都给你，我丝毫财产不剩，你还会监视，你就是这种唯恐天下不乱的性格。妈妈比你自己还了解你。"

曲母强力甩脱曲筱绡的手，头也不回地走了。留曲筱绡在屋里抓狂尖叫，这回，她是真的没撒谎，可是妈妈不信她。

包奕凡与安迪依偎着看恐怖片，两人最大的乐趣是以科学知识揭穿各种马脚。包奕凡有手机进来，安迪便自觉按下暂停，等包奕凡忙完再一起看。一起看才好玩。

包奕凡拿来手机一看是爸爸的，便递给安迪，"我结婚，他比我还卖力。你帮我听？我名义上还在跟他吵架呢。"

"哈哈，不高兴，我站你一边，也跟他对立。"

包奕凡只得自己接起。都不需要包奕凡说话，老包自己兴奋地呱啦呱啦讲翻了。"我昨天下午开始进省城，跟老魏才住下，一批一批的人就上来见我们，都是以前我挖空心思上门求见还约不上的……"

包奕凡听得满脸尴尬，当即将免提取消。可安迪还是能从保密不怎么好的手机里听到东鳞西爪。两人面部肌肉僵硬地面对，谁都知道木已成舟，无法阻止其他成年人的自发行为。可随即，包奕凡眼睛一亮，"什么？有办法重启审批？"

安迪不知道重启的审批是什么玩意儿，可看看包奕凡满脸的兴奋，便知魏国强投包奕凡所好，一定是做了件让包奕凡很难拒绝的事。她只能无奈地翻白眼。包奕凡见此，连忙伸手揽回安迪，一边继续"嗯，嗯"地听电话，一边以行动抚慰安迪。他草草结束通话，将手机一扔，赶紧解释："我爸跟魏先生一起进省城，应该沾光不少。想不到我也跟着沾光。去年我有一个配套项目被枪毙，原因是高耗能，你知道，近年国家对于耗能的杠子定得很严，去年明明风调雨顺，用电不愁，可地方上依然拉闸限电，搞得工厂停三开四无法生产，就是为了年底用电达标。昨晚……"

"知——道——了（liao）。"安迪不想听下去，朝中有人好办事呗。

"你听我厚着脸皮解释。那个项目我从一回国就开始飞德国谈合资，德国方面一直没合作意向，一直只签署出口合同，而不签署技术合作协议。直到经济危机波及欧洲地区与欧元，他们的最大出口市场萎缩。此消彼长，前年开始他们主动提出洽谈合作，直至去年索性谈兼并。你知道，对于一个将追求产品升级和产品日臻完美作为信念的人而言，兼并一家有领先技术的国外公司，并逐步实现技术嫁接和国产化意味着什么。飞跃！可惜，审批遇到障碍，我最近一直在鼓动市里相关部门协助重启，研讨会已经开了两个，效果寥寥。若单纯只谈兼并，距离理想太远太远啊。我知道你很不愿意与魏先生有牵涉，可我也不会假惺惺对你说你若不愿我就退出，挤迫你看在爱我的分儿上答应。我直接告诉你我志在必得，请你原谅。"

"不管我答不答应，你都要做。也就是不管我答不答应，你都要引狼入室，让我事实认可魏国强？"

包奕凡并未正面回答，而是软软地哀叹："安迪，做实业很难，在这个浮躁大环境下做以追求技术进步为立身之本的实业更难，私营实业企业难上加难。诱惑太大，让我走一次捷径？"

"你知道我完全无法接受魏国强，看他在我面前晃，我会发疯。但我相信我若拒绝你，你会抓狂得发疯。与其你发疯，不如我发疯吧。因为我爱你。"

包奕凡吃惊，愣愣看住安迪好一会儿，又缓缓钻入安迪肩窝，埋首不出。

"哎，怎么了？"

好不容易，肩窝里瓮声瓮气来一句："激烈思想斗争。"

安迪无语，伸手指轻抚包奕凡毛毛的短发，发愣。"如果我是个正常人，这原本可以不成其为选择……"

"谁说你不是正常人！"包奕凡只能抬头，痛苦地叹息，"我放弃。我另想办法重启审核。"

　　安迪按住包奕凡抓起手机的手，"魏国强不会不知道他在做什么，即使你今天放弃，明天他还会想到其他项目，让你臣服，让我默认。我们都不纯洁，诱惑再大点儿，我也会投降，让我们今天的坚持显得可笑而愚蠢。除非他放弃。"

　　"别揣测他的意图啦。我放弃。"

　　安迪却看着包奕凡心疼，想到当初第一次参观他的工厂，他意气风发地向她介绍他投入巨资的研发中心，追求完美品质是他的梦想。估计魏国强自己都没想到过会正好打在包奕凡的七寸。可再想想妈妈和自己的遭遇，一想就气血翻滚，决不愿承认魏国强。"包子，对不起。谢谢你放弃。"

　　包奕凡喑哑地道："我说过保护你，不会食言。对了，昨天结婚签字后，我其实想说的是，虽然我认为你完全没有必要签署文件授权委托一些责任，但既然你不放心，明文签署了委托，我请你转移委托给我。如果你有个万一，由我承担抚养你和你弟弟的所有责任。结婚后，于情于理，都应该是我承担。"

　　"对不起，包子，我怎么净给你带来不快。"

　　"就像你说的：因为我爱你。我愿意，没有不快，很乐意。"

　　安迪给老谭打电话。老谭当然没出国，可老谭在电话里的回答很干脆，"懒得变动，等委托书三年后到期再说。"

　　可包奕凡听了，一张脸郁闷地扭到一边去，避开安迪的注视。安迪也知道这事儿难开口，可还是得对包奕凡有个交代。"老谭说懒得麻烦，三年后移交给你。"

　　包奕凡不得不跳起身，来回走动平息激动，"一帮老江湖都不相信爱情。你以为魏先生在做什么？他试图以利益诱惑我，约束我，以保护你。谭总不放心我接手，拖延三年，看看再说。都什么意思！"

　　安迪一时不知所措。

　　此时，竟然听见曲筱绡的尖叫声穿门而入，而后是重重的摔门声。声音显然不同以往，安迪竟忍不住侧目。更不用说本来就坐走廊上的关家父母与樊胜美，更是看着匆匆离开取道楼梯下楼的曲母和2203的门吃惊。

　　包奕凡懒得管外面，自言自语，"都拿我当什么人。"

　　"都拿你当坏人？"见包奕凡瞪眼意图反抗，安迪连忙闭上眼睛不看，抢着道："想到当初你妈对我百般挑剔，现在终于有人帮我对你出手，大快人心。有娘家的感觉真好。"

"你……怎么幸灾乐祸。被人这么对待，你想想我的感觉。"

安迪依然闭着眼睛，若无其事地笑道："你当初对我说：别理她。并未采取更多有效行动阻止你妈。我比你厚道，总结我的血泪经验，明确告诉你只有两条路可走：反抗到底，或者无视。走中间道路意味着没完没了还对不起你自己。你还在生气吗？我可以睁开眼睛了吗？"

"别睁眼。我没那么差劲。他们把我想象成什么人了？"

"你妈当初不也一样，把我想得不知多贪财淫荡。我可以睁开眼睛了吗？"

"啊，是的，不过我当初完全不以为然，我很了解你。OK，睁眼吧，只要你不像他们那么想就行。"

"唔，不一样，我不睁眼。根据你过往辉煌，我不确定我们的婚姻能持续多久。但我跟老谭的区别是，我认为既然相爱就在一起，全心全意对待，哪天不相爱可以分手；老谭可能从我的心理承受能力考虑觉得我可能承受不了分手，他因此提心吊胆。"

"你别睁眼。你不觉得你这么说很伤我？老谭那样想也罢，你怎么可以。"

"实话么。你眼睛睁着没？你看我手腕上的同心结，实话归实话，我还是宁愿在这件事上迷信一下，乞求天长地久。"

"别胡说，毫无疑问的，我不会离开你，我们一辈子在一起。"

"实在是不吐不快啊，哈哈，我继续不睁眼。你不觉得'我不会离开你'已经反映出你潜意识里早清楚你比我更不靠谱吗？"

包奕凡哑然，看着闭着眼睛的安迪，不禁失笑，怎么都没法继续生气。安迪等了会儿，没听见反驳，只得睁开眼看。见包奕凡好笑地看着她，也笑道："真不适应，尤其不适应的是，忽然一帮人对我的生活指手画脚，即使都是好意。"

"你承认魏先生也是好意？"

"我一个脑细胞都不愿为他转。"

包奕凡眼看不爱伪饰的安迪吊起了眉毛，他连忙道："我们不谈其他人，这两天只有我们两个人。"

"唉，你联络魏国强吧，再晚，等他离开了，又得拖上好一阵子。"包奕凡惊讶地看着安迪，好一阵无语。安迪摊摊手，"你为之奋斗多年的理想，我怎么会不支持。而且在这件事上你屈服于他，他也不至于看轻你。不过你安排好，别让我与他碰头。你慢慢打电话吧，我去看看小曲。"

包奕凡其实可以说出一连串感谢之类的话，可他觉得此刻任何言语都有失轻佻。他唯有拥抱，长久的拥抱，感谢安迪为他做的牺牲。当然，他不会再次拒绝。

安迪回避出门，让包奕凡可以单独打电话，她也是眼不见为净的意思。出门便看见关母贴着关父的耳朵窃窃私语，而樊胜美有些尴尬地坐远远的，以示不偷听。安迪走过去问："曲曲怎么回事？"

"不知道，只看见她妈妈摔门而走，满脸不快。"樊胜美又忍不住笑道，"你今天这种时候还多管闲事？不怕冷落了包总？"

安迪摇头，"不知道怎么回事，没结婚时候我都是爱谁谁，一结婚，他的谁谁变成我的谁谁，我的谁谁也变成他的谁谁，我没法再爱谁谁，他也得看着我的脸色才能爱谁谁。一夜之间怎么能翻天覆地的变化，我跟他都憋屈，似乎没一个人是赢家，这场局好怪异。"

樊胜美听着笑，等安迪讲完，笑道："等孩子出生，你得更憋屈了。"

安迪不禁两眼转向2203，情不自禁地做一个鬼脸。樊胜美心领神会，禁不住地笑。说曹操，曹操就到，2203的门在安迪的注视下，竟然"霍"地打开，里面匆匆走出曲筱绡。樊胜美一看曲筱绡脸色，便自觉身体后仰，稍稍躲到安迪身后，设法隐形。而关家父母则是初闻曲筱绡惊天动地的尖叫，一听见2203有响动，都不约而同看过去。于是，心烦意乱的曲筱绡一出门，就看到三双明晃晃的眼睛给她打了追光，照得她心头火起。但曲筱绡习惯性地自觉忽视最高点的追光，来自安迪的，而直奔低点而去。

"咦，你们还在？私奔下一步就是生米煮成熟饭。像现在这种你委屈我同情你眼泪吧嗒吧嗒流我替你擦干净……你们还真坐得住。"曲筱绡一边说，一边按电梯，等在电梯边看都不看大家，浑身都在说明"不干我事"，却字字戳中关家父母心坎。

只有安迪敢问她一句："你刚才怎么了？我特意扔下包子跑出来关心你。"

"哼，你一结婚眼里还哪有我，一定是包总出门去，你没事干才出来瞎逛。"

"你去敲门问包子在不在，看我最后一句话是不是说来关心你。"

"那你为什么不敲我门，那你为什么站这儿聊天，你跟我来，跟我来。"曲筱绡不急着走了，扯上安迪就回2203。

　　但安迪被更大的力气扯住，是关母跳起来拉住安迪袖子，央求安迪："安迪，请你千万千万给我们谢滨的电话。"

　　曲筱绡道："我们平民百姓谁敢惹警察，像那种有单位有组织的人找起来容易，关关妈别为难我们啦，我们忙中添乱给谢滨手机发短信已经够狗胆包天，不敢啦。你赶紧放手，别吓到孕妇。"安迪一边掰关母的手，一边与曲筱绡抢着道："关伯母别担心，小关很有分寸，不会乱来，何况她已经知道你们在这儿等她……"

　　"那就更逆反！不是我吓你们。"曲筱绡完全不给安迪机会，拉了安迪就走。安迪走进 2203 就问："你干吗又煽风点火？"

　　"那种当妈的就是欠揍。"

　　"生你妈妈的气？那也不该转嫁到关关爸妈头上去啊。"

　　"我怎么会生我妈妈的气。我是担心，唉，你不会懂。我妈快不要我啦！我惹毛她啦！我正要找老赵搬救兵，老赵去健身房锻炼都没开机，混蛋啊。好，你的耳朵先借我一用。"

　　"你别慌，听我讲。我相信妈妈不会不要孩子。你看我怀孕到今天，感觉肚子里的孩子已经成为我心中头等大事，如果现在有什么迎面撞来，我宁可拿头顶住也要保护肚子里的孩子。可我都还没见过我的孩子呢。你呢，你妈妈已经养育你这么多年，爱你这么多年，更不会不要你。何况，你妈还能不知道你是什么样的人？"

　　"可这回我妈真的被我惹毛了，可是我这回真的冤，我没存心惹她，我不知多爱她。"

　　"跟她好好解释。"

　　"没法解释，她已经不相信我了。我牌子砸了。"

　　"找老赵做中间人，赶紧跟你妈对话。顺便跟关关妈道个歉，关关那儿事情没那么严重。"

　　"笨，只有你才以为关关那儿没那么严重。你以为关关妈是被我挑拨的？你好好想想，你刚跟包总恋爱时候，包总要是蔫头耷脑跟你诉苦，你会不会心一软再一软，软来软去就软到床上了？好了，你说的我妈不会不爱我让我放心不少，但愿你说得对。还有，你爱我我也很开心。你一定要继续爱我，比爱关关更爱我。你现在爱包总去，我找老赵。"

　　"你也很爱关关，但太乱来。"

曲筱绡打开门，先将安迪拱出去，又手忙脚乱锁好门，"我的一颗心啊，谁能理解。咦，关关爸妈呢？"正清理现场的樊胜美道："他们去公安局了。"

"混蛋啊，都给他们指路了，还是走一条最笨的。关关她爸这么多年机关是怎么蹲的。再拖下去，关关以后后悔来不及了。"曲筱绡一边说一边冲进电梯。樊胜美目瞪口呆看着，奇道："她这回真安好心？"

"她没少为关关操心，不过也浑水摸鱼掺点儿假。"安迪摸出手机拨打谢滨的手机，"关机。"

"我刚才该阻止的都已做了。找人家单位，让单位去找小谢，让小谢以后怎么做人。小关爸妈不肯听。做父母的拿自家孩子当私产也罢了，不拿别人家孩子当回事就不对了。小曲净惹事。"

安迪本来已经翻到短信页面，听了樊胜美的话后，关掉。"对，仁至义尽。还是坚守原则，不多干涉成年人的私事。曲曲就是自以为是干涉太多。你小心，别惹到曲曲，她今天炸窝了。"

"她就是不炸窝，我也是能离多远就多远。我继续看法条。"两人微笑告辞。此时22楼走廊又恢复宁静。但两人不约而同看小黑屋一眼，奇怪，外面闹了那么久，小黑屋新主人竟然都没露一下脸。

第 69 章

　　安迪将手指放在 2201 的门铃上时，有些犹豫。此时进去会不会太早，还得看包奕凡与魏国强勾兑。她犹豫一下，转去电梯下楼，去保姆那儿看中午吃什么。可才进门，保姆手机上显示包奕凡来电。安迪疑惑地替正忙碌的保姆接起。不知就里的包奕凡都没招呼，就直接道："我们等下不下来吃了，你随便做点自己吃了吧。不好意思。"

　　"怎么变卦了？说好待家里的。"

　　"哈，你怎么在那儿？饿了在偷吃？你稍微吃点儿就上来吧，我们外面去吃。"安迪吃了几块煎豆腐，狐疑地上楼，见包奕凡竟已经换好出门的衣服。"为什么变卦？"

　　"重启审批啊。这真是个美好的早晨，我忽然想起我儿媳快生了，我们得去看看。"安迪被包奕凡推进衣帽间，极端诧异，"你，儿媳？"

　　"哈哈，我儿媳。你穿这件，去郊区该穿颜色点儿的衣服。"安迪接了衣服，"别卖关子，你儿子……噢，你儿子们！两匹马还是那条杜宾的媳妇？你真是不嫌事儿多。"

　　"我马儿子的媳妇，哈哈。"

　　安迪一向喜欢看包奕凡的笑脸，见他这会儿兴致勃勃，连接到工作电话四平八稳地做吩咐时都两腿闲不住地做出踢踏舞姿势，她觉得放魏国强从此入侵她的生活算是值了。于是接下来的便是她着手主动起来，穿戴好了，拽还在专心打电话的包奕凡出门，乘电梯。唯独她很自觉地坐驾驶座时，包奕凡将她拖到副驾驶位。

　　包奕凡结束通话，将手机递给安迪，激情四溢地道："你帮我拿着。弟兄们都很 high，重启审批的任务一布置下去，不到半小时已经纷纷着手。安迪啊，你说我昨天新婚，娶了我理想中的绝顶聪明女子，又即将有我的绝顶聪明孩子；想不到我另一个重大理想也重燃希望，我和同事们多少天马行空的设想终于可以有用武之地；还有眼前的春天，每一天有不同的鲜花开放，不同的树叶萌芽，放眼全都是蓬勃的希望。Go，大好春光，怎舍得宅家里。"

　　"对，对，对！"安迪竟是很受感染，看着专心驾车的包奕凡连声附和，"还真是。"包奕凡意味深长地道："我们的婚姻也是如此，向前看。"

　　"是啊，都有人跟老谭争委托书了，想到这儿，我就觉得放心不少，前途光明。"包奕凡差点栽倒。"你别告诉我你赚钱也是为了那个万一。"

　　"还真是的，为万一哪天出问题能有尊严地活，有尊严地死。积累越丰厚，越能安心。你别大惊小怪，你如果人生最初的记忆是我那样的，你也会像我一样，那就叫惊弓之鸟。"

　　包奕凡好一阵子无语，他找个停车位将车停下，看着这只惊弓了许多年的鸟，记忆中是安迪因弟弟而跟他说起的过往。他思索很久，道："你闭上眼睛，心无旁骛地思考一个问题。我如今用所有财产押一个保证，我保证照顾你在那个万一的情况下尊严地活，尊严地死。那么你已经后顾无忧，不用再考虑那个万一的问题。然后你好好想，从此后你最想做什么，你的未来会有多美好。以前想过吗？"

　　"没想过。"

　　"现在开始想，小可怜。"

　　"空想无益。"

　　"不是空想，而是人生规划。你为我好好想。我不愿我的妻子是个心中没有希望的人，对你而言，即使不切实际的希望也好于你现在没有未来式的现实。我不要再听你告诉我，爱情这玩意儿根据数据表明几年后会变质的概率是多少，我们分手的概率又是多少，我现在只希望我的新婚妻子，新婚，亲爱的，我的新婚妻子甜蜜地肯定，我们必将白头偕老。"

　　"我在家里时候是不是说话很伤你了？以后改进。"

　　"像我这么臭屁的人，你很难伤我。我只希望你活得快乐，而我恰好知道，无法想象未来之美好的人，是无法快乐的。听话，为我想。"

　　在包奕凡的逼视下，安迪顽强地眨巴了几下眼睛，以示反抗，可最终还是顺服，心说别再伤他了。

　　包奕凡这才继续上路。可没开几步，安迪的电话响。他立刻抢了过来，"你想你的。"一看是曲筱绡的，便自说自话地接起，"安迪有些事，方便跟我说吗？"

　　"包总，请安迪一定帮忙，到我妈家来，快。我妈连赵医生都不肯见，她不给我们面子。我想她是不会给我所有亲戚面子了。但安迪一定有用，要是你也来，更好。"

　　"什么事？"

　　"我妈……我快没妈了。"

　　"嗯，地址发给我。"

　　包奕凡全程不让安迪插手。安迪偷偷睁眼斜睨包奕凡，喃喃骂一声，"臭屁！"可忍不住闭目笑了。

　　关雎尔与谢滨在谢滨的宿舍楼前下车。谢滨摸出墨镜，看看关雎尔，便将墨镜递过去。关雎尔接了，才恍悟他是让她遮住红红的泪眼，她将墨镜又递回去，"你戴啊，这儿都是你熟人，又没人认识我的。"见谢滨推回，关雎尔索性踮起脚，强行替谢滨戴上。谢滨紧紧握住关雎尔的手，两人迤逦上楼。

　　走进门，谢滨长喘一口气，将门关上。关雎尔好奇地打量这间一眼望得到头的单身宿舍，房子半新不旧，白粉墙瓷砖地；家具非常简单，都是些合成板加钢管的便宜货，床也是简单的铁栏杆木板床，薄薄的褥子，薄薄的被子，全是蓝白方格子棉布，铺叠得非常整洁。整个房间没有大学男生寝室的臭味，但有谢滨的味道。意识到这点时，关雎尔才发现自己鲁莽了，似乎不该来谢滨的单身宿舍。可转身，谢滨就在后面，她又害羞地跳开身去，一定与谢滨保持距离。

　　谢滨将屋里唯一的椅子搬给关雎尔，让她坐折叠桌边。然后洗手烧水放茶叶抹桌子地忙开了。他实在是太忙碌，忙碌得时不时拿手背探一下电水壶的温度。关雎尔是个讲究的人，忍不住拈起青花瓷杯细看一下，果然与房间一样很干净，她又放下。"你就是在这个小灶台上做的面饼？会不会弄得一屋子葱味？"

"还好，有脱排油烟机，再大开窗户通风，没影响。你饿吗？我现场做葱油饼给你吃怎么样？"

"还没饿呢。你早饭吃了没有？"

"我……吃了。"谢滨在灶台边实在无事可做了，拿把圆凳坐到关雎尔面前笑。两人都忽然觉得很尴尬，于是都努力地笑。幸好，电水壶很高效地拉警报了。谢滨连忙跳起身，给关雎尔倒水。然后又坐下，"先别喝，很烫。"

"嗯，我又不傻。"但谢滨忽然跳起来，"哎呀，我忘了洗茶杯。"他迅速拿起两人的茶杯就去灶台，速度太快了，滚烫的水晃出来，烫得他更是手忙脚乱。关雎尔惊讶，随即醒悟过来，"天气这么好，我们去拍野花好不好？"但关雎尔显然不是圆场的高手，说话不免结结巴巴。谢滨连忙摇头，"不，不，我们说好的，怎么可以变卦呢。"他细心地一遍遍地洗好茶杯，又加了茶叶，端回桌上。却是又看着关雎尔笑，涨红了脸只是笑，笑得很僵硬。

关雎尔实在忍不住挑破了，"想审你的是我妈，我可没。我只要你了解我不是那种轻狂人就行了。其实不该让你写经历的，樊姐早批评我乱来，我是太担心我妈了。我道歉，给你惹下那么多事。"

"不，不该你道歉。你做得都没错，是我……"谢滨忍不住闭上眼深呼吸，一呼吸却刹不住了，紧张得连连喘好几口气，更是面色通红。忽然冷不丁地站起身来，打开抽屉翻出一张身份证复印件，回来放关雎尔面前。"这是我工作前的身份证。"

关雎尔看了看，"怎么了？"

"我考大学前的户口应该是这个地址，而不是我妈家那个地址。我在经历里写的是后者。对不起。"

关雎尔疑惑地再看，"搬家什么的很正常啊。哦，小曲也提起过你的老家地址，她好像跟安迪都说的，不知道说了些什么，安迪老让她别乱来。你手机响。"

谢滨听得面部僵硬，一看手机显示，却是安迪。安迪？她怎么知道这么多。他没按通话键，"上回车祸后也是安迪用这个电话打来找我，她知道我号码，不知道找我什么事。接不接？"

"她肯定是找我。我有烦恼高兴什么的，跟安迪讲得最多。可我真没告诉过她你的号码啊，那天从医院出来，我谁都没见就冲进自己屋子，真不是故意吓你，也没想到安迪她们会通知你。那天……"

电话铃声却停了。谢滨看着手机，道："你没有错，你不是那种设圈套玩心计的人。我说了那天是我的错，我狗急跳墙，只为了逃离。安迪怎么知道我号码？她也调查我了？"

"可能是我说漏嘴过，手机号不是什么秘密，我没在意。不知道安迪找我有什么事。"谢滨没回答，低头思索。手机上紧接着有短信来，他打开看又是安迪的，全英语，"果然是找你。"

关雎尔拿来看，"安迪打英语更快。我爸妈找去22楼？天。他们很焦急，认定我私奔。还好，安迪不会把你的号码给他们。我……不回电，也不回去。这年头还哪来私奔。"

"我们不如回去，我愿意接受你妈拷问。"

"不行，不能接受这种拷问，那是屈辱。"关雎尔关掉谢滨的手机，"爸爸在，不会出大问题。你别担心。"

"我心里很乱，我不能失去你，我显然不能太违逆你爸妈。安迪，安迪，安迪，别管我们的事了，还是把我的号码告诉你妈吧，我们会直接对话。"

"不对话，我已经屈服二十多年了，你不能再屈服在起跑线上，决不妥协，否则我妈妈以后没完了。"谢滨看着手机，犹豫不决地看了好一会儿，才挪开眼睛，呼一口气。"我们继续说我的出生地，也就是我身份证上的户口地址。"

关雎尔又看到谢滨不由自主地喝水，很仔细地吹开茶叶，怕烫似的小口地喝。而谢滨持杯的那只手，手指关节雪白返青。关雎尔忍不住将她面前同样的茶杯推开，"这么好的天气，我们拍野花去。不说了，无非是你爸妈离婚，太阳底下无新事，离婚总有些让人指指点点的非议，可跟他们有什么关系。只有家人甘苦自知，但你不需要对别人交代。"

"谢谢，可你爸妈不是别人，总是要对他们说的。"谢滨的手从茶杯转移到手机，手指在开启键上滑动。

"你别勉强自己了。你连在我面前开口都这么费力，我妈火力那么猛，你吃得消吗？何况你是你，你爸妈是你爸妈，有什么相干。"关雎尔将手机从谢滨手底下挪开，抓到自己手里。

"我不能承受再次失去你。我原以为……不，不能……你爸妈那儿终究需要面对。"

关雎尔心里混乱之极，只得将手机交还给谢滨，"你是我拽走的，不是你自己逃跑，我爸妈只会怪我不会怪你。你自己打电话给他们再约吧，他们肯定还等在我宿舍门口呢。"

"你会不会怪我不痛快，辜负你的抗争？"谢滨接了手机，却没动手，一脸担忧地看着关雎尔。

关雎尔愣了，好一会儿才道："受委屈的是你啊，我还在自责呢。"

谢滨还是犹豫。关雎尔耐心地等，等着等着，眼前仿佛出现家里的爸爸妈妈，爸爸在妈妈面前唯唯诺诺，什么都是好好好。她无奈地闭了会儿眼睛，挣脱眼前的画面，扭头看向窗外的春天。顺手，她伸手入裤兜，打开她的手机。

邱莹莹千辛万苦地回到家，已经是中午。她满脸得意扬扬，邱母看着心动，关心地问："怎么样啊？我做的菜，他们怎么说？有没有说谢谢？有没有说礼拜一出院怎么办？"

邱莹莹一个劲儿地笑，她现在满脑子都是应勤为爱抗争的那些画面。"好，当然好。还能不谢谢妈妈吗？"

邱母最关心的还是周一的大问题，"没问礼拜一怎么出院？来了怎么住，说好的办证什么时候去？总不能不尴不尬没名没分一起住着吧？哎呀，你是不是忘了问？"

"呃，当时忙着最要紧的事了，后来就没法问了。应勤爸爸来了。"

"应勤爸爸来了怎么会没法问了？赶紧打电话再问一下。他家男人来了更方便做决定。你有没有跟他们说，我已经把另一间打扫干净了？这么高楼，擦窗户腿抖啊，不容易，一定要说一声。"

邱莹莹没跟妈妈说起关雎尔代她打电话的事儿，她本能地道："要打你自己打，我怎么记得清楚这么多事。"说话间，邱莹莹隐隐意识到不妙，刚才自以为顶撞成功，可现在她却不敢着手打电话给应勤，她害怕被顶撞的应父怒了，正在生她和应勤的气，她怎敢贸然往枪口撞。无论如何，坏了，坏了，她当时光顾着不开口说话，想不到还是惹怒了应父。

邱母瞅着女儿的脸色，知道没好事，"到底怎么了？闯祸了？才想到闯祸了？"

"呃，没事……没……没事。"

"这像没事的样子吗？到底怎么了？你别瞒妈妈。后天小应就出院了，这个节骨眼上闯祸不起啊。你不想跟妈妈说也行，你跟你爸说。你手机给我，我拨给你爸。"

"是哦，节骨眼上！"邱莹莹一个冷战，清醒过来，连忙拿出手机给爸爸打电话，原原本本说了前后因果。邱母直在边上骂她耍小聪明。

等邱莹莹说完，邱父叹道："道理让你妈跟你说，爸爸立刻过去你们那儿，唉，又得收拾烂摊子。别怕，现在什么事都别乱做什么话都别乱说，等爸爸来了再说。"

邱莹莹忙不迭地答应，越发意识到问题的严重，放下电话便呆呆地望着妈妈发愣了。邱母叹道："我就知道你又闯祸。换你做婆婆，你倒是想想，你千辛万苦养大一个儿子，却听了一个外人的话就翻脸来跟你作对，你气不气啊。你们要是已经结婚了倒也罢，都还没结婚，你就敢撺掇小应跟他妈作对，他妈还敢放你进门吗，放你进门等于儿子白养了。你啊，你啊，从小就是这种管头不管尾的性格。要命。"

"会怎么样？会要我们搬出去吗？我跟应勤没法结婚了吗？啊，我 2202 的房间也没了，怎么办啊。"

"别的都别乱想了，你还是想想有什么办法挽回，想到就给你爸打电话，办法当然越多越好。"

"应勤爸妈真的会不让我跟应勤结婚？应勤不会答应，应勤说他离不开我。"可邱莹莹说到最后就没了底气，前车之鉴，当时两人正在热恋呢，一听说她不是处女，应勤回头就走，一点犹豫都没有。"妈，怎么办？现在去认错还来得及吗？"

邱母看着女儿，自言自语："如果我是婆婆……"

"会怎么样？会怎么样？道歉有用吗？应勤妈是老师，可严厉了。"

"换了是我，不管还要不要你，一定要让你吃点苦头。即使还要你，现在让你吃点苦头，给你落个罪名揑着，也能让你以后收敛点。哎哟，怎么放心让你去道歉，你这脾气，他们发落你起来，你还不乱跳。"

"我去道歉……"

"先别，问了你爸再说。先吃饭，都快两点了。哎哟。你爸不知吃过中饭没有，火车站卖的又贵又不好吃。"

母女俩食不甘味，偏偏还有人来敲门打断。邱莹莹才刚瞪眼，忽然想到门外可能是应家父母，顿时蔫了。邱母走过去看，见是一个强壮的中年妇女，她才打开门问："你找谁？"

门外那中年妇女道："这儿是1303，没错吧，我来看看房子。房主说今天有人，呵呵，你们在就好，我还怕白跑一趟呢。吃饭吗？打搅打搅，呵呵。"

中年妇女边客气边不由分说挤进门来。邱莹莹捧着饭碗愣住，邱母几乎是下意识地拿全身挡住门，不让中年妇女进来。"唉，你来干什么，谁让你进来的。"

邱莹莹醒悟过来，操起扫帚冲过去，即使拉扯到伤口也不怕了。那中年妇女嚷嚷起来，"嗳，你们干什么，房主说你们房子到期，让我帮忙租出去。我是中介，中介，我不看看房子怎么租给人啊。你们赶我干什么，我又不偷不抢。"

邱莹莹奇道："谁说这儿出租，我们自家住着，我们又不是租户。你找错地方。"

"没错，我纸上记着。"中年妇女拿字条给母女看，"是这间吧？两室两厅，户主应勤。"邱莹莹一愣，"没错是没错，可这儿应勤自己住着，租出去他自己住哪儿。应勤自己去找你？不可能，他还住院呢。你让人搞了，回去吧，我们关门了。"

中年妇女"嗳嗳嗳"抵门不肯走，还有话说，可邱家母女一起用力，将中年妇女关出门外。邱莹莹这才靠着门喘气，轻揉拉扯到的伤口。邱母怔怔看着女儿，道："应家找来的人？想把我们赶出去？"

"什么？怎么会？"邱莹莹从猫眼儿看出去，见外面中年妇女指手画脚似乎在骂什么，骂几下就走了。"把房子租掉，应勤自己住哪儿？难道……为了赶我们走？"

母女脸色沉重，意识到问题已经不是一点点的严重了。两人当机立断，给邱父打电话要主意。邱父很果断，"什么都别说别做，当不知道。等我过去处理。"放下手机，邱莹莹大颗大颗的眼泪滑落。"他们怎么可以这样对我，我又没做伤天害理的坏事。应勤也不阻止吗？他就不怕我难过吗？我伤才好，我还是为他才受的伤啊。"邱母看着女儿发呆。这事儿，恐怕不那么容易挽回了。

车厢里寂静无声，红灯停车时，包奕凡看向安迪，见她翘着嘴角似在微笑。忍不住问："笑什么？想到什么好玩的？"

"唔？"安迪睁开眼，恍惚了一会儿，才笑道："我有在笑？啊，我在笑你的想法。像我这种天天考虑各种变量以求绝无遗漏的人，怎么可能空想。"

"什么，晃点我？假设也不行？"

"就是假设啊。想来想去，想来想去，好像除了要跟你在一起，也没什么别的大愿望了。其他的，可行性分析一下就没必要多想。但不敢跟你说啊，这答案肯定不符合你要求。"

"好吧，总算是想到我了。"包奕凡有些哭笑不得，"想到我的时候，怎么想的？"

"不能告诉你，很花痴。刚才谁电话找我？"

"多花痴？你先告诉我。"包奕凡立刻眼睛亮了，总算有门。

"你先告诉我。我饿了，IQ 只够 BBQ。"

"小曲说她妈关门不让她和赵医生进去说话，她想请你出面，她妈肯定看你面子。我看顺路……"

"欸，掉头。这家伙想骗我大肚子施苦肉计，这忙不帮。她有的是办法，随她去。"

"这家伙真做得出来。我们吃饭，顺便告诉我你怎么花痴了。"

"包子，别问了，我编的。"安迪停顿了会儿，才道："刚才按你的说法，当我去掉眼前我最大的人生目标——那个万一——之后，我忽然发现很轻松，很多事都无所谓了，甚至工作都可以不做，我积蓄够用。我很轻松，懒得动脑筋，反正你在身边，你会带我。但睁开眼睛，我又觉得这种感觉有些可怕，像个黑洞，让我感觉不到存在。"

"嗯，这样。"包奕凡飞快开动大脑，可开着车子，实在不可能深入思考。

安迪也在思考，她又闭上眼睛，想了会儿，道："可能我原先的存在意义在于对那个万一的处理，如果不用再考虑那个万一，我的存在又依附于何处？我明白了，你提示我，让我创立新的存在。"

包奕凡一拍方向盘，"对！这一想，是不是有突破瓶颈的感觉，眼前顿时海阔天空？"

"是的。谢谢你，包子。这下工程大了，人生规划需要重新编写。哇噻。"包奕凡一愣，停好车子，看安迪摩拳擦掌，再次啼笑皆非，"我建议你，最舒服的办法是，以我和孩子为中心，其他随心所欲地任其发展。你知道吗，人们管这叫境界。人生的至高境界。反正有我在你身边。我们饭后去你弟弟那儿，一起去看他，你陪他，我找工作人员了解一下他的近况。安排好他，让你放心明白，我会管你。"

安迪只要自己有安排的，从不相信别人能比她做得更好。但此时她愿意放手，或者，她真的应该寻找新的存在，直到，找到包奕凡所说的希望，那个给人生存活力的希望。

　　曲筱绡与赵医生坐在妈妈家门口台阶上。春天的阳光好得晒人，她当然有办法，就是一头扎在赵医生背后的阴凉处。只是赵医生锻炼中途被她抓出来，一身汗臭。曲筱绡虽然爱嗲赵的每一部分，却没法热爱嗲赵的汗。等了好一会儿，曲筱绡打电话催问安迪到了没有。安迪一看是曲筱绡的，立刻递给包奕凡，"你干的好事，你解决。"

　　"那你点菜？"包奕凡将菜单交给安迪，顺便满怀深情地跟服务员道："她可真美。她是我太太。"安迪浑身一个寒战，但心中极其受用。服务员立马一个闪身，躲到安迪身后去。曲筱绡得到回复，急得从赵医生背后钻出来，"不行，说好来的。我都等你们半天了。"

　　"孕妇有特权，来不了。"

　　"这儿有医生。包总，包大哥，包老大，您一言九鼎的人，说好的怎么能反悔？"

　　"已婚男人的话怎么能信。现在听老婆的，老婆最大。"曲筱绡差点吭当倒地。赵医生听了偷笑，"男曲曲勇斗女曲曲。早让你别出这种损主意，让识破了吧，人家不点破你而已。赶紧去道歉，别再失去朋友。"曲筱绡道："安迪不会生这种气。"

　　"连你妈妈都被你气得不见你，甚至不见我，你还不反省说话做事方式？说到偷听，上回对我妈那次，印象分大跌。该汲取教训了。"

　　"以前我不也这样，我妈什么时候跟我生气过，怎么忽然跟我生起气来，又不让我好好解释。我真的不是有心在她手机里装这个，我对天发誓，那次买手机时候我让店里服务员给装的，他问我装什么，我就说好，好像还装了几个游戏。你也知道的，要不是你，我还不会用那些功能呢。我冤枉啊。"曲筱绡一边说，一边眼睛偷偷溜向身后的门，指望她的话从门缝儿钻进去，被她妈妈听到。

　　"水滴石穿。"赵医生简单四个字说完，起身。"我给院子浇水，你坐里面去些。"曲筱绡眼珠子一转，"嘿，你过来。"她拉住赵医生，附耳道："我妈最喜欢那簇芍药，就是那边，你死命浇水……"赵医生瞪她一眼，不理她，走开了。曲筱绡只能无聊地坐地上，时不时冲着门号一声。有赵医生在，她无法像往常似的使坏，以求把妈妈吓出来。可又不愿让赵医生走，总觉得这回祸闯大了，妈妈没那么容易原谅她，需要赵医生夹在中间做缓冲。不料，却有曲父的电话进来。曲父不知家里正闹矛盾，开口就问："你妈手机怎么没开？家里电话也没人接。"

"干吗，查岗啊？你手机也一早上没人接了，妈妈一急就买张飞机票飞过去了，飞机上当然只好关机。正好你来电，赶紧安排人去接吧。"曲筱绡故意开成免提，一边说，一边拿眼睛瞄门缝。赵医生听得顿脚。

"什么什么？你妈飞过来？我手机在医院被偷了，正要告诉你们用这个临时号码。你妈几点的飞机？"

"干吗，想半路把妈拦回去？没门。就不告诉你。你赶紧把该清理的人清理走，别让妈看见生气。"

"胡说八道，快说是几点飞机……乖，爸爸送你一只爱马仕包。"

"不要，大是大非面前，我才不接受贿赂。"曲筱绡见赵医生扔下水枪过来，她连忙跳起身逃走，绕着屋子跑。"反正你赶紧清场吧，不清就只能妈妈来清了。她可是合法的哦，闹起来警察也帮她。啊——老赵你让我说完。"曲父一听说赵医生在场，立刻在电话里大喊："小赵，小赵，你跟我说……"但不等曲父说完，曲筱绡就擅自切断了电话，昂首对着赵医生笑。"干吗，干吗，你想干吗？"

"你还嫌不够乱？"可赵医生话音刚落，大门开启，曲母站里头面无表情地道："小赵，你进来坐，外面晒。筱绡，滚进来。"赵医生目瞪口呆，曲筱绡却一脸了然，推着赵医生进去。等妈妈背过身去，她立刻冲赵医生做鬼脸。她真想不到这种意想不到的转机。

曲筱绡压着赵医生坐下，这回她很勤快地冒充小媳妇儿，动手给在座的倒茶。曲母淡淡地接了曲筱绡奉上的茶水，却很和善地对赵医生道："对不住，让你也在外面晒了那么久。喝点水。"

曲筱绡赶紧将另一杯茶往赵医生面前一放，立刻腻到妈妈身边，"妈咪妈咪，我的好妈咪，乖妈咪……"

"臭气熏天，快去洗脸。"

曲筱绡却不急着走，抱着妈妈腻一会儿，见妈妈没推开她，才放心地欢跳上楼，找她的房间去洗脸。

曲母憔悴着一张脸，对赵医生道："筱绡让我很伤心。她爸这样，她竟然也这样，这家不成家，一家人不像一家人，我身边竟然没有一个可以相信的。做人做成这样，还有什么意思。哪天我死了，恐怕都没个给我收尸的，都是等不及先分我家产。"

"筱绡这回真的不是有意在您手机里装应用，她当时买了三个，她自己手里也一个。后来给我也买了一个，都是请店员帮忙安装许多应用。但她装了都不会用，有需要了才找我帮忙。我也没往别处多想。想不到这回……"

"小赵，你说的是你的理解，我相信你。但筱绡是我女儿，我了解她，她往我手机里装那玩意儿的时候，脑袋里在想些什么，我知道。"这时候，曲筱绡匆匆洗把脸下来。曲母听见楼梯声，只抬起眼角瞭一眼，依然不理她。

赵医生微笑道："筱绡有时候无法无天。还是谢谢您放她一马，这么快原谅她。"

曲母又斜曲筱绡一眼，但眼睛里有厌恶。"看她还有点良心的分儿上。可是……她就这么往我心里戳一刀，唉……"曲母闭上眼睛，不看凑上来的曲筱绡，也不理会曲筱绡再次腻上来。

赵医生一脸困惑地看着母女俩，想来想去，还是说出来。"伯母，筱绡刚才电话里恶意捉弄的是她爸爸。"

"是啊，我知道。总算她还偏心我。"

"不仅仅是偏心，我这是打抱不平。爸爸怎么能这么对妈妈。"曲筱绡赶紧表功。

赵医生抑制住摇头的冲动，依然平和地道："刚才伯父来电只是说一下手机被偷的事，筱绡不该这么捉弄她爸。伯母今天认为筱绡做得对，但万一哪天她也用同样一套对待您，您一定生气，认为她错。就像手机上装应用，如果这回筱绡只在她爸爸手机上装了，而没在伯母手机上装，可能伯母还会认为筱绡干得好。我觉得，伯母以两套行为准则衡量筱绡，要求筱绡，是制造今天矛盾的根源……"

"嘿，老赵，没这回事，你不了解我家，别指手画脚。"

"曲曲要不出去走走，我跟你妈说话。"赵医生却并不退却。

曲筱绡扑到赵医生身边，低声急道："别，你想说也等以后，别今天。今天我妈已经气疯了，爸爸的事，妈妈的事，全加在一起，我妈哪还承受得起。我妈是女人欸。拜托，别说了。"

赵医生依然大声道："你爱妈妈，我理解。但摊开了说，才能解决今天的矛盾，解除伯母今天的心结。你放心，伯母也请放心，请相信我的善意，听听我一个旁观者的看法。"

"小赵，你说。筱绡别拦着。筱绡啊，我养你二十多年，到今天，我反而更相信小赵。你想想这是为什么。"

赵医生道："我替筱绡回答：就是因为筱绡做人有两套标准。既然有两套标准，对谁使用哪套标准，心里就有个权衡。筱绡就很明确，她对谁好，看得起谁，她就对谁什么都好。反之，她就事事针对。但筱绡这么做，她自己很吃亏。看她千方百计针对人的时候，总令人忍不住担心：她能对人如此恶毒，心地可想而知；她如今不对我恶毒，是不是因为我有利用价值；哪天我失去利用价值，她会怎么对我；此人不可全信等。只要有一个环境因子被触发，筱绡的行为就会被怀疑上了。比如说，伯母把许多财产转移给筱绡之后，正好出了您手机被筱绡装敏感应用的事，我相信您心里有什么被触发了。"

"我……"曲母竖起身子，离开沙发背，试图反对赵医生的说法。但赵医生当仁不让地道："请听我说完，呵呵，您先别偏听偏信。"赵医生以真诚的眼光注视着曲母，曲母竟然忍住了，她做个手势，让赵医生继续说下去。

"我说筱绡很吃亏，因为她不可能娴熟运用两套标准，而界限分明。她难免在行为中搞混。大方向不会错，小方向经常错。尤其是在做坏事上，做坏事比做好事容易，一顺手，就做出了。"

曲筱绡一直提心吊胆地听着，她完全是凭着对赵医生的信任，才任其胡说八道，但听到此时，她连忙点头认可，"对的，对的，我经常做点小坏事，其实没坏心，也不会把坏事做大。特别是对妈妈。装那个应用吧，好吧，我可能有坏心眼，可我真的不会对妈妈使坏。"曲母白曲筱绡一眼。曲筱绡看到却松口气，因为妈妈是白眼，而不再是厌恶的斜眼。于是她投奔到赵医生的身边，腻到赵医生身上。

曲母靠沙发背坐舒服了，道："小赵，唉，别再说下去了，再说下去你为难，我心里清楚了。谢谢你，你这么懂事，我以后也可以放心了。"曲筱绡贴着赵医生耳朵问："我妈清楚什么了？不冤枉我了？"赵医生对曲母道："伯母请别自责，那时候您还年轻，都不比我们大吧，又是遇到最大的不顺心，不必苛求自己完美。筱绡说了，您是她最爱的人。能让她说出这话来，说明您是最爱她的人。"

"到底你们清楚什么？"曲筱绡大声问。"唉，你还很小时，我自己不顺心，就让你对我好，对你爸玩小心机，帮我捉弄你爸，是我从小培养你不同标准待人。妈妈有错。"

"不对，那错也错在爸爸身上，妈妈也是被逼的。行了，妈妈，我爱你。你再拿眼睛白我，我就跟老赵跑了哦。"

"跑吧，跟小赵，我放心。小赵，你爸妈怎么管教你的，你也怎么管教筱绡吧，筱绡还年轻，还拗得过来。"

"妈，你不知道老赵有多风流，他说他想念读研究生时候的……"赵医生不得不捂住曲筱绡的嘴，满脸尴尬。曲筱绡原本一直处于弱势，这才觉得扳回一局。但曲母又内疚又担忧地看着女儿，才知道自己对女儿起了坏影响，不知会不会影响女儿未来的幸福。她反而为曲筱绡深深担忧起来。此时，曲父的电话又来了，曲筱绡打开免提。

"筱绡，你妈是不是下午四点到？"

"你去拦截是吧？才不告诉。爸爸，让妈妈带点儿你们那儿的米糖回来……"曲母起身将手机夺下，"我没飞去你那儿，你放心。是筱绡捣蛋。你妈怎么样了？"

"什么？这小家伙，我都已经在机场高速上了。混蛋，混蛋……"曲筱绡哈哈大笑。但这回曲母阻止了她。等曲母打完电话，得知奶奶已经处于弥留状态，她也没说什么，只是跟曲筱绡道："筱绡，爸妈的问题，以后爸妈自己解决，你别替妈妈出气。你听小赵的，以后对谁都善意点儿，不仅是对别人好，也是为你自己好。如果你爱妈妈，听妈妈的话，好让妈妈不操心。"

但曲筱绡却跳起来，叫嚣着冲回楼上自己房间去了。"烦死了，烦死了，办不到。"曲母却并不紧张，"从小就这样，让她学好，就跟杀了她一样难。"

曲筱绡伸出头来，尖叫："老赵，你可以表扬伯母很懂心理学了。真想不到你这么会拍马屁。"

"这是怎么了？"

没过多久，只听外面院子一声响，曲母先冲出去看，果然是曲筱绡从二楼露台抓着毛竹跳下楼，飞窜而走。赵医生连忙取车追上去，都来不及与曲母好好告辞。可车子才拐到曲母看不见的地方，他就看到曲筱绡笑嘻嘻等在路边。

曲筱绡上车就道："切，我妈总想趁机要我答应条件，今天她以为是好机会，以为我还在内疚，会答应她，没门。她要是在你解释前就提出要挟，我倒是真从了。可惜，晚了，该是她对不起我。哈哈哈……你干吗？"

曲筱绡得意忘形地笑到一半，却发现赵医生做了叛徒，把她送到妈妈面前。曲母吊起眼睛好整以暇。赵医生一句"我先走"，将曲筱绡扔下车，跑了。曲筱绡被妈妈扯进屋去，各种唠叨伺候。

关雎尔手里拿着谢滨非要她看的身份证复印件，惊讶地看着谢滨忽然离座，找出笔记本电脑联网，有条不紊地输入地名，放大，然后，关雎尔看到身份证复印件上的那个地名。立刻，那名不见经传的地名变得立体起来：它位于某省某市的西北边缘……

"是农村？"

"怎么知道？"几乎没有思考的时间，谢滨便飞快反问。

关雎尔觉得谢滨问得太急，可能是忌讳生长于农村，便小心地道："我也不确定，就是看这一带的地名不如市区那一带的密集。可能看谷歌卫星地图更直观点儿。"

"没错，那儿不仅是偏远农村，而且还是山村，山上出产不多，所以那边很穷。贫贱夫妻百事哀，你懂的。"

关雎尔忙委婉地笑道："我们这一代小时候都不富的，相比现在，那时候真匮乏。我还记得小时候总生冻疮，尤其是脚上生好多。冬天爸爸骑车带我上幼儿园，我每次跳下车的时候都没法站稳，冻疮刺痛啊，我每次都想象我是小美人鱼。不像现在又是羽绒服又是空调……"关雎尔说到这儿，看谢滨似笑非笑，不知他这种表情是什么意思，费劲心思揣测着，小心地道："可能，你们那边的农村又更匮乏点儿。"

"小关，谢谢你，你总是这么体贴。可其实我们那边的穷是吃不饱和衣不蔽体。你几乎无法想象那种穷困生活，电影小说之类的大多数是衣食无忧者的创作，若非亲身体会，你很难了解极端匮乏下人的心理，更无法了解贫困家庭走投无路之下的挣扎绝望。"关雎尔非常关切，几乎是感同身受。可又想到那份几乎可以倒背如流的谢滨简历，忍不住问："可你后来不是在市里跟着你妈妈过吗？我记得你小学就在市里读的？不过，不管怎样，生活渐渐向好，再不后退了。"

谢滨笑道："是啊，呵呵，是啊，你看我这矫情的，我那时候小，懂个什么穷困啊。"

"就是啊，原来你说得那么沉重，就是来吓我的。然后呢，就这样，没什么大不了。我都不知道你拿出这份复印件干什么。好了吧？"关雎尔心里隐隐觉得事情没那么简单，可她不忍心再看着谢滨磨蹭，不断地不是她赔笑，就是谢滨赔笑，都不自在。不如她出声做个了结。

谢滨果然笑道："是啊，是啊，就这么，我从小学读到高中，然后跳出来读大学。"

关雎尔总觉得谢滨后面应该还有话藏着，如此兴师动众说要对她原原本本坦白，可弄了半天就这点儿料，显然不可能。但谢滨既然说没了，那就没了。她放心喝了一口水。才将杯子放下，谢滨就将杯子挪过去，一丝不苟地将杯子注满。关雎尔隐隐觉得，谢滨如此专注地倒水，似乎是拖时间。可为什么拖时间？是他自己主动要说，又不是她逼的，为什么又吞吞吐吐欲说还休？关雎尔耐心super好，也有点儿烦躁了，可依然字斟句酌地道："然后，作为一个成绩优秀，与同学相处融洽的学生，这一路受到许多老师的表扬，以及许多同学的忌妒。尤其是后者，说起来真是不堪回首难以启齿啊。你真是我们这种中游荡荡普通学生的煞星。"

"怎么会，不会有人忌妒我。小关，换成你妈妈，还会提什么问题？"

"你上午与我爸妈的会面，是我的错。以后我不会再给妈妈机会，让她对你提出某些问题。"

"我……没关系。我很想表现得尽善尽美。或许你能替你妈妈问出她心里想问的问题。也或许，你下次问问你妈妈，她希望知道什么。"关雎尔一愣，呆了会儿，才道："好吧。"正好，她的手机响了。她连忙拿出来看，一看是妈妈的，但她先忙着向谢滨道歉："对不起，我刚才紧张，可能打开了手机。"然后才接起。

关母完全是死马当作活马医，见丈夫总是打谢滨电话而不通，她才试一试，看她女儿的手机可开机否。不想，打通了。顿时，所有的关心所有的焦虑压倒所有的暴躁，关母未语先哽咽，好不容易才吐出几个字，"妈妈不问了。你回来吧。"

听到妈妈的哭声，关雎尔呆了，妈妈对着她哭？不知不觉，她的眼泪也夺眶而出。她没留意，谢滨却看在眼里，赶紧替她擦去。关雎尔抢过谢滨手中的纸巾，扭过脸去背着谢滨流泪，不知怎么的，竟然觉得谢滨安抚她肩膀的手是个沉重的负累。

关父关键时刻挺身而出，接过电话，"囡囡，你在哪儿？你没事吧？你说个地址，爸爸立刻赶过去。"关雎尔忙道："我挺好。我这儿没事，你们不用挂念。"她说着不由得站起来。于是，谢滨的手便滑落了。关母听到女儿不肯露面，连忙提醒丈夫："想个办法啊，我要见囡囡平安才放心。"关父便道："囡囡，我们刚才一直在你宿舍门口等，又是打不通小谢电话，我们情急无奈，只能找到小谢工作的地方……"

"什么？你们……怎么可以这样。赶紧离开。"

"我们见不到你，非常担心你盛怒之下做傻事，无奈，只能找小谢的领导要人。

他们这种单位，一般总有领导周末值班的。"

"啊，不要，赶紧离开，我立刻过去你们宾馆。"谢滨也站了起来。关雎尔看他一眼，道："我这就回去，对不起。"她顿了顿，看着谢滨，却不敢说出真话。可面对谢滨似是洞察一切的职业眼神，她只能解释："对不起，我爸妈在我宿舍门口等我，我得立刻回去，不能让他们跟邻居们多交谈。"

"我送你。"

"不用。"话说出口，关雎尔觉得语气急了点儿，连忙又道："暂时别，等我处理好了再说。"谢滨戴上墨镜送关雎尔上出租车。车子启动时，谢滨往车窗扔进一张百元钞。关雎尔一愣，才想到自己逃得匆忙，身上没带着包。而谢滨对着消失的车尾，愣在路边许久。

而关雎尔坐在车里越离越远，心里觉出一丝儿轻松。这几天的紧张焦虑缺眠，这会儿齐刷刷地袭来，她在车上就忍不住打起了瞌睡。等到在宾馆门口见到迎候多时的爸妈，她下车话都懒得说了，倚在妈妈臂弯很安全，很可靠，她任由眼皮沉沉地坠下。关家父母看着吓呆了，女儿这是怎么回事？才跑开半天就累成这样？关母连连检讨，以后再也不逼女儿。

邱父赶在海市地铁关门前，循着女儿的短信指点，钻出地铁站。一眼便见到翘首已久的妻女相依在黑夜中等他。他都来不及感动，就直接问："上午怕电话费贵，没问清楚。那个……你们说的中介，是怎么回事？"

一家三口就站在地铁站口，由邱母详细叙述经过，邱莹莹一想到应家如此待她，早又啜泣了。邱父听完，就对女儿道："先别忙着哭，晚上还有中介所开门吗？"

"这么晚早关门了。爸爸干吗？"

"我要问清楚，到底是应家人干的，还是别人干的。我们不能冤枉好人，也不能放过坏人。"

"爸爸，不会是应家人干的吧，一定是应勤前面那个女朋友报复我，一定是的。爸爸，一定是的。应勤不会那样对我，他已经说过再也不会离开我了。"

"哦。我问你，你常租房子住，你说，要是上去一个人跟中介说他有房子要出租，中介能信吗？不拿出房产证，谁会相信你是房主？"

"中介……可能中介急着要赚中介费，什么都不管了。"邱父不理会女儿的开脱，对妻子说："应家怎么做出这种事来？按说家里有老师，做事怎么也得讲点体面。这种人家，怎么放心把我们莹莹嫁过去。"

"不要，爸爸，即使真是应家干的，也一定与应勤无关，应勤不会做出那种事。爸爸，结婚是我跟应勤的事。"

"莹莹，你听爸爸的。"邱父站在女儿面前，沉下脸，很是艰难地道，"莹莹，做人要争气。应家这样嫌弃你，这就已经差不多是拿扫帚把人往门外赶了。你还要等人真的拿扫帚来赶你吗？"

"不会的，应勤不会的。"邱莹莹哭着喊着，可心里完全相信爸爸的话。应勤哪儿敌得过他爸妈的主意。邱母却叹："怎么争气呢？刚才我跟莹莹也商量了，她原来的房子已经让那个小樊给弄没了，即使今晚连夜去租房子，不说来不及，人家要的租金押金什么的，我们一时也拿不出来啊，还得回家问亲戚去筹点儿。我想着，要不我们还是回老家算了，我们莹莹回家找个工作。"

邱父坚决道："我们邱家，莹莹是第一个闯海市的，决不能回去，回去丢人。莹莹，你这就找朋友帮忙，我们明天搬出应家，随便先找个地方打地铺。后天小应出院，我们再看着办。实在不行，爸爸回家借钱。总之你不能离开海市。"

温顺的邱母终于怒了，"你怎么还死心眼？你把莹莹一个人放在这儿，叫天天不应，要是莹莹早毕业就回家，哪会落得现在地步？"

"现在回去已经来不及了。"邱父果断一声吼，打断邱母的话，果然，邱母忍了又忍，不吭声了。"现在回去，找工作，已经不是应届生，找对象，年纪已经不对。莹莹，听爸爸的，立刻打电话给你朋友。"

邱莹莹摇头，"不，爸爸，搬走以后可能再也搬不回来了。只有占着不搬才有商量余地。"

"你听爸爸的。不要让应家人瞧不起。咱们不要输了里子又输面子。听话，打电话。"

邱莹莹好不容易止歇的眼泪再度夺眶而出。她趴在妈妈身上，但无比肯定地道："不怕，甚至不用打电话，回去 22 楼，肯定有打地铺的地方。"

邱父点头，跟妻子感慨地道："你看，还说让莹莹回家，她都已经在海市混开了。莹莹，别怕，爸爸这回陪你把事情处理好再走。"

邱莹莹将信将疑。长大之后，开始怀疑爸爸的权威。今天的怀疑尤甚。

第 70 章

　　大清早，关母忧虑地看着犹在酣睡的女儿，小声吩咐丈夫："你赶紧出去买吃的，要买那种路边摊路边店现炸出来的油条和生煎。唉，这样睡下去不是办法，只有放刺激了。"

　　"轻轻叫两声试试？"

　　"嘁，你又来，你女儿是随随便便叫得醒的？即使让你叫起床了，她也会梦游一整天给你看。快去。"

　　关父领命出去，绕着欢乐颂小区寻寻觅觅，当然是用鼻子寻找，找到最香的油条和生煎，立刻塑料袋一篓，飞奔回宾馆。到了房间，便有关母接手。关母若大神附体，抓生煎与油条在关雎尔鼻子前绕圈，嘴里还轻轻地念念有词。此法，她已沿用二十年，屡建奇功。这次当然也不会例外。关雎尔终于扑扇扑扇几下睫毛，醒了。

　　关父立刻肃静回避到门外，关母完全不计前嫌，伺候女儿起床。起初，母女心照不宣，都不谈昨天的事，而是商量早上吃什么，去哪儿吃。但关雎尔终于忍不住，问妈妈："你们昨天进没进去小谢的单位？有没有遇见他同事？"

　　"还没，幸好打通你电话了。不过即使见到也没什么，我去认一下我年老糊涂就是了。"

关雎尔不禁连说了五声"还好"，颇有回音壁余音袅袅的感觉。关母笑道："其实也没啥，过来人谁不知道谈恋爱是怎么回事，丈母娘都是出了名的祸害，连房价都是丈母娘抬高的。"

关雎尔扑哧一笑，但随即道："不行，对谢滨不行。"关母并不当回事，依然笑道："好吧，小谢特殊，我以后知道了。"关雎尔犹豫了会儿，终于鼓起勇气道："小谢是真的特殊。他表面看着爽朗，心里其实很敏感。我……"关雎尔又犹豫了，可看到妈妈这回竟然没插嘴，更没评论，她才吞吞吐吐地将话说出来，"我昨天离开你们后一直跟小谢对话，对着小谢说了这辈子最密集的谎言，一直在装傻，装得很累。"

关母听了，又喜又忧，喜的是女儿昨天没大事，忧的是女儿找的那个人。但她这回不敢多说，怕又把女儿逼急了，女儿又逃出她的视野。她心中滔滔不绝，可嘴里只蹦出几个字，"洗脸刷牙去吧，千金难买心里明白。"

心里明白？明白什么？关雎尔不敢多想。

周日的 22 楼，安静总是被安迪打破。但这回，打破安静的还多了个包奕凡。两人从三楼吃饭上来，安迪护着肚子走得四平八稳，包奕凡不断扭来扭去，做放松运动。走出电梯，便看见 2202 的门开了。安迪笑道："小樊早起？有活动？"

樊胜美从料理台边探出身子，"咦，你们更早。今天去约个会，定期装逼，强身健体。"包奕凡听了哈哈大笑。安迪笑道："祝好运。"包奕凡又笑。樊胜美笑道："这种约会没必要祝好运，谁都没指着它要结果，就是一帮都市男女闲得发慌消磨时光。"安迪笑道："该不会是陈家康？"包奕凡顺口道："该不会是我认识的那个陈家康？我留学时候的校友。"樊胜美奇道："世界这么小？好吧，听着像。要不，我们到此为止。"但包奕凡没有打住的意思，对安迪道："我们刚约会时，我跟你提起过一位同学的太太当众问我讨债，幸好才五十万，要不然被我客户怀疑掉。还记得吗？就是他，他假借我名义从公司借钱，借了不还，都不知花哪儿去了。害我现在见他太太就躲。"

樊胜美尴尬地道："不是他，那人看着猥琐，不适合消磨时光。"

小黑屋里传出"嗤"的一声笑。樊胜美脸红了。包奕凡见此笑道："我先进去。"可包奕凡还没动弹，电梯门开启，邱莹莹一家以及大包小包一起拥出，瞬时将

22 楼挤得热闹起来。樊胜美一看呆住了，本能地想逃避，可为时已晚。她只能挤出微笑，看着眼皮红肿的邱莹莹喊着樊姐，向她扑来。樊胜美眼睛一闭，被邱莹莹熊抱住。她心里一声悲叹，已经猜到原因和结局。

安迪看着邱家父母对着樊胜美的热切眼神，也猜到了原因。她也是进退两难。还是邱母赔笑开口："我们本来搬去那边的，可现在情况有变化，不得不搬走。求你们看在往日姐妹情分上给个打地铺的地方，实在是我跟她爸想不到事情有变，身上带的钱不够。我们莹莹也好多天没上班没工资了，一边是急等着要用的租房押金。小樊你是最了解的。我和她爸只要住到替莹莹找到租房，把那边应家的事情了结掉，就行。"

邱莹莹小声道："樊姐，原谅我以前不会说话。"

安迪见此挺身而出，"2202 地方小，没法住，以前小樊爸妈来住过，至今小樊爸还躺病床……"

邱母连忙道："我们不会挤 2202 里面，我看这走廊也干净清净，我和她爸走廊上住几天。只要小樊肯收留莹莹住屋里。劳烦小樊，劳烦小樊。"而邱莹莹则是眼巴巴地看住安迪，她知道安迪家大。

安迪从包奕凡身上抽出皮夹，拿三千元给邱莹莹。"你们先拿去找个宾馆住下吧。你才出院，没法跟小樊挤一床。等你身体大好，回去上班，再拿了工资慢慢还我。"

邱莹莹才待伸手，却被邱父挡了回去。邱父诚恳地道："我们家不敢问朋友借钱，实在不行了，才问亲戚借几个。借钱借钱，借到最后朋友都做不成的好多。只请朋友稍微伸手帮一把就行。"

安迪道："小樊那间小屋住不下，以前小樊爸妈来，也没挤到小邱小关你们屋里去。我家倒是挤得下，但我现在不方便，对我来说伸手帮一把最容易的还是出钱。千万别客气。"安迪依然伸手送出钱。

樊胜美与包奕凡听了都一脸古怪，知道安迪直言伤人了。包奕凡上前兜回安迪持钞的手，拉她回 2201，顺便将钱交给樊胜美，做个拜托的手势。果然，他们身后，邱父的脸憋得通红。邱莹莹看看爸爸，再看看樊胜美，还有樊胜美手中安迪的钱，最后还是等爸爸拿主意。

邱父闷了会儿，默默将家当又扛回身上，转身走向电梯。樊胜美不忍心，拉住邱莹莹："你们上哪儿去？春天的天气娃娃的脸，说下雨就下雨，眼看天阴下来，你身上伤还没好，可别再累着伤着。邱伯父若真打算另找地方，不如先把小邱和行李放这儿，你找到地方安顿好，再来接小邱。"

安迪在屋里听到，对包奕凡道："小邱要是休养得不好，后果严重，她爸妈怎么不考虑那些。"

"现实很残酷，有钱富养，没钱硬扛，只能这样。你乱给钱反而像打发叫花子，伤人自尊。"安迪不禁翻白眼，关键时刻，还是曲筱绡的招牌动作好使。"小邱当初就是接受我的方式啊。她刚才伸手来接钱。"

"只能说，人跟人不一样。别管啦，人家不要你管。不过你回头跟小樊说说，陈家康老婆很厉害，陈家康发家靠老婆娘家扶持，跟陈家康接触要小心。"

外面，邱父听樊胜美说得有理，将妻儿留下，自己出去找小旅馆。他很清楚海市寸土寸金，旅馆不便宜，因此他以往都是当天来回，火车上打盹。现在没办法，看来是真没办法。大城市人情冷漠。

樊胜美请邱莹莹和邱母进屋坐。邱母不像关母，立刻答应了。邱莹莹进屋看到，原先她住的这个房间如今被樊胜美塞得满满当当，三个人坐下就有点儿局促了。关键是，这房间打地铺都未必伸得直两条腿，还得挪家具。

樊胜美一边倒水，一边道："刚才安迪是好意，你们千万别误会哦。"邱莹莹道："没误会，是我爸多想了，他不知道我们22楼一直这样的。"但邱母道："不能乱借钱，借了钱总归要还，我们拿什么还。平时克服一下，能省则省，不管怎么说，你很快结婚，爸妈再穷也得为你备点钱做嫁妆，什么都没有就空手进门，让男方看不起。"

"别在意，我爸妈他们当初来，我也是没钱给他们找旅馆住。大家都是租房住的，经济情况半斤八两。"

邱莹莹和邱母听着都舒心，邱莹莹更是抱着樊胜美手臂，流泪道："樊姐，你一直是我的樊姐。我经常说错做错，你最后还是原谅我。我知道你肯定会帮我。"樊胜美心中哀叹，他们邱家克扣，却克扣到她樊胜美身上。她岔开话题，小心地问："小应那儿怎么了？"邱莹莹叹道："应勤，应勤，他竟然由着他爸妈找房屋中介把他的房子租出去，这不是明摆着要把我们赶出来吗？我爸说没法再住下去了。"

"小应也是没办法。他现在没法动，他又听话……"

"是的是的，樊姐说得一点没错。他自己一定不愿意。他早先都拿身体替我挡拳脚呢，性命都豁出去了，他现在一定是没办法，他一定也在焦急。樊姐，谢谢你替他解释。我真想打他的电话。你帮我打一下行吗？"樊胜美道："既然你爸来了，一切听你爸安排，别打乱他的计划。"

"对，你爸心里有谱，听他的。"邱母点头附和。樊胜美不得不打电话给朋友，推了今天的约会。

关家三口吃完早餐，又在附近到处逛逛，临近中午时，拎两箱水果一袋糕点来到22楼。三个人出电梯就看到门口放的几只重磅大行李，关雎尔认识，这是邱莹莹的。邱莹莹怎么回来了？她很惊讶。

而关母一眼看到坐卧室门口的樊胜美，她先笑着招呼："小樊，没出去？快下雨了啊。"

樊胜美连忙起身迎出来，见关雎尔满脸不好意思，她了然地拍怕关雎尔的背。"没出去逛街，怕下雨麻烦呢。小关，得你去屋里搬椅子了，我那儿小邱和她妈妈坐着。"

关母将水果和糕点都放狭小的灶台上，"不用搬了，我们送小关到了就走。这回没开车来，只能早点儿赶大巴回家。"关母空出手来，就握住樊胜美的手："小樊，我们家小关承你这么多日子的关照，我跟小关爸爸这次来看了，心里都不知多感谢你。这些水果是我们一点心意，你一定要收下，别跟我们客气。"

樊胜美连忙客气，说关雎尔有多乖巧成熟。邱莹莹也出来，与关家人见面。樊胜美顺便跟关雎尔道："小邱从应勤家搬出来，先来我们这儿落个脚暂住……"

话音未落，邱父乘电梯上来。邱莹莹扑上去问："爸爸，找到旅馆没有？你怎么拿这么多硬纸板？"

邱父对女儿轻道："找半天找不到便宜的，那几家死贵的屋里看上去还没这儿走廊干净。我索性买几只纸板箱做垫子，在这儿打两天地铺。"

关母跟邱父打个招呼，便对樊胜美道："我们赶着回去，不坐了。小樊，回头有空去我家玩，让我好好谢谢你。"她紧紧握着樊胜美的手晃了几晃，才放手，招呼关雎尔送他们去大巴站。关雎尔一愣，跟进电梯，关母才解释："你还不快避开？难道还等着他们的纸板箱铺进你房间？我们外面吃中饭，我们走后你晚点儿回来，等他们安顿好了再说。"

关雎尔也会翻白眼。

　　安迪与包奕凡出门，一眼就看到走廊已经大变样，2202门口两边靠墙铺出两张硬纸板地铺。安迪愣了一下，又折返回去，取三楼钥匙交给正忙碌帮忙的樊胜美。"我家里这几天包子在，你们进进出出不方便。你拿着三楼钥匙，洗手间忙不过来去那儿。再跟小邱说一声，如果钱真缓不过来，叫她私下找我，别让她爸知道。"

　　正耳语着，曲筱绡也打扮好了出来。一打开门就尖叫，连问怎么回事。邱莹莹来不及先跟曲筱绡说话，低声跟她爸道："你看你看，多让小曲看不起。还是借钱住旅馆吧。"

　　邱父道："没关系，爸妈以后碰不到他们，丢脸就丢脸。你也很快结婚，很快没时间跟她们玩，别太在意。那旅馆吧，真黑，是真心没必要花那钱。"

　　樊胜美对曲筱绡是能不理就不理。曲筱绡问安迪，安迪不知，只能问樊胜美。"跟应勤拗断了？"

　　"我也不知道，你问小邱。"

　　"喂，小邱，要不要我找应勤算账？再揍他一顿？"

　　"我来。"邱父直起身，铁塔似的站曲筱绡面前。邱父凭直觉，觉得眼前这狐狸一样的小姑娘不怀好意。

　　曲筱绡连忙蹦走，挤在安迪身边，一起进去电梯。邱父"送走"曲筱绡，才继续忙碌。樊胜美不禁莞尔一笑。

　　曲筱绡进电梯就问安迪："小邱到底还是让应勤扔了？小邱给打伤，问应家讨还公道没有？小邱那一家傻逼好像都不懂套路，就这么白挨一顿揍，什么都没捞到就散场？要是这么不明不白散场，那太贱了，我都看不下去。"

　　"你想怎么办？"

　　"凉拌。"曲筱绡气馁，"小邱又不相信我。小邱爸都能让小邱婚前搬到应勤家去，套路能好到哪儿去？"包奕凡忍不住道："你这是咸吃萝卜淡操心。"

　　"我谁替小邱那傻蛋操心了，我有那么婆婆妈妈吗，切。一做稳姐夫就欺负上我们了。安迪，你看着办，你不能重色轻友出卖妹子。对了，你昨天都不帮我，害我差点儿成孤儿。"

　　安迪微笑："我才不担心你，你办法比我多，心理承受力强，小关他们那儿天大的事儿，到你手里都成小事，你眼睛都不会眨一下。我昨天要是自以为是出手帮你，那就是看不起你。是吧？"

曲筱绡听得眯起眼睛摇头晃脑，非常得意，但随即指出："这话是姐夫教你的。"

"哈哈，骗不过你。"安迪大笑，"包子，你管管小曲，别让她又打小邱的坏主意。"

"我怎么会打坏主意，我什么时候对你们使过坏了？你们这帮不懂良药苦口的傻蛋儿啊。"包奕凡道："大侠一般是等别人摆不平的时候才从天而降，现在让小邱爸爸去处理吧。"

"这话就对了。拜拜。跟你们这帮人混着不爽，还是找我那帮发小去。你们去哪儿玩？"安迪道："傻蛋儿，玩你的去。"曲筱绡笑嘻嘻地找她的车子去了。安迪看着她的背影道："小曲的心理岂止是承受力强，简直是皮实。"

"有什么可大不了的，干吗不皮实。"

"希望我们的孩子以后也心理皮实，像你。"

"你还是第一次谈起对孩子的美好希望。"

安迪一愣，还真是。

他俩到包奕凡公司驻海市公司的办公楼下，换了包奕凡的车，才去安迪弟弟那儿。

随着邱父满意的一声"妥了"，2202终于安静下来。连邱莹莹也从樊胜美卧室挪出来，扶墙慢慢坐到妈妈的地铺上，满足地笑。"妈，晚上我就跟你睡这儿。"

樊胜美心里默念一声阿弥陀佛，刚微笑想说话，耳边传来敲门声。众人一时四处乱看，没有敲门人，哪来敲门声。好一会儿才注目到小黑屋的门板上。果然小黑屋里传出生硬的女声。

"你们熟人给熟人面子，熟人占熟人便宜，我不管。我跟你们素不相识，不让你们占便宜。我只问你们三件事。答应了便罢，不答应我立刻联系物业，清空走廊。第一，不许大声喧哗，影响我休息；第二，不得占我水电煤气费的便宜，除非每天往我门里塞十元补偿金，我真好心；第三，你们住几天，自动打扫几天卫生间。OK？"

樊胜美心说，真是添乱。人家走投无路来投靠，听了这种话还不噎死。她正想赔笑自己担下，不料邱父超前一步，对着空无一物的门板连连点头道："应该，应该。莹莹妈，你赶紧打扫厕所，我拿钱。"

看着邱父俯身将十元钱塞入门缝，而后拍拍手笑眯眯站起来说声"出门靠朋友啊"，樊胜美一时不知怎么回答才好。

关雎尔与爸妈一起吃中饭。她食不甘味的样子自然是落在爸妈的眼睛里。吃完饭去服务台取行李，关母对女儿说："你随便找个地方去逛逛，最好看场电影，再回你那宿舍。别送我们啦，车站周围乱乱的，你不要去。"

"我又不是小女孩了，我出差常跑车站机场。"

"别去了，爸妈又不是外人。你去散散心，别胡思乱想，我们上车下车到家，自然会打电话给你。"

"我暂时不想开机。我隔一小时给你们打个电话吧。"

关父正好取了行李来与妻女会合，闻言，夫妻俩看着女儿更忧虑了。关母有很多话想说，但心有忌惮，熬了好一阵子，对丈夫道："你一直没表态，别总让我说，你也说说。"关父却道："要不你去买两瓶水路上喝？"关母一愣，但还是白关父一眼，悻悻走了。关父这才道："囡囡，你这种状态，爸妈回家了也不放心啊。你一直问我小谢是不是好，依爸爸看来，跟你合适才称得上好。合适的人要符合两道杠杠，第一道杠是硬杠子，是你妈妈已经说过的，经济上要过得去。第二道杠是软杠子，很主观，你要看着他顺眼，你跟他相处起来不费劲很开心。囡囡啊，凭爸爸这么多年婚姻生活经验告诉你，生活不容易，两人相处因为各种因素总有磕磕碰碰，长年累月日积月累，全靠两人根据相处方式因势利导才过得下去。要是从一开始就觉得累，以后会越来越难，除非以后两人的关系畸形发展，一方无限放弃权利，顺从另一方。不过只要习惯了，倒也过得下去。但是爸爸不希望你以后的婚姻生活发展成那样子。你不要回避问题，理智考虑。"

关雎尔想不到爸爸竟放弃面子，用自己的婚姻实例来开导她，她看着爸爸愣了。于是，越发觉得爸爸的话是如此靠谱。她重重点头，她一定好好思考这个问题。

等爸爸妈妈离开，关雎尔打开一下手机，一看有好几条短信和未接来电，绝大多数来自谢滨。关雎尔忽然心里有些烦，面对面的时候闪闪烁烁，现在又想说什么。他究竟顾及的是她的感受，还是她妈妈的感受。关雎尔不想面对，没打开那些短信就将手机关了。

安迪走进大门，就浑身开始不自在，紧张。等离弟弟的房间越来越近，她更是变得疑神疑鬼，对身边的包奕凡道："我怎么感觉有人跟踪我？"包奕凡笑道："你又没回头，怎么看到的？难道有触角？"安迪站住往回看，什么都没有，她又神游了会儿，"好吧，是我的幻觉。"

"什么幻觉，是你还没习惯我一直在你身边。来，进来。"包奕凡挽安迪进了她弟弟的房间。却是真有人在安迪身后一闪而过。谢滨被值班领导分派一个任务，正好在院办与院领导接洽后出来。他本能地眼观四方，赶在安迪之前看到安迪与包奕凡从楼梯间走出来，他便本能地一闪隐藏起来，看安迪他们走进一个房间，他才尴尬地发现自己心跳得厉害。他深呼吸几下，将心绪平息，便立刻走安迪的反方向，从消防楼梯那种阴暗角落往下走。走出大楼，他舒一口气，与保安招呼一下，顺手摸出手机。可看到屏保便止步了。那是关雎尔的照片。

谢滨在保安的注视下，忍不住又往回走，再次拨打关雎尔的手机，依然是关机。可这会儿的关机提示似乎电击，击得谢滨一下跳起来，三步并作两步蹿上楼梯。他摸到刚才安迪进去的房间，深呼吸一下，伸手敲门。他想问问安迪见没见过关雎尔，关雎尔好不好。

包奕凡正拿着 IPAD 与弟弟玩得高兴，安迪来开门。安迪一看见谢滨，立刻脸上变色，倒退三步，直呼包奕凡的名字。

这一幕完全出乎谢滨的意料，他站在原地，看着包奕凡迅速跳起身与安迪会合，他仔细观察安迪紧张的眼神，和包奕凡一闪而过的警惕，心中便疑问起来，为什么，以往安迪见他都好好的，为什么忽然失态起来。他心中闪过许多联想：他原来身份证上的地址，似乎安迪曾对关雎尔提起过，如今她做贼心虚？

包奕凡不认识谢滨，见一个男人拿 X 光机似的眼睛审视安迪，便问安迪："他是谁？"

"关雎尔男友谢滨，刑警。"安迪将脸埋进包奕凡肩头，不去看他。包奕凡便对谢滨道："对不起，谢先生，有公务还是私事？"谢滨看着安迪的背影，字斟句酌地道："对不起，打搅了。再见。"他将问题压回心里，默默转身离去。安迪等谢滨脚步声离去，紧张地对包奕凡耳语："他跟踪我，果然有人跟踪我，不是幻觉。"

"好消息是，你没幻觉。但是他为什么跟踪你？公务还是私活？"

"如果是公务倒是好了。一定是私活，我问问小关是不是与他说了什么。"

安迪拨打关雎尔的手机，毫无疑问是拨不通。"糟糕，小关一向不关机，难道两个人闹分手了？"

"分手会怎么样？他迁怒于你？"

"我不知道他们怎么分的手。但小曲曾经很多事地去他老家调查他背景，调查回来只对我说了，可又对关雎尔欲说还休地提起几下，闹得小关很狐疑。昨天小曲又引导小关父母怀疑谢滨。但愿不是因为这个两人才分的手。但愿小关没把我招供出来。可是，谢滨刚才走的时候说的话似乎很有敌意。你感觉呢？还有，他跟踪我，本身已经说明来者不善。怎么办，怎么办？"弟弟却喊起来："安迪，安迪，给我玩游戏。"包奕凡叹息，"你真不擅长掩饰，你刚才那一惊一乍，即使人家只是路过打个招呼，此刻也不得不怀疑你有可能背后捅刀子了。你继续玩，我去会会他。"可是，包奕凡追出大楼，却见谢滨已经上了警车离开。回头，见安迪跟了出来。"他会不会查出我的来历？他会不会揭穿我？他完全有能力做到，要死了。"

"别怕，我来处理。即使他查到也没什么，我看完全不影响你，你不用担心。但我会阻止他。这种人，最逃不过组织约束。别怕，别怕，我知道你，对这件事，我们必须斩草除根。我有办法。"

"真的？"

"百分百把握。"

安迪松了一口气。看看胸有成竹的包奕凡，她更没来由地放心。

回到22楼，跟樊胜美一打听，果然关雎尔现在已与父母在一起，而不见谢滨。安迪倒反而放心了，知道缘由，便可以采取措施。

周一的清晨，一向是最痛苦的时段。安迪与包奕凡清早相携出门锻炼，意外看见2202门口两张地铺已经空了一张，只有邱母还沉沉熟睡。两人看看另一张凌乱的地铺，悄没声地掩入电梯。

进了电梯，安迪才道："小樊这个人，最初可能会被人误会，其实是个很好的人。"

"你们邻居几个都挺好，不过可能也是因为你这么好，大家也同样对待你。"

"我的好不如小樊的好。比如我的所有物量化一下有一万，她大概只有十。同样是帮小邱，我提供一的帮助，小樊同样也是提供一的帮助，但这个一占她所有物的比重就是十分之一，下决心就非常不易。对我而言却是易如反掌。"

"她要是能不那么被动，但主动挑担，或者勇于说不，前途就不一样了。"

安迪给个白眼，"职业病，看人总像招聘人。"

两人走出大楼，却见失踪的邱父正站在大楼外跳脚。一看见他们就道："哎呀，可等到熟人了，忘了你们这儿出门要带卡。"包奕凡代劳，送邱父进楼，"这么早出去……噢，买这么多包子？"

"是啊，白住，不能白吃啊。嘿嘿。你来一个？还滚烫着呢。"包奕凡连忙推却，"刚准备去锻炼，不能吃，谢谢哈。"包奕凡送邱父坐上电梯出来，对邱父这样的人百思不得其解，一会儿似乎很通人情，一会儿又似乎很不通人情，怎么回事。安迪却是闷笑，不知等会儿2202的樊胜美和关雎尔怎么面对看似加了许多增白剂和淋巴肉的雪白肉包子。尤其是关雎尔，这个看似平和，实则非常挑剔的姑娘。

邱父在22楼来去如风，在他的地铺上放下肉包子，拿薄被子捂好，便又悄悄离开了。很快，邱父出现在海市的公交车地铁等处，在地铁的洗手间里洗把脸，上个厕所，便直奔应勤所在的医院。

与22楼不同，清晨的医院早已人声鼎沸，蹒跚的病人在散步，陪护与护士在穿梭忙碌，谁都没觉得邱父有多特殊。但当邱父出现在应勤的病房，一起陪在医院过夜的应家父母都惊了。应父奇道："大哥，你怎么会来？这钟点……"

邱父憨厚地搓手道："小应今天出院，大事情。我怕你们又要照顾小应，又要拿行李，忙不过来。也不知道医生什么时候放人，早点儿来准没错。吃了没？听我们莹莹说，医院吃饭挺早。"

"呵，吃了，吃了，请坐。哎呀，大哥你这样客气，让我们怎么说得过去啊。今天还礼拜一，害你上班上不成。"

"没事，请一天假，搬完这边，连夜赶火车回去来得及上明天的班。小应，怎么样了啊，好点儿没有？"

应勤兴奋地笑道："好很多了，刚刚已经在走廊上可以随便走路，步速很快。楼梯也走了，不用扶手也行。回去就可以上班，没问题。尤其休息几天后脑子更好用，昨天还帮同事解决了几个问题，等于已经上班了。小邱呢，小邱是不是晚一步来？"

"好，好，到底是年轻人，恢复得比眨眼还快。莹莹没来，今天出院要扛扛背背的，莹莹来也帮不上忙，反而要别人照顾她，我让她还是别来了。唉，恢复得好，恢复得好啊，老天保佑。"

"我都等不及回家了，医生怎么还不来查房，平常这个时间早来了。小邱高兴吗？"邱父被问个措手不及，为什么这么问？他顺口道："高兴，当然高兴，你恢复得好，大家都高兴。"

说话间，应父亲自斟来茶水，应母给邱父递上苹果，应父更道："大哥，看着孩子们总算平安，心里真是比什么都高兴。等下回到家里，我们炒几个菜，喝几杯，你别急着赶回家去。上班什么时候不能上呢。"

邱父看着应家三张笑脸，一时有些恍惚。

邱母起床，连头发都没来得及拢起，便利落地整理床铺。她完全是不耐烦地跳出自己的被窝，先整理邱父腾出来的地铺。一揭被子，一眼便看见被子里裹着的一袋包子。邱母顿时皱起眉头，低声"哦哟"了好几声，忙将被子一角揭起，露出一角硬纸板，将包子放硬纸板上。又闻闻被子的味道，看看周围一无所有的干净环境，只得叹一声，将被子翻个面叠好，让熏臭的一面朝上透气。

邱母才刚转移到自己那张地铺，2202的门轻轻开了，樊胜美笑容可掬地走出来。邱母忙笑道："你也起来了？"樊胜美轻轻"嘘"一声，指指小黑屋的门，示意邱母低声。她自己也走出来离得近了，才道："小邱还没起来，您先用洗手间吧，我去楼下。"

"哎呀，怎么好意思啊，你用这个，你大闺女家的不好去外面公共厕所，我去，我去。"

"不是公共厕所，是隔壁安迪保姆住的房子，就在这间屋下面3楼。我去啦。"

"真富，保姆都有大房子住，她家男人真会挣钱，有福气。"樊胜美一笑，没有解释。等樊胜美一走，邱母飞奔进去，将还睡得呼呼响的女儿从地铺揪起，"莹莹，知道你爸去哪儿了吗？门口放着肉包子，看样子他有什么事出去，你知道是什么事？"邱莹莹闭着眼睛乱晃，还完全分不清东南西北。邱母只得使出杀手锏，"会不会去医院找应家？小应今天出院。"

邱莹莹一听就睁开了眼睛，但也耷拉下了眼睛。"爸爸不是逼我放弃了吗？怎么还会去找他们？我也不知道爸爸葫芦里到底卖的什么药，他又不让我问，也不让我联系应勤。"

邱母道："唉，知道问你也是白问。等你爸回来吧，你爸总有办法。快，趁厕所没人，你赶紧去洗脸刷牙。灶台有肉包子，你爸买来的，等下招呼小樊他们一起吃。"

邱莹莹撇嘴，"他们才不吃路边买的肉包子呢，嫌地沟油，嫌增白面粉，嫌肉不好。我也不吃的。"

"啐，还穷讲究，你不招呼，我招呼。"

樊胜美携化妆包洗漱了上来，正好见关雎尔眯缝着眼睛飘出来。她刚想对关雎尔说话，邱母立刻手抓两个肉包子递给樊胜美，抢在前面道："小樊，吃包子，还热的。"

樊胜美猝不及防，连忙也伸出手抓了两个包子，又连忙笑道："谢谢阿姨，真过意不去，让你这么早出去买包子。"

关雎尔蒙眬中见樊胜美对她使眼色，连忙跟过去，但被邱母递上的包子挡住。她看看包子，没接，"谢谢阿姨，可我还没洗手。"她猛然发现邱母也还没洗脸，那么抓着两个包子的手……樊胜美进屋放下东西，一把接了给关雎尔的包子，笑道："我手干净，替你接了，谢谢阿姨。小关过来，跟你说件事。"两人进屋，樊胜美关上门道："昨天安迪找你，让我看见你转告一声，希望你早上与她一起上班，她有事找你。"

关雎尔看着这闭门密谈的架势，惊了，"什么重要事？"

"我不知道，可看上去安迪挺严肃的，特意问起小谢跟你现在的关系。我想她不是个八卦的人，这么特意问起，一定有缘故，你如果方便主动找她一下吧。现在别去，包总还在。"

关雎尔眼睛直了，"我……安迪就是问我，我也回答不上来啊。"

樊胜美抓起包子还给关雎尔，"回头无论如何带着出门，别扔在寝室里。"

关雎尔双手捧起包子，犹豫了下，"樊姐，帮我发个短信给安迪，说我等她一起上班。我现在不想开机。"

"行。去吧，我化妆。"

关雎尔看着樊胜美微笑的脸，忽然贴上去，脸埋在樊胜美肩上，闷了会儿，才抬脸道："我想，我是不适应恋爱了，人们描述恋爱有多美多好，可我一恋爱就想到结婚婚后生活，还怎么美好得起来啊。"

樊胜美拍拍关雎尔，"别这么快下结论。既然你知道症结所在，不去想结婚，单纯地享受恋爱不就得了？"

"不可能啊，从来就抱定人无远虑必有近忧，怎么可能不去想。唉，樊姐你化妆，可别害你迟到。"樊胜美看着关雎尔双手怪异地捧着两个肉包子开门，却迎来邱莹莹哀怨地站门口。"你们现在说话都不让我参与了，这才几天啊。"

关雎尔无言以对，也懒得对，侧着身从邱莹莹身边走过。樊胜美坐下，飞快化妆梳头，顺便道："你最近也纠结，等你忙完这阵子，做个完美了结，我们再好好坐下来喝茶聊天。"

邱莹莹看看妈妈进去后紧闭的洗手间门，小声道："我等爸爸离开后，好好找应勤谈谈。现在嘛，只能胳膊拗不过大腿，让爸爸发挥了。没办法，谁让他是我爸呢。"

樊胜美这下也无言以对了。她赶紧化好妆，拎着两个包子匆匆出门。邱母看见，得意地对女儿道："你看，谁说她不吃包子。"邱莹莹笑道："走着瞧，肯定扔在门口垃圾桶里。不信我们下去翻垃圾桶。"关雎尔看着自己案头的包子，顿时进退两难。她想了想，大声问邱莹莹："你还不去上班吗？"话音才落，小黑屋里传来一声怒吼："苦逼，说话不懂小声点？又不是菜市场鸡鸭摊。"谁都想不到，竟是一向最文明的关雎尔挨骂了。关雎尔气得脸通红，可又理亏。邱莹莹见状连忙小跑过来，轻声道："应勤今天出院，我想看看再说。"关雎尔道："不管你们未来怎么样，工作可别丢，安身立命之本呢。我一个表姐没工作，一直被婆家瞧不起。等我们替她找到工作上了班，婆家脸色忽然变好。"

"啊！"邱莹莹一下被戳中心脏，呆在当地。愣了会儿，她闷声不响转身出去，猛翻行李，找上班用的包。她妈妈赶过来问为什么，邱莹莹焦虑地道："上班去。再不去工作得丢了。找工作这件事真是太可怕了，不想再来一次。"

关雎尔收拾完自己，便直接下楼找安迪的车子，等在旁边。过没多久，便见安迪与包奕凡一起出来，那身体语言一看就是热恋的爱人。两人见到关雎尔便笑眯眯分开了点儿，包奕凡道："这件事我今天就解决好，你放心。晚上见。"他亲了下安迪的额头，走向另一辆车。关雎尔看着，不禁联想到自己。

安迪笑眯眯地看着包奕凡的背影，走向自己车子，差点儿撞到关雎尔了，才道：

"他穿西装更好看。"关雎尔一下意识到，安迪正享受爱情。连安迪这个事事搜尽变量的人都能爱，她又怎么会爱无能？关雎尔还没发完愣，安迪已经恢复正常，对关雎尔正色道："小关，跟你谈件严肃的事。我们进车里谈。"

关雎尔忙坐进车里，忐忑地等安迪也进来，"有什么事吗？"

"谢滨跟踪我，昨天。"安迪说得很干脆，很直接，"阻止跟踪的事，我自己做。但我必须从源头上阻止谢滨再产生类似念头，需要你的帮助。我想知道，他为什么跟踪我。第一，公事，但我觉得这个概率非常低，低到不可能；第二，私事，与你有关。你帮我想想，他为什么跟踪我。"

安迪说完，照往常对答节奏，却没等到回复。她只得在出车库前放慢车速，看向关雎尔，却见关雎尔一脸目瞪口呆，完全没有答复的可能。安迪只得闷闷地努努嘴，一踩油门冲出车库。很不幸，一眼就看到大门边的谢滨。她不禁爆了一句，"谢滨在等你还是等我？"

被跟踪一词惊得说不出话来的关雎尔看向窗外，果然见谢滨就在门边看着她们这辆车。但谢滨并未伸手阻拦的意思，关雎尔也没有叫停，安迪则是斜睨着谢滨，车速缓缓地从谢滨眼前经过。

关雎尔自言自语："他不会，不会做出跟踪的事来。"

安迪完全不理会关雎尔的否定，以工作时的独裁独断坚决地道："问题'为什么跟踪我'，你可以理解为'他为什么对我有强烈情绪'，以至于必须动用跟踪来威胁我。

我跟他无接触，除了帮你圆谎说你不在2202那次得罪过他，但这还不至于让他跟踪我。请你帮我回忆，你有没有在他面前提起过我，提起的那些话会对他造成什么影响。"

"不会，他不会这么做。"可关雎尔还是不由自主地顺着安迪坚决的提示，开始回忆有没有在谢滨面前提起过安迪。

安迪不搭腔，默默开车，不打断关雎尔的回忆。关雎尔的回忆很痛苦，她原本并不想去回想，尤其是前天的对话。可安迪的提示仿佛是强迫性的，逼得她非清晰地回忆不可。

她皱眉想了好一会儿，谨慎地道："平时我都是说你有多么天才，对我有多照顾。"

　　"这一条对你不构成威胁，对他不构成威胁，对你们的关系也不构成威胁。下一条。"关雎尔皱眉轻道："安迪，请相信，我一直很喜欢你尊敬你，绝无陷害你的可能。"

　　"呃？我没这个意思，哦，我急躁了点，对不起，我一向不擅长克制，对不起。但请你务必顺着构成威胁这条线索回忆。谢谢。我很烦，我不愿被跟踪，我非常担心身后有眼睛的状况，我必须杜绝一切可能。请你谅解。"

　　"还有一次提到你，就前天，他说起他过去身份证上的地址，我说小曲也提到过，还有你阻止小曲。这条应该也不构成威胁。"

　　"就这条。既然已经弄清楚始末，我会应对。"

　　"这条并不严重啊。"

　　"这条致命。"关雎尔太信赖安迪，相信安迪的判断不假，于是立刻联想到谢滨说到原身份证地址时的各种小动作，以及她当时也意识到那解释是多虎头蛇尾。而曲筱绡在她面前的种种欲说还休却分外明晰起来。"安迪，请告诉我为什么致命。"

　　"不。"关雎尔看着安迪，只会无语。心中无数疑团，所有她早上之前还不愿多想的，刻意回避的，试图无视的，悉数涌入，她开始不得不分析思考。

第 71 章

　　邱莹莹换好衣服，端端正正地去咖啡店上班。上班时期的地铁非常挤，邱莹莹吃尽苦头，几乎是残花败柳状地出现在店门口，但已经提早开门的店长看见她开心坏了，难得地迎出来，一把将邱莹莹扯进去。邱莹莹又是给痛得龇牙咧嘴，可是，站到熟悉的位置上，邱莹莹这几天一直提着的心反而踏实了。她不顾店长的劝阻，拿块抹布如常打扫，虽然慢了点儿，可一点儿不含糊。

　　正打扫着，连老板都特意下来表示慰问。邱莹莹连忙表态她有多积极，而身体还有多吃不消。

　　大家都对她很不错，老板破例让邱莹莹坐着做事。邱莹莹趁空隙时忍不住给关雎尔发条短信：你真该早催我来上班，上班第一天很好，大家都很照顾我。请放心。

　　安迪破例在例会时离开会议室接一个电话，因为电话来自弟弟的医生。包奕凡一向与该医生关系密切，医生自然对弟弟尽心尽力，让安迪非常放心。

　　"刚刚有位警察问起我病人与你的关系。我如实告诉他，是慈善行为。但不知道他为什么特意拐过来问一下。我想得知会你。请你别透露出去是我说的。"

　　"啊，不会透露，非常感谢您。是不是一位叫谢滨的警察？长得很精神，比小平头稍长点儿的头发，一米八左右身高。"

"没问他名字，长相符合。"

"谢谢，就是他。私人恩怨。"

安迪当即一个电话又打给包奕凡。包奕凡本来觉得跟踪之类的说法有些风声鹤唳，这下是真的怒了，"假公济私，我知道怎么做。"他放弃本来欲找的关系，而是直接接通魏国强的私人热线，让他找人。

中午饭后，应勤打完最后一针，终于出院了。

一行四个人从出租车下来。应勤是下得最轻松的，他坐在副驾驶座。但应母还是一脸揪心地抢上去扶住他，斥他动作太快。应父则是与邱父一起到后备箱里取行李。你一只我一只，抢得不亦乐乎。这么久住院下来，光是饭碗饭盒就够装满脸盆。可应父终究是担心老婆管不得过来，一不留神，就被邱父多抢到一只行李。应父试图抢回来，邱父笑道："别跟我抢这个。你走快几步，看住小应，他很快要走楼梯了。"应父一看，果然是，他连忙拎着行李费劲赶上去，与妻儿会合，一起上楼。邱父大包小包地跟在后面，非常辛苦。等打开门，一伙儿一拥而入，大家都呼哧呼哧地喘粗气，触目可及的是窗明几净，仿佛日光都异常明亮起来。只有应勤一开门就高兴地喊着"邱莹莹，邱莹莹"，各个屋子地找，却没找到。他惊讶地问邱父："邱伯伯，小邱呢？她是不是也去医院了？"

邱父重重叹一声，摸出应家的钥匙，拉过应勤的手，放到应勤的手上。"好了，小应安全出院，这事总算告个段落了。莹莹昨天搬了，我跟她们娘俩一起搬的。小应你保重身体，大哥嫂子你们也保重身体。家里的事慢慢做，有时间，别累着。我走了，再跟她们娘俩见个面，就去赶火车。"

应勤下意识地看向他爸爸，"爸，怎么回事？"

应父则是伸手拦住邱父，大声道："大哥别走，别走，怎么回事？咱不是说好吃中饭喝老酒一起回去吗？我都糊涂了，你怎么把小邱他们搬出去了？这到底怎么了？是不是我们有什么话说错什么事做错？大哥你别走，快坐，快坐，坐下慢慢说。你把我们搞糊涂了。"

邱父与应父状似肉搏，一个要走，一个不让走，最终，邱父被更强壮的应父推到屋里唯一的沙发上，不情不愿地坐下，还是叹息。应父连忙递上香烟，应母给点上火，两个父亲对着脸对吸。

应勤原本是大伙儿的中心，这下忽然边缘化了，连妈妈都进去厨房忙碌地烧水。他站了会儿，终于想到理由，"邱伯伯，是不是小邱不喜欢我了？对了，她昨天都没给我打电话。"

邱父忙道："不是，不是，是我不让她打电话，让她好好考虑清楚。唉。"

"大哥，到底是怎么回事？"应父再问，"我们不是早已说得好好的吗，怎么忽然变卦？"

邱父看着应父，再深深吸一口烟，将烟搁到烟灰缸边，搓手道："这事，我现在也弄糊涂了。我就打开天窗说亮话吧，前天她娘儿俩在这儿的时候，有个房产中介上来，说你们要她把房子租出去。她们娘儿俩急了，问有没有错，对方说没错，字条上就是写的这个房子。我想，这不明摆着赶我们吗？"

应勤一听到中介上来就急了，"没有，没有，我自己还要住呢，怎么会租出去。我怎么会赶小邱。不会，不会。"

应母也急着从厨房赶出来，"怎么会这样，谁干的，这是谁干的？无法无天了，谁要把我们房子租出去？"

邱父在应家母子的急躁声中将话讲下去，"可现在看看你们都这么好，又不是这么回事。唉。但总之，我们莹莹孩子气，早先也不该没规没矩就来这儿住下，让她搬走也是对的，我没意见，没意见。"

应父耐心听完，反而舒了一口气，"好了，误会。应勤，你立刻给小邱打电话，告诉她我们这就去接她回来。老婆，别煮饭了，我们两家今天第一次聚，外面去吃，吃饭店。这件误会，我口说无凭，没法解释，我家只有拿态度来表明清白。饭桌上，两家人都坐了，讨论两个孩子结婚怎么操办，速战速决。老婆，你立刻把你儿子办结婚证的资料都弄齐了。"

邱父惊呆了，看看应父，再看看同样惊呆的应勤，还看看连声答应的应母，好一会儿回不过神来，当然是忘了照料烟灰缸边的那支烟。香烟慢慢燃尽，就在差点从烟灰缸边滑落到桌上的时候，应父眼明手快将烟捡起，扔进烟灰缸。

邱父看在眼里。

应父"押"邱父回欢乐颂取邱家行李，非要邱家搬来应家不可。可他们没有门卡，自然是进不去大楼，只能由邱母蚂蚁搬家似的慢慢往下搬。保安本来是坚决不肯给租户网开一面的，可实在受不了邱母霸住一台电梯影响其他住户，才勉强放一个人进去，当然是邱父。

邱父邱母终于得以单独相处，邱父一进电梯就放下装了很久的笑脸，叹了声气。邱母低声问，仿佛是怕应父听到。"怎么回事？不是说误会吗，怎么还叹气？"

"我看着不像是误会，中介上门应该是他们做的好事。刚才小应出院进门，只有小应一个人看到莹莹不在很吃惊，举止都乱了。其他两个大的都好像已经知道，没看到他们乱到哪儿去。还有老应，一直表情笃定，按说我们讨论得最激烈的时候，他却连我搁桌上的香烟掉了都没放过。他们是心里早有准备。可我们没凭没据也不好说什么，只好认了。"

"就为莹莹跟小应联合起来那事？那气量也太小了。莹莹爸，你该不会冤枉好人吧，可能事情不是他们干的。最后还是结婚的，他们没必要折腾这一出啊。"

"他们干上那一出，事情已经完全不一样了。他们让我们知道，莹莹别想支配他们儿子；这一次闹一下，我们气势一下弱了，以后莹莹见他们得矮三分，别想再跟他们争；他们还让我们知道，他们随时有办法把我们莹莹怎么样，莹莹以后只有听话这条路能走；再有啊……虽然最后还是结婚，可结婚时间就得由他们了，不再是原本说好的出院就办。现在他们说立刻办，还是对我们开恩，我们得谢谢他们。我们又矮了一头。彩礼什么的，就别想再提了。我看啊，要不是他们小应真喜欢我们莹莹，一看就看得出来，俩孩子经历这一次之后关系更好了。再说我们也是一看就是好人家，有体面，不肯耍无赖，不像前面一个占着不挪窝，我们家讲道理啊，他们才不担心以后我们家占应家便宜。只要稍微差点儿那么个意思，他们就不会要我们莹莹。"

"啊……"邱母也沉重地叹了口气。她相信丈夫的判断。"他们不怕小应怪罪？"

"谁找得到凭证说那事是他们干的？"

两人齐齐叹气，邱母不由得落下眼泪，邱父怎么劝都止不住。出了电梯，收拾地铺。邱母的眼泪都没断过。她终于忍不住道："这种婆家，以后我们莹莹的日子该怎么过啊。算了，不跟他们结婚了。"

"胡话。应勤这样的条件哪儿找，你没看见这屋里这么好条件的两个不都还是老姑娘吗？我们忍忍，就这两天。过后我们两家大的都回老家，家里只剩莹莹和小应两个，他们公婆再厉害也管不到他们。大不了以后莹莹生孩子你来伺候。只要不住一起，莹莹吃不了苦头。你嘛，别哭了，忍忍，我们条件不如人家，我们是攀高枝儿，为了我们莹莹从此以后稳稳地在海市住下，吃穿不愁，有比我们家还大的房子住，我们矮一头就矮一头吧。只要莹莹好就行。"

邱母哭着点头，是这理儿。

关睢尔竟然在办公室座机上接到谢滨的电话。谢滨这回很爽快地开门见山，"我有话找你谈。我下班到你楼下等。"

关睢尔虽然猛烈心跳，可也坚决地道："我也有话找你谈。"

一下班，关睢尔便收拾下楼，与同事分开行走。她走出大楼就看见谢滨，想不到谢滨已经在了。两人再次见面，面对谢滨的注视，关睢尔扭开脸去，不再响应。她客气地寒暄，"这么早，还以为要等会儿。"

"我调职了，回去原来工作的派出所，明天必须报到，今天……我不用等下班了。"

关睢尔惊讶，扭头看向谢滨，见他满脸压抑的悲愤。"怎么回事？"

"有人控告我滥用职权，跟踪良民。活动能量竟然这么大，竟然能无中生有。"

关睢尔立刻想到早上安迪找她说的事，"安迪？"见谢滨点头，关睢尔忽然激烈地大声道："可是我相信安迪。她一向告诉我做人要心口如一，不怕吃小亏，日久见人心。在我面前，她这么说，也从来这么做。我也这么说，这么做。我相信她。"

谢滨惊呆了，嗫着嘴"我……"了好半天，都说不出话来。可关睢尔看着又心软了，想到谢滨受到如此严重的处罚，他此刻心中一定极不好受，她怎么能火上浇油呢。她也不说了。

谢滨沉默了好一会儿，道："对不起，我送你回家。"

"你不是有话找我谈吗？"

"不用了，说了也没用了。"

关睢尔一听，心里沉积了许久的情绪终于爆了，"你打电话来要跟我谈，可是又不明不白不谈了。还有前天，也是你主动要谈，你说原原本本说给我听，可你又说什么了？你一路就在试探我妈的态度，而不是想主动跟我说什么。你让我怎么信任你？告诉你，所谓说了没用，不是我的原因，原因在你，在你的态度，你不冤。"

谢滨在关睢尔的愤怒面前竟然倒退了一步半。"可是我没跟踪她，真的没有。

我昨天是公事，遇见她想问问你好不好，可她看见我像看见强盗一样。她是不是也这样跟你说？"

"可是我很不明白，好好的，为什么要看见你像看见贼？完全只是因为你跟踪她！跟踪，谁不怕！"

"不是。因为……因为我今天原本准备跟你说的，她做贼心虚，她心里清楚对我做了什么。"

"她什么都没做，是别人做的，她得知后好意压制别人，不让别人作乱。甚至直到你跟踪她，她即使愤怒之下，今早我再次问她你原来那张身份证上的地址意味什么，她依然只有一个字：不。这就是她一贯的人品。她心里坦荡得很，不需要做贼心虚。我信任她。错的是你。"

谢滨语塞，完全无法解释。他唯有悲愤地低吼："我没跟踪她。"

关雎尔仰起脸，面无畏惧，盯着谢滨看。她心里满是怜悯，却又非常生气。到现在，他还在她面前做戏。

樊胜美下班早，本来她是从不甘心一下班就回宿舍的，可一想到宿舍里还有一帮人等着她做主心骨，她只能硬着头皮下班即回。随着电梯缓缓升高，她的头开始滋滋儿地疼。可是，电梯门开，她却一眼看到的是空无一物的走廊，2202 两边早不见了地铺。怎么回事？更令她惊讶的是，开门便见小黑屋新主人正在屋里窄窄的走廊上做操。小黑屋新主人当然是对樊胜美视而不见。樊胜美侧着身从小黑屋新主人身边经过，顺便抱歉一下，"对不起，这两天吵到你。"小黑屋新主人居然抬眼开恩地看了樊胜美一眼，但依然没说话。

樊胜美这次终于看清小黑屋新主人的脸，短发，尖下巴，大眼睛里满是倔强。凭樊胜美资深 HR 的见识，这种姑娘容易对付。但樊胜美懒得在自家兔子洞边惹事，便笑笑过去了。她的屋子里也整洁一新，桌上有邱母留下的字条，说明他们已搬去应家。樊胜美不知这一个白天里发生了什么，她将字条揉成团，扔了。

她知道现在最该关心的是家中哥哥磨刀霍霍跟她打官司的事儿。可是敲门声偏不让她坐稳。她看看依然在灶台搁腿的小黑屋新主人并无应门的意思，只得跳出去问："找谁？"一男子回答："樊小姐是这个房间吗？"樊胜美连忙站直，几秒钟内收拾一下刚刚懈怠的头面，微笑开门。她看到门外是个青年才俊状的男子，不高，面白，衬衫领子也雪白，不胖不瘦，两只眼睛在镀膜的镜片后面似能发出蓝幽幽的光。那青年才俊也仔细打量樊胜美，也是微笑，道："樊小姐？包总委托我捎两箱莲雾给你们屋。方不方便我替你搬进去？"

"啊，谢谢，谢谢。辛苦你。"但樊胜美着实摸不着头脑，为什么包奕凡送她水果。尤其是，包奕凡是不是瞒着安迪送她水果，这可是大是大非的大问题。樊胜美闪开身，便见小黑屋新主人已经不见，可能又隐回小黑屋去了。青年才俊放下莲雾，取出名片给樊胜美，"我住附近小区，以后有事尽管喊我，24小时。"樊胜美看看这个看似前程无量的才俊，一头雾水。她赶紧给安迪发条短信，要求安迪回家时面谈十分钟。过后才翻看那张名片，曹律师。

可她的手机还没放下，一条新的来电将她吓了一跳。看显示的区号，电话来自她老家。不知怎的，樊胜美心头嘣地裂了一个炸弹，火气就上来了。她这几天学了那么多程序法，虽说离倒背如流还远，可好歹已算有刀在手。她——不——怕！

可是电话里传来的清晰温和的女声让樊胜美一下子有了磨刀霍霍向棉花堆的无力感。"请问是樊胜美吗？我这儿有份诉讼文书需要送达给你……"

"法院？呵。"樊胜美紧张地问了一声。"法院，不是骗子电话，请别紧张。有个诉讼无法提供你的地址，只留下你的手机号码，可前几天你的手机总关机……"

"呃，我上班时间不能接手机，对不起，非常非常对不起，给你们添麻烦了。"

"这就是了。不麻烦。若是公告送达，你又没看到的话，对你就很吃亏。我试试下班后给你电话，果然接通。你可以……"

"谢谢，非常感谢。我可以指定代收人吗？我立刻传代收人地址电话给您。"

说完电话，樊胜美僵硬地往屋里走。她坐下，将手机放桌上，顺势也将两只手放桌上。她发现，她的手在不由自主地颤抖，手指像无法遏制的爬虫。她不禁看看门外，慌乱地将手收进怀里捂住。可她今天真是很忙，没等她镇静下来，2202的门又被敲响。这回，樊胜美没扬声应答，而是悄悄摸到门边看一眼，看清门口是安迪，才开门。

安迪在门口笑嘻嘻地道："哈哈，我不打自招……怎么回事？曹律师干坏事了？"樊胜美指指小黑屋，便闪身出来，将2202的门关上。"跟后面一件事比起来，曹律师那事儿真不算什么事。我可以进你屋里说话吗？"安迪才刚点头，电梯门又哐啷一响，走出曲筱绡。曲筱绡龇牙咧嘴地拎着一只大购物袋，一看见有人，就喊一声："樊大姐帮忙。"樊胜美只得上去援手。可曲筱绡才刚轻松就盯住樊胜美道："樊大姐出什么大事了？你眉头都能打中国结了。是不是不肯帮我的忙？"樊胜美道："怎么会。你今天这么早回？"

"没办法，老赵想吃腌笃鲜，说饭店吃的都不地道，还念念叨叨什么妈妈的味道，我呕。我买了最正的料，赶着回家做给他吃。唔，等他下班，一定煲好了。"

"你……会？"

"钟点工阿姨等着我呢。切，有什么难的。"樊胜美与安迪都快惊晕了，如此贤惠？似乎不像是曲筱绡该有的品行。可2203的门打开，钟点工将购物袋接了过去，显然一切都是真的。曲筱绡这才拍拍手，心疼地嘬唇吹手指上勒出来的红印。

樊胜美看着这一切，心里冒出一个大胆而出格的念头。她对曲筱绡道："我哥果然上法院起诉我了。刚刚接到法院的电话，我想找你们要个主意。"

曲筱绡几乎是与安迪一起说话，但安迪将首发机会让给曲筱绡。曲筱绡霸道地说："告诉你哥，你就不会给他一分钱。他想要多少钱，你就花多少钱给黑道买他的手脚，宁可花得一分钱不剩，反正一分钱都不会落到他手上。"

安迪斜睨曲筱绡，"不怕闯祸？你或许闯得起，你妈有钱给你做保释，小樊可闯祸不起。小樊，我有在美国对付官司的无赖手段可供你参考。钱在你手上，你也赚着钱，你比他们耗得起。你找个当地的律师做代理人，想尽一切办法跟你哥耗，耗死他，耗得他财力上吃不消，自动撤诉。"

"切，办法是办法，可时间拖得长，不痛快，不像我在你哥屁股上雕乌龟那么痛快。樊大姐，主意都在了，你选吧。"

两个人四只眼睛一齐看向樊胜美，樊胜美苦笑着道："我原本也是打兵来将挡、水来土掩的主意，可刚才接到法院电话后，我才知道，我不是那块料。你们看我的手。"

樊胜美抽出刚才捂在腋下的手，举到两人面前。安迪和曲筱绡看得很清楚，这两只手还在轻微地颤抖。"你怕？"两人齐声问。

樊胜美羞愧地承认："是的。我也想过花钱买痛快，我早就想过，可我不敢。安迪的办法是好办法，可你们看到了，可能最后耗不起，耗出毛病的是我。"她把手又举高一些，也让自己看得清楚，"只要有官司在，我会天天寝食难安。我哥就是知道我良民一个，怕进法院，怕打官司，他才会想出这招。"

曲筱绡挤对的话都到了嘴边，可一看樊胜美涨得通红的脸，这回终于良心发现，艰难地克制了自己，痛苦地问："那你想怎么办？我还有一个实实在在的主意，你赶紧找个有本事的男人嫁了，让他替你摆平。这件事对你相对容易。千万别回头找王柏川，他那本事不够应付你全家的。"

樊胜美的脸更红，"不行，我不想再这样。"

曲筱绡忍不住尖叫了，"那你想怎么样啊——啊——啊！"

安迪捂住耳朵，直等曲筱绡魔音终结，才对樊胜美道："任何事都有第一次，包括打官司。打官司不难，更不可怕。小樊，这一次，你应该主动面对。认识你这么多日子，我看你最大问题是被动，你从不愿主动解决问题。但我也看到，即使被动面对，阵脚全乱，你也基本上能有所应对。可见你能力是有的，只是应对的好时机在被动中拖延耽误掉了。这次官司如果你做鸵鸟，恐怕会引发危机，而不仅仅是官司了。你的主动应对是找个合适的代理律师，一步一个脚印地打这个官司，甚至，你告诉过我，你有借据有银行对账单你还可以反诉。你完全没必要害怕，你需要的只是一个决心，你大着胆子下一个决心，不要怕输。"

曲筱绡却道："樊大姐倒是从不怕输，她只怕丢脸。丢什么都没丢姿态要命。"

安迪轻喝一声："别打岔。"

曲筱绡翻个白眼，进去屋里，她似乎听到她的手机在叫。而樊胜美则是定定地看着安迪，并未顾及曲筱绡的揶揄。她等曲筱绡转身，才道："我最大问题真的只是被动？"

"对，被动得看上去有些担不起责任。我倒是建议你可以借此官司机会主动出击，当作练手。对你的工作态度改变应该也会有好处。"

樊胜美不自禁地紧张地咽了下口水，"我，其实也想试试。真的，我也觉得我家里的事吧，一再逃避不是办法，你说得对，很可能是我的一再逃避让小病演变成大病……"

"喂，打断一下。"曲筱绡拿着铃声刚歇的手机调过来，"安迪，这是不是谢警察的电话？我记录的这是谢警察的，可他怎么知道我的电话？你还是关关告诉他的？"

"是小谢的手机。我跟小谢没交流。你再问问关关。小谢他……"安迪犹豫了一下，看着曲筱绡道："他昨天跟踪我。你小心了。"

樊胜美小心地插了一句，问曲筱绡："前两天小关爸妈来的时候你还不知道小谢电话，你怎么弄到小谢电话的？"但樊胜美意外地发现，曲筱绡神情紧张，厚脸皮居然也泛红了。

"我老早知道谢警察电话了。安迪，他为什么跟踪你？关关告诉他什么了？他跟关关的关系是不是崩了？"

"不知道。但关关不是嘴巴关不住的人，你不用怀疑她。只有一种可能，关关被小谢套出什么话。"

曲筱绡的眼珠子骨碌碌乱转，心思好好地活动开了。"他为什么打电话找我？他怎么找到我的电话？"但曲筱绡显然不是逆来顺受的人，她有疑问，索性打电话过去直接问："谁找我？"她在忙乱中依然一丝不苟，装作依然不知道这是谢滨的来电。但她比较鬼，接电话时候便旋进屋去，装作看钟点工煮菜，避免被其他人听到电话。樊胜美现场领略了什么叫主动，当即扭头对安迪轻道："我下决心了。向小曲学。"安迪附耳轻道："好。我提供技术支持。刚才送水果的曹律师是我特意叫包子安排与你见面，他对你感觉良好，希望有机会再度见面。他虽是非诉讼律师，但他提起过做些诉讼业务对非诉讼律师的必要性，他应该能提供一些建议。"

"你安排的？"樊胜美哭笑不得，想不到安迪已入乡随俗至此，做媒的活儿也干起来了。"中午吃饭遇见的，觉得他不错，很上进，嘻嘻。"

"这种精英很挑剔的，不过还是非常感谢你。"

"包子经常跟我说，在男人眼里，女孩子嘛，只要美，摆在哪儿都行。嘻嘻。"樊胜美不禁笑了，"安迪，你看我手不抖了。"两人相视而笑。但曲筱绡严肃地走出来，"糟了，谢警察问我是不是去了他的老家。"

"因为他跟踪我，包子设法活动了一下他的工作，他很不开心。你小心。噢，关关回来了。"

"什么？你怎么不早告诉我？我还以为他很镇定，一定是什么事都没有。更糟，上当了，我都没认真应付他。关关，过来。"但关雎尔一步窜入2202，当没听见。三个人不解，安迪挡住其他两个，自己跟进去2202。"小关，你说要找我谈？"关雎尔小心地将门关上，小声说道："安迪，对不起，给你添麻烦了。"她一说就掉眼泪。"别哭，我已经解决了。他以后不可能再动用政府资源来跟踪我。他没对你怎么样吧？"

"我指责了他，我这辈子都没这么激烈地指责过一个人。可是……我真的不是怀疑你，我对你的信任压倒对他的信任。可是……看着他否认时的眼神，我真心酸。"关雎尔的眼泪落得跟开闸的自来水一样。"我……我心里怎么竟觉得……他被冤枉了呢。他说他昨天巧遇你是因为公务正好去那儿。"

"那儿，哪儿？"

"他没说。他一脸非常冤的样子，他还很伤心，他今天本来就已经很伤心，已经丢了他心爱的工作……不，安迪，我不是在怪你，他咎由自取。我……可我真觉得他不会跟踪你，他心地不坏，而且他脸上的伤心不是装出来的，是心碎。"

"你觉得他不是跟踪？他说去那儿是由于公务？"

"安迪，你别当回事，我只是牵扯不清。我……心软坏事。"安迪摇头，回想昨天的经过。"我从一开始感觉身后有人跟踪，到后来他出现在我面前……还有他今天又去那儿询问工作人员。是他今天的行为让我和包子下了决心。"

可是安迪看着关雎尔哭得异常心酸，她感觉需要给关雎尔一个真相，让这好姑娘心中洗脱内疚。她给包奕凡发去一条短信，让有时间去查查昨天楼道的摄像记录。

安迪走出门，却见曲筱绡脸色煞白地等在走廊。"安迪，我糟糕了，糟糕透顶。"

"小谢？别怕。"曲筱绡却直着眼睛道："你不知道，你不知道。"曲筱绡终究无法将她妈妈掏空爸爸资产转移给她的事儿说出来，但她很担心，只要谢滨认定她是拆散两人关系的罪魁祸首，只要谢滨锐意报复，谢滨只要有心查一下，她名下那么多资产的来历终究是祸根。她直着眼睛往家里转，没心思管别人的闲事了。

樊胜美还是第一次见到曲筱绡显出如此神情，但她选择回避，静静地任曲筱绡从她面前走过。即使曲筱绡对赵医生表现出超 22 楼平均水准的贤淑，未必意味着曲筱绡对别人的态度也会改观。等曲筱绡刚关上门，樊胜美听到身后关雎尔的一声问："谢滨也对小曲怎么了吗？"

樊胜美看向安迪，还是安迪解释："小谢不知从哪儿找到小曲的手机号。以你的性格，你不会在没向我们说明的情况下把我们的号码交给小谢。这大概就是小曲担心的由头了吧。"

关雎尔透过泪帘，仿佛看到安迪与樊胜美脸上的不屑，也仿佛看到谢滨说他没跟踪时眼睛里的悲愤，她克制不住自己，颇激动地道："小曲的号码是我交给谢滨的。当时小邱住院又转院地折腾，很多时候都是小曲和谢滨在出车帮忙。对不起，我擅自把小曲的号码给了谢滨，方便他们联络。"

安迪吃惊地看着关雎尔，"好，你跟小曲解释一下，免得她担心。"

这一回，关雎尔是依然擦干眼泪，去敲 2203 的门。她的身后，安迪与樊胜美面面相觑。樊胜美等关雎尔被迎进门，才叹道："小关以为我们不知道她一直坚壁清野，藏紧男友，以防小曲从中破坏。她这么跟小曲去说，只会自取其辱。"

安迪也不禁叹息，"她的选择，她自己承担。"

"可真不忍心看她撞墙。"

两个人以大姐姐的目光，垂怜着 2203 的门。

一出租车里四个人鱼贯下来。倒是邱父抢先一步，上前扶住行动不便的应勤。等四个人都站稳，应父接手了应勤，帮应勤背着硕大电脑包，上应勤工作的办公室。邱父和邱母笑得花儿一样地将两人送到大楼下，才转去应勤指点的邱莹莹的咖啡店。一路上，两人不免嗟叹。邱母最担心的还是女儿究竟能不能进应家的门。邱父叹道："该是没问题了。这几天还是小心点儿吧。"

"要不要把今天的事儿都告诉莹莹？也好让她长个记性，以后说话做事别顾头不顾脚。"

邱父却遥指街道对面："看，莹莹那家店。看上去很洋气呢。嗳，还看得到莹莹，那儿，那儿。"

邱母踮脚张望，果然看见已经亮灯的漂亮洋气店堂里，有她的宝贝女儿。"我们莹莹穿上这一身，还真洋气呢，跟大城市小姑娘一模一样了。真想不到，真想不到，我们莹莹出落得这么出息。啐，他们应家还嫌，不要拉倒，我们……"但邱母到底还是不敢喘出那口大气，说到后来，自觉蔫蔫儿地歇了。

"我看，应家背后找中介的事儿还是别跟莹莹说了。他们家小应看上去也不知道，两个孩子都不知道也好，高高兴兴过他们的小日子，省得我们莹莹以后记恨公婆，埋怨小应，反而搞不好关系。有什么不好的，我们担着，只要孩子日子过得高兴，顺利在海市立足，我们吃再多暗亏也值。"

邱家父母没再挪动，一直站在苍凉的夕阳里，隔着一条下班车流熙熙攘攘的街，看自家有出息的女儿，一会儿微笑，一会儿叹息。

曲筱绡疑惑地看着敲门而入的关雎尔，作为攻击型选手，她选择单刀直入："你有没有把我的手机号码告诉谢滨？他为什么来找我？"

但关雎尔这回不甘示弱，"你先告诉我你到谢滨老家调查到什么。我们交换。"

曲筱绡惊讶，"好吧，交换。我所知道的都已经告诉安迪，你也把你知道的告诉安迪，让安迪做中间人，最公道。"

"整件事与安迪无涉，别再把她牵累进来。我们两个面对面说，自己判断对方说的有没有掺假。"

曲筱绡此时反而不语了，她紧紧盯着眼皮红肿犹在啜泣的关雎尔，忽然笑道："关雎尔，我彻底对你冷了心啦，算我白对你好一场。你回吧，我才不跟你做交换，如果你不是我朋友，你在我面前一点资格都没有。"说完，曲筱绡就溜达走了，去她的阳台，一路扔下一句冷笑："我不会自己找谢警察？"

关雎尔呆立当地，不知所措。好一会儿，在钟点工的斜视下，快快走出2203。在楼道里，她气闷得直想尖叫，可这是楼道，不是旷野，关雎尔张嘴，却什么声音都发不出来。她终于知道了，她完全不是曲筱绡对手。过去从未在曲筱绡面前吃亏，只不过因为曲筱绡从未对付她。她并不比樊胜美和邱莹莹强。

樊胜美坐镜子前卸妆，镜子却放得角度恰到好处，正好对着屋子的过道，因此即使背着身子，也将悄悄掩入不欲人知的关雎尔的面部表情看得一清二楚。但她稳坐不动，装没看见，让关雎尔自在一些。她早已预料到关雎尔的吃瘪，曲筱绡这人从不委屈自己吞下怒气，在曲筱绡烦躁时候，最好能躲多远就多远。

可关雎尔才过去，安迪挤眉弄眼地敲门进来，窃笑着将手机交给樊胜美看，"认识吗？认识吗？"樊胜美惊讶，指指小黑屋。屏幕上穿职业装的半身像正是小黑屋新主人。安迪点头，"就是她。曹律师传给我的。最近我们业界闹得最响亮的好玩事件的泼辣女主角。人才，绝对是人才。"

樊胜美更是惊讶，两眼闪烁八卦的光芒，连忙跳起来将卧室门关上，"什么事件？就这小姑娘？哦对了，曹律师来正好见她昙花一现。"

"她老板逮住她这个刚来海市的单纯小姑娘吃窝边草，吃干抹净就当没那回事。这姑娘居然沉得住气，卧薪尝胆背着同事的指指戳戳继续做下去，不到一个月，打包了她老板的各种证据交给证监会，她自己不告而别，失踪。她老板从此在业内的前程算是毁了，可能还得背处罚吃官司。姑娘自己在业界也闹出太大响动，没人再敢收她，可惜。"

樊胜美不禁想到自己这一路遭遇的各种猥琐男人，由衷一声赞叹："偶像！"

"可不，最难得是收起来能忍辱负重，豁出去敢同归于尽。回国看职场简直是男性天堂，性骚扰结果从来是女性受害者不仅无处讨公道，更受舆论侮辱，多少女孩毁在这种事里。我真佩服她，偶像，真是偶像。"

"你先别佩服，看她这行径，一头是在躲避追杀，一头是在头痛工作无着。难怪看上去怪怪的，原来有故事。我原谅她了。但这姑娘还是嫩，出道时间太短，要是换成老辣一些的，拿到证据直接找老板换钱，然后闷声不响拿钱走人，换个地方发展。现在她是杀敌三千，自损彻底，真的是同归于尽，可惜。除非以后换个别人不认识她的工作，永远别做出头，否则总有一天有不怀好意的人跟她旧事重提。"

"敢做出这么决绝事情的，估计也挨得住。不担心她，但我会尽力替她隐瞒。关关跟曲曲谈得怎样？"

"显然是吃亏。"

安迪看着关雎尔的方向无语。樊胜美看着，轻道："你把这事放一放，让小关和小曲自己解决。谁都是这么跌跌撞撞长大的，吃一堑长一智，跌在我们22楼，总好过那姑娘跌个大跟斗。"樊胜美拿下巴指指小黑屋的方向。

安迪点头，是这个理儿。

樊胜美这才接通响了有一小会儿的手机。是邱莹莹打来的电话。"樊姐，你知道我在做什么吗？我们和应勤一家坐饭店包厢里吃饭呢，今天我们正式订婚了。樊姐，你有时间来一趟吗？我真希望我的订婚宴上有你，你是我姐。还有关关，安迪她们，你问问她们有没有时间。"樊胜美赶紧压低声音，轻道："啊，恭喜恭喜，这下可放心了。可我真来不了，我在培训，我跑出来接你的电话。你帮樊姐多吃几筷子，就当是樊姐到场了。太好了，恭喜你订婚。"安迪不由得翻个白眼，闷笑。

那一头邱莹莹抓着电话兴奋地说个不停，樊胜美微笑提醒："快别说了，回桌上去，别让小应爸妈以为你不礼貌。"邱莹莹一听，忙结束通话回去了。樊胜美这才对安迪道："我们几个为了小邱的事，不是得罪过小应就是得罪过小应的妈妈，今天这种好日子，我们还是别去搅浑水了。尤其小曲那个混世魔王要是看见了也要跟去，更是要命。"

安迪笑道："你想得比我周到，我就是不高兴去。看小邱做事，我浑身无处使力，烦得慌，还是眼不见心不烦。"樊胜美看着安迪笑，"你比我敢说。可见我有点虚伪。"两人相视而笑。

　　等赵医生披着一身汗臭回到 2203，钟点工早已回去，只有曲筱绡充满贤良淑德地站门口迎接，拎包递拖鞋，像电影里的日本媳妇。"又是手术？"

　　"是啊，中午十二点一直站到晚上六点半，中间都没停顿过。"

　　"啊，嗲，辛苦了。我给你放热水，给你做马杀鸡，你连小手指都不用动一下。"

　　"嚓，我有这么没用？你看我的肱二头肌。"赵医生做出掷铁饼者的经典姿势，可惜曲筱绡草包，并不识货，只知道围着赵医生叫好，赵医生悻悻地将曲筱绡拎到电脑前，调出一堆雕塑图片，"你看帅哥，我去洗澡。"

　　"喂，你快点洗，我给你炖了腌笃鲜，正宗黑皮猪的鲜肉和咸肉，今天才从我朋友院子里挖来的笋，可香了。"

　　"还洗什么澡，开吃。妞，我太爱你了。你真是文能安邦，武能定国。"曲筱绡得意地笑，顺手刚好点到掷铁饼者，"哟，你原来模仿的这个啊。哇噻，等下你洗完澡千万别穿衣服，再来一遍，哇，口水。"两人吵吵闹闹地回到客厅吃饭。才刚坐下端起饭碗，曲母来电。曲筱绡捧着饭碗忙于跟赵医生抢好肉吃，再说也不避忌赵医生，干脆开着免提。"筱绡，你爸来电说，你奶奶去了。"

　　"嗯。还是不让我们过去？"

　　"让不让我们过去是小事，我也不想过去碍眼，那边不是我的地盘。关键是你爸提出你奶奶有遗嘱，他说他是大孝子，一定要做到。我不知道他妈跟他说了些什么，你有没有办法问出来？"

　　"还能有什么遗嘱，还不是我们家所有钱都交给那俩孙子呗。要不是这条，爸爸早跟你说了。只有这条，他不敢在电话里对你说，他得回来拿住公司大权才敢说出来。"

　　"唉，我也是这么想。你爸这次是铁了心吧？"

　　"好像我们不会铁了心似的。爸爸怎么这么不讲道理，家里的钱是你跟他一起挣的，奶奶凭什么插手，爸爸凭什么不顾你的想法，说什么一定要执行遗嘱。他把你当什么了？把我又当什么了？老婆不是人，女儿不是人啊？"

　　"我看，你爸说大孝子说遗嘱，只是幌子，目的还是要让他两个儿子回管理层，拿股份，占大头，让我没话可说。你爸现在都这么对我了。"

"这不早就明摆着吗，从爸爸接那俩孙子来海市，意图已经很明了了。怎么，说了那么多日子，你今天才真正意识到？那你以前说的都是什么，赌气？"

"唉。你今天别来烦我，我不会自杀。要自杀也得争口气再说。"曲母说完就挂了电话。曲筱绡看着赵医生，愣愣地思考该怎么办。赵医生指出一条生路，"去书房，关门想。省得看着我帅气的脸又思想不集中。"

"我帮你炖腌笃鲜，你帮我想鬼点子。"

"我能想到的是把你家财产分六份，你爸六分之三，你妈六分之三。你以后拿你妈的六分之三和你爸的六分之一，其他只能给你哥哥那边了。如果你妈转移给你的房产已够六分之四，我看你就知足吧，别闹了。"

"你这就不懂了。我一同学家也闹过这种事，完全不是六分之三什么的分法。同学爸妈一起出车祸死，分遗产时候问题来了，爸爸先死，还是妈妈先死。不同死法导致最后分出来的结果完全不一样。再说，我和妈妈争的是一口气，爸爸不能无视我们女人在家里的地位。"

"你单独找你爸谈谈，让他别这么对你妈不合理。"

"能谈的都谈了，我都直接对他说的，他每次都当没听见。这回估计不能谈了，不能替妈妈打草惊蛇。"

"劝你妈拿着她的那份离婚吧。"

"不……"曲筱绡本能地尖叫。"爸爸妈妈怎么能离婚！"

"你已经不是孩子，你爸妈这么耗着窝里斗，往死里折腾，有意思吗？还不如分手，各自过各自好日子。"

"不听。"曲筱绡捂住耳朵，离桌去了书房。赵医生倒是呆住了，原以为曲筱绡对她爸什么事都做得出来，可没想到她竟从没考虑过爸妈离婚。同样，原以为曲母对丈夫早已心灰，也早已做够手脚转移财产，想不到闹到现在还对丈夫抱着一丝幻想。女人心真是读不懂。

赵医生嘀咕着离席走进书房，却见曲筱绡可怜巴巴地道："我不要爸妈离婚。"

赵医生摊开手，将曲筱绡抱进怀里，叹道："不能公平对待彼此吗？唉。找你爸爸谈。"曲筱绡郁闷，"我最近事多，工作这么忙，还有谢滨给我添乱，说什么想跟我谈谈他的善意，不答应又不行。爸妈这边又乱。啊……"曲筱绡尖叫得中气不足，完全不复以往风采。

第 72 章

在安迪八卦了几乎一晚上，终于坐下来做事的时候，家门开了。可进来的包奕凡竟然衣衫凌乱，领带摘下来挂手臂上，西装下面的衬衫不仅掉了扣子，还撕破一只角，走动时布料轻扬，隐隐露出衬衫下性感的肌肤。安迪看得惊讶，心头生出非常不好的疑问，闷闷不乐便挂在脸上了，人当然是黏在椅子上，绝不移动半寸。

包奕凡却开心地笑了，"你是不是吃醋了？让我看看，让我看看。"

安迪扭过头去不理，"坦白，坦白也不从宽。"

"哈哈，你生气的样子可真美。刚才谈完事，我让同事主持请客户吃饭，我想偷偷溜回家。结果在电梯口被发现，客户非要扭住我一起吃饭，我不肯，我都已经声明我还在蜜月期，他们还是不放。没办法，只好武力杀出重围。我就知道要被你误会了。唔唔，我这么好，你还板着脸对我。"

安迪自然不是包奕凡的对手，包奕凡却反而指点她该如何查衬衣上的口红啊头发啊等蛛丝马迹，以及回家的时间也很重要，越晚问题越严重，等等。安迪咯咯咯笑得开心，想不到在外偷情有这么多门道。话题一直从 22 楼延续到楼下饭桌。到了饭桌，安迪才意识到还有正经事没问，"谢滨的处置，到底到什么程度？对我还有没有威胁？"

"我最终找了魏先生，你知道的。我本来要求他把谢滨公职去除，以绝后患。但他说做事不可太绝，以免谢滨丢掉好不容易挣来的公职后变得一无所有，索性铤而走险，逼上梁山的事不能做。他说他会处理得让谢滨明白以后不能对你轻举妄动，也不再有资源对你轻举妄动。过后，他对我说，把谢滨调去派出所做片警了。"

"哦，只要别再来骚扰我就行。他跟关关解释去那儿是公事，不是跟踪。切，我不信他。"

"他就别喊冤啦。我认为他第一次是警告你别插手他和小关的事，吓唬你一下，让你知道他随时随地可以找到你。若不是跟踪，他看我们这么惊慌，他当场就应该向我们解释，表达善意。我们当时又没对他动粗或者强制他离开。第二次再找医生打听，更没有理由，那就是一再骚扰了。做了还赖，算什么玩意儿。魏先生这么处理他算是很客气。"

"我跟你想法一致。其实真不应该留他在公职上，尤其不能让他待在那个顺手可以获取强权的机构，对我是个威胁。但挣个公职这么难？别瞎说了，他还算名校毕业的呢。"

"这倒不是魏先生瞎说。现在考公务员比考研究生还难，像谢滨这种没有背景，家又不在本地的，公务员是条不错的出路。但……"包奕凡拿着筷子转念一想，不禁一笑，"别骂我，我得说句魏先生的好话，他考虑问题比我老道。如果逼他出公门，可能他反而触底反弹，翻身了。但给打到基层，又是受处分下去，又是有大人物在处分背后隐隐出没，以后有人要用他时得掂量掂量了，基本上近几年内不会再有机会给他。加上进公门不易，他这种人不舍得任性跳出稳当的公门，恐怕他这一辈子都温水煮青蛙，无法翻身了。除非他做了谁家的乘龙快婿，否则这辈子都无法对你构成威胁。"

安迪的脑袋转之再三，惊道："一辈子都无法翻身？"

"如果没找个公主格格的话。"

"难怪关关回来哭成那样。"

包奕凡听没了下文，抬眼一瞅，见安迪果然若有所思。"心软了？对于这种人的处置，鲁迅先生有句话：痛打落水狗。免得他跳起来又溅你一身泥水。这不是威胁，你看你都没招惹他，他都已经来跟踪恐吓你。"

"感觉这事儿做得有些不对劲。"

"没有不对劲。或许会有一些傻逼装外宾，说谢滨公器私用跟踪你，你不也一样公器私用打击谢滨？你别甲醇了。但只要稍微有些脑筋拎得清的人就不会这么想，如果我们有申诉渠道可走，我们有证据有证人，通过正当申诉照样可以让谢滨单位把谢滨处理了，一样的结果。我们无非是无奈之下的私力救济而已。难道你也逻辑混乱了？呵呵。"

"啐，笑得这么猖狂，我是那种人吗？我想的是像谢滨这种跟我一样在阴影下成长起来的人，靠做出比常人多得多的努力才得以钻出阴影，完全是凭着对明天的向往才获取一些努力的动力。如果把他打得失去前途，失去生存动力，他会怎么样？我正在推己及人地评估，起码在你和孩子出现之前，我只有一个生存动力，我的生活是极其灰暗无趣的。"

若非安迪说到她自己，包奕凡早又猖狂地开笑了。这当下，他禁不住抓住安迪的手，开心地丢了原话题，"我不仅是你新的生存动力，我还是开启你其他生存动力的金钥匙。你看，我对你的人生是如此重要，我是你的唯一。"

"我可不可以叫你骚包？"

"人家喊我包少的时候，我从来都自觉转换为骚包。"包奕凡非常谦虚地说。

安迪哭笑不得。

大清早，天光还在黯淡，樊胜美枕边的手机闹钟还没叫响，樊胜美便听到门外传来的脚步声。她以为是小黑屋新主人，心里正好奇呢，才转个身就发觉这声音来自隔壁的关雎尔。这个特困生这么早起床？爱情果然能让人反常。

樊胜美不管，继续闭目养神。直等闹钟响起，才一跃起床，稍微整理一下，去洗手间。正好遇到已经衣冠楚楚的关雎尔背包准备出门。她随口笑道："这么早？短途出差？我有浅绿色遮瑕膏，你眼皮……要不要遮一下？"

"这么严重？"关雎尔一开口就是没睡好的沙哑嗓门，她看一眼手表，"还来得及。樊姐……"

"那赶紧进来吧。"樊胜美拉关雎尔进她卧室，翻出遮瑕笔和镜子给关雎尔。她正好离开去洗手间，关雎尔却叫住她，"樊姐，我不是出差。我……我去看看谢滨好不好，只远远看。"关雎尔说的时候，眼睛死死盯着镜子，不好意思挪开。脸早已绯红。

"他是成年人。"

"我担心。他喜欢黑金属，我终于有些明白他为什么那么喜欢黑金属。那是他无以言表的内心。"

樊胜美在关雎尔身后眨巴眼睛，她并不清楚黑金属是什么，她唯有沉默。

关雎尔很快收拾好，跳起身与樊胜美道别出去。正好遇到安迪独自从电梯出来。电梯虽然是上行，可关雎尔跳了进去，安迪在她身后叫她出来，她都似乎没听见，只一个劲儿冲安迪保持笑容。电梯门一关，安迪奇怪地问樊胜美："这家伙怎么了？"

"担心小谢，去看小谢，说是只远远看看。大概是怕你问起。"

"去哪儿看？小谢宿舍大门口？这倒是小谢大门口逮小关的风格了。"安迪说话间立刻反手按了电梯。樊胜美只能无奈地看着，见电梯上行两个楼层后返回，正正儿地又停22楼，关雎尔正在里面，无比尴尬又无比焦躁地看着电梯外。

安迪看着电梯里的关雎尔，"我大概明白小谢为什么昨天早上在小区门口等你了。"

电梯里的关雎尔一听，眼泪瞬间从眼眶爆裂出来，手都来不及挡住。电梯门缓缓合上，将关雎尔关在一个人的空间里。电梯外，22楼的楼道里，樊胜美道："她真恋爱了。安迪你怎么了？"

安迪抬头向天，皱着眉头回忆周日在弟弟的病房，谢滨闯进来时的场景。可惜当时她太惊恐，竟是记忆模糊，怎么都想不起来当时谢滨的眼神和表情。她想了好一会儿，心神不宁地回去2201，都忘了要与樊胜美说一声再走才是礼貌。樊胜美看着安迪的背影，又看看电梯，很是惊讶。

安迪才进门，就听卧室里面传出包奕凡的撒娇声，"已婚妇女，不要让你老公醒来找不到人。不是说好今早不锻炼的吗？"

"没出去锻炼啊，我下去跟大姐说一声你要吃葱油饼，让她先把面饧起来。"

"不会打个电话下去吗？"包奕凡将安迪拉回被窝。

"这么早的时候提出一个出尔反尔的额外要求，不下去说一声似乎过意不去。因为这个问题是我们决策错误造成。"

包奕凡只得看着安迪笑，临时想起一个问题，连忙叮嘱："处置小谢那事，你千万别跟任何人说起过程，无论我们自己怎么觉得有理，那些弱势者心头的一根弦必然会被触动。就像富二代已经成为原罪同义词一样。嗯？"

"我高兴说就说，我不高兴说就不说，别人爱怎么看让他们怎么看去，爱谁谁，我又不是圣女。你还不起床？"

"御姐，新婚燕尔，春宵苦短，知道吗？太不解风情了。别再说话。"

"可是早上的时间有许多事可以做……"安迪见包奕凡眉头皱起，连忙又谄媚地表明："其实我也最喜欢你静静地抱着我。"

"焦虑症。真别说话了，再躺十分钟。"安迪心中无比焦虑，这十分钟，她只需要用一秒钟时间就可以算出她可以一心N用地做多少事，可现在就是无所事事地躺着，而且还不让说话。但十分钟后，安迪睁开眼睛第一句话是："我要求以后我们醒来后到起床前，都这么拥抱十分钟吧。耶……"包奕凡笑得打滚，掉下床去。安迪又追上一句，这下变正经了，"刚刚回来时候，见到小关这么早就出门了，说是去看看谢滨有没有事。她平时最睡不醒，坐我车上还打盹呢。"

"哦，我去找一下前天走廊的监控记录，中午让人给你送去。我记得走廊装了两只摄像头。"

"咦，你太自觉了，我话还没说完呢。"

"知道你同情心到爆了。"安迪讪笑，连忙将包奕凡推进主卫。

关雎尔都忘了她的眼皮是用了遮瑕膏的，几下子就擦得眼皮周围一片狼藉。但她心思全不在脸上，她想着安迪的话，原来谢滨到小区门口等她经过，看她一眼，而不是上来解释或者要求同行，只是因为跟她现在一样的目的，那就是看一眼，看她好不好。关雎尔一边走，一边默默地流泪，每一声脚步似乎都是在说"是的"，是的，谢滨也深深牵挂她，就像她深深牵挂谢滨。她真的不在乎少睡两个小时，或者被人看到丢份、失去主动什么的，她只关心谢滨是不是还好，被换工作后会不会闹情绪不去上班，反而受更多处分。还有，她只想看看他。

关雎尔心无旁骛地匆匆走进地铁站，眼看着等候的人群水流似的往轨道涌去，凭经验，地铁进站了。关雎尔连忙飞奔下台阶，逮着进站的地铁冲了上去。

可是，在轨道的对面，同样是心无旁骛的谢滨啃着大饼油条，飞窜出刚刚进站的另一列地铁。两列地铁的车厢横亘在两人视线的中间，谁都没看到对方的身影。两个人就像两列地铁，擦肩而过了。

关雎尔刚刚站稳，便收到樊胜美的短信。"我记得以前一位在派出所工作的老情人是早上八点上班，又因为交接班常早去十几分钟。你如果到时间还没看到小谢，可能是他早赶去上班了，别惊慌。"关雎尔忍不住轻轻一声"谢谢"，她在短信中告诉樊胜美："我即使没看到人，可只要去他们宿舍大门口站一会儿，也能安心不少。谢谢樊姐，非常感谢。"

樊胜美百忙之中还管着关雎尔的闲事，等她踩着高跟鞋飞快下楼去上班，在大门口，她几乎是下意识地一眼看见谢滨。她连忙走过去，可远远站着的谢滨似乎有些手足无措，想要逃走。她连忙不顾形象地大喊："谢滨，我找你，别走。"一边心中埋怨，奶奶的，我穿着高跟鞋，你怎么都不知道迎上来一下，一步都不行吗？可惜那不是她的男朋友，只要不是她男朋友的男人，樊胜美一般没要求。

"别等了，小关早走了，去你宿舍。"没等走近，樊胜美就抓紧时间大声嚷嚷，"你拿她怎么了？人家对你全心全意，你要是对她三心二意，你就是……"樊胜美冲已近在眼前的谢滨竖起小指头。

"小关……真的？她还好吗？"谢滨的双手不由自主地放在胸口，焦急地问。

"你们两个都很怪，尤其是你，一个大男人，为什么不直接去问她？行了，告诉小关不要等的消息，由我发给小关，还是由你发？我赶着上班，没空跟你多说。"樊胜美边说边走了，她是真没法多停留，要不上班就得迟到。

"我发，谢谢樊姐，我发。"谢滨激动得都不知说什么好。

"大男人别叫我姐，我好好的都让你们叫老了。烦躁。"

谢滨感激地看着樊胜美的背影，而这背影早刮风似的走远了，完全不受高跟鞋的束缚，非常神奇。

关雎尔下了地铁，便急急往谢滨宿舍那儿走。她对这儿不很熟悉，以前都是开车来，坐地铁才知要走好长一段路。她想到，可能时间不够了，都不知够不够时间远远看到宿舍大楼的大门。但关雎尔还是背着电脑包以竞走速度往谢滨宿舍走，仿佛接近一些，便可心安一点。

正走得气喘吁吁，谢滨的电话进来了。她想，这么巧，难道是谢滨正好走出来看见她了？她一边环视四周，一边接起，"小关？我刚才遇见樊姐……"

"你也？……"

"是的。"

关雎尔惊得说不出话来，虽然已止步不前，可气喘得在手机里都听得见自己的呼吸声。

"我今天第一天报到，没法迟到。我下班去接你，行吗？"

"我……我出差。"关雎尔一想到每次见面又是纠结于真相，她不禁随口说了个谎。

"好的，你路上小心。"

关雎尔不知说什么才好，她觉得谢滨是知道她在撒谎的。她大喘一口气，勇敢地道："我昨天态度不好，对不起。希望没影响你。再见，我赶去上班了。"

"小关，你是我遇见过最好的人。我永远不会责怪你。"

关雎尔沉默，过了会儿，她默默地断了通话，匆匆往回走。她此刻开始有些茫然了，为什么来，又为什么晚上下班后不见他，她做事怎么全找不到理由。

中午，樊胜美手机上有一条来自邱莹莹的短信，"樊姐，我下午结婚登记。爸爸妈妈和应爸爸应妈妈都陪着我们去，真希望你也能来，我最希望你也能见证我和应勤的结婚登记。可我也知道你得上班。登记后，爸爸妈妈们都回去了，只留下我和应勤。等应勤身体再恢复点儿，我再请你们吃饭。我终于要结婚了，真开心，真开心，真开心。希望你们也早日结婚，到时候我们吃饭就得开大圆桌了。真的，只要把姿态放低一些，能忍受一些委屈，不要太计较对方的不足，就比较容易修成正果。以后我的家就是樊姐在海市的家，任何时候都欢迎樊姐来查卫生。"

樊胜美微笑，越往后看，越无奈。她只得回了一条："恭喜恭喜，非常替你开心。我会转达给我们 22 楼其他几位。"

22 楼其他人也收到邱莹莹的短信，内容大同小异，关雎尔收到的小异是：关关你要多主动，多热情，要多原谅他，只要一心为他好，他总能体会到的。关雎尔心里正纠结呢，她回了条几乎跟樊胜美一模一样的。可越想越戳心，又掏出手机，将邱莹莹的短信删了。她很怀疑邱莹莹等应勤康复后举办的饭局主题将是：你们是如何变成剩女的。或是：我是怎么成功把自己嫁出去的。

曲筱绡收到的小异是：哈哈哈，我虽然认识小应比你迟，可我比你早结婚。我赢了！曲筱绡毫不犹豫地回了一条：小心今晚的洞房花烛夜，你懂的，要不要我介绍一家紧急修补处女膜的医院给你？保证不用排队，哈哈哈。看到曲筱绡这条，邱莹莹忙不迭地删了。

给安迪的小异是：我们两个的孩子以后指腹为婚哦，哈哈哈。此刻，安迪正与包奕凡在一家约定好的饭店门口会合，她发了"恭喜"两个字，便与包奕凡走进饭店。"小邱终于结婚了，这下她不会再闹出么蛾子。"

包奕凡却拿了安迪手机，啪啪啪飞快打出一串字又发给邱莹莹，全是热情洋溢的祝福，也难为他能把祝福抻拉面一样抻得如此之长如此之华丽。"都已经为小邱的事出了那么多力，临了只有两个字恭喜，你知道什么叫前功尽弃吗？"

"我怕她接下来没完没了的回复。小曲说过，小邱要是得以成功结婚，她可能要给全世界提忠告了。"

包奕凡呵呵一笑，不以为然，取出移动硬盘插入电脑。"我同事帮我去复制来的，我也还没看。"

话音未落，安迪的手机就提示短信进来了。果然是邱莹莹的。安迪打开一看是邱莹莹说她如何与未来公婆和谐相处取得欢心的，便立刻退出了。可接下来，邱莹莹可能正闲，一下子发了一串来，她正在尝试以新身份与未来公婆相处呢，亟须有人商量经验，22楼唯有安迪有婚后经验，她便抛砖引玉，写了好多自己的成功经验。可惜，安迪不再回复。

在短信的提示音下，安迪与包奕凡等菜上桌，一边开始看监控录像片段。他们先是看到谢滨走进一处办公室，快进到谢滨离开办公室，中间大约有二十几分钟的时间。可谢滨才走出几步，就一闪躲藏起来。两人看到镜头稍远处果然是他们两个在楼梯口出现了。两人看得几乎屏住呼吸，眼看着谢滨一直探出脑袋盯着他们的去向，一直盯着他们拐进弟弟的病房。然后谢滨又呆立会儿，才慢慢走近弟弟的病房，一路东张西望，从别的房间门的窗口往别的房间看，到了弟弟房间门口，也是在门口看了会儿，才敲门。

"看见我们，为什么躲起来？"包奕凡将录像拉回去，又重放一遍。"如果说事先确实有公务，到这儿开始，就有疑问了。如果只是好奇八卦，似乎不应该是这个动作。也或许公务只是借口？他先进去的那个办公室看得到停车场我们下来。"

"巧遇的话，是太小太小的概率了。倒是预先等在那个办公室等我们来，比较说得通。"安迪出手，将影像定格在谢滨探视弟弟房间的那一幕。可惜录像的像素不高，看不清当时谢滨脸上的表情。"他在我们门外整整看了有二十三秒钟。等时机，还是窥探？难怪我好长时间有被跟踪的感觉，看来我感觉没错。"

"还有疑问吗？这身体语言太说明问题了。"

"有。录像起码表明一个问题，那就是他不是跟着我们到，而是提前到。提前到有可能是两种情况，一种是他早已深入调查了我个人，才查出我和弟弟的联系。但问题是他怎么可能找到，要挖到这一步，工程太大，时间需要很久，他也得动用很多公器。而且动机是什么。如果只是为了调查女朋友的朋友们的底细，有必要吗？我觉得这种可以否定。另一种可能是他早先曾追踪我到这儿，上周六因为小关透露我知道小曲调查他的底细，他便产生恶意，临时决定现身一下以警告我。我现在需要做的是回忆小关与谢滨相识后，我去探视弟弟几次。探视时，谢滨有没有跟小关在一起。一般来讲，两人周末两天在一起的可能性非常大，谢滨不会有跟踪我的时间。我查查看。"

安迪不顾饭菜上桌，急于查阅她和关雎尔的微博。而包奕凡指着谢滨偷偷探视室内的画面，道："我厌恶他，行动如此鬼祟。一个人的行动足以反映内心。"

安迪专心查看，顺便吃了包奕凡夹到嘴边的菜。很快看完，抚胸而叹："第二种情况也可以否决了。很惭愧，那段时间顾着去看你，只去探望弟弟一次。那一次，正好小关与谢滨在一起。可以说明，上礼拜天只是极小概率的偶遇了。"

"你能排除他偶遇你之后，临时跟踪你吗？"

"影像分析不能排除，动机分析也不能排除。可也同样不能认定他是恶意跟踪。"

"一看见我们就躲起来，这是什么动机？职业病？切，别告诉我他是间谍出身。"包奕凡将录像拉回到那一段。

"也有一个可能，就是像我一样对过去怀有深深的恐惧。我不愿遇见小时候的熟人，直到现在，偶遇一张记忆中的熟悉面孔时，第一反应是扭开脸，快步走开或者躲起来。我这不是连婚宴都不愿办吗？"

包奕凡只能叹息："你也不想想你小时候的情况比他糟糕百倍。再说他作为警察要每天面对不同的人，他也躲？他第二天再找医生问呢？作为强力机构人员，他难道不知道公权的边际吗？"

安迪再看一眼谢滨闪避的镜头，吐一口长气，将电脑合上。"我心跳得厉害。一遇到我的这种私事，我就不理性。"

"那就听我的判断。我下决心找魏先生完全是冲着谢滨第二天专程找医生调查，原本我也顾虑只是偶遇，只打算找他政委让口头提示一下，表明我们不是束手就擒的人。但他在第一天见你吓得面无人色之后，如果他怀疑我们可能有案底，当场就可以提问。如果他心怀善意，就不可能再揭我们伤疤。他第二天的调查完全是恶意，非常卑劣的恶意。唯其穿着强力机构的制服，这种恶意才放大为万分可怕。这件事，你可以在心中放下了，不必再内疚。"

安迪叹一声，是这个理。她将移动硬盘收到她的包里。但包奕凡将她拉拉链的手止住，"别多管闲事，别交给小关看这录像。"

"可是小关这么信任我。怎么能不提醒她谢滨是个怎样的人？"

"暂时存放，等我下礼拜来再决定，好吗？"

"讨厌，我越来越婆婆妈妈了。都怨你，害我怀孕。"

包奕凡连声承认都是他的罪过。可他再怎么逗乐，安迪一顿饭都吃得闷闷不乐。谢滨当时在门外的二十三秒钟里听到什么，看到什么，怀疑什么，导致第二天再问，这些都成了安迪的心病。包奕凡虽然觉得此事不必太担心，可他不得不替安迪一起担心。

曲筱绡下班就赶赴酒店，接两位客户出来就餐。她这么安排是有原因的，那就是赵医生今夜值班。

曲筱绡才找到车位，刚要把车停进去，一辆保时捷迅速灵活地掠过她，占了她刚找到的车位。她毫不犹豫摇下车窗，进入一级战备状态，可是那辆保时捷里面走出一个美妞，叉腰站她车头前怒喝："鸡贼曲曲，你再开这种破车，老娘天天跟你后面抢你车位。"

美妞正是曲筱绡的中学同学。她气得大笑："滚出我的车位，要不看我不撞碎你的保时捷。"

"撞吧，撞吧，我知道你现在有钱了，撞碎我的旧车，正好替我买辆新的。"

"有个屁钱，我今天那两个客户，满打满算才给我带来三四万毛利，我今晚请客就得花掉起码五千，赚钱不容易啊。妞，快让我，客户上面等急了。"

"嘴巴这么严实干吗，怕我们起哄让你请客？都说你爸妈已经把房产都移交给你了，你现在整一个亿万富婆啊。"曲筱绡一听，顿时紧张了，"谁说的？我家还有两个野路子哥哥呢，怎么会都交给我。"

"啊，假的？我们校友 QQ 群里都传开了，还有我们保时捷群也传开了。你到底是多重色轻友，几天没上 QQ 跟我们说话了？快去辟谣，要不然你这装穷车总有一天晚上会被我们点天灯。"

"我要是发达了，还装这个穷干吗，我还不是装给我爸看。你快替我去辟谣。"

"哈哈，好吧，看你还得苦哈哈装穷分儿上，放你一马。"美妞回去车上，让出车位，呼啸而走。

可曲筱绡停好车子，整整发了五分钟的呆。妈妈移交房产给她，多隐秘的事儿，怎么尽人皆知了？那么多人知道，意味着她爸爸也很快听到了。这一下，祸害大发了。

这件事，无论如何需要与妈妈商量。与曲筱绡一样，妈妈听到电话，也呆住了。"谁传出去的？你？小赵？"

"妈你也急糊涂了，我和老赵谁肯说出去。中介！只有中介那儿出问题。他们知道你把管理权都交给我了。"

"要死了。我去查。"曲母这就干脆地摔了电话。

但没等曲筱绡爬出车子，曲母的电话又来，"不查了，反正已经泄露，查不查一样。今天开始你完全回避，妈妈开始行动了。"

"我参与，起码妈妈你得有个人说说话。我决不会当叛徒。"

"如果爸妈离婚，你站在妈妈这边了？"

"我……你们不要离婚。"

曲母叹一声，收了线。

曲筱绡狠敲自己的脑门，知道自己的回答出错了。她从小就能游刃有余地回答爸爸好还是妈妈好这类无聊问题，可今天，她回答了最笨的。她快快地下车找电梯出去。无论家里发生什么事，她总得先挣了自己的钱再说。

邱家父母与应家父母一起走了。他们来时都拎着大旅行包，走时都将空空的旅行包折叠起来，装到塑料袋里，几乎是什么行李都没有地走了。他们甚至都不要儿女送下楼，怕累着刚出院的儿女。

邱莹莹与应勤趴在窗户上，目送父母们离去。本来就小小的北窗，铝合金又是只能打开半扇，两人只能侧着身肩叠着肩，先后将头伸出窗外，才能保证两只头都能让父母们看到。激烈送别的时候还不觉得，等父母们转弯了，远去了，彼此的呐喊听不见了，两人才终于晃晃悠悠地意识到，他们前所未有地贴近。而且，此时屋

里只有两个人，没有大人们无所不在的监视，再而且，他们结婚了，他们是理所当
然可以贴在一起了。

于是，伸出窗户的两只头的呼吸都急促起来。邱莹莹更是想到那一条令她锥心
疼痛的短信，今晚洞房花烛夜，她将如何面对应勤。她头都没缩回来，便已开始心
虚了。面对应勤的凝视，她连忙打岔说话，"今晚我们得自己做菜了。你想吃什么？
想不想吃腊肉饭？"

"我……我想……抱…………"应勤发现伸着头不方便，便立刻缩回来。正好
两人都想缩回来，两只头便卡在窗口，贴在一起。应勤心很慌，可立刻他便找到理
论依据，"对，我们结婚了。我可以做了。"他毫不犹豫地伸手抱住邱莹莹，可动
作粗糙，又是心急慌忙，首先拉痛了他自己的伤口。在应勤的惨叫声中，两人终于
从窗口脱身了，小心挪到三人沙发上，各据一头。邱莹莹更慌了，都不敢抬头看应
勤，她也很想拥抱应勤，这么多天来，一直有父母们在身边盯着，她始终距离应勤
一米开外，现在终于可以单独在一起了，可是她却不敢动弹了，她怕太热情太主动，
便更证明她的轻佻。

但应勤又一次以编程逻辑的思路肯定自己刚才的理论依据，"我们结婚了，我
们是夫妻了，我们可以睡一起了。"说起来又是心慌又是激动，竟咯咯笑起来，起
身拉邱莹莹往卧室走。邱莹莹虽然毫不犹豫跟着进去，可依然扭捏着道："我还得
给你做饭呢。"

应勤全不理会，拿起床头搁着的 IPAD，激动地说，"我这儿有很多教程，都
是这么多年电驴下载积攒下来的，我们先学起来。"

邱莹莹一愣，看看刚刚被应勤拉过的手，再看看自顾自捧着 IPAD 兴奋地开机
调程序又甩下鞋子跳上床踢开被子忙碌得不可开交的应勤，这与她想象中风光旖旎
的洞房花烛夜完全两回事。她知道，现在得亲吻，得甜言蜜语，得培养情绪，总之
不是这样子。可是她不敢提出，她只能一看见应勤招手，便顺从地坐上床去。

而应勤忽然板起脸很客观地道："其实你懂的。"他扔了 IPAD，躺下生气。"你
干吗还装作不懂，要跟我一起看呢？"

"对不起，应勤，我不是故意的。"

"不是故意装不懂？那就是真的不懂？怎么可能。"

邱莹莹不敢说自己的要求，自己的期待，她在应勤郁闷的逼视下，委屈地躺下

来，躺到应勤身边，"那你要我装很懂？其实我也不懂。我只知道，该你主动了。"

"你既然不懂，为什么又知道我该主动了？你的话里矛盾百出。我不想照你说的做，我想吃饭。"应勤仰天躺着，并不看邱莹莹。

邱莹莹知道理亏，咬咬嘴唇又起来，去厨房做饭。可是才到灶台，眼泪就忍不住掉了下来。果然被曲筱绡猜中了。她委屈地一边哭一边做饭，丢三落四的，可又觉得躲在厨房怎么都比面对应勤容易。

该怎么办？她当然首先想到的是向樊胜美请教。可理智告诉她，唯一指出她即将面对问题的人，是曲筱绡。她断然鼓起勇气偷偷向曲筱绡请教该怎么办。

曲筱绡正心烦意乱地想着自家的事情，应付着客户的吃喝，一看见短信，整个人都亮了起来，她复活了。"笨蛋，色诱啊，色诱啊。"曲筱绡滴溜溜地转着眼睛尽弃前嫌，走出去主动打电话给邱莹莹。"不行啊，他正嫌我懂得比他多呢。"邱莹莹躲进卫生间，放开水龙头，满头满脑裹上浴巾，钻在浴巾里面悄悄地说。

"笨蛋，色诱，这种童子鸡经不起色诱，等他上钩，你反咬一口，呸他下流，呸他思想里比你下流多了。以后你就跟他半斤八两一样下流，他也没什么好说了。"

"真的行？"

"那你还有什么其他办法？你除了听我的还有什么办法？笨蛋！"

"不好，应勤敲门问我在干什么，很生气。"

"你在哪儿？"

"躲浴室呢，放着水做干扰。"

"正好，立刻顺势洗澡，洗好就喊你忘了拿衣服，要他递进来，然后……再问我然后你就没救了。成了要向我汇报。要是没向我汇报就是你水平不行，我以后看死你，笨猪。"

"混蛋，你不骂人行不行？好，汇报就汇报。"曲筱绡神采飞扬地回去桌上，得意死了。她终于有了力气应对客户，将客户伺候得心满意足，欢天喜地。

吃完饭将客户送回酒店，才刚出门，手机短信来了，"成了！"曲筱绡一看时间，自言自语："还是笨，这么慢才搞定。"但随即她郁闷得鸡飞狗跳起来，"我干吗帮她，我干吗帮她，我怎么不笃笃定定看她好戏？"

而在应家，邱莹莹与应勤情意绵绵地开吃烛光大餐。虽然只有简单的应付停电买的蜡烛，和简单的一大碗腊肉饭，可有情饮水饱。

关雎尔昏昏沉沉地加班，等到终于做完事，早筋疲力尽，浑身稀软。她都不愿背起沉重的电脑包。可她又清楚，将电脑放在办公室有多危险，明显是不想活了。

她昏头昏脑地走出门，想呼吸一口清凉空气，却吸入一口闷闷地潮气，是，春天该有的潮湿。她都睁不开眼睛，脑袋运转了好几下才决定，打出租。身边有人靠近都不觉得，脑子完全停摆了。直到身边的人轻轻喊一声"小关"，她立马弹了起来，一个踉跄。竟然累得忘了提高警惕，忘了谢滨可能来等她。但她很快就被稳稳地扶住，她的电脑包也很快转移到谢滨肩上。

关雎尔才抬头看一眼，一接触谢滨那双该是晶亮锐利的眼睛如今充满忐忑，看到他正努力冲她温柔地笑，可笑容中满是酸楚，她心软了。她也看到，谢滨脸上爆出的痘痘。她立刻想到，现在的她肿眼皮，油皮肤，还有满脸的痘痘。她立刻低下头去。她的憔悴全落在谢滨眼里。

谢滨微微蹲下身，与关雎尔平齐，"我去报到了。大家像以往一样对我，没觉得什么大不了。你放心，别替我担心。"

关雎尔点点头，依然没抬头。

谢滨不知道该怎么办，抱着关雎尔的电脑包傻傻地站着，心疼地看着她。好久，才道："饿不饿？稍微吃点吗？"

关雎尔摇头，见有出租车过来，连忙想招手，被谢滨拉住手，"陪陪我好吗？你可以不跟我说话。陪陪我。"见关雎尔低头不语，他焦急地道："你叫我怎么办呢？"

"我不知道。"

"好了，你总算对我说话了。你在这儿等着，我跑去那儿的7-11买点吃的。等我，别走。"

谢滨背着电脑包飞快跑远。关雎尔这才抬头，看着他的身影，理智告诉她，错了，别等待。可是她又不想走，她慢慢挪过去，在花坛边的椅子上坐下，茫然看着远处。耳边都是谢滨的声音，很可怜，他很可怜，他也很憔悴。

很快，谢滨拎一包吃的飞奔回来，呼哧呼哧地在关雎尔身边坐下，递蛋糕给关雎尔。关雎尔摇头，她完全没胃口，也懒得动弹。谢滨想了想，拉开一罐啤酒递过去，"敢吗？"

关雎尔一把抓过来，泄愤似的猛喝一口，可依然不看谢滨。"你又来干什么？"

"即使你以后再也不理我，我也要把这些事告诉我最爱的，也是唯一爱的女人。

这些事如此不堪，我这辈子只能告诉一个人。我决定了。我知道你听了之后会永远唾弃我，不管了。可之前，也就是现在，我知道你爱我，你是我从小到大唯一爱我的人，这么好的人，你爱我，我满足了。"谢滨扬起脖子，将一罐啤酒咕嘟咕嘟全喝了下去，便使劲将罐子捏扁。

关雎尔惊讶地看着谢滨，看他将话说完，不知所措。可又见他不爽快，借着喝酒捏罐子拖延时间，她心中又烦躁起来。她想起身，被谢滨头也不回地扯住，身不由己地又坐下。

"我家很穷。在我刚会跑的那年，我妈离开我去城里做保姆。一来二去，她怀了男主人的孩子，把女主人赶出门，又带着一大帮人回家打架闹离婚，随即跟男主人结婚了。为了能尽快离婚，她把我留给我爸。那两年，我爸，我爷爷奶奶，都抬不起头。我只要出门就被人喊野种，追着吐口水。他们都说我长得不像我爸，不是我爸生的。我爸一生气就喝酒打我，我奶奶把我抢走。后来我爸架不住别人的笑话，逃出去打工，出去后就没回来。我好歹这么活下来。"

关雎尔听得都呆住了，只知道谢滨来自离婚家庭，想不到那家庭有如此不堪，而他从小因此如此遭罪。她忍不住扭过身去，从两人中间的塑料袋里取出一罐啤酒打开，递给谢滨。谢滨将她的手和啤酒一起拢在手心，就着她的手又将一罐啤酒喝下去。这回，关雎尔静静地耐心地等谢滨喝完，将罐子扔了，依然捧着她的手。关雎尔感觉到，这双一向有力的大手似乎在轻轻颤抖。她毫不犹豫地伸出另一只手，四只手放在一起。

谢滨抬头几乎是低微地看着关雎尔，"早知道，我早应该跟你说的。"

"小曲去调查的就是这些？所以你很生气？没什么的。"

谢滨点头，又摇头，"还没完。上小学那年，我妈要接我去城里上学，我爷爷奶奶不让她带走孙子。他们当着我的面讨价还价，最后我妈妈拿出一笔钱，才买走我。是的，他们一方说买，一方说卖，全然不顾我在旁边听着。我那时候虽小，却记得清清楚楚。到了新家，我妈逼我喊那男人爸爸，我不喊，她就打我耳光，被那男人拦住。可另一面，我妈对那男人和男人的爸妈又无限摇头摆尾，直说我就是像那男人，连脾气都像。我就在那家住下来，开始上小学。原以为离老家远远的来到了城里，想不到人们都知道我家的事，都喊我臭猪头，我一转身，不是本子给撕了，就是铅笔给断了，小孩子使坏起来没个底。我只好避着他们，一下课老师一不在就赶紧逃走躲起来。可即使如此，我总算过得比过去好，总算吃饱了，还有自己的床睡觉，还可以参加课外班，学这个学那个。这方面，那男人从不吝啬钱。你会冷吗？"

"不冷，我不冷。我是心里打寒战，你别管我。"

"可即使这样的日子也是奢求。我爸爸或者我爷爷奶奶三天两头打上门来要把我争回去，又不是去学校把我抢走，而是到我妈新家吵，吵得满院子人都知道，最后总是满意地拿一笔钱走。我永远抬不起头做人。除了读书，我还能干什么呢，就是待屋子里看书看电视听音乐。上大学简直是脱离樊笼的唯一希望。我报考的是同学都要么不报考，要么考不上的冷门，考上后就不再与同学老师联系，我试图彻底摆脱过去的一切。在大学里，终于没有熟人，我才回到人间。"

"小曲真不应该，难怪安迪不许她说，不惜动用一切手段禁止她说。她怎么能这样。完全不是你的错，那些人这么对你才是完全错了。"

"小曲可能已经查到全部，没想到她能找到我出生地。难怪安迪会竭力阻止她说给你听。安迪也知道这段过往的可怕。想不到我竭力隐瞒的过往，还是有其他人知道了。"

"其实你真的不用纠结，这些事对你当时是极其痛苦，对别人真的不是大事。往往小城镇就是这点子不好，人跟人不是八辈子扯得到一起的亲戚，就是小学中学的同学的同学的同学，稍微有点儿事就放大得全城人民都知道，走哪儿都有长舌妇伺候。可这种事放到海市算什么呢，沧海一粟而已。所以我也不愿分配回老家，最烦跑哪儿都是八竿子扯不到一块儿的野叔叔野阿姨来指指点点。即使你非要担心扩散，起码安迪是绝不会说出去的，她对我都守口如瓶。"

"真的不是大事？"

"真抱歉，对别人不是，只有对你，是天大的大事。我很难想象你当年，你还那么小，那么需要保护的时候，却不得不亲眼目睹那些残酷的场景，我家即使我妈嗓门稍大几下我都会慌得不知所措。真不知道你当时是怎么度过的，肯定不会有人事后来安抚你。"

"好在噩梦已经过去。喂，这位兄弟，背包拉链开了。"谢滨说到一半时候，连忙提醒眼前经过的一个男孩。看那男孩反应过来将背包拉链拉上，他回头见关雎尔嘉许地看着他，他也勉强挤出一个笑容回应，"可惜那时候身边没有你。"

"我向你真诚道歉，我当初不该逼你说过去的事。"

"你不用道歉，是我愚钝，没有彻底认识到你是这么好的人。而且我也是太怕提起那些事。是的，对我来说，那些事是我童年的全部，我原以为永远没有勇气说出来。好在，这个世上有个你会听我说那些。"

"但你真的没必要跟我爸妈说这些，他们未必会理解。"

"我以后还有机会见你爸妈吗？"

关雎尔一愣，很是尴尬地看着谢滨，急急地想把自己的手从谢滨的手里拉出来，可谢滨紧紧拽着不放。关雎尔慌乱中没话找话，"我会跟小曲谈，让她对此事保密。安迪自然不用我说。"

"安迪有你的信任，我也对她彻底放心。小曲那儿我找时间会跟她谈，你不必了。你既然当初无法阻止她做，现在更无法阻止她说，她不是你能控制的。我已经跟她预约，等我有准备后再跟她谈谈。"

"我还有一个疑问，你究竟有没有跟踪安迪？"

"这件事纯粹是误会，她当时正探望一个精神有问题的儿童，我本来只想过去向她问个好，再问问你好不好。进去时候她非常慌张，像看到怪物，她丈夫就呵斥我离开。我当时以为她对你不知说了什么做了什么，以致看见我这么心虚，就非常不快地离开了。不知道她怎么会猜成我跟踪她，而且下如此重手。不过我原谅她，因为她对你这么好。我始终想不明白的是，她为什么见到我如此惊慌。"

"怎么会？其实对安迪，你只要当场把话都亮开说就行了。我跟她说一下，她还在生气你跟踪她呢。希望解开误会。"

"她有没有跟你说过慈善领养一个精神病儿童的事？"

"她从来不说这些，我只知道赵医生那儿如果有非常困难的病人，她会掏钱，但她从不出面，如果不是小曲提起，我们都不会知道。包括前阵子小邱出事，她也一声不吭就掏腰包，可她都掏给我……会不会她不愿做慈善被人撞见？她太低调。"

"只有这个解释了。你们楼两个业主邻居都很怪，都是经济实力非常雄厚，但行事低调。"

"小曲可一点不低调，她的低调是装给她爸妈看的。小曲很犀利，你跟她谈的时候要小心。我们2202的女孩都比她穷，比她能耐差，都是吃尽她奚落。谁找男朋友，她都要掺一脚，唉。"

"她为什么要低调给爸妈看？"

　　"好像是跟同父异母哥哥争家产吧，就是那种家里有钱，他们自己名下钱不多，最终家里的钱落到谁名下，看各自表现，吧啦吧啦吧啦，就这样。"

　　"嗯。"谢滨点头，过了好一会儿才又道："呵呵，豪门恩怨。你看上去很累，我送你回家吧，明早我去看你。"

　　"我这灌啤酒还没喝完呢。"

　　"我替你喝了。"谢滨将关雎尔手中的啤酒喝了，起身道："这个点，这儿很难打到车了。我们得走过去一段。我背你？刚才看你从大门走出来，我都觉得你累得再走几步就会倒下。这几天是不是都没睡好？"关雎尔听着这低沉的嗓子吐出的关怀，不知怎么，眼角又涨涨的，她点点头，但笑道："不用你背，好像你不累似的。"

　　"背你不会累。上来吧。"

　　"不要你背，你又不是猪八戒。"

　　"猪八戒背的是媳妇。"关雎尔终于笑出声来，可眼泪也忍不住掉了下来。谢滨回头看见，愣了会儿，伸手将关雎尔紧紧拥住。他异常感慨，感慨得非要将鼓塞于心的感受说出来，"我都不知道这辈子该怎么偿还你对我的好。"

第 73 章

　　樊胜美下班第一件事是打开手机。好几条是邱莹莹在上班空隙发的，废话很多，概括起来就是"我高兴死了，我高兴死了"。很意外有安迪的短信，说是等在地下停车库，让她下班就招呼一声，安迪会将车子开上来接她。樊胜美看见短信心里就咯噔一下，心知法院传来的文件到安迪手里了。她当时传给法院工作人员的是安迪的地址。

　　换好衣服急匆匆几乎是小跑着出去，一眼却没看到安迪那辆橙黄的车子，却有一辆鲜红的法拉利转了个圈停到她身边。樊胜美看清是安迪才跳上去。跟她一起下班的同事眼中各种复杂表情，当然窃窃私议开了。

　　"换车了？"

　　"包子爸拍包子马屁的，我的却是送我新婚礼物的借口。既然如此，那我不客气了，截留。他爸这个马屁真下血本，458 很漂亮。我刚提车回来，我们上高架遛遛。"

　　"真心羡慕，你真应该女扮男装来接我，明天上班我就成有故事的人了。"

　　"哈哈，下次包子来，让他来接你一次。我提车时候听说你的快件到了，我想顺路接上你，你先缓冲一下情绪。"

　　"唉，该来的终于还是要来的。难得坐这种好车，让我视察人们对我的羡慕忌妒恨来缓和情绪吧。"

"有没有想过将曲曲的办法和打官司结合起来？总觉得曲曲的办法经常初听很荒诞，可最终执行起来总是非常适合这片土壤。"

樊胜美捂紧胸口长喘一口气，"我就是有想法，也没曲曲的执行能力啊。还是先看看起诉书到底写些什么吧。我是不是很没用？"

"比我打第一次官司时强点儿。我那时候全身发抖瘫在老谭面前。不过我那时候才十九岁，情有可原。"

"最后一句要是不说该有多好。唔，前边那辆银灰的可能是老情人的车，再次感叹你要是男的该有多好。"可随即樊胜美就揪着头发尖叫起来，"我没办法，我根本就是没办法，我甚至没办法让自己正常呼吸。我不调节情绪了，我就视死如归吧。"

安迪无语，今天要真是包子坐在驾驶位上，那家伙花言巧语，自然会调剂气氛。她想半天，才无奈地道："你尽管脑袋空白一片，等下我会帮你看起诉书，总结要点给你听。"

曲筱绡抓紧时间将手头工作做完，一个电话打给妈妈，"妈，一起去中介？我要问问谁嘴巴那么快。"

"你自己去，妈妈在谈事。查完结果汇报我。"

"谈什么事？可以透露一点点点点吗？"

"钱！"

"噢，不打扰你。"曲筱绡又向赵医生发短信汇报行踪之后，立刻赶去中介。

中介老板亲自接待，一听说便奇道："不可能，大客户信息由我亲自掌握，每个业务员最多接触一套两套。所有操作照旧，唯一变化的是以前租金交到你妈账上，现在交到你账上。以前那么多年没出现消息泄露，现在也不会。怎么都不可能从我这儿泄露消息出去。"

曲筱绡也茫然了，没错，中介老板是妈妈的高中同学，知根知底，已经合作那么多年，怎么可能忽然露出风声去。她愣愣地捧着茶杯，看中介老板许久，忽然灵光一闪，"打钱的出纳知道变动。"

"跟房子对不上号。"

"出纳不需要跟房子对上号，她只要知道现在一大批房子已经归属到我名下就行了。阿姨，你帮我问问。"

"对了，我只管想着他们业务员拿上客户联络号跳槽，没想到出纳这条。这样吧，你先回去，别留这儿打草惊蛇，我慢慢盘问出纳。如果真有问题，我这就跟你和你妈妈联系，我们商量善后。"

曲筱绡想着有理，满腹狐疑地往家里走。回到22楼，却不见一个人。打赵医生电话也不通，不用猜又是在手术室。她郁闷得拨通安迪的电话，扯着嗓子尖叫："你们都在哪儿？怎么一个鬼影都不见？我知道包总今天已经回家了，我知道你肯定有空陪我。我心里很烦。"

"你要是答应不跟小樊吵架，你这就去我们吃过的小洋楼饭店占位置，小樊今天拿到起诉书也正心烦，我请她客。如果看见小关，带上她。小樊今天穿得很漂亮，你也穿漂亮点儿？"

"我现在不要见小关，她已经不是我朋友了。她既然不认我，我也不认她。奶奶的！"

曲筱绡说着一头扎进衣帽间，眼光嗖嗖嗖扫过，立刻拎出一套又美又贵的。不让跟樊胜美吵？哼，她有的是办法让樊胜美一看见她就心烦意乱。唯有把浑水搅成墨黑一团，她才能释放内心的焦虑。

可是，才到店门口，樊胜美便将曲筱绡秒杀了。两车几乎同时到，安迪的车被门童引到饭店门边预留的车位，打横大喇喇停在门口，精光灿烂地替饭店做活招牌，车才停稳，两个门童一起上，迅速拿活动护栏将车子保护起来。而安迪与樊胜美在众人瞩目之下款款而出，受尽优待。曲筱绡的polo则是才到饭店门外广阔天地，就被站得很遥远的保安指挥去偏僻的角落停下，等她出来，恰好成了围观樊胜美千娇百媚的路人甲。看到樊胜美冲她飞一个媚眼，曲筱绡气得跳脚。

樊胜美拿着拆封的快件，听了安迪的转述后正又气又怕，虽然安迪安慰了几句，可她胸口一直闷闷的，须得不断长长地吐气才能舒缓，待得下车，一眼看见从黑暗停车角落转出来神色郁闷的曲筱绡，她不由自主地学着车模，扶车门冲曲筱绡扭了个千娇百媚的S形，再没心情，也得挤出亮眼睛冲曲筱绡一放电，二放电，三放电。眼见着拎粉紫爱马仕包的曲筱绡眼睛射出飞刀，樊胜美心情异常地变好了，她冷静地对安迪微笑，"我行了。你和小曲先进去，我给家里打个电话。"

　　但曲筱绡杀过来，"安迪，你说过，新车我先坐。嗷……"

　　"你们慢慢吵，我头疼，我先进去。"安迪不肯夹在当中做炮灰，抱头溜走。

　　"不许进去，给我拍照，将功赎罪。"曲筱绡见樊胜美不理她，兀自拨号，她便将包包往车头一放，做出更妖娆的造型。安迪滋滋儿地头疼，只得拿出手机，给两人拍照。

　　樊胜美冷眼看着曲筱绡，但她有强于曲筱绡的优势，那就是开着的车门还在她手里，这玩意儿更容易造型。她即使已经接通电话，进入紧张战斗，可依然只要稍稍一摇摆，便以太极推手之柔韧将曲筱绡分分钟变成芙蓉姐姐。信心，源源不断从内心达于四肢，樊胜美第一次面对哥哥嬉笑怒骂皆成文章。

　　曲筱绡郁闷，拉住安迪道："走，让她做车模。摸个副驾驶室的门也能猖狂成那样儿。"

　　安迪早想溜走的，可一看樊胜美招手，她便走过去。樊胜美使劲抓住安迪的手，脸上流露出紧张。安迪会意，毫不犹豫再伸出另一只手，给樊胜美打气。樊胜美眨眨眼睛，微微一笑，挺了挺胸，以和缓的声音隐藏住心中的激动。"这么说，你是铁了心跟我打官司？好吧，我认。但既然已经打官司，那我也没什么情面跟你们可讲了，我们一切听凭法院裁决吧。"

　　曲筱绡见那俩女人居然如此卿卿我我，抛下她孤立她，她当然不肯，非要挤过去，正好听到樊胜美说的后半句。她有些鄙夷樊胜美的水平，可此时居然不插嘴，她手一伸搁樊胜美肩上，脖子也伸过去差点儿搁樊胜美肩上，摆明就是明目张胆地偷听电话里的声音。

　　那手机也不负所望，传出樊兄清晰的声音。显然樊兄很得意自己打官司这一招。曲筱绡听得直呕，可又不能擅自打断，只能在心中回忆早先在樊兄屁股上雕的那只乌龟解气。同时，她不得不鄙夷地扫视温吞吞地听完这些瘟话的樊胜美，真是一辈子改不了的胆小如鼠啊。

　　安迪只能盯着曲筱绡，唯恐她又闹出乱子。

　　樊胜美耐心听完，脸上挤出一个微笑，虽然这个微笑在安迪她们看来是非常假非常虚的，可是在这种微笑配合下，樊胜美对着电话却说出耐心得充满讽刺的声音，"那就好，我就顺了你的心吧。今天开始我取消每礼拜一次的汇款。往后还汇不汇，汇多少，都听凭法院裁决吧。这就是你要求的，你闹什么闹啊，你给我好好看住爸爸，别害死他，爸爸要是死了，你连爸爸退休工资这条进账也没了。

以后啊，等官司打完前，你们只能指望爸爸的退休工资过日子了，苦是苦点，可好歹也是钱，总比一分钱都没有要好。官司呢，我会省出本来每礼拜寄给你们的钱给律师，让他好好地拖，打完一个再上诉，即使判我输了，我还要慢慢地拖执行，拖你们个一年两年的，反正我有的是钱，但就是不给你，你们慢慢熬吧，自找的。"

这一回，樊胜美果断结束通话，只是结束通话后牙关紧咬，满脸僵硬，目光呆滞。曲筱绡却难得地赞了一个字，"嗲"！安迪拉樊胜美的手，道："进去坐着慢慢说。这一关过去不易。"

曲筱绡也搂着樊胜美往里推，"小美啊，从此以后我再叫你一声樊大姐，罚我学狗叫三声。你早该这么做。我妈从来都说，手里捏着大牌，要是没点儿狠劲儿，照样会输掉裤子。"

"叫樊大姐有什么不对？"樊胜美看清曲筱绡笑得不怀好意，立刻清醒过来，"狗嘴吐不出象牙。"她扭过头跟安迪道："可我很担心爸爸的药被他们换了，或者干脆断药。我还担心我妈又出去要饭。想到就坐立不安。"

安迪道："不破不立。再说你已经提醒你哥必须保留你爸的性命，他们不会不懂利害。其他的，只能忍忍了，长痛不如短痛，他们咬到自己的肉，以后会知道痛。"

曲筱绡就没那么客气，"一句话，你哥不撤诉，不立下字据说明他以前是借你的钱买他的房子，现在是卖他的房子给你爸看病，他压根儿没钱，你就跟他们没完。恶人只怕恶人磨，你今天做得嗲，但你要是不坚持下去，鄙视你。"

"大不了再让你喊樊大姐。"樊胜美依然是心烦意乱，只得叹息，"唉，只能眼不见心不烦。"

曲筱绡才点完菜，便接到中介老板的电话。"细细盘问了下，出纳原本也是做一天和尚撞一天钟的，但个把月前在外面吃饭，有个朋友的朋友提起你名下的一套店面房，一套住宅房，说你真富。出纳脱口而出，说同一账户名下才不只两套房，多得很。饭桌上大家一好奇，出纳就上班来仔细查账，算出同一账户名下共有多少，又与朋友们去说了。唉，这件事真对不住，想不到岔子会出在这儿。"

"这个，怎么有这么八卦的人？就是说，传闻已经传了一个多月，这两天才传到我的圈子里，害得大家以为我最近才分得一大拨家产？她有没有对别人说起这几天账号变动的事？"曲筱绡见安迪与樊胜美都目光异常，便竖起食指在嘴唇前晃动，让两人别私自议论。眼看樊胜美似乎要跟安迪说话，她索性跳过去站在两人中间。

"这个还没说起。我让她提供聚会朋友的名单，她拿不出来，只说得出她自己男朋友的名字，姓方。我让她以后再有这种聚会叫我一声，让我去看看有没有相熟的人故意挑起这话题。小曲，我这边保密管理有漏洞，只能竭力亡羊补牢，希望帮你把损失降到最低。"

"阿姨，损失已经没办法挽回了，爆发是迟早的事。我看你也别跟我妈去说了，我妈这两天着急上火，对我也没好脸色，电话内容我会转达过去。我还请你帮个忙，我是个死也要死个明白的人，我出五千给那个出纳，让她组一模一样的饭局，把个把月前的人都叫齐，我要看看到底是谁那么关心我家的事。"

安迪听到这儿，眼皮跳了一下，但没说什么。曲筱绡打完电话，才回到自己位置坐下，"你们什么都别问。"

但安迪还是不怕死地问："损失大吗？"

"我家七寸！奶奶的。但看样子是误打误撞，我只能自认晦气。"

但安迪当作没听见似的，举起杯子道："吃饭吧，先恭喜小樊突破自我。"

曲筱绡纳闷，但想想"别问"是她自己要求的，大家果然都不问，倒是凸显她的权威。如此自我安慰一番，曲筱绡便气顺了点儿。

三个人，一顿饭吃得都没心情，各有各的心事，但好歹都强颜欢笑下来了。安迪与樊胜美先回22楼，樊胜美开门就笑道："小关还没回，又加班。"

安迪忍不住探头看看小黑屋门缝透出的灯光，轻问："她每天吃什么啊？"

樊胜美摇头。"也好，都清静。"

安迪犹豫了一下，又道："我考虑来考虑去，觉得有必要多事一下。你家的事，你得照着今天电话的原则坚持住，决不能妥协。道理你懂，后果你也懂，不用别人多说了。"

樊胜美点头，"我这回一定忍住，即使……即使我妈又跑来在我面前哭，我也不松口。"

"如果觉得自己靠不住，不妨寻找外援。我心肠比较硬。"

"真不知怎么感谢你。还有小曲，也帮我不少忙。"安迪一笑告辞，进了屋里，就给曲筱绡打电话，让她回来先到2201报到。没过多久，曲筱绡便来敲门。进门就问："什么事？快，老赵已经等我好久了。"

"你家的事要紧吗？有没有办法阻止？"

"我家的事就好像火山已经爆发了，你知道吗？现在我跟我妈在做的事只有一件，烧死我们，还是烧死其他人。没有第二条路。

怎么，你有办法？"

"需要我帮忙吗？"

"帮不上。不过你这么说让我心里很好受耶。抱一个。"安迪连忙推开，"找你老赵去，别抱我。"曲筱绡呜呜几声跑走了。安迪将门关上，心里却一直回想曲筱绡打电话时的那几句，总觉得其中可能有谢滨的身影浮动。她怀疑自己是疑神疑鬼。可若是告诉曲筱绡她的怀疑，又唯恐冤枉谢滨，怕曲筱绡那强大火力将谢滨怎样了。一听反正再怎么帮忙都于事无补，她便也放下。

曲筱绡飞奔回2203，像是身后追着一只鬼。她跑回家根本来不及与赵医生亲热，就直扑书房翻出一张CD-ROM，开电脑找照片。赵医生纳罕，跟进来问："怎么回事？"

"安迪那吞吞吐吐样儿，有鬼。我就怀疑调查中介房子的事有谢滨插手，应该她也想到了，只是没证据不便说。她都能想到，可见谢滨嫌疑有多大。我有他照片，今晚就查他个底朝天。"

"到底怎么回事？"曲筱绡仰头看赵医生一眼，才想起中介的事还没跟赵医生提起过。便忙碌地一边找照片，一边向赵医生转达。赵医生听完，仰脸想了半天，见曲筱绡将照片发出去了，才问："你真以为是谢滨搞你家？"曲筱绡转着眼珠子想了好一会儿，摇头，"想想又不像了。房租账号变成我的名字才几天呢，我还没收过房租，出纳还不会知道以后房租要交给我，老板也否定了。如果真是谢滨通过出纳盯着我，他当然也不会知道。说明传出的那些消息还真是误打误撞。算了，白激动一场。"曲筱绡将电脑合上，坐着生闷气。"可是，谁在关心我有一套住宅一套街面房呢？"

"你这坏蛋得罪人太多。自己好好想吧。弄不好是你圈子里的人。"

曲筱绡又是沉思。想半天，倒是等来中介老板的电话。"你传给我的照片，我让出纳立刻看了。就是他，照片里的人一再提起你一套住宅以前就是在我家租出去的，我想来想去就是你现在住着的那套，你住之前那白坯放我经手租出去过几天。还有不知照片里的人怎么知道那套街面房也是你的名字。很奇怪。"

"谢谢，这就对了。"曲筱绡跳起来，又将电脑打开，调出谢滨的照片，"想不到啊，这么阴险。"

"只许你查他，不许他查你吗？"赵医生反问。"我查，是为关睢尔好，他查，是为了搞我。不一样，好不好？"边说，曲筱绡又冲了出去，先敲 2202 的门，见关睢尔还没回，就敲开 2201 的门。

"有回复了，就是谢滨，谢滨在调查我。你知道些什么，也都告诉我。"

"把你家点成火山，也是他干的？"曲筱绡想了想，毅然点头，"跟他有关。"

"我可以这么理解吗？不是他干的，但跟他有关。"

"出纳的调查是他挑起的，时间是个把月前。"安迪想了会儿，"时间对得上，你那时先查了谢滨的工作和风评，再后来你真真假假地告诉小关你去谢滨老家了。唉，你自己惹的祸。这事，换谁被暗查都不乐意，要查的是我，我早已跟你拼命。"

"我查他是为关睢尔好。"

"小关又不要你查。"曲筱绡噘嘴想了会儿，"算了，这事你别跟小关说，到此为止。我这几天忙我家的火山，没空管这事。谢滨既然看到他干的好事已经得逞，也该收手了。就这样。算我自作自受，认栽。"

"慢着。我问你一件事。可能我的认识比较直线，判断不大正确，我需要问问你的意见。到现在为止，你觉得谢滨这个人怎么样？"

"他爱谁谁，从此跟我无关了。你也别管，他好他坏，都是关睢尔的事，关睢尔主意大得很，不需要你管。你也别惹祸。这不有我这前车之鉴吗？"

安迪点头，送曲筱绡出门。可在门口，两人正好见到关睢尔满面春风目不斜视地出电梯。两人不由得齐齐地噤声止步，看着关睢尔嘴角含笑走进 2202。等关门声响，两人不禁都松了口气。安迪轻声嘀咕："真担心你冲过去拼命。"

"那你怎么不抓住我？其实你不用担心的，我要是还拿她当朋友，这会儿肯定冲上去跟她摆事实讲道理要她评个理。现在？爱谁谁，我自己心里有数。"

安迪叹了一声，"我担心小关。"

曲筱绡忙扭身正色道："你少惹事上身。一个萝卜一个坑，别人还担心你太老实包总太活络呢，你们不是过得挺好。"

安迪想了想，也是。"行了，我这儿还有你帮我盯着呢，不怕。你家如果真需要我帮忙，尽管开口。"

　　曲筱绡心里不当回事，嘴里答应着，可回到家里，跟妈妈通气时候还是说了安迪非常愿意帮忙。她妈妈一听，居然要求立刻安排会商。曲筱绡赶紧回去2201。"我妈还真要你帮忙呢。"

　　安迪头大，"你刚才没当回事，怎么答应得特真诚？"

　　"因为你对我好。先不打搅你，我今晚还没亲我的老赵呢。等会儿再来烦你。"

　　曲母很快到来。曲筱绡黏着她妈妈进2201，又黏着她妈妈一起坐沙发上。但曲母坐下就对曲筱绡正色道："我跟安迪谈你爸的事，你回避一下吧。以前我对这方面不注意，小赵提醒得对，你还是别听了。"

　　"唔，我们不听老赵的，今天是特殊情况，不一样。"

　　"听小赵的，小赵提醒得很对。"曲母不顾曲筱绡施加的体重压力，硬是从沙发上撑起身，将女儿拎出门去。然后进屋拍拍手，道："筱绡肯定趴门口偷听。"

　　"我这房门隔音很好，特制的。"安迪打开监视一看，可不，曲筱绡曲线玲珑地贴在门上，乌溜溜的贼眼正好对准监视头。连心情不佳的曲母看见都笑了。"筱绡这家伙，坏是不坏，就是很顽皮。幸亏我的好朋友男朋友都是很好的人。安迪啊，本来我这事是家丑，不该对你说的，可我受那么多年气，真是再也忍不下去了。你听着觉得说得过去呢，帮我一把，要是听着不顺耳，就当听故事，揭过算数，当我没说。好吧？"

　　"伯母，您在婚姻登记处亲手把我交给包子，您是我娘家人，曲曲是我好友，您对我不用客气。"

　　"好，我不跟你客气。我先跟你讲讲我为什么要这么做，再请教你怎么处理我手头的流动资金。我今天白天还紧急约谈了几位专业人士，都不是很放心。我把那几位专业人士的处理意见也交给你评判。我先说说我跟筱绡爸的事……"

　　安迪端来茶水，认真倾听。

　　当邱莹莹提出要休婚假的时候，老板脸都绿了。"你……你前几天病假那么多天，还是闯祸闹出来的病假，你知道店里人手紧张，连我都代班好几次。你这才来上班两天又要请假，不能让人喘口气吗？"

　　邱莹莹赔笑。"是这样的，本来我也不打算请婚假，可是我老公刚出院，他比我伤得重，需要有人伺候。好在我婚假里不可能出去旅游，我可以在家里上网管公司的网店。"

老板郁闷地看着邱莹莹，"你就算不体谅老板，也体谅体谅一起做了那么多天的店长店员。回去上班吧。"邱莹莹请假不果，只能回去店里上班。可是心里一刻都放不下待在家里的应勤。趁有客人来，店长不注意，她连忙与应勤手机聊上了。"老板不让请假，说前几天病假休太多。"

"什么狗屁理由，我老板还让我好好养身子，多休息几天呢。我跟老板请婚假去，看他怎么说，等着。"邱莹莹心里哼哼地想，还没来得及回信，店长叫她："小邱，给客人打包结账。"

邱莹莹忙放下手机，给客人打包结账。客人要求甚多，一会儿又多买了一套杯碟，一会儿又说忘了咖啡勺。邱莹莹将包装封了拆，拆了封，如此再三，才将客人送走。而她的手机不仅已多次提示短信，还震动提示来电两次，她都无法回应。等客人终于离店，店长却走过来，"小邱，今天怎么忘记提醒客人还要不要各种配件，连客人离开都没说欢迎下次光临。整套程序你给我默写一遍，下次别再犯错。十分钟后我问你拿。"

邱莹莹只得在应勤再次来电时，肩膀夹着手机说句"很忙，下班再打"，赶紧照店长吩咐的做事。

这一天是真的很忙，尤其是下班前好多快递需要寄出。平时邱莹莹都应付得来，可是今天身体还未大好，等与同事一起打好包发运，她下班时已是精疲力竭。可既然已经成为人家太太，邱莹莹不会忘记下班上菜场买菜，尤其是应勤还需要吃点儿好的大补元气。她在菜场买了一条乌鱼，两斤小排，再买点儿蔬菜什么的，满载而归。幸好，进门就有应勤的热烈拥抱。应勤都不愿放开她，吻了又吻，吻得邱莹莹差点儿断气，可幸福满满地溢了出来。

"一天不见你，后来你电话也不接，想死我了。怎么回事啊？"

"老板不批婚假，可能老板跟店长说了，店长就把我难看掉了，不许我上班时间乱接电话，什么活儿都派给我做，我真是累死了，我身体都还没恢复呢，他们就打击报复我请婚假。"

"我老板人好多了，他说我婚假连着休是好建议，把身体养好才是第一要紧，只要每天翻信箱查邮件就行。我们晚上吃什么？"

"乌鱼汤肯定要吃的，你妈吩咐的。红烧排骨是你早上一直在念叨的。还有青椒土豆丝，炒青菜。你让我歇歇，我一天站下来腿很胀，使不出力气。这次受伤真是伤元气了，我妈说伤筋动骨一百天，不知道还得体虚多久啊。再这么下去，我都快成老板眼中钉了。应勤，你给我倒杯水喝。"

应勤听得差遣，立刻起身去倒水。邱莹莹又忍不住补充，"给我加勺高乐高。"

应勤已经倒好水，拿着勺子问："不是要拿水冲出来才行吗？说明书上这么写的。"

邱莹莹笑得打跌，"工科生真讨厌。没关系，又不是做化学实验。"

邱莹莹拿着水喝完，趴在应勤怀里闭目歇息。"应勤，你手别乱动么，我很累，让我多歇会儿。"

"你别理我就行了。"

"不行的，我怎么可能不理你，我又不是机器。讨厌，别乱动。啊……"

应勤乱笑，可后来也发觉邱莹莹真的不理他，只得悻悻罢手。"怎么了么，上班不理我，下班还不理我。"

"真累。让我打个瞌睡。"

"要不，明天请病假吧。你这样下去会累垮。"

"连婚假都请不出呢，还病假，直接被开除了事。"

"干脆不做了，算了，辞职。我同组的，比我收入低的，他太太已经住家了。你还有伤呢，他们这么逼你，你干脆不做。才给那么点工资，够什么啊，不受他们欺负。"

邱莹莹愣住，好一会儿回不了神。"这……不行。怎么能不工作。我还大学毕业的呢，不工作不是白读书了吗？"

"那你身体怎么办？你身体不好，我身体也好不了。要不，干脆，你辞了，等我们身体都好了，你再出去找工作。以后找个离家近又轻松的工作。应该找得到吧？"

"你说的这种肯定找得到，前几天这儿小区的物业正找个文员呢。"

"辞吧辞吧辞吧辞吧辞吧辞吧辞吧辞吧……"

邱莹莹心动了，"那……白天你爸妈来电都你接，别跟你爸妈说我辞了，否则你爸妈肯定骂死我，说我偷懒，其实我真不是偷懒。"

"好，听你。立刻打电话给你老板，不做了。连婚假都不让请，剥削得也太狠了。那你以后大肚子生孩子，他们是不是也不让你休息？他们还以为自己是资本家啊，好像我们离了他就活不了似的。不接受剥削。"

"对啊对啊。应勤你太好了，没人会比你更疼老婆了。"邱莹莹立刻打开手机，又想到一个问题，"结婚几天了，我们也身体还能动了，明天再好好休息一下，晚上请你同事和我22楼朋友们吃饭，怎么样？还是礼拜五晚上吧，大家第二天能休息，都愿意出来吃饭。"

"听你的，你做主意比我强。"

两人新婚燕尔，情意绵绵。

周五是个奇妙的日子。一到下午，办公室蚂蚁般工作的人们做开了小动作，各种讯息在空中飞掠，一个个约会被压着嗓门定下来。

关雎尔一接到谢滨的电话，便借口来到茶水间接听。电话那端谢滨显然非常兴奋，"我终于抢到票了，我最爱的三个乐队啊，我想了都两年了。我们一起去，我们一起听那首《爱人，爱人》。我疯了，疯了。"

"嗳，忘了今晚小邱请客吗？"

"哎——哟，糟糕，看见票就给兴奋过度了。我……我把票转让了去。"

"你去吧，叫个朋友一起去，我自个儿去小邱那儿就行了。"

"算了，算了，不去了，是我弄错，婚宴是早约好的，我不能让你失信于人，我也不能失信于你。我把票让给朋友，没关系，让他们听到《爱人，爱人》时候打我手机，我们一起听。也一样。只要跟你在一起，哪儿都一样。"

茶水间不能待太久，关雎尔拿咖啡回到座位。做了会儿事，拿出手机发短信给邱莹莹：今晚谢滨妈妈出差路过，明天要走，我得过去一下。不能去你的婚宴了。非常非常抱歉。礼物会请安迪捎去。恭祝你和应勤百年好合，白头偕老。

曲筱绡正上班，她妈妈一个电话过来，"你爸知道了，刚飙到我办公室。你也过来。"

曲筱绡二话没说，连桌面都没收拾，便杀奔总公司。电梯里，她打电话给赵医生，"今天不要等我。爸妈火并，凭他们的火力，打个一天一夜没问题。明天你也不用到处找我，完事我就会回家找你。"

两地的距离并不太远，倒是有太多时间浪费在停车上。等曲筱绡敲开妈妈办公室的门，妈妈一把拖她进门，将门关上。"我们都等你来，还没开始说。你坐下。"

　　曲筱绡坐下后，办公室里很长时间冷场。一家三口此时目光都跟日本鬼子的探照灯似的，缓缓地扫来，缓缓地扫去，似乎都在寻找什么破绽。

　　曲筱绡终于忍不住了，道："你们都不开口，我来。两件事，是吧？一件，爸爸一定要执行奶奶的什么遗嘱。这件由爸爸发言；另一件，妈妈把一些房产转到我名下。这件事我先表态一下。反正你们以后总是要把钱都交给我的，早给晚给一个样，无非是一个口袋转到另一个口袋，爸爸不会为这种小事发火的吧？"

　　曲父的两盏探照灯射了过来，盯着女儿。"一共多少房子，折合市价多少，原价多少，这些钱来源是什么？"

　　曲母道："筱绡，这叠文件拿给你爸看。"

　　曲筱绡连忙跳起身，伸长手将文件远远地放在爸爸身边的茶几上。而曲母则是转着软皮椅，有一声没一声地，似乎是没精打采地道："一份是我让赶出来的现金流量表，和各开户银行对账单。你要问钱都去哪儿了呢，一部分去了筱绡名下的房子里，一部分提现到个人账户，借出去了。再给你看一份损益表，资不抵债。

　　你慢慢看吧，有不确定的地方，立刻叫会计来，我让他们今天都不许下班，等着你提问。你妈的遗嘱要是把我们公司一半交给她那俩孙子，随便，都拿去也行，全部给你们，我跟筱绡净身出户。至于我借出去的钱，筱绡名下的房子，你慢慢打官司问吧，报警也行，我懒得告诉你。筱绡，饿吗？我们先去三楼饭店吃些，让你爸慢慢看，不打搅他。"

　　曲筱绡完全愣住了，她看看阴沉中有些吃惊的爸爸，再看看脸上挂满"懒得理你"的妈妈，她原以为今天将是一场世界大战，想不到妈妈虚晃一枪跑了。她身不由己地被妈妈拖出去，出门前再看一眼爸爸，爸爸眼睛里已经有了一丝慌乱。

　　"妈妈，吃饭还早呢。"

　　"那就逛街。逛累了来吃饭。"

　　"爸爸还没说奶奶遗嘱是什么呢。"

　　"还有什么可说的。道理已经说了二十年，该明白的他早明白了，装傻罢了。"

　　"妈妈，你去逛街，我替你看着爸爸，随时向你汇报最新动向。你放心，我决不投降。没人看着爸爸一举一动，你放心？"

　　"无非最后两条路，一条是你爸真的是孝子，不肯放弃什么遗嘱，跟我鱼死网破；

一条是你爸自打耳光，不再提什么遗嘱，也不提你名下的房产。我两手都有准备。"

"后面一条怎么可能？"

"都有可能，你看着好了。亏得安迪，法律和金融都玩得清楚，她转出去的钱你爸别想找得到，你爸一打电话就会明白。"

母女俩沿走廊走到三楼饭店。果然还没开门，但店员认识母女，连忙迎进去好茶伺候。

"安迪肯帮这个忙？"

"我跟她说你爸外面找了新人想扔掉旧人，她二话没问就帮了。妈妈打个盹，你帮妈妈看着包。这两天忙坏了，觉都没睡好。"

曲筱绡愣愣地看着妈妈坐包厢沙发上闭目养神，她闷了好一会儿才想到晚上还有邱莹莹的婚宴，连忙发去一条短信推了。这会儿她怎么走得开。"我跟老赵闹离婚，走不开，回头我请你们。"

樊胜美下班第一件事当然是看手机。一眼便看见好几条来自邱莹莹的短信，打开，都是邱莹莹的抱怨，先是关雎尔缺席了，再是曲筱绡缺席了，理由各异，还都是火烧屁股。樊胜美看着微笑，将手机放到衣橱，她赶紧换上特为今晚赴婚宴准备的裙子。当然是非常美。

她放下头发，对着镜子梳，一边再看手机里的未接来电。一看到里面有老家法院电话，就脸上变色了。顿时外面的太阳没亮光了，春天的风不温柔了，身上的裙子不漂亮了，什么都没意思了。

樊胜美心慌意乱地胡乱收拾一下，将橱门一锁，就匆匆走了。她挑离路远远的一棵大树下站定，立刻拨打法院那个电话。她心乱跳，手发抖，只能将手撑在树干上，省得让来来往往的同事看出来。但是，她才刚自报家门，那温和的女声就道："原告今天撤诉了，手续已经全部办完无误。我先通报你一声，让你过个好周末。"

"啊，真的，真的？！您真是太好了，谢谢您。请问贵姓，我回家一定拜访。"

"呵呵，不用了，美女。我表弟初中时候喜欢你，让我替他递字条，你很懂事，还说谢谢姐姐。不像别的小美女会翻白眼，会当场撕掉。今天这种地方见到你，当然要随手帮一把了。祝你好运。"

樊胜美结束通话，才发现自己不知什么时候起，人竟然蹲着了，她不急着起身，高兴得捏紧拳头低头小声尖叫。想不到她狠下心来，坚忍到底，竟然终于等来胜利。

　　她这两天不理邻居报信说她家哥嫂打架，妈妈半夜哭出门，外甥雷雷日哭夜哭，她忍着，实在忍不住时候找安迪，让安迪痛骂她几句，她甚至将银行卡和密钥都交给安迪，省得她忍不住汇钱给家里。她连夜地做噩梦，昨晚最可怕的噩梦是梦见哥哥扛着爸爸赶来海市，将爸爸扔在门口，爸爸看着她的眼睛和爸爸的痛号将她吓醒，她恨不得连夜打电话问清楚爸爸有没有药可吃，有没有饿着。她半夜坐起来，恍恍惚惚拥被坐了很久，一直坐到天亮。想不到，哥哥那边终于屈服了。她高兴，无法抑制。曹律师却是从更衣间一直追到树下，见樊胜美打完电话蹲地上不知干什么，他等了好一会儿，小心地走过去招呼，"樊小姐？樊小姐？"他见到樊胜美在他喊了好几声之后才一惊抬头。这是一张笑得没一点儿节制的脸，完全是放开了的大笑，笑得阳光灿烂，让看到的人也忍不住心情为之一爽，忍不住也眼睛弯弯地笑。

　　"啊，这么高兴？我可真来的巧了。"曹律师伸出手，拉樊胜美起来。

　　樊胜美起身，面对着陌生的曹律师，明知该掩饰一下，可实在是忍不住，"让我再笑会儿。"她扭过身去，对着树干又笑。笑得曹律师有些莫名其妙起来，以为樊胜美可能是笑他。

　　樊胜美终于笑舒服了，拿纸巾印着笑出来的眼泪，依然笑眯眯地转过身，对曹律师道："对不起，对不起，刚电话里告诉我一个大好消息，我特别开心，真的开心死了。你等等，我给安迪打个电话。"

　　安迪听见好消息也替樊胜美高兴。曹律师在边上这才听清楚了，原来是一件不知什么诉讼给撤诉了。他看着这个美女笑得天然恣肆，嘴角勾起越来越深的笑意。等樊胜美打完电话，他笑道："这么好的事，应该庆祝。我请客，请上安迪一起？"

　　"哈哈，今天可不行，我朋友婚宴。我正要赶去呢。"

　　"我送你过去。很快就下班高峰，地铁挤。"

　　"要不你一起去？安迪也在呢，包总不知赶不赶得到。而且有两位朋友有事爽约了，你帮我们女方亲朋凑个人数？"

　　"啊，那就义不容辞了。你等在这边，我开车过来。"

　　樊胜美笑眯眯地看着曹律师去地库，她心里欢畅得想跳舞。毫无疑问，哥哥的撤诉意味着她家的形势从此转向，无人再逼她。更关键的是，她终于看清楚自己的力量。

第 74 章

关雎尔难得有心急如焚等下班的时候。偏偏邱莹莹总发短信来要她千万抽时间去婚宴，尤其是曲筱绡也说不去，女方朋友塌了半壁江山，邱莹莹心里不舒服，关雎尔于是很内疚。但是等看见满脸闪着兴奋光亮的谢滨，关雎尔又将内疚压了下去。谢滨受工作调换的影响，心情无论如何不会舒服。难得有他喜欢的三个乐队一起来，关雎尔觉得无论如何都得陪着去，看他快乐的样子。

两人一见面，谢滨便自觉将关雎尔的电脑包接了过去。"我们先找点吃的，因为得挤下班时分最恐怖的地铁啊，饿着肚子会没力气挤，给压成纸片的。"

关雎尔觉得谢滨装傻的时候特可爱，她听着就笑。"千万别让小邱看见，她说小曲也不去，小曲的理由竟然是在跟赵医生闹离婚，两人还没结婚呢，闹什么离婚，显然是撒谎。小邱说她很失望，原本应勤的同事凑成一桌，我们22楼的邻居也凑一桌，一共两桌，这下我们这桌只有一半人了，女方输阵。真对不起小邱。"

"唔……我自说自话，把两张票转让掉了。虽然从小邱住院后期，我看到你已经很头痛小邱，可我也知道你是最重情的。婚宴重要，但我很开心我在你心中更重要。我们还是去小邱那儿吧。"

关雎尔又惊又喜，"呀，又是你为我考虑，怎么可以。那我们什么都不吃了吧，赶紧去，给小邱一个惊喜。"

关雎尔摸出手机查饭店地址。她看手机，谢滨牵着她走。她很安心地跟着，不用管其他。

邱莹莹看到曲筱绡的短信，说与赵医生闹离婚不能来，如此一看便是撒谎的短信，让邱莹莹着急上火了。偏生应勤还笑道："小曲不来，赵医生当然也不会来了，再减去小关和她男朋友，这下你那一桌的人数肯定不如我的了。"

邱莹莹一听更急了，"小曲一定又是跟我捣鬼。我先把你送到饭店，你一个人坐包厢等会儿，我去欢乐颂看看。小曲这人不把她折腾一下，肯定不会顺顺当当来吃饭的。何况我比她早结婚，嘿嘿，她受刺激了。"想到这一条，邱莹莹便获得精神上的胜利。

应勤哈哈笑道："我也赶紧打电话查查我哪个同事可能不来。不过到现在为止还没有说不来的。但有必要按确认键。"

邱莹莹听得郁闷，即使赶到欢乐颂时，还在郁闷。偏偏在大楼下面刷安迪临时给她的卡进门时，遇到保安阻拦。她以为保安识破她已不是本大楼住户，不让她进门了，不料保安也是做一天和尚撞一天钟的，不知道她已经搬走，而是有求于她。

"呃，你好，我记得你是22楼的，这位先生说他找2202的人，你认识他吗？"

邱莹莹看保安指的那人，中年男子，干净整洁，衣着考究，浑身洋溢着高端品牌的味道。"不认识。"

中年男立刻上前一步，道："请问你们楼层有没有一位叫岳西的女孩？"

邱莹莹还有一台自己的婚宴等着，她心急火燎要冲上22楼，哪有时间再搭理人，当下便斩钉截铁地否定，"没有，我们楼层只有五个女孩，樊姐小关安迪曲曲我，没了。"她一看电梯开门，便冲了进去，将中年男抛在身后。但等电梯门一合上，她唯一的事情只有等待，等待电梯缓缓升到22楼，此时，邱莹莹忽然后知后觉地意识到，她已经搬出22楼，而已有新人搬入2202。

因此，邱莹莹上到22楼，先打住2203的猫眼儿敲门而无人应，确认曲筱绡果真不在之后，她便自来熟地摸出钥匙打开了2202的门。不料，那小黑屋的新主人站小黑屋门口看着她，两眼乌溜溜地带着狠劲。

"你怎么进门禁的？你怎么还有2202的钥匙？你进来干吗？"

　　邱莹莹自知理亏，忙笑道："门禁卡是安迪给我的，就是2201的安迪，我本来就打算今天还给她。钥匙是樊姐的备用钥匙，也打算今天还给她。别怕，我在这儿住了好久呢，大家都认识。以后我还会常来，你也会认识我的。唉，这么快这儿就不是我的家了，还真想念呢，忍不住进来怀旧一下啊。"

　　小黑屋新主人严厉地道："你已经不住这儿。你拿着别人的门禁卡还有钥匙一个人擅自进来就是白日闯，是犯罪，知不知道。这儿又不是公共场所，由得你随便进出。你小强还是老鼠啊？"

　　邱莹莹早知自己理亏的，可被小黑屋新主人如此不留情面地斥骂，反而怒了，"这屋又不是你一个人住，我是樊姐邀请来的，你管得着？切。"邱莹莹摔门而走。可她走进电梯后又非常后悔了，刚才忘了问女孩是不是叫岳西，连樊姐都还不知道那女孩的姓名呢。因此她下楼一看见中年贵气男子还在，就好奇地打探："喂，你说的岳西是不是头发短短的，眼睛很黑，眉毛也很粗黑，下巴尖尖的，嘴巴小小的女孩？"

　　"对对，就是她。你见过？"

　　"对，刚搬进2202的，差点忘了她。原来叫岳西。"邱莹莹满意而走。快走到小区大门口，见包奕凡从一辆奔驰车里钻出头来，她忙欢快地大叫："包总，别忘了今晚我婚宴。"

　　"没忘，我放下行李和车子，再去接安迪一起去。你要不要同路？"

　　"我先赶去布置好等你们，你一定要去哦。太好了，你竟然这么远赶来参加我婚宴，谢谢包总。"邱莹莹开心地目送包奕凡开车离去，对，她也要赶紧学开车，以后可以接应勤上下班。

　　包奕凡在停车场遇到也是刚下班的赵医生，两人一起说笑上楼。他们与一个中年男子一起走出电梯，踏上22楼。包奕凡惊讶地看看那中年男子，见那中年男子也在看他，而且眼睛里有一丝警惕。包奕凡与赵医生告辞，进去2201。但忍不住看监控，见中年男子等他们走后便敲2202的门，身体语言显示来者不善。包奕凡一下便想到安迪传给他的绯闻，不禁一笑。他放下行李，准备出去时，却从监控看到那男子敲门越发恶形恶状。他便走出去，笑嘻嘻拍照上传微博，广而告之，又道："朋友，何必盯住小姑娘不放。"中年男也笑道："对不起，私人恩怨。"包奕凡还是笑道："做男人要有点品格，一不吃窝边草，二别吃了不认，三好合好散。您回吧？要不然我电召物业查查您怎么进来。"中年男变色，"您哪位？"包奕凡还是笑，"您哪来哪去，朋友。"他按了电梯，笑眯眯看住中年男，但不再说。赵医生却闻声出来，顶一头乱发，只穿背心长裤，拳头啪啪击掌，一头鲁莽地问："要打架吗？"

中年男更是变色，连忙走到电梯前，只盯住电梯门上的那道缝，目不斜视。等电梯一来，便纵身而入，赶紧逃走。身后，包奕凡看着赵医生笑，原来秀才也能当强盗。

可2202的门跟着应声而开，小黑屋新主人苍白着一张脸出来，焦急地道："谢谢两位帮忙。我已经被那人找上门，这儿是不能待了。请问你们谁有车，帮我搬个家，东西不多，我感激不尽。车费我出一千。"再看看在场两位男士样子都不俗，便又道："车费两千。而且不用你们动手。"

包奕凡道："我要接了老婆去婚宴，没时间。赵医生你来？"

"我也没时间，曲曲家有大事，她呼我立刻去她那儿声援。对了，干吗要搬走？"包奕凡道："是啊，干吗搬走？那男人要真是个狠的，早不会是一个人来敲门，而是带一堆人踹门而入了。他无非是看你怕，才敢上门骚扰。"赵医生看看这场面，笑道："包兄，我洗澡才洗一半，回屋了。"赵医生说完，果然干脆地溜走了。包奕凡看看小黑屋新主人，"我也走了。你赶紧回屋，关上门。"小黑屋主人却紧张地咬紧牙关，从牙缝中挤出话来，"我能跟着你走吗？我知道是谁的婚宴，邱小姐的。我会送礼。"包奕凡道："没法让你跟，我车子只有两座，还在我老婆那儿。我得打车过去。"

但包奕凡进电梯，那小黑屋主人也紧紧跟上，一步不离。包奕凡郁闷地道："你会害死我，我老婆看见会砍死我。"

"我知道你老婆是安迪，我会跟她解释。"

"你就是岳西？"

"对。"

包奕凡无语了，只能按下"-1"的楼层，随即给安迪电话，"安迪，情况有变，我要带个人过去。我开我那辆车。"

岳西在一边道："谢谢。"

安迪就道："干脆你直接去饭店，我也自己开车去，省得你绕远路。"

"不行，这是大是大非的原则问题，我一定得去接你。上车电话解释。"包奕凡郁闷地看一眼岳西，头痛。

岳西却在电梯到负一楼打开门时，连忙躲到包奕凡身后，身手异常敏捷。见此，包奕凡反而又有了侠义之心。但身材不高的岳西小跑步跟着大步流星赶时间的包奕凡找到车子，她一看见这种一看就很高级的车子便止步了。包奕凡却纳闷了，"又怎么了？"

岳西神情复杂地盯着包奕凡，盯了会儿，又回头看看，到底是不敢单独回去，只得硬着头皮上了车。

包奕凡颇感莫名其妙。上了车赶紧电话汇报，让安迪有思想准备。安迪也听得哭笑不得。那躲在小黑屋里嘴皮子泼辣犀利的女孩，却原来是个外强中干的。而岳西坐在后座一声不吭，紧张地往车外张望，尤其是往后看，看是不是有车子跟踪。

曲筱绡心急如焚，可她对面的妈妈却闭目养神，而且似乎是越睡越舒服，慢慢滑下去，趴到扶手上睡了。她不断向赵医生发出呼叫，好在赵医生今天早早动完手术，早早开溜，已经赶来。她拨弄着手中包包的须，两眼在饭店大门与妈妈之间打旋，等着赵医生出现。

可赵医生没来，却等来她爸爸。曲筱绡连忙喊："妈，妈妈，快醒醒，爸爸来了。"

曲母却是懒洋洋地睁开眼睛，抬眼看一下，才慢悠悠地起身，顺手扯顺睡皱的衣服。正眼儿都不给曲父一下。

曲父却是笑眯眯地走来，走到跟前了，曲母才冷冷地道："你妈才过世，你笑得那么开心做什么。"

曲父噎住，看看女儿，见女儿眼观鼻，鼻观心，一副老子才不管闲事的样子，只得继续赔笑。"想起今天是我们两个合作谈下第一笔生意的日子，应该庆祝一下。"

曲母却似看陌生人，冷冷看着丈夫。在曲筱绡眼里，爸爸卑躬屈膝简直像个低三下四的小丑。她只得皱眉将沙发让给爸爸，自己踢过来一张木椅子坐旁边。她想不通，才一个多点儿小时，爸爸的态度怎么会来个180°大转变。

曲父才坐下，曲母眼皮儿都不抬，道："遗嘱说些什么？"

曲父忙道："没有遗嘱，哪有这么正规。再有几句吩咐，也是跟你不搭界的。别放心上。"

"嗯，那就好。老人家想没想孙子陪在身边啊？老人家总归希望孙子离自己近点儿，最好一叫就应的。"

　　曲筱绡不敢吭声，明白妈妈这是在提条件呢。而眼见着爸爸额角冒出亮晶晶的汗珠子。

　　曲父犹豫了好一会儿，才道："对，让他们回老家去。我给他们找个稳当工作，以后留老家，还可以照顾老屋。"

　　"车子尽管开走，家具也可以都搬走，房子留下。本来就是我买了给筱绡做嫁妆的。我给他们每人每月三万，以后看每年国家公布的通胀给他们加钱。他们回老家后，我也不会让他们吃亏，会给他们一人买一套联排别墅或者同等面积的大平层，看他们自己喜欢。我不是刻薄鬼，但我也不愿意不明不白被人占了便宜，还让人背后骂。你儿子的事就这么安排。再说说你在公司的职位。"

　　曲母停在这儿，悠闲地喝一口水。曲筱绡却斜睨爸爸，等爸爸做出反抗。妈妈提出的条件虽然已经好于俩孙子进海市之前的待遇，却与俩孙子在海市的享受天差地别，爸爸难道也接受？可等半天，爸爸没有反抗，妈妈也悠悠地将一杯茶喝完了。曲筱绡不禁叹一声，不忍再看爸爸。她盯着妈妈，心里千言万语，可也知道现在不是说的时候。而妈妈嘴角则是挂着冷笑。

　　"钱都在你手里，我在与不在一个样，以后完全是傀儡。"

　　"呵呵，你客气了，还是有几个对你死忠的。好吧，我会慢慢安排你退出，让筱绡接替你的位置。我们拼一辈子的命，还不都是为了筱绡吗？"

　　"你别安排了，我知道你已经把公司一刀一刀切开分别转移好资产，你关了这家，转手人和业务带过去就是一家家新的开业。新集团哪里还有我位置，都是你娘家人。"

　　曲母一惊，"呵呵，果然你手里还有几个死忠的，想不到还有藏得这么好的。"

　　"不是死忠的，是跳槽前想看我们火并好戏的。既然如此，下一步等你资产转移完毕，你就该跟我离婚了，你是恨不得让我净身出户。只可惜我妈死得早，打乱你布局，你才只能费时间跟我谈。"

　　"我倒是想离，可你女儿不答应。你女儿这么孝敬，害得我还得留你在公司，一方面让你发挥余热，一方面培养筱绡。我家筱绡，可不能培养成只知道吃伸手饭的饭桶。"

　　曲筱绡听得一头糨糊，不知父母对话背后还有多少她不了解的手脚。她最想问的只有一个问题，"妈，你布局几年了？"

"从你爸第一次出轨起。十几年了吧。多亏你爸两个儿子争气，很会替你爸败家，做生意只只亏，害你爸不得不乱挖公司墙脚，才总算被我摸出你爸挖钱的门道堵上。你爸毫无原则将肥肉割给他那俩儿子，也让公司干将对你爸离心离德，愿意死心塌地跟我。当然也得你争气，要不然该是你爸堵我后路了。今天几个大问题先这么解决。后面看你爸表现了。"

曲父道："不要欺人太甚。"可曲父这话说得没有底气，连曲筱绡都听得忍不住摇头，这还是男人吗？

曲母却不语，自己倒茶自己喝。曲筱绡看着一滴汗缓缓地从爸爸鬓角滑出，滴落。她心里随着一颤，站起身，将手中杯子扔桌上，"你们离婚吧。看不下去了。"在父母惊讶的目光中，她大步走向已经远远地等候多时的赵医生，拖赵医生急速离开。

"怎么回事？"上了车后，赵医生问满脸乌云的曲筱绡。

"他们自以为斗得很好玩，我看着他们都人不像人鬼不像鬼了。可那是我爸妈，我看不下去。"她钻进赵医生的怀里，闷声不响。

"他们对你很好。"

"我是他们手里斗法的棋子。"

"记住他们对你好就行了。"

"不行，看爸爸得意时候欺负妈妈，被妈妈堵了后路时候却一点血气都没有，看得我想吐。"

"他可能现在正反抗呢。"

"不会，他太懂得了，现在手头现金流都被我妈转移到不知哪儿去，没钱没法跟我妈斗，惹火我妈丢命都可能。他宁愿一下子怂了。他就是操刀架在我脖子上逼我妈掏钱，都比趴地上摇尾巴强。看不下去，吐血了。"

"走，去小邱婚宴散心。"曲筱绡只能放赵医生开车。她坐在车上长一声短一声地号叫，而不是她一向擅长的尖叫。但她认同赵医生的建议，人多的地方才适合她曲筱绡散心。

包奕凡根据安迪的电话指点，将车开到B区，一眼便看见安迪和鲜红的法拉利，他忍不住吹一个响亮的口哨。如此虚荣浮滑，令后座的岳西皱起眉头。而包奕凡根本就无暇注意后座人的表情，一停车就冲出门去，先拥抱既小别又新婚的老婆。

安迪笑道："以前完全容不得异性碰触，现在跟着你变无赖了，公众场合都不忌讳。以前身边绝不出现红色，看见红色就晕，现在居然开一辆大红跑车。我这半年变化真大。都赖你。"

"咻，我才施展不到一半的魅力。老婆，哪儿都不去了吧？只想单独跟你在一起。"

"你车里还有一个人呢。"

"哦，差点儿忘了。"包奕凡拿着安迪手里的法拉利钥匙，先将法拉利开出，又将他的奔驰倒入车位。等车一停稳，他就下车拉开后车门，对后面的岳西道："刚才一路没有车子跟踪，你可以下去了，没危险。"岳西惊呼："可这是金融区，我以前经常出没的地方。"

"你可以出门打个车，去你以前不出没的地方。在你已经安全的情况下，我们夫妻没有随身携带你的义务。"安迪走过来补充。

"女人何苦为难女人。"岳西愤愤地走出来。

安迪只是呵呵一笑，看着岳西扭头离去。"我特反感这个女孩子，第一次见她是在电梯口，她说根本不想认识群租房的房客，一群穷人，没有结交价值。看见她赖在你车上不走，由不得我不想歪。你看，她都没道个谢就走了。"

"这种人多了，你不是男人，你体会不到有些女人施展各种手段往高富帅身上扑的滋味。像岳西这种女孩嘛，被她上司吃窝边草，不是没原因的。刚才跟我跟得那么紧，不管我去哪儿都跟着，她怎么不去跟赵医生？"

安迪晕了，"每天有多少人这么巴着你？我是不是很应该担心。"

"像我这种身经百战的，才是最不需要担心的。"包奕凡将安迪扶入车座，又吻了吻，才转去驾驶座。然后两人就将岳西抛到脑后，专心致志讨论新车的各种功能。

邱莹莹打车飞奔到饭店包厢，进门，在已经到齐的十来个应勤的朋友同事群里，终于见到她的朋友——樊胜美。她还没来得及跟樊胜美打招呼，应勤先对她笑道："你的朋友才刚来了两个哦。"邱莹莹只能做个鬼脸，强词夺理："但比你这群技术宅朋友漂亮多了，整一个鹤立鸡群。"邱莹莹同时也发现樊胜美身边的男子似乎是樊胜美带来的，气质也是与技术宅浑然不同。邱莹莹冲过去大大地拥抱樊胜美。"樊姐，幸亏你来了。我刚才还跑去欢乐颂一趟，没看到小关小曲，气死我了，这两人这么放我鸽子。幸亏出门碰到包总，想到人家这么远的都赶来了，我越想越不是味道。"

"别不是味道啊，这不我还替你带来安迪和包总的朋友吗，无论如何我们都会替你争气的。"

"啊，不是你男朋友？"邱莹莹看向旁边的曹律师，"没关系，只要你愿意，发展他还不是分分钟的事。"

樊胜美哈哈一笑，不置可否。曹律师则是微笑旁观，也是一言不发。

饭店门口车位极少，赵医生开着车四处逡巡，车位没找到，却一眼看见关睢尔。他立刻提醒，"曲曲，看那边是谁。"

曲筱绡翻着白眼看过去，"呀，他们不是说不来吗？擦，是不是听说我不来，他们就改主意了？原来是避开我啊。"

"本来还担心你冤枉谢滨，现在不担心了。我看别去了吧，不招惹小人。"

"去，偏去，我要正好坐他对面。"

"何必呢。"赵医生说是这么说，但还是找到车位，将车停下。他手机却叫了。他拿出来一看，"你妈找我？"曲筱绡劈手夺了过去，"妈，什么事。"

"啊，呵，好，好，你跟小赵在一起就好。我没别的事。你别忘了吃晚饭。"曲筱绡却听得眼圈儿红了，"妈妈，你一个人？"

"嗯，一个人。"

"妈妈，你还是一个人过吧。你看看你这些年过的是什么日子。没人爱你，你却花那么多时间那么多精力爱爸爸，恨爸爸，算计爸爸，糟蹋爸爸，你到底换来多少好处呢，你开心了没有？我花那么多钱孝敬你化妆品，你用了还比同龄人老，你有意思吗？你，你要是一个人过，凭你本事，不知比现在好多少，可你那么好用的脑筋却都花在不爱你的人身上找不自在，你太不值了，你想过没有。还有哦，我提醒你，你要是认为我在骂你，你就大错特错了。就这样，你们离婚吧。"

曲母却问："待会儿你爸打你电话，你怎么说？"

曲筱绡一愣，想不到妈妈的问题另辟蹊径，"不知道，不想见他。"

"嗯，知道了。你别挂心妈妈这边的事……"

"你到底离不离？多简单的事。"

"让妈妈想想。"

曲母挂了电话，曲筱绡却发呆。她抓来赵医生的肩膀靠上去，继续发呆。

正好安迪与包奕凡也绕来绕去最终绕到这儿停车，他们看到一只手使劲冲他们挥，便走过来看，见到无法动弹的赵医生和发呆的曲筱绡。包奕凡一看见赵医生就笑，轻声告诉安迪刚才赵医生半赤膊装傻的样子，安迪听了也笑。赵医生这才拍拍曲筱绡，"还魂了，外面有人等你呢。"

曲筱绡噌地坐直了，却问赵医生："今天我妈打死老虎的戏，会不会是我妈特意设计给我看的，让我从此看见我爸恶心死？她前两天还问我，她如果离婚，我跟她还是跟我爸。"

外面的包奕凡也听见，立刻回了一句："你什么都别问，也别多想。他们怎么闹纠纷是他们的事，你只要记住他们都爱你，你也爱他们，他们怎么闹都是你爸妈。难不成你还想横插一手，给他们当判官？"

曲筱绡摇摇头，沮丧地钻出车子。"包大哥你当时也这么想的？"

"事后才想明白。可以算血泪经验了。"

赵医生则是告诉安迪："刚才看见小关和谢滨也进了饭店。我让曲曲别去凑热闹，她不肯。看着像是要找谢滨出气。"

"她不敢得罪谢滨。放心。"

"我还是感觉今天这顿饭我任务繁重。请你帮我一起管束她。"

安迪点头，都来不及答应，眼睛看向路边惊住了，她看到岳西蔫头耷脑走来。"包子，岳西跟我们来了。"

赵医生连忙扼要告诉曲筱绡刚刚发生在22楼的事，曲筱绡的沮丧立马消失了，两眼炯炯有神地打量走过来的岳西。包奕凡则是哀叹，"唉，居然被出租车跟踪，白瞎一辆好车。"

"既然已经跟来了，唉，一起去吃吧。"安迪冲岳西招招手，让跟上。曲筱绡扑到安迪身边，两眼瞅着岳西，两手挽着安迪走。看了会儿，她轻声道："小心那女人。偷上司的女人还能图上司什么，一个中年男人要什么没什么，除了钱。包大哥要什么有什么，小心被那女人黏上。"

"包子身边的女人我怎么管得过来，靠他自觉。"

"那种女人吧，猫改不了偷腥，你先盯住最危险的，并随时敲打包大哥。别大意，我看越是聪明的女人越大意，以为一切搞得定，其实男人心最难搞得定。"

"我不为难自己，我为难不起。要真是不爱了，拼命离开他，忘记他，保全自己。"

安迪讲的是她的恐惧，曲筱绡不知，曲筱绡立刻联想到她妈妈与爸爸持续十多年艰苦卓绝的斗争。她越想越觉得安迪的话正确，"对哦，我妈要是早点离开，这么多年也不会过得那么变态了。"

安迪听曲筱绡讲她妈妈如何用十几年时间设局，安迪叹为观止，更是坚定了自己的想法。曲筱绡却依然在想，要是赵医生爱上别人，她能放手吗，放得开吗？似乎还是不行。赵医生和包奕凡跟在两女后面，也是说说笑笑。只有岳西不便跟紧，又不敢离远，尴尬地亦步亦趋。

关雎尔与谢滨出现在包厢门口，关雎尔吊着脖子找邱莹莹，谢滨当然是职业性地拿一双锐眼扫视一遍包厢。很快，邱莹莹就冲过来，熊抱住关雎尔大叫，"你还说不来，我差点伤心死了。太好了，太好了，你来真是太好了，我爱死你了。还有安迪还没来，他们很快到，包总跟我说过。"

应勤赶紧也过去，跟谢滨猛烈握手，"谢谢你上回救我，要不是你，我就给打死了。我昏迷前一直撑着，不敢昏过去，我要保护莹莹。等到你刷刷两拳头给我解了围，我才敢昏过去。我记得你的长相。谢谢你。"

"应该的，小关和小邱是朋友，以后我和你也一样是朋友。"

"谢哥，我真想学你的身手，你收徒弟吗？我保证以后你的手机电脑都有我24小时替你维修。"邱莹莹听了大笑："你以前也是拿修电脑把我骗到手。"应勤的男同事一致哄堂大笑，大概这是他们的共同语言。谢滨笑道："容易啊，下次见面先从基本功开始教你。"

"会不会要求童子功啊？我现在学会不会太晚？我从小就打不过人家，不像你，你这身板就是打人的，哈哈。"

"呵呵，我也是大学里才学的，什么时候都不晚。"应勤引谢滨入座，一边大声给同事介绍谢滨当初如何威武，三拳两脚就把他救下来，还抓了打他们的人。关雎尔在一边听着特别骄傲，一直仰脸看着谢滨笑。樊胜美早已坐下，看着这一对微笑。旁边曹律师终于忍不住道："看着你笑，任何人都会跟着由衷地欢欣起来。"

樊胜美一愣，扭头看曹律师，看得曹律师的脸红了。樊胜美笑道："因为我今天由衷的高兴。"

"可是你的高兴与众不同。"

即使樊胜美从小听多赞美，此时听了这一句依然开心，尤其是她今天是如此开心，因此她又笑了。虽然不是哈哈大笑，而是抿唇而笑，但眉梢眼角都是融化人的笑意，于是曹律师又觉得她是如此与众不同了。安迪他们进来的时候，大家都已坐定，因此安迪一眼就看到曹律师浑身流露出的爱慕。就如当初包子看着她，目光灼灼得烤人。

邱莹莹一看见安迪在门口显身，就立刻对应勤道："我这桌的人，哼哼，档次！"她说完便冲出去，展开她邱莹莹式的大熊抱。但，一个人从安迪身后闪出来，勇敢地做了替身。曲筱绡被不明真相的邱莹莹抱着，奋力扭头对身后的安迪道："我知道你不喜欢抱，我替你了，你今晚看着办，怎么报答我。"

邱莹莹这才发现抱错，但左看右看曲筱绡，笑道："也行。真高兴你还是来了。大家都来了，一个都没落下，我太开心了。都来坐，来坐。"

但来者都没看着邱莹莹，而是一致看向已经坐着的谢滨。谢滨显然是惊讶，但他立刻展示了微笑。可来的四个人没一个对他笑。曲筱绡更是挣开邱莹莹的怀抱后，盯着谢滨，动作非常鲜明地刻意地坐到谢滨的对面，将包重重竖在桌上，依然盯着谢滨看。连隔壁桌的人都感受到这桌气场的激烈碰撞，关雎尔当然也感受到了，她惊讶地看看大家的表现，又看向充满敌意的曲筱绡，她想到谢滨在安迪那儿蒙受的冤屈，她在这儿必须保护谢滨。

"小曲，怎么回事，有话请说。"

曲筱绡盯着谢滨道："我去你老家调查你，把你调查个底儿掉，是我的错。你通过我在 22 楼的房子和我名下曾经有过打架斗殴纠纷的店面房顺藤摸瓜，摸到我的中介。现在你可以高兴了，我家闹得天翻地覆……"

"等等，听我对你单独解释。"谢滨立刻站起来，绕过半张圆桌，站到曲筱绡身边。他依然笑容可掬，尤其是对关雎尔微笑一下，让关雎尔放心。然后才微笑着，对曲筱绡附耳道："我确实去调查了，我讨厌你调查我。但我并不想在你家制造矛盾，我只想遏制你对我和对小关的恶意。我看了你那些购房款从公司提取出来时走的是什么渠道，有没有纳税，没别的。你斟酌着办吧。"说完，他一笑起身回座，对大家，尤其是对关雎尔道："很简单的误会，没事了。"

　　曲筱绡却是惊呆了。她以为谢滨查出她手中拥有的房子是击中她的七寸，她错了。谢滨比她更知道她的七寸。当她真正的七寸掌握在谢滨手里的时候，她还能做什么呢？曲筱绡费劲地喝口水，润了润嗓子，挤出一个笑容，"老天爷，竟然还有这么滑稽的巧合。好吧，揭过，我误会小谢，对不起。"曲筱绡变脸手段了得，最先的笑容还有些僵硬，可后来越说越顺，变得与平时无异。"小邱，对不起，差点冲撞你的婚宴，你还等什么，宣布开吃开喝啊。"

　　大家都松一口气，邱莹莹和应勤起身开始激动地讲话。但熟知曲筱绡，并脑袋比较复杂的几位可并不这么认为，他们似乎是看着邱莹莹，还拍手为邱莹莹的发言叫好。但他们的注意力完全在曲筱绡与谢滨之间巡回。安迪偷偷对包奕凡道："小曲是个无风都要掀起三尺浪的人，即使是误会，但误会已经造成她家闹得天翻地覆，她能轻易放过谢滨？"

　　包奕凡将装满果汁的杯子塞到安迪手里，帮她一起举杯，"先观察，别问。小关也看着你。"

　　安迪看一眼斜边上的关雎尔，漠然回过脸了，才微笑与大家一起祝福邱莹莹。

　　樊胜美什么都没说，但 22 楼所有人的表现都记录在她心里。

　　关雎尔被安迪对她的态度触动，她想到安迪对她提起过的谢滨对安迪的跟踪。在此之前，关雎尔一直认定是误会，可今天再来一个对曲筱绡的误会，一再的误会，都发生在她身边朋友与谢滨之间，关雎尔开始觉得不对劲。她扭头问身边的谢滨："你跟小曲怎么回事？"

　　谢滨微笑道："吃完饭再跟你说。免得听到的人太多，对小曲造成无谓伤害。"

　　关雎尔顺着谢滨的眼光，一眼看到差点儿忽视的岳西。这个人悄无声地进来，悄无声地落座，可关雎尔经谢滨眼光暗示，才留意到岳西的两只眼珠子一直非常广角地关注着桌上的所有动静。当然，岳西也是很快意识到关雎尔的注视，她立刻回视，但立刻收回眼光。关雎尔从不知道岳西搬进小黑屋里之后做了些什么，也不知岳西为什么今天冒出来，更不知岳西在想什么，对于未知，关雎尔从来是抱着警惕之心。她便认同了谢滨的小心。

　　但认同是认同，心中的疑问却不是随着时间而沉淀，而是随着时间发酵。尤其是安迪早先已经认定，谢滨跟踪安迪是因为曲筱绡调查谢滨，而曲筱绡又把调查结果告诉了安迪。现在曲筱绡一来也这么说，这么认，难道谢滨真的跟踪了安迪与曲筱绡，而不是误会？原本关雎尔一直打算跟安迪好好解释一下，让安迪与谢滨消除误会，尤其是她希望安迪收回对谢滨的反制，她本来觉得今天坐一起是个绝好的机会，可现在她犹豫了。

关雎尔根本无法将心思集中到婚宴上，邱莹莹敬酒敬到她面前时，她还得谢滨提醒才惊醒过来，连忙站起来。邱莹莹是在大家说排名不分先后，女士优先，女方一桌先来，从右手轮过来后，第一个先敬到关雎尔的。作为今天场上的主角，邱莹莹笑得合不拢嘴，拍着关雎尔的肩膀道："关关，别站起来，坐着祝福我就行了。"

关雎尔没有准备，竟然一时语塞，想了会儿，才道："一定要幸福哦。"

安迪听到就看向包奕凡，果然见包奕凡也飞快扭头看向她，两人会心一笑。两人结婚时候大家喝酒，回头两人就把所有收获的祝福品评了一边，都觉得这句"一定要幸福哦"顶傻。想不到今天这场婚宴的头一炮就是"一定要幸福哦"，而且是来自22楼看书第二多的关雎尔，着实让人意外。

曲筱绡也知道关雎尔学问比她好，对于关雎尔如此仓促的回答，她忍不住问赵医生："她不是该得意扬扬吗，怎么反而在想心事呢？做人总不能总装作受我欺负啊。"

赵医生道："她可能被男朋友不大友好的所作所为震惊吧。"

"切，她巴不得男朋友收拾我呢。要不然她男朋友怎么会知道我去他老家调查？别假惺惺了。哦……"曲筱绡忽然想起了什么，闭上嘴巴眼珠子溜来溜去。认识曲筱绡的人都毛骨悚然地暗想，这家伙又开始冒坏水了。但曲筱绡什么都没说，而是拿出手机埋头寻找。

只有邱莹莹没留意，一径开心地跟关雎尔道："你也早点儿结婚哦，结婚后的幸福是你无法想象的，真的，只有你自己能够体会。应勤，我们来祝救命恩人谢滨永远跟关关在一起。"

关雎尔一听脸闹得通红，谢滨举杯笑道："这也正是我的心愿，谢谢。值得连干三杯。"应勤果然与恩人干了三杯，一点儿不来虚的。反而看得邱莹莹害怕了，劝应勤悠着点儿，这还有好多人没敬呢，人也太实在了。

邱莹莹和应勤敬完谢滨往下走，正是岳西。但岳西摇摇头，"别管我，我是局外人。"

邱莹莹正高兴着，决定以德报怨，"你以后也是22楼的人了呢，我以后再回

22 楼，你可别再说我白日闯哦。相信我，只要你放开心胸，会发现 22 楼都是很好的女孩，都会成为你的好朋友。"

岳西终于不耐烦了，道："提醒你看清楚点儿吧，这一桌是你搭台，他们各唱各的戏，他们又不是专程来祝福你的。"

包奕凡隔着安迪冷喝一声，"过了。"岳西看看包奕凡，便不说了。只有曲筱绡百忙当中抬起头，眼珠子绕着岳西转一圈，呵呵一笑，然后继续埋头苦干。

邱莹莹道："你这人怎么看谁都不顺眼。算了算了，不搭理你。安迪，敬你了。还有包总。"

安迪胸有成竹地笑道："祝你们百年好合，早生贵子。生贵子的经验我可以分享给你，保证不是伪科学。"

但没等邱莹莹回答，此起彼伏的短信提示音响起。除曹律师和岳西之外，这一桌所有人都收到一条群发的短信。大家打开来看，是曲筱绡转发来自关睢尔的短信："获悉你已到小谢的老家，若方便，请帮我调查。"

22 楼的姑娘们脸上异彩纷呈。只有曲筱绡一个人悠笃笃地伸一枚手指敲打着桌子，笑眯眯地看着大伙儿，甚至对岳西也投去友爱的一瞥。当然，她最关心的是谢滨的反应。但谢滨一直低着头看手机，看了好一会儿，她都无法看出谢滨脸色的变化。不过毫无疑问，谢滨有想法了，要不然，短短一行字，怎么可能看那么久。

关睢尔看到短信，脑袋嗡嗡直响。这个月来发生那么多大事，甜酸苦辣，从天堂到地狱好几次轮回，她疲于应对，都忘了曾经发过这么一条短信给曲筱绡。即使曲筱绡转发给她，她都想了一会儿才想到这条短信是什么时候发的。但不管这是什么时候发的，短信算是白纸黑字，字字指证。她不由得轻呼一声："不。"

谢滨闻声抬头，看向关睢尔。两人四目相对，各自蕴含千言万语。樊胜美见此，起身拉邱莹莹和应勤到另一桌，轻道："别管这边，你们照顾好应勤的朋友们。"

邱莹莹即使听了开场时谢滨与曲筱绡的唇枪舌剑，可还是弄不明白，她问樊胜美："究竟怎么回事？"

"我也不是很清楚，小曲插手的事，我们别多管闲事。"樊胜美轻声嘱咐好了，便回自己座位。曹律师看着樊胜美救场这一幕大为赞赏。

谢滨的目光是如此犀利，关睢尔忍不住赶紧解释："这条短信是那天晚上在酒吧，你领我看日出前那天晚上，我看你总是进进出出打电话，你却说啤酒喝多了上厕所，我患得患失了。可我看完日出回来就要求小曲别去了。"

　　曲筱绡听得清楚，冷笑道："小关，你也拿出证据来证明你阻止我去。幸好你心里有鬼的样子提醒了我，让我想起我这儿存着所有短信，一条未删，你们都可以来看看有没有小关说的那条。明人不做暗事，随便看。到这份儿上，小关，你可别说你是打电话给我的哦，我可不想再被谢警官误会，小小一个打手被当成主犯处理。说明一下，我那天去谢警官老家是出差，我才没那么闲专程去调查人。我手机上有工作备忘，你们也可以查看。"曲筱绡堵了关雎尔所有的后路，索性大方潇洒地将手机放到中间的玻璃转台上。

　　除了关雎尔与曲筱绡，只有安迪了解这件事的来龙去脉，可她那天正头痛万分地调停包家父子的矛盾，曲筱绡的小把戏混在那些事里简直很不起眼，她不得不调动所有脑细胞来回忆细节。可她想来想去，也无法否定曲筱绡群发的这条短信，她记不清最终关雎尔阻止了曲筱绡没有，她全无印象。她只有也调出当时的短信查看，可是没找到有证据效果的短信。

　　关雎尔想了半天，才道："我百口莫辩。"

　　谢滨没再看曲筱绡，只是盯着关雎尔轻道："你那天原来不仅发短信要别人查我，还直接要求我写下我的经历，说是给你爸妈看。最终你爸妈又去我家调查我。原来你做的是两手准备。"

　　曲筱绡则是悠闲地问："谁先向我道歉？谁来补偿我家遭受的巨大损失？谁来保证我家不会再被盯上？"

　　谢滨转动桌上的盘子，伸手取手机，一边对曲筱绡道："对不起，我看看你手机上的记录。"

　　安迪隔着岳西，将手机从谢滨手里夺过来，"小曲是生意人，手机上一定不少秘密。我做一下中间人，替你查找你想要看的。"

　　曲筱绡忙道："对啊，安迪，你太好了，我都急得忘了这些。你还记得吗，我曾经跟你说过，一想到小谢是刑警，我就不敢查了，没事谁敢得罪啊。也是短信那天跟你说的。"

　　安迪想了会儿，"有这事。小谢，我们坐旁边看。"

　　关雎尔无声看着场上曲筱绡与安迪亲昵地互动，安迪显然帮曲筱绡，而不帮她。关雎尔想到刚坐下时安迪看她的冷漠眼神。可是她对谁都说不清楚，她手中没有短信等证据，她口说无凭。她唯一能指望的是谢滨对她的了解。可她又知道，谢滨是如此在意那段过往，在涉及那段过往的事件处理上，谢滨还能对她保持信任和理解吗？她将桌上一个一个的人看过来，可谁都没有帮她的意思。

曲筱绡则是放心地将手机交给安迪处理，她冷眼看关雎尔，而且不忘再补上一脚，"小关，我好意帮你，结果你不仅赖掉你自己做的，到今天还栽赃到我头上，当着大伙的面，当着我的面信口雌黄说你已经阻止我。你是欺负我向来名声不好啊。难怪我说我这几天怎么死得不明不白，原来身边有内奸。"

包厢一边，安迪操作手机给谢滨查看。果然，所有记录与曲筱绡说的一致。谢滨一时无语，陷入深思。

安迪将手机还给曲筱绡，"你也少说几句。"

曲筱绡却不依不饶，"没办法，我家的巨大损失找谁赔偿？"

关雎尔怒视曲筱绡，两人因着位置安排，正好面对面。"你家什么损失，说出来，我赔你。"

"今天是婚宴，说那两个字不吉利。总有一天你会看见我家的损失。但是，你们有谢警官，我可不敢让你赔。我是天字第一号倒霉蛋，冤死鬼，大家都给我做见证。"

曲筱绡说的那两个不吉利的字，大伙儿只要脑袋稍微转转，就猜出来了，"离婚"。既然眼下曲筱绡与赵医生依然亲亲热热在一起，那么说明闹离婚的是曲筱绡的爸妈。全桌都惊住了，除了安迪早已知情。关雎尔更是震惊，她看了曲筱绡好一会儿，才慢慢扭头看向谢滨。谢滨的沉思被打断，可他却看向曲筱绡。

曲筱绡顺势道："看什么，还想威胁我？我想明白了，我已经家破，我跟你玩人亡！你们两个听着，你们一个背后调查我，陷害我，还威胁我不许说；一个耍无赖，栽赃我。我赔上全部身家，跟你们玩到底。老赵，你说过，你会养我，我不怕。"

赵医生毫不犹豫地道："我工资卡都在你手上，以后还是。"

"老赵！"曲筱绡紧紧拥抱赵医生。

但谢滨冷静地道："我现在已经知道，你歪曲事实。你歪曲我，你也歪曲小关。我相信小关，因为小关的一贯人品，这不需要解释，也不需要证据。"

"既然相信一贯人品，你又何必查我手机，想那么久。无非是眼看落下风了，抓一个战友。两个人战斗力总比你一个人强。你可真会做人，真投机。"

听到这儿，关雎尔憋半天的气终于爆了，"好啦，都是我的错，你们别吵啦。"

　　但曲筱绡并不打算放过关雎尔，"当然是你的错，你找男朋友关我们屁事，结果害得我和安迪都被你男朋友跟踪，我们招谁惹谁了？要说我一贯人品不好，我冤死活该。但关安迪什么事，要不是你，安迪能遭罪吗？你俩谁跟安迪道歉了？"

　　"我已经讨还公道。不需要道歉。"安迪插上一句嘴。

　　邱莹莹一边在那边桌敬酒，一边心惊肉跳听着这边桌的，她忍不住来做和事佬。"我们都是好姐妹，不是吗？能不能坐下来好好沟通，一定是误会。我相信小曲不会真为难小关，小关不会真为难小曲，真的，我相信你们。看在我是新娘子的分儿上，给我一个面子吧，别再吵了。"

　　樊胜美这时候也豁出去了，"是啊，我也来做个和事佬。我们都是多好的姐妹，虽然性格不同，做事各有差异，可向来都真心对待彼此。像我家的烂摊子，拖累我那么多年，直到我遇见你们。你们一直帮我想办法，帮我打架，甚至帮我纠正我的观念。我今天收到最好的消息，我哥撤诉了。我知道他们以后还会闹腾，但我从此知道该怎么对付他们了。这都是因为你们真心帮我，拖我迈过那道坎。小关小曲又有什么不能沟通的问题呢？大家坐下来好好谈，没有什么解决不了。我也相信，一切都是误会，谁都不会故意伤害对方。我们都坐下来吧，小谢，你也来坐下。要不，我们好好吃完小邱的婚宴，这是小邱的婚宴。完了找地方，只有当事人，三头六面说个明白？"

　　"支持樊姐。"

　　"支持小樊。"

　　"支持小美。"……

　　大家这才都归座，安静吃婚宴。可即便是外人岳西都知道，这不过是风暴前暂时的平静。

第 75 章

　　一桌沉默，邱莹莹又回那一桌敬酒。关雎尔拿起面前的杯子喝水，可嘴唇还没碰到水，眼泪却先落在水面上。她不愿被人看见，双手撑住额头，也顺势遮住眼睛。她一肚子的冤，可她不愿再说了，并不是谁有质疑她都必须辩白，她有自尊。而且她向来信奉来日方长。相处这么多日子以来，如果 22 楼的邻居和谢滨都认可曲筱绡的话而否认她的，那么她更不必向他们辩白。可虽然倔强地这么想，她心里的委屈还是止不住地冒上来。

　　而刚才剑拔弩张的曲筱绡此时安静下来，也没胃口吃菜。这一天发生太多的事，内心再强壮的人也受不了。好在有赵医生，曲筱绡只要头一偏，就能靠上赵医生的肩头。她可以一直靠着赵医生的肩膀发呆，对此，曲筱绡非常确信。她也不管别人怎么看，她当然也不愿意看上关雎尔一眼，她头朝天花板，闭目养神。

　　旁人看着，只觉关雎尔凄凉。

　　樊胜美再次收到曹律师的名片。但这张名片上面密密麻麻的是墨汁未干的家里地址，家里电话号码，鲜为人知的 QQ 号，和微博 ID。要换作过去，樊胜美早仪态万方地眼睛一亮了。可这回她没兴奋到哪儿去，心里竟有些不想被打扰，想把这张特殊的名片推回去。可出于礼貌，她还是接了。但她的略一迟疑落在曹律师的眼睛里。

曹律师轻声笑道："好像有个奇怪的规律，快乐与朋友分享，快乐不会减少，反而不仅自己更快乐，连带朋友也快乐起来。今天能坐在你身边真是非常幸运的事。"

樊胜美第一反应是，这一段说辞肯定是曲筱绡与关雎尔大战时候曹律师绞尽脑汁想出来的，可又一想，人家虽然不是诉讼律师，好歹也是律师，口才当然了得，这种虚头八脑的文字自然不需要太斟酌就能出来。她依然持着名片，没收进包里，笑道："暂时只想招募酒肉朋友。"她将名片举高一寸，"要不要收回去？"

曹律师笑道："你收着，归到活跃踊跃朋友档就行。"樊胜美这才将名片收进包里。她发现有话直说，做人简单方便得多。只有安迪正儿八经地在吃，但她被打扰了，有人在踢她的脚。她反射性地低头一瞧，却瞧见一只手机屏正对着她，上面明晃晃几个字，"快看我隔壁人的手"。安迪顺藤摸瓜往上看，是岳西的左手持着手机。安迪惊讶地先看看若无其事吃菜的岳西，才看岳西旁边的谢滨。

谢滨倒是神色若常地吃菜，当然也是在想心事。这一桌可能都在想心事。但往下看，只见谢滨闲着的那只手死死抓着椅面一角，手指手背青筋爆绽，其姿势令安迪想到虬劲的龙爪。安迪不由得紧闭眼睛，扭开脸不看。但旁边随即传来岳西的一声冷笑，"装！"安迪愣了一下才回过神来，岳西说的是她。她淡淡地道："惹毛我有什么意思？"

"我一个字就能惹毛你？你也太脆弱了点吧。"

"知道我脆弱，你非惹我，你是不是很过分？"

"装，又开始装脆弱。"

"没装啊，老弱病残孕，我榜上有名，排名最后呢。然后再回到前面一个问题，欺负孕妇你是不是很过分？"

"孕妇怎么了，女人谁不会，装脆弱冲男人去装，又不是女人做的孽。"

"你承认你欺负我了，欺负又怎的，是吧？"

"谁欺负你了？"安迪扑哧一笑，回过头继续吃饭。包奕凡一直竖着耳朵听，觉得不会吵起来，才抬眼看岳西那边一眼，不料正好看到谢滨往安迪看一眼，神色中有明显的鄙夷。包奕凡自己常被人鄙夷，却容不得老婆被人鄙夷。他想来想去，觉得谢滨被他们调动工作后又无法抱怨，眼看着岳西被安迪搞脑子，谢滨感同身受呢。如此一想，包奕凡便作罢。

邱莹莹和应勤敬完那边桌，两人都有了醉意，邱莹莹笑嘻嘻地又来到岳西身后，亢奋地道："岳西，还是从你这儿开始。谁让我是我们22楼最先知道你名字的人呢。"

顿时，除了埋头苦恼的关雎尔无动于衷，这一桌所有人的眼光都集中到岳西脸上。即便是满心烦躁的曲筱绡，眼珠子也随着此话而转动起来。与关雎尔一样不知情的谢滨却敏锐感受到一桌气场的暗涌，他迅速捕捉到岳西这个焦点，才发现这位22楼的局外人似乎很有不可告人的故事。

岳西奇道："我正说呢，你们怎么知道我名字的，原来都是从你嘴里传出去的？真正看不出，还是你来挖掘出我的名字，有水平。你可得告诉我，别说你是从中介查到的。"

邱莹莹一听更亢奋了，"我又不是曲曲，还到处查人底细的。咱就是人品好，有人自动等在楼下问2202是不是有个叫岳西的，长什么什么样……"

幸好有谢滨盯着岳西，就在岳西一跃而起的当儿，谢滨伸出手臂捞住了岳西，让岳西的一个耳光打了个空。谢滨随即起身挡在岳西面前。"有话好好说不行吗？"

岳西愤怒道："原来是你通风报信，你害得我仇家杀上门来，逼得我在2202待不下去。你以为我爱来你婚宴？我无路可走。我才知道原来是你造的孽。你这千刀万剐的傻逼，你还结什么婚啊，直接去死，去死。"

众人更加目瞪口呆，包奕凡忙也起身阻止岳西，"你的困境我理解。不过看在是我和赵医生联手救你的分儿上，再大的事也放婚宴结束后再说，行吧？"

"我干吗要忍，我现在就不敢回去，我求你们让我跟着你们谁都嫌弃我累赘，我明天还得一大早搬家，可我还没地方搬呢，你们谁又肯帮我？我一肚子气找谁说？我连说话呛点儿你们都不能忍，我被这傻逼这么出卖，我干吗忍？婚宴算个屁，我还性命交关呢。我不说出来，难道还等傻逼婚宴结束拍拍屁股溜走再也找不到？你们谁给个公道话，谁？"

邱莹莹给吓醒了，往应勤身后躲了躲，连忙道歉："对不起，我真不知道那男人来找你是不安好心，还以为你躲小黑屋里不见人是怪癖呢。我真不是故意害你。回头你不如先来我家躲躲，我帮你找房子。"

众人这才知道岳西被人找上门来的原因，22楼众女都知道邱莹莹性格，知道她还真不是故意，可事已至此，也不能怪岳西暴跳如雷。曲筱绡先蔫不拉几地道："别闹了，这场子要闹也是老子我才能闹，你一个外来的再闹，我们帮亲不帮理，先捏死你。我有一套酒店公寓空着，你连夜搬过去住几天，总好过搬人家新婚夫妻家里当灯泡。半个月内不收你钱。可以闭嘴了。"

　　安迪也道："别怪小邱了，小邱不是第一个知道你姓名的人。我们几个早已知道你的事，更知道下午敲你门的叫李会衢，只是不点破而已。你被李会衢找上门来是迟早的，全怪到小邱头上欠妥。吵闹无助于解决问题，你坐下来，安心，知道下午2202门口冲突的来龙去脉之后，起码今晚我们都会护送你安全回去，帮你搬家。回头我找李会衢谈谈。你先坐下，让婚宴继续。"

　　曹律师喃喃道："这面子给大了。"

　　岳西却依然警觉地问："你刚才不让我跟，现在为什么要帮我这么大忙？你凭啥能跟李会衢对话？"

　　安迪只得摸出名片给岳西看一下，收回。岳西虽然入行时浅，却也知道这个机构这个人，立刻噤声。可等坐下，又忍不住问："我还是想知道，不，想确保一下，你为什么要帮我。"

　　"结婚是小邱头等大事，都别闹啦，让她有个这辈子最美好的记忆好不好？"

　　岳西道："既然如此，请立刻兑现，过了婚宴我就无法确保你还能坚守承诺。"

　　安迪郁道："原来你以为你可以挟持我们。算了，不跟你计较，让你放心，我这就出去打个电话。你也请安心坐下别再刺头。"安迪起身，先到邱莹莹身边，"岳西新近遭遇人渣男人，所以有点刺。你这幸福的新娘别跟她计较，先给小曲敬酒吧，我打电话回来再我们互敬。"

　　邱莹莹点头，好在她今天心情极佳，不会太受岳西影响，她忍不住抱抱安迪，"谢谢你。我其实也有错，不该多嘴。好，等会儿再敬你。还等着吃你的喜酒呢，你怎么迟迟不办呢。"

　　包奕凡不得不插嘴："我母亲刚往生不久，我们不方便大操大办。"

　　安迪才得全身而退。

　　另一边，应勤早抓住谢滨万分感谢着，又是谢滨救他们。谢滨客气了几下坐下，等岳西也坐下，他对岳西道："我理解你的顾虑，也欣赏你的泼辣，但必须提醒你，这里随便出两个男人就可以把你扔出去，让婚宴平稳继续。这一屋没人认识你，你闹急了，谁都不会手软。好自为之。你也别以为我没看见你的小动作。"

　　岳西果然没敢开口。但包奕凡好好看了谢滨几眼，直到谢滨也看他，他与谢滨火光四射地对视一会儿，才各自扭开脸。包奕凡觉得，谢滨是懂得审时度势的人。

曲筱绡即使在岳西闹得最厉害的时候，依然眼睛只看着关雎尔，等邱莹莹敬酒到她面前，她还是看着保持一个姿势不变的关雎尔，道："小邱，姐给你一句忠告：早生贵子，牢牢守住应勤。把什么妈富隆杜蕾斯全扔了。"

邱莹莹又急又笑，"你就是没一句正经的。"

"我每一句都正经，又好玩又正经还好用，你难道忘了我前不久最新给你的忠告？你把杯里的全喝了，早生贵子，多生贵子。"曲筱绡这才收回眼神儿，与邱莹莹碰杯，盯着邱莹莹让喝下去。

谁都想不到，邱莹莹竟然真的将几乎满杯的红酒都喝了，一点儿不含糊。樊胜美惊得目瞪口呆，这一对冤家，什么时候暗度陈仓了？但再一想，曲筱绡的忠告对于邱莹莹而言，字字在理。估计前不久的最新忠告也是一语中的。

邱莹莹打个饱嗝，醉意盎然地对曲筱绡附耳："我给你一句完全相反的，多享受爱情多享受生活，早结婚，孩子别急着生。婚后生活真是太美好了，太美好了，婚后做跟婚前做感觉完全不一样，不信你试试。"

曲筱绡一听就捂嘴爆笑，心情再差也忍不住笑了。两眼却看向赵医生，双手推邱莹莹到樊胜美那儿去。等邱莹莹和应勤两个离开了，她立马轻轻学舌给赵医生听，赵医生听了也爆笑，一边笑一边道："有点道理，要不听她的？"

"擦，求婚这么容易？给我把前戏做足再说。"

邱莹莹被满满一杯红酒击倒，她走到樊胜美身边，就挤开曹律师，抱住樊胜美挤一张椅子上。"樊姐，虽然我结婚了，你还要保护我哦。"

"别担心，你不需要求别人保护，你已经教育我们，简单反而很幸福。我们还得向你学呢。你一定会很幸福。"

"谢谢樊姐，我真的好幸福欸。现在我什么都先为应勤着想，他也是，什么都为我着想，为了不让我拖着受伤后还在恢复的身子又是上班又是照顾他地累着，他让我辞职了呢。果然辞职后轻松很多，要不然与饭店谈婚宴也不会那么顺利呢，我有的是时间与饭店磨。樊姐，谢谢你这么多日子照顾我，真不舍得你。"

樊胜美听得惊讶万分，辞职？她这个资深 HR 当即想到许多后果，这年头谁敢招没有非常出众的一技之长的新婚女子，这个新婚女子群体普遍意味着此后漫长的怀孕期，产假，哺乳期，和不足的睡眠，降低的智商。樊胜美几乎是用手指头都能预测到，邱莹莹起码两三年之内别想再就业。她忍不住轻问："你辞职的事，你婆婆和你妈都答应吗？"

"没问她们啊。可我真的撑不住了，一成家就发现家务事比独身时候不是翻倍，而是翻好几倍增加，还不能拖着不做，真累。主要是我还得照顾好应勤，他才是家里的主力。"

樊胜美无语，只能扭头对应勤道："小应，你以后是一家之主了，要好好照顾好我们小邱。一家之主意味着需要承担撑起一个家的责任，这个责任不小，但我们小邱信任你，嫁给你，相信你一定做得很好。我们都祝福你们。"邱莹莹听了也一个劲儿地点头。

应勤有点儿大舌头地道："对的，这话我妈也对我说了，结婚后就是大男人，就是一家之长。我一定会对莹莹好，樊姐放心。对了，我还有一件事一定要道歉，我以前不听你的，后来越想越觉得你说得对，莹莹真的是很好的人。幸好你没跟我们生气，我们受伤后还一直帮我们。樊姐，这杯我一定要倒满满地敬你，以后你是我们俩的姐。莹莹，你也倒满。"

应勤和邱莹莹两个心里都不藏奸，倒满酒跟樊胜美一碰，自己就囫囵全喝了。看得樊胜美万分痛苦地看着自己杯里的半杯酒，也只能陪着一起全喝了。但樊胜美心里真感动，原来他们都记得她的好。她又紧紧拥抱邱莹莹："一定要好好的，22楼是你半个娘家，我们都撑你。"

邱莹莹听了不由得热泪盈眶，"樊姐，我就信你说的，樊姐，我结婚什么都好，就是太不舍得你，以后不能天天见到你了。呜呜……"

樊胜美忙道："别哭，你今天是最美的新娘呢，别把妆哭糊了。"

"哎哟，糟，我没带粉盒来。"

"我替你补妆。小应先坐下，别站着了，快吃点菜，别光喝酒。"这边手忙脚乱地补妆，那边安迪悄悄掩门进来，对翘首等了会儿的岳西道：

"李会𪾢答应不找你，但要求你离开这个行业。我想你进入这个行业才半年，立刻放弃转行还来得及，损失不会太大。不过还是得听听你的意见。"

"问题是李会𪾢出尔反尔，从来食言而肥，凭什么信他？凭什么信你？"

曹律师忍不住道："安迪出手帮你这么大忙，一定是许诺好处的。她这种人一个许诺得值多少钱，你应该清楚。凭什么信李会𪾢，就凭对他许诺的是安迪。你不说好好谢安迪，还问凭什么信安迪，有点头脑好不好？"岳西却不依不饶地继续问：

"可是你为什么帮我这么大忙？无事献殷勤，非盗即奸。小谢早说了，你们完全可以把我扔出去就能保证婚宴顺利进行。"

安迪不禁郁闷地看谢滨一眼，对岳西道："摆在你面前的选择只有两个，一个是相信我真的帮你，那么你未来就可以过安全自由的日子；一个是不相信我，你继续过你现在的日子。当然需要提醒你，就社会普遍认知来讲，人比较容易为利益出卖一下别人，李会衢可以向我输送利益，你则是一无所有。所以你选择后者更安全。你赌一把吧。不需要担心我骂你白眼狼，做手脚，搬来22楼之前，我比你更不信任他人。"

曲筱绡凉凉地来一句，"爱谁谁。"

邱莹莹醉得含混不清地道："换我就答应，相信安迪。岳西，我告诉你，我做了误伤你的事，所以我一定要告诉你，相信安迪，没错的，你千万别选择错。"却换来岳西冷冷一个斜眼。

大家七嘴八舌之际，谢滨掏出他的警察证给岳西看，"你记住我名字，今晚就算我出警。我提议你选相信安迪，以后如果出事你找我，也可以投诉我，我跑不了。"

岳西却掏出手机，将警官证上的文字数字都记录下来，才道："好，谢谢你。谢谢安迪，我答应条件。"反倒是安迪看着谢滨，一时疑惑。她回头看一眼包奕凡，得到包奕凡眼神的支持，才又出去打电话回复。留下谢滨与包奕凡对视。谢滨都没留意到，此时已石雕般捂脸坐了好久的关雎尔排开两枚手指看向他。很快，安迪回来，对岳西道："你晚上不用搬家了，也尽管独自来去。"

"请问你答应他什么条件？"

"你不必知道。如果此事真朝着我说的方向发展，只希望能就此提醒你：人跟人之间未必只有利益交往，人与人之间未必只有在彼此牵制的条件下才能释放信任。来日方长吧，你不用急于表态。"依然紧拥着樊胜美的邱莹莹问："樊姐，安迪答应那个李……李……什么了？"

"别问了，安迪是代你受过。"

"噢。安迪，谢谢你啊。"曹律师笑着提醒夹在他和樊胜美中间的邱莹莹："今天这是喜宴啊，新娘快回到新郎身边去啦。"邱莹莹一听就赶紧跳走了。

曲筱绡悄悄跟赵医生道："你说，换成我委屈成关雎尔那样，你还不得扑上来抱我？他们两个谁也不理谁的，是不是闹崩了？要是闹崩了，谢滨还待这儿干吗，真等着我们饭后审问他？没这么傻吧。我真想不明白。”

赵医生道："你别闹，好好想清楚回头怎么跟人说。我看谢滨一副有备无患的样子，你也得有准备。"

"可是我今天心里真的好烦，我出去打个电话给我妈。唉，要不要给我爸也打个电话？"

"打吧，刚才包总也说了，他们之间无论怎样，依然是你的父母。"曲筱绡看看对面的谢滨，道："我怕他跟出去。算了，回家再打。"

"去吧，我看着他。"曲筱绡亲了一下赵医生，走出去了。岳西看着曲筱绡出门，对着门沉思了会儿，生硬地问安迪："请问，我现在出去，到洗手间，真的没问题了？"

"要我写保证书给你吗？"岳西一愣，"不用。"说完便起身出去了。安迪见她走路有些扭捏，仔细一看，便见到岳西裤裆那边一小块深红。她不禁眼睛一闭，扭开脸不看。只有谢滨注意到这一节，但他也没说话。中间缺了个岳西，便成了谢滨与安迪坐在一起。但两人显然没有套近乎的意思，彼此坚壁清野，仿佛中间依然坐着个岳西。

邱莹莹平日里极少应酬喝酒，缺乏经验，因此遇到今天骤然成了全场中心，便毫不犹豫地喝醉了。应勤又被同事们叫去，邱莹莹抵制着酒意，心中默念她今天是新娘子，需要主持大局，便顽强地抬起眼皮，冲满屋子的人迷蒙地笑，笑了会儿，便瞄准关雎尔。她原本只是想搭一下关雎尔的肩，可醉意之下，便成了和身扑上去，压在关雎尔身上。关雎尔猝不及防，被邱莹莹冲得坐不稳，幸好谢滨伸来一只手扶住她的肩膀，可关雎尔面前的杯子筷子都哗哗落了地。关雎尔趁势坐稳，扶住邱莹莹，回眸看谢滨一眼，谢滨却避开眼，将手收了回去。而谢滨大手却在关雎尔肩上留下热辣辣的回忆。

关雎尔心酸，可她还得管着醉邱一枚。邱莹莹不知，咯咯笑着抱住关雎尔道："关关，这一晚上你都泥菩萨一样，你不饿吗？要不我来喂你？别难过了，别难过了，好不好，笑一笑嘛。"

"小邱，你喝醉了，我给你倒水，你醒醒酒。"

"我没醉，别看我人有点儿东倒西歪，呵呵，可没醉，心里非常清楚，脑袋反应快着呢。就像你不开心，别人不知道，我最知道。我们以前一起上下班，一起吃晚饭挤地铁，你心里想什么，我都知道。你啊，想得太多，顾虑太多。就说我跟应勤那时候恢复关系，我知道你反对我吃回头草，你说起来这不行那不行这不规矩那不合理，可是呢，最后，你看，我结婚了。

如果爱，就不要怕说出来，真的，别人看着姿态难看又怎么了。别人不会知道你爱不到的痛苦，你自己心里最知道。别人看着你姿态好看，可受伤的是你。你何必去美化别人的眼睛，自己遭罪呢？小谢，我跟你说……"

关雎尔早就在低声阻止邱莹莹说醉话，可邱莹莹不听。等听到这儿，她只能果断出手捂住邱莹莹的嘴，可邱莹莹灵活地东躲西闪不让她捂，躲急了啪地掉地上，引来隔壁桌一大帮人的哄笑，隔壁桌的和这一桌的樊胜美都急着去扶，邱莹莹却兴高采烈了，笑道："嘻嘻，小关你拿我没辙。小谢，你听我说，我们小关对你可……"但这回是樊胜美出手，成功捂住了邱莹莹的嘴。樊胜美在邱莹莹耳边轻而严厉地道："别人不想说的你别替别人说。这不才害得岳西被人找到吗？

快别说，听樊姐的。再说，樊姐不理你。"

邱莹莹傻呵呵地看看樊胜美，呜呜连声，她到了樊胜美手里就不再太挣扎，被樊胜美扶起来坐下，趁樊胜美手一松没捂住，连忙表态："我听樊姐的，不说了。"

关雎尔一张脸通红，可对着一个喝醉的人，她又无法说什么，只能继续闷闷地坐。谢滨当然看得见这一切，但谢滨一语不发。关雎尔更是失望。

包奕凡手头一直握着手机，不时忙于写邮件接电话，但也没忘了偶尔看一下热闹，与安迪私语议论一番。但忽然，他面前伸过来一条手臂，直直横在他眼睛前面，是赵医生端着酒杯的手。赵医生见谢滨没有动弹的趋势，稍微放松一下警惕，做一下自己的私活。"安迪，敬你拉岳西一把。"

安迪惊讶，"有什么可敬的，还不是跟你一样。"

"一样才得敬，咱不是出了名的自恋吗？敬你。有些人只晓得将钱交给慈善组织，倒是从不管这钱最终进了杀人越货的或是跟他有血海深仇的人手里，或者被贪污，却从来看到身边人的困顿，伸出手的时候百般计较。我一直想不通。今天终于见同道中人，不能不庆祝一杯。"

包奕凡看着眼皮子底下两只杯子热情地充满赞同地碰来碰去，不得不提醒一下："我看岳西是一去不回了。"

曲筱绡正好回来，闻言道："我看到岳西出大门了，鬼鬼祟祟的，看见我理都不理一下。"

安迪道："爱谁谁呢，她感谢你也吃不消，重口味。"

包奕凡再度插嘴："你俩把杯中饮料喝了吧，我被你们晃晕了。"

赵医生才又道："曲曲一定不是遗憾人家不理她一下，而是痛失一个吵架的良才。"

众人都哈哈一笑。赵医生和安迪的敬酒才结束。只有包奕凡一直留意着谢滨的神情，他见谢滨若无其事地看他们这边谈笑风生，却不关注关雎尔一眼，心里很惊讶。既然不再关注关雎尔，还留着干吗。

赵医生轻问曲筱绡："电话里说什么？"

"离婚，定了。"曲筱绡不禁叹息，伸手捂住了脸。她的动作正好与对面的关雎尔一样。相比那边一桌起哄不断，这边一桌新娘子醉得傻呵呵的，听樊胜美的话不再唠叨，另有两人捂脸，弄得别人都不便欢乐起来。

赵医生不禁看向谢滨，见谢滨也是若无其事地看着这边，他再也按捺不住，走过去坐到岳西留下的位置上，对谢滨正色道："你已经如愿了，我建议你见好就收，别坚持看戏，非等两败俱伤才罢手。"

谢滨也正色道："我不知道我如愿了什么，我之所以还坐在这儿，是因为我必须澄清事实，说明真相。我是堂堂正正的男人，我断无逃避的可能。我有错，我承担，我有冤，不独吞。"

谢滨的声音清晰刚正，可听的人只觉得有丝丝冷意从骨子渗出来。赵医生道："好，我们都放到桌面上谈。"

赵医生起身回座。少了赵医生的遮挡，谢滨的目光直接与安迪接触。谢滨道："安迪，我敬你刚才不计前嫌帮岳西，所以我愿意跟你澄清事实。但我讨厌你的居高临下，我并不希冀消除误解。"

安迪道："前者，千金难买我乐意，我混的只是自己高兴。后者，只要你站直了，随时我们都是平视。但如果你非要趴地上，请恕我不奉陪，你只能看到我的居高临下。归根结底，心态决定视角。"

"对，心态决定视角。你会认识到你的居高临下。"

"如果真如你所言，我以后一定找同样狗眼看人低的相处，以免荼毒他人，也免得辛苦自己改进。先谢谢你啦。"

　　包奕凡一手搭到安迪肩上，笑道："留着力气回头说。"

　　安迪却拿出 Ipad，"看在刚才你出示证件实质性地、充满善意地帮我解决问题，我也不对你搞突然袭击，你先看看我手头的证据吧，考虑该如何解释。"

　　包奕凡不由得一张脸皱成核桃，哪有这么吵架的。但他也没去阻止安迪递出 Ipad，只能心里想办法，预估谢滨可能做出的伪证。赵医生却看着哈哈乱笑，斜睨谢滨一眼，道："这还不是居高临下？骨子里透出的骄，完全不把对手放在眼里的骄。"

　　安迪忙道："这个没有，真没有，追求对等而已。"

　　谢滨一抬眼就看到满桌人看他的眼光，似乎都在谴责他无理取闹。谢滨不管，打开一看，正是他撞见安迪那天的监控录像。一看录像画面，他顿时哑了。法律上当然很难将这段画面当成铁证，认定他跟踪，可放给任何人看，看完这一段，谁会否定他当时居心叵测？

　　"我百口莫辩。"谢滨脱口而出，立刻又意识到，这句话是刚才关雎尔所言。谢滨不禁看向关雎尔。她依然双手支着脑袋，什么都不理。谢滨愣住了。此时此刻，他方才能体会到关雎尔当时的心情。

　　邱莹莹笑道："还说我醉了，我脑袋清楚着呢，'我百口莫辩'这句话最先是关关说的，是吧，应勤？"

　　"没错，我也没醉。"应勤也得意扬扬地笑。两人醉后更不顾忌别人的痛痒。"是什么？我也要看。"曲筱绡欲起身，被赵医生按住。安迪收回 Ipad，立即着手将录像删除，不顾曲筱绡的惊呼。"我彻底销毁证据了，小曲你不用知道这些。"然后又轻声对谢滨道："还有，小谢，你第二天又向医生打探。我只向你提供一下口供吧，具体不提供了。"谢滨再次圆睁了双目，看了安迪好一会儿，道："我要求立刻跟你单独谈话。"包奕凡道："不行。我不放心。"安迪却立刻毛骨悚然地想到，难道谢滨了解到更多她的过往？她当然不愿等下人多时候摊牌，她站起来道："外面说话。包子，我可以的。"曲筱绡抗议："你们不能撇下我单独行动。"谢滨理都不理，开门请安迪先走。包奕凡拉住安迪，轻道："我不放心，他是专业人士，你又直爽，当心他拿话绕你。"

　　"我会留心。"安迪按下包奕凡，单独出去。与谢滨擦肩而过时，问："我对你缺乏信任，你不会有暴力倾向吧？"

　　"我不打妇女儿童。"安迪只能信谢滨。两人往外走，见外面大厅已经很空，有空桌临窗，便走过去。谢滨路上就问："就我观察，岳西是不是惊弓之鸟？"

"对，希望你不计较她的过失。女孩子在这个社会受的伤害更深，相应的警惕性也越大。"

"看样子是刚走出社会，跌个大跟斗。"

"你不需要了解太多，这是个人隐私。希望你尊重个人隐私的界限。"两人走到空桌边，谢滨替安迪拉开椅子。安迪一愣，小心坐下。

却侧身避开谢滨。谢滨道："不，我不是探听岳西隐私。"他坐到对面，"一个刚走出社会的新人正是重塑世界观的时候，一个纠缠不休的大跟斗可能改变她的人性。你挽救了她。或许她有一天真能明白，这世界上还有无私的善意，还可以善意地对待他人而不用担心受伤害。"

安迪疑惑地看着谢滨，心头隐隐有些轮廓了。"但我说的是信任。对他人的信任。"

"对，信任。你可能改变了岳西的人生。"

"外人的作用没那么重要，能改变岳西的，克服她心魔的，只有她自己。

如果她继续怨天怨地，认定世人都无端怀有恶意，认为她所有的委屈需要世界偿还，那么谁也帮不了她。"

"可如果不帮岳西，让她陷入不敢出门、四处躲避的日子，久而久之，必然心理扭曲。以后即使时来运转，想改变心态也难了。幸好转机来得快，她可以尽早抛弃噩梦，重新开始。我怀疑她现在已经在考虑搬家。"

安迪听到这儿，已经意识到谢滨说的其实是他自己。"她搬家也好，小关和小樊都希望一个屋子只住两人。我们回到正题……"

"我建议她别搬走，为她好。"

"你还没提一句小关，却一直提岳西，是不是我错觉？"

"不是错觉。你体会不到当一个人认为全世界都与他作对的时候，他心里有多么无助。如果此刻他身边有可以信任的人，哪怕只有一个，他的心灵就有寄托，他就不会滑向黑暗。小关曾经告诉我，她绝对信任你，她甚至可以否定我的辩解，只是因为她信任你。你可不可以再拉岳西一把？"

安迪心中更疑惑，索性看着谢滨不语。包奕凡早悄悄跟出来看，见两人和平友好地交谈，甚至从身体语言看，谢滨似乎表达欲极其旺盛，包奕凡不解，但也稍微放心。

　　谢滨见安迪久久不语，等得心焦，手中把玩着茶杯，茶水在杯子里乱溅。他终于将杯子重重放下，道："好吧，你早已知道我的过去……"

　　"我并不想知道。惹祸。"

　　"不管怎么样，你总之是知道了。岳西与全世界作对，又试图向强有力者献媚获取保护，她的矛盾心理我感同身受，不，我全都经历过。我不忍看她重蹈覆辙。"

　　"重蹈覆辙？所以你一边不理小关，一边又极度热心地关心岳西？一边跟踪我，一边又试图拉拢我扮演岳西的恩人？"

　　"我……"谢滨又是犹豫了好久，才道："请相信我，第一次我没跟踪你。你从监控录像看到的我那些动作只是本能，你无法理解的本能……看到熟人第一直觉是躲避。我知道你不会相信，我认了。你认为我是跟踪就跟踪吧，我也被你反击了。"

　　安迪惊讶，这论调，与她的猜测相似。她直截了当地问："本能地一看见熟人就躲，等判断是新熟人而不是知根知底的老熟人，才现身？"谢滨回答得非常艰难，"是。但你怎么知道？"

　　"但第二次去问医生，却并非偶然。可以视作你的主动出击？"

　　"是，我承认。当初我以为你对我抱有恶意，像曲筱绡一样调查我，干涉我，所以我必须掌握主动权，我必须弄清楚你前一天惊慌的原因。对不起。我对你有错，我认罚。但对于曲筱绡，我不会放弃调查。对她，除了牵制，别无他法，她不懂与人为善。但目前为止，我所有的行为止于调查，没有其他针对性行动，如果她家因此受到影响，目前为止与我无关。以后也请她清楚，只要她不针对我，我也不会针对她。我向来人不犯我，我不犯人，人若犯我，我必犯人。我并不忌惮与她鱼死网破。"

　　"你知道，被你，一个专业人士调查，有多可怕吗？我放弃原则找关系调动你的工作，只是阻止你跟踪我。"

　　"对不起，对你，我必须道歉。但被非专业人士调查，同样可怕。每个人身上都有不愿被揭开的伤疤。"

　　"我理解你的想法，可小关小曲都是我的朋友，我偏心她们。我试图奉劝你……"

　　"不用奉劝，我不会放弃对曲筱绡的调查。"

　　"你冷静再想想，你何尝不是岳西。你看得出岳西可能滑向黑暗，你呢？你正纵容你心中的黑暗卷土重来。你不觉得可惜？"谢滨却指向周围："他们怎么回事？"

安迪一看，大圆桌的人都出来了，远远地零落地站着，对她和谢滨形成包抄之势。连邱莹莹也扶着樊胜美来了。关雎尔站得最远。安迪不禁笑了，"他们也偏心我。真好。"

"所以你奉劝不了我。一个集万千宠爱于一身的人，你不会理解我的内心。我不会停止，我现在就可以明确告诉曲筱绡。"

"不为小关想想？她全心全意对你，她是你身边可以完全信赖的人。你不要信小曲的，小关可能患得患失，但她有最终大原则。你不要辜负她。"

"因为你充满善意的行为：你提前将监控录像给我看，而不是等下打我个措手不及；你等我看完又立即删除，而不扩散给曲筱绡，甚至不保留证据要挟我。我愿意告诉你，虽然你不会理解。我现在完全无法体会感情，我心中被……别的情绪占领。我对不起小关，我只有从现在开始远离她，方便她遗忘我。"

"别的情绪——恐惧？"

谢滨浑身一震，但他没有答应，而是缓缓转头朝向窗外。唯有那个方位，没有人盯着他，看得见他的脸。安迪看着谢滨，也是心头震颤。"可你还是分心帮了岳西，不惜与当时的对头我联手。"

"你误会了，不是你认为的那样。对你，我有交代了。对他们，我不必有交代。求你开解小关，留下岳西。我走了。"

"慢点，话没说完。"但谢滨一言不发就走了。安迪只能大叫："拦住他。"包抄的队形很容易便收紧，所有人都飞奔过来，挡住谢滨的去路，这其中也有关雎尔。谢滨的脸一下沉了下来。"要打架吗？"曲筱绡浑身紧张，她下意识地拖来关雎尔，挡在她面前。但曲筱绡还是狠狠地道："想走，没那么容易。"

安迪有孕，没敢迅速起身，没敢快跑，等她过来，两边已经各自拔出拳头。她不知哪来勇气，劈胸抓住谢滨，扯着往角落走，"别抵抗，我是孕妇。"谢滨只得束手就擒，举着手臂被安迪扯着，一直被扯到墙角，靠墙才站住。

安迪盯着谢滨，却对包奕凡道："包子，领他们走开，越远越好。我跟谢滨谈话。"

曲筱绡道："安迪，不是你一家的事。我是最大受害者。"安迪当仁不让地道："我会解决，你先走开。"当下有两个人也急着跟过来，一个是鼓起勇气的樊胜美，一个是放心不下的包奕凡。樊胜美抱住曲筱绡，轻轻道："小曲，你看清楚，谢滨对安迪已经屈服。相信安迪能解决。"

"不信。安迪赚钱厉害，对人情世故一脑门糨糊。她对付不了。"但曲筱绡暂时停止挣扎，因为她看到包奕凡上去，从背后抱住安迪耳语。"看，她老公也不放心她。"包奕凡的耳语只有区区几个字，"他擅长诱供，你赌得起？"

包奕凡说完便自觉退走了。但安静等在墙角的谢滨眼看着安迪一张脸刷的红了，灯光下有汗意从额头弥漫开来，原本下垂的双手绞在一起，两只拇指下意识地轮换位置。谢滨看一眼，便闭上眼睛，扭开脸去。

曲筱绡挣脱樊胜美，也趴到安迪身边耳语："你别替我做中间人，我不认。我爸妈今晚口头协议离婚，我家被他弄碎了，我不会放过他。"

"好。"

"我不是不放心你或者不信任你哦，我要我的事，我自己解决。"

"好。"

曲筱绡一时不知这两个好算什么意思，她伸长脖子看看安迪的脸，见安迪颇为烦躁，并不镇静，不知是不是生她的气。忙又道："我不打扰你，你安心谈话，我替你赶人。乖，我爱你。"曲筱绡这才悄悄退走。顺便再看谢滨一眼，自始至终，谢滨都没看她，也没太认真地看着安迪，更没看关雎尔。

终于，又只剩两个人面对。可安迪再看了谢滨会儿，收回眼光，沮丧地道："本来想跟你探讨我们心中的恐惧，胸有成竹地告诉你，你遇到的问题只是小儿科，你听我的怎么怎么做。可我刚发现我自顾不暇，也无法克服偏见提出论据，更没有勇气说出口。我心中的那种恐惧日积月累，深入骨髓。可谁如果问我到底怕什么，我说那一次饿了两顿饭，另一次挨了一窝心脚，还有一次被人追着起哄……听的人没几句就不耐烦了，谁没碰到过这些。对任何人都无法说明白，那是因为我不敢说出那恐惧的核心，不敢对人说，怕成为别人手里的把柄，也不敢对自己说，走到阳光底下的人谁敢回首阴寒。当然，今天也不会对你说，所以只能谈谈我的感受。"

安迪说着说着，交握的手慢慢地，不由自主地抬起来，交握在胸前，十指死死交扣。"长年累月，我害怕有人挖出我的恐惧，到后来，这种害怕本身也成为恐惧的一部分，反而恐惧的核心却越来越模糊。只知道心里怕得很，非常怕，怕得晚上不敢黑灯瞎火地睡。

如果说你怕风，你可以筑起挡风墙，怕火，可以使用最好的消防设施。可面对模糊的恐惧，什么办法都没有。倒是身边的警戒越埋越多，如蚕做茧，越来越坚韧敏锐。却又更时时被触发，时时受惊吓。触发警戒的人还会怪我小题大做。而且总有一天会有人鄙夷地对我说，你活得好好的，你焦虑什么，还有人挨饿横死呢，叫那些人怎么办。于是恐惧变得荒诞，荒诞也意味着不正常，人们看不正常人的眼光是异样的，我不得不觑着别人的反应调整自己做个正常人。可做得左支右绌，更疑心全世界都与我作对。

我还在未成年时被监护人押去看心理医生，可你肯定也有体会，外因很难起到作用。我前面已经说了，能克服心魔的，只有自己。我从你，从岳西身上，都看到过去的我，心魔在张牙舞爪，我得提醒你，你有心魔。至于你让我留住岳西，我拒绝，我怕被她触发。我对你，也只能言尽于此，你已经触发我的阴暗了，那次我虽然还没看到你的跟踪，却已经感觉到心慌意乱，感觉到有危险接近，你有很危险的气场，我也不愿接触你。允我自私。对不起，我得去坐着，一说那些恐惧我就心虚腿虚，站不住了，真没用。你走吧，希望我的唠叨对你有用，小曲还等着你。”

谢滨从一开始就听得聚精会神，但他的眼睛只在安迪脸上停留一次，然后便垂下眼皮看着不知哪里，他的双手插在裤兜里。他对面的安迪也是一样，两人面对面垂着脖子，一个自顾自地说，一个自顾自地听。安迪说完这些，找个位置坐下，人也不禁虚脱地趴到桌上，挥手让谢滨去做自己的事。但谢滨反而蔫蔫儿地坐在安迪对面。“大同小异。不同的是，我时刻告诉自己我是男人，我得主动。还有……”

安迪依然挥手让谢滨走，“两个恐惧的人不可能抱团取暖，只会越陷越深。你找正常人去。”

“有正常人吗？”

“有。有我最佩服的小樊，她能揣着一颗苦得黄连一样的心，照样将生活过得有滋有味，她最坚强。我还最佩服小曲，再大的苦头到她手里也成小儿科，三分钟热度之后，只见她又活蹦乱跳。还有我先生，我那些不正常反应在他眼里都是好玩好笑。他们即使没有坚韧的壳，但他们有坚韧的内心，他们能消受我们的阴阳怪气。”

“小关呢？”安迪停止挥动的手掌，抬眼看向谢滨，“感情方面，我水平很差，得请教小樊和小曲。”

“我该怎么对付心魔？”

“说不清楚，我也还没走出来。我只会指出现象，没法给你开药。我只能谈谈我最近模模糊糊的一个感悟，真心爱身边每一个人，比缜密防范身边每一个人，更令人愉快，也更令生活顺畅。"

"但是你不怕受伤害吗？我们心中的恐惧是我们最大的软肋，只要被人抓住弱点，那不是死路一条？"

"防不胜防，只有加强心理建设，让内心皮实，以不变应万变，或者即使受伤也能很好地愈合。噢，对了，还有一个关键，我现在可以什么都跟我先生讲，我觉得这很疗伤。"

"你说得杂乱无章，你知道吗？"

"呵呵。他们都在等你。"

"可我相信你说的都是为我好。"

"因为我也是个内心充满恐惧的人，你才会对我卸下心防。他们都在等你。"

"也对。但没解决问题。"

"左拐，向前二十步，找正常人去。"

"在我看来，你已经正常了。那些过去的经历已经变成你的阅历。你即使有恐惧，你也已经能应对。"

"有吗？"安迪惊讶。谢滨肯定地点头，起身走了。留下安迪莫名其妙地看着自己的两只手掌心，傻傻地开心。"有吗？有吗？真的吗？"安迪迅速地偷偷地挖了一下恐惧的核心，她的遗传。可没等她发现有什么不同，包奕凡已经抢过来问："还行吗？我担心死。"

安迪笑道："别担心。有对比才能发现进步，我好像……不那么怕孕检了。"

"谢滨在开导你？"

"没有，发现我这些日子来不知不觉变了。"变正常人，如此大的喜悦，让安迪无法克制地笑出来，她忍不住紧紧拥抱包奕凡，"包子包子，有你真好。"

"刚才我把两桌的饭钱结了，小邱两个醉得稀里糊涂，都没问起，呵呵。不过今晚让小曲和谢滨毁得够彻底，我算是给小邱他们一个补偿。"

"嗯。明天我们去孕检，然后我送你去机场，我也收拾一下，直奔美国，该做更彻底的检查了。"

"我替你约医生，我们得一起去，不许独立行动。走，门外去，好像吵起来。"安迪倚着包奕凡出去。如此花痴行径，换成半年前，她是想都不敢想的。

　　曲筱绡一看见谢滨脱离安迪，便挥手招呼谢滨出门去。谢滨自然是艺高人胆大，眉头都不皱一下就出去了。但一出门，就发现不妙，门外已经等着一列大汉。曲筱绡原来已经召集朋友迎候多时。

　　关雎尔与樊胜美落在后面，一看见这等阵势，都惊呆了。

　　只知道曲筱绡会胡闹，从来不知道曲筱绡会玩真格。"樊姐，怎么办，我报警，谢滨会被他们打死。"可关雎尔才摸出手机，便被后面忽然冒出的黑衣人抢走，扔给曲筱绡。关雎尔吓得魂飞魄散，紧紧抱住樊胜美臂膀直问："怎么办，怎么办？"

　　樊胜美怎么知道，她另一边还吊着邱莹莹呢。邱莹莹这个新娘子没自觉，一喝醉就忘记自己结婚了，又吊回她樊姐的臂膀上，差点儿把樊胜美压垮。幸好现在两边各压一个，算是受力平衡，樊胜美反而站稳了。她扭头找曹律师，曹律师立刻很自觉地上前一步："静以待变。"关雎尔已经担心得眼泪直流，"万一打起来呢？万一打起来呢？"樊胜美喃喃道："谁管得住小曲？快找安迪。赵医生怎么不管管呢。"

　　关雎尔立刻放开樊胜美，往店里跑。可刚才窜出来的黑衣人再度窜出将她拦住。关雎尔吓得步步倒退，又吊回樊胜美身边。黑衣人厉声警告关雎尔别玩花样，关雎尔连声音都发不出来了。曲筱绡叉腰站谢滨十步开外，愤怒地指着谢滨道："我该说的饭桌上都说了，你想说什么快说。给你两分钟。"

　　"你会犯法。"谢滨只说了四个字。

　　"呸！我让你死个明白。我揍你，第一是你害我爸妈离婚，第二是打飞你的威胁。今晚让你明白，你外来杂种休想在海市地盘横行。"

　　可刀光剑影之中，应勤醉得飘飘然地奔向谢滨，"恩公，这回我来救你。"立刻有人上来将应勤一把撂倒。此刻，邱莹莹才意识到她已婚，赶紧冲上火线扶了丈夫下来，紧紧团结到樊姐周围。

　　被应勤一打岔，安迪与包奕凡正好出来，安迪一看这场面惊住了，"小曲，干吗？"

　　"我从来不知道吃亏两个字怎么写，谁敢让我吃亏，我让他吃拳头。"有朋友递来高尔夫棍，曲筱绡拿来横在胸前，"安迪你放心，我有章法，不会坐牢。"

　　安迪只得道："赵医生呢？"

　　"害小曲家那样，挨小曲几棍子又怎么了。有种站出来别反抗，男人敢作敢当，挨三棍子。"赵医生抱臂站一边儿，根本不管。

第 76 章

安迪顿足，"以暴制暴只会恶性循环。你别以为今天你占优势，你不会永远占优势。"

曲筱绡拿棍指向谢滨，"安迪你不知道那小人吃饭前怎么威胁我，等我回家说给你听，你再评理。你别拦我，我不会让那小人猖狂。谢滨，你有种走出一步，别树荫下躲着。"

关雎尔原本将希望完全寄托在安迪身上，听到这儿，全身抖得糠筛似的，不断地念："樊姐，樊姐，想想办法啊。"

曹律师在后面有意无意地道："冲进内场应该不会有人拦，比说话劝和更直接有效。"

却是邱莹莹听在心里，叫一声"啊，我去"，便试图冲进去拦在曲筱绡与谢滨中间，好在她醉得脚步蹒跚，被樊胜美一把抓回来。樊胜美急迫之下，只得打足中气，冲曲筱绡喊话，"小曲，我们 22 楼的事，都放到 22 楼解决好不好？我们回家说，只有我们 22 楼的女孩和家属，我们大家替你评理。如果小谢对不起你，我们扔掉高跟鞋帮你抓住小谢让你揍。好不好？"

邱莹莹使不上劲，只能嘴巴出力，"对，曲曲，如果你委屈，我大熊抱等着你。"

"跟你们无关。谢滨，你走出来，有种走出一步，别做缩头乌龟。"

樊胜美见曲筱绡没太反抗，忙又紧张地强打笑脸，尽量柔和地道："曲曲，我们都会用你帮我们时使的菜刀，我们还学会在屁股上雕乌龟。只要你有委屈，我们22楼全压上替你拼命，有钱出钱，有力出力。"

"是的，曲曲，我们是好朋友。"邱莹莹使劲捧哏。

"曲曲，家里事家里解决，我们回22楼说话吧。曲曲，曲曲……"樊胜美动之以情，邱莹莹使劲配以"曲曲"，弄得樊胜美后来也觉得直接喊曲曲比说什么话都亲切方便。

"嗷，叫魂啊，烦死了，嗷……"曲筱绡最烦腻死人的以情感人，烦得都不理会谢滨还没走出一步，就双手举棍，尖叫着劈过去。

可谢滨是个会得实战的人，他背靠大树以免偷袭，头顶树荫遮蔽灯光，曲筱绡这一棍子下去，先哗哗打在树叶树枝上，虽是响动了得，却也消解了一大半力气，及至劈上谢滨肩头，已是强弩之末。而那一棍又顺着肩膀擦着手臂下去，更是很难伤到毫毛。谢滨试图躲避后还手，可树枝树叶将棍子的来路硬是扭转了一个大角度，他没躲过，肩上生生挨上一棍。但一挨之下却是惊讶了，并不怎么疼。他一时没留意到是树叶树枝替他挡了冲击，以为曲筱绡手下留情，只是虚张声势挣个场面好看。见曲筱绡一棍下来人也往前跟跄，便下意识伸手抓住球棍稳住曲筱绡。曲筱绡的朋友们本来长声喝彩，一见形势逆转，纷纷围了上来，瞬时围得铁桶似的。

曲筱绡心里则是清楚，可她试图抽回球棍，却被谢滨牢牢握住。她的力气哪是谢滨的对手。她正试图弃棍重来，却分明听见耳边谢滨道歉，"对不起，我误伤你家。"

"误伤？说得轻巧……"曲筱绡还没说完，赵医生就过来，将曲筱绡拖开几步。

谢滨趁机道："具体安迪会跟你解释，我们刚才已经谈了很多。我为过去的暴躁道歉。"

赵医生听见了一愣，立刻大声道："既然你有这个态度，小曲，我们见好就收。曲家严重损失已经造成，可即使要了你的命也无法弥补损失，我们是理性的人，我们愤怒，所求的无非是你一个态度，你现在认错就行。行了，大家都看到了，请一起做个证。我们散了吧。小曲，我们请朋友们吃夜宵。22楼的朋友，我们未来有时间。"

曲筱绡根本就不想息事宁人，但她被赵医生抱住，无法动弹，只得对谢滨怒目而视。见此，包奕凡也拉安迪过去，包奕凡抱住谢滨，将人拉出包围圈。一边伸手挡开曲筱绡的朋友。"小曲，你请你朋友们别伤到安迪，孕妇，伤不起。小曲。"

曲筱绡郁闷得肝疼，可碍于安迪那大肚子，只能狂躁地尖叫一声："算了，今晚放过他。你们去找个地方吃夜宵，我立刻赶去。谁都别结账，我来。"说完，她就猛踢赵医生脚跟出气，赵医生痛倒是不痛，但是被曲筱绡踢得抱不住人又站立不稳，索性将曲筱绡抢来抢去地玩儿，曲筱绡哭笑不得，一口咬在赵医生脖子上。赵医生笑道："咬浅一点是静脉，咬断有救。咬深了是动脉，立刻玩完。曲女侠嘴下留情。"曲筱绡狠狠咬了会儿，"哼，就给你留个牙印，让你明天见不得人。谁让你放走他，你放开我，别看我朋友都走了，我还在。"这一回，赵医生放开了她。

而曲筱绡的朋友们离去前，还是过来对谢滨推推搡搡了几下。包奕凡护着谢滨，但也擒住谢滨的手脚，总算没再加剧冲突。可他们站的地方正是樊胜美他们一窝人面前，一窝人的眼睛都看着谢滨，谢滨无地自容。如此窝囊，令他仿佛回到小时候，那时候是人小无能为力，而现在……他仿佛已经看到众女眼中的怜悯，尤其是关雎尔的。

可樊胜美断然一声爆喝："小谢真好汉！"

包奕凡立刻醒悟，改抱为搂，亲热地道："兄弟真功夫，好涵养。佩服，佩服。就是嘛，当着大伙儿面让女孩子一马，递个面子，还不是为了女朋友。兄弟以后一定也是跟我一样，对老婆二十四孝。"

谢滨憋着一肚子话没法说，身后又有安迪开心地道："小谢，真为你开心，不容易欸。我熬到回国才慢慢学会退一步海阔天空，肯吃一点亏。这滋味不好受，回家千万找个娱乐散散心。我刚才真怕你们斗起来。"

谢滨无奈，只得违心地道："是小曲没用力，她那一棍子打下来跟痒痒挠似的轻。"

安迪笑道："小曲这小坏蛋大原则倒是从不会错，道理还是讲的，只是经常歪理太多，让人头痛。"

曲筱绡闻言赶过来暴跳，"我是让树枝挡了，让树枝挡了，让树枝挡了，啊啊……"

赵医生赶来搂住曲筱绡道："我早知道你肯定这么说，可不得不揭穿你一下……"

"对，像你这种从小混江湖，往人屁股雕乌龟手起刀落的，出招讲的是快狠准，我们知道你拿捏得好分寸啦。"包奕凡笑嘻嘻地补充，可他还没说完，脚面就挨了曲筱绡一脚，只得鬼哭狼嚎地跳开揉脚，可始终不离谢滨太远，与谢滨有一搭没一搭说话。

樊胜美一肚子的笑话，可就是不敢对曲筱绡说，怕遭反噬。还是安迪笑道："瞧，这一脚就是标准的快狠准。"

于是樊胜美扭头对谢滨道："你们两个搭档得珠联璧合，反应神速，要不是你们解释，我们都还不知道你们私下做了手脚，暗度了陈仓。真让人欣慰。"

谢滨此时才弄清楚，曲筱绡那一棍不是对他手下留情，而应该真是被树叶挡住。然而事情就那么阴差阳错了。而周围诸人又何尝不知，但大家充满好意，有些是为了他，有些是为了曲筱绡，都拼了命地将错就错，一错再错，反而死死坐实了他们两个互谅互让，大有天朝外交风范。谢滨忍下一个又一个的声明，可忍不住看向曲筱绡，曲筱绡也怒容满面地看他，两人在昏暗的路灯光里对视得火花四射。然而曲筱绡也知道现下再无法扑腾起来，她一怒之下，转身对赵医生老拳伺候，此人正是始作俑者，枕边人最坏事。当然，她打到赵医生身上雨点般的拳头，才是真正做了手脚的花拳。邱莹莹笑得大呼小叫，觉得他们2203自己人打自己人，她看得特痛快。

安迪由衷地笑着，对樊胜美道："都挺好的。"

樊胜美偷偷冲关雎尔努嘴。安迪才发现一声不吭的关雎尔。安迪忙向包奕凡比画，包奕凡领悟过来，一瘸一拐地跳到谢滨身边，笑道："兄弟，男人是不是主动点儿？女朋友真不要了？"

谢滨却正看向安迪，见安迪脸上挂着坦荡真纯的笑容，在捏喝醉的邱莹莹的鼻子，他也不禁微微一咧嘴，似乎是笑。他对包奕凡道："呵呵，没脸见人。"

"无论如何，得有个交代。对了，我找时间会跟你原单位打个招呼。以前误会，多有得罪。"

"呵呵，不用了。请帮我谢谢安迪开解。她现在的快乐心情对我是最大的说服力，希望我有一天也能。"

"她今天非常高兴，你也开解了她。你也别妄自菲薄，你已经走出最关键一步，就冲你今天有实力拼个你死我活的境况下肯吐血忍让，你已经学会放下。你会有那一天的。但有句心里话，说出来供你一哂：机关或者大机构的工作环境无法张扬人性，未必对你有利。"

谢滨一愣，看着如此真诚的富二代滑头商人包奕凡久久无语。

关雎尔等打架结束，便一言不发，挂在樊胜美身边低头看鞋子。但她怎能不关注周围的一举一动，耳朵里听到的声音，地上穿插的合影，在扰乱她的心神。可那条她熟悉的影子，始终没往她这边挪动。

反而曲筱绡揍完了赵医生，跳过来严肃地问安迪："谢滨说他已经跟你解释了？他到底怎么解释，他有没有说怎么威胁我？"安迪不愿撒谎，只得道："你自己去问他。"

"擦，早知他骗我，骗我解散弟兄们。有数了。大奸雄，能屈能伸哈，刘备。臭安迪你别揪我头发。"可安迪揪她一小撮头发的效果很好，直接就阻止了曲筱绡一怒之下再袭谢滨的冲动，她狠狠看了谢滨一眼，但一鼓作气，再鼓而衰，现在已经不再是痛扁谢滨的好时机了。她一张怒脸刷地印到傻笑的邱莹莹面前，本想吓邱莹莹，不料邱莹莹反而哈哈大笑，觉得好玩，曲筱绡心里好生没意思。

安迪道："我们回去了吧？安排一下车位，我们车只能坐两个人。曹律师，得辛苦你了。"曹律师立刻道："正等你捉差。樊小姐和关小姐都我送吧。谢兄也一起走吗？"赵医生笑道："咱小破车，任务最重，载新娘子。"谢滨却道："我不顺路，自己打个车。小关，回头见。"谢滨说完，便与在场男人们握别，撩起长腿走了。谢滨才转身，关雎尔便趴在樊胜美肩头，泣不成声。安迪看见，走过来伸手搭上关雎尔的肩头，不知说什么才好，与樊胜美一起扶起关雎尔。她另一只手还拖着曲筱绡，但曲筱绡翻个白眼，和身挂到安迪手臂上，显得她才是跟安迪更亲密。

包奕凡招呼大家去停车场，樊胜美和安迪辛苦地拖起三位妹妹，挤挤挨挨地先走了。后面，赵医生扶起已打瞌睡的应勤，与包奕凡一起架着应勤走。包奕凡跟赵医生道："我本来反对安迪结婚后还住22楼，房子不够大。"

赵医生笑道："我本来以为曲曲安心扎根22楼是权宜之计，骗了她爸妈就搬走。"

两人越过应勤的头顶相视一笑，包奕凡忍不住笑道："不知道她们几个以后怎么发落那个岳西。"

"连曲曲都同化了，个把岳西更不在话下。"

曹律师插嘴："做22楼的家属似乎也很不错。"

赵、包都笑，"贿赂我们。"

曲筱绡走到一半，听口袋里手机提示短信，摸出来一看，竟是谢滨来的。她看着内容，丈二和尚摸不着头脑，"我刚与大学老师通话，谈成一份新工作，不久我将随远洋货轮出海。我去看大海。"曲筱绡将手机翻来翻去，忽然意识到，这是朋友夺来交给她的关雎尔的手机，她连忙击鼓传花似的将手机传给安迪。

安迪已经听到曲筱绡大声读短信，还没反应过来呢，手机已经到手。她将手机转交关雎尔，看着关雎尔的眼泪洒满手机屏。樊胜美与安迪对视叹息。只有曲筱绡抬头朝夜空微笑，她无忧矣。

然而他们都没停一下脚步，他们穿过马路，拐过大楼，继续向前走着。路灯像魔术师的手，将他们的影子一会儿拉长，一会儿压扁。但再高明的魔术师都无法将五个人的身影分开，五个人的身影连成一片。

完